SCIENCE FICTION

Herausgegeben
von Wolfgang Jeschke

Michael McCollum

TREFFER

Roman

Deutsche Erstausgabe

Science Fiction

WILHELM HEYNE VERLAG
MÜNCHEN

HEYNE SCIENCE FICTION & FANTASY
Band 06/4811

Titel der amerikanischen Originalausgabe
THUNDERSTRIKE!
Deutsche Übersetzung von Norbert Stöbe
Das Umschlagbild
zeigt eine Collage von Jan Heinecke

Redaktion: Wolfgang Jeschke
Copyright © 1989 by Michael McCollum
Copyright © 1991 der deutschen Übersetzung
by Wilhelm Heyne Verlag GmbH & Co. KG, München
Printed in Germany 1991
Umschlaggestaltung: Atelier Ingrid Schütz, München
Satz: Schaber, Wels
Druck und Bindung: Ebner Ulm

ISBN 3-453-05000-2

INHALT

ERSTER TEIL
Besucher aus dem tiefen Dunkel
Seite 9

ZWEITER TEIL
Begegnung mit Jupiter
Seite 139

DRITTER TEIL
Das nicht zu bewegende Objekt
Seite 243

VIERTER TEIL
Impuls
Seite 377

FÜNFTER TEIL
Katastrophe und Hoffnung
Seite 477

Für Catherine, immer!

ERSTER TEIL

Besucher aus dem tiefen Dunkel

1. KAPITEL

Millionen Jahre lang war die Sonne nichts weiter gewesen als die hellste Lichtquelle am Himmel, ein kalter Stern, der sich wenig von den abertausend anderen unterschieden hatte, die am schwarzen Firmament sichtbar waren. Jetzt wurde sie Monat für Monat, Jahr für Jahr zusehends größer. Die Veränderung war nicht ohne Präzedenzfall. Vor einer Milliarde Jahre war der Planetoid mit einem die Erde weit jenseits des Pluto umkreisenden Trümmerstück kollidiert. Die Wucht des Zusammenpralls hatte seine Umlaufbahn für immer verändert. Einhundertundelfmal war der Planetoid tief in das feurige Innere des Sonnensystems eingetaucht, war um die Sonne herumgewirbelt und hatte sich dann ein weiteres Mal in die kalte Schwärze zurückgezogen. Jedesmal war das Ereignis von einem Hellerwerden des fernen gelben Sterns angekündigt worden.

Etwa zu dem Zeitpunkt, als die Sonne als Scheibe erkennbar wurde, regten sich über den vereisten Ebenen und Felsklüften ätherische Winde, denn Wasserstoff und Sauerstoff verwandelten sich allmählich in Dampf. Die Winde waren zunächst so unstofflich wie Gespenster, kaum mehr als einzelne Moleküle, die der schwachen Gravitation des Planetoiden entschlüpften. Später dann, als die Sonne am Himmel noch größer geworden war, begann die verschneite Oberfläche schwache Gasströme auszustoßen, Staub und Dampf. So schwach sie auch war, reichte die Schwerkraft des Planetoiden doch aus, ihn mit einer Schicht von hauchdünnem Nebel zu umhüllen. Als das fliegende Gebirge die Umlaufbahn des Uranus kreuzte, war der Nebel so dicht geworden, daß er den Planetoiden vor jedem verbarg, der ihn unter den Hintergrundsternen anpeilen mochte.

Amber Hastings saß an ihrem Schreibtisch und beobachtete versonnen, wie das große Hundert-

Meter-Komposit-Teleskop des Farside Observatoriums schwerfällig in Position schwang. Ihr Blickwinkel lag von dem riesigen Apparat aus beinahe genau in Sonnenrichtung. Beim Zusehen streckten sich länger werdende Schatten über den Boden des Mendelejew-Kraters aus. Das Bild stammte von einer der Hochkameras, die so angebracht waren, daß sie ein Panoramabild des größten astronomischen Instruments im Sonnensystem lieferten. Im Hintergrund erhob sich der graubraune Rand der westlichen Kraterwand, von keiner Atmosphäre getrübt, als scharfes Relief über den gewölbten Horizont.

Das Teleskop schien eine Art riesiger metallischer Blume zu sein, die Lunas luftlosem, sterilem Boden entsproß. Die sechseckigen Blätter der Pflanze reflektierten die Umgebung mit der Verzerrung parabolischer Spiegel. An drei Stellen an der Peripherie des Instruments hoben sich auf ausfahrbaren Galgen flache Spiegel himmelwärts, die an sonderbar verrenkte Staubgefäße erinnerten. Die Ähnlichkeit mit einer fremdartigen Pflanze wurde noch durch die Schutzhülle des Teleskops verstärkt, deren acht Elemente wie die Blütenblätter einer Rose zurückgefaltet waren.

Amber sah zu, wie der riesige Apparat bei einer Ausrichtung ungefähr auf den galaktischen Süden zur Ruhe kam. Von den Fünf-Meter-Spiegeln des Teleskops wurde Sternenlicht zu dem Fokusverdichter Nummer drei reflektiert, der das hochgradig gebündelte Bild in den Strahlenleiter schickte. Von dort wurden die Photonen in den Meßraum des Observatoriums geleitet, fünfzig Meter unter der Oberfläche des Kraters. Dort wurde das Licht von einer Reihe komplizierter Geräte untersucht, in der Hoffnung, daß es dazu gebracht werden konnte, seine Geheimnisse preiszugeben.

Amber Elizabeth Hastings war eine typische Lunanerin, hochgewachsen nach irdischen Maßstäben — ein Meter achtzig — und mit einer Neigung zur Schlaksigkeit. Die Shorts, das ärmellose Trikot und die Slipper, die die normale Kleidung in den klimatisierten Städten Lunas darstellten, verbargen ihre volle, wenn auch grobknochige Figur nur wenig. Sie war eine nordische Blondine mit blauen Augen. Im Gegensatz zu den kurzgeschnittenen Frisuren, die von den meisten Frauen auf Luna bevorzugt wurden, trug sie ihr Haar schulterlang.

Amber war vor fünfundzwanzig Jahren in der kleinen Siedlung Miner's Luck geboren worden, nahe dem Darwinkrater auf der Hochebene von Nearside, der erdzugewandten Seite des Mondes. Im Alter von achtzehn Jahren war sie mit der Absicht, Umwelttechniker zu werden, zur Universität von Luna gewechselt. Bald schon hatte sie erkannt, daß ein Leben in den Eingeweiden der Mondstädte keine große Anziehungskraft für sie besaß, und hatte sich nach einem neuen Beruf umgesehen.

Der Besuch einer Universität sollte eine Vorbereitung auf das spätere Leben sein. In Ambers Fall hatte sich ihre Abneigung gegenüber den meisten Studienfächern nur verstärkt. Die einzige Vorlesung, an der sie während ihres ersten Jahres Freude hatte, war eine Einführung in die Astronomie.

Wie die meisten Lunarier, hatte Amber dem Himmel niemals viel Beachtung geschenkt. Lunas unterirdische Städte boten wenig Gelegenheit zur Beobachtung der Sterne. Und da Amber auf Nearside aufgewachsen war, hatte die Erde, wann immer sie die Gelegenheit zur Himmelsbeobachtung wahrgenommen hatte, den Ausblick dominiert. Verglichen mit der Wiege der Menschheit erschienen die winzigen Lichtpünktchen, die die Sterne waren, blaß und unbedeutend.

Die Einführung in die Astronomie hatte ihr für das Universum jenseits von Luna die Augen geöffnet. Sie hatte den spiralförmigen Schwung der Andromedagalaxis bestaunt, hatte sich von der strahlenden blauweißen Pracht der Pleiaden beeindrucken lassen und hatte über der stillen vielfarbigen Schönheit des Pferdekopfnebels geseufzt. Jede neue Entdeckung hatte ihren Wunsch verstärkt, mehr lernen zu wollen. Und so hatte Amber nach ihrem ersten Studienjahr Astronomie als Hauptfach gewählt, wobei der Wechsel einen Notbehelf darstellen sollte, bis sie etwas Dauerhaftes gefunden hätte.

Drei Jahre später, und ein wenig zu ihrer eigenen Überraschung, erhielt Amber den Bakkalaureus der Astronomischen Wissenschaften. Gleichzeitig wurde ihr eine Stelle am Farside Observatorium angeboten. Den Kopf voller Phantasien über rasche, brillante Entdeckungen, hatte sie freudig zugesagt. Die Realität hatte sich als weniger abenteuerlich herausgestellt.

Wie so viele andere Bereiche auch, hatte die Computerrevolution die Astronomie für immer verändert. Vorbei waren die Tage, da sich ein einsamer Astronom warm anzog und die Nacht in der Beobachtungskuppel eines riesigen Teleskops verbrachte. Und ebenfalls vorbei war es mit den Wochen und Monaten des Vergrößerns der Photoplatten und des mühsamen Zuordnens der Absorptionslinien des Sternenspektrums.

Ein moderner Astronom konnte an einem beliebigen Ort im Sonnensystem in seinem Sessel sitzen, ein Beobachtungsprogramm ausarbeiten und sein Vorhaben und seine Berechtigungsnummer an das Observatorium seiner Wahl übermitteln. Zu gegebener Zeit würde er Multispektralaufnahmen und numerische Daten erhalten, alles sauber mit Kommentaren versehen. In der Zeit, die zwischen Anfrage und Resultat lag, lief der Prozeß praktisch ohne menschliche Einwirkung ab.

Im letzten Viertel des einundzwanzigsten Jahrhunderts war es der Computer des Observatoriums, der seine Teleskope ausrichtete und sie so steuerte, daß sie der Bewegung der Sterne über den Himmel folgten. Die Computer überwachten die Beobachtungszeiten, zeichneten die Daten auf und schrieben die Berichte. Manchmal stießen die Computer bei der Analyse der Daten auf

Phänomene, die mit den zu beobachtenden Objekten nichts zu tun hatten. Wenn das geschah, meldeten sie sich beim menschlichen Personal.

Und so kam es, daß Amber Hastings das große Teleskop überwachte, als der Observatoriumscomputer um ihre Aufmerksamkeit bat.

»Was gibt es?« fragte sie und unterdrückte ein Gähnen.

»Ich habe eine Meldung über die Entdeckung eines Asteroiden/Kometen«, sagte das Gerät mit seinem allzu vollkommenen Bariton. »Wollen Sie es jetzt gleich überprüfen?«

»Nichts dagegen«, erwiderte sie. »Ich habe sowieso noch vier Stunden Dienst.«

Wie die meisten jüngeren der am Farside Observatorium Beschäftigten war Amber als Intra-System-Spezialistin eingeteilt worden, was bedeutete, daß sie für die Bestätigung und Einordnung neugesichteter Kometen und Asteroiden zuständig war. Während ihrer drei Jahre am Observatorium hatte sie ein halbes Tausend Sichtungen überprüft. Die Erregung, die sie anfangs dabei empfunden hatte, war längst verschwunden.

Auf dem Bildschirm vor ihr erschien das Bild eines Himmelsausschnitts. Sie erkannte den offenen Sternhaufen NGC 2301, der vor zwei Wochen Gegenstand eines langen Beobachtungsprogramms gewesen war. Rund um den Sternhaufen herum befand sich ein Dickicht von Sternen. Amber ließ ihren Blick rasch über den Bildschirm schweifen. Zunächst fiel ihr nichts Ungewöhnliches auf. Dann wurden ihre Augen von der rechten unteren Bildschirmecke angezogen. Dort entdeckte sie einen schwachen Lichtflecken.

»Das da?« fragte sie und berührte das Bild mit ihrem Finger.

»Positiv«, erwiderte der Computer. »Dieses Bild wurde vor zehn Tagen um 13:12:15 Weltzeit aufgenommen.«

Amber las die Positionsdaten des Objekts ab und

nahm zur Kenntnis, daß es beinahe in der Ebene der Ekliptik und in der Richtung des Sternbilds Einhorn lag.
»Wie kommst du darauf, daß es sich um einen Kometen handelt? Dieses Gebiet liegt nahe dem Rosettennebel und dem großen Fleck im Sternbild Orion.«
»Das Spektrum entspricht dem einer typischen Kometenkoma, die von Sonnenlicht zum Leuchten gebracht wird.«
»Dopplereffekt?«
»Ja.«
»Wie groß?«
»So groß, um auf eine Geschwindigkeit von zehn Kilometern pro Sekunde relativ zum Beobachtungsvektor zu schließen.«
»Interessant«, sagte Amber nachdenklich. »Größenschätzung?«
»Keine.«
»Entfernungsschätzung?«
»Keine. Dies ist die einzige Aufnahme des Objekts.«
Amber nickte. Das Fehlen einer Methode zur Entfernungsbestimmung bei Vorliegen nur einer einzigen Aufnahme stellte eines der großen Probleme der Astronomen dar. Um eine Triangulation der Position eines Objekts durchzuführen, mußte man entweder zwei Aufnahmen von weit auseinanderliegenden Punkten, oder drei Aufnahmen zu verschiedenen Zeiten von einem einzigen Beobachtungspunkt aus machen.
Amber notierte sich die Einzelheiten der ersten Sichtung, einschließlich der Tatsache, daß nur ein Viertel der Spiegel des *Großen Auges* aktiv gewesen war. Es war nicht ungewöhnlich, daß das Teleskop in drei selbständige Untereinheiten aufgeteilt wurde, die gleichzeitig verschiedene Himmelssektoren untersuchten. Gerade die Fähigkeit, mehrere Beobachtungen simultan ausführen zu können, versetzte das Farside Observatorium in die Lage, mit der Nachfrage Schritt zu halten. Selbst so gab es eine lange Warteliste für das große Teleskop.

»Wann kann *Das Große Auge* die Sichtung überprüfen?« fragte Amber.

»In acht Monaten, es sei denn, es kommt zu Streichungen im Programm oder zu unvorhergesehenen Störungen.«

Amber seufzte. »Bring das Sechzig-Zentimeter-Teleskop in Position und mach mir eine zweite Aufnahme.«

»Ich kann Ihre Anweisung nicht ausführen. Dieser Himmelsausschnitt ist vor drei Tagen hinter dem westlichen Kraterrand untergegangen.«

»Wann taucht er wieder auf?«

»In zwei Wochen.«

»Sehr schön«, sagte Amber. »Reserviere eine Sechzig-Zentimeter-Beobachtung zu einem Zeitpunkt möglichst bald nach seinem Wiederauftauchen. Wenn du das Objekt nicht an seiner früheren Position vorfindest, führe eine Standardvermessung in drei Beobachtungsfeldern um diesen Punkt herum durch. Benachrichtige mich, wenn du deine Aufgabe durchgeführt hast. Wiederhole.«

Der Computer wiederholte Ambers Anweisungen, dann erschien auf dem Bildschirm wieder das *Große Auge*. Amber wandte sich wieder ihrer übrigen Arbeit zu und dachte nicht mehr an das, was der Computer entdeckt hatte, was immer es war.

Thomas Bronson Thorpe sprang mit einem Satz in den schwarzen Himmel, von dem kein olympischer Athlet auch nur geträumt hätte. Das Geräusch seines Atems war laut in seinen Ohren, als er ein dutzend Meter hoch über die pockennarbige Ebene aufstieg. Die Sonne befand sich hinter dem Horizont, doch die sichelförmige Erde, mit dem ein wenig volleren Mond unter ihr, stand hoch am Himmel. Der blau-weiße Glanz der Erdsichel goß ein zwielichtiges Dämmerlicht über die öde Landschaft des *Felsens*. Als er den höchsten Punkt seiner

Flugbahn erreicht hatte, ließ Thorpe seinen geschulten Blick über die kleine Welt schweifen. Überall um ihn herum erstreckte sich das Wirrwarr der Schwerindustrie. Den meisten wäre es wie ein sich von Horizont zu Horizont erstreckender Schuttabladeplatz erschienen. Für Tom Thorpe stellte jede leere Gasflasche und jedes gebrauchte Kabelstück ein Zeugnis des menschlichen Triumphs über ein gleichgültiges Universum dar.

Seinem Namen zum Trotz war der Gesteinsanteil des *Felsens* äußerst gering. Genaugenommen bestand er fast ausschließlich aus Nickelerz. Milliarden Jahre lang war der Asteroid seiner elliptischen Bahn um die Sonne gefolgt und war dem wunderschönen blau-weißen Planeten nur gelegentlich nahe gekommen. Wegen seines kleinen Durchmessers — vier Kilometer — und der Zehn-Grad-Neigung seines Orbits war der Felsen lange Zeit der Aufmerksamkeit entgangen. Mit seiner Anonymität war es im Jahre 2037 vorbei. In jenem Jahr hatte er sich Luna auf weniger als zwei Millionen Kilometer genähert, der naheste Vorbeiflug des *Felsens* seit mehr als einem Jahrhundert.

Der Asteroid hätte selbst dann noch unbemerkt bleiben können, wenn seine Entdeckung allein den optisch arbeitenden Astronomen überlassen gewesen wäre. Diese hatten ihre Instrumente weit über den cislunaren Raum hinaus ausgerichtet; genaugenommen in den Raum jenseits des Sonnensystems. Ihr Interesse galt explodierenden Galaxien und weit entfernten Quasaren. Sie hatten die prosaische Beschäftigung, zur langen Liste der sich der Erde nähernden Asteroiden einen weiteren unbedeutenden Planeten hinzuzufügen, hinter sich gelassen.

Glücklicherweise wurde der Raum zwischen Erde und Mond seit langem von Radargeräten zum Zwecke der Verkehrskontrolle überwacht. Bei der Annäherung des *Felsens* kam es bei einem dieser Geräte zu einer Störung der Meßkreise. Anstatt lediglich diejenigen Signale weiterzumelden, für die es gedacht war, begann das Radargerät alles zu registrieren, was sich in seinem Erfassungsbereich befand. Als es ein schnellbewegtes Objekt zwei Millionen Kilometer über Luna meldete, kümmerte sich das Verkehrskontrollzentrum in Luna City sofort darum. Das Zentrum verfolgte den vorwitzigen Asteroiden länger als eine Stunde, bis er hinter seinem lokalen Horizont verschwand. Die Verkehrslotsen ermittelten die Flugbahn des mysteriösen Objekts. Sie gaben die Informationen an die Astronomische Vereinigung weiter, wo sie zwei Jahrzehnte lang nicht beachtet wurden.

Schon in der Mitte des zwanzigsten Jahrhunderts hatte es Pläne gegeben, den mineralischen Reichtum der Asteroiden auszubeuten, und erste Versuche dazu wurden im einundzwanzigsten Jahrhundert angestellt. Alle waren gescheitert. Die Flugzeit und die Entfernungen, die beim Flug zum Asteroidengürtel und wieder zurück zurückgelegt werden mußten, hatten den Betrieb der Minen zu teuer gemacht.

Im Jahre 2060 wählte ein Student mit Namen Halver Smith den Asteroidenbergbau zum Thema seiner Doktorarbeit in den Wirtschaftswissenschaften. Smith gelangte zu dem Schluß, daß ein solches Vorhaben nicht notwendigerweise unrentabel sein mußte. Schließlich überstieg der Wert eines Kubikkilometers Asteroidenmetall, das zur Erde geschafft wurde, das vereinte Bruttosozialprodukt der drei größten Nationen. Das Problem des mit dem Transport von Versorgungsmaterial zum Asteroidengürtel und dem Abtransport der Produkte zur Erde verbundenen Zeitaufwands blieb jedoch weiter bestehen.

Smith schlug eine Lösung des Problems vor. Anstatt zum Asteroidengürtel zu fliegen, könnte man doch einen Asteroiden in eine Umlaufbahn zur Erde bringen, argumentierte er. Er nannte seine Idee die ›Berg-zum-Propheten-Methode‹. Zur Verwirklichung dieses Plans mußte der geeignete Asteroid in der geeigneten Umlaufbahn gefunden werden. Um seine Argumente abzusichern, durchsuchte er die Datenbanken der Astronomischen Vereinigung nach möglichen Kandidaten. Bei dieser Suche stieß er auf den Bericht des nahen Vorbeiflugs im Jahre 2037.

Halver Smith wurde der Doktortitel in den Wirtschaftswissenschaften verliehen. Seinen Vorschlag hielt man jedoch nicht für besonders praktikabel. Nach der Promotion benutzte er eine kleine Erbschaft dazu, in eine neue Methode zur Extraktion seltener Erden aus minderwertigen Erzen zu investieren. Als sein Reichtum zunahm, begann er ernsthaft über eine Verwirklichung seiner Hypothese nachzudenken.

Tom Thorpe war ein frischgebackener Studienabgänger der Bergbauschule von Colorado, als er auf Halver Smiths Anzeige antwortete, in der dieser für die Arbeit im Vakuum qualifizierte Bergbauingenieure suchte. Der Job, fand er bald heraus, bestand in der Ausbeutung eines sich der Erde nähernden Asteroiden. Er und ein Dutzend weiterer Weltraumaffen drängten sich beim Anflug um die Sichtluken des Prospektionsschiffes *Sierra Madre*. Als sie ihres Zieles ansichtig wurden, rief Perry Allen, der vorlauteste der Gruppe: »Es ist ja bloß ein gottverdammter Felsen!«

Sie verbrachten den nächsten Monat damit, überall auf dem Asteroiden herumzuschwärmen. Sie bohrten tief in seine Oberfläche und untersuchten die Reinheit ihrer Proben. Mittels Ultraschall untersuchten sie sogar noch tiefere Schichten. Ihre Analysen bestätigten, daß der *Felsen* ein Glücksfund war, ein beinahe reiner Klumpen Nickelerz, vermengt mit Spuren von Kupfer, Silber und Gold. Zehn Monate später fand sich Thorpe ein weiteres Mal auf dem *Felsen* wieder, in Begleitung einer ganzen Crew von Bergbauspezialisten und einer Schiffsladung an schwerem Gerät.

»Paß besser auf mit diesem Herumgespringe!« sagte eine Frauenstimme in seinem Ohrhörer. »Ich möchte nicht, daß du dir irgend etwas brichst.«

Thorpe blickte zu der Gestalt hinunter, die etwa dreißig Meter unter ihm auf dem Boden stand. Der orangefarbene Raumanzug verbarg vollständig die Identität seines Trägers; nur mit seinem geistigen Auge konnte Thorpe die kleine, ein wenig pummelige Gestalt Nina Pavolevs erkennen. Zwei Jahre jünger als er, war Nina Pavolev seine Assistentin, und manchmal auch seine Bettgenossin.

»Ich mache das jetzt schon zehn Jahre«, sagte er über die allgemeine Frequenz, »und hab mir immer noch nicht den Hals gebrochen!«

»Das sagen sie alle, bevor es einmal doch passiert!«

Thorpe sank langsam wieder auf den Boden zurück, wofür er nach dem schwachen Sprung, der ihn nach oben getragen hatte, ganze drei Minuten brauchte. Er federte den Aufprall mit den Knien ab und absorbierte genügend Energie, um nicht wieder emporgetragen zu werden.

»Als kleiner Junge damals auf der Erde habe ich immer davon geträumt, wie ein Adler fliegen zu können. Jetzt kann ich es. Es ist phantastisch. Du solltest es mal ausprobieren.«

»Nein, schönen Dank. Das Leben ist zu kurz, um unnötige Risiken einzugehen.«

»Du weißt nicht, was dir da entgeht«, beharrte er.

»Ich will's dir glauben. Sollen wir jetzt den Rundgang machen, Chef?«

»Wann immer du willst, mein Gewissen!«

Tom Thorpe war kein Weltraumaffe geblieben. In den drei Jahren nach seiner Rückkehr zum *Felsen* war er zum Gruppenleiter, dann zum Schichtleiter aufgestiegen. Das waren die Jahre gewesen, in denen sie den *Felsen* in das größte Raumschiff des Sonnensystems verwandelt hatten. Zunächst hatten sie eine Schubkammer aus dem schwereren Ende des Asteroiden herausgesprengt, das sie *Eichelnapf* getauft hatten. Während Thorpes Team mit dem Aushöhlen der Kammer und der Verbindungstunnel beschäftigt gewesen war, hatten andere Arbeitsgruppen Unmengen von Steuerdüsen installiert, die den zeitraubenden Prozeß eingeleitet hatten, den Achtstundentag des Asteroiden zu verlängern. Bald nachdem die Aufhebung der Eigenrotation eingeleitet worden war, kam Percy Allen bei einem Unfall ums Leben. Tom Thorpe fand sich plötzlich in der Position des zweiten energietechnischen Assistenten wieder.

Eine seiner neuen Pflichten hatte darin bestanden, die Arbeit des Antriebssystems des *Felsens* zu überwachen. Wie die meisten großen Raumschiffe wurde der Asteroid durch Antimaterie angetrieben. Tausende von Batterien waren von den großen Energiesatelliten herbeigeschafft worden. Die Batterien waren simple ringförmige, unter Hochvakuum stehende Rohre, die von permanenten magnetischen Feldern ummantelt waren. Jedes von ihnen enthielt genug Antimaterie, um ein normales Raumschiff einhundertmal von der Erde zum Mond fliegen zu lassen, doch wenn sie die gewaltigen Ionentriebwerke des *Felsens* kaum einen Tag lang mit Energie versorgt hatten, waren sie ausgebrannt.

Die Triebwerke hatten vier Jahre arbeiten müssen, um den *Felsen* in einen Orbit zwischen 800 000 und 1,2 Millionen Kilometern über der Erde zu bringen. Nach der Beendigung des angetriebenen Fluges wurde das Personal neu eingeteilt. Thorpe wurde zum Kontrolleur befördert, zuständig für Oberflächenarbeiten. Später stieg er zum Einsatzleiter-Assistenten auf, und zuletzt zum Einsatzleiter. Trotz seines Aufstiegs in die höchste Position auf dem ganzen Asteroiden ließ er es sich nicht nehmen, einmal wöchentlich die zahlreichen Einrichtungen des *Felsen* zu inspizieren.

Thorpe und Nina Pavolev hakten sich an einer der zahlreichen Führungsleinen fest, die auf der Oberfläche des Asteroiden ausgespannt waren. Gleich darauf waren sie mit einer Serie von Riesensätzen zum Horizont unterwegs. Nach wenigen hundert Metern tauchten die riesigen, von Gesteinsstaub bedeckten Verkleidungen des Sonnenofens am Horizont auf. Thorpe rief Nina eine Warnung zu, daß sie den Blendschutz an ihrem Helm einstellen sollte, und dann tat er das gleiche, gerade als sich die Sonne über den Horizont erhob. Bevor sie weitergingen, warteten sie so lange, bis sich ihre Augen angepaßt hatten.

Zu ihrer Linken konnte Thorpe die Warnschilder erkennen, die rund um Eichelnapf aufgestellt waren. Dieses Ende des Asteroiden war noch ›heiß‹ von dem Kernreaktor, der hier gearbeitet hatte. Die Annihilierungsreaktion hatte eine Milliarde Tonnen des *Felsen* in den Raum hinein verbrannt. Es würde länger als ein Jahrhundert dauern, bis das Gebiet rund um die Schubkammer kalt genug für den Abbau wäre. Selbst dann wäre es immer noch zweifelhaft, ob das Metall genutzt werden konnte.

Thorpe legte den Kopf in den Nacken und blickte zu den drei großen konischen Formen hoch, die über ihm Gestalt annahmen. Es handelte sich um die Erzcontainer, die das Transportsystem des *Felsen* für veredeltes Metall darstellten. Aus vakuumgeschäumtem Eisen bestehend, besaß jeder EC ein spezifisches Gewicht kleiner als eins. Wenn sie in die Erdatmosphäre fallengelassen wurden, verlangsamten sie sich rasch bis auf wenige hundert Stundenkilometer. Am Ende ihres langen Falls angelangt, plumpsten sie in einen Ozean und schnellten anschließend wieder zur Oberfläche empor.

»Laut Arbeitsplan wird in ein paar Minuten eine neue Ladung hochgebracht«, hallte Ninas Stimme in Thorpes Ohrhörer. »Lust, zuzusehen?«

»Klar. Wir sehen uns mal an, wie dieser neue Aufzugführer mit seiner Crew klarkommt.«

Thorpe führte Nina an der Führungsleine noch einen

Viertelkilometer weiter. Während sie weitersprangen, hoben sich allmählich drei Türme über den Horizont. Sie hatten das Aussehen von altertümlichen Startrampen. Als sie sich ihnen weiter näherten, konnten sie eine dicke graue Metallplatte in der Mitte des Dreiecks liegen sehen, das die Türme bildeten.

Die Türme stellten das Förderwerk samt Startrampe des *Felsen* dar. Drahtseile liefen über die Außenseite jeder Rampe und führten über die Spitze wieder nach unten, wo sie an den Ecken einer sechseckigen Metallscheibe befestigt waren. Beim Start wurden die Seile von elektrisch betriebenen Winden eingeholt, wodurch die Scheibe zwischen den Türmen hochgehoben und himmelwärts beschleunigt wurde. Wenn sie die Spitze erreicht hatte, wurden die Winden ausgekuppelt. Die Platte setzte dann ihren Aufstieg mit einer Geschwindigkeit weit über der örtlichen Fluggeschwindigkeit fort. Sie stieg so lange auf, bis sie sich den über ihr schwebenden Transportfahrzeugen genähert hatte. Dann wurden die sich abwickelnden Seile abgebremst. Wurde die Bremsung richtig ausgeführt, kam die Platte aus Nickelerz genau dann zum Stehen, wenn sie die Arbeitsebene zwei Kilometer über dem Boden erreicht hatte.

Die beiden Beobachter sahen zu, wie sich die schwere Nickelerzplatte zu heben begann. Sie gewann rasch an Geschwindigkeit. Innerhalb von Sekunden schwebte sie, ungehindert von den nachschleifenden Seilen, nach oben. Thorpe beobachtete sie, bis sie beinahe unsichtbar geworden war. Er war im Begriff, sich abzuwenden, als etwas geschah. Die Platte, die sich während ihres langen Aufstiegs vollkommen stabil verhalten hatte, begann plötzlich zu taumeln.

»Was ist da los?« fragte Nina, in deren Stimme deutliche Angst mitschwang.

»Eins der Seile hat sich verklemmt!« schrie Thorpe und legte den Kopf in den Nacken, um nach oben zu schauen. Er erhaschte einen Blick auf ein herunterfallendes schlangenähnliches Etwas, rief eine Warnung, wandte sich um und rannte los. Als nächstes fühlte er einen brennenden Schmerz in seinem rechten Bein. Sein Schrei verwehte in weniger als einer Sekunde, und sein Raumanzug wurde in eine Wolke roten Nebels gehüllt.

2. KAPITEL

Amber Hastings saß in der Kantine des Farside Observatoriums und genoß ihr Frühstück, das aus Waffeln mit Erdbeersirup, heißem Buttertoast und mit Levozucker gesüßtem Tee bestand. Beim Essen beobachtete sie den Panoramaschirm der Kantine. Normalerweise war er auf die Nachrichtenstation von Luna City eingestellt. Doch diesmal hatte jemand das Bild einer der Oberflächenkameras eingestellt. Es zeigte ein großrädriges Geländefahrzeug, das sich, von Hadley's Crossroads kommend, auf der holprigen Straße voranarbeitete. Der unebene Kraterboden ließ seine Scheinwerfer über den Bildschirm tanzen; zurück blieben die verblassenden Phantomspuren aktivierten Phosphors.

Der Transporter war ein Rolligon der Translunaren Greyhound Gesellschaft. Er machte die 120-Kilometer-Fahrt zweimal monatlich — einmal zu Beginn der langen Mondnacht und dann wieder kurz vor dem Einsetzen der Dämmerung. Hadley's Crossroads war die nächste Haltestelle der mondumspannenden Einschienenbahn und der Ort, über den der gesamte Güterverkehr für das Observatorium lief.

Während sie ihr Frühstück verdrückte, vergegenwärtigte sich Amber das Paradoxe daran, eines der fortschrittlichsten wissenschaftlichen Instrumente in der Einöde aufzustellen. Es war ein Paradoxon, das den Astronomen aller Zeitalter geläufig gewesen war. Auf der Erde hatten die Astronomen lange eine nicht zu gewinnende Schlacht gegen die sich ausbreitende Zivilisation gefochten. Gleich wie hoch der Berg, den sie für ihre Instrumente aussuchten, auch war, früher oder später hatte der Himmel das Licht einer nahen Stadt reflektiert.

Lichtverschmutzung stellte für das Farside

Observatorium kein Problem dar, dafür aber die Sauerstoffverschmutzung. In der atmosphärelosen Umgebung Lunas verbreiteten die Abgase der Raumschiffe monoatomaren Sauerstoff über Hunderte von Quadratkilometern. Monoatomarer Sauerstoff verdarb die empfindliche optische Beschichtung der Spiegel des *Großen Auges*, und jede noch meßbare Menge davon beeinträchtigte die Leistungsfähigkeit des Teleskops. Um sich vor solchen Beschädigungen zu schützen, hatte der Direktor des Observatoriums alle Raumfahrzeuge aus einem Umkreis von fünfundsiebzig Kilometern verbannt. Deshalb führte der einzige Weg hinein oder hinaus über Land. Amber würde das Observatorium in wenigen Monaten verlassen. Sie freute sich darauf, wieder nach Hause zu kommen, jedoch nicht auf die vierstündige Fahrt im Rolligon, um die Einschienenbahn zu erreichen.

»Da sind Sie ja!« sagte jemand hinter ihrem Rücken.

Amber wandte sich um und bemerkte den hinter ihr stehenden Niels Grayson. Grayson war einer der ranghöheren Astronomen und Ambers Mentor. Gerüchten zufolge würde er der nächste Direktor des Observatoriums werden, falls sich der alte Dr. Meinz jemals entschloß, sich zur Ruhe zu setzen. Der andere Kandidat für diesen Posten war Professor Dornier, der Ambers Liste derjenigen Leute anführte, für die sie lieber nicht gearbeitet hätte.

»Hallo, Niels«, sagte sie. »Haben Sie nach mir gesucht?«

»Das habe ich, Sie hübscheste meiner Assistenten.«

»Ich bin Ihre *einzige* Assistentin.«

»Was meine Aussage nur bekräftigt. Darf ich mich zu Ihnen setzen?«

»Sie sind mein Gast.«

Grayson setzte sich auf die Aluminiumbank Amber gegenüber. Er hielt eine Schwerelosigkeitstasse in der Hand und saugte Kaffee daraus. Er deutete auf den

Bildschirm. »Ich sehe gerade, der Rolligon ist im Anmarsch.«

»Gerade im richtigen Moment. Ich hoffe, die Beschaffung hat diesmal daran gedacht, das neue Interferometer mitzuschicken.«

»Sie haben gesagt, sie würden daran denken. Aber bei denen bedeutet das nicht unbedingt viel.«

»Wenn sie's diesmal wieder verschlampt haben, werde ich mich nach Luna City beurlauben lassen, um dort ein paar Köpfe wieder zurechtzurücken.«

»Da werden Sie schlangestehen müssen. Schon irgend etwas vor heute abend?«

Es war etwas in Graysons Stimme, das Amber dazu veranlaßte, ihn argwöhnisch zu betrachten. Die Frage war allzu beiläufig gewesen. »Nichts. Weshalb?«

»Ich hab mir gedacht, Sie könnten zu uns zum Abendessen kommen. Margaret hat gestern erst gesagt, sie hätte Sie schon seit Wochen nicht mehr gesehen.«

»Es ist keine zwei Tage her, daß wir uns in der Turnhalle getroffen haben.«

»Das muß gewesen sein, bevor sie diese Bemerkung gemacht hat.«

»Kommen Sie schon, Niels, ich kenne Sie doch. Sie haben einen Hintergedanken. Wer kommt sonst noch?«

»Wir erwarten einen VIP mit dem Rolligon«, sagte er, zum Bildschirm hindeutend. »Ich dachte, ich könnte ihn ebenfalls einladen.«

»Wer ist es? Ein hohes Tier von der Universität?«

»Schlimmer.«

»Von der Regierung!«

Er nickte. »Ein Buchprüfer vom Amt für Wissenschaftsförderung. Er kommt nachsehen, ob wir nicht öffentliche Gelder verschwenden.«

»Sie haben doch wohl nicht vor, schon wieder unser Budget zu verkleinern!«

»Könnte schon sein.«

»Aber das geht nicht! Wir kommen so gerade damit

hin. Demnächst werden wir unsere Zimmer wohl noch schichtweise bewohnen müssen.«

»Ich glaube nicht, daß man *so weit* gehen wird«, erwiderte Grayson. »Jedenfall bat mich der Direktor, den Gast zu unterhalten. Vielleicht färbt es günstig auf seinen Bericht ab, wenn wir ihn nett behandeln. Wie wär's mit einem vierten Mann, und wir spielen ein paar Runden Bridge?«

»Ich weiß nicht, Niels. Das letzte Mal, als ich für Sie Hostess gespielt habe, hat mich dieser Astronom aus Australasien den ganzen Abend über begrapscht.«

»Diesmal ist es anders. Es geht um eine ruhige Dinnerparty mit anschließend ein paar Runden Bridge. Direktor Meinz hat es direkt vom Finanzminister, daß unser Besuch ein fanatischer Bridgespieler ist. Sie sind der beste Spieler, der hier herumläuft, und zu dritt können wir schlecht spielen.«

»In Ordnung. Wann soll ich bei Ihnen sein?«

»In meinem Apartment, 20 Uhr. Saloppe Kleidung. Margaret wird ein paar Drinks vorbereiten.«

Amber saß an ihrem Schreibtisch auf einer der unteren Ebenen des Verwaltungstrakts und aktivierte ihr Terminal. Sogleich erschien auf dem Bildschirm ihr Tagesplan. Mit geübtem Blick überflog sie die Liste. Die üblichen Berichte und Übersichten waren anzufertigen, Daten zu korrelieren, und ganz unten stand eine private Nachricht von Direktor Meinz. Sie bestätigte den Erhalt. Es war eine offizielle Einladung des Direktors, der für den heutigen Abend um ihr Erscheinen in Niels Graysons Apartment bat. Ihr Ton verriet größere Besorgnis, als Niels Einladung beim Frühstück hatte erkennen lassen. Die Nachricht datierte vom gestrigen späten Abend. Amber diktierte eine Antwort und fragte sich, wie groß die finanziellen Probleme des Observatoriums wohl in Wirklichkeit waren.

Sobald der Computer seine Bestätigung gepiept hatte, wandte sie sich wieder den Aufgaben des Tages zu. Sie bemerkte einen Punkt drei Zeilen über der Nachricht des Direktors, runzelte die Stirn und drückte die entsprechende Taste, um die Sprachschaltung des Computers zu aktivieren.

»Ja, Miss Hastings?« meldete sich das Gerät sogleich.

»Was bedeutet die Position neun auf meinem Tagesplan?«

»Das ist die Registriernummer der Beobachtung, die Sie vor fünfzehn Tagen beantragt haben.«

»Du mußt mein Gedächtnis etwas auffrischen.«

»Es handelt sich um eine Kometensichtung im Sternbild Einhorn. Sie wollten eine Beobachtung mit dem Sechzig-Zentimeter-Teleskop durchführen, sobald dieser Himmelsausschnitt wieder sichtbar würde.«

»Oh, ja. Bring es auf den Schirm!«

Auf ihrem Monitor erschien eine Sternenansammlung. Es war die gleiche Konstellation, die sie bereits vor zwei Wochen gesehen hatte, als sie die zweite Nachtschicht gehabt hatte. Sie betrachtete die Stelle, wo der Komet gewesen war. Er war immer noch da.

»Überlagere die beiden Bilder«, befahl sie.

Das Bild schien einen Moment lang zu verschwimmen, dann wurde es wieder scharf, als der Computer die beiden Aufnahmen synchronisiert hatte. Die Fixsterne waren dimensionslose Punkte, doch das Zielobjekt schien aus zwei winzigen diffusen Wölkchen zu bestehen.

»Wechselbildschaltung aktivieren!«

Einen Moment lang geschah gar nichts. Dann verschwand eines der beiden Bilder. Nach einer Sekunde erschien es wieder, und sein Gegenstück verschwand. Amber sah den verschwommenen Fleck im Sekundentakt vor und zurückspringen.

»Reicht das für eine Orbitbestimmung aus?« fragte sie.

»Ja«, antwortete der Computer. »Die Entfernung des

Objekts von der Sonne beträgt etwa 1,2 Milliarden Kilometer. Es beschreibt eine kometentypische sehr weite Umlaufbahn, deren Perihel ein wenig jenseits des Mars liegt.«

»Wie lang dauert ein Umlauf?« fragte Amber.

»In der Größenordnung von neun Millionen Jahren.«

Amber stieß einen leisen Pfiff aus. Eines der umhervagabundierenden Kinder der Sonne stattete dem Systeminneren einen seiner seltenen Besuche ab. Wenn die Computerschätzung der Umlaufszeit zutraf, war dies erst das fünfhundertste Mal seit der Entstehung des Sonnensystems, daß sich dieses Objekt der Sonne genähert hatte.

»Größenschätzung?«

»Nicht durchführbar. Der Kopf des Kometen wird durch die Koma verhüllt. Vielleicht wäre er mit einem größeren Instrument erkennbar.«

»Dieses verdammte Sechziger!« murmelte Amber. Das Teleskop, das sie hatte einsetzen müssen, war eines der weniger leistungsfähigen Instrumente des Observatoriums. Es war nur für die Arbeit im sichtbaren Bereich des Spektrums ausgerüstet, und sein Photonendetektor war bereits zwanzig Jahre alt. Es war, mit den Worten nicht nur eines der jüngeren Belegschaftsmitglieder ausgedrückt, ein Haufen Schrott.

»Zeig mir die Orbitaltoleranz«, befahl Amber.

Wieder veränderte sich ihr Bildschirm — er zeigte nun eine dreidimensionale Abbildung des Sonnensystems. Eine Reihe von Ellipsen erschien über den konzentrischen Kreisen, die die Umlaufbahnen der Planeten darstellten. Die Farben der Ellipsen reichten von rot bis violett, wobei grün die wahrscheinlichste Umlaufbahn repräsentierte. Die roten und violetten waren zwei mögliche Extreme, bei denen alle möglichen Beobachtungsfehler berücksichtigt waren. Der Regenbogen der Farben durchschnitt die Planetebene zwischen Saturn und Jupiter und fächerte sich dann in beiden Richtungen auf. Der Punkt, an dem sich die Linien schnitten, war die geschätzte momentane Position des Objekts.

Ambers Augen folgten der Flugbahn des Objekts bis zu dem Punkt, wo sie den Orbit des Jupiter kreuzte. »Zeig mir eine beschleunigte Darstellung der Orbitalbewegung entlang des wahrscheinlichsten Wegs.«

»Ich rechne.«

Die Ellipsen verschwanden, nur die smaragdgrüne Linie blieb auf dem Schirm zurück. Ein goldenes Kometensymbol schwebte herbei und wurde auf seinem Weg allmählich schneller. Als es sich Jupiter näherte, verschmolz der goldene Komet mit der weißumrahmten Planetenkugel.

»Stop! Den Mittelpunkt auf Jupiter, und dann zehnfache Vergrößerung. Fang da wieder an, wo der Komet auf dem Bildschirm erscheint.«

Der Maßstab veränderte und der Vorgang wiederholte sich. Der goldene Komet glitt den grünen Bogen entlang, während sich das Jupitersymbol gemächlich auf den Kometen zubewegte. Diesmal passierten die beiden Symbole einander in einem Abstand von wenigen Millimetern, dann trennten sie sich.

»Ich stelle fest, es handelt sich hier um einen nahen Vorbeiflug«, sagte Amber, mehr zu sich selbst als zum Computer. »Welches ist der kleinste Abstand?«

»Im Normalorbit wird der Komet im Abstand von 100000 Kilometern am Jupiter vorbeifliegen.«

»Das ist praktisch eine Kollision!«

»Das stimmt.«

»Hast du den Einfluß des Jupiter auf die Umlaufbahn des Kometen berücksichtigt?«

»Vorliegende Daten nicht ausreichend«, erwiderte der Computer mit einer Sachlichkeit, die Amber irritierend fand. »Die mögliche Spannweite der Annäherungsbahnen macht eine solche Berechnung aussagelos.«

»Rechne es trotzdem durch. Zeig mir die Fluchtorbits für rote, gelbe, grüne, blaue und violette Umlaufbahnen.«

»Wird ausgeführt.«

Amber bedachte die Lage, solange die neuen Linien langsam auf dem Bildschirm erschienen. Jupiter war das Schwergewicht unter den Planeten. Mit einer Masse vom zweieinhalbfachen der Masse aller übrigen Planeten zusammen, zerrte der König der Planeten an seinen Nachbarn über große Entfernungen hinweg. Es war dem Einfluß des Jupiter zuzuschreiben, daß auf der Umlaufbahn des Asteroidengürtels kein Planet entstanden war.

Wie der Computer vorausgesagt hatte, hatte die Unsicherheit darüber, wie weit der Komet sich Jupiter annähern würde, dramatische Auswirkungen auf seine anschließende Flugbahn. Einer möglichen Flugbahn zufolge konnte er vollständig aus dem Sonnensystem herausgeschleudert werden. Auf einer anderen Bahn würde der Komet in die Sonne stürzen. Auf einer dritten würde er um die Riesenwelt herum eine Haarnadelkurve beschreiben und kehrtmachen.

Es war klar, daß eine Begegnung mit dem König der Planeten unmittelbar bevorstand, und daß so gut wie alles geschehen konnte.

»Ich bin ja so froh, daß Sie kommen konnten, Amber.«

»Die Freude liegt ganz auf meiner Seite, Margaret«, erwiderte Amber, als Niels Graysons Frau sie durch die Tür in das Apartment des Astronomen geleitete. Margaret Grayson war eine rothaarige, hochgewachsene Frau, deren Gesicht und Figur ihre fünfzig Jahre Lügen straften. Mit den Jahren hatte sie die Rolle des Schiedsrichters bei sozialen Konflikten innerhalb der Observatoriumsgemeinschaft eingenommen. Außerdem war sie ein erstklassiger Fotoauswerter. Amber hatte jedesmal, wenn sie zusammengearbeitet hatten, Gelegenheit gehabt, sich von ihren Fähigkeiten beeindrucken zu lassen.

»Was für ein hübscher Overall«, kommentierte Margaret. »Ist er neu?«

Das Kompliment tat Amber gut. Sie war modisch grau gekleidet, mit dazu passenden Perlohrringen und Halskette, dazu trug sie elegante Stulpenstiefel. Der Overall hatte sie einen Wochenlohn gekostet, als sie das letzte Mal zu Hause gewesen war. Einer der Gründe, warum sie Niels Graysons Einladung angenommen hatte, war, ein wenig damit anzugeben. »Nicht mehr so ganz. Ich hab ihn schon eine Weile.«

»Also, er ist wirklich hübsch.«

»Danke. Ist Niels da?«

»Er und unser Gast sind im Arbeitszimmer. Kommen Sie, ich stelle Sie vor.«

Amber folgte Margaret durch das geräumige unterirdische Apartment in Professor Graysons Arbeitszimmer. Der Raum war mit den Metallmöbeln eingerichtet, wie sie in lunaren Gebäuden üblich waren, und die Wände waren mit astronomischen Aufnahmen gespickt.

»Ah, da ist ja unser zweiter Gast!« rief Grayson aus, als die beiden Frauen ins Zimmer kamen. »John, darf ich Ihnen meine Assistentin Amber Hastings vorstellen? Amber, das ist John Malvan vom Amt für Wissenschaftsförderung.«

»Mr. Malvan«, sagte Amber und streckte dem Regierungsbeamten die Hand entgegen. Malvan war um die fünfzig und hatte weißes Haar und das faltige Gesicht eines Mannes, der sich Arbeit vom Büro mit nach Hause nahm. Sie brauchte einen Moment, um zu erkennen, daß ihm außerdem der rechte Arm fehlte.

»Sehr erfreut, Sie kennenzulernen, Miss Hastings«, erwiderte Malvan und drückte Ambers rechte Hand fest mit seiner linken.

»Wir sind hier im Observatorium nicht besonders förmlich, Mr. Malvan. Bitte nennen Sie mich Amber.«

»Sehr schön, Amber. Ich heiße John.«

»Hallo, John.«

»Jetzt, wo wir die Vorstellungen hinter uns haben«, warf Margaret Grayson ein, »werde ich mal nach dem Essen sehen. Amber, möchten Sie einen Drink?«

»Ich kümmere mich selbst darum, Margaret.«

»Prima. Ich lasse euch Fachleute jetzt allein, damit ihr fachsimpeln könnt. Bis in ein paar Minuten.«

»Hmmm, ich muß auch einen Moment verschwinden«, sagte Niels zu Malvan. »Ich werde die Papiere holen, über die wir bereits gesprochen haben.«

Als ihre Gastgeber hinausgegangen waren, standen Amber und Malvan eine Weile in verlegenem Schweigen. »Professor Grayson hat mir von seiner Arbeit über Supernovas erzählt«, sagte Malvan schließlich.

Amber nickte. »Niels ist der führende Experte für die Supernova 1987A. Das ist die dort an der Wand, dritte Aufnahme von links. Wenn Sie irgend etwas über ihr Entstehen, ihre Entwicklung oder ihr weiteres Schicksal wissen möchten, brauchen Sie ihn nur zu fragen.«

»Ah, ja. Er hat das heute schon einmal erwähnt. Ich hätte gedacht, ihr Astronomen hättet etwas Aktuelleres zu erforschen.«

Amber lachte. »Ich wünschte, es wäre so! Wirklich gute Supernovas sind nicht besonders häufig. In unserer Galaxis gibt es nur ein bis zwei in jedem Jahrhundert, und die meisten sind hinter interstellarem Staub verborgen. Tatsächlich wurden während der letzten zweitausend Jahre nur neun größere Supernovas beobachtet. Die hellste war Keplers Stern im Oktober 1604. Dann folgte eine vierhundert Jahre währende Durststrecke, die 1987 endete.«

»Also ist S-1987A genaugenommen die einzige Supernova, die seit Erfindung des Teleskops entdeckt wurde!« erwiderte Malvan.

»Die einzige Supernova in unserer Nähe«, stimmte Amber zu. »Natürlich treten Supernovas in anderen Galaxien auf, aber sie sind zu weit entfernt, um von ihnen echte Informationen zu bekommen.«

»Faszinierend!« sagte er mit einem Tonfall, der Amber glauben ließ, daß er es ernst meinte.

Sie fuhren fort, über Supernovas im allgemeinen zu sprechen, bis Amber bemerkte, daß Malvan das Interesse zu verlieren begann. Sie wechselte das Thema. »Wie lange haben Sie vor, hier zu bleiben, John?«

Er zuckte die Achseln. »Das ist nur ein Besuch zum Kennenlernen. In den nächsten zehn Tagen werde ich Ihre Buchführung und die Datenverarbeitung überprüfen und dann nach Luna City zurückfahren. Anschließend führen wir eine Generalinventur durch. Die Vorbereitungen werden etwa einen Monat erfordern, die Durchführung einen weiteren Monat. Wir werden das Observatoriumspersonal dabei um Unterstützung bitten müssen.«

»Was haben wir getan, damit wir das verdienen?« fragte Amber im Versuch zu scherzen. Irgendwie kam es nicht so heraus.

»Reine Routine«, versicherte er ihr. »Das Parlament muß dieses Jahr mit einem engen Budget zurechtkommen, und man will sichergehen, daß man für das Geld einen Gegenwert bekommt.«

»Wollen Sie damit sagen, daß man möglicherweise wieder unser Budget kürzen wird?«

»Das weiß ich wirklich nicht, Amber. Das ist nicht meine Abteilung. Ich mache nur die Revision.«

In diesem Moment kehrte Niels Grayson zu ihnen zurück. Er hatte eine große verschlossene Aktenmappe in der Hand. »Tut mir leid, daß es so lang gedauert hat. Konnte meine verdammte Aktentasche nicht finden. Wie kommt ihr beide zurecht?«

»Ausgezeichnet«, erwiderte Malvan. »Amber hat mir gerade die Bedeutung von Supernovas erklärt, und ich habe sie im Gegenzug über Regierungsgelder aufgeklärt.«

»Ich hoffe, sie hat ein gutes Wort für *unsere* Gelder eingelegt«, sagte Grayson.

»Sie war ein höchst wirkungsvoller Fürsprecher, das können Sie mir glauben.«

»Margaret hat das Essen fertig. Sollen wir ins Eßzimmer übersiedeln? Anschließend machen wir ein Spielchen.«

Beim Essen fragte Niels Malvan, wie lange er schon Wirtschaftsprüfer bei der Regierung sei. Zur allgemeinen Überraschung erklärte er, daß er erst seit drei Jahren bei der Republik Luna angestellt sei. »Vorher«, sagte er, »war ich im Eisbergbau beschäftigt. Das mußte ich aufgeben, als ich den Arm verlor.«

»Durch einen Arbeitsunfall?« fragte Margaret Grayson.

Er nickte. »Wurde zwischen einem Eisbrocken und einer Felswand eingeklemmt. Der Arm wurde irreparabel zerschmettert.«

»Tut mir leid, das zu hören.«

Malvan zuckte die Achseln. »Ich hatte noch Glück. Es hätte ebensogut meinen Anzug durchlöchern können. Wie auch immer, ich hatte schon immer eine Begabung fürs Rechnen, deshalb habe ich diesen Job bekommen, als ich mit der Umschulung fertig war.«

»Vermissen Sie den Bergbau?« fragte Margaret.

Malvan lachte. »Mrs. Grayson, *alles* ist besser als der Eisbergbau. Das Problem dabei ist, daß die meisten Jobs nicht so gut bezahlt werden. Genug von mir geredet. Was tut diese reizende junge Dame hier im Observatorium?«

»Ich bin Intrasystemspezialist«, antwortete Amber.

»Und was macht ein Intrasystemspezialist?«

Amber erläuterte ihre Aufgaben.

»Das hört sich aufregend an«, sagte Malvan.

»Ist es aber nicht.«

»Sie sind zu bescheiden, meine Liebe«, sagte Margaret. »Ich habe gehört, daß Sie erst heute nachmittag einen Sichtungsbericht an die Astronomische Vereinigung geschickt haben.«

»Worum geht es bei dem Sichtungsbericht?« fragte Niels.

»Ich schicke Ihnen eine Kopie«, sagte Amber. »Sie finden sie auf Ihrer Tagesübersicht.«

»Nach Andromeda damit, junge Dame! Ich komme bei meiner Post einfach nicht mit dem Lesen nach, wissen Sie. Was ist denn Wichtiges passiert, daß die Vereinigung alarmiert wird?«

Amber setzte ihn über die Kometensichtung und die enge Begegnung mit Jupiter ins Bild. »Nach der Auswertung von Bahndaten aus nur drei Wochen kann ich natürlich noch nicht viel sagen. Trotzdem hielt ich es für das Beste, die Überwachung so früh wie möglich zu alarmieren.«

»Wie lange noch bis zur größten Annäherung?« fragte Grayson.

»Fünfzehn Monate, plus/minus einige Wochen.«

»Schon eine Vorstellung von der Größe des Objekts?«

Amber wiederholte, was ihr der Computer mitgeteilt hatte. »Da es aus der Oort-Wolke kommt, könnte der Kern ziemlich groß sein«, fügte sie hinzu.

»Oort-Wolke?« fragte Malvan.

»Dort kommen die Kometen her. Sie erstreckt sich vom Pluto bis zur Hälfte der Strecke zum nächsten Fixstern. Das meiste davon sind die Überbleibsel aus der Zeit, als sich das Sonnensystem verdichtet hat. Mit seinem Neun-Millionen-Jahre Orbit dringt der Komet tief in die Wolke ein.«

»Wollen Sie damit sagen, daß der Komet von einem Ort auf halbem Weg zum nächsten Fixstern kommt?«

»Nicht von ganz so weit her. Mehrere tausend Astronomische Einheiten«, antwortete Grayson, ehe er sich an Amber wandte. »Womit haben Sie beobachtet?«

»Mit dem Sechzig-Zentimeter, und dafür ist es nicht ganz das Richtige. Glauben Sie, ich könnte Zugang zum *Großen Auge* bekommen?«

»Nun, wir können es zumindest versuchen.«

John Malvan hob sein Glas. »Das verlangt geradezu nach einem Toast! Schließlich wird nicht jeden Tag ein neuer Komet entdeckt. Auf unseren jungen Galilei hier!«

Die Gläser wurden um sie herum angestoßen, und Amber wand sich unbehaglich auf ihrem Stuhl. Daß auf sie aus einem so irrelevanten Anlaß wie der Sichtung eines Kometen ein Trinkspruch ausgebracht wurde, war peinlich. Sie hoffte, Niels Grayson würde den Vorfall niemandem weitererzählen. Die anderen jungen Angestellten würden sie deswegen unbarmherzig aufziehen.

»Zurück ins Bett!«

Tom Thorpe blickte sich beim Klang der Stimme der Krankenschwester um. Sie hatte ihn dabei erwischt, wie er, auf seine Krücken gestützt, den Schrank seines Krankenzimmers durchstöberte. Sein Stirnrunzeln vertiefte sich, als er der weißgekleideten Bewacherin den Rücken zukehrte und seine Suche fortsetzte. »Ich weiß genau, daß man mir Straßenkleidung gebracht hat, als ich unten in der Therapie war, Schwester Schumacher«, sagte er schließlich. »Was haben Sie mit dem Paket gemacht?«

»Wie Sie eigentlich wissen müßten, Herr Thorpe, hat es der Beförderungsrobot im Schwesternzimmer hinterlegt. So ist es hier im Krankenhaus üblich. Und jetzt machen Sie, daß Sie wieder ins Bett kommen, bis Dr. Hoffmann Sie entläßt. Oder soll ich einen Sanitäter rufen und Sie gewaltsam ruhigstellen lassen?«

»Nein danke«, erwiderte Thorpe. »Für ein paar Stunden kann ich noch ein braver Junge sein.«

Thorpe kletterte langsam in das schmale Krankenbett zurück, das den vergangenen Monat über sein Zuhause gewesen war. Dem Wortwechsel mit der Krankenschwester zum Trotz war er im großen und ganzen zufrieden. Er hatte vergessen, wie stark die Erdgravitation war. Allein schon die Tatsache, daß er sich auf der Erde befand, bewies, wie nahe er nach dem Unfall dem Tod gewesen war. Die übliche Prozedur vor der Rückkehr in den Bereich normaler Schwerkraft bedeutete die strikte Einhaltung einer Diät und spezielles Training. Andernfalls riskierte man ein Herzversagen. Seine Anwesenheit in einem Krankenbett in den Schweizer Alpen war Beleg genug, daß Herzversagen die kleinste Sorge seiner Retter gewesen war.

Thorpe erinnerte sich nur bruchstückhaft an seinen Unfall, obwohl ihm ein Monat im Bett viel Zeit gelassen hatte, den Bericht zu lesen. Der Anhebevorgang war perfekt abgelaufen, bis zu dem Zeitpunkt, wo die Kranführer begonnen hatten, die Ladung abzubremsen. Dann hatte sich eine der Seilbremsen festgefressen und das Seil Nummer Zwei plötzlich zum Halten gebracht. Die plötzliche Stockung hatte zuviel Zug auf das Seil übertragen und es irgendwo zwischen Turm und Ladung reißen lassen. Von seinem Zug befreit, war das gerissene Seil wie eine Peitsche zurückgeschnellt.

In einer Beziehung hatte Thorpe Glück gehabt. Wenn das zehn Zentimeter dicke Seil auf ihm gelandet wäre, dann wäre von ihm nicht genug übriggeblieben, um ihn zu identifizieren. Das gebrochene Ende war jedoch hundert Meter von der Stelle herabgestürzt, an der er und Nina gestanden hatten. Die Wucht des Aufpralls zerschmetterte die Seilstränge und schickte eine Wolke von Splittern in ihre Richtung. Ein Stück traf Thorpe genau unterhalb seines rechten Knies, schlug ein Loch in seinen Raumanzug und zerschmetterte sein Bein. Im Anzug war es augenblicklich zu einem Druckabfall gekommen, und bald darauf verlor er das Bewußtsein.

Stechende Schmerzen in den Augen und Ohren waren normalerweise das letzte, was ein Opfer rascher Dekompression empfand. Thorpe erinnerte sich, daß er daran gedacht hatte, als er ohnmächtig wurde. In dem Moment, als Nina die Wolke aus rotem Dampf aus Thorpes Bein explodieren sah, begann sie um Hilfe zu rufen. Dann hatte sie den verstellbaren Sicherheitsgurt von ihrem Anzug gestreift und dazu benutzt, um an Thorpes Hüfte eine primitive Aderpresse anzubringen. Die Abbindung hatte so gut dichtgehalten, daß sie Thorpes durchschlagenen Anzug wieder unter Druck setzen konnte. Das Unfallteam war drei Minuten später eingetroffen. Sie hatten Thorpe in einen Rettungsbeutel gesteckt und ihn augenblicklich aufgeblasen. Dann war es nur noch darum gegangen, ihn so rasch wie möglich in ein Krankenhaus auf der Erde zu schaffen.

»Der Arzt kommt jetzt, Mr. Thorpe.«

Tom fuhr bei der Berührung einer Hand auf seinem Arm und der plötzlichen Stimme nahe seinem Ohr zusammen. Er öffnete die Augen und erblickte eine andere Krankenschwester, die sich über ihn gebeugt hatte. Er sah zum Fenster. Dem Winkel des Sonnenlichts nach zu schließen, mußte eine Weile vergangen sein. Seine Überlegungen hatten ihn so müde gemacht, daß er eingeschlafen war.

Thorpe schaffte es, sich rechtzeitig in eine sitzende Position hochzuziehen, um die vertraute glatzköpfige Gestalt von Dr. Eric Hoffmann mit der ewig unangezündeten Zigarre zwischen den Zähnen durch die Tür treten zu sehen.

»Guten Morgen, Herr Thorpe. Was macht Ihr Bein?«

»Es tut weh.«

»*Sehr gut!*« sagte Hoffmann auf deutsch.

»Das würden Sie an meiner Stelle nicht sagen.«

»Ich würde sagen, daß ich allen Grund zur Freude hätte! Erinnern Sie sich, als Sie eingeliefert wurden, waren wir keineswegs sicher, daß wir Ihr Bein würden retten können. Aus diesem Grund wurden Sie ja nach Bern geschickt. Glauben Sie mir, ein schwacher Schmerz ist ein sehr gutes Zeichen.«

»Es tut aber immer noch weh.«

Der Arzt unterzog Thorpe einer zwanzigminütigen Untersuchung, die das übliche Pieksen und Knuffen einschloß. Endlich verkündete er ihr Ende mit den Worten: »In Ordnung, Sie können Ihren Schlafanzug ausziehen.«

»Aber, Herr Doktor, bin ich fit genug, um entlassen zu werden?«

Der Arzt nickte. »Sie scheinen sich auf dem Wege der Besserung zu befinden. Ihre Augen sind nicht mehr blutunterlaufen, und Ihr Trommelfell ist hübsch verheilt. Ich habe mir Ihre Untersuchungsergebnisse angesehen, und Sie scheinen von der Anoxie keinen dauerhaften Schaden davongetragen zu haben. Und schließlich haften die Nägel in Ihrem Bein an den Knochen ganz wie erwartet. Wohin werden Sie sich wenden, wenn Sie uns verlassen?«

»Die Gesellschaft hat mich in einem Erholungsheim auf Oahu angemeldet.«

»Ah, Hawaii! Ein wundervoller Ort. Frau Hoffmann und ich haben dort vor fünf Jahren Urlaub gemacht. Nun, tanken Sie gehörig Sonne und lassen Sie Ihr Bein in Ruhe, zumindest bis der Gipsverband entfernt worden ist. Das müßte in etwa zwei Wochen sein.«

»Danke, Doktor. Äh ... es tut mir leid, daß ich nicht immer Ihr bester Patient gewesen bin.«

Der Arzt zuckte die Achseln. »Ich hatte schon schlimmere. Ich habe gehört, daß Sie heute morgen nach Ihren Sachen gesucht haben. Ich werde Schwester Schumacher sie Ihnen bringen lassen. Und ich werde die Medikamentenausgabe anweisen, Ihnen etwas gegen die Schmerzen zu schicken. Erholen Sie sich gut auf Hawaii, Mr. Thorpe. Wenn Sie wiederhergestellt sind, kommen Sie doch bestimmt wieder einmal zum Skilaufen in die Schweiz, *ja?*«

»Vielleicht, Doktor!«

»*Gut!* Jetzt muß ich mich aber um meine anderen Patienten kümmern. Auf Wiedersehen, und alles Gute!«

3. KAPITEL

Halver Smith betrachtete den Holoschirm, der eine Wand seines Büros einnahm. Er zeigte ein Flugzeug, das in viertausend Metern Höhe dreihundert Meilen südöstlich von Honshu, Japan, über dem Pazifischen Ozean kreiste. Das Bild wurde über einen von Smiths privaten Satellitenkanälen in die Zentrale der Sierra Corporation übertragen. Während das Flugzeug seine Kreise zog, testete der Kameramann seine Ausrüstung, indem er über den unter ihm liegenden Ozean schwenkte.

Das stahlblaue Wasser war mit weißen Schaumkronen gesprenkelt, die ein kalter Nordwind aufgeworfen hatte. Als Smith das Wetter in diesem Gebiet überprüft hatte, hatte er geschaudert und im stillen dafür gedankt, daß er nicht selbst dort war. Er ließ seinen Blick über den Schirm schweifen, auf der Suche nach einer der winzigen schwarzen Formen, die auf der Meeresoberfläche tanzten. Drei riesige seetüchtige Schleppdampfer waren um einen fünf Kilometer durchmessenden Kreis herum angeordnet, der für jeglichen Oberflächenverkehr gesperrt worden war. Sie warteten auf eine Lieferung.

Als Smith weiter beobachtete, veränderte sich das Bild. Das Stahlblau des Meeres wurde durch das blasse Blau des Himmels ersetzt. Am Bildschirm war abzulesen, daß die Kamera jetzt nach oben und nach Westen zielte. Plötzlich erschien in der Mitte des Schirms ein schwarzer Punkt. Der Punkt vergrößerte sich rasch zu einer Scheibe, und als die Kamera das herabfallende Ziel näher heranholte, wurde daraus ein stumpfer Kegel. Smith wußte, daß der Kegel trotz seiner geringen Größe auf dem Schirm ziemlich groß war — rund 250 Meter im Durchmesser.

Bei seinem Sturz durch die Atmosphäre zog der Kegel einen langen Streifen überhitzter Luft hinter sich her.

Dann gab es einen Moment von Desorientierung, als der Erzcontainer am hochfliegenden Aufnahmeflugzeug vorbeiraste. Einen Augenblick lang blickte Smith auf die Oberseite des Kegels mit ihrem Gewirr innerer Verstrebungen. Dann wechselte das Bild zu einer Kamera an Bord eines der wartenden Schlepper. Die Oberflächenkamera folgte dem Container während der letzten paar Sekunden seines Flugs.

Der Kegel schlug weniger als einen Kilometer von dem wartenden Schiff entfernt auf und schickte eine gewaltige Fontäne von Dampf und Gischt himmelwärts. Wenige Sekunden später wurde das Kameraschiff von einem lauten Donnerschlag erschüttert. Das Geräusch wurde auf den Lautsprecher in Halver Smiths Büro übertragen. Der Donner wurde von einer meterhohen Welle gefolgt, die vom Aufschlagpunkt aus davonjagte. Etliche Sekunden lang war nichts zu sehen außer der hektisch brodelnden See. Dann hob sich allmählich aus der Tiefe eine rostfarbene Masse ins Bild. Das Wasser darum herum brodelte heftig weiter, während der Erzcontainer friedlich auf der Meeresoberfläche tanzte.

Das Bild kippte plötzlich, als der Schlepper den Kurs änderte und direkt auf die Aufschlagstelle zuhielt. Halver Smith wartete den Rest nicht mehr ab. Es würde noch Stunden dauern, bis die Schlepper die Millionen Tonnen schwere Masse vertäut hatten, und eine weitere Woche oder mehr, bis die rostige Konstruktion bei der Schmelzhütte von Kyushu an Land gezogen werden konnte. Jedenfalls hatte Smith mit beiden Vorgängen nichts mehr zu tun. Die Sierra Corporation hatte ihre Verpflichtungen gegenüber Nippon Steel in dem Moment erfüllt, als der Erzcontainer an die Oberfläche gestiegen war. Von da an bereitete er nur noch der japanischen Gesellschaft Kopfschmerzen. Das war nur gerecht. Smith hatte eigene Sorgen.

Es gab Leute, die Halver Smith zu den reichsten Männern der Erde zählten. Bis zu einem gewissen Punkt hatten sie recht. Das Problem dabei war, daß sie nicht weit genug dachten. Sie sahen seine Bauten, die sich über San Francisco erhoben, und seinen Besitz in Mexico, im Südpazifik, dem Vereinigten Europa und Australasien, und sie hielten ihn für reich. Sie nahmen seine achtundzwanzigprozentige Beteiligung an der Sierra Corporation zur Kenntnis oder seine von Schuldverschreibungen überfließenden Portefeuilles, seine Gemälde und Skulpturen, und sie beneideten ihn. Sie vermerkten seine luxuriösen Wagen und Flugzeuge, seine Privatyacht, die *Sierra Seas*, und sie erklärten ihn zum Megamagnaten — zu einem dieser begüterten Individuen, deren Lebenswandel von den weniger seriösen Massenmedien in den Schmutz gezogen wird. Was sie nicht sahen, das war die Tatsache, daß großer Reichtum große Verantwortung mit sich brachte und daß ein Vermögen, das auf dem Papier steht, nicht immer bedeutet, auch liquide zu sein.

Halver Smith hatte etwas von einem Spieler an sich. Gleich nach dem College hatte er 100 000 geliehene Dollar auf einen unerprobten Prozeß zur Extraktion von Samarium, Yttrium und Praseodym aus Spurenerzen gesetzt. Er hatte auf ganzer Linie gewonnen. Später hatte er alles darauf gesetzt, daß er einen Asteroiden würde einfangen können. Dieses Spiel würde sich in der Zukunft ordentlich auszahlen. Die Wasserung, die er gerade eben beobachtet hatte, war der Beweis dafür. Für den Moment jedoch hatte ihn das Projekt tief in Schulden gestürzt. Seine Zahlungsverpflichtungen belasteten die Sierra Corporation bis zur Grenze des Erträglichen. Halver Smith balancierte auf einem Drahtseil. Ein Fehltritt, und sein hartererarbeitetes Imperium würde um ihn herum zusammenbrechen.

Im Gegensatz zu den meisten anderen seiner Klasse, mußte Smith tatsächlich arbeiten, um zu leben. Des

Morgens war er oft als erster an seinem Schreibtisch, und am Abend war er der letzte, der nach Hause ging. Er war immer schon eine Art von Workaholic gewesen, und nach dem Tod seiner Frau bei einem Bootsunfall vor fünf Jahren war es damit noch schlimmer geworden. Er erlaubte sich niemals zu vergessen, daß es Menschen gab, die auf ihn zählten.

Nun, da er eine weitere erfolgreiche Wasserung beobachtet hatte, wandte er sich wieder seinen Tagespflichten zu. Vor seiner Nachmittagsverabredung blieb ihm wenig mehr als eine halbe Stunde. In dieser Zeit würde er sich gut des Papierstapels vor ihm entledigen können.

Der erste Bericht trug die Überschrift ›Nachahmung ist die aufrichtigste Form des Schmeichelns‹. Mit dem Erscheinen des *Felsens* im fernen Erdorbit vor fünf Jahren hatte die Sierra Corporation einen Großteil des Marktes für Raffiniermetall für sich mit Beschlag belegt. Trotz horrender Investitionskosten konnte Smith den Hütten eine Tonne Eisen immer noch billiger liefern als die meisten Oberflächenminen. Wo seine Konkurrenten gezwungen waren, für jede Tonne Eisen hundert Tonnen Erz zu verarbeiten, lag das Verhältnis für Smith näher bei zwei zu eins. Selbst seine ›Schlacke‹ war wertvoll, enthielt sie doch Nickel, Iridium, Gold, Silber und eine Reihe weiterer kostbarer Metalle.

Das große Geld hatte nicht lange gebraucht, um zu begreifen, daß andere das, was die Sierra Corporation tat, kopieren konnten. Schon während der Überführung des *Felsens* waren mehrere Versuche unternommen worden, Asteroiden einzufangen. Doch allein System Ressources, Südamerika, hatte bereits das Stadium der Orbitalverlagerung erreicht.

Ihr Asteroid hieß Avalon. Ursprünglich hatte er die Sonne nicht weit hinter der Venus umkreist, und er gehörte zu der Alten-Klasse kleinerer Planeten — so genannt, weil Alten der erste bekannte Asteroid gewesen war, dessen Umlaufbahn sich gänzlich innerhalb der Erde befand. Avalon war einer der Asteroiden, die Halver Smith in seiner Doktorarbeit in Betracht gezogen hatte. Er hatte wegen seiner Größe auf ihn verzichtet. Avalon maß neun mal zehn mal zwölf Kilometer und war unsymmetrisch wie eine Kartoffel geformt. Er besaß die vielfache Masse des *Felsens* und war entsprechend schwieriger zu bewegen.

Smith hatte die Fortschritte des Avalon-Projekts mit erheblichem Interesse verfolgt. System Ressources hatte den Asteroiden während der letzten vier Jahre in eine weitere Umlaufbahn bugsiert. Gegenwärtig befand sich Avalon auf halbem Wege zwischen Erde und Venus. Aktuellen Schätzungen zufolge sollte er in fünf Jahren eintreffen.

Der Bericht, den Smith in der Hand hielt, war die monatliche Prognose der Sierra Corporation über die Auswirkungen von Avalon auf den Eisenmarkt. Der Preis für Eisen würde auf der Stelle schätzungsweise um zwanzig Prozent fallen und dann langsam in dem Maße, wie die beiden Projekte ihre volle Produktion aufnahmen, um weitere zehn Prozent heruntergehen. Als Smith die Monatsprognose las, fand er einen Anlaß, die Stirn zu runzeln. Die Analytiker wiesen auf kürzlich von Carlos Sandoval, dem Geschäftsführer von System Ressources gemachte Äußerungen hin, wonach man mit dem Abbau bereits beginnen würde, während Avalon noch unterwegs war. Die ersten Erzcontainer sollten die Erde innerhalb eines Jahres erreichen.

Trotz seiner Absicht, den Papierkram zu erledigen, brütete Smith immer noch über diesem Problem, als die Anzeige der Uhr auf 16.00 sprang.

»Mr. Thorpe ist da wegen seines 16 Uhr-Termins«, sagte Smiths Sekretärin über die Sprechanlage.

»Schicken Sie ihn rein, Marla! Dann rufen Sie die Kantine an. Lassen Sie ein paar Brötchen, eine Kanne

Kaffee und eine Kanne Tee raufbringen. Und wenn sie noch etwas von diesen Eclairs vom Mittagessen übrighaben, sollen sie davon auch noch zwei mitbringen. Es ist ein zu schöner Tag, um zu hungern!« Smith hatte Gewichtsprobleme, die er sporadisch bekämpfte. Seine Angestellten hatten amüsiert festgestellt, daß der festentschlossene Beweger von Welten keine Willenskraft besaß, wenn es um Schokolade ging.

Halver Smith trat Tom Thorpe an der Tür seines Büros entgegen. Smith hatte Thorpe erst einmal vor einem Jahr über Bildtelefon gesehen. Als erstes fiel ihm der abgezehrte Ausdruck eines Mannes auf, der dabei ist, sich von einer ernsten Verletzung zu erholen. Sonst hatte sich Thorpe wenig verändert. Die Größe des Bergbauingenieurs von ein Meter fünfundneunzig, sein muskulöser Körper und die kantigen Gesichtszüge gaben ihm das Aussehen eines professionellen Athleten. Smith wußte aus Thorpes Akte, daß er fünfunddreißig war. Er hätte gut und gerne fünf Jahre jünger sein können. Einziges Anzeichen seines Alters und seiner Verantwortung war eine Spur Grau in seinen braunen Locken.

»Hallo, Thomas«, sagte Smith freundschaftlich, während er die Hand ausstreckte. »Schön, Sie wohlauf zu sehen!«

»Danke, Sir. Sie sehen selbst prächtig aus!«

Smith tätschelte seine Hüfte. »Wenn es nur so wäre. Kommen Sie, setzen Sie sich. Was macht das Bein?«

»Ab und zu macht es sich noch mit einem Stechen bemerkbar. Die Ärzte meinen, das wäre normal.«

Smith nickte. »Ich hatte einmal den Arm gebrochen. Der Juckreiz und die Schmerzen machten mich beinahe wahnsinnig. Irgendwann jedenfalls war er verheilt. Kommen Sie, nehmen Sie doch Platz!« Als sie beide in Automatiksesseln Platz genommen hatten, fragte Smith: »Wie war es auf Hawaii?«

»Großartig, Sir. Ich habe während der letzten Monate

nichts anderes getan, als am Strand zu liegen, zu angeln und Frauen aufzureißen.«

»Irgendwas gefangen?«

»Ja, Sir. Beide Male, die ich draußen war.«

»Und die Frauen?«

»Uh, auch in dieser Beziehung hat es mit dem Angeln gut geklappt.«

»Schön! Wir sehen es gerne, wenn unsere Angestellten glücklich sind.« Smith lehnte sich in seinem Sessel zurück und spürte, wie sich die Polsterung von selbst verstellte. Er stützte seine Ellbogen auf und blickte Thorpe durch die übereinandergelegten Finger hindurch an. »Sie haben mich fast zu Tode erschreckt, wissen Sie! Was, zum Teufel, haben Sie dort draußen eigentlich gemacht?«

»Meinen wöchentlichen Rundgang, Sir.«

»Im Bericht, den ich erhalten habe, steht, daß Sie verdammtes Glück hatten, daß Nina Pavolev bei Ihnen war.«

»Ja, Sir. Ich habe mir schon überlegt, wie ich ihr am besten dafür danken kann.«

»Was sie getan hat, verlangt mindestens nach einem original Pariser Modell.«

»Ja, Sir. Können Sie mir einen guten Laden in der Stadt empfehlen?«

Smith lachte. »Fragen Sie meine Sekretärin. Ich schwöre Ihnen, diese Frau gibt zweihundert Prozent ihres Einkommens für Kleidung aus.«

»Danke, Sir. Das werde ich tun.«

Smiths Stimmung veränderte sich. Er starrte seinen Untergebenen lange an, bevor er weitersprach. »Sie wissen natürlich, daß ich Berichte über Ihren Heilungsprozeß bekommen habe.«

»Das wußte ich nicht, aber es überrascht mich nicht.«

»Die Ärzte stimmen alle darin überein, daß Ihre Genesung gute Fortschritte macht. Ich nehme an, Sie hatten Alpträume.«

Thorpe zögerte, dann nickte er langsam. »Zunächst jede Nacht, später dann nicht mehr so häufig.«

»Macht's Ihnen was aus, mir davon zu erzählen?«

»Da gibt's nicht viel zu erzählen. Ich träume, daß ich unter Wasser bin. Ich mühe mich ab, an die Oberfläche zu kommen, schaffe es aber nie ganz. Wenn ich denke, jetzt ertrinke ich, wache ich auf und schnappe nach Luft. Mein Herz hämmert, und mein ganzer Körper ist von kaltem Schweiß bedeckt.«

Smith nickte. »Verständlich bei einem Mann, der eine explosive Dekompression überlebt hat. Jedenfalls frage ich mich, ob es klug ist, Sie so bald wieder in den alten Trott zurückzuschicken.«

»Sir, ich bin wieder auf dem Damm! Verdammt, die Alpträume rühren nicht von dem Unfall her. Ich habe auf der Erde nicht mehr ruhig schlafen können, seit ich das erste Mal im Weltraum war. Es ist die Schwerkraft, die mir zu schaffen macht!«

»Daran läßt sich etwas ändern. Seit über einem Monat trage ich mich mit Gedanken an ein spezielles Projekt. Ich hätte gern, daß Sie es übernehmen.«

»Sie wollen mich nicht wieder zum *Felsen* zurückschicken?«

Smith schüttelte den Kopf. »Nicht sofort. Eric Lundgren füllt Ihre Position im Moment ganz gut aus. Er wird sich um alles kümmern, bis Sie wieder fit sind.«

»Aber ich bin schon wieder fit!«

Smith seufzte. »Sie sind ein guter Mann, Tom, und ich weiß Ihren Wunsch, Ihre Arbeit wiederaufzunehmen, zu schätzen. Aber ich kann mich nicht über die Meinung der Ärzte hinwegsetzen. Sie meinen, Sie könnten sich übernehmen, wenn wir die Dinge überstürzen.«

»Sie irren sich, Sir. Ich fühle mich gut.«

»Schön. Das bedeutet, daß es keine Probleme geben wird, wenn ich Sie nach Luna schicke.«

»Auf den Mond, Sir? Warum, um Himmels willen?«

Smith erhob sich aus seinem Sessel, durchquerte den Raum und brachte mehrere Berichte von seinem Schreibtisch zurück. Einer von ihnen war der Bericht über Avalon. »Lesen Sie das! Wenn Sie fertig sind, sprechen wir darüber.«

Während Thorpe den Bericht durchblätterte, traf Smiths Sekretärin mit den Erfrischungen ein. Sie goß Smith eine Tasse Kaffee ein und Thorpe eine Tasse Tee mit Zitrone. Dann stellte sie ein Tablett mit Plätzchen zwischen die beiden Männer.

»Wo sind meine Eclairs?« fragte Smith.

»Dr. Reynolds hat sie im Aufzug konfisziert. Er sagte, er würde Ihnen diese Woche Ihre Injektionen persönlich verabreichen, wenn er Sie beim Essen von Schokolade erwischen würde. Er meinte, er hätte noch eine stumpfe Nadel in Reserve.«

»Sie können Dr. Reynolds sagen, daß ich ihn dafür drankriegen werde.«

»Jawohl, Sir.«

Smith wandte sich Thorpe zu, der den Bericht hingelegt hatte und zusah, wie die Sekretärin das Zimmer verließ. »Was meinen Sie? Werden sie wirklich mit dem Abbau beginnen, bevor sie Avalon in den Parkorbit gebracht haben?«

»Kein Grund vorhanden, es nicht zu tun. Das einzige, was uns davon abgehalten hat, war die Notwendigkeit, von den verschiedenen internationalen Kommissionen die Erlaubnis dafür zu bekommen. Trotzdem kamen wir mit den Vorbereitungen ziemlich weit. Avalons Crew hat mehr Zeit als wir damals hatten, und ihre Papiere sind alle in Ordnung. Warum sollten sie sich nicht einen Teil ihrer Investitionskosten schon frühzeitig wieder zurückholen?«

»Das habe ich mir auch schon gedacht«, sagte Smith. Er reichte Thorpe einen weiteren Bericht. »Was halten Sie hiervon?«

Wieder blätterte Thorpe das Dokument durch. »Es ist

eine Bekanntmachung der Astronomischen Vereinigung, einen neuen Kometen betreffend.«

»Kommt Ihnen irgend etwas daran ungewöhnlich vor?«

Thorpe zuckte die Achseln. »Nur daß er nahe an Jupiter vorbeifliegen wird. Sonst scheint es sich um ein ziemlich gewöhnliches Stück Himmelsschrott zu handeln.«

»Werfen Sie einen Blick auf die letzte Seite. Dort steht eine Näherungsberechnung des neuen Orbits.«

Thorpe wandte sich der genannten Seite zu und studierte die Zahlentabellen. »Ich verstehe, warum die Astronomen in Aufregung sind. Dieses Ding hat die Oort-Wolke zum letzten Mal gesehen. Von jetzt an wird es zwischen Venus und Saturn kreisen.«

»Ich überlege, ob nicht gewisse Leute einen derartigen Orbit in kommerzieller Hinsicht interessant finden könnten.«

Thorpe runzelte die Stirn. »Warum? Jeder einzelne Stein im Asteroidengürtel hat relativ zur Erde einen kleineren Geschwindigkeitsgradienten. Kein ernsthafter Planer würde diesen exzentrischen Orbit auch nur eines zweiten Blickes würdigen.«

»Das war auch mein erster Gedanke«, stimmte Smith zu. »Es ist eine haarige Sache, wenn man die physikalischen Parameter in Betracht zieht. Jedenfalls frage ich mich, wie die Medien auf die nahe Begegnung mit Jupiter reagieren werden.«

Thorpe zuckte die Achseln. »Sie werden es mächtig aufbauschen, denke ich.«

»Und was ist, wenn irgendein smarter Unternehmer ankündigt, daß er diesen so bekannten Kometen einfangen wird? Wird der durchschnittliche Investor klug genug sein, um zu erkennen, daß es sich dabei um einen Reklametrick handelt?«

»Nicht sehr wahrscheinlich, oder?«

»Die Chancen stehen vielleicht eins zu zehn«, erwiderte Smith. »Genug, um unsererseits aktiv zu werden.«

»Aktiv, Mr. Smith? Warum? Was geht uns das an, solange wir kein so hirnrissiges Unternehmen finanzieren?«

»Es geht uns etwas an, Thomas. Das letzte Mal, als es Gerüchte gab, daß ein Fang geplant sei, fielen unsere Aktien innerhalb von drei Tagen um siebzehn Punkte. Für das nächste Jahr stehen heikle Verhandlungen zur Refinanzierung unserer Schulden an. Jede derartige Bewegung unseres Aktienkurses würde meine Verhandlungsposition ernsthaft schwächen.«

»Wenn irgend jemand einen Fang zu organisieren versucht, bringen wir einfach die Wahrheit an die Öffentlichkeit. Das dürfte sie auf der Stelle stoppen.«

Smith schüttelte den Kopf. »Jede solche Verlautbarung würde nur weitere Aufmerksamkeit auf das Einfangprogramm lenken. Die Investoren würden glauben, wir hätten Angst vor der Konkurrenz. Wir würden die Scharlatane womöglich hoffähig machen und die Börse in helle Aufregung versetzen.«

»Aber wie wehren wir sie dann ab?« fragte Thorpe verwirrt.

»Wir stoppen den Versuch schon im Ansatz.«

»Wie?«

»Wir erwerben die Nutzungsrechte am Kometen selbst. Wenn wir die Rechte haben, kann kein anderer etwas machen.«

»Verdammt, Mr. Smith, wir können einen zweiten Asteroiden ebensowenig brauchen wie eine Steuerprüfung! Es gibt dort nicht einmal Metall. Wenn ich mich recht erinnere, bestehen die Kerne der meisten Kometen aus nichts als Dreck.«

»Ich habe nicht gesagt, daß wir unseren Anspruch auch *ausüben* würden. Ich schlage lediglich vor, daß wir ihn erwerben.«

»Aber die einzige Möglichkeit, Anspruch auf einen

Himmelskörper zu erwerben besteht darin, eine permanente Präsenz einzurichten. Die Ausrüstung einer Expedition zum Kometenkern würde ein Vermögen kosten.«

»Das ist die normale Methode, einen Anspruch geltend zu machen«, stimmte Smith zu. »Aber es ist jedenfalls nicht die *einzige* Methode. Im Gesetz gibt es eine bestimmte Klausel.« Smith reichte Thorpe einen Computerausdruck. »Lesen Sie den letzten Abschnitt dieser Bestimmung — den, der mit ›Entdeckungs-Rechte‹ überschrieben ist.«

Thorpe tat wie geheißen. Sein Stirnrunzeln verwandelte sich allmählich in einen Ausdruck des Verstehens. »Es heißt hier, daß alle Rechte an dem entdeckten Objekt für die Dauer von zehn Jahren nach der ersten Meldung an die Astronomische Vereinigung dem/der betreffenden Individuum/Organisation zufallen. Danach tritt die Bestimmung bezüglich der ›permanenten Präsenz‹ in Kraft.«

»Sie sehen also, Thomas, daß es nicht nötig sein wird, den Kometenkern zu besetzen, um einen Anspruch darauf zu erwerben. Wir müssen lediglich den Entdeckern die Nutzungsrechte abkaufen. In diesem Fall ist das das Farside Observatorium auf Luna.«

Thorpe blickte auf den Computerausdruck des alten Gesetzestextes hinunter. »Es steht da ›Individuum/Organisation‹. Heißt das nicht, daß die Rechte diesem A. Hastings gehören?«

»Ich wünschte, es wäre so«, antwortete Smith. »Es würde billiger kommen, mit einer Einzelperson zu verhandeln als mit einem Observatorium. Die Rechtsabteilung hat jedenfalls darauf hingewiesen, daß der Astronom für das Observatorium arbeitet — daß er dort angestellt ist, genauer gesagt — und daß er sich zur Zeit der Entdeckung der Ausrüstung des Observatoriums bedient hat. Beide Gründe sprechen sehr dafür, daß das Observatorium der rechtmäßige Entdecker ist. Ich möchte, daß Sie nach Luna weiterreisen und über eine Option an diesen Rechten verhandeln.«

»Wäre es nicht besser, jemanden aus der Rechtsabteilung zu schicken?«

»Die könnten wohl einen Vertrag aushandeln«, stimmte Smith zu. »Aber denken Sie an unser Ziel. Wenn wir unsere Aktien schützen wollen, darf keiner einen Trick dahinter vermuten. Wenn ich wirklich interessiert wäre, würde ich einen meiner besten Technologieexperten schicken. Aus diesem Grund muß ich jetzt eben diese Person losschicken. Ihre Gegenwart auf dem Mond wird diese ganze Angelegenheit glaubhaft machen.«

»Wieviel soll ich bieten?«

»Wir müssen das erst noch berechnen. Sie bekommen eine Summe genannt, ehe Sie aufbrechen. Sie wird groß genug sein, daß niemand unsere Seriösität in Zweifel zieht — hoffe ich.«

Amber Hastings saß in ihrem Büro und sah die Daten durch, die sie über den Kometen P/2085 (G) gesammelt hatte. Die neue Katalognummer war vergangene Woche von der Abteilung für Klassifizierung und Nomenklatur der Astronomischen Vereinigung zugeteilt worden. Amber kam es immer noch seltsam vor, sich auf den sich nähernden Himmelskörper unter seiner offiziellen Nummer zu beziehen. Vor seiner Registrierung hatte sie ihn einfach ›den Kometen‹ genannt oder einfach nur ›ihn‹. Andere Angestellte waren dazu übergegangen, ihn ›Ambers Unfall‹ oder ›Hastings Schrecken‹ zu nennen. Die letztere Bezeichnung war von einem wütenden, mit Fernbeobachtungen beschäftigten Astronomen aufgebracht worden, nachdem Amber vorgeschlagen hatte, das *Große Auge* aufzuteilen, um ihre Entdeckung zu untersuchen.

Normalerweise war die Registriernummer das einzige, was einen Kometen von seinen Geschwistern unterschied. Dieser spezielle Komet jedoch war dazu bestimmt, berühmt zu werden. Dem Observatorium lagen bereits Anfragen von Nachrichtenagenturen aus dem ganzen Sonnensystem vor. Es war sogar ein Telegramm vom Herausgeber der *Online-Zeitung der Forschungsstation Callisto* eingetroffen. Alle hatten um weitere Informationen über den Vorbeiflug an Jupiter und die sich daraus ergebende spätere Umlaufbahn gebeten. Das Interesse der Presse hatte die Astronomische Vereinigung davon überzeugt, daß der Komet es verdiente, einen Namen zu tragen. Deshalb hatte sie, einer alten Tradition folgend, seine Entdecker um einen Vorschlag gebeten.

»Ich soll ihm einen Namen geben?« hatte Amber Niels Grayson gefragt, als er sie von der Bitte der AV unterrichtet hatte.

»Das ist Ihr Recht als Entdeckerin. Wenn Sie keinen Vorschlag machen, werden sie vermutlich Ihren Namen als Bezeichnung auswählen.«

»Sie meinen, sie *würden ihn nach mir benennen?*«

»So wird es üblicherweise gemacht, das wissen Sie doch.«

»Das können sie nicht machen!«

»Warum nicht?«

»Darum.«

»Eine gute Antwort«, sagte Grayson kichernd. »Aber wenn Sie nicht mit einem besseren Vorschlag aufwarten, werden sie es tun.«

Die Vorstellung, einen Kometen P/Hastings in den astronomischen Verzeichnissen stehen zu haben, paßte Amber nicht. Sie hatte Horrorstories über das Schicksal junger Astronomen gelesen, die bedeutende Entdeckungen gemacht hatten. Es war bei weitem besser, sagte sie sich, wenn sie selbst einen Namen vorschlug und sich eine Zukunft ersparte, die mit dem Neid ihrer Kollegen befrachtet war.

Bald schon fand sie heraus, daß sich die Benennung

eines Kometen nicht in einem Vakuum vollzog. Daß die Situation bestens dafür geeignet war, sich Feinde zu machen, fand sie heraus, als Direktor Meinz sie in sein Büro rufen ließ.

»Sie wollten mich sprechen, Sir?«

»Ah, da sind Sie ja, Amber!« sagte Meinz. »Kommen Sie herein und setzen Sie sich. Ich möchte Ihnen zu Ihrer Entdeckung gratulieren.«

»Es war eigentlich mehr die Entdeckung des Computers als meine eigene.«

»Ja, da ist etwas daran, nicht wahr? Haben Sie sich schon Gedanken über seinen zukünftigen Namen gemacht?«

»Eigentlich noch nicht, Sir. Zu aufgeregt, vermute ich.«

»Seien Sie vorsichtig mit Ihrer Wahl«, warnte Meinz. »Schließlich handelt es sich um eine der größten Ehrungen, die unserem Beruf zuteil werden kann. Sie wollen doch bestimmt nicht, daß das Namenskomitee Ihren Vorschlag zurückweist.«

»Könnte das denn passieren, Sir?«

Er nickte. »Falls sie denken sollten, daß Sie frivol wären oder eine ungeeignete Wahl getroffen hätten. Ich würde ihn nicht unbedingt ›Butterblume‹ oder etwas ähnlich Blödsinniges taufen. Nein, das Komitee zu überzeugen, erfordert einen Namen mit besonderer Bedeutung für die Gesamtheit der Astronomen. Die Tradition beschränkt ihre Wahl auf zwei Kategorien. Sie können ihn nach einer mythologischen Gestalt benennen, obwohl das im Falle eines Kometen selten ist. Oder aber Sie können sich dafür entscheiden, eine Person zu ehren, die bedeutende Leistungen auf diesem Feld vorzuweisen hat. Sie könnten ihn beispielsweise nach jemandem hier in unserem Observatorium benennen.«

»Sie sind der einzige am Farside Observatorium, der eine solche Ehre verdienen würde, Sir.«

Der Direktor erstrahlte bei Ambers Vorschlag, den sie

keineswegs ernst gemeint hatte. »Komet P/Meinz, wie? Es klingt irgendwie gar nicht so übel. Aber ich will Sie natürlich nicht beeinflussen. Sie sind der offizielle Entdecker. Deshalb obliegt die Namensgebung Ihnen. Aber denken Sie daran, was ich Ihnen über das Komitee gesagt habe. Und für den Fall, daß Sie einen prominenten Astronomen ehren sollten — sagen wir, beispielsweise mich — könnte es Ihrer Karriere nur nutzen.«

Nach ihrem Gespräch mit dem Direktor wurde Amber bedeutend vorsichtiger, wenn sie die Angelegenheit mit jemandem besprach. Ihre Zurückhaltung brachte den Strom der Vorschläge nicht zum Erliegen. Am Wochenende hatte sie eine Sammlung von achtundzwanzig Namensvorschlägen.

Ihr gefiel keiner davon.

4. KAPITEL

Tom Thorpe lag auf seiner Andruckcouch und sah zu, wie Luna allmählich größer wurde, als sich die Landefähre auf die Ebene hinabsenkte, die Oceanus Procellarum genannt wurde, Ozean der Stürme. Der Bildschirm an der Vorderseite der Kabine zeigte ein vergrößertes Bild dieser Gegend, einschließlich der Krater Kopernikus und Kepler. Thorpe suchte zwischen ihnen, bis er das sich gegen die dunkle Oberfläche abhebende Streulicht entdeckt hatte, das den Ort der Hauptstadt des Mondes und seines verkehrsreichsten Raumhafens verriet. Er bildete sich ein, den fünfzig Kilometer langen Antrieb des Massebeschleunigers von Luna City sehen zu können, mußte jedoch einsehen, daß das wahrscheinlich zu viel verlangt war. Als die Fähre sich weiter absenkte, begann die Countdownanzeige die Sekunden bis zur Zündung des Antriebs anzuzeigen.

»Eindrucksvoll, nicht wahr?« fragte sein Sitznachbar.

Thorpe wandte sich dem Mann zu, der die Fähre an der Äquatorstation betreten hatte und unmittelbar nach dem Anschnallen eingenickt war. Die Landung hatte seine Aufmerksamkeit so sehr in Anspruch genommen, daß er das Aufwachen seines Nachbarn nicht bemerkt hatte.

»Ziemlich eindrucksvoll«, stimmte er zu.

Der Mann, der Mitte fünfzig war, deutete auf den Bildschirm. »Das ist meine Lieblingsgegend. Es gibt nicht viele Menschen, die etwas für die Schönheit Lunas übrig haben, aber ich würde den Anblick des lunaren Hochlands gegen keinen Sonnenuntergang eintauschen, den die Erde je hervorgebracht hat.«

»Es hat eine gewisse unwirtliche Erhabenheit«, räumte Thorpe ein.

»Das hat es verdammt noch mal wirklich! Wer sagt denn, daß eine Landschaft blau, weiß oder grün sein muß? Übrigens, Hobart ist mein Name. John Mahew Hobart.«

»*Der* John Mahew Hobart?«

»Ertappt. Ich nehme an, Sie haben schon von mir gehört.«

Thorpe nickte. John Hobart war der Führer der Nationalisten im Parlament von Luna. Er war ein bestrickender Redner und setzte sich unermüdlich für die Republik Luna und ihre zehn Millionen Einwohner ein. »Meine Gesellschaft hat versucht, auf das Parlament Einfluß zu nehmen, als es die Einführung einer Steuer auf Eisexporte vorschlug.«

»Einfluß zu nehmen auf welcher Seite?«

»Nicht auf Ihrer, das kann ich Ihnen versichern. Mein Name ist Tom Thorpe. Ich arbeite für die Sierra Corporation.«

Hobart runzelte einen Moment die Stirn, dann lächelte er, als er sich plötzlich erinnerte. »Thorpe! Natürlich, Sie sind der Einsatzleiter auf dem *Felsen*! Der Name kam mir gleich irgendwie bekannt vor. Mein Assistent hat vor der Abstimmung mit Ihnen gesprochen. Ihre Sachkenntnis hat ihn ziemlich beeindruckt.«

»Offenbar nicht genug, um Sie umzustimmen.«

Hobart lachte. »Da hätte schon ein Wunder geschehen müssen. Immerhin haben Sie uns dazu gebracht, daß wir uns um unser Geld gekümmert haben, und für einen Rat, der etwas einbringt, bin ich immer dankbar.«

»Ebenso.«

Die Nationalisten hatten eine Steuer auf exportiertes Eis gefordert mit dem Argument, daß diejenigen, die Lunas natürliche Bodenschätze ausbeuteten, für dieses Privileg auch zahlen sollten. Das Argument war bei den Lunariern auf offene Ohren gestoßen. Verglichen mit der Mondoberfläche litt die Sahara an Überflutung. Kein Wunder also, daß die Mondbewohner dem Wasser starke Gefühle entgegenbrachten. Daß sie einen unbegrenzten Vorrat davon geradewegs über ihren Köpfen hängen sahen, änderte daran nichts. Und wenn die Vorräte der Erde auch wesentlich größer waren als die des Mondes, so ließ es ihre große Schwerkraft doch als wenig praktisch erscheinen, Wasser in den Orbit zu hochzuschaffen. Lunas geringe Schwerkraft hatte den Mond deshalb zum größten Eisexporteur im Sonnensystem gemacht.

Lunas Steuer hatte für alle, die in Raumstationen lebten, einen Schock bedeutet. Neben seinen üblichen Anwendungen war Wasser das Rohmaterial, aus dem mittels Elektrolyse Sauerstoff und Wasserstoff erzeugt wurden. Die Steuer hatte die jährlichen Kosten des *Felsens* für Verbrauchsgüter verdoppelt. Trotzdem nahm Thorpe den Lunariern nichts übel. Anders als die Bewohner der Erde wußten diejenigen, die außerhalb der Erdatmosphäre lebten, den Wert eines Kilo Eises zu schätzen.

Die Countdownanzeige arbeitete sich langsam gegen Null vor. Währenddessen warnte Hobart Thorpe, sich zu vergewissern, daß er richtig angeschnallt war. Seine Warnung kam der des Piloten um einige Sekunden zuvor. Es folgte ein kurzer Moment der Erwartung, während die Mondoberfläche rasch an Größe gewann.

Als die Null auf der Anzeige erschien, wurden die magnetischen Felder umgeschaltet und einige wenige Nanogramm Antimaterie in die Schubkammer des Schiffes injiziert. Sie trafen auf einen kräftigen Wasserstrom. Die Antimaterie traf auf die gewöhnliche Materie und wurde in einer Explosion reiner Energie ausgelöscht. Die daraus resultierende Temperaturerhöhung verwandelte das Wasser augenblicklich in Plasma. Innerhalb von Millisekunden schlug eine abwärts gerichtete Flamme zwischen den riesigen gespreizten Landestützen der Fähre hervor, und ihr Abstieg begann sich zu verlangsamen.

»Mr. Thorpe?«

»Ja.«

»Ich bin Grandstaff, Repräsentant der Sierra Corporation hier auf Luna.«

»Hallo«, sagte Thorpe zu dem kleinen, glatzköpfigen Mann, der ihn hinter der Zollabfertigung erwartete. Unwillkürlich mußte Tom daran denken, daß jemand mit Grandstaffs knorrigen Knien besser daran täte, wenn er keine Shorts tragen würde. »Ich nehme an, Sie haben von Smith Instruktionen bekommen.«

»Ja, Sir. Ich habe eine Vorbesprechung mit dem Rektor der Universität arrangiert. Er wird Sie morgen um 14 Uhr empfangen.«

»Und wann fahre ich zum Observatorium?«

»Ich habe Ihnen in vier Tagen eine Fahrt mit der Einschienenbahn reservieren lassen.«

»Warum erst dann?«

»Der letzte Abschnitt der Reise führt über Land. Die nächste planmäßige Fahrt zum Observatorium findet Anfang nächster Woche statt.«

»Vielleicht sollte ich ein Schiff chartern.«

»Oh, nein!« Grandstaff klärte ihn über die Probleme des Observatoriums mit der Luftverschmutzung und darüber auf, wie weit die Astronomen gingen, um ihre Teleskope zu schützen.

Thorpe seufzte. »Dann werde ich wohl warten müssen. Irgendwelche Vorschäge für die Besichtigung lokaler Sehenswürdigkeiten? Das ist mein erster Aufenthalt auf dem Mond, wissen Sie.«

»Nun, Sir«, erwiderte Grandstaff, »da gibt es die Tagesexkursion zum Friedensdenkmal. Die ist sehr beliebt. Dann sind da natürlich noch die Nachtclubs am Großen Verteiler. Oder, falls Sie ein Geschichtsfan sind, könnten Sie die Revolutionsstätten besuchen ...«

»Das sollten Sie wirklich tun«, sagte jemand.

Thorpe und Grandstaff wandten sich zu dem hinter ihnen stehenden Hobart um. Der Parlamentarier hatte die Zollformalitäten in Sekunden erledigt gehabt, und Thorpe hatte gedacht, er wäre schon längst weg.

»Guten Tag, Bürger Hobart!« rief Grandstaff enthusiastisch aus. Thorpe fragte sich, ob er sich nicht auch noch verneigen würde. »Darf ich Ihnen Thomas Thorpe vorstellen ...«

»Wir haben uns bereits bekanntgemacht, Willy«, erwiderte Hobart. »Ich fürchte, ich habe Mr. Thorpe während des Anflugs mit meinem Schnarchen belästigt.«

»Sie haben kaum geschnarcht.«

»Da erzählt mir meine Frau aber immer etwas anderes. Was führt Sie nach Luna, Mr. Thorpe? Das Geschäft oder das Vergnügen?«

»Von beidem ein wenig. Hauptsächlich komme ich zur Erholung. Die Ärzte meinten, es würde mir gut tun, von der Erde wegzukommen. Die Schwerkraft, Sie wissen ja.«

»Oh, sind Sie krank gewesen?«

Bevor Tom antworten konnte, erzählte Grandstaff Hobart von dem Unfall mit der Winsch.

»Sie hatten Schwein, daß Sie überhaupt noch am Leben sind!« sagte Hobart, als Grandstaff geendet hatte. »Dem Sensenmann so nahe gekommen zu sein, muß die Lebenseinstellung eines Menschen verändern.«

»Nun, ich beklage mich über das frühe Aufstehen weniger als früher.«

Beide lachten. »Da möchte ich darauf wetten! Wie lange werden Sie in Luna City bleiben?«

Thorpe zeigte auf Grandstaff. »Mein Fremdenführer hat mir mitgeteilt, daß ich vier Tage totzuschlagen habe.«

»Morgen abend findet in meiner Wohnung eine kleine Zusammenkunft von Freunden statt. Es wäre mir eine Ehre, wenn ich Sie als meinen Gast empfangen dürfte. Sie sind ebenfalls eingeladen, Willy.«

»Danke, aber meine Frau hat bereits etwas anderes vor«, sagte Grandstaff.

»Können wir mit Ihnen rechnen, Mr. Thorpe?«

»Ich möchte Ihnen keine Ungelegenheiten bereiten.«
»Unsinn! Wir Lunarier sind viel zu gesellig. Ist ja auch kein Wunder. Wir sind zehn Millionen Menschen gegenüber acht Milliarden auf der Erde! Das ist genug, um jedem von uns zu Minderwertigkeitskomplexen zu verhelfen. Trotzdem müssen wir uns ab und zu mit einem Fremden treffen, der uns daran erinnert, daß es noch andere Menschen im Universum gibt. Übrigens, den *Felsen* zu bewegen war eine reife Leistung. Meine Gäste werden bestimmt fasziniert sein, wenn sie hören, wie das bewerkstelligt wurde.«
»Also gut, ich komme.«
»Ausgezeichnet! Ich wohne in Druckeinheit Vier, Subniveau Drei, Kepler-Korridor. Wenn Sie es so weit geschafft haben, fragen Sie einfach jemand nach meinem Appartement. Das Essen wird um zwanzig Uhr serviert. Vielleicht kommen Sie etwas früher und nehmen vorher noch einen Drink.«
»Danke.«
»Keine Ursache.«
Als der Parlamentarier sich entfernt hatte, wandte sich Grandstaff an Thorpe. »Erstaunlich!«
»Was denn?«
»Sie sitzen ein paar Stunden neben diesem Mann, und er lädt Sie zu sich ein. Ich kenne Leute, die schon seit Jahren hinter einer Einladung von Hobart her sind!«
Thorpe zuckte die Achseln. »Wir haben ein paar Worte über die Eissteuer gewechselt. Vielleicht möchte er mich mit der Nase darauf stoßen, daß wir in dieser Angelegenheit den kürzeren gezogen haben. Oder vielleicht muß er Halver Smith eine private Botschaft übermitteln.«
»Damit kommen Sie der Wahrheit vielleicht ziemlich nahe«, sagte Grandstaff. »Die Geschäftswelt schließt Wetten darauf ab, daß Hobart der nächste Premierminister werden will. Er möchte vielleicht Ihre Meinung zu einer Regierung der Nationalisten kennenlernen.«

Das Vorzimmer des Rektors der Universität von Luna war ein luftiger Raum mit Tapeten an den Wänden, voll grüner Gewächse und Aluminiummöbel, die so behandelt waren, daß sie wie aus Holz gemacht wirkten. Die Sekretärin des Rektors, eine attraktive Blondine, saß hinter einem hufeisenförmigen Schreibtisch und war mit ihrem Computerkeyboard beschäftigt. Währenddessen saßen Thorpe und Grandstaff im Wartebereich und blätterten im *Rechenschaftsbericht der Gesellschaft für lunare Erziehung* und in den letzten Ausgaben des *Solaren Mitteilungsblattes für höhere Ausbildungsgänge*. Doch während Grandstaff den unergründlichen Jargon tatsächlich zu lesen schien, wanderte Thorpes Aufmerksamkeit in Richtung Sekretärin. Zweimal hatte sie ihn dabei ertappt, wie er sie anstarrte. Jedesmal hatte sie mit einem distanzierten, professionellen Lächeln darauf reagiert. Thorpe überlegte gerade, wie er ein Gespräch beginnen könnte, als ein Glockenspiel erklang. Sie hob ihren Hörer ans Ohr, lauschte ein paar Sekunden lang, dann nickte sie. Sie wandte sich ihnen zu. »Der Rektor möchte Sie jetzt empfangen.«

Thorpe und Grandstaff wurden von einem Mann mit buschigen Augenbrauen und einem ungebändigten weißen Haarschopf begrüßt. Er strahlte Vertrauen aus, als er sein Büro durchquerte, um seine Besucher zu begrüßen.

»Hallo, Willem«, sagte er zu Grandstaff. »Ich hab Sie neulich gar nicht im Gesundheitsclub gesehen. Wo haben Sie denn gesteckt?«

Grandstaff schüttelte die ausgestreckte Hand des Rektors. »Bitte, Robbie, Sie wollen doch nicht bei Mr. Thorpe den Eindruck erwecken, daß ich den ganzen Tag in der Sauna liege. Er könnte es an Mr. Smith weitermelden. Dann müßte ich mir den Lebensunterhalt womöglich wieder mit Arbeit verdienen.«

Der Rektor wandte sich an Thorpe. »Ich bin Robert Cummings, Rektor der Universität.«

Thorpe schüttelte seine Hand und ließ sich zu einem

Plüschsessel vor Cummings Schreibtisch führen. Auf dem Schreibtisch standen eine Sprechanlage, ein Computermonitor und ein vergoldeter Bilderrahmen. Die Hologramme im Rahmen zeigten eine Frau mittleren Alters und drei Kinder.

»Ist das Ihre Familie?«

»Ja, das ist sie!« sagte der Rektor stolz. »Diese Bilder sind allerdings schon ziemlich alt. Das fünfjährige Mädchen wird nächsten Monat heiraten, und mein ältester Sohn hat mich gerade mit meinem vierten Enkelkind überrascht. Ich kann Ihnen aber sagen, daß meine Frau immer noch so gut aussieht wie eh und je. Sind Sie verheiratet, Mr. Thorpe?«

Tom schüttelte den Kopf. »Die letzten zehn Jahre habe ich größtenteils auf dem *Felsen* zugebracht. Kein geeigneter Ort, um die richtige Frau kennenzulernen, fürchte ich.«

»Das wird Sie zu einem begehrten Mann in Luna City machen. Der Regierungsdienst scheint junge Frauen anzuziehen. Und da die meisten jungen Männer wie Sie draußen in den Eisminen arbeiten, bedeutet das für jeden Junggesellen nur Gutes.«

»Wenn ich das früher gewußt hätte, wäre ich schon eher nach Luna gekommen.«

Der Rektor bot seinem Besuch Erfrischungen an. Als sie alle drei ihre Schwerelosigkeitstassen mit dampfender Flüssigkeit gefüllt hatten, lehnte er sich in seinem Sessel zurück. »Es ist immer eine Freude für mich, Mr. Thorpe, wenn ich Bürger Grandstaff einen Gefallen tun kann. Ich muß Ihnen allerdings gestehen, daß er mir noch nicht den Grund mitgeteilt hat, warum Sie dieses Treffen herbeigeführt haben.«

Thorpe beugte sich vor, um seinen Aktenkoffer zu öffnen, und holte die den bevorstehenden nahen Vorbeiflug an Jupiter betreffende Verlautbarung der Astronomischen Vereinigung heraus. Er reichte sie Cummings, der sie kommentarlos durchlas.

»Wie Sie sehen, Mr. Cummings, wurde dieses Objekt vor sechs Wochen vom Farside Observatorium entdeckt. Das Observatorium ist, glaube ich, Ihrer Universität angeschlossen.«

Der Rektor nickte. »Mit halber Autonomie. Wenn Sie etwas vom Observatorium wünschen, werden Sie sich an Direktor Meinz wenden müssen.«

»Ich werde das Observatorium nächste Woche besuchen. Wir nahmen an, daß Sie als Oberhaupt der Mutterorganisation des Observatoriums über unser Anliegen kurz ins Bild gesetzt zu werden wünschten.«

»Unbedingt.«

Thorpe wiederholte, was man ihm aufgetragen hatte. Der Kern seines Anliegens war, daß die Sierra Corporation die Ausbeutung des Kometenkerns für den Fall ernsthaft in Erwägung zog, daß sich die Umlaufbahn nach der nahen Jupiter-Begegnung in ökonomischer Hinsicht als günstig erweisen sollte. Des weiteren erörterte er die rechtlichen Voraussetzungen für den Erwerb der Besitzrechte. Als er die Hälfte seiner Ausführungen hinter sich gebracht hatte, beugte sich der Rektor im Sessel vor. Es war ihm soeben aufgegangen, daß es dabei um Geld ging.

Als Thorpe fertig war, fragte Cummings: »Wollen Sie damit sagen, daß Sie der Universität den Kometen *abkaufen* wollen?«

»Dafür ist es wohl noch zu früh, Sir. Bei der Berechnung seiner Bahn nach der Jupiter-Begegnung gibt es zu viele Unbekannte. Zudem fehlen uns noch Daten bezüglich der Größe und der Zusammensetzung des Kometen. Alle diese Faktoren haben erheblichen Einfluß auf die Rentabilitätsrechnung. Ich wurde beauftragt, eine Option auf *zukünftige* Nutzungsrechte zu erwerben. Wenn sich der Komet später als kommerziell wertvoll erweisen sollte, werden wir über eine langfristige Nutzung verhandeln.«

Cummings runzelte die Stirn und rieb sich nachdenklich das Kinn.»Mir scheint, daß Sie es hier ein wenig zu eilig haben, Mr. Thorpe. Warum irgend etwas riskieren, solange Ihre Fragen nicht beantwortet sind? Warum nicht warten, bis der Vorbeiflug stattgefunden hat?«

Thorpe lächelte.»Wenn wir warten, dann werden unsere Konkurrenten ebenfalls die kommerziellen Möglichkeiten entdecken. Indem wir jetzt ein kleines Risiko eingehen, sichern wir uns eine starke Verhandlungsposition für später.«

»Es läge im Interesse unserer Universität, den Kreis der Wettwerber zu erweitern, nicht ihn zu begrenzen«, erwiderte der Rektor.»Warum sollten wir der Sierra Corporation eine Monopolstellung einräumen?«

»Das sollen Sie gar nicht. Falls Sie sicher sind, daß sich der resultierende Orbit innerhalb bestimmter enger Toleranzen bewegen wird, dann warten Sie am besten ab und veranstalten später eine Auktion. Wenn Sie sich jedoch über den Verlauf des Orbits im unklaren sind, dann sollten Sie auf Nummer sicher gehen und sich den größtmöglichen Gewinn sichern, den Sie jetzt herausholen können. Je länger Sie warten, desto größer wird die Wahrscheinlichkeit, daß das Erstentdeckerrecht des Observatoriums durch neue Daten wertlos wird.«

»Und sollten sie sich als ausgesprochen günstig erweisen, gewinnt die Sierra Corporation, und wir haben eine wertvolle Ressource für ein Butterbrot verkauft.«

»Ganz und gar nicht«, sagte Thorpe.»Unsere Option wird ausdrücklich keinen späteren Pachtpreis nennen. Wenn jemand Ihnen mehr bietet, dann schlagen Sie zu. Alles, worum wir Sie bitten, ist die Gelegenheit, jedes beliebige Angebot zu überbieten.«

»An welche Summe für eine Option haben Sie denn gedacht?«

Thorpe nannte die Summe, mit der Halver Smith die Verhandlungen beginnen wollte. Die Augen des Universitätsrektors weiteten sich.»Das ist ausgesprochen großzügig von Mr. Smith.«

»Wir wollen, daß Sie wissen, wie vertrauenswürdig wir sind«, sagte Thorpe mit dem aufrichtigsten Blick, zu dem er fähig war.

»Wie verfahren wir weiter?«

»Ich werde das Farside Observatorium aufsuchen, um die Daten, über die ich verfüge, bestätigen zu lassen. Ich brauche Informationen über die Zusammensetzung des Kometenkerns und seine Größe. Wir sind an bestimmten organischen Stoffen interessiert, die in manchen Kometenkernen anzutreffen sind. Wenn wir diese Stoffe in dem betreffenden Kometen feststellen, dann werde ich die Option auf der Stelle unterschreiben.«

»Ah, ja«, sagte Cummings. »Ich habe bei Ihnen eben vielleicht einen falschen Eindruck erweckt. Das Farside Observatorium ist zwar in vielen Dingen unabhängig, Angelegenheiten wie diese erfordern jedoch die unmittelbare Beteiligung der Universität. Es handelt sich um eine Frage der Rechtmäßigkeit, ich denke, Sie verstehen das.«

»Natürlich«, stimmte Thorpe zu. »Sobald der Direktor und ich die Absichtserklärung unterzeichnet haben, wende ich mich wegen Ihrer Unterschriften wieder an Sie. Das ist doch die korrekte Vorgehensweise, nicht wahr?«

»Ganz richtig, Mr. Thorpe. Ich werde Direktor Meinz heute noch eine Nachricht zukommen lassen. Ich bin sicher, Sie werden von ihm jede denkbare Unterstützung bekommen.«

5. KAPITEL

Hätte man Luna City vom Raum aus sehen können, hätte die Stadt an nichts so sehr wie an ein gigantisches Bullauge erinnert. Da sie sich jedoch unter der Erde befand, fiel ihre Form nur jemandem auf, der sich die Zeit nahm, einen Stadtplan zu betrachten. Tom Thorpe tat genau dies, als er den Weg von seinem Hotel zu John Hobarts Wohnung suchte.

Luna City lag 200 Kilometer südwestlich des Kopernikuskraters. An dieser Stelle war im Jahre 2005 zunächst eine der frühen lunaren Siedlungen der Vereinigten Staaten errichtet worden. Die Kolonie hatte sich ein Jahrzehnt später nach der Entdeckung unterirdischer Eisvorräte ausgedehnt. Später hatten automatisch arbeitende Tunnelbohrer 500 Meter unter der Oberfläche sechs konzentrische Ringe ausgehöhlt. Sobald ein Tunnel versiegelt und mit Atmosphäre versehen war, hatten ihn neue Einwanderer von der Erde besiedelt.

Als die Bevölkerung wuchs, hatte man diese ersten sechs Tunnel erweitert, untereinander vernetzt und neue hinzugefügt. Schließlich wurden fünf zusätzliche Wohnebenen in das Mondgestein gegraben. Jede neue Ebene wurde 100 Meter unter der letzten und mit ein oder zwei zusätzlichen konzentrischen Ringen angelegt. Die sechste und neueste Ebene bestand aus insgesamt zwölf Ringen.

Tom Thorpe stand vor einem öffentlichen Monitor und gab sein Ziel ein. Eine purpurrote Linie markierte den Weg bis zu Hobarts Wohnung. Nach kurzer Zeit hielt er einen dreidimensionalen Stadtplan in der Hand, auf dem die abgestumpfte Kegelform der Stadt deutlich zu erkennen war. Zuversichtlich, daß er sein Ziel nun würde finden können — oder wenigstens den Rückweg zum Hotel, falls er sich verlaufen sollte —, trat er auf den Großen Verteiler hinaus.

Der Große Verteiler war eine spiralförmige Galerie, die in die Seitenwand der künstlichen Höhle geschnitten war, die das Stadtzentrum beherrschte. Die zylindrische Höhlung maß mehr als hundert Meter im Durchmesser und erstreckte sich 500 Meter vom Boden bis zur Decke. Die Höhle diente der Stadt als Luftreservoir und als sozialer Mittelpunkt. Am Scheitelpunkt des Kegels war eine künstliche Sonne aufgehängt, während sich einen halben Kilometer darunter das Grün eines Parks erstreckte. Entlang des langen Spazierwegs befanden sich die Theater, Restaurants, Hotels, Spezialitätenläden, Bars und Straßencafés. Der Große Verteiler hob sich mit jeder Windung zwanzig Meter und beschrieb zwischen den Hauptebenen jeweils fünf Windungen.

Es war genau 19.00 Uhr, als Tom Thorpe aus der Lobby seines Hotels in den Verteiler trat. Die künstliche Sonne war zu einem blassen Blau heruntergeschaltet worden, um eine irdische Dämmerung zu simulieren. In einer Stunde würde sie das tiefere Blau der Nacht annehmen. Verschiedenfarbige Lampen waren an den Seiten der spiralförmigen Rampe angeschaltet worden, welche die dünnen Wolken, die durch den Hohlraum schwebten, im Zwielicht fluoreszieren ließen. Ein zweifacher Strom von Lunariern bewegte sich treppauf und treppab, während junge Paare und Familien an den Schaufenstern der Geschäfte entlangschlenderten.

Thorpes Hotel lag auf der Mitte zwischen Ebene Vier und Fünf auf der Westseite der zentralen Höhle. John Mahew Hobarts Wohnung befand sich auf Ebene Drei, 150 Meter weiter oben, im nordöstlichen Quadranten des vierten konzentrischen Rings. Thorpe hatte mit dem Gedanken gespielt, über den Verteiler zu Ebene Drei hinaufzugehen, hatte den Plan jedoch fallengelassen, als er nach einem raschen Überschlag feststellte, daß der Weg über die Spirale länger als zwei Kilometer war.

Sein verletztes Bein hatte wie immer gegen Abend zu schmerzen begonnen, und selbst bei der niedrigen lunaren Schwerkraft bezweifelte Thorpe, ob er sich den Aufstieg zutrauen konnte.

Statt dessen machte er einen öffentlichen Airlift ausfindig und ließ sich in den vertikalen Schacht hineinfallen. Die aufsteigende Luft zerrte an seinen Kleidern. Hätte er sich auf der Erde befunden, wäre er auf die Schaufelräder 200 Meter unter ihm hinabgestürzt. Mit einem Sechstel des normalen Körpergewichts jedoch wurde er von der hochbeschleunigten Luft in die Höhe getragen. Er schwankte von einer Seite zur anderen bei dem Versuch, die richtige Haltung zu finden — mit gespreizten Beinen, gekrümmtem Rücken, den Bauch so weit wie möglich herausgedrückt. Die leuchtenden Nummern der Ebenen zogen an ihm vorbei. Als er Ebene Drei erreicht hatte, griff er nach dem polierten Geländer, das an der Schachtwandung entlanglief, und verfehlte es fast. Sobald er es einmal gepackt hatte, schwang er sich aus dem Luftstrom heraus und landete sanft auf dem Treppenabsatz der dritten Ebene. Anschließend durchquerte er einen kurzen Korridor und betrat wieder den Verteiler. Auch als er die Liftanlage bereits hinter sich gelassen hatte, klangen ihm von dem Lärm immer noch die Ohren.

Als er seinen Stadtplan studierte, erkannte Thorpe, daß er sich immer noch auf der falschen Seite der zentralen Höhlung befand. Er entdeckte eine der Fußgängerbrücken, welche die Stadtplaner über den Abgrund gespannt hatten. Die Brücke schien nicht stabil genug, das Gewicht eines Mannes zu tragen, ganz zu schweigen von dem Menschenstrom, der sich stetig darüber ergoß. Trotz all der Jahre, die er auf dem *Felsen* verbracht hatte, fühlte sich Thorpe beklommen, als er die gemächlich schwingende Brücke betrat. Er überquerte sie, ohne nach unten zu blicken.

Zehn Meter oberhalb der Brücke entdeckte er einen

breiten Korridor mit einem Schild, auf dem in leuchtend weißen Buchstaben NORDOSTRADIUS stand. Er trat auf einen der beiden Gleitwege und ließ sich davontragen. Der vierte Ring der Peripherie lag einen Kilometer vom Großen Verteiler entfernt. Er erreichte ihn in zehn Minuten. Dort angelangt, hielt er eine Passantin an und fragte sie nach der Wohnung von John Mahew Hobart. Fünf Minuten später befand sich Thorpe in einem kurzen Seitenkorridor, dessen Ausstattung diese Gegend als eine der wohlhabenderen der Stadt auswies.

»Ah, Mr. Thorpe, es freut mich, daß Sie kommen konnten!« rief Hobart, als er den Repräsentanten der Sierra Corporation an der Tür begrüßte.

»Ich komme ein wenig früh«, erwiderte Thorpe. »Ich bin extra früh aufgebrochen, für den Fall, daß ich mich verlaufen sollte.«

»Machen Sie sich nichts draus. Ich freue mich, daß Sie überhaupt da sind. Es gibt hier Geschichten von Touristen, die tagelang verschollen waren. Treten Sie ein und lassen Sie sich mit meiner Frau und den anderen Gästen bekanntmachen.«

Hobarts Wohnung war so geformt, daß sie einer natürlichen Höhle auf der Erde ähnelte. Hauptsächlich bestand sie aus freiem Raum, mit Sitzgruppen über mehrere natürlich wirkende Nischen verteilt, die durch künstliche Stalaktiten und Stalagmiten voneinander abgeteilt wurden. Ebenso waren die Durchgänge zu den anderen Räumen als natürliche Öffnungen getarnt. Ein weiches, indirektes Licht, das aus den gewölbten Wänden kam, erhellte den Raum. Hobart führte Thorpe an einem kleinen Teich voller Lilien und Goldfische vorbei zu einer Gruppe von Leuten, die sich um die gutsortierte Bar drängten.

»Thomas Thorpe, ich möchte Sie mit meiner Frau Nadia bekanntmachen. Nadia, das ist Mr. Thorpe, Einsatzleiter auf dem *Felsen*.«

»Hallo, Mr. Thorpe«, sagte Mrs. Hobart und streckte ihre Hand aus. Sie war eine hübsche Frau in den späten Vierzigern. Ihr schwarzes Haar war graugesträhnt, aber sonst hätte sie durchaus als zehn Jahre jünger durchgehen können, als sie tatsächlich war. Ihr Abendkleid zeigte mehr Haut, als es verbarg, war nach Mondmaßstäben jedoch konventionell. »Ich freue mich, daß Sie kommen konnten.«

»Ich möchte Ihnen für die Einladung danken«, erwiderte Thorpe.

Hobart besorgte ihm einen Drink und stellte ihn den anderen Gästen vor. Ihm wurde bald klar, daß es sich hier um eine Zusammenkunft der Nationalpartei von Luna und ihrer Anhänger handelte. Gerade als die Vorstellung beendet war, erklang eine leise Glocke, und Hobart entschuldigte sich, um die Tür zu öffnen.

»Sie waren also am Einfangen des *Felsen* beteiligt?« fragte einer von Hobarts Gästen. Thorpe wandte sich dem Mann zu, der ihm als Harold Barnes, Vorstandsmitglied der Bank von Luna vorgestellt worden war.

Thorpe nickte. »Vom ersten Erkundungsflug an bis vor sechs Wochen, als ich bei einem Unfall verletzt wurde.«

»Ja«, sagte die Frau des Bankiers, »John hat uns erzählt, was passiert ist. Es muß schrecklich für Sie gewesen sein!«

»Als es passierte, nicht. Ich erinnere mich noch, daß ich mir wegen des Produktionsausfalls Sorgen machte.«

»Wie tapfer!« säuselte die Dame.

Thorpe lachte. »Seitdem hatte ich aber mehr als einmal den Tatterich, das können Sie mir glauben.«

»Und wieviel hat es Sie denn nun gekostet, den *Felsen* zu bewegen?« fragte Barnes.

»Eine Menge!« antwortete Thorpe. »Nach der genauen Summe müßten Sie Halver Smith fragen.«

»Ich bezweifle, daß er sie mir nennen würde.«

»Das bezweifle ich auch«, stimmte Thorpe zu.

Die Antwort ließ Barnes unbeeindruckt. »Meine Bank hat sich mit der Kostenseite des Asteroidenfangs befaßt. Man schätzt die Kosten als zehnmal so hoch ein wie bei einem ähnlichen Projekt auf Luna. Warum ist das so?«

»Aus einer Reihe von Gründen«, sagte Thorpe. »Die Masse des *Felsen* beträgt etwa dreihundert Milliarden Tonnen. Ein Antriebssystem, das einen solchen Brocken bewegt, kommt nicht gerade billig. Es hat vier Jahre gedauert, wie Sie wissen. Dazu kommen Finanzierungskosten, Versicherung, Gehälter. Schließlich noch die Brennstoffkosten. Wir haben fast zehn Kilogramm Antimaterie gebraucht, um den *Felsen* in die Erdumlaufbahn zu befördern.«

»*Zehn* Kilogramm, sagten Sie? Das ist eine ganze Menge, nicht wahr?«

Thorpe nickte. »Ungefähr die Zweijahresproduktion eines der großen Energiesatelliten.«

»Mein Eindruck war, daß der *Felsen* ziemlich nahe an der Erde vorbeigeflogen ist. Daß er fast mit ihr zusammengestoßen ist, um genau zu sein! Warum soviel Antimaterie?«

»Es stimmt, daß der ursprüngliche Orbit den *Felsen* ziemlich nahe an die Erde herangebracht hat. Jedenfalls hatte er ebenfalls eine Neigung von zehn Grad gegenüber der Ekliptik.«

»Der was?«

»Die Ebene der Umlaufbahn der Erde. Eine Korrektur dieser Ebene ist das kostspieligste aller Manöver im Weltraum. Achtzig Prozent der verbrannten Antimaterie dienten dazu, die Rotationsebene des *Felsens* neu auszurichten. Danach war die Umstellung vom solaren auf den terrestrischen Orbit ein Kinderspiel.«

»In unserer Branche, Mr. Thorpe, werden wir oft darum gebeten, die Finanzierung derartiger Unternehmungen zu beurteilen. Würden Sie ein solches Projekt empfehlen?«

»Als erstes würde ich mir die betreffende Orbitalmechanik ansehen. Wie groß muß Delta V — das ist die Geschwindigkeitsänderung — in welcher Zeit sein? Dann würde ich das technische Gutachten der Firma genau unter die Lupe nehmen. Schließlich ...«

»Harold Barnes!« sagte jemand hinter Thorpe. »Bohrst du unseren Gast etwa um kostenlosen Rat an?«

Als Thorpe sich umwandte, sah er Mrs. Hobart hinter sich stehen. Sie trat näher und ergriff sanft seinen Arm. »Sie müssen ihn entschuldigen, Tom. Im Vergleich zu einem Lunarier ist ein Schotte ein Verschwender, und unsere Banker sind die schlimmsten von allen. Harold würde Sie den ganzen Abend mit Beschlag belegen, wenn Sie ihn nur ließen. Harold, noch ein Fehltritt, und ich muß dich von meinen Parties verbannen.«

Barnes verneigte sich vor seiner Gastgeberin. »Ein Schicksal schlimmer als der Tod, Nadia. Ich werde mich an dein Verbot halten.«

»In der Zwischenzeit muß ich mir deinen Gesprächspartner ausleihen.« Sie führte Thorpe zu einer Stelle, wo sie auf einer Parkbank in der Nähe des Zimmerteichs sitzen konnten. »Bitte verzeihen Sie, daß ich das nicht schon früher gesehen habe. Luna ist immer noch so etwas wie ein Grenzland, fürchte ich, und manche gesellschaftlichen Gepflogenheiten gehen uns einfach ab.«

Thorpe lächelte. »Nicht so sehr Grenzland wie der Ort, von dem ich komme. Ihre Wohnung ist bezaubernd.«

»Danke. John hat sie extra anfertigen lassen. Ich bin auf der Erde geboren, und während der ersten Jahre unserer Ehe habe ich darüber geklagt, in einer Höhle leben zu müssen. Das hier ...« — sie umfaßte mit einer ausholenden Geste die belebte Szenerie — »ist seine Rache.«

»Es ist trotzdem bezaubernd.«

»Uns gefällt es. Möchten Sie noch einen Drink?«

»Vielleicht ein Glas Wein. Ich muß heute noch zu meinem Hotel zurücknavigieren.«

Nadia Hobart stand auf und kehrte mit einem Glas Weißwein zurück, dann fragte sie Thorpe, wie ihm Luna City gefalle. Er erklärte ihr, daß er noch nicht viel davon gesehen habe, doch daß ihm noch ein paar Tage für Besichtigungen blieben. Sie schlug ihm eine Reihe von Sehenswürdigkeiten vor und empfahl ihm einen Führer, der ihn zum Friedensdenkmal bringen würde. Sie sprachen immer noch über die lokalen Sehenswürdigkeiten, als der Koch bekanntgab, daß das Essen serviert würde.

Nach dem Essen lud Hobart Thorpe mit zwei anderen Männern in sein Arbeitszimmer ein. Einer von ihnen war Harold Barnes, der Bankier.

»Bourbon, Mr. Thorpe?«

»Nur einen kleinen.«

»Er ist ziemlich gut«, sagte der Parlamentarier, während er ein kleines Glas füllte, das besonders hoch war, um die Flüssigkeit bei der niedrigen Mondschwerkraft unter Kontrolle zu halten. »Wir destillieren ihn selbst. Er würde sich hervorragend zum Export eignen, wenn nicht gewisse reaktionäre Elemente auf der Erde dagegen wären.«

Thorpe nickte. Die Importbeschränkungen der Erde bedeuteten für alle Niederlassungen im Raum ein Ärgernis. Von einem unerschöpflichen Vorrat an Vakuum umgeben, war die Vakuumdestillation für sie leicht und billig. Aus Angst vor der Konkurrenz hatten sich die Destillateure auf der Erde zusammengetan und den Import extraterrestrischer Spirituosen verbieten lassen.

Als jeder der Männer ein Glas in der Hand hielt, wandte sich John Hobart an seinen Gast. »Wie kommen Sie mit dem Kometenkauf voran?«

»Wie bitte?« erwiderte Thorpe mit einem möglichst unbeteiligten Gesichtsausdruck.

Sein Versuch, unberührt zu erscheinen, begegnete einem breiten Lächeln. »Kommen Sie, Mr. Thorpe. Sie werden anerkennen müssen, welche Möglichkeiten mir hier zur Verfügung stehen. Ihre Verabredung mit Rektor

Cummings wurde im Universitätscomputer verzeichnet. Ich mußte nicht erst lange danach suchen. Anschließend rief ich den Rektor einfach an und fragte ihn danach, was Sie von ihm wollten. Erzählen Sie mir von diesem Kometen.«

Thorpe präsentierte den Lunariern dieselbe Geschichte, die er dem Rektor erzählt hatte.

»Glauben Sie wirklich, daß sich dieser Irrläufer aus der Tiefe des Alls zum Abbau eignet?« fragte Hobart.

Thorpe zuckte die Achseln. »Das werden wir erst sagen können, wenn wir die endgültigen Orbitaldaten vorliegen haben. Außerdem müssen wir seine Zusammensetzung und seine Größe kennen. Jedenfalls besteht eine ausreichend hohe Wahrscheinlichkeit, daß Mr. Smith ihn sich nicht wird entgehen lassen wollen.«

»Ich hatte den Eindruck, Willy Grandstaff war überrascht darüber, daß ich Sie für heute abend eingeladen habe.«

»Er meinte, eine solche Einladung wäre höchst ungewöhnlich.«

»Das ist sie in der Tat. Ich hätte sie beinahe nicht ausgesprochen. Ich war schon in der U-Bahnstation am Raumhafen, dann machte ich wieder kehrt, um Sie zu suchen. Meine Freunde und ich, wir befassen uns seit einiger Zeit mit einer bestimmten Idee. Wir würden gerne Ihre Meinung dazu hören.«

Hobart lehnte sich auf dem Sofa zurück und verschränkte die Hände vor dem Bauch. »Manche Leute haben Luna mit einem riesigen Bergwerkskonzern verglichen. Wir graben überall Tunnel. Wir graben nach Eislagern, höhlen andauernd neuen Lebensraum aus und schürfen nach den Metallen, die wir für unsere Industrie benötigen. Unser Metall stammt aus der gleichen Quelle wie das der Sierra Corporation. Wir beuten dafür Asteroiden aus. Der Unterschied besteht darin, daß Ihr Asteroid frei im Raum fliegt, während unsere vor Jahrmilliarden auf den Mond gestürzt sind.

Wegen all dieser Tunnelarbeiten herrscht bei uns permanenter Mangel an schwerem Abbaugerät. Obwohl wir alle Anstrengungen unternehmen, scheinen die Maschinenhersteller nie Schritt halten zu können. Als Folge davon müssen wir die Geräte für den Eisbergbau, den Wohnungsbau und die Metallextraktion rationieren. Um die Produktion in dem einen Bereich zu steigern, müssen wir sie in den anderen beiden herunterfahren.

Eis ist für uns von ausschlaggebender Bedeutung, Mr. Thorpe. Unser ökonomisches Wohlergehen hängt davon ab. Es liefert uns Wasser, Luft und einen Großteil unserer chemischen Grundstoffe. Im Moment behindert unsere Unfähigkeit, die Eisgewinnung auszuweiten, unser ökonomisches Wachstum.«

»Bauen Sie mehr schweres Gerät.«

»Das erfordert zusätzliche Fabriken, die wiederum zusätzliche Ressourcen erfordern, über die wir nicht verfügen. Und was fangen wir solange an, während wir die Fabriken bauen? Nein, wir brauchen etwas, das die Eisgewinnung kurzfristig ankurbelt und uns Zeit für längerfristige Investitionen läßt.«

»Eine gute Sache, wenn Sie das schaffen.«

»Wir glauben, wir haben eine Lösung gefunden«, sagte Hobart. »Wir sind darauf gekommen, daß wir diese Anlagen im Eisbergbau einsetzen könnten, wenn wir die Metallgewinnung vollständig einstellen sollten.«

»Aber dann würden Sie eine andere Quelle für Metalle brauchen.«

»Es wurde der Vorschlag gemacht, daß der *Felsen* diese Quelle sein könnte.«

»Sie möchten, daß wir Sie ebenso beliefern, wie wir die Erde beliefern?« fragte Thorpe.

»Genau. Und wir werden für das Metall mit Eis bezahlen.«

»Zu welchem Wechselkurs?«

»Darüber wäre zu verhandeln«, sagte Harold Barnes.

»Zehn Tonnen Eisen für eine Tonne Eis wäre ein vernünftiges Verhältnis.«

»Sie sprechen von hunderttausend Tonnen Eis pro Jahr. Der *Felsen* benötigt nicht soviel. Was machen wir mit dem Überschuß?«

»Verkaufen Sie ihn an die anderen Raumkolonien«, sagte Barnes. »Glauben Sie mir, es würde ein hübscher Nebenverdienst dabei herausspringen.«

»Was ist mit Ihren eigenen Eisexporteuren? Das würde sie aus dem Geschäft hinausdrängen.«

»Wir werden dafür sorgen, daß sie für ihre Verluste entschädigt werden.«

»Das ist ein verlockendes Angebot«, sagte Thorpe. »Es gibt dabei nur ein Problem.«

»Welches?« fragte der vierte Mann. Thorpe erinnerte sich daran, daß er ihm als Funktionär der Bergbaugewerkschaft vorgestellt worden war.

»Wie schaffen wir das Eisen zu Ihnen runter? Wir bremsen die Lieferungen für die Erde aerodynamisch ab. Da Luna keine Atmosphäre besitzt, funktioniert das nicht. Wir können die Fracht auch nicht mit Raketen landen. Es würde sich nicht rentieren.«

»Wir haben eine Menge ungenutztes Land, Mr. Thorpe«, sagte der Gewerkschaftsfunktionär. »Warum sie nicht einfach in einen verlassenen Krater plumpsen lassen?«

»Sie wissen nicht, was Sie da vorschlagen«, erwiderte Thorpe. »Man kann nicht einfach eine Million Tonnen Eisen, die sich mit einer Geschwindigkeit von mehreren Kilometern pro Sekunde bewegen, auf den Mond fallen lassen! Die Mondtrümmer würden überallhin verstreut, ganz zu schweigen von den Stücken, die in einen Orbit gehen würden.«

»Wie wäre es, wenn Sie die Erzfracht in tiefen Regolith fallen lassen würden? Wäre das nicht vergleichbar mit einer Wasserlandung?« fragte Hobart.

»Jedenfalls dann, wenn das Material eine geringe

Dichte aufweisen würde, vermute ich. Wir könnten die Frontfläche der Erzcontainer vergrößern, um die Last weiter zu verteilen. Aber wo würden Sie sie fallenlassen?«

»Sagt Ihnen das Orientbecken etwas?«

»Ich habe davon gehört.«

»Das Becken ist ein großes Mare am Westrand des Mondes. Vor vier Milliarden Jahren ist dort ein großer Meteor eingeschlagen. Da das Orientbecken nie von Magma überflutet wurde, besteht der Boden aus den staubförmigen Überresten des Aufpralls. An manchen Stellen beträgt die Tiefe vier Kilometer. Der spezifischen Dichte nach sollte er sich bei einem solchen Zusammenprall ähnlich wie eine Flüssigkeit verhalten.«

»Was ist mit dem dabei hochgeschleuderten Material?« fragte Thorpe. »Bei Ihrer schwachen Gravitation kann niemand sagen, wo das lose Gestein niedergehen würde.«

»Das muß natürlich noch im Detail untersucht werden«, stimmte Hobart zu. »Ist die Sierra Corporation an einem solchen Vorhaben interessiert?«

»Mehr als interessiert«, antwortete Thorpe. »Hören Sie, ich werde Mr. Smith von dieser Unterredung unterrichten und Sie nach meiner Rückkehr vom Farside Observatorium wieder aufsuchen. Einverstanden?«

»Einverstanden, Mr. Thorpe. Wir unsererseits werden so lange davon Abstand nehmen, den Plan mit Señor Sandoval von System Resources zu erörtern, bis wir von Ihnen wieder etwas hören. Schließlich ist ein Asteroid vor Ort mehr wert als einer in der Überführung. Noch einen Bourbon?«

Thorpe blickte in sein Glas, das beinahe leer war. »Vielleicht noch einen, Bürger Hobart. Trinken wir auf ein erfolgreiches Geschäft für alle Beteiligten!«

»Nein, Mr. Thorpe«, sagte Hobart. »Trinken wir auf die Republik Luna. Auf daß sie immer stark bleibe!«

6. KAPITEL

Tom Thorpe saß neben dem jugendlichen Fahrer in der Steuerkabine des Rolligon und sah in die von den starken Scheinwerfern erhellte Mondnacht hinaus. Trotz der Panoramasicht gab es nicht viel zu sehen. Vor drei Tagen war hier die Sonne untergegangen, und die Landschaft auf der erdabgewandten Seite des Mondes war so dunkel wie die tiefste Nacht auf der Erde.

Vor zwölf Stunden hatte die mondumspannende Einschienenbahn Thorpe an Hardley's Crossroads abgesetzt, und vor vier Stunden hatte der Rolligon seine 120-Kilometer-Fahrt zum Observatorium begonnen. Von Hadley hatte er wenig mehr gesehen als das sich andauernd verändernde Muster der Reifenspuren, die von früheren Fahrten stammten.

Da es nichts Interessantes zu sehen gab, hatte Thorpe die Zeit dazu benutzt, seine Gedanken zu ordnen. Am Morgen nach der Dinnerparty hatte er Hobarts Vorschlag in einem langen Telegramm an die Geschäftsleitung zusammengefaßt. Dann hatte er ein Ticket für die Viertagesreise zum Friedensdenkmal gekauft, wo er ein paar andere Spuren gesehen hatte — die seltsamen geriffelten Fußabdrücke, die Armstrong und Aldrin vor fast einem Jahrhundert hinterlassen hatten. Die Vertiefungen, wo sie Bodenproben genommen hatten, waren noch so deutlich wie an dem Tag, als sie entstanden waren, doch das blaue Feld und die roten Streifen ihrer Flagge waren fast vollständig verblaßt.

Bei seiner Rückkehr nach Luna City fand er zu seiner Überraschung im Hotel eine Antwort auf sein Telegramm vor. Er entschlüsselte es und las:

BIN AM TAUSCH EISEN FÜR EIS HÖCHST INTERESSIERT. FAHREN SIE MIT IHRER

ARBEIT FORT, ABER HOLEN SIE WEITERE INFORMATIONEN EIN. HABE OFFENBAR DEN RICHTIGEN MANN NACH LUNA GESCHICKT. DAS MUSS DER GRUND SEIN, WESHALB DER RUBEL ROLLT.

Halver Smith

Das hatte das Ende von Thorpes Urlaub bedeutet. Seine letzten Tage in Luna City hatte er mit dem Studium der wirtschaftlichen Hintergründe des Eisbergbaus und der Selenologie des Orientbeckens zugebracht. Was er erfuhr, ermutigte ihn. Es sprach offenbar nichts dagegen, Eisen in Millionen-Tonnen-Einheiten auf den Mond zu befördern.

Thorpe wurde aus seiner Stimmung aufgeschreckt, als der Rolligon um eine Ecke bog und auf einen abschüssigen Hang zuzurutschen begann.

»Ist es nicht gefährlich, in der Nacht so schnell zu fahren?« fragte er, nachdem der Fahrer die Kontrolle wiedererlangt hatte. Wie Thorpe trug der Fahrer einen Leichtgewichts-Vakuumanzug. Sein Anzug war blaumetallic, wenn die Originalfärbung unter einer dicken Schmutzschicht auch kaum zu erkennen war. Thorpes Anzug war orange reflektierend und trug das Firmenzeichen und die Registriernummer von Verns Raumanzugsverleih in Hadley's Crossroads, Luna. Er war ebenfalls stark verschmutzt. Innendrin roch er nach zu vielen ungewaschenen Männern.

»Nachts fährt sich's besser als bei Tag«, sagte der Fahrer mit seinem silbenverschluckenden Luna-Akzent. »Lass' mich ohne meine Unterwäsche aus Blei nicht gern von 'ner solaren Leuchtbombe erwischen.«

»Das habe ich nicht gemeint. Sollten Sie nicht besser langsamer fahren?«

»Nee! Bin die Strecke schon hundertmal gefahren. Kenn' sie wie mein'n Handrücken. Uih!«

Thorpe fühlte, wie sein Magen in die Kehle hochzusteigen versuchte, als der Rolligon auf einen Buckel traf und zwei Meter hoch in den schwarzen Himmel geschleudert wurde. Sie befanden sich länger als zwei Sekunden in der Schwerelosigkeit, ehe das Fahrzeug mit einem dumpfen Schlag in einer Staubwolke landete. Der Fahrer drehte sich um und grinste. Seine Haartolle war vor dem Hintergrund der Instrumentenleuchten deutlich sichtbar. »Tut mir leid, Boss. Ich dachte schon, ich wär' dran vorbei. Dieser Wummi hätt' mich letztes Mal beinahe umgekippt.«

»Dann fahren Sie langsamer, verdammt noch mal!«

»Kein Grund zur Panik, Boss. Von hier ab ist die Fahrbahn glatt wie Glas. Hinter dem nächsten Hügel ist schon das Observatorium.«

Thorpe setzte sich gerade auf und spähte nach vorn. Seit sie die Kraterwandung überwunden hatten, hatten sie die Lichter der Oberflächenanlagen des Farside Observatoriums sporadisch aufleuchten sehen. Wie der Fahrer gesagt hatte, erschien in geringer Entfernung vor ihnen eine Ansammlung weißer Lichter, sobald sie die Hügelkuppe erklommen hatten.

»Wie weit noch?« fragte Thorpe.

»Die Erhebung hier heißt Twelve Klick Rise.«

»Zwölf Kilometer noch?«

»Bißchen weniger. Sagen wir, elfeinhalb.«

»Wo sind die Teleskope?«

»Sehen Sie die Hauptschüssel?« fragte der Fahrer und deutete auf ein blitzendes rotes Licht an der Spitze eines Turmes, der sich im Mittelpunkt einer Ansammlung von Glimmlampen befand.

»Ja.«

»Das *Große Auge* befindet sich links davon. Sie können's nicht sehen, weil der größte Teil schwarz ist.«

Thorpe lehnte sich enttäuscht zurück. Er hatte erwartet, die großen Teleskope von Flutlicht erleuchtet zu sehen. Aber es gab natürlich keine Veranlassung, sie in der Mondnacht anzustrahlen, und gute Gründe, es nicht zu tun. Ein Lichtstrahl, der auf einen der Spiegel fiel, konnte eine astronomische Beobachtung wertlos machen.

Sie fuhren weiter und hielten nach einer Viertelstunde vor einer Art Nissenhütte, die mit einer dicken Schicht Mondstaub bedeckt war. Der Fahrer sprach kurz in sein Funkgerät, und eine schwere Schleusentür schwang auf. Der Fahrer lenkte sein Fahrzeug hinein. Die Tür schloß sich, und der Rolligon wurde durchgeschüttelt, als die Umgebung unter Atmosphäre gesetzt wurde.

Thorpe fühlte seinen Anzug um sich herum schlaff werden, wartete jedoch mit dem Absetzen des Helms so lange, bis ihm der Fahrer signalisierte, daß er es gefahrlos tun konnte. Die Luft war kalt und schmeckte metallisch.

»Endstation, Mr. Thorpe«, sagte der Fahrer lachend. »Ich hoffe, ich habe Sie nicht allzusehr in Schrecken versetzt.«

»Gut, daß ich mich an der Kreuzung wieder nach vorne gesetzt habe. Bei diesem Luftsprung hätte ich mir sonst bestimmt in die Hose gemacht.« Thorpe schnallte sich los und stand auf. Er begann sich allmählich besser zu fühlen.

»Kommen Sie, machen wir, daß wir nach unten kommen! Sie können den Anzug im Umkleideraum lassen. Ich hol ihn dann später, wenn ich die Flüssigtanks gewechselt und alles fürs Entladen vorbereitet habe. Die Schleusenkontrolle sagt, daß Direktor Meinz Sie bereits unten erwartet.«

»Danke für die Fahrt«, sagte Thorpe und hob seine Reisetasche hoch, die er hinter dem Sitz verstaut hatte. »Es war ein Erlebnis.«

Der Teenager grinste. »Warten Sie, bis Sie mich auf der Rückfahrt erlebt haben, wenn der Laderaum leer ist. Dann zeige ich Ihnen, was Fahren wirklich heißt!«

»Mr. Thorpe? Ich bin Hermann Meinz, Direktor des Observatoriums. Das ist Niels Grayson, leitender Astronom.«

Thorpe schüttelte den beiden Männern, die vor dem Lift auf ihn gewartet hatten, die Hand. Der Direktor war ein magerer Mann. Sein Gesicht sah aus, als wäre es zu fest über den Schädel gespannt. Bis auf einen Streifen Weiß an der Rückseite seines Kopfes war er haarlos. Thorpe schätzte, daß der Direktor in den Siebzigern und Grayson, ein dunkler, muskulöser Mann, in den Fünfzigern war.

»Sie wollen bestimmt aus dem Anzug heraus«, sagte der Astronom. »Nehmen Sie Kabine Drei.«

Thorpe dankte Grayson und begab sich in die genannte Umkleidekabine. Er streifte den Anzug ab und gab sich einer Kratzorgie hin, bevor er sich abrieb und ein ärmelloses Hemd, Shorts und Slipper anzog. Zuletzt kämmte er sich die Haare, nahm die Reisetasche und den Raumanzug und kehrte dorthin zurück, wo das Empfangskomitee auf ihn wartete.

»Sollen wir in mein Büro übersiedeln?« fragte Direktor Meinz.

»Da bin ich sehr dafür«, erwiderte Thorpe. Er hängte den Anzug an einen Haken, wo der Fahrer ihn sehen würde, dann folgte er den Astronomen über einen langen Korridor mit einer Serie von Not-Druckschleusen.

Sie kamen an Büroräumen voller Computerterminals und Geräten zur Photoauswertung vorbei, an Lagerräumen und Werkstätten. Trotz seiner Abgeschiedenheit schien es im Observatorium alle möglichen Annehmlichkeiten zu geben, eingeschlossen eine gutausgestattete Turnhalle.

Professor Meinz' Büro wurde von einem wandgroßen Foto beherrscht, auf dem das Hundert-Meter-Teleskop und dahinter die Sonne zu sehen waren.

»Rektor Cummings hat uns über den Zweck Ihres Besuchs informiert, Mr. Thorpe«, sagte der Professor, nachdem er den anderen Mann gebeten hatte, Platz zu nehmen. »Ich muß sagen, es überrascht mich, daß sich die Sierra Corporation für den Kometen P/2085(G) interessiert.«

»Ist das der Komet, der nahe an Jupiter vorbeifliegen wird?«

»Das ist er. Ich war sogar noch mehr überrascht, als ich entdeckte, daß das Farside Observatorium ein kommerzielles Interesse an dieser Angelegenheit hat.«

Thorpe zuckte die Achseln. »Mr. Smith hat unsere Rechtsabteilung die Geschichte des Gesetzes über Rechte an Weltraumentdeckungen überprüfen lassen. Die Bestimmung, die den Entdeckern zehn Jahre lang die alleinigen Nutzungsrechte überläßt, war ursprünglich dazu gedacht, den wissenschaftlichen Wert neuentdeckter Himmelskörper zu bewahren. Ob man das so gewollt hat oder nicht, Sie besitzen die Rechte und können damit tun, was Sie wollen. Wir hoffen, daß Sie uns ein Vorkaufsrecht einräumen werden.«

»Warum, Mr. Thorpe?« fragte Niels Grayson. »Selbst wenn er die günstigste aller denkbaren Umlaufbahnen einschlagen sollte, dürfte die Geschwindigkeit des Kometen am Perihel in der Größenordnung von fünfzig Kilometern pro Sekunde liegen. Das macht ihn nicht gerade zu einem geeigneten Kandidaten zum Einfangen.«

Thorpe hatte sich eine Antwort darauf bereits zurechtgelegt. »Ich habe nie etwas von Einfangen gesagt.«

»Aber der Rektor sagte uns ...«

Thorpe nickte. »Er sagte Ihnen, daß wir diesen Kometen einfangen und in eine weite Umlaufbahn um die Erde bringen wollten. Das war seine persönliche Annahme, der ich lediglich nicht widersprochen habe. Wenn unsere Konkurrenten von unserem Interesse Kenntnis erhalten sollten, werden sie vielleicht ebenfalls die falschen Schlüsse ziehen.«

»Dann verstehe ich überhaupt nichts mehr«, sagte Grayson.

»Was diesen speziellen Kometen potentiell wertvoll macht, ist nicht seine Geschwindigkeit, sondern die Ebene seines Orbits. Der Asteroid wird Jupiter sehr nahe der Ekliptik hinter sich lassen. Das ist zutreffend, nicht wahr?«

Grayson nickte. »Plus oder minus zwei Grad.«

»Das ist es, was Mr. Smith ins Auge gefallen ist. Vor einiger Zeit hat er eine preisgünstige Methode entwickelt, um Frachtgut in modifizierte Hohmann-Transfer-Orbits zu bringen. Damit es funktioniert, muß die Ladung von der Ebene der Ekliptik aus gestartet werden. Wenn dieses Kriterium erfüllt ist, können wir veredelte organische Stoffe auf profitable Weise über interplanetare Distanzen befördern.«

»Ich weiß nichts von einer solchen Arbeit«, sagte Meinz kurzangebunden.

Thorpe lächelte, wie es ihm aufgetragen worden war. »Es tut mir leid, aber es steht mir nicht frei, mit Ihnen darüber zu diskutieren. Betriebsgeheimnis.«

Der Direktor murmelte etwas wie ›Blödsinn‹, dann lehnte er sich in seinem Sessel zurück. Grayson wandte sich an Thorpe. »Ich nehme an, daß Sie zusätzliche Informationen benötigen, bevor Sie eine Entscheidung treffen.«

»Ich muß die Größe und die Zusammensetzung des Kometenkerns kennen. Darüber gab es in dem Bericht der Astronomischen Vereinigung keine Angaben.«

»Ja klar. Weil der Kern von der ihn umgebenden Gaswolke verdeckt wird. Wir können ihn noch nicht sehen.«

»Überhaupt noch nicht?«

»Nicht mit den Geräten, die wir verwendet haben.«

»Das bedeutet, daß Sie noch nicht die richtigen Geräte eingesetzt haben«, sagte Thorpe und deutete auf das Wandbild hinter Meinz' Schreibtisch.

»Falls Sie damit das *Große Auge* meinen, haben Sie recht.«

»Darf ich fragen, warum nicht?«

»Das ist eine Frage der Auslastung. Es sind im Moment eine ganze Reihe wichtiger Beobachtungsprogramme im Gange. Selbst mit seiner Fähigkeit zur simultanen Beobachtung verschiedener Objekte gibt es nur eine bestimmte Anzahl von Richtungen, die das *Große Auge* zu einem gegebenen Zeitpunkt beobachten kann. Ich fürchte, es ist bis Ende des Jahres bereits ausgebucht.«

»Wie lange würde es dauern, den Kometenkern zu untersuchen?«

»Ein bis vier Stunden, abhängig von den Beobachtungsbedingungen innerhalb der Koma.«

»Es muß doch irgendwo eine Lücke im Terminplan geben. Niemand arbeitet dermaßen hart an der Auslastungsgrenze. Was machen Sie denn, wenn ein mechanisches Problem auftritt?«

»Wir tun unser Bestes, alles umzustellen«, erwiderte Meinz. »Und falls irgendwann einmal Zeit übrigbleibt, haben wir eine lange Warteliste. Ich fürchte, P/2085(G) schafft es nicht einmal über diese Liste.«

»Es könnte eine erhebliche Geldsumme für das Observatorium ausmachen. Ergibt sich daraus nicht eine Priorität?«

Meinz räusperte sich. »Sie haben es auf den Punkt gebracht, Mr. Thorpe.«

»Also wie sieht es aus? Ist Ihnen das Angebot der Sierra Corporation eine Stunde der Beobachtungszeit des *Großen Auges* wert?«

Meinz schwieg fast eine Minute lang. Endlich beugte er sich vor. »Wir werden ein paar Tage für die Vorbereitungen brauchen, aber wir werden sehen, ob wir nicht das Hundert-Meter-Gerät für eine Stunde oder so freistellen können.«

»Ausgezeichnet«, sagte Thorpe. »Wenn Sie nichts dagegen haben, würde ich mich jetzt gern zurückziehen. Ich habe jetzt seit fast zwanzig Stunden nicht mehr geschlafen.«

»Ganz gewiß nicht«, antwortete Meinz. »Professor Grayson wird Sie zu Ihrer Unterkunft begleiten.«

Thorpe schlief bis weit in den nächsten Morgen hinein. Diesen Luxus gestattete er sich nicht oft. Doch außer einem Besuch des Observatoriums am Nachmittag hatte er sich nichts vorgenommen. Als er gebadet, sich rasiert, die Zähne geputzt und angezogen hatte, war es kurz vor zehn.

Nachdem er sich zweimal verlaufen hatte, schaffte er es, eine Kantine ausfindig zu machen. Die Kantine war leer, bis auf einen Mann, der mit einem Laptop und einem Stoß Ausdrucke beschäftigt war. Er brauchte eine Weile, bevor ihm auffiel, daß dem Mann der rechte Arm fehlte. Er mußte unwillkürlich daran denken, daß er selbst ebenfalls leicht ein Krüppel sein könnte, wenn sich die Dinge bei seinem Unfall ein wenig anders entwickelt hätten.

Thorpe nickte dem Mann zu, dann begab er sich zum Essensautomaten. Dreißig Sekunden später hielt er ein Tablett mit zwei Scheiben Toast, einem verschlossenen Karton Orangensaft und einen großen Becher Kaffee in der Hand. Er trug sein Essen zu einem Tisch nahe der Eingangstür und setzte sich, um sein Frühstück zu genießen.

»Mr. Thorpe?«

Die rauhe Altstimme erreichte ihn mit einem Mund voller Toast. Thorpe sah auf und erblickte neben sich eine hochgewachsene blonde Frau. Ihr Haar war um ihr herzförmiges Gesicht herum in der für niedrige Schwerkraft typischen Weise hochtoupiert. Als nächstes fiel ihm das tiefe Blau ihrer Augen auf und der große Mund, der ein freundliches Lächeln zeigte. Die Frau trug ein ärmelloses Hemd, Shorts und Mondslipper wie er. An ihr sah die Kleidung gut aus. Thorpe schluckte rasch und verschluckte sich beinahe, als er sich aufrappelte.

»Ah ... hallo!«

»Sie *sind* doch Mr. Thorpe, oder?« fragte die Frau und ihr Gesicht wechselte zu einem Ausdruck milder Verwunderung.

»Ja, das bin ich.«

»Ich bin Amber Hastings. Professor Grayson wird Sie heute nun doch nicht herumführen können. Er hat mich gebeten, Ihnen seine Entschuldigung zu überbringen und seine Stelle einzunehmen. Ich hoffe, es macht Ihnen nichts aus.«

»Der Tag, an dem mir eine schöne Frau etwas ausmacht, ist der Tag, an dem ich mir mein Grab schaufeln lasse.«

»Wie galant!« sagte sie. Trotz ihres Versuchs, besonders kultiviert zu erscheinen, bemerkte Thorpe ein plötzliches Rotwerden als Reaktion auf sein Kompliment. »Was dagegen, wenn ich mich setze?«

»Bitte sehr.«

Sie schob ihre langen Beine unter den Tisch und nahm ihm gegenüber Platz.

»Möchten Sie ein Stück Toast?« fragte er.

»Nein, danke. Es sind nur noch zwei Stunden bis zum Mittagessen. Ich möchte mir meinen Appetit nicht verderben.«

»Ich hatte vor, bis dahin zu warten, aber ich komme um vor Hunger. Das muß wohl die Fahrt im Rolligon gewesen sein.«

Amber lachte. »Das geht jedem so. Das ist die natürliche Antwort darauf, daß man den Trip überlebt hat.«

»Das glaube ich Ihnen auf der Stelle«, stimmte Thorpe zu. »Besonders wenn man bedenkt, wie dieser junge Mann fährt!«

»Oh, Sie hatten Vad als Fahrer? Da können Sie sich noch glücklich schätzen. Verglichen mit seiner Schwester, ist er die Vorsicht in Person.«

»Das meinen Sie nicht im Ernst!«

»Absolut. Ich fahre nämlich mit der Sonnenaufgangstour auf Urlaub nach Hause. Ich bete darum, daß dann

Vad am Steuer sitzt. Wie ich höre, sind Sie hier, um unseren Kometen zu leasen.«

Er nickte. »Falls die Antworten auf einige Fragen positiv ausfallen. Genaugenommen ...« Thorpe brach ab und starrte seine Fremdenführerin an. »Hastings? Natürlich, Sie sind der Astronom, der ihn als erster entdeckt hat, nicht wahr?«

»Eigentlich hat ihn der Observatoriumscomputer entdeckt. Ich habe ihn nur gemeldet.«

»Ich hätte Ihren Namen sofort wiedererkennen müssen«, sagte Thorpe. »Irgendwie hatte ich den Eindruck, Sie wären ein Mann.«

»Ich bin keiner.«

»Das sehe ich«, erwiderte Thorpe mit einem Tonfall, der weit mehr implizierte.

»Machen Sie so weiter, und Sie verdrehen mir den Kopf.«

»Das ist meine Absicht.«

Sie schwiegen, während er sein Frühstück beendete. Sobald er den letzten Schluck der schwarzen Flüssigkeit getrunken hatte, schlug Amber vor, den Rundgang sofort zu beginnen, dann zu Mittag zu essen und ihn am Nachmittag fortzusetzen. Er stimmte sofort zu. Als sie die Cafeteria verließen, übersah Thorpe den einarmigen Mann, der etwas in sein Notizbuch schrieb.

Amber führte ihn zwei Stockwerke nach unten und durch einen Korridor, bis sie zu einem Kontrollraum gelangten.

»Von hier aus steuern wir das *Große Auge*«, sagte sie und zeigte auf eine hufeisenförmige Konsole. »Das heißt, von hier aus steuern wir die Computer, die das Teleskop überwachen.«

»Weshalb ist niemand hier?«

»Im Moment läuft noch die Nachtschicht. Das einzige, was nachts schiefgehen kann, ist, daß sich eins der Teleskopsegmente aus der Arretierung löst. Falls das passiert, benachrichtigt der Computer den Diensttuenden, und dieser versucht das Problem zu beheben. Falls er es nicht schafft, ruft er die Wartungstechniker.«

»Ich nehme an, Sie pausieren während des Tages.«

»Aber nein! Luna hat keine Atmosphäre, und somit gibt es auch keine Lichtstreuung, deshalb stört uns die Sonne überhaupt nicht. Jedenfalls achten wir *sehr* genau darauf, daß das *Große Auge* während der Positionswechsel keiner direkten Sonneneinstrahlung ausgesetzt wird. Sollte das Licht von Sol jemals auf einen Primärfokus fallen — und sei es auch nur für einen Sekundenbruchteil —, würde der Wärmefluß das Teleskop zerstören. Wir haben alle möglichen Sicherheitssperren in das System eingebaut, um das zu verhindern. Trotzdem hat immer einer von uns hier Dienst, solange die Sonne scheint. Übrigens hatte ich gerade Tagesdienst, als mich der Computer darüber informierte, daß er einen Kometen entdeckt hatte.«

»Wie entdeckt?«

»Er hat die Koma auf einer Aufnahme entdeckt.«

»Könnte ich sie sehen?«

»Natürlich«, sagte sie.

Sie bedeutete ihm, sich neben sie zu stellen, während sie im Operatorsessel Platz nahm. Ihre Finger glitten geschickt über das Keyboard, und der große Bildschirm füllte sich mit Sternen. Einer von ihnen sah anders aus als die anderen.

»Obwohl dies hier unsere erste Aufnahme des Kometen ist, ist sie doch unsere beste. Der Grund dafür ist, daß sie vom *Großen Auge* stammt. Die Ziffern unten am Rand geben das Datum und die Zeit an, daß 102 Spiegelsegmente aktiviert waren und daß Kollektor und Photonenverstärker Nummer Zwei benutzt wurden.«

»Irgendwelche Spuren des Kerns feststellbar?«

»Auf diesem Bild nicht, aber diese spezielle Kombination ist für diese Dinge auch nicht besonders empfindlich.« Amber ließ die Finger über das Keyboard tanzen, und das Bild wurde durch ein anderes ersetzt. Es zeigte die gleiche Sternregion, war jedoch weniger detailliert, so als wäre es aus einer größeren Entfernung aufgenommen. »Das ist unsere zweite Aufnahme, drei Wochen später gemacht. Das ist die, mit der ich die erste Näherungsberechnung des Kometenorbits durchgeführt habe. Wir haben diese erste Näherung natürlich im Wochenturnus verfeinert.«

»Ja, ich weiß«, antwortete Thorpe. »Ich habe Kopien aller Aktualisierungen der Astronomischen Vereinigung. Interessieren würde mich, was Sie herausgefunden haben und was nicht in den Berichten steht.«

»Nicht viel«, sagte Amber. »Wir haben Spuren aller üblichen Bestandteile entdeckt: Wasserdampf, Kohlenmonoxid, Methan, Stickstoff, Cyanwasserstoff. Das überrascht uns nicht. Die meisten sich über einen längeren Zeitraum erstreckenden Messungen von Kometen ergeben ähnliche Verteilungsmuster flüchtiger Gase.«

Thorpe nickte. »Professor Grayson erwähnte das gestern abend. Er sagte auch, daß Sie die Größe des Objekts noch nicht quantifizieren könnten.«

»Noch nicht. Sie könnte irgendwo zwischen der eines Schneeballs und der eines großen Mondes liegen.«

»Ich könnte mir vorstellen, daß Sie als Astronomin eine ganze Menge aus dem nahen Vorbeiflug an Jupiter lernen werden. Schließlich kommt so etwas nicht alle Tage vor!«

»Es passiert öfter, als Sie vielleicht denken.«

»Ach?«

»Ich will damit nicht sagen, daß wir alle Tage Asteroiden oder Kometen bis auf zwei Millionen Kilometer am Jupiter vorbeischwirren sehen. Das wird die engste Begegnung werden, die von Menschen jemals beobachtet wurde. Aber der gute alte Jupiter übt doch einen ziemlichen Einfluß aus. Er ist für die Umlaufbahnen rund der Hälfte der periodischen Kometen des Sonnensystems verantwortlich. Glauben Sie mir, nach den Maßstäben des Universums backen wir hier ziemlich kleine Brötchen. Wenn es nicht so wäre, würde man bestimmt jemand Bedeutenderes als eine junge astronomische Angestellte damit beauftragen, die Sache zu verfolgen. Übrigens«, sagte Amber, »ich würde darauf wetten daß sich in zehn Jahren niemand mehr an den Kometen P/2085(G) erinnern wird.«

Später sollte Thorpe es bedauern, daß er auf die Wette nicht eingegangen war.

7. KAPITEL

Der Hauptkontrollraum des *Großen Auges* war voller Zuschauer, als sich das Beobachtungsprogramm der Wechselsterne im Sternbild Cepheus der Andromeda-Galaxis dem Ende näherte. Die Andromeda-Beobachtung war das letzte von drei gleichzeitig betriebenen Beobachtungsprogrammen, drei aus einer endlosen Kette von Beobachtungen, die das große Teleskop durchzuführen hatte.

Während die letzten Minuten auf der Uhr abliefen, war Amber Hastings noch damit beschäftigt, letzte Hand an das Kometenbeobachtungsprogramm zu legen. Anders als das Sechzig-Zentimeter-Teleskop würde das *Große Auge* den Kometen bei Wellenlängen vom nahen Infrarot bis zum fernen Ultraviolett beobachten. Das Teleskop würde während der ersten drei Minuten in drei Teile unterteilt bleiben. Jeder Teil würde für einen anderen Spektralausschnitt optimiert werden. Dann würden die 400 aktiven Segmente des *Großen Auges* zu einem einzigen wirkungsvollen Instrument vereinigt werden. Die restliche Beobachtungszeit würde darauf verwendet werden, den winzigen Fleck des Kometenkerns inmitten des Dunstschleiers der Koma zu isolieren. Falls sich das als unmöglich erweisen sollte, hatte Amber Vorsorge dafür getroffen, die Gegenwart des Kerns dennoch nachzuweisen.

Die Region, die der Komet P/2085(G) gegenwärtig durchflog, war eine derjenigen mit der größten Sternendichte. Amber hatte dafür gesorgt, daß die Beobachtung der Koma hiervon profitieren konnte. Indem sie die Spektren der durch die Gaswolke hindurchscheinenden Sterne analysierte, konnte sie die Zusammensetzung der Koma bestimmen. Das würde ihr erlauben, auf die Natur des unsichtbaren Kerns zu schließen. Und sollte der Kern einen der Myriaden von Hintergrundsternen verdecken, würde sie so seine Größe direkt messen können.

»Beobachtungsprogramm geladen und gespeichert«, gab Amber bekannt, als sie ihre Arbeit beendet hatte. »Noch zwei Minuten, bis wir die Kontrolle übernehmen können.«

Hermann Meinz nickte. Grayson, Tom Thorpe und er standen alle in einem losen Haufen hinter Amber. Mehrere andere Mitglieder des Observatoriumspersonals warteten geduldig hinter einer Seilabsperrung. Selbst John Malvan, der Revisor der Regierung, hatte sich die Zeit genommen, das Spektakel mitzuverfolgen. Thorpe hatte Malvan auf einer Dinnerparty kennengelernt, die Niels Grayson und seine Frau zwei Tage zuvor gegeben hatten.

»Hallo«, hatte Thorpe nach der Vorstellung gesagt. »Ich habe Sie schon an meinem ersten Morgen hier gesehen. Sie waren in der Kantine mit irgendwelchen Papieren beschäftigt.«

Malvan nickte. »Das ist so ungefähr der einzige Ort, wo ich mich ungehindert ausbreiten kann. Ich muß sagen, ich war höchst erfreut zu hören, daß die Sierra Corporation Interessse an einer Nutzung des Kometen zeigt. Die Lizenzgebühren werden erheblich dazu beitragen, die Finanzprobleme des Observatoriums zu beenden.«

»Das könnte ich mir vorstellen«, sagte Thorpe schuldbewußt. Wenn Halver Smith wirklich die Absicht gehabt hätte, den Kern auszubeuten, dann hätten die jährlichen Zahlungen die Betriebskosten des Observatoriums weit überschritten. Schade nur, daß es nie zu einem Nutzungsvertrag kommen würde. Aber auch dann noch war die Bezahlung für die Option mehr als großzügig. Sie würde die gegenwärtige Krise sicher mildern.

»Das Beobachtungsprogramm ist beendet«, teilte

Amber ihrem Publikum mit. »Vorbereiten zur Neupositionierung des Teleskops.«

Die Galaxis M31 verblaßte auf dem Schirm und wurde von einem Panoramabild des *Großen Auges* ersetzt. Es war draußen immer noch Nacht, doch die Lichtverstärker zeigten ein verschwommenes grünes Bild. Als das Teleskop herumschwenkte, war es weniger eine Bewegung des Gebildes als ganzem, sondern mehr eine Reihe voneinander unabhängiger Bewegungen, die von seinen Spiegeln ausgeführt wurden. Es war beinahe so, als beobachte man ein Lebewesen, das aus einem langen Schlaf erwachte.

Zwei Minuten später meldete Amber, daß das Teleskop sein Ziel erfaßt hätte und erste Daten hereinkämen. Gleichzeitig erschien ein bevölkertes Sternenfeld auf dem Schirm. Es waren so viele Sterne, daß es schwierig war, den verschwommenen Fleck auszumachen, der ihr Ziel darstellte.

»Was passiert jetzt?« flüsterte Thorpe nach zehn Minuten, die ohne erkennbare Aktivität verstrichen waren.

»Wir holen Daten ein«, sagte Grayson in normaler Lautstärke. Während er sprach, ertönte ein leiser Laut.

»Was war das?«

»Der Computer verfügt über genügend Daten, um die Struktur der Koma zu rekonstruieren«, gab Amber über ihre Schulter zurück. Sie tippte einen Befehl ein, um ein Bild davon auf den Schirm zu bringen.

Der Bildschirm zeigte ein Diagramm, das eine verblüffende Ähnlichkeit mit den Höhenlinien auf Landkarten hatte. Das Muster der konzentrischen Kreise überlappte mit mehreren Sternen im Hintergrund.

»Der Kern befindet sich im Mittelpunkt der Isophoten«, sagte Grayson und deutete auf das Diagramm.

»Die was?« fragte Thorpe.

»Linien konstanter Helligkeit. Ich glaube, wir haben Glück. Der Mittelpunkt liegt verdammt nah an diesem Stern achter Größe.«

Als wären seine Worte ein Signal gewesen, rief Amber: »Ich habe eine Bedeckung!«

Thorpe erkannte an der Stelle des Bildschirms, wo der Stern gewesen war, einen elektronisch erzeugten Kastenzeiger. Der Stern war verschwunden, er war verdunkelt worden, als sich der unsichtbare Kometenkern zwischen Stern und Teleskop geschoben hatte.

»Verdunkelung beendet«, berichtete Amber fünfzehn Sekunden später.

»Verdammt, das hat ja teuflisch lange gedauert«, murmelte Grayson an Thorpes Seite.

»Und was heißt das?« fragte Thorpe.

»Es bedeutet, daß der Kern größer ist, als wir alle geglaubt haben«, antwortete Direktor Meinz.

»Wieviel größer?« fragte Thorpe.

»Ein ganzes Stück größer«, sagte Grayson.

Ein Schweigen senkte sich unvermittelt über den Kontrollraum, während Amber damit begann, die Verdunkelungszeit in eine Größenangabe umzurechnen.

Tom Thorpe nutzte die Pause, um über die Bedeutung der Information nachzudenken. Wenn der Kern größer als ein paar Kilometer war, bestünde keine Möglichkeit, ihn aus seiner resultierenden Bahn zu stoßen. Die dazu nötige Energie würde es verhindern. Und damit würde sich Halver Smith gegen Kursmanipulationen schützen. Sollte jemand dumm genug sein, ein Einfangprogramm anzukündigen, wären lediglich ein paar wohlplazierte Anrufe nötig, um das Vorhaben zu diskreditieren.

Der Gedanke, der Sierra Corporation die Kosten für die Nutzungsoption zu ersparen, machte Thorpe irgendwie nicht so glücklich, wie er es hätte tun sollen. Nachdem er eine Weile darüber nachgedacht hatte, kam er zu dem Schluß, daß er sich ein wenig enttäuscht fühlte. Es war aufregend gewesen, die Daten hereinkommen zu sehen und mitzuerleben, wie der Schleier des Mysteriums um den Kometen gelüftet wurde. Irgend etwas in ihm wollte, daß die Erregung anhielt. Zum ersten

Mal verstand er, was die Astronomen bewegte, ihr Leben damit zu verbringen, in die schwarzen Tiefen hineinzustarren. Die Jahre einsamer Beobachtung konnten mit dem Moment der Entdeckung aufgewogen werden.

Das Ende der Stunde näherte sich rasch. Als Amber die Kontrolle wieder an den Computer übergab, begannen sich die Zuschauer zu entfernen und ließen die Hauptakteure im Kontrollraum zurück. Einer der wenigen, die blieben, war John Malvan.

»Es wird eine ganze Weile dauern, bis wir die Daten vollständig ausgewertet haben«, sagte Amber mit einem Seitenblick auf Thorpe, »aber ich kann Ihnen einige vorläufige Schlußfolgerungen mitteilen. Nach meinen Berechnungen liegt der Durchmesser zwischen vierhundert und fünfhundert Kilometern. Es handelt sich definitiv um einen an flüchtiger Materie reichen Kometenkern, wenn er auch von erheblicher Dichte zu sein scheint. Kommt das den Erwartungen der Sierra Corporation entgegen?«

Thorpe machte den Mund auf, dazu bereit, die schlechte Nachricht zu verkünden, doch dann schloß er ihn wieder. Ihm war gerade eben ein merkwürdiger Gedanke gekommen. Er bemühte sich, ein unbeteiligtes Gesicht zu machen, als er Amber bat, ihre Erkenntnisse zu erläutern.

Sie erklärte, der Kern sei so groß, daß es sich dabei wahrscheinlich eher um einen massiven Körper als um eine Ansammlung von Schneebällen handelte, die für die meisten Kometenkerne charakteristisch seien. Ihre Komauntersuchungen bewiesen, daß der Kern größtenteils aus gefrorenem Wasser bestünde, wenn auch mit all den kometentypischen Verunreinigungen. Da der Kern ein fester Körper sei, wäre es unwahrscheinlich, daß er unter dem Einfluß der Gravitation des Jupiter zerbräche.

»Nun, Mr. Thorpe«, sagte Direktor Meinz. »Sind Sie nun soweit, die Absichtserklärung zu unterschreiben?«

Thorpe schwieg und schien mit sich um eine Entscheidung zu ringen. Nach einer Minute sah er Meinz an. »Ich brauche noch bedeutend detailliertere Informationen über die Zusammensetzung, Mr. Meinz.«

»Sie werden so viel davon bekommen, wie unser Computer aus einer sechzigminütigen Beobachtung mit dem größten Teleskop des Sonnensystems herausquetschen kann.«

»Sehr schön«, sagte Thorpe. »Wir lassen es darauf ankommen. Sagen wir — in fünf Minuten in Ihrem Büro?«

»Das wäre mir recht, Mr. Thorpe«, erwiderte Meinz, während er angestrengt seine Erleichterung zu verbergen suchte.

An der Rückseite des Kontrollraums runzelte John Malvan die Stirn. Irgend etwas störte ihn, aber er kam nicht darauf, was es war.

Halver Smith starrte in die Flammen des Kamins in seiner Bibliothek. Er war altmodisch genug, um richtiges Holz verbrennen zu wollen, und so reich, daß er es sich leisten konnte. Er war schon immer der Meinung gewesen, daß weder Gas noch synthetische Zellulose mit dem Knistern und dem aromatischen Geruch eines Pinienfeuers mithalten konnten. Heute nacht beobachtete er die Flammen in dem abgedunkelten Zimmer und grübelte über die Zukunft nach.

Wie er Tom Thorpe zwei Wochen zuvor erklärt hatte, sah sich die Sierra Corporation mit einer kurzfristigen Liquiditätskrise konfrontiert. Smith allein wußte, wie kritisch die Situation in Wirklichkeit war. Wie die Wirtschaftswissenschaftler in aller Welt lehrten, gab es nur fünf Arten, sich Kapital zu verschaffen. Man konnte es verdienen, sich borgen, den Ersparnissen entnehmen, es sich durch den Verkauf von Aktiva verschaffen oder geschenkt bekommen. Das Einfangen des *Felsens* war in erster Linie durch Kredite und Schenkungen finanziert worden — etwas anderes war die Ausgabe von Aktien nicht. Lange Zeit hatte es so ausgesehen, als würden diese beiden Quellen ausreichen. Als die Banken erst einmal Hochrechnungen der aus dem Verkauf von Asteroideneisen zu erwartenden Gewinne gesehen hatten, wurden sie bei der Vergabe günstiger Kredite großzügig. Die gleichen Hochrechnungen hatten für hohe Aktienkurse gesorgt. Eine von dem Projekt faszinierte Öffentlichkeit hatte ihm die Neuemissionen beinahe aus den Händen gerissen.

Der Preis der Anteilscheine der Sierra Corporation hatte sich während der fünf Jahre, die man gebraucht hatte, um den *Felsen* in eine Erdumlaufbahn zu befördern, fast verdoppelt. Ihr Wert war um weitere dreißig Prozent an dem Tag gestiegen, als der erste Erzcontainer vor der brasilianischen Küste niedergegangen war. Und hämische Presseberichte über die Eisenmenge, die die Sierra Corporation wohl würde anliefern können, hatten dem Kurs nicht geschadet.

Drei Jahre später, als aktuelle Produktionszahlen die fiktiven ablösten, war die Realität eingekehrt. Mit dem Fortschreiten des Avalon-Projekts hatte Halver Smiths Aufstieg weiter an Faszination eingebüßt. Zum ersten Mal begann der Aktienkurs der Sierra Corporation zu sinken. Der sinkende Kurs hatte die Banken dazu veranlaßt, ihre Haltung zu überdenken. Mit einemmal waren die Kreditlinien der Sierra Corporation nicht mehr ohne Limit. Bitten, die vorhandenen Kredite zu erweitern, waren zurückgewiesen, und neue Kredite waren für kürzere Zeiträume zu höheren Zinsen gewährt worden.

Die Investoren und die Banken waren jedoch nicht Smiths einziges Problem. Dieselben Politiker, die sich seinerzeit für Eisen aus dem Weltraum ausgesprochen hatten, beklagten sich nun über den Verlust von Arbeitsplätzen auf der Erde. Aus den gleichen Hüttenwerken, die einst als Verschmutzer von Luft und Wasser gegolten hatten, waren nun einheimische Industrien geworden. Das Wort Protektionismus lag in der Luft. Sowohl das Vereinigte Europa wie die Nordamerikanische Union bereiteten Gesetze zur Besteuerung von Weltraumeisen vor. Zwei afrikanische Länder hatten den Import von Weltraumeisen bereits vollständig untersagt.

Smiths drängendstes Problem war die Refinanzierung einiger der langfristigen Schuldverschreibungen, die bald fällig sein würden. Wenn er diese zu vernünftigen Konditionen refinanzieren konnte, würde das dem *Felsen* Zeit geben, seine volle Produktivität zu erreichen, und die Liquiditätskrise ein für allemal beheben. Es waren die launischen Finanziers, die Smith die meisten Sorgen bereiteten. Aus diesem Grund hatte er Tom Thorpe auf den Mond geschickt. Besser, jetzt ein wenig Geld zu verschwenden, als eine Panik unter den Aktionären des Asteroidenbergbaus für den Fall zu riskieren, daß irgendwer ein neues Einfangprojekt ankündigte.

Während er so saß und ins Feuer starrte, vergegenwärtigte sich Smith seine verbleibenden Bargeldquellen. Nun, da Aktienausgabe und Kreditaufnahme nicht mehr in Frage kamen und ohne irgendwelche Rücklagen, die diesen Namen verdienten, blieb nur noch eine Möglichkeit. Er würde einen Teil seines Vermögens verkaufen müssen.

Der einzige Aktivposten, der einen ausreichend hohen Preis erbringen würde, war das Sierra Skies Orbitalkraftwerk. Smith hatte Sierra Skies erworben, um für den *Felsen* während seines langen Flugs bis zum Erdorbit eine Quelle für Antimaterie zur Verfügung zu haben. Das Antimateriewerk würde einen guten Preis erbringen, aber sein Verkauf würde ein Alarmzeichen für jeden Finanzexperten des Sonnensystems sein. Wenn sich erst einmal herumgesprochen hatte, daß Smith Vermögensteile veräußerte, konnte es zu einer Panik bei den Investoren und Banken kommen. Während Smith überlegte, wie er sich Geld verschaffen konnte, ohne den Eindruck zu erwecken, daß er es nötig hatte, wurde er von einem seiner Angestellten aufgeschreckt.

»Was gibt es denn, Emil?« fragte er, in das helle Licht blinzelnd, das durch die geöffnete Tür plötzlich aus dem Korridor in die Bibliothek einfiel.

»Die Nachttelefonistin der Zentrale ist auf dem Schirm. Sie fragt an, ob Sie ein Gespräch vom Mond annehmen möchten.«

»Vom Mond? Wer ist es denn?«

»Thomas Thorpe, Sir.«

»Ich nehme es hier an.«

»Ja, Sir.«

Smith machte die Lampe neben seinem Sessel an und war für einen Moment geblendet. Er schwenkte den Telefonschirm herum und schaltete ihn ein. Die Gesichtszüge einer der Telefonistinnen der Sierra Corporation gingen in die Tom Thorpes über.

»Hallo, Thomas. Von wo aus rufen Sie an?«

Drei Sekunden später kam Leben in Thorpes Gesicht. »Guten Abend, Sir. Farside Observatorium. Ich hoffe, ich störe Sie nicht.«

»Überhaupt nicht. Was gibt's Neues?«

»Der Direktor des Observatoriums und ich haben heute die Absichtserklärung unterzeichnet.«

»Gut!« erwiderte Smith. »Nennen Sie mir Einzelheiten.«

»Bitte gehen Sie auf Zerhacker.«

Smith blickte einen Moment lang verständnislos, dann griff er nach vorn und schaltete den Zerhacker ein. Es gab eine Störung, die rasch vorbeiging.

»Zerhacker eingeschaltet. Was, zum Teufel, soll das überhaupt?«

»Die Situation hat sich verändert, Sir. Ich mußte eine rasche Entscheidung treffen. Ich hoffe, daß es die richtige war.«

»Erklären Sie!«

Thorpe berichtete, was er im Observatorium in Erfahrung gebracht hatte, einschließlich der Tatsache, daß der Kern des Kometen einen Durchmesser von 500 Kilometern hatte.

»Wiederholen Sie«, befahl Smith.

»Ich sagte, fünfhundert — fünf, null, null! — Kilometer Durchmesser.«

»Warum haben Sie das Papier unterschrieben? Sie müßten doch eigentlich wissen, daß sich so ein großes Ding nicht bewegen läßt!«

»Zugestanden, Sir. Wir haben ein bißchen gerechnet. Die Masse des Kerns beträgt mindestens sechs mal zehn hoch sechzehn Tonnen. Das sind *sechzig Billiarden Tonnen!*«

»Warum haben Sie es also getan?«

»Weil das, Sir«, sagte Thorpe, »sechzig Billiarden Tonnen *Eis* sind! Gefrorenes Wasser, gefrorenes Methan, gefrorenes Ammoniak.«

»Und?«

»Ich habe mich mit den wirtschaftlichen Hintergründen des Eisbergbaus befaßt. Überall im System besteht eine große Nachfrage danach. Mir ist eine Passage aus Ihrer Doktorarbeit wieder eingefallen. Sie haben dort geschrieben, daß die ersten Minen im Asteroidengürtel nicht gescheitert wären, wenn ihr Produkt fünfmal soviel wert gewesen wäre, wie es tatsächlich der Fall war.«

Smith nickte. »Ich erinnere mich sehr gut an diesen Abschnitt. Und weiter?«

»Nun, Eis ist zehnmal so wertvoll wie Eisen! Ihren eigenen Berechnungen zufolge ist es das einzige Produkt, das sich gewinnbringend über interplanetarische Distanzen transportieren läßt. Ich habe es jedenfalls einmal darauf ankommen lassen, daß Sie sich im Geschäft der Eisgewinnung engagieren wollen. Sie können immer noch sagen, daß ich meine Kompetenzen überschritten habe, und die ganze Abmachung widerrufen.«

Es entstand eine lange Pause, während der Smith sich mit der Tatsache anzufreunden begann, daß er der stolze Besitzer eines interplanetarischen Eisbergs war. Irgendwo hatte er gelesen, daß die gesamten Wasservorräte der Erde 1,2 Trillionen Tonnen betrugen. Das bedeutete, daß zwanzig solcher Eisberge alle Ozeane der Welt auffüllen konnten. Was, bei den launischen Göttern von Wall Street, sollte er mit so viel Eis anfangen? Es war heller Wahnsinn, bei dem gegenwärtigen traurigen Zustand der Finanzen der Sierra Corporation ein weiteres Großprojekt zu beginnen.

Dennoch, dies war vielleicht das Wunder, auf das er gehofft hatte. Was fehlte, war ein neuer Faktor in der Gleichung, etwas, das die ganze Angelegenheit ins Rollen brachte. Wenn die Sierra Corporation plötzlich ein neues Asteroidenprojekt ankündigen würde, könnte das den Investoren und Banken neues Leben einhauchen. Er würde gewissermaßen die Diskussionen in neue Bahnen lenken. Natürlich würde er eine Expedition zum Kometen schicken müssen. Alles andere würde nicht ernsthaft genug wirken. Die erste Erkundung brauchte nicht unbedingt kostspielig zu sein. Falls sie Smiths Kreditgeber noch eine Weile bei Stange hielte, wären die Kosten für die Option gut angelegt.

»Konnten Sie mich hören, Mr. Smith?« fragte Thorpe besorgt in einer Entfernung von 400 000 Kilometern.

Smiths düstere Gesichtszüge verwandelten sich allmählich in ein Lächeln. »Ich habe Sie gehört, Thomas. Machen Sie sich keine Sorgen, ich stehe zu meinem Teil der Vereinbarung. Ich weiß noch nicht genau, was wir mit unserem Glückstreffer anfangen sollen, aber ich bin bereit, in eine Expedition zu investieren und ihn zu besichtigen. Sie haben vielleicht mehr Probleme gelöst, als Sie denken!«

Zur gleichen Zeit, als Thorpe mit Halver Smith auf der Erde telefonierte, wurde vom Observatorium aus ein weiterer Anruf getätigt. John Malvan versuchte, eine Verbindung mit John Hobart herzustellen. Nachdem er sich eine Viertelstunde lang durch die verschiedenen Ebenen von Untergebenen hindurchgearbeitet hatte, sah er sich plötzlich dem Führer der Nationalpartei von Luna gegenüber.

»Ja, Bürger Malvan? Meine Sekretärin sagte, es handle sich um eine Angelegenheit von höchster Wichtigkeit für die Republik?«

»Ja, Sir.«

»Sie kommen mir bekannt vor. Kenne ich Sie irgendwoher?«

»Ich bin Wirtschaftsprüfer beim Amt für Wissenschaftsförderung. Wir sind uns vor einem Jahr einmal auf einer Party begegnet. Ich hätte nicht gedacht, daß Sie sich noch an mich erinnern.«

»Sie waren früher im Eisbergbau beschäftigt, nicht wahr?« Eine der Fähigkeiten, die Hobart in der Politik von großem Nutzen gewesen waren, war sein beinahe photographisches Gedächtnis für Gesichter und Namen. »Ihnen fehlt ein Arm, wenn ich mich recht entsinne.«

»Ja, Sir.«

»Ich erinnere mich an Sie«, sagte der Politiker. Genaugenommen war dies schon alles, was er von Malvan noch wußte, aber lange Erfahrung hatte ihn gelehrt, bei einem Anrufer den Eindruck zu hinterlassen, daß er über den Betreffenden vollständig im Bilde war. »Was kann ich für Sie tun, Bürger?«

»Man hat hier am Observatorium eine Entdeckung gemacht, von der Sie, glaube ich, wissen sollten, Sir.« Malvan gab im wesentlichen die gleichen Informationen weiter wie zuvor bereits Thorpe. Als er damit fertig war, sagte er: »Ich dachte mir, Sie sollten besser davon wissen.«

»Und Sie sagen, der Direktor des Observatoriums hat die Absichtserklärung bereits unterschrieben?«

»Ja, Sir. Ich erinnere mich, daß es mich irgendwie gestört hat, aber ich hatte es noch nicht ganz durchdacht.«

107

»Ich kann immer noch intervenieren. Ein Eisasteroid von fünfhundert Kilometern Durchmesser, sagten Sie?«

»Ja, Sir. Dann stimmen Sie mit mir überein, daß es wichtig sein könnte?«

»Es war richtig von Ihnen, mich anzurufen. Halten Sie Ihre Ohren offen und halten Sie mich auf dem laufenden. Notieren Sie sich diese Nummer!« Hobart hielt eine Karte hoch, auf die seine private Telefonnummer gedruckt war. Der Anruf würde Tag und Nacht automatisch zu seinem Büro, seiner Wohnung oder seinem Taschentelefon durchgestellt.

»Ich werde Ihnen laufend berichten«, sagte Malvan, als er die Nummer notiert hatte.

»Auf Wiedersehen, Bürger Malvan. Und danke!«

John Hobart starrte den Telefonschirm noch lange an, nachdem er erloschen war. Die Folgerungen, die sich aus dem Auftauchen des Kometen ergaben, waren sowohl beunruhigend als auch aufregend. Man mußte sie studieren, ehe man unumstößliche Tatsachen schuf — was bedeutete, daß eine bestimmte Kette von Ereignissen sofort unterbrochen werden mußte.

Hobart drückte den Summer für seine Sekretärin.

»Ja, Sir?«

»Bitte holen Sie Rektor Cummings ans Telefon, Miss Cates. Ich möchte mit ihm über eine Angelegenheit von einiger Dringlichkeit sprechen.«

8. KAPITEL

»*Achtung, an alle Passagiere! Sonnenaufgang in dreißig Sekunden. Bitte treffen Sie alle nötigen Vorkehrungen.*«

Die Ankündigung hallte durch die Einschienenbahn, während die Kette der gedrungenen Zylinder durch die Dunkelheit der langen Mondnacht schoß. Tom Thorpe suchte den Horizont nach einem Anzeichen der bevorstehenden Dämmerung ab. Zunächst war hinter dem dreiwandigen Fenster nichts als Dunkelheit. Einen Moment später hatte die Bahn den höchsten Punkt der Steigung erreicht, die sie hinaufgeklettert war, und die Sonne stand eine Handbreit über dem Horizont. Der Übergang von tiefster Schwärze zu blendender Helligkeit vollzog sich beinahe unvermittelt.

Thorpe stöhnte vor Schmerz, als sich zwei Dolche in seine Augen bohrten. Er wandte rasch den Blick ab, doch nicht schnell genug, als daß nicht grüne Nachbilder in seiner Sicht geschwommen wären. »Verdammt, das ging aber schnell!«

»Deshalb wird man ja vorgewarnt«, sagte neben ihm Amber. »Ich hätte etwas sagen sollen. Ich habe Sie aus dem Fenster starren sehen, aber mir ist nicht aufgefallen, daß Sie sich nicht darüber im klaren waren, was Sie zu erwarten hätten. Ich dachte, Sie kennen die Gefahr, weil Sie auf dem *Felsen* arbeiten.«

Anders als auf der Erde, wo die Dämmerung von einem allmählichen Hellerwerden des östlichen Himmels angekündigt wird, war der Sonnenaufgang auf einem atmosphärelosen Himmelskörper eher ein gewaltsamer Vorgang. Man wurde nur dann vorgewarnt, wenn die Sonne größere Erhebungen beschien. War nichts dergleichen in Sicht, begann der Tag so abrupt, als würde ein Licht eingeschaltet, zumal wenn man sich mit dreihundert Stundenkilometern fortbewegte.

Thorpe spähte zwischen den Augenlidern hervor, dann öffnete er langsam die Augen. Nachdem er seinen Handrücken angestarrt hatte, ließ er den Blick durch das Innere der Passagierkapsel schweifen. Einzig das Fenster und die erhitzte Landschaft dahinter sparte er aus. Wenn er nur daran dachte, tränten ihm bereits die Augen. »Ich glaube nicht, daß ich mich verletzt habe.«

»Ich kann den Steward um eine Eispackung bitten, wenn Ihnen der Kopf weh tut.«

»Nicht nötig. Übrigens, so schnell würde ich ihm gegenüber ein solches Kunststück auch nicht zugeben. Er könnte mich für einen Touristen halten.«

Sie lachte. »Ein Schicksal schlimmer als der Tod!«

Als das Geschäft mit dem Farside Observatorium abgeschlossen war, hatte Thorpe eine Fahrt mit dem Vor-Sonnenaufgangs-Rolligon nach Hadley's Crossroads gebucht. Zu seiner Überraschung hatte er Amber Hastings bereits an Bord vorgefunden, als er durch die offene Luke in die große Passagierkabine des Fahrzeugs geklettert war.

»Was tun Sie denn hier?« hatte er gefragt, als er neben ihr Platz genommen hatte.

»Ich gehe auf Heimaturlaub!«

»Richtig. Sie haben das mal erwähnt, nicht wahr?«

Sie hatte genickt, was durch den Helm ihres Vakuumanzugs kaum zu erkennen gewesen war. »Ich habe bis spät in die Nacht gearbeitet, um die offenen Fragen bezüglich des Kometen aufzuarbeiten. Ich wollte nicht wieder zwei Wochen bis zur nächsten Schicht warten.«

»Freut mich, daß Sie mitfahren. Wenn ich mich mit jemandem unterhalten kann, werde ich von Varls Fahrweise abgelenkt.«

Thorpe fand bald heraus, daß Amber ihn tatsächlich von der Fahrt ablenkte. Er wurde von ihrer Gesellschaft so in Anspruch genommen, daß er es kaum bemerkte, als sich der Rolligon für fast fünf Sekunden in ein Flugmobil verwandelte.

Ihre Unterhaltung beschränkte sich zunächst auf Small talk, doch bald schon wurden die Themen persönlicher. Thorpe erzählte ihr sozusagen sein Leben. Sie konterte mit ihrer Jugend im unterirdischen Labyrinth von Luna. Anschließend saßen sie lange Zeit schweigend da, bis die waghalsigen Manöver des Rolligonfahrers ihnen eine Reihe von Scherzen entlockten. Als sie Hadley's Crossroads erreichten, wären sie vor Lachen in ihren Anzügen beinahe erstickt.

Sie hatten Glück, daß sie nur zwei Stunden auf die Einschienenbahn nach Luna City zu warten brauchten. Eine Viertelstunde hinter Hadley's überquerte die dahinrasende Bahn den Terminator und erteilte Thorpe seine schmerzhafte Lektion. Zehn Minuten darauf zeigte Amber auf einen zerklüfteten Berg, der gerade über dem Horizont auftauchte.

»Sehen Sie diese Bergspitze dort drüben?«

Thorpe blickte über die öde Landschaft hinweg zu dem entfernten Gipfel und nickte.

»Das ist die Teufelshöhe. Dort kam kurz nach der Jahrhundertwende eine Forschungsexpedition um. Fünf Männer verschwanden damals spurlos.«

»Wie kann denn auf dem Mond etwas verschwinden? Sie müssen doch Spuren hinterlassen haben.«

Sie schüttelte den Kopf. »Sie haben einen Mondhüpfer benutzt. Ihre letzte Meldung war, daß sie nahe der Höhe niedergehen würden.«

»Landeunfall?«

»Möglicherweise.«

Thorpe nickte. Er hatte die Raketen gesehen, die hier die gleiche Aufgabe erfüllten wie die Flugzeuge auf der Erde. Ein Mondhüpfer sah anders als aus die Apollo-Mondlandefähre oder die Fähre, die Thorpe zum Raumhafen von Luna City transportiert hatte. Vier in Plattfüßen endende Beine umgaben einen Raketenantrieb mit einer Druckluftkabine an der Spitze. Die Hüpfer flogen nicht wie ein Flugzeug. Sie beförderten sich vielmehr in eine ballistische Bahn und bremsten ihren Fall später bei der Landung ab.

»Und es wurden keinerlei Überbleibsel gefunden?«

Amber schüttelte den Kopf. »Keinerlei Spuren. Manche Leute glauben, sie könnten auf einem Abhang aufgesetzt und einen Erdrutsch ausgelöst haben, der sie begrub. Ich frage mich oft, ob sie nicht einfach noch immer dort draußen sitzen und darauf warten, daß jemand vorbeikommt. Vielleicht in einer Million Jahren ...«

»Ich nehme an, Luna ist nicht besonders gut erforscht«, sagte Thorpe.

»So gut wie gar nicht. Besonders hier auf Farside nicht. O ja, wir haben Photos aus dem Orbit, das ja. Das ist aber nicht dasselbe wie Bodenerkundung. Erinnern Sie sich, die Oberfläche des Mondes beträgt achtunddreißig Millionen Quadratkilometer. Das ist kaum ein Viertel der Landfläche der Erde. Unsere Bevölkerung beträgt zehn Millionen. Da liegt das Problem.«

»Sie haben es erstaunlich weit gebracht, wenn man den Zeitraum bedenkt, den der Mond von Menschen besiedelt ist. Nehmen wir die Erde. Es ist erst wenige hundert Jahre her, daß ihre Erforschung abgeschlossen wurde. Sogar heute noch gibt es Meerestiefen, die noch nie jemand besucht hat.«

»Die Erde«, sagte Amber wehmütig. »Eines Tages würde ich sie gerne sehen. Besonders die Meere. Es muß schrecklich sein, wenn einem das Wasser buchstäblich über den Kopf geht!«

»Sie werden vielleicht schon bald die Möglichkeit haben, es selbst herauszufinden.«

»Warum sagen Sie das?«

»Sie sind die Entdeckerin von Komet P/Hastings, oder etwa nicht?«

Amber stöhnte auf. »Bitte, dieser Scherz ist nicht lustig!«

»Es ist kein Scherz. Ich habe vor unserer Abfahrt mit Niels Grayson gesprochen. Er sagte mir, die Astronomische Vereinigung habe sich vorläufig für diesen Namen entschieden. Ich nehme an, daß es eine lange Tradition hat, Kometen nach ihren Entdeckern zu benennen.«

»Ich *bin* nicht der Entdecker! Der Observatoriumscomputer hat das verdammte Ding gefunden. Alles, was ich getan habe, war, ein paar Knöpfe zu drücken.« Sie berichtete ihm von ihren Problemen, als sie gebeten worden war, dem Kometen einen Namen zu geben.

»Man kann nichts dagegen machen, das wissen Sie.«

»Wogegen?«

»Ruhm und Reichtum. Die Medien lassen es nicht zu. Ich sehe schon die Überschriften vor mir: ›Gutaussehende junge Astronomin entdeckt aufsehenerregenden neuen Kometen!‹«

»Das ist genau der Grund, weshalb ich das verdammte Ding nicht nach mir benannt haben will«, sagte Amber. »Man wird einen Zirkus darum veranstalten, sobald man erkannt hat, wie spektakulär es möglicherweise ist. Für jemanden, der so neu im Beruf ist wie ich, ist eine solche Bekanntheit schädlich. Nehmen wir nur mal Clyde Tombaugh. Als er den Pluto entdeckte, war er in meinem Alter, und dann veröffentlichte er einige wirklich erstklassige Arbeiten über Galaxienhaufen. Niemand erinnert sich an diese späteren Arbeiten. Alles, woran man sich bei seinem Namen erinnert, ist der Pluto!«

»Vielleicht entpuppt sich der Komet als ein Flop«, sagte Thorpe scherzhaft. »Dann wird sich keiner darum kümmern.«

Amber schüttelte den Kopf. »Es wird schwer sein, ihn *nicht* zu bemerken, Tom. Mit dieser Masse wird er einen Schweif von einer Million Kilometern Länge hinter sich herziehen. Schlimmer noch, die Umlaufperiode wird weniger als zehn Jahre betragen. In den Jahren, wo er sich nahe der Erde bewegt, wird er sich über den ganzen Himmel erstrecken!«

»Wie nahe wird er ihr eigentlich kommen?«

Sie zuckte die Achseln. »Das kann man erst sagen, wenn er den Jupiter hinter sich hat.«

»Ist wohl wenig wahrscheinlich, daß ihm etwas Wichtiges in die Quere kommt, oder?«

»Völlig ausgeschlossen«, sagte sie lachend. »Ein Planet ist einfach ein zu kleines Ziel.«

»Wie erklären Sie dann all die Sternschnuppen, die man über das Jahr am Himmel über der Erde sieht?«

»Ganz einfach. Es gibt so schrecklich viele davon! Die Ebene der Ekliptik ist ziemlich vollgestopft mit den Überbleibseln aus der Zeit, als sich das Sonnensystem gebildet hat. Das meiste von diesem Müll ist zu klein, um gefährlich zu sein. Die Erde wird alle Million Jahre einmal von etwas getroffen, das größer als einen Kilometer ist.«

»Aber der Komet Hastings wird sich in der Ekliptik bewegen.«

»*Nahe* der Ekliptik«, erwiderte Amber, plötzlich wieder ernst geworden. »Sobald die Neigung seiner Umlaufbahn plus oder minus drei Tausendstel Grad beträgt, kann er nie und nimmer mit der Erde zusammenstoßen. Und behaupten Sie bloß nicht, er könnte es doch, nicht einmal im Scherz! Jeder Reporter im Sonnensystem wird meine Meinung über die drohende Apokalypse hören wollen.«

»Ich verspreche es«, sagte Thorpe und hob seine Hand mit dem Dreifinger-Zeichen der Pfadfinder. Amber konnte nicht mehr an sich halten vor Lachen. Thorpe stimmte in ihr Gelächter ein. Plötzlich kam ihnen ihre Unterhaltung während der letzten paar Minuten unglaublich lächerlich vor.

Der Hauptverkehrsknotenpunkt von Nearside war der Raumhafen von Luna City. Er war nicht nur Startpunkt für Fernflüge und das Zentrum des örtlichen suborbitalen Verkehrs, sondern hier liefen auch alle Oberflächenrouten zusammen. Der Hauptbahnhof der mondumspannenden und der Tycho-Einschienenbahn war ein ausgedehnter Gebäudekomplex im Nordosten des Raumhafens. Der Zug, mit dem Tom Thorpe und Amber Hastings angekommen waren, passierte die große Luftschleuse von Luna City Station runde neunzehn Stunden nach seiner Abfahrt in Hadley's Crossroad. Zwölf Stunden davon war er gefahren. Die restliche Zeit hatten zahlreiche Aufenthalte in Anspruch genommen, bei denen Passagiere aus- oder zugestiegen waren und Ladung aufgenommen oder entladen worden war.

Im Gegensatz zu den Hochgeschwindigkeitszügen auf der Erde fehlte der Einschienenbahn jede aerodynamische Glätte. Ihre Form wurde nicht vom Fahrtwind diktiert, sondern entsprach den Erfordernissen der Zuverlässigkeit und Wartungsfreundlichkeit. Nicht einmal die Ingenieure, die die Bahnmodule entworfen hatten, hielten das Resultat für schön. In Thorpes Augen sah die Reihe der Wagen wie sechs Bierdosen aus, die ein ziemlich betrunkener Bastler zusammengefügt hatte.

Als die Bahn am Luna City Raumhafen ankam, waren Thorpe und Amber mehr als fünfundzwanzig Stunden zusammen gewesen. Das schloß die sechs Stunden ein, die sie sich unter eine gemeinsame Decke gekuschelt und zu schlafen versucht hatten. Es gab nur wenige bessere Möglichkeiten, einen anderen Menschen kennenzulernen, zumal wenn es sich um einen Vertreter des anderen Geschlechts handelte.

»Endlich wieder zu Hause, Thomas!« sagte Amber, als sie das ferne Geräusch von expandierender Luft durch die Kabinenhülle erreichte. Gleichzeitig schlug ein Schwall von Expansionsdampf an die Fenster.

Thorpe zeigte offen seine Bewunderung für ihre Figur, als sie sich von ihrem Sitz erhob und sich streckte, um die Verspannungen in ihren Muskeln zu lösen. Anschließend wandte sie sich dem Gepäcknetz zu, wo sie ihr Handgepäck verstaut hatte.

»Lassen Sie mich Ihnen dabei helfen«, sagte Thorpe, indem er sich rasch erhob. Sie reichte ihm zwei Koffer und seine Aktentasche mit der bereits teilweise rechtsgültigen Absichtserklärung. Er jonglierte mit den drei Gepäckstücken, bis sie bequem zu tragen waren, dann folgte er ihr zur Schleuse an der Rückseite der Kabine.

Die Luft draußen hatte den für Hochdruckspeicherung typischen kalten, metallischen Geschmack. Amber wies den Weg zu einem Lift, der in einem schräg ansteigenden Schacht verschwand. Nach einer halben Minute betraten sie eine große Halle, an deren Rand Fenster angebracht waren. Thorpe war schon einmal hier gewesen — es war die Hauptdurchgangshalle von Luna City.

Auf dem Weg zur Gepäckausgabe führte Amber Thorpe an eines der Fenster und zeigte auf eine lange Reihe von Türmen, die sich über die Mondoberfläche erstreckte.

»Der Massebeschleuniger«, sagte sie. »Mein Vater hat mich immer hierher mitgenommen, um mir die Frachtbehälter zu zeigen. Ich hatte in meinem ganzen Leben noch nie etwas so schnell sich bewegen sehen. Da kommt gerade einer!«

Ein stumpfer Zylinder tauchte in der Ferne auf, schoß durch die Lücke zwischen zwei Türmen und raste zum nächsten. Bei jedem Turm nahm seine Geschwindigkeit zu. Innerhalb von Sekunden hatte er die Strecke bis zur Durchgangshalle zurückgelegt, war vorbeigeschossen und wieder verschwunden.

Thorpes Aufmerksamkeit wurde abgelenkt, als er Willem Grandstaffs Spiegelbild im Fenster bemerkte. Der Mondrepräsentant der Sierra Corporation tauchte gerade aus einem Tunnel auf, der zum U-Bahnhof von Luna City führte. Grandstaff hielt an, musterte die

Menge, entdeckte Thorpe und winkte. Thorpe winkte zurück, und Grandstaff begann den zwischen ihnen liegenden freien Raum zu durchqueren.

Thorpe wandte sich wieder Amber zu. »Gilt unsere Verabredung für heute abend noch?« Amber hatte einen zwölfstündigen Aufenthalt zwischen der Ankunft der Einschienenbahn und dem Abflug des Mondhüpfers nach Miner's Luck.

»Das lasse ich mir doch nicht entgehen! Mit Abendkleid?«

Er zuckte die Achseln. »Wie Sie möchten.«

»Dann also ja. Ich treffe Sie in der Lobby Ihres Hotels um 20 Uhr.«

»Ich kann Sie abholen.«

Amber schüttelte den Kopf. »Ich bezweifle, daß Sie das Apartment meiner Freunde finden würden«, sagte sie. »Sie leben in einem dieser neuen Wohnringe auf Ebene Sechs. Sie würden sich bestimmt verlaufen. Nein, ich hole Sie in Ihrem Hotel ab.«

In diesem Moment hatte Willem Grandstaff die beiden erreicht. Thorpe stellte ihn Amber vor und sorgte dafür, daß Grandstaff erfuhr, daß sie die Entdeckerin des Kometen war.

»Guten Tag, Bürgerin«, sagte Grandstaff, sich tief verbeugend. »Ich habe gehört, bei Ihrer Entdeckung handelt es sich um ein ziemlich großes Ding.«

»Es ist riesig!« sagte Amber mit einem Lachen. »Wie geeignet es für Ihre Zwecke ist, kann ich allerdings nicht sagen. Ich hoffe nur, Halver Smith wirft sein Geld nicht zum Fenster raus.«

Grandstaff lachte. »Mr. Smith *verschwendet* selten Geld. Jedenfalls kennt man ihn als jemand, der einige langfristige Investitionen getätigt hat.«

Thorpe sah auf die Uhr, die von der Decke der Halle hing. Es war Freitagnachmittag, 15.00 Uhr. Ihr Termin bei Rektor Cummings war um 16.00 Uhr. Wenn sie sich verspäten würden, könnte es noch bis Montag dauern, bis er seine Absichtserklärung unterzeichnet bekam.

»Wir sollten uns besser beeilen«, sagte er zu Grandstaff. »Wir sind in einer Stunde verabredet.«

»Noch jede Menge Zeit«, erwiderte Grandstaff. »Mit der U-Bahn sind es bis zur Universität nur fünfzehn Minuten.«

Amber blieb auf dem Bahnsteig der U-Bahnstation stehen, während Grandstaff und Thorpe einen der kleinen Wagen betraten, die zwischen dem Raumhafen und Luna City verkehrten. Sie winkte, als sich der Wagen mit zunehmender Geschwindigkeit vom Bahnsteig entfernte und in einem hellerleuchteten Tunnel verschwand. Thorpe winkte zurück und drehte sich dabei auf seinem Sitz herum. Er blickte zurück, bis er sie nicht mehr sah, dann drehte er das Gesicht wieder nach vorn.

»Irgendwelche Neuigkeiten von der Erde?«

»Mr. Smith hat ein paar Berechnungen angestellt, nachdem Sie ihm Bericht erstattet hatten. Er ist deswegen sehr aufgeregt. Sobald wir die Nutzungsrechte unter Dach und Fach haben, wird er mit den Vorbereitungen zur Ausgabe neuer Aktien der Sierra Corporation beginnen.« Grandstaff fuhr fort, Smiths Pläne zur Verbesserung der Finanzlage zu erläutern. »Ich würde mich nicht wundern, wenn Smith Ihnen die Leitung der Expedition anbieten sollte!« schloß er.

Grandstaffs Äußerung überraschte Thorpe. Er hatte seit der Nacht, als er vom Observatorium aus angerufen hatte, nicht mehr mit Smith gesprochen. Thorpe hatte sowohl mit Erleichterung als auch mit Freude darauf reagiert, daß der Präsident der Sierra Corporation seine Unterschrift unter die Absichtserklärung gebilligt hatte. Er hatte angenommen, Smith würde das gleiche kommerzielle Potential darin sehen wie er selbst. Es erschütterte ihn zu hören, daß der große Boss die zukünftige Berühmtheit des Kometen dazu benutzte, Aktien zu verkaufen. War das nicht genau das, was er dadurch, daß er Thorpe auf den Mond geschickt hatte, hatte verhindern wollen?

»Wissen Sie das alles genau?«

Grandstaff nickte. »Ich habe gestern ein langes verschlüsseltes Telex bekommen. Mr. Smith war sehr darauf aus, daß wir die Option so rasch wie möglich bekommen. Er hat uns autorisiert, falls nötig die Zahlung zu verdoppeln. Stimmt irgend etwas nicht?«

»Nein«, erwiderte Thorpe. Er lehnte sich im Sitz zurück, um darüber nachzudenken, wie er Smith am besten klarmachen sollte, daß der Komet Hastings viel mehr war als nur eine gewinnbringende finanzielle Masche. Wenn man es richtig anfing, konnten in wenigen Jahren riesige Berge von Eis nach Luna und zu den Raumkolonien unterwegs sein.

Zehn Minuten, nachdem sie den Raumhafen verlassen hatten, fuhr der Wagen in den Bahnhof der Universität ein. Der Wagen hielt an einem Bahnsteig, und Thorpe stieg aus, während Grandstaff noch seine Rechnung bei dem Automaten beglich.

Auf dem Weg vom Bahnhof zum Büro des Rektors begegneten sie ernstblickenden Studenten, die von einer Vorlesung zur anderen eilten. Auf halbem Wege gelangten sie zu einem großen Hohlraum in der Mitte des Universitätskomplexes. Er erschien Thorpe wie eine Miniaturausgabe des Großen Verteilers. Eine kleine künstliche Sonne hing von der Decke und beleuchtete eine grüne Wildnis, die sich zu beiden Seiten die Wände hinaufzog. Das Büro des Rektors lag nicht weit von der Höhle entfernt.

Bei ihrer Ankunft wurden sie von einer Sekretärin hineingeführt.

»Ah, Mr. Thorpe, willkommen wieder zu Hause!« sagte Cummings, als er das Zimmer durchquert hatte, um Thorpes Hand zu schütteln. »Wie ich hörte, hatten Sie eine erfolgreiche Reise!«

»Mit Sicherheit eine interessante, Mr. Cummings.«

»Sie haben die Absichtserklärung bestimmt mitgebracht.«

Thorpe holte den Vertrag aus seinem Aktenkoffer und reichte ihn über den Schreibtisch. »Es fehlt bloß noch Ihre Unterschrift, dann können wir den Betrag auf das Bankkonto der Universität überweisen.«

»Es scheint alles damit in Ordnung zu sein«, sagte Cummings, nachdem er das Dokument eine volle Minute lang studiert hatte. Er griff jedoch nicht nach einem Kugelschreiber.

Grandstaff versuchte sanft nachzuhelfen. »Wenn Sie nun Ihre Unterschrift daruntersetzen möchten, Herr Direktor, werden wir Ihre wertvolle Zeit nicht weiter in Anspruch nehmen.«

»Ich würde das wirklich sehr gerne unterschreiben, Willy. Die Universität braucht das Geld. Leider kann ich es nicht.«

»Ich verstehe nicht«, sagte Thorpe.

»Meine Herren, ich habe heute morgen erfahren, daß im Parlament ein Notstandsgesetz eingebracht wurde, durch das die Erstentdeckerrechte am Kometen Hastings Eigentum der Republik werden. Unter diesen Umständen kann ich die Veräußerung dieser Rechte wohl kaum unterzeichnen. Dies zu tun, könnte mich meine Rektorenstelle kosten.«

»Wieso interessiert sich überhaupt das Parlament dafür?« fragte Grandstaff. »Wer hat das Gesetz vorgelegt?«

»John Hobart. Er hat Pläne mit dem Kometen. Anstatt ihn zur Gewinnung von Organika zu benutzen, schlägt er vor, ihn als Ganzes nach Luna zu schaffen und unsere Wasserknappheit damit zu lindern.« Cummings zuckte die Achseln. »Sie sehen also, meine Herren, daß mir die Hände gebunden sind.«

Thorpe und Grandstaff fragten den Rektor noch weitere zehn Minuten lang aus, bevor sie sich entschuldigten. Beide Männer verbargen ihre Enttäuschung, bis sie den Universitätsbereich verlassen hatten.

»Nun, was glauben Sie, ist passiert?« fragte Grandstaff.

»Jemand hat herausgefunden, was wir vorhaben, und hat Hobart davon unterrichtet.«

»Jemand vom Observatorium?«

»Wer sonst?«

»Irgendeine Idee?«

Thorpe zuckte die Achseln. »Es könnte so gut wie jeder sein.«

»Miss Hastings?«

»Das bezweifle ich«, sagte Thorpe. »Wenn sie ihre Hand dabei im Spiel gehabt hätte, dann würde sie mir während der Fahrt hierher einen Hinweis gegeben haben. Nein, das war vermutlich Direktor Meinz oder Niels Grayson. Sie müssen angefangen haben, in nichtastronomischen Begriffen zu denken, und darauf gekommen sein, wie wertvoll eine solche Menge Eis sein könnte.«

»Mr. Smith verläßt sich darauf, daß wir ihm die Rechte verschaffen. Was wir brauchen, das ist ein Weg, einen rechtskräftigen Anspruch auf den Kern zu erheben. Es müßte kein besonders überzeugender Anspruch sein, nur einer, der ausreicht, um die Republik vernünftigen Argumenten zugänglich zu machen.«

Thorpe dachte einen Moment lang nach, dann hellte sich seine Miene auf. »Ich glaube, ich hab's!«

9. KAPITEL

Der Große Verteiler wimmelte von Menschen, als Tom Thorpe und Amber Hastings sich ihren Weg nach oben durch eine Freitag-Abend-Menge bahnten. Die Ursache für diese abwärts gerichtete Völkerwanderung konnte man vom Park unten heraufklingen hören. Das Philharmonische Orchester von Luna City hatte sich 200 Meter weiter unten auf dem Boden der Höhle versammelt und spielte ein Medley von Liedern aus der Revolutionszeit.

Thorpe konnte nicht anders, als seiner Begleiterin verstohlene Seitenblicke zuzuwerfen. Die Amber Hastings, die er im U-Bahnhof zurückgelassen hatte, war sichtlich mitgenommen gewesen. Ihre blutunterlaufenen Augen, das schmutzige Gesicht, das strähnige Haar und die zerknitterte Kleidung hatten von den vielen Stunden der Reise Zeugnis abgelegt. Die Amber Hastings, die ihn am Hotel abgeholt hatte, war eine andere Frau. Edelsteine waren in ihre blonden Locken gestreut, die sie auf ihrem Kopf aufgetürmt hatte. Ihr Gesicht wirkte schmaler und ihr rotgeschminkter Mund größer. Ihre Haut schimmerte mit dem Glanz, der nur von den teuersten Kosmetika hervorgerufen werden konnte.

Ihr Gesicht und ihre Frisur wurden von ihrem Overall betont. Das schwarze Gewebe zeigte ein Zufallsmuster von Undurchsichtigkeit und Transparenz, das bei jeder Bewegung funkelte. Das weit ausgeschnittene Oberteil betonte ihre kaum verhüllten Brüste, während das Rückenteil des Anzugs praktisch nicht vorhanden war. Schlitze gaben den Blick auf Ambers lange Beine frei, die in Stulpenstiefeln mit Umschlag steckten. Ein Gürtel mit goldenen Gliedern und die dazu passende Halskette und Ohrringe vervollständigten ihre Kleidung.

»Mein Gott, als Sie Abendkleidung sagten, haben Sie es wirklich auch gemeint!« war das erste, was Thorpe zu ihr sagte.

»Gefällt es Ihnen?« fragte sie und vollführte vor ihm eine Pirouette, damit er sie betrachten konnte. »Ich hab es mir von meiner Collegefreundin ausgeliehen, bei der ich wohne.«

»Es ist wundervoll! Ich hatte keine Ahnung, daß Sie sich diese ganze Mühe machen würden. Alles was ich habe, ist eine Jacke und Shorts.«

»Niemand achtet darauf, was ein Mann trägt.«

»Nicht, wenn er mit Ihnen in einem Raum ist«, stimmte er zu. Thorpe mochte die Art, wie sie von seinem Kompliment errötete.

»Ich habe den Hotelportier nach ein paar Restauranttips gefragt«, sagte er. »Ich bin mir bloß nicht sicher, ob die, die er empfohlen hat, ausgefallen genug sind.«

»Ich habe schon etwas bei Luigi's reservieren lassen«, antwortete sie. »Der Zentralcomputer hat uns für 20 Uhr 30 vorgemerkt.«

»Wo liegt das Restaurant?«

»Ungefähr einen Kilometer von hier, aufwärts.«

»Dann kommen Sie«, sagte er, ihr seinen Arm anbietend. »Gehen wir!«

Das Luigi's stellte sich als eine saalgroße Höhle heraus, die so gestaltet war, daß sie einer Waldlichtung auf der Erde ähnelte. Der Himmel darüber war schwarz und gesprenkelt mit Myriaden von Sternen. Tief am Horizont hob sich eine gelbe Mondsichel aus eine Lücke zwischen den Bäumen. Irgendwo im Hintergrund hörte man Wasserrauschen, vermischt mit dem Zirpen von Insekten und dem Quaken von Fröschen.

»Wunderbar!« flüsterte Thorpe Amber zu, nachdem der Maître sie zu ihrem Tisch geleitet hatte.

»Ich dachte mir, daß Sie es mögen würden. Es ist die beste Simulation von ganz Luna.«

In der Mitte der Lichtung erblickte man eine weitentfernte weiße Stadt. Die Stadt war auf einer Reihe von Hügeln jenseits eines breiten Flußtals gelegen. Sie schimmerte im Mondlicht ohne jede Spur von künstlicher Beleuchtung, ausgenommen den flackernden gelben Schein von Öllampen hinter vielen der Fenster. Ein Teppich schmutzigweißer Felsen auf den Hügelhängen entpuppte sich als Schafherden, die sich zur Nacht hingelegt hatten. Bei jeder befand sich ein Lagerfeuer der Schäfer.

Der Maître hatte sie zu ihrem Tisch gebracht und sich dann zurückgezogen. Wer immer das Restaurant entworfen haben mochte, er hatte es irgendwie fertiggebracht, ein Panoramabild hinzubekommen und gleichzeitig alles außer den nächstgelegenen Tischen abzuschirmen. Thorpe blickte voller Bewunderung umher. Nach einer Weile lachte er jedoch in sich hinein.

»Was ist denn?« fragte Amber und folgte seinem Blick.

»Das dort ist falsch«, sagte er und zeigte darauf. »Dieses viereckige Bauwerk auf dem ersten Hügel ist der Parthenon, während das runde dort hinten das Kolosseum ist.«

»Und?«

»Nun, das eine befindet sich in Athen und das andere in Rom. Sie liegen gut tausend Kilometer auseinander.«

»In unmittelbarer Nachbarschaft, wenn man bedenkt, wie weit sie von hier entfernt sind.«

»Ich schätze, da haben Sie recht«, gab Thorpe zu.

Sie begannen das Essen mit einem Champagner, der sich niemals in oder auch nur in der Nähe von Frankreich befunden hatte. Anschließend gaben sie ihre Bestellung auf. Thorpe aß Kalbfleisch mit Parmesankäse, und Amber entschied sich für Muscheltortellini. Während sie warteten, gingen sie zu Rotwein über und aßen warme Brötchen mit Butter.

Das Essen ging bei den Geschichten, die Thorpe Amber vom Leben auf dem *Felsen* erzählte, rasch vorbei.

Ehe er sich's versah, war er mit seiner Schüssel Spumoni fertig, und Amber leerte ihre Tasse Tee. Musik wehte durch das Restaurant, und Paare begannen sich auf die Tanzfläche zuzubewegen, die eben noch eine Bergwiese gewesen war.

»Lust zu tanzen?«

»Aber ja.«

Sie tanzten zu drei verschiedenen Melodien und wechselten dabei kaum ein Wort. Thorpe war sich Ambers Wärme und des Dufts ihres Parfüms auf schmerzhafte Weise bewußt. Sie schmiegte sich an ihn und senkte ihren Kopf auf seine Schulter. Er ließ seine Hand auf ihren Rücken hinabsinken, wo er ihre nackte Haut sanft liebkoste. Er fühlte ihr Lächeln mehr, als daß er es sah.

So ging es weiter, bis die Lautstärke der Musik beinahe bis zur Unhörbarkeit abnahm. Während der Pause seufzte Thorpe tief auf. »Ich könnte die ganze Nacht so weitermachen, aber ich glaube, wir müssen über das Geschäftliche reden.«

Amber hob ihren Kopf von seiner Schulter. »Das Geschäftliche?«

»Kommen Sie, lassen Sie uns zum Tisch zurückgehen, und ich erkläre es Ihnen.«

Sie kehrten zu ihren Plätzen zurück, wo Thorpe weiteren Wein bestellte. Als ihre Gläser wieder gefüllt waren, schnitt er das Thema an, das ihn seit Verlassen des Büros von Rektor Cummings so sehr beschäftigt hatte.

»Ich habe mit der Erde telefoniert«, log er. »Mr. Smith hat das Gesetz über Rechtsansprüche im Weltraum von der Rechtsabteilung überprüfen lassen.«

»Und?«

»Nun, im Gesetz steht, daß die Erstentdeckerrechte bei dem/der Individuum/Organisation verbleiben, welche die Entdeckung zuerst bekanntgegeben hat.«

Amber nickte. »Weshalb Sie und Direktor Meinz die Absichtserklärung unterschrieben haben.«

»Genau. Als ich von der Erde aufgebrochen bin, war die Rechtsabteilung der Meinung, alle Rechte lägen beim Observatorium. In diesem Punkt sind sie sich nicht mehr so sicher. Sie glauben, daß Sie ebenfalls Erstentdeckerrechte beanspruchen könnten.«

»Ich?« fragte Amber verblüfft. »Aber ich habe doch gar nichts gemacht. Der Computer hat den Kometen entdeckt. Ich habe doch nur den Sichtungsbericht geschrieben.«

»Das könnte schon alles sein, was erforderlich ist. Die Frage ist, ob der Schrägstrich in Individuum/Organisation *und* oder *oder* bedeutet.«

»Aber ich bin vom Observatorium angestellt. Wie sollte ich einen Anspruch auf eine Entdeckung des Observatoriums anmelden können?«

»Ich behaupte nicht, daß Sie einen Anspruch haben. Ich sage nur, die Rechtsabteilung glaubt, Sie *könnten* einen haben. Sie wissen doch, wie Rechtsanwälte sind. Sie werden dafür bezahlt, daß sie mit dem Schlimmstmöglichen rechnen. Sie haben Mr. Smith geraten, daß es die Lage vereinfachen könnte, wenn wir Sie in jede Vereinbarung mit dem Observatorium einbeziehen.«

Ambers Augenbrauen zogen sich vor Verwirrung zusammen. »Ich verstehe nicht.«

»Es ist wirklich ganz einfach. Die Sierra Corporation ist bereit, Ihnen 100 000 Selen zu bezahlen, wenn Sie uns eine Option auf Ihre Erstentdeckerrechte einräumen.«

»Wieviel?«

»Einhunderttausend Selen.«

Amber blinzelte verwirrt. Dann griff sie nach ihrem Weinglas und leerte es mit einem einzigen Zug. »Sagten Sie ... einhundert ... *tausend?*«

»Ja.«

»Wofür?«

»Für Ihre Unterschrift auf einer Absichtserklärung ähnlich der, die Direktor Meinz bereits unterzeichnet hat.«

»Aber das ist Unsinn! Ich *habe* keinerlei Entdeckerrechte.«

»Ob Sie welche haben oder nicht, das sollen die Rechtsanwälte klären. In der Zwischenzeit ist es Mr. Smith das Geld wert, diese offene Frage ad acta zu legen. Glauben Sie mir, er kann es sich leisten.«

Sie füllte wieder ihr Glas und nahm einen weiteren großen Schluck Wein. »Und wann soll mir dieses Geschenk Ihrer Ansicht nach in den Schoß fallen?«

»Jetzt sofort.« Thorpe griff in seine Tasche und holte zwei gleichartige Schriftsätze heraus, jeder mit dem gleichen hellblauen Einband offizieller Dokumente. Er reichte den einen Amber und behielt den anderen. »Ich wollte heute abend eigentlich nicht damit anfangen, aber das schien mir die letzte Gelegenheit zu sein. Schließlich fahren Sie morgen nach Hause, und ich gehe demnächst zum *Felsen* zurück.«

Als sie mit Lesen fertig war, blickte Amber auf. »Das ist Wahnsinn!«

Er hob die Schultern. »Mein Rat lautet, nehmen Sie das Geld, ehe sich's die Rechtsanwälte anders überlegen.«

»Aber es ist nicht recht!«

»Ich kann nicht erkennen, daß Sie mich dabei über den Tisch gezogen hätten.«

Sie kaute auf ihrer Unterlippe und äugte auf den Vertrag hinunter, den Grandstaff im Verlauf des Tages aufgesetzt hatte. »Vielleicht sollte ich das einem Rechtsanwalt zeigen.«

»Ganz wie Sie meinen. Ich möchte nur darauf hinweisen, daß das genau die gleiche Vereinbarung ist wie die, die Direktor Meinz unterzeichnet hat. Sie gibt uns lediglich das exklusive Recht, über eine Abbaukonzession zu verhandeln. Sollten Sie zu dem Schluß kommen, daß jemand anderer Ihnen ein besseres Angebot gemacht hat, dann bitten wir uns die Gelegenheit aus, damit gleichzuziehen. Oh, und falls einer von uns zu der Überzeugung gelangen sollte, daß der andere in arglistiger Absicht verhandelt, dann hat die betroffene Partei das Recht, das Internationale Schiedsgericht anzurufen.«

»Mehr bedeutet es nicht?«

»Das ist alles. Ich wäre bereit, das, was ich Ihnen gerade gesagt habe, vor Zeugen zu wiederholen, falls Sie es möchten.«

»Das ist nicht nötig«, erwiderte sie.

»Ich glaube doch. Ober!«

Der Ober erschien, Thorpe erläuterte ihm sein Anliegen, und wenige Minuten später hatten sie vier Zeugen — zwei Ober, eine Kellnerin und einen Koch. Er wiederholte, was er Amber über die Absichtserklärung gesagt hatte. Anschließend bat er Amber und die Zeugen, das Dokument zu unterzeichnen, und dann benutzte er eines der Handterminals des Restaurants, um den vier Angestellten großzügige Trinkgelder zu überweisen. Als die Unterschriftsrunde beendet war, faltete Thorpe beide Kopien des Vertrages. Eine gab er Amber, die andere steckte er in seine Tasche zurück.

»Danke für Ihre Hilfe«, sagte er zu den herumstehenden Zeugen. Als sie sich zurückgezogen hatten, fragte er Amber nach ihrem Bankkonto. Dann benutzte er das Terminal, um eine Überweisung von 100 000 Selen einzugeben. Als er fertig war, reichte er Amber das Gerät, damit sie sich von der Transaktion überzeugen konnte.

Nachdem sie sich auf dem winzigen Bildschirm von ihrem Kontostand vergewissert hatte, sah sie ihn mit großen Augen an. »Und mehr war nicht nötig?«

»Das war alles«, sagte Thorpe. Er hob sein Glas. »Ich finde, das sollte gefeiert werden, finden Sie nicht auch?«

»*Du hast mich angelogen!*«

Während ihn Ambers wütendes Gesicht vom Telefonschirm aus anstarrte, überlegte sich Tom Thorpe sorgfältig seine Antwort. Es fiel ihm jedoch ausgesprochen schwer, sich zu konzentrieren. Ein Grund dafür war das dumpfe Pochen hinter seinen Schläfen, das von den Festivitäten des vorhergehenden Abends herrührte. Ein ernsthafterer Hinderungsgrund war der Kurzschluß, der in seiner Gedankenkette auftrat, wenn er sich daran erinnerte, wie reizend Amber ausgesehen hatte und wie glücklich sie gewesen war.

Nachdem sie das Luigi's verlassen hatten, waren sie im Großen Verteiler auf dem Rückweg zu seinem Hotel noch in mehrere Bars eingekehrt. Das Konzert im Park war schon lange zu Ende, und Amber hatte es nicht an Fremden gefehlt, mit denen sie auf ihr Glück hatte anstoßen können. Irgendwo zwischen dem dritten und vierten Halt hatte Thorpe sie für einen ersten tastenden Kuß in die Arme geschlossen.

Später hatten sie eine dunkle Ecke im Park aufgesucht, um es noch einmal zu probieren, und ihre Erkundungen waren von einer Heftigkeit gewesen, die keiner von ihnen hatte ignorieren können. Anschließend war es ganz natürlich gewesen, daß Amber ihn auf sein Zimmer begleitet hatte. Die restliche Nacht war ein Kaleidoskop von verschlungenen Gliedmaßen, suchenden Mündern und sich leidenschaftlich gegeneinander bewegenden Körpern gewesen. Endlich waren sie in gegenseitiger Umarmung eingeschlafen. Thorpe war kurz vor Mittag aufgewacht, um festzustellen, daß Amber gegangen war und auf seinem Nachttisch eine Nachricht zurückgelassen hatte:

> *Liebling,*
> *ich wollte dich schon aufwecken, fand aber, daß zumindest einer von uns beiden etwas Schlaf bekommen sollte. Es ist 06.00 Uhr, und ich muß den Mondhüpfer erreichen. Es war ein wundervoller Abend für mich. Ich hoffe, du wirst mir ins Observatorium schreiben, wenn du erst einmal wieder auf dem Felsen bist. Vielleicht können wir nächstes Jahr zusammen Urlaub*

machen. Wenn du kein Interesse daran hast, unsere Beziehung fortzuführen, habe ich Verständnis dafür. Du warst wunderbar!

In Liebe
Amber

Thorpe hatte den Rest des Morgens damit zugebracht, seinen Kater zu behandeln und über das Gefühl hinwegzukommen, daß er etwas Wichtiges verloren hatte. Sobald er wieder in der Lage war, zusammenhängend zu sprechen, ließ er eine Telefonverbindung zu Halver Smith auf der Erde herstellen. Grandstaff hatte die Zentrale vom Versuch des Parlaments von Luna, sie kaltzustellen, bereits informiert. Thorpe berichtete seinem Chef von der Vereinbarung mit Amber Hastings. Dann erläuterte er die Einzelheiten seines Plans, die Absichten des Parlaments zu durchkreuzen. Smith hörte ruhig zu, stellte ein paar Fragen, dann gab er seine Zustimmung zu seinem weiteren Vorgehen.

Fünf Minuten später piepste das Telefon in Thorpes Zimmer erneut. Er griff danach, um den Anruf entgegenzunehmen, und sah sich einer wütenden Amber Hastings gegenüber.

»Du hast mich angelogen!« wiederholte sie. »Ich habe eben mit Direktor Meinz telefoniert. Er sagt, Rektor Cummings habe sich geweigert, die Absichtserklärung zu unterschreiben. Du hast mich ausgetrickst. Warum?«

»Von wo aus rufst du an?« fragte er, um Zeit zu gewinnen.

»Vom Raumhafen. Mein Flug wurde verschoben. Mir sind ein paar Sachen vom Observatorium eingefallen, und ich wollte mich danach erkundigen. Und da hat Direktor Meinz es mir gesagt. Warum hast du mich angelogen?«

»Ich habe dir nie gesagt, daß Cummings den Vertrag unterschrieben hätte.«

»Du hast es mich glauben lassen.«

Thorpe seufzte und nickte. »Das habe ich. Ich hatte dabei ein schlechtes Gefühl und habe jetzt sogar ein noch schlechteres. Meine einzige Entschuldigung ist, daß das, was ich getan habe, notwendig war.«

»Notwendig, warum?«

Thorpe erzählte Amber von dem Gesetz zur Nationalisierung der Ansprüche des Farside Observatoriums, das im Parlament eingebracht worden war. »Was hätte ich denn sonst tun sollen?« fragte er, als er damit fertig war.

Ambers Wut hatte sich, während er gesprochen hatte, sichtlich abgekühlt und einem Ausdruck Platz gemacht, den er nicht zu deuten vermochte. »Aber wie kann das Papier, das ich unterzeichnet habe, überhaupt irgend etwas ändern?«

Er machte den Mund auf, um zu antworten, wurde jedoch von einem Ton unterbrochen, der vom Telefon kam. Eine Schriftzeile lief über den unteren Bildschirmrand und informierte ihn darüber, daß John Mahew Hobart darauf wartete, mit ihm sprechen zu können.

»Hast du Direktor Meinz von unserer Vereinbarung erzählt?« fragte er.

Amber nickte. »Vor nicht mehr als zehn Minuten.«

»Rate mal, wen er angerufen hat, sobald du aufgelegt hattest.«

»Ich verstehe nicht.«

»Macht nichts. War ein schlechter Scherz. Bleib einen Moment dran, ich habe einen anderen Anruf.«

Er schaltete um und sah sich gleich darauf dem Führer der Nationalpartei gegenüber. Hobarts Gesichtszüge waren verzerrt, weil er sich der Aufnahmeoptik zu sehr genähert hatte. Er sah ebenfalls wütend aus.

»Was, zum Teufel, höre ich da von irgendeiner Abmachung, die Sie angeblich mit Amber Hastings getroffen haben, Thorpe?«

»Sie haben richtig gehört.«

»Worauf sind Sie aus?«

»Ich wahre die Interessen meiner Gesellschaft, Bürger Hobart, so wie Sie die Rechte der Republik schützen. Wollen wir über die Angelegenheit diskutieren?«

Hobart zwinkerte einmal, dachte darüber nach, dann entfernte er sich weiter vom Telefon. Sein Stimmungsumschwung erfolgte so rasch, wie Thorpe es noch nicht schneller gesehen hatte. »Ich wäre an einem Gespräch interessiert. Wann und wo?«

»Heute abend. Bestimmen Sie den Ort.«

»In meiner Wohnung um 18 Uhr.«

»Gut. Macht es Ihnen etwas aus, wenn ich Miss Hastings mitbringe?«

»Bringen Sie mit, wen Sie wollen.«

»Bis dann also.«

Hobart schaltete ab, wodurch automatisch wieder die Verbindung mit Amber hergestellt wurde. Er berichtete ihr von seinem Gespräch mit Hobart. »Soll ich dich abholen?«

»Ich finde den Weg allein.«

»Gut. Wir sehen uns später.«

»Darauf kannst du dich, verdammt noch mal, verlassen, daß wir uns sehen werden!«

Als Amber aufgelegt hatte, wandte sich Thorpe vom Bildschirm ab und ließ im Geiste noch einmal Revue passieren, was soeben geschehen war. Es war, sagte er sich, das beste, was er hatte erwarten können. Er war noch nie ein Mensch gewesen, der sich mit dem abquälte, was hätte sein können. Er konzentrierte sich darauf, seine Argumente zu ordnen.

»Hallo, Mr. Thorpe. Erfreut, Sie wiederzusehen«, sagte Nadia Hobart, als sie Thorpe in ihre Wohnung geleitete. »John ist in seinem Arbeitszimmer.«

»Es ist mir ebenfalls ein Vergnügen, Sie wiederzusehen, Mrs. Hobart. Ich hoffe, ich komme nicht ungelegen.«

»Unsinn«, erwiderte sie mit einem abschätzenden

Blick. »Wenn man mit einem Politiker verheiratet ist, lernt man rasch, daß ein Großteil der Arbeit außerhalb der offiziellen Arbeitszeit getan wird. Wenn Sie mir also folgen wollen ...«

Sie führte Thorpe in den gleichen Raum, in dem Hobart seinen Plan erläutert hatte, Eisen gegen Eis zu handeln. Als sie eintraten, war Amber bereits anwesend. Sie saß in einem von Hobarts Sesseln und nippte gerade an einem hochrandigen Glas mit einer rosafarbenen Flüssigkeit. Hobart durchquerte das Zimmer mit dem leichten, raumergreifenden Schritt des geborenen Lunariers. »Ah, Mr. Thorpe. Seien Sie willkommen!«

»Hallo«, sagte Thorpe, indem er die Hand des Parlamentariers ergriff. »Hallo, Amber.«

»Tom«, antwortete sie mit einem kaum wahrnehmbaren Nicken.

»Ich bat Miss Hastings, früher zu kommen. Ich wollte herausfinden, was genau passiert ist«, erklärte Hobart. »Irgendwelche Erfrischungen?«

»Ja, bitte«, sagte Thorpe. Er nahm im Sessel neben Amber Platz. »Es tut mir leid, daß du deinen Flug verpaßt hast.«

»Kein Problem«, erwiderte sie. »Mein Flug nach Miner's Luck ist für morgen angesetzt.«

Hobart reichte Thorpe ein Glas ähnlich dem, das Amber in Händen hielt. Es war mit einer klaren Flüssigkeit gefüllt. »Ich meine mich erinnern zu können, daß Sie sich bei unserer letzten Begegnung anerkennend über unseren Wodka geäußert hätten.«

Thorpe nahm den Drink in Empfang, kostete davon und gab bekannt, er sei vortrefflich. Hobart nahm in seinem Sessel Platz und lächelte in Thorpes Richtung. Es lag wenig Humor in diesem Lächeln.

»Ich weiß inzwischen, was *wirklich* passiert ist, Mr. Thorpe. Ich komme jedoch nicht darauf, *warum* es passiert ist. Außer Miss Hastings Bankkonto aufzustokken, kann ich keinen Sinn in Ihren Handlungen erkennen. Wenn Sie die Freundlichkeit hätten, uns aufzuklären?«

Thorpe zuckte die Achseln. »Als ich in Luna City ankam, erfuhr ich, daß meine Gesellschaft kaltgestellt werden sollte, was ihren Anteil am Kometen Hastings betrifft. Ich habe uns einen Rechtsanspruch gesichert, den wir nötigenfalls auch vor Gericht einklagen können. Natürlich würden wir einen Kompromiß vorziehen.«

Hobart musterte seinen Gegner lange. »Warum glauben Sie, einen Rechtsanspruch etabliert zu haben?« fragte er endlich. »Da Miss Hastings keine Entdeckerrechte an diesem Kometen besitzt, kann sie sie wohl nicht gut an Sie verkaufen.«

»Ich glaube, sie hat welche«, erwiderte Thorpe.

»Das und ein Zehnselenstück verschafft Ihnen in jeder Apotheke der Stadt einen Liter Luft. Nach wie vor gilt, daß das Gesetz über Rechtsansprüche im Weltraum alle Rechte auf zehn Jahre der Entdeckerinstitution zuspricht, und das, Mr. Thorpe, ist das Farside Observatorium auf Luna.«

»Das Gesetz über Rechtsansprüche im Weltraum spricht von ›einem/einer Individuum/Organisation‹. Das sind Amber und das Farside Observatorium.«

»Machen Sie sich nicht lächerlich«, erwiderte Hobart. »Sie ist Angestellte der Universität von Luna, wird aus öffentlichen Mitteln bezahlt und benutzt öffentliches Eigentum. Die Entdeckerrechte sind das ausschließliche Eigentum der Republik und ihrer Bürger.«

»Dann sollten Sie ihn vielleicht Farside-Observatorium-Komet nennen.«

Hobart konnte sich ein Lächeln nicht verkneifen. »Touché! Vielleicht sollten wir das tatsächlich. Was haben Sie in dieser Angelegenheit weiter vor?«

»Eine gütliche Vereinbarung zu erlangen, falls möglich, Bürger Hobart; oder Miss Hastings' Rechte vor Gericht durchzusetzen, falls nötig.«

»Wie können Sie ein Recht durchsetzen, von dem sie nicht einmal glaubt, daß sie es besitzt?«

Thorpe hob die Schultern. »Das zu entscheiden ist Sache des Gerichts.«

»Glauben Sie allen Ernstes, daß es auch nur ein Gericht auf Luna gibt, das sich mit einem so aus der Luft geholten Rechtsstreit befassen würde?«

»Das bezweifle ich«, erwiderte Thorpe. »Da sich der Komet Hastings jedoch nicht in der Nähe des cislunaren Raums aufhält, fällt er nicht in die Zuständigkeit Ihrer Gerichte. Die Angelegenheit wird dem Internationalen Gerichtshof in Den Haag übertragen werden müssen.«

Hobart schwieg eine Weile, dann dämmerte ihm allmählich die Erkenntnis. »Und wie groß ist im Moment der Rückstand in Den Haag?«

»Zwölf Jahre.«

Hobart nickte. »Bis dahin sind die Entdeckerrechte des Observatoriums vollkommen wertlos. Der Kometenkern wird demjenigen überlassen werden, der als erster eine permanente Präsenz auf seiner Oberfläche etabliert.«

»Richtig.«

Nach einer langen Pause ergriff Hobart wieder das Wort. »Sie erwähnten, glaube ich, einen Kompromiß.«

»In der Tat.«

»Woran dachten Sie dabei im einzelnen?«

»Eine gemeinsame Expedition zur Erforschung des Kometen nach seiner Begegnung mit Jupiter«, erwiderte Thorpe.

An ihren Reaktionen war abzulesen, daß der Vorschlag sowohl Hobart als auch Amber unvorbereitet getroffen hatte. Der Parlamentarier zwinkerte vor Verblüffung, während Amber nervös auf ihrem Sessel herumrutschte.

»Verzeihen Sie bitte«, sagte Hobart.

»Wir unterstellen eine Menge, was lediglich auf einer einzigen Teleskop-Beobachtung basiert. Was ist, wenn sich herausstellt, daß die Eisvorkommen geringer sind als die Astronomen glauben, oder wenn der Komet nach dem Vorbeiflug nicht die vorhergesagte Umlaufbahn einschlägt? Ich schlage vor, daß die Republik Luna und die Sierra Corporation gemeinsam ein Schiff aussenden, das das große Los einer genauen Untersuchung unterzieht.«

»An welche Art von Vereinbarung denken Sie dabei?«

»Die Sierra Corporation könnte das Schiff zur Verfügung stellen, den größten Teil der Besatzung und einen Teil des wissenschaftlichen Personals. Sie komplettieren die Crew mit Ihren eigenen Leuten, eingeschlossen ein paar, die sich um Ihre Interessen kümmern. Und die Kosten teilen wir unter uns gleichmäßig auf.«

»Was könnte uns daran hindern, selbst eine solche Expedition auszurüsten?« fragte Hobart. »Luna verfügt ebenfalls über Schiffe.«

»Natürlich tun Sie das. Und der größte Teil davon ist mit wichtigen Aufgaben betraut. Zweigen Sie eins davon ab, und Sie werden mit den ökonomischen Konsequenzen konfrontiert, über die wir neulich in diesem Raum gesprochen haben. Außerdem wären wir gezwungen, ein Unterlassungsurteil zu erwirken, um Sie davon abzuhalten. Wenn indes die Sierra Corporation ein geeignetes Schiff zur Verfügung stellt, wird es keine nachteiligen Auswirkungen auf Ihre Wirtschaft geben. Übrigens, wir verfügen über das Know-how, das Sie brauchen. Das ist schließlich unser Geschäft!«

»Wer würde die Sierra Corporation auf einer solchen Expedition vertreten?« fragte Hobart.

»Das hängt von Mr. Smith ab«, antwortete Thorpe. »Ich habe allerdings vor, ihn darum zu bitten, mir diesen Job zu übertragen. Vielleicht könnte Amber Luna vertreten.«

»Wie steht es mit Ihnen, Miss Hastings?«

»Tut mir leid, aber ich muß ablehnen.«

»Ich verstehe«, sagte Hobart. »Es wird eine lange Reise werden, vielleicht eine sehr mühselige. Sie tun wahrscheinlich gut daran, nicht mitzufliegen.«

»Sie verstehen keineswegs«, erwiderte Amber. Ihre Augen leuchteten plötzlich auf, als habe sie eine wichtige Entscheidung getroffen. »Also gut, ich fliege mit. Aber ich werde mich um meine eigenen Interessen kümmern. Wenn Thomas recht hat, gehört mir schließlich die Hälfte des Kometen!«

ZWEITER TEIL

Begegnung mit Jupiter

10. KAPITEL

Nachdem er die Umlaufbahn des Saturn passiert hatte, flog der Eindringling geradewegs auf das größte von Sols Kindern zu. Einhundertundelf Mal hatte er sich der Sonne genähert. Jedesmal hatte es der Zufall gewollt, daß sich Jupiter in weiter Entfernung von seiner Bahn aufhielt. Dieses Mal war es anders. Bei dieser Annäherung zielte der Planetoid genau auf jene Welt, welche mehr planetarisches Treibgut mit ihrer Wölbung auffing als jede andere.

Tom Thorpe schwebte in jener geduckten Haltung vor dem Telefonschirm, die der menschliche Körper in der Schwerelosigkeit automatisch einnahm. In dieser Haltung schien er sich wohlzufühlen. Man hätte sich nicht stärker täuschen können. Thorpe konnte einfach nichts anderes tun, um seinen Ärger unter Kontrolle zu halten, während er darauf wartete, daß die Raum-Erde-Schaltung zustande kam.

»Mr. Monets Büro«, sagte eine junge Frau mit einer Verzögerung von einigen Sekunden.

»Ist er da?«

»Wen darf ich melden?«

»Tom Thorpe«

»Und Ihr Anliegen, Mr. Thorpe?«

»Die Expedition zum Kometen Hastings.«

»Bitte warten Sie einen Moment.«

Thorpe starrte auf einmal auf ein computererzeugtes Lichtmuster, das beruhigend wirken sollte. In seinem Fall funktionierte es nicht.

»Ah, Mr. Thorpe«, sagte Nathan Monet, der Rechnungsprüfer der Sierra Corporation, als er auf dem Monitor erschien. »Was kann ich für Sie tun?«

»Sie können mir sagen, warum Sie meine Antimaterie-Bestellung storniert haben, Monet!«

»Wir von der Rechnungsprüfung haben den

Eindruck, daß Sie ein wenig ... sollen wir sagen, übereifrig waren?«

»Was, zum Teufel, meinen Sie damit?«

»Offen gesagt, Mr. Thorpe, meine Analytiker haben die Bestellung überprüft und dabei entdeckt, daß die von Ihnen georderte Treibstoffmenge Ihren Bedarf weit übersteigt. Ihrem eigenen Einsatzplan zufolge ist ein Verbrauch von 4,5 Gramm Antimaterie und acht Millionen Kilogramm monoatomaren Wasserstoffs zu erwarten. Dennoch verlangen Sie neun Gramm Antimaterie. Das ist genau das Doppelte Ihrer eigenen Schätzung.«

»Das weiß ich«, knurrte Thorpe.

»Wenn ich Sie daran erinnern darf, Mr. Thorpe, meine Abteilung ist dafür zuständig, die optimale Verwendung unserer beschränkten Mittel sicherzustellen. Außerdem hat Mr. Smith alle Abteilungen angewiesen, die Gürtel enger zu schnallen.«

»Den Gürtel anderer enger zu schnallen. Ich brauche die Antimaterie!«

»Wir sind der Meinung, daß fünf Gramm für Ihre Zwecke mehr als ausreichend wären«, sagte Monet.

»Das läge nur zehn Prozent über unserem absoluten Mindestbedarf.«

»Elf Prozent. Meine Leute haben sich über die gängige Praxis informiert, und zehnprozentige Energiereserven sind durchaus üblich.«

»Auf der Nachtwächtertour zur Äquatorstation von Luna vielleicht. Verdammt, wir fliegen raus, um einen Kometen zu jagen! Wir müssen davon ausgehen, daß nicht alles genau so wie geplant ablaufen wird.«

»Eine Führungskraft läßt es gar nicht erst so weit kommen, Mr. Thorpe. Meine Leute haben mir versichert, daß unsere Zuteilung mehr als fair ist.«

»Ihre Leute riskieren nicht ihren verdammten Arsch! Ich aber. Und jeder Mann und jede Frau, die mit hinausfliegen, gleichermaßen. Entweder wir bekommen die ganzen neun Gramm, oder wir verlassen den Orbit nicht.«

»Mein Gott, Mann! Wissen Sie, zu welchem Preis Antimaterie heute abgeschlossen hat?«

»Ich weiß, was mir mein Leben wert ist. Und wichtiger noch, ich weiß, was Mr. Smith sagen wird, wenn er diese Frage entscheiden muß.«

Der Rechnungsprüfer versteifte sich. »Es steht Ihnen selbstverständlich frei, sich in dieser Angelegenheit an ihn zu wenden. Ich bezweifle aber, daß er der Verschwendung von Firmengeldern zustimmen wird.«

Thorpe atmete tief durch und entschloß sich, das Problem von einer anderen Seite anzugehen. »Schauen Sie, es wird doch allgemein erwartet, daß sich der Preis für Antimaterie in den nächsten paar Jahren kontinuierlich nach oben bewegen wird, richtig?«

»Das stimmt. Offenbar verbraucht das Avalon-Projekt wesentlich mehr Energie, als ursprünglich vorgesehen war.«

»Dann werden wir ganz einfach bei unserer Rückkehr den Überschuß auf dem freien Markt verkaufen. Selbst unter Berücksichtigung der Finanzierungskosten müßten wir in der Lage sein, die Kosten dabei zu decken. Wir könnten sogar einen Gewinn herausschlagen.«

Der Rechnungsprüfer blickte nachdenklich drein. Thorpe konnte fast sehen, wie er im Geiste die momentanen Kosten gegen die zukünftigen Gewinne aufwog. Schließlich sagte er: »Wir werden diese Möglichkeit ernsthaft in Erwägung ziehen, Mr. Thorpe. Versprechen kann ich natürlich noch nichts.«

»Wann kann ich mit Ihrer Entscheidung rechnen?«

»Bei der Einsatzbesprechung.«

»Schön. Dann bis übermorgen.«

Sobald der Schirm leer geworden war, murmelte Thorpe eine Obszönität und drehte sich zu der hinter ihm liegenden Luke um. Durch das Anheben der Füße suchte er sich auf dem Schott einen guten Angriffspunkt zu verschaffen und stieß sich in Richtung des Kontrollraums des Frachters ab. Karin Olafson, Kapitän des Freien Frachters *Admiral Farragut*, blickte auf, als er durch die Luke in den Kontrollraum gesegelt kam. Sie konnte ihm vom Gesicht ablesen, daß die Dinge nicht gut standen.

»Die Schlacht mit den Erbsenzählern ist noch nicht gewonnen, schätze ich«, sagte Olafson. Sie war eine untersetzte Frau mit kurzgeschnittenem blonden Haar, stets zu einem Lächeln aufgelegt und von mütterlicher Art. Mit fünfundvierzig Jahren näherte sie sich dem Ende ihrer aktiven Laufbahn als Schiffsführer. Das war einer der Gründe, warum sie ihr Schiff für die nächsten drei Jahre an Halver Smith verchartert hatte. Das Geld würde ihr zu einem angenehmen Ruhestand verhelfen. Die Aussicht auf ein Abenteuer hatte sie ebenfalls gereizt.

»Ich glaube, ich habe ein paar Punkte gutgemacht«, erwiderte Thorpe, während er sich zu der Beschleunigungsliege neben der des Kapitäns bewegte. Er ergriff die Armlehnen und brachte sich in eine sitzende Position. »Er möchte den Streit nicht soweit eskalieren, daß er Mr. Smith zu Ohren kommt. Er weiß genau, daß er dann den kürzeren ziehen würde. Es kam nur darauf an, eine Möglichkeit zu finden, ihn auf ehrenhafte Weise von seinem Steckenpferd absteigen zu lassen.«

»Und haben Sie sie gefunden?«

»Das erfahren wir bei der Einsatzbesprechung.«

»Hoffentlich. Ich bin nicht sonderlich begeistert davon, mich auf eine Dreijahresreise mit nur zehn Prozent Energiereserve im Toroid einzuschiffen.«

»Das werden Sie auch nicht müssen, Kapitän. Wie steht es mit den restlichen Vorbereitungen?«

»Besorgen Sie uns die Antimaterie, und wir können starten. Wie Sie beim Anflug gesehen haben, ist das Teleskop am Bug befestigt.«

»Irgendwelche Probleme dabei gehabt?«

»Das verdammte Ding ist so schwer, daß wir es direkt auf die Sockelplatte des Bugvorstoßes schweißen mußten. Wo, zum Teufel, haben Sie dieses Museumsstück eigentlich her?«

»Aus einem Museum natürlich.«

Das Sechs-Spiegel-Gerät war das erste Komposit-Teleskop, das je gebaut wurde. Vor seiner Pensionierung war es fünfundsiebzig Jahre am Mount Hopkins Observatorium im Einsatz gewesen. Von da an war es eines der Hauptausstellungsstücke des Astronomiemuseums der Universität von Arizona gewesen. Es zu bekommen, war lächerlich einfach gewesen. Thorpe hatte lediglich erwähnt, daß es zur Beobachtung der Annäherung des Kometen Hastings an Jupiter benutzt werden würde. Die Museumsbehörde hatte sich einmütig dafür ausgesprochen, der Expedition das Viereinhalb-Meter-Teleskop zur Verfügung zu stellen. Man hatte die veralteten Bedienungselemente durch moderne elektromechanische Justiervorrichtungen ersetzt und den schweren Sockel der Azimutlagerung entfernt. Auch so war es immer noch groß genug, daß sich Kapitän Olafson Sorgen um die stabile Lage ihres Schiffs machte.

Das Teleskop war Thorpes Idee gewesen. Es war seine Art, mit einer gewissen Astronomin Frieden zu schließen.

Amber Hastings lag mit geschlossenen Augen neben dem Swimmingpool und ließ die Sonnenwärme in ihre Haut einsickern. Neben ihr auf dem Tisch stand ein Computerterminal, das mit der großen Anlage in Halver Smiths Kellergeschoß verbunden war. Sie war seit mehreren Tagen Smiths Gast und begann sich allmählich an die Erdschwerkraft zu gewöhnen. Zwischen Besichtigungstouren arbeitete sie an dem Einsatzplan für die Expedition zu dem Kometen, der ihren Namen trug.

Acht Monate waren vergangen, seit der Observatoriumscomputer ihre Aufmerksamkeit auf den Nebelfleck am Himmel gelenkt hatte, und ein halbes Jahr, seit Luna und die Sierra Corporation übereingekommen waren, eine gemeinsame Expedition auszuschicken. In diesen sechs Monaten war viel geschehen.

Die Sierra Corporation hatte einen umgebauten Frachter gechartert, um ein Dutzend Wissenschaftler und deren Ausrüstung zum Jupiter zu transportieren. Einmal dort angekommen, würde das Schiff von der Forschungsstation auf Callisto neue Reaktionsmasse übernehmen und das Eintreffen des Kometen erwarten. Nach dem Durchgang des Kometen durch das Jupitersystem würden sie sich mit dem Kometen treffen und die folgenden achtzehn Monate mit der Erforschung seiner Oberfläche verbringen. Sie würden auf dem Kometen das Perihel durchfliegen und ihn verlassen, wenn er sich anschließend der Umlaufbahn der Venus näherte.

»Eine kleine Arbeitspause?« fragte eine Stimme.

Als Amber ihre Augen öffnete, sah sie Halver Smith neben sich stehen. Er war mit einem Paar abgetragener Hosen bekleidet und trug ein Hemd mit mehreren Löchern. An den Schmutzflecken auf seiner Kleidung war deutlich zu erkennen, daß er im Garten umgegraben hatte.

»Die Sonne ist so warm, daß ich dachte, ich mache mal ein Nickerchen«, sagte sie und blickte zwinkernd zu ihm auf.

»Sie haben doch nicht etwa vergessen, sich mit Sonnenöl einzureiben? Leute mit Ihrem Teint bekommen leicht einen Sonnenbrand, wissen Sie.«

Sie schüttelte den Kopf. »Ich bin von Kopf bis Fuß mit Sonnenschutzmittel eingeschmiert.«

»Ich geh reiten. Lust mitzukommen?«

Sie blinzelte überrascht. »Ich? Auf einem Pferd?«

»Warum nicht?«

Nach ihrer Ankunft auf seinem Landgut hatte er sie überall herumgeführt. Im Stall hatte sie zum ersten Mal in ihrem Leben ein Pferd gesehen. Die großen Tiere hatten sie fasziniert, obwohl sie all ihren Mut hatte zusammennehmen müssen, sich einem von ihnen so weit zu nähern, daß sie seine seidige braune Flanke hatte streicheln können. Der Gedanke, sich tatsächlich auf ein Pferd zu setzen, jagte ihr Schauder über den Rücken.

»Aber was ist, wenn ich runterfalle?«

Er zuckte die Achseln. »Dann stehen Sie auf und klettern wieder rauf. Ich bin schon Dutzende von Malen runtergefallen.«

Amber wußte nicht, was sie darauf sagen sollte. Solch ein Sturz mußte bei der Erdgravitation sicherlich schreckliche Folgen haben.

»Das wäre eine Erfahrung, von der ich meinen Enkelkindern erzählen könnte, nehme ich an.«

»Das wäre es bestimmt. Kommen Sie! Wenn ein fetter alter Mann auf einem Pferd reiten kann, dann kann es jeder.«

Eine halbe Stunde später folgte Amber Smith über einen Reitweg, der sich durch den Wald seiner Besitzung wand. Sie hatte sich gesagt, daß sie schon nicht dabei sterben würde, und begann an der Erfahrung allmählich Gefallen zu finden, so furchteinflößend sie auch war.

»Übrigens«, sagte Smith, als sie über eine ausgedehnte Wiese voller kleiner gelber Blumen ritten, »Tom Thorpe kehrt zurück.«

»Oh?« sagte Amber, wobei sie versuchte, jedes Anzeichen von Gefühl aus ihrer Stimme herauszuhalten. Trotz ihres heftigen Abschieds von Thorpe hatte sie sich während der vergangenen sechs Monate immer häufiger dabei ertappt, daß sie an ihn dachte. Wann immer sie sich an sein ansteckendes Grinsen erinnerte, fiel es ihr schwer, weiterhin wütend auf ihn zu sein.

Smith schien ihr plötzliches Erröten bei der Erwähnung von Thorpes Namen nicht zu bemerken. Er redete beinahe ohne Pause weiter. »Er hat eine Nachricht geschickt, daß er heute abend ankommt. Er hat noch eine Menge vor der Besprechung zu erledigen, deshalb glaube ich, daß wir ihn vorher nicht mehr sehen werden.«

»Schade.«

Sie ritten mehrere Minuten lang schweigend weiter, bis Smith wieder das Wort ergriff. »Würde es Ihnen etwas ausmachen, wenn ich Ihnen eine persönliche Frage stelle?«

»Kommt auf die Frage an, Halver«, antwortete sie. Irgendwie kam es ihr seltsam vor, einen der zehn reichsten Männer des Sonnensystems mit dem Vornamen anzureden.

»Was ist zwischen Ihnen und Thorpe auf Luna vorgefallen?«

Amber fühlte, wie sich ihre Wangen zu röten begannen. »Was meinen Sie damit?«

»Ich meine, daß er seitdem nicht mehr derselbe ist. Er macht seine Arbeit, aber er wirkt nicht mehr so glücklich, wie er einmal war. Manchmal ertappen ihn Leute dabei, wie er in die Luft starrt und vor sich hinbrütet. Ich habe mit seinen Freunden auf dem *Felsen* gesprochen. Sie stimmen alle darin überein, daß er nie ein besonders nachdenklicher Mensch gewesen ist.«

»Wie kommen Sie darauf, die Veränderung könnte etwas mit mir zu tun haben?« fragte sie.

Smith lächelte. »Wenn Sie erst einmal in meinem Alter sind, junge Frau, dann werden Sie gelernt haben, die Symptome zu erkennen.«

»Symptome?«

»Ich glaube, Mr. Thorpe ist verliebt. Irgendeine Vermutung, wer die Glückliche sein könnte?«

Amber gab keine Antwort. Sie brauchte es auch nicht. Ihre plötzlich flammend rote Haut tat es für sie.

Vom Weltraum aus betrachtet, sah die *Admiral Farragut* aus, als habe sie ein Kind aus Teilen eines Baukastens zusammengesetzt. Der Fernfrachter war eine etwa 150 Meter lange Ansammlung von geometrischen Formen. Das Raumschiff bestand aus drei einzelnen Teilen, die jedes für sich vom Schiff abgetrennt werden konnte, wenn es sich als notwendig erweisen sollte.

Die Antriebseinheit war ein Durcheinander von kugelförmigen Tanks und Rohrleitungen am Heck des Schiffes. Achtzehn große Kugeln — Wasserstofftanks, die in drei Gruppen zu je sechs angeordnet waren — verdeckten beinahe den zentralen Zylinder, der der Hauptenergieerzeuger der *Admiral Farragut* war. Ein geschwärzter Abgasstutzen entsprang der Antimaterieschubkammer, und zwischen den Treibstofftanks ragten Hochtemperaturkühler hervor.

Vor der Langstreckentankanlage wurden ein paar Meter des schweren Längsträgers sichtbar, bevor er in dem großen Zylinder verschwand, der das Frachtmodul des Schiffes darstellte. Sämtliche Laderäume befanden sich in dem vierzig Meter durchmessenden Zylinder, auf dem Bündel überdimensionaler Steuerdüsen angebracht waren. Diese Düsen stabilisierten nicht nur die Lage der *Admiral Farragut* während des Flugs, sondern würden auch eingesetzt werden, um das Frachtmodul auf dem Kometenkern zu landen.

Das Vorderteil des Frachters enthielt den Wohnbereich, ein zwanzig Meter durchmessendes Modul, das alle zur Steuerung des Schiffes nötigen Kontrollsysteme umfaßte und Passagieren und Crew Lebensraum bot. Der Kontrollraum befand sich genau im Mittelpunkt des Zylinders, und die Schlafräume, Vorratsbehälter, Versorgungssysteme, Tankanlagen und Arbeitsräume waren darum herum angeordnet. Diese Kugel, die ebenfalls abgelöst werden und auf dem Kometenkern landen würde, besaß ihre eigenen Steuerdüsen und Landevorrichtungen.

Schließlich entsprang dem Bug der *Admiral Farragut* noch das unverkleidete Gerippe des Komposit-Teleskops. Weil das Teleskop fest mit der Hülle des Frachters verbunden war, würde man es durch Ausrichten des ganzen Schiffes justieren müssen. Da sich das Schiff während neunzig Prozent der Reise in freiem Fall bewegen würde, bedeutete das kein Problem.

Tom Thorpe sah zu, wie der Frachter immer kleiner wurde, während sein Fährschiff seinen langen Fall zurück zur Erde begann. Er bemerkte nichts von der Häßlichkeit, die jedem, der an die schlanken Flugzeuge der Erde gewöhnt war, sofort aufgefallen wäre. Im Weltraum war die Form der Funktion untergeordnet, und die Funktion legte fest, was schön war und was nicht. Wenn die *Admiral Farragut* ihn dorthin bringen konnte, wo er hinwollte, so konnten Thorpe ihre ästhetischen Unzulänglichkeiten gleichgültig sein.

John Malvan war ebenfalls zur Erde unterwegs. Wie Amber hatte auch er erkennen müssen, daß die Entdeckung des Kometen Hastings unerwartete Veränderungen in seinem Leben bewirkt hatte. Eine Woche nachdem er seinen Verdacht bezüglich Tom Thorpe an John Hobart weitergegeben hatte, war Malvan angewiesen worden, nach Luna City zurückzukehren, um sich mit dem Parlamentarier zu treffen.

»Gut, daß Sie da sind, John«, hatte Hobart bei ihrem ersten Zusammentreffen gesagt. »Hatten Sie eine angenehme Reise?«

»Annehmbar«, sagte Malvan achselzuckend.

»Ich nehme an, Sie fragen sich, worum es überhaupt geht.«

»Ja, Sir.«

Hobart berichtete ihm von der Vereinbarung, die er mit Thorpe getroffen hatte. Er schloß mit den Worten: »Was würden Sie davon halten, wenn Sie Luna bei dieser Expedition verträten?«

»Ich verstehe nicht.«

»Wir möchten, daß Sie bei dieser Expedition die Interessen Lunas vertreten. Das würde eine Beförderung um drei Ränge und eine nette Gehaltssteigerung bedeuten. Noch wichtiger, es würde Ihnen Freunde im Parlament machen, deren nicht Geringster ich selbst sein würde.«

»Warum ich?« fragte Malvan.

»Warum nicht? Sie waren vor Ihrem Unfall im Eisbergbau und waren seitdem als Rechnungsprüfer im Außendienst tätig. Sie sind ein aufrechter, hart arbeitender Mann, außerdem ein Patriot. Wer sonst hätte mich davon benachrichtigt, daß dieser Eisbrocken zu uns unterwegs ist?«

Malvan zuckte die Achseln. »Ich hielt das für meine Pflicht.«

»Da taten Sie recht damit. Sie haben eine große Ungerechtigkeit verhütet. Ich wünschte bloß, wir hätten Luna die vollen Rechte sichern können. Jetzt brauchen wir jemanden, der unsere Interessen wahrnimmt.«

»Vertrauen Sie Halver Smith nicht?«

»Doch, das tue ich. Es liegt in ihrem eigenen Interesse, mit uns zusammenzuarbeiten. Wer sollte ihr Eis denn sonst auch kaufen? Aber ich habe schon vor langer Zeit gelernt, auf Nummer sicher zu gehen. Sollten wir herausfinden, daß wir mit der Sierra Corporation nicht zurechtkommen, dann müssen wir den Kometen allein erschließen.«

»Wie sollen wir das anstellen, wenn uns nur die Hälfte davon gehört?«

Hobart blickte Malvan ernst an. »Das ist die Art hypothetischer Frage, die ein Politiker niemals beantwortet. Aber erinnern Sie sich, wir sind ein souveräner Staat, und die nicht. Wir sind nicht an terrestrische Gesetze gebunden, aber sie schon. Der Komet ist wichtig für uns, wichtiger als jede Konvention über die Besitzrechte an Himmelskörpern. Wenn wir unsere Interessen bedroht sehen ... nun, dann erinnern wir uns daran, daß souveräne Staaten manchmal zu militärischen Mitteln Zuflucht nehmen, um ihre Interessen zu wahren.«

»Wollen Sie damit sagen ...«

»Ich sage gar nichts«, erwiderte Hobart. »Ich versuche Ihnen lediglich die Bedeutung dieser Expedition klarzumachen. Wollen Sie den Auftrag annehmen, den ich Ihnen anbiete?«

Malvan schwieg beinahe eine Minute lang. Schließlich sagte er: »Mal so ausgedrückt, Bürger Hobart, ich sehe nicht, wie ich ablehnen könnte.«

Malvan hatte die folgenden sechs Monate damit verbracht, soviel er konnte über Kometenkerne und den wirtschaftlichen Hintergrund des Eisbergbaus zu lernen. Er hatte sich auch ausgiebig mit der Sierra Corporation befaßt und sogar die geheimen nachrichtendienstlichen Wirtschaftsinformationen gelesen, die von Lunas Diplomaten auf der Erde nach Luna City geschickt wurden.

Er hatte Luna City eine Woche vor der letzten Einsatzbesprechung verlassen und war zunächst zur Äquatorialstation, dann zur Newton Station im geostationären Orbit gereist. Sein Flugplan machte einen dreitägigen Zwischenaufenthalt auf Newton erforderlich, eine Unbequemlichkeit, die ihn überhaupt nicht störte. Von allen Transitstationen bot Newton die meisten Zerstreuungen für Reisende. Malvan verbrachte die drei Tage mit Vorbereitungen für die lange Reise. Daß seine Vorbereitungen aus Besuchen der Spielhallen und Treffen mit weiblichen Unterhaltungsspezialisten bestanden, ging nur ihn allein etwas an.

An seinem dritten Tag an Bord der Station jedoch sehnte sich Malvan nach einem ruhigen Abend, um sich auszuruhen und zu erholen. Er begann den Abend damit, daß er sich eine kleine Bar suchte, die hauptsächlich von Stationspersonal frequentiert wurde. Er bestellte seinen Drink bei einem gutsortierten Alkoholspender, ging zu einem freien Tisch und setzte sich. Er beschäftigte sich eine halbe Stunde lang mit seinem Drink und beobachtete, wie sich die Bar nach Ende der Tagschicht allmählich füllte.

Er wollte bereits aufbrechen, als sich ihm eine hübsche junge Frau in der Uniform des Stationspersonals näherte und ihn fragte, ob sie an seinem Tisch Platz nehmen dürfe. Er sagte ihr, daß es ihm eine Ehre sei.

Seine Tischgenossin stellte sich als Barbara Martinez vor und erzählte, daß sie als Programmiererin für Sky Watch arbeite. Zu dem Zeitpunkt, als Malvan ihr erklärte, wer er war, waren sie bereits zum Du übergegangen. Sie sprachen eine Stunde miteinander. Dann, obwohl er sich geschworen hatte, seinen letzten Abend an Bord ruhig zu verbringen, schlug Malvan Barbara vor, mit ihm zusammen zu Abend zu essen. Sie nahm sein Angebot sogleich an.

Während des Essens sprachen sie hauptsächlich über die bevorstehende Expedition und wie es sein würde, auf einem Kometen durchs Sonnensystem zu fliegen. Es stellte sich heraus, daß Barbara über Kometen gut Bescheid wußte. Sie war Astrogeologin und hatte ihre Doktorarbeit über die Entstehung der Kometen geschrieben. Sie sagte ihm, wie sehr sie ihn beneidete. Während des Nachtischs lud sie ihn in ihr Apartment ein.

Ihre Zärtlichkeiten hatten keinerlei Ähnlichkeit mit den unpersönlichen gymnastischen Übungen, die er mit den professionellen Freudenmädchen vollführt hatte. Eher war es ein ruhiger, entspannter gegenseitiger Austausch; etwas, das eher für zwei Menschen typisch war, die einander schon lange Zeit kennen. Irgendwann im Laufe der Nacht setzte sich Barbara rittlings auf ihn und blickte ihm in die Augen. »Wirst du an mich denken, wenn du auf dem Kometen bist?«

Er hatte gelächelt. »Diese Nacht wird mir eine unvergeßliche Erinnerung sein. Es passiert nicht oft, daß ein Mann in meinem Alter die Gelegenheit geboten bekommt, mit einer jungen, wunderschönen Frau zu schlafen. Ich weiß immer noch nicht, warum du in der Bar gerade auf mich verfallen bist.«

»Ist das wichtig?« Sie ließ ihre Hüften kreisen.

»Nicht besonders. Aber man kommt einfach nicht

dran vorbei, bei einem solchen Glück ein bißchen mißtrauisch zu sein. So ziemlich das einzige, was mir die Stimmung verderben könnte, wäre, wenn du mir erzählen würdest, ich erinnerte dich an deinen Vater.«

Sie lachte. »Kaum. Mein Vater ist mindestens zehn Jahre jünger als du.«

Er stöhnte. »Das wollte ich nicht unbedingt hören!«

»Willst du wirklich wissen, warum ich dich ausgesucht habe?«

Er nickte. »Ich glaube, mein Ego kann's verkraften.«

»Du wirst mich für schrecklich halten.«

»Wart's ab.«

»Es war dein Arm«, sagte sie und zeigte auf den Stumpf an der Stelle, wo sein rechter Arm hätte sein sollen. »Um ehrlich zu sein, ich war neugierig. Ich habe mich gefragt, wie es wohl wäre, es mit einem einarmigen Mann zu treiben.«

»Und wie war es?«

Sie zuckte die Achseln und bewegte ihren Körper auf ihm in einer Art und Weise, die tief in Malvan die köstliche Erregung noch mehr steigerte. »Kein großer Unterschied, würde ich sagen. Wie hast du ihn verloren?« Sie hielt mit ihrem Kreisen inne.

»Bergbauunfall. Ich wurde von einem Erdrutsch erwischt, als wir unter dem Mare Nectaris nach Eis bohrten. Ich hatte noch Glück. Die beiden Männer, die neben mir arbeiteten, kamen dabei um.«

»Wünschst du dir manchmal, es wäre nicht passiert?«

»Hat nicht viel Sinn, oder? Davon abgesehen, ich habe gelernt, damit zurechtzukommen.« Er begleitete seine Worte mit einem liebevollen Zwicken. Ihr Quieken beendete die Unterhaltung, und sie begann ihn zu reiten, immer wilder, bis sie beide kamen. Dann schliefen sie. Am Morgen machte sie Frühstück und begleitete ihn vor die Tür, als es Zeit zum Aufbruch war.

»Sehen wir uns wieder?« fragte sie.

»Ich dürfte in drei Jahren wieder hier vorbeikommen.

Ich würde mich freuen, wenn ich dich dann besuchen dürfte.«

Sie seufzte. »Dann bin ich vielleicht schon eine alte verheiratete Frau. Aber man weiß ja nie. Schau im Personalverzeichnis nach. Wenn du meinen Mädchennamen aufgeführt findest, ruf mich an!«

»Ich werde dich in jedem Fall anrufen. Wenn du verheiratet bist, lade ich dich und deinen Ehemann ins beste Lokal von Newton ein. Wenn du noch immer solo bist, wiederholen wir die vergangene Nacht, vorausgesetzt, ich bin dazu noch in der Lage.«

Sie lachte. »Nach einem Dreijahresflug? — Da würde ich drauf wetten!«

»Da könntest du recht haben. Wie wär's, wenn ich dir ein Stück vom Kometen mitbringe?«

»Das wäre schön.«

11. KAPITEL

Die Einsatzbesprechung vor dem Start der Expedition zum Kometen Hastings fand in der Zentrale der Sierra Corporation in San Francisco statt. In einer Stadt, wo Grundbesitz seit zwei Jahrhunderten überbewertet wurde, war Halver Smiths Lösung des Problems des Lebensraums einzigartig. Das große Erdbeben von 2016 hatte die Behörden gezwungen, das alte Bundesgefängnis auf der Insel Alcatraz niederzureißen. Ein halbes Jahrhundert lag der Schutt dort ungestört, abgesehen von den Ziegen, die das zähe Gras der Insel abweideten. Smith hatte die Insel während einer der periodischen Finanzkrisen der Stadt in den frühen Siebzigern auf einer Auktion gekauft und dann dort den Hauptsitz seiner Gesellschaft errichtet.

Der Hauptsitz der Sierra Corporation wurde von einem hohen nadelförmigen Turm dominiert, der sich einen halben Kilometer über die San Francisco Bay erhob. Während der in dieser Gegend häufigen Nebelperioden konnte man ihn aus der dicken weißen Decke herausragen sehen. Vier große Kuppeln, jede das Verwaltungszentrum eines anderen Zweigs der Sierra Corporation, umgaben den zentralen Turm. Die Insel, von der ein großer Teil in einen Park umgewandelt worden war, war mit dem Festland durch einen Unterwassertunnel verbunden.

Amber Hastings behielt die kristallenen Gebäude scharf im Auge, als sich Smiths Privathubschrauber auf eine Landeplattform an der Spitze des Mittelturms herabsenkte. Noch ehe der Rotor zur Ruhe gekommen war, hatte Smith die Luke aufgedrückt und sprang hinaus. Amber nahm ihre Dokumententasche und folgte ihm. Der scharfe, kalte Wind traf sie unvorbereitet. Sie versteifte sich vor Schreck, als tausend

Nadelstiche über ihren Körper herfielen, und fühlte einen Moment von Panik, als sich alles um sie herum drehte. Das nächste, was sie wußte, war, daß Smith sie mit einem festen Griff festhielt und sie zu einem Treppenschacht führte.

»War es schlimm?« überschrie er das Heulen des Windes, als sie sich im Schutz der Treppe befanden.

Sie blinzelte ihn an, während sie ihr jagendes Herz zu beruhigen versuchte. »Tut mir leid. Einen Moment lang dachte ich, ich wäre in einen Aufzugschacht gefallen. Ich glaube, ich hatte einen Schwindelanfall.«

Smith glättete ihr zerzaustes Haar. »Meine Schuld. Ich habe nicht daran gedacht, Sie zu warnen. Es weht hier oben mit höchstens dreißig oder vierzig Stundenkilometern. Ich nenne das für die Verhältnisse von Frisco ein sanftes Lüftchen.«

»Einer der Gründe, warum ich zur Erde gekommen bin«, sagte sie mit einem unsicheren Lachen, »war, daß ich das Wetter erleben wollte. Ich glaube, das war es!«

»In sehr milder Form, das versichere ich Ihnen. Folgen Sie mir, damit wir nach drinnen kommen.«

Er wandte sich um und geleitete sie durch zwei hintereinanderliegende Türen, deren Anordnung Amber an eine Luftschleuse erinnerte. Dahinter lag eine glasverkleidete Aussichtsplattform, die den Turm umgab.

»Kommen Sie, und ich zeige Ihnen etwas, das Sie beim Anflug nicht gesehen haben!«

Amber folgte Smith um das Treppenhaus in der Mitte herum auf die andere Seite der Plattform. Beim Gehen fiel ihr auf, daß das ganze Gebäude von der Gewalt des Windes vibrierte. Sie fragte sich daraufhin, wie stabil es eigentlich gebaut war. Fragen wie diese waren augenblicklich vergessen, sobald sich vor ihr die Aussicht auf die Golden Gate Bridge in fünf Kilometern Entfernung öffnete.

»Das ist wunderbar!« sagte sie leise mit vor Bewunderung gesenkter Stimme. »Es sieht genauso aus wie die Panoramawand in der Goldgräber-Grillbar in Luna City.«

»Das ist keine Panoramawand«, antwortete Smith. »Das ist die wirkliche Brücke.«

»Damals wußte man, wie man für die Ewigkeit baut, nicht wahr?«

»Das wußte man, auch wenn die Brücke andauernd ausgebessert werden muß. Ein halbes Dutzend Roboter ist ständig damit beschäftigt, die Eisenteile vor Korrosion zu bewahren. Wenn man die Pflege bedenkt, die sie bekommt, dann sollte sie noch Jahrhunderte stehen. Das heißt, es sei denn, jemand reißt sie vorher ab.«

»Oh, das würde man doch nicht tun!«

»Es hat Vorschläge gegeben, gerade das zu tun. So groß sie auch ist, die Brücke ist zu klein, als daß die größeren Schiffe unter ihr durchfahren könnten. Die Reedereien haben vorgeschlagen, sie durch einen Tunnel zu ersetzen.«

»Das wäre eine Tragödie!« sagte Amber. Wie die meisten Lunarier, kannte sie die Erde nur von einer Reihe von Ansichten, die auf Panoramawänden dargestellt waren. Diese alte Brücke war eins ihrer Lieblingsbilder und stellte ihrer Meinung nach ein Bauwerk dar, das ebenso dauerhaft war wie die Pyramiden.

Halver Smith bemerkte den plötzlichen Ausdruck von Sorge auf ihrem Gesicht und lächelte. »Keine Angst, keiner wird sie anrühren, solange ich ein Wörtchen mitzureden habe. Aber wir sollten uns jetzt zu unserer Versammlung auf den Weg machen. Wär nicht gut, wenn der Boss zu seiner eigenen Besprechung zu spät käme.«

Smith führte sie zu dem Lift in der Mitte der Aussichtsplattform. Dreißig Sekunden später befand sie sich in der großen Rundhalle im Erdgeschoß. Der künstliche Hohlraum war mit poliertem Marmor ausgekleidet und wurde von dem Licht erhellt, das durch halbdurchsichtige Fenster herabfiel. Kaum daß sie aus dem Lift getreten war, hörte sie jemanden ihren Namen rufen. Die Stimme kam ihr bekannt vor.

Sie drehte sich um und sah Tom Thorpe entschlossen die Rotunde durchqueren. Er trug einen großen Strauß roter Blumen im Arm. Mit einem Mal hatte Amber alles vergessen, was sie ihm hatte sagen wollen. Sie standen sich lange Sekunden in verlegenem Schweigen gegenüber.

»Hallo, Thomas«, sagte sie endlich.

»Hallo, du.«

»Sind die für mich?«

Er grinste und überreichte ihr die Blumen. »Sorry, beinahe hätte ich sie vergessen.«

Sie vergrub ihre Nase in den Blüten. »Hm, Rosen! Meine Lieblingsblumen.«

»Es ist schön, dich wiederzusehen.«

»Dich auch.«

»Wie wär's, wenn wir nach der Besprechung zusammen mittagessen, um uns gegenseitig auf den neuesten Stand zu bringen?«

»In Ordnung.«

Erst in diesem Moment schien Thorpe Halver Smith zu bemerken. »Äh, sie sind schon alle im Konferenzraum, Smith. Wir können loslegen.«

»Gut! Dann wollen wir mal. Wir haben noch einiges vor.« Ohne zurückzublicken, ging Smith auf eine der Doppeltüren zu, die die Peripherie der Rotunde durchbrachen.

Der Konferenzraum war kreisförmig, ebenso wie der doppelte Kreis kleiner Tische in seiner Mitte. Vor jedem Tisch standen zwei Stühle, und die Plätze waren mit farbig gekennzeichneten Namenskärtchen markiert — blau für die Expeditionsteilnehmer, weiß für die anderen. Thorpe führte Amber zu dem Sitz neben seinem. Nach einem Blick auf das blaue Schildchen mit ihrem Namen darauf gab Amber einen Kommentar über die

Weitsicht desjenigen ab, der die Sitzordnung festgelegt hatte. Thorpe grinste bloß. Sie setzte sich und legte die Rosen vorsichtig vor sich ab.

Smith setzte sich ebenfalls. Bis er mehrere Notizzettel aus seiner Tasche hervorgezogen hatte, war das plötzliche Stühlescharren vorüber, und jeder saß an seinem Platz.

»Guten Morgen, meine Damen und Herren«, begann Smith mit lauter, klarer Stimme. »Wie die meisten von Ihnen bereits wissen, ich bin Halver Smith, Ihr Gastgeber. Sollte ich noch nicht die Gelegenheit dazu gehabt haben, dann möchte ich Sie jetzt in San Francisco und im Hauptsitz der Sierra Corporation willkommen heißen. Ein paar praktische Anmerkungen vorneweg: Für diese Besprechung ist eine ganze Woche angesetzt. Unser Ziel ist es, alle ausstehenden Fragen hinsichtlich dieser Expedition zu klären, also zögern Sie nicht, sich zu melden, wenn Ihnen irgend etwas auf dem Herzen liegt. Erholungsräume befinden sich hinter dieser Tür rechts. Mir wurde außerdem gesagt, daß das Küchenpersonal in wenigen Minuten mit Kaffee, Tee, Brötchen und Obst eintreffen wird. Dies ist als Arbeitssitzung gedacht, deshalb zögern Sie nicht, aufzustehen und herumzulaufen, wenn Ihnen danach ist.«

Smith blickte wieder auf seine Notizen und fuhr fort: »Jetzt also ein paar Vorstellungen, ehe ich denjenigen das Wort überlasse, die die eigentliche Arbeit tun. Da ist zunächst einmal die Frau, die dies alles ermöglicht hat, Amber Elizabeth Hastings vom Farside Observatorium, Luna. Amber, bitte erheben Sie sich und nehmen Sie unsere Reverenzen entgegen!«

Amber erhob sich in der applaudierenden Runde. Sie lächelte selbstbewußt, bedankte sich für den freundlichen Empfang, dann setzte sie sich rasch. Smith stellte als nächsten Roland Jennings vor, den Generalkonsul der Republik Luna. Der Konsul hielt eine kurze Ansprache, in der er den Geist der Zusammenarbeit zwischen der Republik und der Sierra Corporation betonte. Jennings stellte anschließend John Malvan vor, den Repräsentanten Lunas auf der Expedition. Der Revisor machte sich nicht die Mühe, aufzustehen. Er bedankte sich für die Vorstellung mit einer beiläufigen Handbewegung.

Als der Konsul geendet hatte, stellte Smith Tom Thorpe vor, Karin Olafson, den Kapitän der *Admiral Farragut*, sowie mehrere der Wissenschaftler, die an der Expedition teilnehmen würden. Der Chefwissenschaftler sollte Professor Chen Ling Tsu von der Universität Hongkong sein, ein Experte auf dem Gebiet der Asteroidenentstehung und ihrer Struktur. Sein Stellvertreter und Ambers neuer Vorgesetzter war Cragston Barnard von der Universität von Luna City. Barnards Gattin Cybil würde in der Funktion des Schiffsarztes ebenfalls dabeisein. Während Smith mit den Vorstellungen fortfuhr, wurde klar, daß die Expedition zwischen Angestellten der Sierra Corporation und Lunariern gerecht aufgeteilt werden würde. Smith beendete die Vorstellung mit den Worten: »Wir beginnen jetzt mit der offiziellen Besprechung. Ich erteile Thomas Thorpe das Wort!«

Thorpe erhob sich neben Amber. »Wir sind im Begriff, uns für einen heroischen Flug einzuschiffen, meine Damen und Herren«, begann er. »Das Unternehmen wird drei Jahre lang dauern. Unser erster Aufenthalt wird die Forschungsstation Callisto sein, wo wir die Passage des Kometen durch das Jupitersystem erwarten werden. Das wird unser letzter Kontakt mit der Zivilisation sein. Sollte nach Callisto etwas schiefgehen, wird uns keiner helfen. Vor welchen Problemen wir auch immer stehen werden, wir werden allein damit zurechtkommen müssen.

Wie Sie zweifellos bemerkt haben, besteht die Expedition zu gleichen Teilen aus Terrestriern und Lunariern. In dieser Verschiedenheit liegt unsere größte Stärke. Wir können es nicht zulassen, daß sich diese Stärke durch interplanetarische Zwistigkeiten, Parteilichkeit oder unterschwellig betriebene Erde/Mond-Konfrontationspolitik in Schwäche verwandelt. Ich bitte deshalb jeden von Ihnen darum, gleich welche Loyalitäten Sie zu dieser Expedition mitbringen, diese auf Zeit auszusetzen. Für die nächsten drei Jahre müssen Sie sich als Bürger des Weltraums und der *Admiral Farragut* betrachten. Damit meine ich nicht, daß Bürger Malvan nicht seinen Vorgesetzten auf Luna berichten dürfte, oder ich den meinigen auf der Erde. Was ich meine, ist, daß Sie die Belange der Expedition an erste Stelle setzen müssen. Fühlt sich jemand der Anwesenden außerstande, diese Regeln zu befolgen?«

Als sich niemand meldete, nickte Thorpe. »Sehr schön. Wir werden Ihnen im Anschluß an diese Sitzung eine allgemeine Satzung zur Unterschrift vorlegen. Aber ich fürchte, ich habe schon zu lange geredet. Wenn also keiner von Ihnen Einwände hat, dann möchte ich jetzt Miss Hastings bitten, uns über die neuesten Erkenntnisse hinsichtlich des Kometen zu unterrichten. Amber?«

»Projektor, bitte«, sagte Amber. Es gab ein kurzes surrendes Geräusch, als ein großer transparenter Kubus aus der Decke zum Vorschein kam. »Das erste Bild, bitte.«

Der Würfel füllte sich mit der Wiedergabe einer Ansammlung von Sternen und einer Aufnahme des Kometen Hastings, die das *Große Auge* zwei Wochen zuvor aufgenommen hatte. Die Koma des Kometen war noch immer lediglich als schwacher Lichtfleck zu sehen.

»Die Basisdaten des Kometen sind Ihnen allen vertraut«, sagte Amber mit einem Blick über die Tische. »Der Kern ist nahezu rund, mit einem Durchmesser von fünfhundert Kilometern und einer Masse von etwa sechzig Billiarden Tonnen. Messungen der Geschwindigkeit, mit der sich die Koma aufbaut, deuten darauf hin, daß die Temperatur des Kerns um die zehn Kelvin beträgt. Das ist sehr kalt für ein Objekt in einer Entfernung von einer Milliarde Kilometern von der Sonne.«

»Irgendwelche neuen Daten über die Zusammensetzung des Kometen?« fragte Professor Chen von seinem Sessel ein halbes Dutzend Plätze rechts von Amber aus.

Sie wandte sich ihm zu. »Wir sehen noch immer die Spektrallinien von Wasser, Ammoniak, Zyan und ein paar anderen Verunreinigungen in der Koma des Kometen. Natürlich können wir die Messungen der Koma nicht dazu benutzen, den Prozentanteil des Gesteinsmaterials an der Mischung zu bestimmen. Sollte der Vergleich mit anderen Kometen gerechtfertigt sein, dann müßte etwas vorhanden sein.«

»Irgendwelche Hinweise auf freien Sauerstoff, Stickstoff oder Helium?«

»Wir haben einen größeren Gehalt an Wasserstoff und Sauerstoff in der Koma festgestellt, als aus der Photodissoziation der Wassermoleküle resultiert, außerdem sind Spuren von Stickstoff vorhanden. Wir haben jedoch keinerlei Helium gemessen. Das ist kaum eine Überraschung, denn falls es irgendwelche Lachen davon gab, wären sie während früherer Passagen durchs innere Sonnensystem verdampft.« Amber wandte ihre Aufmerksamkeit wieder dem ganzen Publikum zu. »Ich fürchte, die meisten Details der Zusammensetzung des Kometen werden so lange ein Rätsel bleiben, bis wir wirklich dort angekommen sind.«

Amber ließ ihr zweites Hologramm projizieren. Der Projektor zeigte nun ein dreidimensionales Diagramm der voraussichtlichen Flugbahn des Kometen. Der Orbit bestand aus einer einzelnen weißen Linie, die zum Jupiter hinführte, und einem fächerförmigen Regenbogen von Farben, der von ihm wegführte.

»Wir haben den Kometen während der letzten sechs Monate sehr genau beobachtet und verfügen über eine gute Projektion seiner gegenwärtigen Bahn. Aus dem fernen Raum kommend, wird er die Umlaufbahn des Jupiter in zweihundert Tagen schneiden. Der Abstand zum Jupiter wird zum Zeitpunkt größter Annäherung ungefähr zwei Millionen Kilometer betragen. Die Anziehungskraft des Jupiter wird den Kometen um angenähert zwanzig Grad ablenken. Die verschiedenfarbigen Linien stellen die mögliche Spannweite des resultierenden Orbits dar.«

»Diese Orbits fächern sich über vier Grad auf, Miss Hastings«, sagte Chen Ling Tsu. »Sie können sie doch bestimmt noch genauer bestimmen!«

»Ich wünschte, wir könnten es, Professor Chen. Unglücklicherweise sind mit der Beobachtung eines Objekts in solcher Entfernung bestimmte Einschränkungen verbunden. Um die Daten zu verbessern, wäre eine mehrwöchige Beobachtung des Kometen aus kurzer Distanz erforderlich.«

Amber war weitere zwanzig Minuten mit der Beantwortung von Fragen beschäftigt, die den Mechanismus gravitationeller Ablenkung betrafen. Als einer der technischen Experten der Sierra Corporation fragte, wie die *Admiral Farragut* auf dem Kern landen sollte, lächelte sie. »Das ist Kapitän Olafsons Job. Sie wird die Versammlung jetzt für mich weiter leiten.«

»Wie war ich heute morgen?« fragte Amber am Nachmittag, als sie und Thorpe sich ein spätes Mittagessen schmecken ließen.

»Du warst gut«, versicherte er ihr.

Die Sitzung des ersten Tages hatte früh geendet, damit die Teilnehmer Gelegenheit hatten, sich auf die Sitzung des zweiten Tages vorzubereiten, den ersten von vier zermürbenden Tagen, die einer detaillierten Diskussion aller möglichen Aspekte des Einsatzplans gewidmet waren. Thorpe nutzte die Atempause, um Amber die Hafengegend von San Francisco zu zeigen. Es war schon fast 15.00 Uhr, als sie an Bord eines nachgebauten Heckraddampfers aus dem neunzehnten Jahrhundert gingen, wo sie zu Abend essen wollten. Das nadelförmige Hauptgebäude der Sierra Corporation und die Golden Gate Bridge waren durch die Restaurantfenster deutlich zu sehen.

»Ich hoffe, daß ich nicht zu technisch war.«

Thorpe lachte. »Sogar unser Generalkonsul hat begriffen, wovon du geredet hast. Ich kenne diesen Mann. Glaub mir, Himmelsmechanik ist nicht gerade sein Spezialgebiet.«

»Wer war der kleine Mann, mit dem du in der Pause gesprochen hast?«

»Das war Nathan Monet, Rechnungsprüfer der Sierra Corporation.«

»Macht er immer so ein finsteres Gesicht?«

»Das macht er, wenn es nicht nach seinem Willen geht. Monet und ich haben eine Meinungsverschiedenheit über den Treibstoffvorrat der *Admiral Farragut*. Er will nur das absolute Minimum für die Durchführung der Mission bewilligen. Ich bestehe auf ausreichenden Reserven, um für unerwartete Entwicklungen gewappnet zu sein. Ich dachte schon, ich hätte ihn zu meiner Sicht der Dinge bekehrt, aber der verdammte Erbsenzähler ist ebenso dickköpfig wie kurzsichtig. Mr. Smith hat ihn schließlich angewiesen, mir das zu geben, was ich haben will. Deshalb hat er so finster geguckt.«

Sie unterhielten sich mehrere Minuten über Nebensächlichkeiten. Schließlich räusperte sich Amber. »Warum hast du mich heute abend zum Essen eingeladen, Tom?«

»Seit wann braucht ein Mann einen Grund, wenn er eine gutaussehende Frau zum Essen einlädt?«

»Du weichst mir aus!«

»Also gut«, sagte er. »Ich wollte mit dir ausgehen, damit wir darüber sprechen können, was auf Luna passiert ist.«

Sie zuckte die Achseln. »Ein Mann und eine Frau haben zuviel getrunken und die Nacht damit verbracht, sich miteinander zu vergnügen. Sowas passiert immer wieder.«

»Das ist alles, was es dir bedeutet hat? Reine Gymnastik?«

Sie lächelte humorlos. »Ist das nicht das Sprüchlein, das du von mir erwartet hast?«

»Das war eine ernsthafte Frage. Ich möchte darauf eine ernsthafte Antwort haben.«

»Die Wahrheit?« fragte sie. »Es fällt mir schwer, mich an meine Gefühle in dieser Nacht zu erinnern. Es ist, als wäre das einer anderen Person passiert. Ich erinnere mich, daß ich schon übermütig war, bevor wir anfingen, die Bars abzuklappern. Später fühlte ich mich ... zufrieden. Es kam mir so richtig vor in dem Moment, auch wenn ich wußte, daß unsere Beziehung nur von kurzer Dauer sein würde. Später stellte ich fest, daß ich dich nicht vergessen konnte. Ob bei Tag oder bei Nacht, ich mußte in letzter Zeit oft an dich denken, Thomas Thorpe.«

»Mir ging's genauso. Du glaubst nicht, es könnte Liebe sein?«

»Ich wüßte nicht, wieso«, erwiderte sie. »Wie lange waren wir zusammen? Anderthalb Tage? Man kann sich nicht so schnell verlieben, oder?«

»Ich weiß nicht. Da fehlt mir die Erfahrung.«

»Mir ebenfalls.«

»Wußtest du, daß ich dein Photo in meiner Reisetasche habe?«

»Wirklich?«

Er nickte. »Ich hab's mir aus einer Faxstory über den Kometen ausgeschnitten. Du kennst sie bestimmt. Sie haben dein Gesicht mit einer Aufnahme des *Großen Auges* unterlegt.«

Amber wurde rot. Sie kannte den Artikel tatsächlich. Man hatte sie zu einer Mischung aus Albert Einstein und Corbel Van Dyke gemacht, mit einem Schuß Sir Isaac Newton. Man hatte sie deswegen wochenlang gnadenlos aufgezogen.

»Also, was fangen wir jetzt an?« fragte er.

»Wären wir auf Luna, würde ich vorschlagen, daß du bei mir einziehst, damit wir sehen, ob wir nach einem Monat oder so immer noch das gleiche fühlen.«

»Die Gebräuche auf der Erde sind nicht viel anders.«

»Schade, daß wir nicht auf der Erde oder auf Luna bleiben.«

»Ich kann dir nicht folgen.«

»Du hast es heute morgen selbst gesagt. Wir werden bald Bewohner der *Admiral Farragut* sein. Das ändert die Lage.«

»Wie das?« fragte er.

»An Bord des Schiffes wird es unmöglich sein, eine Affäre für sich zu behalten. Jeder wird über uns Bescheid wissen, sobald wir miteinander ins Bett gehen.«

»Ja, und?«

»Ich möchte halt nicht, daß die Leute denken, ich würde meine Stellung bei der Expedition dem verdanken, den ich jede Nacht in der Kabine besuche.«

»Verdammt, Amber, du hast den Kometen entdeckt. Warum sollte das jemand denken?«

»Ich weiß einfach, daß sie es tun würden. Das ist die menschliche Natur. Wenn wir zu achtzehnt drei Jahre lang dicht an dicht zusammenleben sollen, dann möchte ich lieber gar nicht erst anfangen, Wasser auf die Tratschmühlen zu leiten. Und du solltest das auch nicht tun. Es könnte deine Führungsautorität ernsthaft beeinträchtigen. Ich glaube, es ist am besten, wenn ich nur ein einfaches Mitglied deiner Crew bin. Wenn wir bei unserer Rückkehr immer noch das gleiche empfinden, dann sehen wir weiter.«

»Du erwartest von mir, daß ich dich jeden Tag sehe und vorgebe, nicht von dir angezogen zu sein? Für was für eine Art Mann hältst du mich eigentlich?«

»Für einen, der meine Wünsche auch respektieren wird.«

»Da muß ich drüber nachdenken«, sagte er nach einer langen Pause.

»Das ist nur fair. In der Zwischenzeit, wie steht's mit dem Nachtisch?«

12. KAPITEL

Amber schwebte allein vor der vorderen Sichtluke der Orbit-Orbit-Fähre. Vor ihr lag die große Antenne des Sierra Skies Kraftwerks. Die rechteckige Antenne, eine zerbrechlich wirkende Konstruktion aus Metalldrähten und Strukturelementen von etwa fünf Kilometern Durchmesser, wäre ohne das Spinnwebmuster der Arbeitsleuchten nicht zu sehen gewesen. Die Lampen ließen sie wie ein körperloses Flugzeug erscheinen, das einsam in der unermeßlichen Schwärze des Raumes trieb.

Zehn Kilometer darunter lag das eigentliche Kraftwerk. Wie das halbe Dutzend anderer Kraftwerke auch, die in 37000 Kilometern Höhe über dem Äquator kreisten, bestand das Sierra Skies Kraftwerk aus einer Reihe komplizierter Anlagen, die in loser Formation nebeneinander herflogen. Der Habitatzylinder rotierte langsam im ungefilterten Sonnenlicht, die rot-weiß gemusterte Hülle stand blendend hell vor der Schwärze des Raums. Die Station war von sechs großen Fusionsreaktoren umgeben, gigantische Kugeln, aus denen lange, mit paddelförmigen, weißglühenden Kühlelementen besetzte Türme entsprangen. Jeder Generator erzeugte 1200 Gigawatt an elektrischer Energie. Die Hälfte davon wurde mit gebündelten Mikrowellen niedriger Intensität zur Erde gesendet und über das Vereinigte Europoa verteilt. Der Rest wurde zur Herstellung von Antimaterie verwendet. Die Antiprotonen wurden in Teilchenbeschleunigern hergestellt, dann gekühlt, in Antiwasserstoff umgewandelt und in supraleitenden Magnetfallen gelagert.

Der Wirkungsgrad des Prozesses betrug weniger als zehn Prozent, doch Antimaterie war bei weitem die beste Energiequelle, die man für

Raumfahrzeuge bislang entwickelt hatte. Die Doppelnatur der Tätigkeit des Kraftwerks war seit langem Gegenstand einer Kontroverse. Was ist wichtiger, so lautete die Frage, die Energieversorgung der Erde oder die Herstellung von Antimaterie für Schiffe weit entfernt im Raum? Für diejenigen, die außerhalb der Atmosphäre lebten, hatte das niemals auch nur zur Debatte gestanden. Eine stetige Versorgung mit Antimaterie war für sie ebenso lebenswichtig wie Sauerstoff oder Eis.

Wegen der Meinungsverschiedenheiten darüber, wieviel Antimaterie der Expedition zugeteilt werden sollte, war die endgültige Betankung der *Admiral Farragut* bis kurz vor dem Start verschoben worden. Alle Expeditionsteilnehmer waren angewiesen worden, vom Sierra Skies Kraftwerk aus an Bord zu gehen. Es hatte beinahe eine Woche gedauert, bis sie von der Erde aus eingetrudelt waren. Amber traf als letzte ein, da sie auf die letzten Beobachtungsergebnisse des Farside Observatoriums gewartet hatte.

»Der Kapitän sagt, in drei Minuten zündet der Antrieb, *Ma'am*«, sagte eine Stimme hinter Ambers Rükken. Sie blickte über die Schulter und erkannte Terence Sweeney, den grauhaarigen Bordingenieur der Fähre. Sie hatte ihn nicht heraufkommen gehört.

»Heißt das, ich muß zu meinem Platz zurückkehren, Mr. Sweeney?«

»Keineswegs«, sagte er mit einem leisen Lachen. »Ist nur ein kleiner Seitenschub, damit wir auch wirklich an der Antenne vorbeikommen. Denken Sie daran sich festzuhalten, wenn der Summer ertönt. Sie könnten sich etwas verstauchen, falls Sie frei treiben, wenn der Schub einsetzt.«

»Ist klar«, sagte sie und wandte sich wieder der Aussicht zu. Die Erde lag als gesprenkelter Wasserball unter ihr, mit Irland und Großbritannien als zwei großen Schiffen, die von der Küste Kontinentaleuropas aus in die blaue See stachen. Über der Erde stand der Mond.

Sein Anblick machte sie krank vor Heimweh. Es würde drei Jahre dauern, bis sie ihre Heimat wiedersehen würde. Plötzlich erschien ihr der Gedanke an die Expedition weit weniger reizvoll als zu Anfang.

Der Warnsummer ertönte fahrplanmäßig. Ihm folgten fünfzehn Sekunden später ein doppeltes langes Husten der Manövrierdüsen der Orbitalfähre. Simultan mit dem Geräusch schoß eine Dampfwolke an der Luke vorbei und sandte eine Million funkelnder Partikel in die Dunkelheit hinaus.

Nach der Kurskorrektur geschah zwanzig Minuten lang nichts, während die winzige Ansammlung von Gebilden in der Sichtluke weiter wuchs. Als das Kraftwerk die halbe Luke ausfüllte, kam der Bordingenieur in den kleinen Raum zurück.

»Der Kapitän sagt, da Sie unser einziger Passagier sind, hat er die Erlaubnis, zu Ihrem Schiff umzuschwenken und Sie gleich dort abzuliefern. Sie müßten dadurch etwa eine Stunde sparen.«

»Sagen Sie dem Kapitän meinen Dank, Mr. Sweeny. Wie lange ist es noch bis dahin?«

»Eine Viertelstunde. Die Leute vom Kraftwerk haben's nicht gern, wenn wir mit mehr als Schneckentempo ankommen.«

»Wann können wir die *Admiral Farragut* sehen?«

»Sie können Sie jetzt schon sehen.«

»Wo?«

Der Ingenieur deutete auf eines von zwei großen, unregelmäßig geformten Gebilden, die durch eine Reihe von Kabeln mit einem der beiden Fusionsreaktoren verbunden waren. »Da liegt sie, gleich neben dem Beschleunigermodul Eins. Sehen Sie?«

Sie folgte seinem Finger. »Das kleine Ding?«

»So klein ist es gar nicht«, erwiderte er. »Es sieht nur so aus, weil der Beschleuniger so verdammt groß ist.«

Amber blickte zu dem Schiff hinüber, das immer noch

kleiner wirkte als ein Fingernagel bei ausgestrecktem Arm — es war schwierig, andere Einzelheiten auszumachen als die kugelförmigen Wasserstofftanks, das zylindrische Frachtmodul und das Mannschaftsmodul an der Spitze. Doch wie sie so über mehrere Kilometer Vakuum hinweg hinüberspähte, schien sich am Bug ein freiliegendes Gestell aus Rohren zu befinden, das sie von dem Foto, das dem Einsatzplan beigefügt war, nicht wiedererkannte.

»Was ist das, Mr. Sweeney?«
»Was ist was, Miss Hastings?«
»Dieser Apparat am Bug des Schiffes?«
»Keine Ahnung«, sagte er und blickte argwöhnisch hinüber. Er drehte sich in der Luft, stieß sich an einem Schott ab und schoß pfeilgleich davon. Innerhalb von fünfzehn Sekunden war er mit einem Fernglas zurück. Er musterte damit den Frachter. Schließlich reichte er es an Amber weiter. »Ich kann's nicht identifizieren. Was könnte es sein? Sieht wie eine Art von Andockmechanismus aus, oder vielleicht wie eine Erweiterung des Stützrahmens.«

Amber hob das Fernglas an ihre Augen und wählte maximale Vergrößerung. Eins der Dinge, die sie auf der Erde fasziniert hatten, war die Art und Weise, wie die Atmosphäre weitentfernte Gegenstände verschwimmen ließ. Im Raum gab es keinen solchen Effekt. Sie starrte auf das Schiff, als wäre es nur ein paar dutzend Meter entfernt. Sie schwenkte das Fernglas an der Flanke des Frachters entlang nach vorne, wobei sie die hellen Sichtluken des Wohnmoduls bemerkte. Dann hatte sie die mysteriöse Bugverzierung genau in der Mitte des Sichtfeldes.

Der Winkel der Sonne erschwerte die Beobachtung. Selbst so brauchte sie nicht einmal eine Minute dazu, die verwirrenden Muster aus Licht und Schatten zu sortieren. Als sie den Gegenstand plötzlich erkannte, verschlug es ihr den Atem.

»Was ist los, Miss Hastings?«

»Es ist ein Teleskop, und zwar ein großes! Sieht aus wie mindestens ein Vier-Spiegel-, vielleicht sogar ein Sechs-Spiegel-Verbund-Teleskop. Aber wie, zum Teufel, haben sie denn so ein Ding für die Expedition bekommen?«

Sweeney zuckte die Achseln. »Warum fragen Sie sie nicht, wenn Sie da sind?«

»Das werde ich.«

Zehn Minuten später spürte Amber nicht mehr das Bedürfnis, sich danach zu erkundigen, wo Thorpe das Teleskop beschafft hatte. Bei der Annäherung der Orbitalfähre waren sie direkt über dem Buginstrument vorbeigeflogen. Sie identifizierte es sofort als das MST — Multispiegelteleskop —, das vier Generationen von Astronomen unter der liebevollen Bezeichnung ›Big Ugly Six-Pack‹[*] vertraut gewesen war. Wegen seines archaischen Spiegeldesigns und seines Gewichts hatte sich nie jemand dafür stark gemacht, das Six-Pack in eine Umlaufbahn zu befördern. Doch die Frachtgebühren waren schließlich doch noch bezahlt worden, und Amber vermutete, daß das Teleskop nie wieder zur Erde zurückgebracht werden würde. Trotz seines Alters war es immer noch ein hervorragendes optisches Instrument. Es würde eine willkommene Bereicherung der Gerätesammlung des Farside Observatoriums bedeuten.

Ein plötzlicher metallischer Ton verkündete, daß die Orbitalfähre erfolgreich an die *Admiral Farragut* angedockt hatte. Für Amber war das Geräusch das Signal, in die eigentliche Passagierkabine zurückzuschwimmen und ihr Gepäck aufzusammeln. Ihre zwei Koffer und die Reisetasche schienen jämmerlich wenig, um damit eine Dreijahresreise zu beginnen. Ihr privater Raumanzug,

---

[*] Große häßliche Sechserpackung; Anspielung auf die als ›six-pack‹ geläufigen Sechserpackungen Dosenbier — *Anm. d. Übers.*

der ihr vor einigen Wochen zugesandt worden war, stellte ihren ganzen übrigen Besitz dar. Dank des plötzlichen Reichtums auf ihrem Bankkonto waren sowohl der Raumanzug wie auch die Schiffsoveralls vom Allerfeinsten.

Sie zog die Koffer hinter sich her zur Schleuse, als Sweeney gerade die Innentür öffnete. Hinter der offenen Außentür lag ein kurzer Koppelstutzen. Die ebenfalls offenstehende große Schleuse des Frachters machte den Eindruck eines tiefen Brunnens. Ein grauhaariger Mann schwebte zu einer Seite der Frachterschleuse und verrenkte sich den Hals, um zu Amber hochzusehen.

»Auf Wiedersehen, Mr. Sweeney«, sagte sie, dem Ingenieur die Hand schüttelnd. »Danke für den Flug.«

»Sie sind stets willkommen, Miss Hastings. Eines Nachts, wenn der Komet hoch am Himmel steht, werde ich meiner Frau und den Kindern von Ihnen erzählen.«

Sie lachte. »Tun Sie das, Mr. Sweeney.«

Sie nahm ihre Koffer an sich und hob sie langsam hoch, bis sie sich in der Mitte des Koppelstutzens befanden. Dann stieß sie sich am Schott ab mit der Absicht, ungehindert von einem Schiff ins andere zu segeln. Doch als sie durch den Außensüll der Fähre schwebte, stieß sie mit dem rechten Schienbein gegen eins der Scharniere der Luftschleuse. Der plötzliche Schmerz ließ ihr dicke Tränen in die Augen schießen, während ihr Körper seitwärts trudelte und augenblicklich gegen die ziehharmonikaartig gefaltete Auskleidung des Koppelstutzens prallte.

»Verdammt!« murmelte sie und rieb sich das schmerzende Bein, während sie sich abmühte, wieder freizukommen. Sie machte nur geringe Fortschritte dabei, bis eine starke Hand ihren rechten Fußknöchel packte und sie zum Frachter hinunterzog. Verlegen ließ sie ihren Retter die ganze Arbeit tun, während sie sich drauf konzentrierte, das wiederherzustellen, was von ihrer Würde übriggeblieben war.

»Na, hallo!« sagte der weißhaarige Mann, der sie durch die Schleuse gezogen hatte und nun beide Türen zudrehte. »Haben Sie sich verletzt?«

»Mehr meinen Stolz als irgendwas sonst. Danke. Ich hätte doch gedacht, ich käme ein bißchen besser zurecht.«

»Kein Problem«, antwortete er. »Hier draußen kommen einem immer die Beine in die Quere. Die verdammten Dinger sind einfach nicht dafür gemacht, sich durch Löcher zu schlängeln, wissen Sie. Übrigens, ich bin Kyle Stormgaard, Chefingenieur dieser Rostlaube.«

»Amber Hastings.«

»Dachte ich mir doch, daß Sie das sind«, sagte er grinsend. »Das Dämchen hat mir schon gesagt, daß Sie Klasse sind. Übrigens, Sie sind die letzte, die an Bord kommt.«

»Das ›Dämchen‹?«

»Kapitän Olafson. Wir stellen uns gerne vor, daß die Büchse hier uns gehört, wenn die Bank von Montevideo das vielleicht auch anders sieht.«

»Sie ist Ihre Frau?«

»Bald fünfundzwanzig Jahre«, sagte er stolz. »Praktisch fast genau so lange, wie wir zusammen raumfahren.«

»Sie müssen sich gegenseitig gut kennen.«

Stormgaard lachte. »Glauben Sie mir, Miss Hastings, wenn dieser Flug vorbei ist, dann werden Sie glauben, mit mir verheiratet zu sein — mit mir und mit jedem anderen an Bord ebenfalls. Ein Raumschiff ist kein Ort für einen Klaustrophoben oder jemanden mit einem Einsamkeitsfimmel.«

»Ich bin Lunarierin, Mr. Stormgaard. Ich weiß, daß ich mit Klaustrophobie keine Probleme haben werde. Und was das andere betrifft, sage ich Ihnen in ein paar Monaten Bescheid.«

»Ist okay«, sagte er. »Kommen Sie, dann verstauen wir Ihre Habseligkeiten in Ihrer Kabine. Sie können heute nacht dort schlafen. Morgen kommen Sie als zahlender Passagier natürlich in den Tank.«

Amber fröstelte. Laut Einsatzplan sollte so gut wie jeder die kommende Reise im Kälteschlaf zubringen. Das war das einzige, was bei einem so langen Flug Sinn machte. Die benötigten Verbrauchsgüter und die Belastung durch erzwungenen Müßiggang wurden so auf ein Minimum reduziert. Für Ambers Geschmack hatte ein Kältetank jedoch zuviel Ähnlichkeit mit einem Sarg. Sie sah der Erfahrung mit den gleichen Gefühlen entgegen wie dem Besuch beim Zahnplastiker.

Stormgaard, der ihr verstreutes Gepäck aufgesammelt hatte, bemerkte ihren Gesichtsausdruck. »Was haben Sie?«

Sie erzählte ihm von ihrer Aversion gegen den Kälteschlaf.

»Sie brauchen sich darüber keine Sorgen zu machen«, versicherte er ihr. »Sie fühlen gar nichts, solange Sie drin sind, altern keinen Tag und, was am wichtigsten ist, brauchen sich sechs Monate lang nicht meine Witze anzuhören. Ich gebe zu, das Aufwachen ist keine wahre Freude, aber die Schmerzen und die Müdigkeit gehen rasch vorbei. Also, ich freue mich darauf.«

»Sie gehen auch in den Tank?«

»Sicher«, sagte er. »Unsere Crew besteht aus sechs Leuten. Wir haben drei Paare gebildet. Jedes Paar wird zwei Monate lang wachen und vier Monate lang schlafen. Es gibt nicht besonders viel, was auf einem Schiff, das in freiem Fall durchs Vakuum fliegt, kaputtgehen kann, wissen Sie. Ich würde am liebsten die ganze Zeit lieber schlafend verbringen. Kommen Sie, ich bringe Sie zu Ihrem Quartier. Abendessen gibt's um 18 Uhr, und der Kapitän hat's nicht gern, wenn sich jemand verspätet.«

Thorpe schnallte sich im Beobachtersessel im Kontrollraum der *Admiral Farragut* fest und sah zu, wie die letzten Flugvorbereitungen getroffen wurden. Der Kontrollraum war ein kuppelförmiger, von einem Rundumbildschirm dominierter Raum, auf dem alle möglichen Kombinationen von Außenansichten und computererzeugten Diagrammen abgebildet werden konnten. Wenn die Kuppel auf die Außenkameras geschaltet war, schienen die vier Andruckliegen im Raum zu schweben.

Thorpe fühlte sich wie in einem Planetarium. Der große glühende Sonnenball hing in geringer Höhe vor ihm, während sich die sichelförmige Erde bis unter den Horizont der Kuppel zu seinen Füßen erstreckte. Luna war nicht zu sehen und befand sich irgendwo achtern. Das Gebilde aus Reaktoren und Habitatzylinder, die das Sierra Skies Kraftwerk darstellten, waren über dem hellen Rand der Erde deutlich zu erkennen. Und der übermächtigen Sonne zum Trotz leuchteten die Sterne in ihrer ganzen elektronisch verstärkten Pracht. Die Milchstraße überwölbte die Kuppel als silbernes Band.

»Sierra Skies Control, hier *Admiral Farragut*. Wie ist die Verständigung?« fragte Kapitän Olafson von irgendwo hinter Thorpe. Der Frachter hatte eine halbe Stunde zuvor mit einem einzigen kurzen Stoß seiner Steuerdüsen abgelegt. Seitdem waren sie von Sierra Skies allmählich abgetrieben.

»Hallo, *Admiral Farragut*. Wir verstehen Sie gut.«

»Wir haben soeben den Nahbereich verlassen. Erbitten Erlaubnis, auf mittlere Geschwindigkeit zu beschleunigen.«

»Warten Sie, *Admiral Farragut*.« Es entstand eine dreißigsekündige Pause, während der Raumlotse die Flugbahn des Schiffes überprüfte. Vor zehn Jahren hatte ein Schiff von einem der Kraftwerke abgelegt — und war genau durch die zerbrechliche Energieantenne gefahren. Seit diesem Vorfall hatten An- und Ablegemanöver einen Beigeschmack von Paranoia. »In Ordnung, *Admiral Farragut*. Wir haben nachgeprüft, daß Sie den Nahbereich verlassen haben. Sie können beschleunigen wie geplant. Wir möchten Sie daran erinnern, daß es verboten ist, den Hauptantrieb in einer Entfernung unter einhundert Kilometern zu zünden.«

»Verstanden, Sierra Skies. Wir denken an die Hunderterregel!«

»Viel Glück für Ihre Mission, *Admiral Farragut*!«

»Danke, Sierra Skies Control. Bitte mach das Reaktionskontrollsystem fertig, Kyle.« Die letzten Worte galten dem Chefingenieur, der die Liege hinter der des Kapitäns einnahm.

»Jawoll! RKS bereit.«

»Warnen Sie die Crew, Mr. Rodriguez.«

Der dritte Mann der Steuercrew, der alle Schiffssysteme mit Ausnahme des Antriebs überwachte, griff nach vorne und berührte einen Schalter. Seine Stimme hallte durch alle Räume.

»Achtung, an alle. RKS-Manöver beginnt jeden Moment. Sie haben fünfzehn Sekunden Zeit, um sich zu sichern.«

Kapitän Olafson wartete die fünfzehn Sekunden ab, dann machte sie etwas mit ihrem Lapboard, worauf dem Kuppelschirm eine Serie von Richtkreisen überlagert wurde. Es folgte ein kurzes Fauchen der Motoren, und das Universum draußen begann langsam zu rotieren. Bei dreißig Grad löste der Kapitän einen weiteren kurzen Schubstoß aus, und die Kreise kamen genau in der Position zur Ruhe, den der Flugplan erforderte. Das nächste Mal, als die Düsen zündeten, liefen sie länger als fünf Minuten. Thorpe fühlte ein schwaches Ziehen, als er in die gepolsterte Oberfläche seiner Beschleunigungsliege einsank.

Am Scheitelpunkt der Wölbung erschien eine Fluganzeige, die die langsam wachsende Entfernung zwischen dem Frachter und dem Kraftwerk sowie ihre zunehmende Geschwindigkeit angab. Als ihre Geschwindigkeit relativ zum Sierra Skies Kraftwerk auf 500 km/h gestiegen war, schaltete Kapitän Olafson die Manövrierdüsen ab.

»Letzte Kontrolle. Mr. Rodriguez, machen Sie die Durchsage.«

»Achtung, an alle! Bereithalten zur letzten Bereitschaftskontrolle.«

Plötzlich gab die Kuppel nicht mehr länger die Umgebung wieder. An der Decke erschienen ein Dutzend verschiedene Innenansichten. Sie stammten von Kameras, die in den einzelnen Passagierkabinen angebracht waren. Die Anfangsbeschleunigung des Frachters würde weniger als ein Viertel der Normalschwerkraft betragen, doch die Erfahrung hatte Kapitän Olafson Vorsicht gelehrt. Es hatten sich schon Leute das Genick gebrochen, die vom Einsetzen der Beschleunigung unvorbereitet überrascht worden waren.

Sie ging rasch die Passagierliste durch und fragte jeden, ob er oder sie raumklar wäre. Die meisten Bildausschnitte zeigten die Passagiere und Crewmitglieder der *Admiral Farragut* festgeschnallt in ihren Kojen. Erst als sie ihre Aufmerksamkeit der Kabine der Barnards zuwandte, fiel ihr auf, daß die Schiffsärztin nicht an ihrem zugewiesenen Platz war.

»Wo ist Ihre Frau, Professor Barnard?«

»Sie ist auf der Krankenstation und sortiert ihre Medikamente«, antwortete der lunarische Professor.

Karin Olafson schaltete auf die Krankenstation um. Sie fand Cybil Barnard sitzend vor, einen Fuß unter ein Regal gezwängt und munter mit dem Sortieren der medizinischen Vorräte beschäftigt.

»Wir sind fertig zum Start, Doktor!«

Die Schiffsärztin fuhr auf und sah rasch zu der Stelle hoch, von der das Aufnahmelämpchen der Kamera wie ein unheilverkündendes rotes Auge auf sie hinunterblickte. »Sie sollten einen warnen, bevor Sie das tun, Kapitän.«

»Warum sind Sie nicht in Ihrer Kabine?«

»Ich habe hier zu arbeiten.«

»Sie haben sich für raumtüchtig erklärt, bevor wir vom Kraftwerk abgelegt haben. War das unzutreffend?«

»Nein, aber ich muß ein paar Sachen ordnen.«

»Wann werden Sie soweit sein, mit der Einfrierprozedur zu beginnen?«

»Sobald Sie die Lage stabilisiert haben, Kapitän. Je mehr wir in die Tanks bekommen, solange wir mit Antrieb fliegen, desto besser.«

»Sehr schön. Es geht nicht an, daß unser Bordarzt sich beim Start womöglich ein Bein bricht. Gehen Sie bitte deshalb in Ihre Kabine und schnallen sich fest.«

»Ja, sobald ich die Sachen hier verstaut habe.«

»Jetzt, Doktor! Das ist ein Befehl.«

Die kecke Blondine im weißen Overall schluckte und errötete ein wenig. »Zu Befehl, Kapitän. Ich bin in zwei Minuten angeschnallt.«

Der Kapitän fuhr mit der Überprüfung der Passagiere und der Crew fort. Als der Rest der achtzehn Männer und Frauen an Bord sich gemeldet hatte, begann sie eine methodische Überprüfung des Frachtmoduls. Hoch auf den Schotts montierte Kameras starrten auf die Ausrüstung der Expedition hinab. Alles schien in Ordnung zu sein.

Die visuelle Inspektion wurde im Antriebsmodul fortgesetzt. Außer bei einem Notfall würde während der Reise niemand das Modul betreten. Dennoch ließ Kapitän Olafson den Blick durch die Räume schweifen und suchte nach losen Geräten, die möglicherweise von achtlosen Arbeitern zurückgelassen worden waren. Als nächstes überprüfte sie die achtzehn kugelförmigen Wasserstofftanks des Schiffes. Hätte irgendeiner der Tanks geleckt, würde der Computer bereits Alarm geschlagen haben. Dennoch nahm sie die Gelegenheit wahr, um nach Andeutungen von austretendem Dampf zu suchen. Erst nach dieser visuellen Inspektion befahl sie dem Computer, den Zustand des Schiffes zu prüfen.

»Alle Anzeigen grün, Kapitän«, meldete Rodriguez.

»Sehr schön. Mr. Thorpe, habe ich die Erlaubnis zum Start?«

»Erlaubnis erteilt.«

»Bereitmachen zum Start. Alle Druckschotts schließen. Magnetfeld der Schubkammer auf volle Stärke bringen. Reaktionsmasse und Antimaterie-Injektion vorbereiten. Zwei-Minuten-Warnung, Mr. Rodriguez.«

»An alle. Längere Beschleunigung beginnt in zwei Minuten. Ich wiederhole. Beschleunigung mit einem Viertel-ge in zwei Minuten! Allgemeine Bereitschaft.«

»Wie lange wird es dauern, bis wir die Reisegeschwindigkeit erreicht haben, Kapitän?« fragte Thorpe, womit er die Geschwindigkeit meinte, mit der sie in einer flachen hyperbolischen Kurve zum Jupiter getragen würden. Die den geringsten Energieaufwand erfordernde Flugbahn hätte drei Jahre erfordert und sie lange nach dem Vorbeiflug des Kometen zu dem Planeten gebracht. Sie würden den 800-Millionen-Kilometer-Abgrund zwischen den Planeten in nur sechs Monaten überbrücken. Dazu mußte ihre Geschwindigkeit die Fluchtgeschwindigkeit des Sonnensystems überschreiten. Wenn dem Schiffsantrieb unterwegs etwas zustieß, würden sie ihren Flug ins All in alle Ewigkeit fortsetzen.

»Wir fliegen drei Stunden und sechzig Minuten unter Schub, Mr. Thorpe. Ich habe vor, eine Stunde lang alles genauestens zu beobachten und dann Anweisung zu geben, mit den Vorbereitungen zum Kälteschlaf zu beginnen. Habe ich Ihre Erlaubnis fortzufahren?«

»Äh ... ja«, sagte Thorpe, als ihm klar wurde, daß ihm eins auf den Deckel gegeben worden war, weil er den Kapitän in einem kritischen Moment unterbrochen hatte. »Fahren Sie fort.«

»Sehr schön«, sagte Kapitän Olafson. »Chefingenieur, machen Sie die erste Antimaterieinjektion in zehn Sekunden! Mr. Rodriguez, drücken Sie auf die Hupe!«

Ein heiserer Alarm gellte plötzlich durch das Schiff. Dann machte Kapitän Olafson die letzte Durchsage selbst.

»Achtung, an alle. Fertigmachen für vollen Schub,

zehn ... neun ... acht ... sieben ... sechs ... fünf ... vier ... drei ... zwei ... eins ... jetzt!«

Eine sanfte Hand drückte Thorpe in seine Couch, als die 100 000 Grad heiße Flamme aus der Magnetdüse am Heck der *Admiral Farragut* schlug.

Ihre lange Reise zum Jupiter hatte begonnen.

13. KAPITEL

Es bedeutete nicht nur, daß man wiederbelebt wurde. Es tat *weh* ... schrecklich weh!

Während sie mühsam das Bewußtsein wiedererlangte, konzentrierte sich Amber Hastings auf den Schmerz. Er war das einzig Reale in ihrem Universum und, in gewisser Hinsicht, auch willkommen — denn wenn sie Schmerz empfand, mußte sie lebendig sein. Abgesehen vom Schmerz gab es noch die Kälte. Tausend eiskalte Messer schnitten in ihr Fleisch, wo immer sie mit nacktem Metall in Berührung kam.

Sie öffnete ihre Augen zum erstenmal ganz. Zwei Zentimeter über ihrem Gesicht befand sich ein Gebilde aus geschwungenem Glas, das abwechselnd sich beschlug und wieder klar wurde. Sie beobachtete den Wechsel mit halbherzigem Interesse. Der Nebel schien sich jedesmal beim Einsetzen eines Schmerzes in der Rippengegend zu verdichten und bei seinem Nachlassen zu verflüchtigen.

Sie zwang sich dazu, tief einzuatmen. Das Glas beschlug sich noch stärker, doch ihr müdes Gehirn begann auf die vermehrte Sauerstoffzufuhr zu reagieren. Sie erinnerte sich daran, wo sie sich befand und warum.

Ihr Name war nach dem Start der *Admiral Farragut* als sechster aufgerufen worden. Sie hatte sich in der auf der Mittelachse hinter dem Kontrollraum gelegenen Kabine gemeldet, wo ihr Dr. Barnard eine goldene Flüssigkeit injiziert, sie sich nackt hatte ausziehen lassen und ihr in das aus Glas und Metall bestehende Innere des Tanks geholfen hatte. Als Amber an die Leitungen angeschlossen wurde — ein zutiefst erniedrigender Vorgang —, hatte sie ihre Augen kaum noch offen halten können. Das letzte, woran sie sich erinnerte, war das gurgelnde Geräusch, als der mit Sauerstoff angereicherte Fluorkohlenwasserstoff in ihre Lungen strömte. Sie hatte ihn auszuhusten versucht, jedoch feststellen müssen, daß sie es nicht konnte. Dann hatte sie das Bewußtsein verloren.

Nachdem sie die Orientierung wiedererlangt hatte, griff Amber nach dem Öffnungshebel. Erst beim dritten Versuch konnte sie die Kraft aufbringen, ihn zu ziehen. Sie beobachtete, wie die Glashaube langsam von ihrem Gesicht glitt. Sie blieb unbewegt, erschöpft liegen und atmete in rauhen Stößen. Doch sie brauchte nicht lange liegenzubleiben. Sobald die Deckhaube zurückgefahren war, erschien ein Besatzungsmitglied und half ihr, sich aufzusetzen.

Ein plötzlicher Schwindelanfall ließ sie krampfhaft würgen. Als es vorbei war, sackte sie zusammen und lehnte ihre Stirn an das Oberteil des Tanks. Sie blieb in dieser Haltung, bis vor ihren Augen keine schwarzen Flecken mehr schwammen. Endlich fühlte sie sich stark genug, sich aufzusetzen und umzusehen.

»Geht's jetzt besser?« fragte der Mann.

»Ein bißchen«, antwortete sie. Ihre Stimme war ein rauhes, kratzendes Geräusch in ihren Ohren. »Tut mir leid, aber ich komme einfach nicht mehr auf Ihren Namen.«

»Raumfahrer erster Kategorie Bernardo Velduccio, Miss Hastings.«

»Haben wir es geschafft, Mr. Velduccio? Haben wir den Jupiter erreicht?«

»Wir brauchen noch eine Woche.«

»Wer ist wach?«

»Die ganze Crew, Mr. Thorpe, die Barnards, John Malvan und jetzt auch Sie.«

»Und der Komet?«

»Wir können ihn mit dem bloßen Auge sehen. Er ist ein kleiner Nebelfleck hinter dem Jupiter.«

»Ich will ihn selbst sehen«, sagte sie und straffte sich, um aus dem Tank zu klettern.

»Jetzt noch nicht«, erwiderte er, während er sie sanft auf die Liege drückte. »Zuerst muß ich eine Infusion machen. Anschließend möchte Sie die Ärztin untersuchen. Dann wollen Sie bestimmt duschen und frische Kleidung anziehen. Glauben Sie mir, Sie sollten den Dekantierungsvorgang nicht überstürzen. Es würde Sie nur schwächen und Ihre Schmerzen verlängern.«

Amber lehnte sich gegen das gepolsterte Ende des Tanks zurück. Irgendwie hatte das Metall seine anfängliche Kälte verloren. Bei der Erwähnung von frischer Kleidung war sie daran erinnert worden, daß sie überhaupt nichts anhatte. Sie wunderte sich darüber, wie sie hier nackt sitzen und sich ruhig mit einem Fremden unterhalten konnte. Sie sagte sich, daß der Apparat ihr Drogen eingeflößt haben mußte, die, unter anderem, das Schamgefühl ausschalteten.

Nach einer Viertelstunde hatte sie sich so weit erholt, daß sie aus eigener Kraft aus dem Tank klettern konnte. Nach einer heißen Dusche kleidete sie sich mit Velduccios Hilfe unbeholfen an, dann ließ sie sich von ihm zur Krankenstation schleppen. Die *Admiral Farragut* befand sich in freiem Fall, was die Fortbewegung gleichzeitig komplizierter und leichter machte, als es unter der Einwirkung von Schwerkraft der Fall gewesen wäre. Tom Thorpe erwartete sie bereits.

»Irgendwelche Probleme?« fragte Thorpe Velduccio, während er dabei half, Amber zu einer Untersuchungsliege zu geleiten. Die beiden Männer schnallten sie darauf fest. Sie trugen beide Schiffsstiefel, deren Klettsohlen am Decksboden hafteten.

»Keine«, antwortete Velduccio. »Sie hat sich so schnell gefangen wie nur irgendeiner.«

Amber, die sich schwach wie ein Baby fühlte, blickte zu Thorpe hoch. Er hatte sich verändert, seit sie ihn das letzte Mal gesehen hatte. Seine Sonnenbräune war verblaßt, und er hatte an Gewicht verloren. Sie war sich nicht sicher, aber sie hatte den Eindruck, daß in sein

Haar auch mehr Grau gekommen war. Sie fragte sich, wie sie wohl auf ihn wirkte.

»Hallo«, sagte sie schwach. »Ich hatte eigentlich erwartet, dein Gesicht zu sehen, als ich den Tank aufmachte.«

»Der Kapitän hat mir befohlen wegzubleiben. Sie meinte, ich würde nur im Wege sein. Wie fühlst du dich?«

»Ungefähr so, wie ich aussehe«, sagte Amber. »Ich glaube, ich will nicht mehr sterben, aber weiterzuleben reizt mich auch nicht besonders.«

»Du hörst dich großartig an! Ich konnte kaum sprechen, als sie mich hierher gebracht haben.«

»Vor wie lange?«

»Einer Woche.«

»Wie läuft es?«

»Gut. Wir liegen genau im Zeitplan und haben Kontakt mit Callisto Control. In einer Woche sind wir dort. Zwei Wochen darauf wird der Komet das Jupitersystem durchfliegen, und wir können uns endlich an die Arbeit machen. Übrigens, auf dich warten Nachrichten vom Farside Observatorium aus sechs Monaten. Ich hab sie mal durchgeblättert. Sie haben die Berechnung der Orbitalparameter ziemlich verbessert. Der Kapitän möchte, daß du die Daten für die Einsatzplanung nach Callisto durchsiehst.«

Amber setzte sich mühsam auf. »Ich erledige das sofort.« Eine Hand legte sich sanft auf ihre Schulter und hielt sie zurück. Als sie aufsah, erkannte sie Cybil Barnard.

»Dafür ist später noch genug Zeit«, sagte die Ärztin. »Jetzt werden Sie erstmal gründlich untersucht, und dann schlafen Sie acht Stunden. Mr. Thorpe, bitte lassen Sie mich mit meiner Patientin allein.«

»Ich verschwinde schon, Doc.«

»Und Sie sagen meinem Sklaventreiber von einem Ehemann, daß seine Assistentin bis morgen verhindert ist. Also dann, Amber, bitte machen Sie den Arm frei.«

Amber saß an den Kontrollen im Teleskopüberwachungsraum der *Admiral Farragut* und betrachtete auf dem Bildschirm eine Nahaufnahme des Jupiter. Der Anblick erinnerte sie an das erste Foto, das sie von dem Planeten gesehen hatte.

Die Oberfläche des Gasriesen bestand aus einer Reihe von abwechselnd weißen und blaßroten Wolkenstreifen. An ihren Rändern bildeten die Streifen komplizierte Wirbel aus Dunkelrot und Blaßgelb. Andere Streifen wiederum hatten blaue oder graue Ränder. Viele der Wirbel waren größer als die Erde, doch beim Jupiter machten sie die kleinsten erfaßbaren Einzelheiten aus. Die Strudel und Zyklone waren charakteristisch für die Jupiteratmosphäre.

Indem sie den Gottvater der Welten aufmerksam betrachtete, bemerkte Amber, daß sich die Fadenkreuze in der Bildschirmmitte langsam nach rechts bewegten. Sie griff nach vorn und korrigierte die Bewegung mit einem Joystick. Von weither kam das knallende Geräusch der Steuerdüsen, als diese auf ihren Befehl reagierten.

Die Fadenkreuze kamen nahe einem schwarzen Fleck zur Ruhe, der sich seinerseits über die Oberfläche des Planeten bewegte. Unter Berücksichtigung des Einfallswinkels des Sonnenlichts, suchte und entdeckte Amber bald darauf das, was eine Verzerrung der Jupiteratmosphäre zu sein schien. Die Verzerrung war der Jupitermond Io, der sein Muttergestirn überflog. Der schwarze Fleck war sein Schatten.

»Wieder mal mit dem Jupiter beschäftigt, wie ich sehe!«

Als sich Amber umwandte, stand hinter ihr Cragston Barnard. Ihr ehemaliger Professor an der Universität Luna lächelte, als er sich zu dem Sitz an Ambers Seite zog. Barnard hatte das schlaksige, ein wenig unbeholfen wirkende Äußere, das bei Lunariern häufig anzutreffen war. Von einer zu weit vorstehenden Nase abgesehen, war er recht stattlich und zu Ambers Universitätszeiten der Gegenstand nicht weniger Spekulationen seiner Studentinnen gewesen.

»Fertig mit den Vorbereitungen zur Kometenbeobachtung?«

»Fertig«, antwortete sie. »Ich dachte mir, ich seh mir mal den Dicken an, solange ich auf Sie warte.«

»Das kann einem schon den Atem verschlagen, finden Sie nicht?«

Amber nickte. »Aber wirklich.«

Barnard tippte mehrere Befehle in den Kontrollcomputer des Teleskops ein. »Ehe wir mit der Arbeit anfangen, was halten Sie davon, wenn wir uns Callisto ansehen? Er müßte um diese Zeit eigentlich hinter dem Planeten hervorkommen.«

Amber bewegte die Fadenkreuze des Teleskops zur derzeitigen Position von Jupiters äußerstem Mond.

»Erhöhen Sie die Vergrößerung auf einhundert«, ordnete Cragston an, als die Steuerdüsen die Rotation des Schiffes stoppten.

Amber reagierte entsprechend und wurde mit dem Anblick eines nur wenig aus dem Zentrum des Bildschirms verschobenen runden Himmelskörpers belohnt. Callisto hatte die Größe des Merkur und war mit Einschlagskratern übersät. Die Krater unterschieden sich jedoch von denen des Mondes oder des Mars. Wo Lunas Krater in der Mitte eine Erhebung hatten, waren sie auf Callisto gleichmäßig flach. Manche besaßen sogar Vertiefungen in der Mitte. Der Grund für diese andersgeartete Struktur war die Zusammensetzung von Callistos Oberfläche, die zum größten Teil aus gefrorenem Wasser bestand. Unter der Eiskruste lag ein Meer von flüssigem Wasser, ein Meer zweihundertmal tiefer als jedes auf der Erde.

Daß Callisto bewohnt war, zeigte sich innerhalb von

Sekunden. Nahe dem Mondäquator erschien ein heller grüner Fleck.

»Offenbar möchte die Forschungsstation mit Kapitän Olafson sprechen«, sagte Barnard und deutete auf den Schirm. »Sollen wir mithören?«

»Nur, wenn Sie den Rest des Flugs bei Wasser und Brot verbringen wollen«, scherzte Amber. »Kommen Sie, lassen Sie uns mit der Kometenbeobachtung anfangen.«

Kapitän Olafson lehnte sich in die Beschleunigungsliege zurück und starrte besorgt zum Jupiter an der Kuppel über sich hinauf. Das Bild des Planeten war nicht vergrößert, so daß der König der Welten geringfügig kleiner erschien als von der Erde aus betrachtet der Mond. Drei der Jupitermonde waren an einer Seite des Planeten aufgereiht. Zwei waren so groß, daß sie deutlich als Scheiben zu erkennen waren, während der dritte noch ein rötlicher Lichtpunkt war. Doch was Karin Olafson Sorgen machte, war weder der Planet noch seine Monde. Was sie beschäftigte, waren die wohlbekannten Strahlenrisiken des Jupitersystems.

Wie die Erde besaß auch der Jupiter ein Magnetfeld, das Partikel des Sonnenwinds einfing, sie konzentrierte und zu Strahlungsgürteln formte. Da das Magnetfeld des Jupiter weitaus stärker als das der Erde war, war auch sein Strahlungsgürtel bedeutend ausgedehnter und stärker — an manchen Stellen 10 000 mal so stark wie der der Erde. Als die erste Raumsonde, *Pioneer 10*, das Jupitersystem durchquert hatte, war sie einer Strahlung ausgesetzt gewesen, die das hundertfache der für einen ungeschützten Menschen tödlichen Dosis betrug.

Die Van-Allen-Gürtel der Erde wurden häufig als den Äquator umkreisende alte Autoreifen beschrieben. In Wahrheit jedoch war die ringförmige Strahlungsregion keineswegs symmetrisch. Der Sonnenwind und die magnetischen Felder der Sonne trugen gemeinsam dazu bei, die Strahlung über der Tageshemisphäre auszudünnen, während sie sie in mehreren Planetendurchmessern Entfernung über der Nachthemisphäre verstärkten. Das Bild, das sie sich vorstellte, war ein Boot, das im munter dahinfließenden Fluß des Sonnenwinds vor Anker lag. Die Strömung warf eine kleine Bugwelle auf, ließ dem Heck jedoch ein langgestrecktes Kielwasser folgen.

Das gleiche galt für den Jupiter. Die Strahlungsgürtel des Planeten durchmaßen über der sonnezugewandten Seite nur wenige Planetendurchmesser, breiteten sich auf der Nachtseite jedoch Millionen Kilometer weit aus. Die Folge davon war, daß Callisto während zwölf von sechzehn Tagen in einer Niedrigstrahlenregion umlief. Die restliche Zeit über war der Mond in einen unsichtbaren tödlichen Nebel gehüllt. Diese Tatsache vor allem machte die Navigation im Jupitersystem für Schiffsführer so quälend.

Kapitän Olafsons erstes Problem betraf das Ansteuern von Callisto. In sechs Tagen würden sie während des Abbremsvorgangs bis auf eine Million Kilometer an Jupiter herangekommen sein. Wenn sich ihre Fahrt erst einmal verlangsamt hatte, würden sie um die Riesenwelt herumschwingen, um Callisto von rückwärts und unten her einzuholen, und dann mit dem Mond weit über der Tageshemisphäre und den Strahlungsgürteln zusammentreffen. Wenn sie jedoch hinter dem Planeten vorbeiflog, würde die *Admiral Farragut* ins Herz einer der stärksten Strahlenregionen des Jupiter eintauchen.

Die Abschirmung des Frachters reichte zwar für die meisten Zwecke aus, war jedoch völlig unzureichend, um die Besatzung vor der Jupiterversion der Van-Allen-Gürtel zu schützen. Zum Glück hatten die Schiffsdesigner für diesen Fall vorgesorgt. Aus Strahlenschutzgründen hatten sie den Kontrollraum in die Mitte des Habitatmoduls gelegt und mit den schweren Trägern des Stützrahmens umgeben. Hinter dem Kontrollraum befand sich ein gleichermaßen gut abgeschirmter Raum, der ›Sturmbunker‹ des Schiffes, in den sich die Besatzung während der Strahlungsstürme zurückziehen konnte. Für die Kometenexpedition war der Sturmbunker mit Kälteschlaftanks ausgerüstet worden. Und während die Passagiere und die Crewmitglieder die meiste Zeit über in den Außendecks lebten und arbeiteten, würden sie sich während des Flugs durch den Strahlungsgürtel des Jupiter dorthin begeben.

Die Passagiere und die Crew würden während des Durchflugs gut abgeschirmt, wenn auch ein wenig beengt sein. Doch die empfindlichen Elektronikelemente des Schiffes waren völlig ungeschützt. Sie würden die Strahlung aushalten müssen — und nicht nur einmal.

Der Einsatzplan sah für die *Admiral Farragut* dreimaliges Eintauchen in die Strahlungsgürtel des Jupiter vor. Der erste Sturm würde bei der Ansteuerung von Callisto über sie hereinbrechen, der zweite, wenn sie den Mond auf seinem Flug durch die Nachthemisphäre begleiteten; die dritte, wenn sie das System mit dem Kometen zusammen verließen. Die Schiffe, die normalerweise das Jupitersystem anflogen, waren speziell für die Abschirmung derart hoher Strahlendosen konstruiert. Karin Olafsons Schiff jedoch nicht.

»Laserbotschaft von Callisto«, sagte Rodriguez neben ihr. Sie beide hielten sich im Moment allein im Kontrollraum auf.

»Legen Sie sie rüber.«

Die Nachricht umfaßte eine Aktualisierung der lokalen Meßdaten und einen Vorschlag zur Ansteuerung, der die Strahlenbelastung geringfügig senken würde. Da die Zeitverzögerung zwischen Schiff und Station jeweils sechsundsechzig Sekunden betrug, erwartete sie kein zweiseitiges Gespräch mit jemandem auf dem Boden. Alles über fünfzehn Sekunden war so lästig, daß man Unterhaltungen vermied. Dennoch machte sie sich die Mühe, eine lange Nachricht aufzuzeichnen, mit der sie der Stationsbesatzung für ihre Mühen dankte. Sie führten ein einsames Leben dort, und von ein wenig Liebenswürdigkeit konnte man hier in der großen Leere sehr lange zehren.

14. KAPITEL

Tom Thorpe schwebte vor dem Bullauge und starrte auf die kraterübersäte Oberfläche von Callisto hinab. Die *Admiral Farragut* befand sich in einer äquatorialen Umlaufbahn in lediglich fünfzig Kilometern Höhe über Jupiters achtem Mond. Genau unter ihr lag das große ringumschlossene Asgard-Becken mit seinen konzentrischen Eisriffeln, wo einst ein Asteroid die dicke Kruste durchschlagen hatte. Der Krater hatte sich mit Wasser gefüllt, das rasch gefroren war und die Wunde verschlossen hatte. Trotz seiner auffallenden Erscheinung war Asgard ein Phantomkrater und vom Orbit deutlicher zu erkennen als vom Boden aus, ein ebenes Gebiet in einer von Aufschlagkratern bedeckten Welt. Ein noch größerer Asteroid war bei Walhalla eingeschlagen, 3500 Kilometer im Südwesten. Das Walhalla-Becken lag dort, wo sich auch die Forschungsstation Callisto befand. Thorpe starrte auf den Krater hinab, ohne ihn recht zu sehen, und dachte an all das, was sich während der vergangenen zehn Tage ereignet hatte.

Die *Admiral Farragut* war ihrer abgeflachten hyperbolischen Umlaufbahn bis in eine Million Kilometer Entfernung vom Jupiter gefolgt, ehe Kapitän Olafson den Antrieb gezündet hatte. Nach so vielen Monaten war das abrupte Wiedereinsetzen der Schwerkraft ein Schock gewesen. Der Antrieb hatte kaum zwei Stunden lang gedonnert, als er wieder verstummte. In dem Moment, als die Schwerelosigkeit wieder einsetzte, hatte der Frachter seinen Namen in die Liste der Jupitersatelliten eingereiht.

Das Schiff hatte drei Tage gebraucht, sich vom Jupiter emporzuarbeiten und Callisto in einer Höhe von 1,8 Millionen Kilometern einzuholen. Die Hälfte der Zeit über waren sie alle im

Sturmbunker zusammengepfercht gewesen. Kapitän Olafson war die ganze Zeit, die sie im Strahlungsgürtel gewesen waren, an ihrem Platz geblieben. Wie alle anderen auch, bemerkte Thorpe ihren besorgten Blick und hoffte, daß er lediglich von professioneller Sorgfalt herrührte.

Endlich hatten sie in die Außendecks zurückkehren dürfen, und alle hatten sich um die Sichtluken gedrängt. Thorpe würde den Anblick des sichelförmigen Ganymed, der sich als Silhouette von der dunklen Nachtseite des Jupiters abhob, nie vergessen.

Anschließend hatte Kapitän Olafson Anweisung gegeben, die letzten tiefschlafenden Expeditionsteilnehmer aufzuwecken. Die sieben in den Kältetanks würden enttäuscht sein, den Einflug ins Jupitersystem verpaßt zu haben. Doch da der Komet Hastings in zwölf Tagen eintreffen würde, konnte ihre Enttäuschung nicht von langer Dauer sein.

Das Asgard-Becken verschwand außer Sicht. Wenige Minuten darauf wurde der Rand von Walhalla auf der zernarbten Oberfläche sichtbar. Thorpes Beobachtungen wurden von einem Summton gestört. Widerwillig wandte er sich von der Luke ab, um das Gespräch am Interkom entgegenzunehmen. »Hier Thorpe.«

»Wir sind nach unten in die Forschungsstation eingeladen worden, Mr. Thorpe«, sagte Kapitän Olafsons Stimme. »Sie wollen die Nachbetankung besprechen und die Kometenbeobachtung während der nahen Begegnung koordinieren.«

»Sorgen sie für die Beförderung?«

»Natürlich.«

Thorpe nickte. Die *Admiral Farragut* führte im Frachtraum zwei Mondhüpfer mit sich, aber auf Callisto würden sie wertlos sein. Ihre Rückstoßsysteme verfügten nicht über die nötige Leistung, um auf diesem großen Mond zu landen.

»Haben Sie die Versorgungsgüter klargemacht?«

»Rodriguez und Schmidt sind gerade dabei.«

Die *Admiral Farragut* neu zu betanken, würde die Forschungsstation vor gewaltige Schwierigkeiten stellen. Acht Millionen Kilogramm Wasserstoff waren nicht leicht zu transportieren. Und wenn die Station für ihre Dienste auch ordentlich bezahlt werden würde, so hatte Halver Smith doch die Mitnahme von Delikatessen vorgeschlagen, um sich ihres Enthusiasmus' zu versichern. Die ›Versorgungsgüter‹ bestanden aus mehreren Frachtcontainern, die in der Art von weihnachtlichen Freßpaketen bestückt waren.

»Wie lange noch bis zum Eintreffen ihres Schiffs?«

»Sie starten, sobald wir bei dieser Umrundung Walhalla überfliegen, und koppeln zwei Stunden später an. Dann bleibt uns eine halbe Stunde für das erste Landefenster. Sie schicken eine ihrer Hilfsfähren, also werden beim ersten Flug nur drei von uns Platz haben. Haben Sie einen Vorschlag, wer das dritte Mitglied der Landungsgruppe sein könnte?«

Thorpe hatte eine klare Vorstellung davon, wen er gerne dabei gehabt *hätte*. Es zu sagen, hätte jedoch seine Vereinbarung mit Amber verletzt. Er antwortete betont gleichgültig. »Ich denke, wir nehmen am besten jemand vom astronomischen Fach. Professor Barnard ist der Mann der Wahl.«

»Ist verhindert. Er hilft seiner Frau beim Dekantieren. Es müßte schon Amber sein.«

»Gut«, erwiderte er und hoffte, daß seine Stimme seinen Versuch von Machiavellismus nicht verriet.

Am anderen Ende des Interkoms herrschte ein kurzes Schweigen, das Thorpe erkennen ließ, daß Kapitän Olafson seinen kleinen Trick wohl mühelos durchschaute. »Sehr schön, Mr. Thorpe. Ich treffe Sie in zwei Stunden in Schleuse Eins. Ich kümmere mich darum, daß Miss Hastings benachrichtigt wird.«

Das Schiff, das zu ihnen hochkam, war weniger ein Raumschiff als eine Ansammlung von Komponenten, die entlang eines Stützrahmens aufgereiht waren. Am Bug befand sich eine Kabine, die kaum groß genug für den mit Raumanzug bekleideten Piloten war. Sie erinnerte Thorpe an die bei einigen der frühen Helikoptermodelle verwendeten Ballons. Hinter der Kabine saßen drei Beschleunigungsliegen auf dem Träger. Es war keinerlei Anstrengung unternommen worden, sie zu verkleiden; die Passagiere waren dem offenen Raum ausgesetzt. Hinter den Passagiersitzen befand sich ein Querträger, an dem die Ladung befestigt werden konnte. Schließlich waren noch sechs zylindrische Brennstofftanks, ein Antimaterie-Toroid und eine magnetisch abgeschirmte Mischkammer am hinteren Ende des Rahmens befestigt.

Thorpes erster Blick überzeugte ihn davon, daß er es mit einem Orbit-Orbit-Scooter zu tun hatte. Bei näherem Hinsehen bemerkte er die stummelartigen Landetriebwerke, die dem Apparat das Aussehen eines Himmelbetts gaben; eine Serie von Bodendüsen war an Drehgelenken befestigt. Die Konstruktion machte auf Thorpe keinen sicheren Eindruck.

»Sind Sie sicher, daß dieses Ding tatsächlich fliegt?« fragte er den Piloten, als er sich zu seinem Sitz hangelte.

Der Pilot lachte in sich hinein. »Kein Grund zur Panik, Chef! Callisto ist vielleicht so groß wie der Merkur, aber seine Dichte beträgt nur ein Drittel der Dichte der inneren Planeten. Daraus ergibt sich eine Oberflächengravitation von einem Fünftel ge, geringfügig mehr als auf dem Mond.«

»Es wird gut tun, wieder in normale Schwerkraft zurückzukehren«, sagte Amber von ihrem Platz auf dem Träger des Scooters aus.

»Oh, Sie stammen von Luna, *Ma'am*?«

»Ja.«

»Ich auch. Jarrod Whitehead ist mein Name, von Tycho Terrace. Meisterpilot, Hansdampf in allen Gassen, Chefkoch und Mädchen für alles.«

»Ich bin Amber Hastings. Ich wurde in Miner's Luck geboren und bin auch dort aufgewachsen.«

»Ein Cousin von mir hat mal dort gelebt, Ivan Starkol heißt er. Inzwischen hat er ein Geschäft für Vakuumausrüstung in Luna City Süd. Mal von ihm gehört?«

»Nein, tut mir leid.«

»Macht auch nichts«, antwortete der Pilot mit einem Lachen. »In der Familie geht das Gerücht um, er würde seine Großmutter verkaufen, wenn dabei ein Zehner rausspringen würde.«

»Ich werde das nächste Mal daran denken, wenn ich wieder wegen eines Anzugs im Geschäft bin.«

»Sagen Sie mal, das ist aber kein schlechter, den Sie da anhaben. Ein Boeing Mark Twelve, oder?«

»Stimmt.«

»Woll'n Sie ihn verkaufen?«

»Tut mir leid, aber ich werde ihn noch brauchen.«

»*Yeah*, kann ich mir denken. Na ja, ich könnte ihn mir wahrscheinlich sowieso nicht leisten.«

»Fliegen Sie oft hier rauf?«

»In den Orbit nicht so oft«, antwortete der Pilot. »Meistens fliege ich Direktverkehr auf Callisto. Mit Ihnen werd ich natürlich ganz schön zu tun haben. Der Direktor will, daß ich einen täglichen Pendelverkehr zwischen der *Admiral Farragut* und der Station einrichte. Haben Sie die Ladung da hinten verstaut, Captain?«

Karin Olafson, die die Befestigung der beiden Lastbehälter überwacht hatte, winkte auf jene Art, die im Vakuum ein Nicken ersetzte. »Alles in Ordnung, Meisterpilot.«

»Dann würde ich vorschlagen, daß Ihre Leute sich ins Schiff zurückziehen. Ich bin zum Ablegen und für das Abbremsmanöver klar.«

»Rodriguez, Schmidt, Velduccio, zurück ins Schiff!« Während die drei Männer nacheinander die Luftschleuse passierten, schnallte sich Karin Olafson auf dem dritten Sitz des Scooters fest.

Der Flug zur Oberfläche hinunter vermittelte ihnen einen Panoramaeindruck von Callisto. Die Forschungsstation war größtenteils unsichtbar, ausgenommen eine Reihe von Kommunikationsanlagen und eine Serie von Speichertanks auf der Oberfläche. Einhundert Meter vom Landepunkt des Scooters entfernt führte eine Nissenhütte zum Lift, der in die unterirdische Station hinunterführte; eine Anordnung ähnlich dem Eingang zum Farside Observatorium.

Sobald sie aufgesetzt hatten, kletterte Whitehead aus seiner Kabine und ging nach hinten, um Amber vom Scooter herunterzuhelfen. Thorpe kletterte mühsam und ohne Unterstützung herunter, erstaunt darüber, wie sehr sechs Monate Kälteschlaf seine Koordination beeinträchtigt hatten. Kapitän Olafson folgte ihm.

»Sie können die Ladung hierlassen«, teilte ihnen Whitehead mit. »In ein paar Minuten lassen wir sie abladen.«

Karin Olafson musterte das Gelände. Ihre Gesichtszüge schimmerten durch den ballonförmigen Helm hindurch. Thorpe sah, daß sie die Stirn runzelte. »Wo sind Ihre Schiffe?«

Erst jetzt bemerkte Thorpe, daß das Gelände, von ihrem eigenen plumpen Gefährt abgesehen, leer war.

»Oh, ich fürchte, Sie haben uns mit heruntergelassenen Hosen erwischt«, sagte Albert Kaffin, der Direktor der Forschungsstation, als ihm die gleiche Frage gestellt wurde. Die drei Expeditionsteilnehmer saßen im Büro des Direktors, einhundert Meter unter der Oberfläche.

»Ich bitte um Entschuldigung, Direktor«, sagte Karin Olafson in erstaunlich mildem Ton. Thorpe mußte unwillkürlich die Art bewundern, wie sie sich beherrschte. Sie saßen auf individuell geformten Steinbänken vor einem Tisch aus dem gleichen Material.

»Ich bedaure, aber unsere Tankschiffe befinden sich im Moment nicht hier.«

»Wo sind sie?«

»Unten auf Io.«

»Und was tun sie da?«

Kaffin, ein kleiner Mann mit einem gleichbleibend verkniffenen Gesichtsausdruck und zurückweichendem Haaransatz, wand sich unbehaglich hinter seinem Schreibtisch. »Wir haben eine Reihe von Instrumenten auf Io stationiert, mit denen wir die dortigen Umweltbedingungen überwachen. Dieser Mond ist nämlich ein faszinierender Ort, wissen Sie. Er ist mit Jupiter durch einen Plasmaschlauch verbunden, der die Quelle eines Großteils der Zehn-Meter-Radiostrahlung des Planeten darstellt. Io ist sowohl mit Europa wie auch mit Ganymed in einer orbitalen Synchronizität gekoppelt, außerdem gibt es dort Vulkane, den Schwefelring, die gezeitenabhängigen Temperaturanstiege ... Aber Sie interessieren sich wohl nicht für eine Aufzählung der Mondabnormitäten, oder?«

»Nein, Sir«, antwortete Thorpe. »Wir interessieren uns für den Verbleib unseres Tankschiffes, für dessen Benutzung Ihre Gesellschaft bereits im voraus bezahlt wurde.«

»Ich weiß sehr wenig über die Abmachungen, die erdseitig getroffen wurden. Ich bin nur der dumme Hund, der für Versprechen geradezustehen hat, die ein halbes Sonnensystem entfernt gegeben wurden. Wenn ich dann mit meinen Erklärungen fortfahren dürfte?«

»Reden Sie weiter«, sagte Karin Olafson.

»Diese Station unterhält auf Io eine umfangreiche Instrumentensammlung, mit der eine Reihe von wissenschaftlich bedeutsamen Daten aufgezeichnet werden. Vor drei Wochen verloren wir den Kontakt. Zunächst hielten wir es für eine Übertragungsstörung. Die Elektronik hält nicht lange, wenn die Abschirmung einmal versagt. Weil so viele wichtige Untersuchungen im Gange waren, habe ich sofort zwei Schiffe zur Überprüfung losgeschickt. Ich war zuversichtlich, daß sie rechtzeitig zurück sein würden, um Ihr Schiff zu versorgen.

Sie können sich meinen Ärger vorstellen, als mir meine Leute meldeten, daß sie statt einer Telemetriestörung den Gerätekomplex von einer Schwefelmoräne bedeckt vorfanden. Es sieht so aus, als ob kürzlich ein neuer Vulkan in der Nähe ausgebrochen wäre, und die gehören zu der allerübelsten Sorte, was den Ausstoß von Schwefel betrifft.«

»Dann haben Sie also ein paar Instrumente verloren«, sagte Karin Olafson. »Wie schwierig mag es sein, neue Anlagen zu installieren und diese Schiffe zurückzuholen?«

»Oh, die Bodenanlagen sind nicht verloren, Captain, nur verschüttet. Der Schwefel, der aus diesen Vulkanen strömt, ist nach menschlichen Maßstäben nur lauwarm. Die meisten Ströme haben beim Austritt um die zwanzig Grad Celsius. Das schadet den Instrumenten nicht. Was das Ersetzen betrifft, so fürchte ich, daß wir das nicht können. Es sind singuläre Prototypen. Nein, wir müssen sie ausgraben und in ein anderes Beobachtungsgebiet umsetzen.«

»Schön, Sie können das tun, sobald mein Schiff neu betankt worden ist.«

»Kommen Sie, Captain, Sie wissen doch, wie teuer es ist, im Jupitersystem herumzufliegen. Meine Leute zurückzurufen und dann wieder hinzuschicken wäre in höchstem Maße kostspielig, sowohl hinsichtlich der Reaktionsmasse wie auch der Antimaterie.«

»Aber warum zwei Schiffe?« fragte Thorpe. »Hätte nicht ein Schiff für diese Aufgabe vollkommen ausgereicht?«

»Oh, nein!« erwiderte Kaffin. »Sie wissen doch bestimmt, Mr. Thorpe, daß die Umlaufbahn von Io innerhalb des Strahlungsgürtels liegt. Dort herrschen die lebensfeindlichsten Bedingungen des ganzen Systems.

Wir schicken niemals ein Schiff alleine nach Io. Was wäre, wenn es manövrierunfähig werden sollte. Nein, das eine Schiff landet, während das andere als Rückversicherung im Orbit bleibt. Diese Regel ist unverletzlich.«

»Und wann werden sie zurück sein?« fragte Karin Olafson. Während der Direktor gesprochen hatte, hatte ihre Gesichtsfarbe von Blaßrosa zu Puterrot gewechselt.

»Ich fürchte, das Ausgraben und der Ortswechsel wird noch wenigstens einen Monat in Anspruch nehmen. Wenn man, wie in diesem Falle, mit ferngesteuerten Baggern arbeitet, ist es unmöglich, sich zu beeilen. Man würde Gefahr laufen, die Instrumente zu beschädigen.«

»Verdammt, wir können doch hier nicht einen Monat warten!«

»Sie können den Kometen immer noch einholen. Ich gebe zu, Sie kommen dadurch in Ungelegenheiten, aber es handelt sich wohl kaum um eine kritische Situation.«

»Aber die Situation *ist* kritisch, Direktor! Mein Schiff ist gegen Strahlung nicht so abgeschirmt wie Ihre es sind. Offen gesagt, ich mache mir bereits Sorgen um meine Kontroll- und Kommunikationssysteme. Wir haben eine Reihe von Defekten eingeplant und führen Ersatzteile mit. Jetzt verlangen Sie von mir, diesen Eisball einen Monat länger zu umkreisen als vorgesehen? Das bedeutet mindestens noch zweimaliges und vielleicht auch häufigeres Durchfliegen der Strahlungsgürtel, falls wir länger aufgehalten werden. Wollen Sie uns warten lassen, bis die ganze Elektronik an Bord in nutzloses Silizium zerstrahlt worden ist?«

Kaffin lehnte sich in seinem thronähnlichen Sessel zurück und seufzte. »Wir haben damit gerechnet, daß Sie diesen Standpunkt einnehmen würden. Deshalb haben wir uns die Mühe gemacht, eine weitere Option vorzubereiten.«

Tom Thorpe stapfte über die Mischung aus Felsgestein und schmutzigem Eis, aus der die Oberfläche von Callisto bestand.

»Wir sollten hier besser anhalten«, warnte Jarrod Whitehead. Der Pilot war Thorpes Führer. Die beiden Männer wanderten zwei Kilometer nördlich der Forschungsstation über die flache Ebene des Walhalla-Beckens.

Über ihnen war der Jupiter zu drei Vierteln voll. Der Große Rote Fleck befand sich nahe dem Terminator und war soeben von der Nacht- in die Tageszone übergewechselt. Von farblichen Veränderungen abgesehen, hatte sich der gewaltige Sturm nicht verändert, seit die ersten Menschen vor 500 Jahren ihre Fernrohre darauf gerichtet hatten.

Thorpe hielt neben dem Piloten an. Er musterte die vor ihm ausgebreitete Ebene.

»Wo ist es?«

»Sie können es von hier aus nicht erkennen«, antwortete Whitehead. »Es liegt hinter dem Horizont. Näher sollte man jedenfalls nicht herangehen. Warten Sie, der Direktor ruft mich auf einem anderen Kanal. Ich bin gleich wieder da.«

Thorpe sah, wie sich die Lippen des Piloten hinter dem Visier bewegten, während er sich mit der Forschungsstation unterhielt. Das einzige Geräusch, das Thorpe erreichte, war das entfernte Rauschen der Sterne und Galaxien. Nach einer Minute schaltete sich Whitehead wieder auf den Kommunikationskanal, den sie unter sich benutzten.

»Der Direktor hat mit dem Dreißig-Sekunden-Countdown begonnen. Passen Sie auf, daß Ihre Füße auseinanderstehen und Ihre Knie gebeugt sind.«

Thorpe blickte in die gleiche Richtung wie sein Führer. Dreißig Sekunden verstrichen. Er wollte bereits fragen, was schief gegangen sei, als er einen dumpfen Schlag gegen seine Stiefelsohlen spürte. Er federte den

Stoß mit gebeugten Knien ab. Nur einen Moment später brach irgendwo hinter dem Horizont ein Geysir aus.

Die Fontäne war typisch für eine atmosphärelose Welt mit geringer Schwerkraft. Sie schoß wie eine riesige Blume empor und sprühte einen dünnen Nebel in den Himmel. In diesem ersten Moment der Eruption hatte Thorpe den Eindruck eines großen, himmelwärts rasenden zylindrischen Objekts. Es war zu schnell entschwunden, als daß er ihm mit dem Auge hätte folgen können.

»Ich werd verrückt, es funktioniert!« rief Whitehead. »Einen Moment lang hatte ich wirklich meine Zweifel.«

Thorpe nickte. Er hatte ebenfalls seine Zweifel gehabt, als er den Vorschlag zum erstenmal hörte. Nach dem Plan des Direktors sollten mehrere zylindrische Tanks mit flüssigem Wasserstoff hochkatapultiert werden. Bis zu sechs Zylinder gleichzeitig sollten in einem vertikalen Schacht untergebracht werden, der von den frühen Monduntersuchungen übriggeblieben war. Dann sollte ein kleiner Magnetbehälter mit wenigen Milligramm Antimaterie auf den Boden fallen gelassen werden. Der Toroid würde seinen Antimaterieinhalt unter Stoßeinwirkung freigeben. Die Materie/Antimaterie-Reaktion würde das Eis augenblicklich in Wasserdampf verwandeln, und die folgende Explosion würde die übereinander gestapelten Treibstoffzylinder schneller als mit Fluchtgeschwindigkeit in die Höhe schleudern. Die *Admiral Farragut* würde den Zylindern nachjagen und deren lebenswichtigen Inhalt ihren Tanks einverleiben.

»Was sagen sie über die Geschwindigkeit?« fragte Thorpe.

»Das Radar mißt fünf Kilometer pro Sekunde«, antwortete Whitehead. »Er hat sich tatsächlich von Callisto befreit und ist in einem Orbit über dem dicken Brummer angelangt! Wenn wir natürlich sechs Tanks übereinander stapeln, wird die Anfangsgeschwindigkeit niedriger sein. Es müßte aber immer noch reichen.«

»Und wie lange dauert das Wiederbeladen?«

Whiteheads Grimasse war durch das Visier hindurch zu sehen. »Das ist das Problem. Wir haben gerade unseren einzigen Tank hochgeschossen. Wir werden neue machen müssen.«

»Wie, zum Teufel, wollen Sie das anstellen? Soviel Blech liegt bei Ihnen doch bestimmt nicht auf einem Haufen rum!«

»Wir nehmen kein Metall für die Tanks«, sagte der Pilot. »Wir machen sie aus Eis.«

»Das soll wohl ein Scherz sein!«

»Keineswegs. Eis ist unter den Bedingungen hier ein prima Konstruktionsmaterial, und das Herstellen der Tanks ist leicht. Eis läßt sich problemlos gießen.«

Thorpe grinste dümmlich in seinem Anzug. »Und mit flüssigem Wasserstoff im Innern werden sie wohl auch nicht so bald schmelzen.«

»Das können Sie mir glauben, Chef!«

»Wie verhindern Sie, daß sie nach dem Start ins Trudeln kommen?«

»Überhaupt nicht«, antwortete Whitehead. »Die Tanks haben vier Meter Durchmesser bei einer Länge von einhundert Metern.«

Thorpe nickte. »Natürlich, sie sind selbststabilisierend! Sie laufen mit einem Ende zum Jupiter gerichtet um.«

»Es wirkt sich natürlich günstig aus, sie mit so wenig Drall wie möglich zu starten«, sagte der Pilot. »Sonst könnte es verdammt lange dauern, bis sie sich stabilisiert haben.«

»Also im Ernst, wie lange dauert es noch, bis wir mit dem Hochschießen anfangen können?«

Es entstand eine kleine Pause, bevor Whitehead sagte: »Wir müßten drei Starts während jeder Vierundzwanzig-Stunden-Periode machen können.«

»Sechs Tanks pro Start ...« Thorpes Lautstärke sank zur Unhörbarkeit herab, während er die Rechnung rasch überschlug. »Ich komme auf eine Woche, um unsere Treibstoffvorräte aufzufüllen.«

»Ich würde eher von zwei Wochen ausgehen«, erwiderte der Pilot. »Denken Sie daran, daß Callisto in sechs Tagen wieder die radioaktive Schleppe des Jupiter durchfliegt. Dann müssen alle Aktivitäten an der Oberfläche eingestellt werden.«

»Kann ich den Schacht sehen?«

Thorpe folgte Whitehead bis zum Ursprung des Geysirs. Der Pilot warnte ihn, bei der Annäherung an die Kante vorsichtig zu sein. Thorpe sah den Grund dafür, als er mit seiner Helmlampe in das Loch hineinleuchtete. Wie stark er den Strahl auch fokussierte, er konnte den Boden nicht erkennen.

»Wie tief ist es?«

»Drei Komma fünfundsiebzig Kilometer«, antwortete Whitehead.

Thorpe sah überrascht auf. »Was in aller Welt hatten Sie damit vor?«

»Das ist eine Testbohrung zur Erforschung der Oberflächenzusammensetzung. Sie sollten das eigentliche Ding sehen. Wenn Sie Zeit haben, werde ich's Ihnen mal zeigen. Es liegt fünfzig Kilometer südöstlich von hier. Letzte Woche waren wir in einer Tiefe von vierzehn Kilometern angelangt.«

»Erzählen Sie mir nicht, Sie haben hier Gold gefunden.«

Das Auflachen des Piloten drang als tiefes blubberndes Geräusch aus Thorpes Ohrhörern. »So gut wie nichts. Nein, wir versuchen, die Kruste zu durchstoßen und in den unteridrischen Ozean vorzudringen. Das ist einer der Gründe, weshalb wir die Station im Walhalla-Becken angelegt haben. Die Kruste ist unter unseren Füßen nur etwa fünfzig Kilometer dick. Überall sonst sind es mehrere hundert Kilometer.«

»Warum die Kruste durchbohren?«

»Wir bohren diese Dinger nicht, wir schmelzen sie. Was das Warum betrifft, das ist leicht zu beantworten. Wir glauben, es könnte dort unten Leben geben. Wir haben ein paar höchst aufregende Hinweise gefunden. Also, was halten Sie von unserer Kanone?«

Thorpe ließ seine Lampe über die Wände der Bohrung spielen. Da und dort sah man, daß die Wasserrinnsale, die sich bei der Explosion gebildet hatten, bereits wieder gefroren.

»Mein Kompliment«, sagte er. »Jules Verne wäre stolz auf Sie gewesen!«

Whiteheads schallendes Gelächter hallte durch Thorpes Helm. »Ich glaube, das wäre er tatsächlich!«

15. KAPITEL

Drei Tage nachdem die *Admiral Farragut* Callisto erreicht hatte, waren der größte Teil des Stationspersonals und der Schiffsbesatzung mit der Betankung des Frachters beschäftigt. Kapitän Olafson und Thorpe waren beide zum Schiff zurückgekehrt, um die Arbeiten zu überwachen, während andere Expeditionsteilnehmer ihre Plätze auf dem Mond eingenommen hatten. Amber Hastings und die Wissenschaftler der Station waren mit Plänen zur Beobachtung des Kometen bei seiner nahen Begegnung mit Jupiter beschäftigt.

»Es wird darauf ankommen, Ihre Teleskopbeobachtungen mit unserem Bodenradar zu koordinieren«, erklärte Radha Rajapur, Callistos Chefastronom. Er und Amber studierten gerade den neuesten Ausdruck der voraussichtlichen Flugbahn des Kometen durch das Jupitersystem. »Wenn uns das gelingt, dann können wir Ihre Beobachtungen mit genauen Positions- und Geschwindigkeitsdaten auf Sekundenbasis vervollständigen.«

»Das dürfte nicht allzu schwierig sein«, erwiderte Amber. »Da der Komet Callisto innenseitig passieren wird, sitzen Sie hier in der allerersten Reihe.«

Rajapur, ein kleiner Inder mit durchdringenden schwarzen Augen, nickte. »Wir haben wirklich Glück. Wenn ich wieder zu Hause bin, werde ich für die Glücksgöttin Weihrauch verbrennen müssen.«

Im Verlauf der Diskussion dachte Amber, daß sich die Alten vielleicht gar nicht so sehr geirrt hatten, wenn sie Kometen für ein mächtiges Omen gehalten hatten. Ein winziger Lichtpunkt am Himmel hatte ihr Leben vollkommen verändert. Noch vor einem Jahr hätte sie jedem, der ihr prophezeit hätte, daß sie jemals den Jupiter besuchen würde, gesagt, er wäre verrückt. Und jetzt war sie dabei, den ersten Blick auf den sicherlich berühmtesten Kometen der Geschichte zu planen.

Der Komet Hastings war im Moment jedenfalls noch weit vom Berühmtsein entfernt. Die gasförmige Koma hatte sich erst auf einige tausend Kilometer ausgeweitet und würde während des Fluges durch das Jupitersystem wahrscheinlich eine bedeutsame Veränderung erfahren. Die Wissenschaftler der Station hofften, durch das Studium der Wechselwirkungen zwischen der Koma und dem cislunaren Raum mindestens ebensoviel über ihren eigenen Hinterhof wie über den Kometen zu erfahren.

Amber hatte sich seit ihrer Entdeckung intensiv mit Kometen beschäftigt. Sie wußte, daß sie im allgemeinen erst dann einen Schweif bildeten, wenn die Entfernung zur Sonne weniger als 2,5 Astronomische Einheiten betrug. Einige Astronomen schlossen Wetten darauf ab, daß der große Kern des Kometen Hastings ihn bereits frühzeitig zur Ausbildung eines Schweifs veranlassen würde. Sie verwiesen auf den Kometen Humason aus dem Jahr 1962, der bereits bei 2,6 AE einen ausgeprägten Schweif entwickelt hatte. Das gegnerische Lager behauptete, der massive Kern würde die Schweifbildung verzögern. Sie verwiesen auf die riesige Temperatursenke, die der große Kern darstellte. Doch selbst sie räumten ein, daß der Kern, wenn er sich erst einmal erwärmt hätte, einen spektakulären Schweif produzieren würde, der den Erdhimmel jahrhundertelang alle sieben Jahre zieren mußte.

Nahe Begegnungen mit dem Jupiter waren außerdem nicht gar so ungewöhnlich. Im Jahre 1886 hatte sich der Komet Bennet dem Planeten bis auf 400 000 Kilometer genähert, wobei er tief in den Orbit von Io eingetaucht war. Man hatte beobachtet, daß sich der Komet nach der Begegnung in mehrere kleinere Teile aufgespalten hatte. Tatsächlich waren die meisten periodischen Kometen irgendwann einmal dem König der Welten begegnet. Ihre Umlaufbahnen waren unauslöschlich vom Einfluß des Jupiter geprägt.

Nach vierstündiger Diskussion hatten Amber und die Wissenschaftler von Callisto ihre Pläne bis zu dem Punkt ausgearbeitet, wo sie mit den eigentlichen Vorbereitungen beginnen konnten. Sie hatten einen genauen Zeitplan festgelegt, in dem Beobachtungsziele von primärer und sekundärer Bedeutung bis auf Millisekunden genau festgehalten waren. Wenn sie diesen Plan befolgten, konnte die *Admiral Farragut* wie auch die Forschungsstation Callisto sicher sein, daß sie beide das gleiche Phänomen zur gleichen Zeit beobachteten.

»Ich würde sagen, wir haben es so ziemlich geschafft«, sagte Amber, als sie den Zeitplan fertiggestellt hatten.

»Einverstanden«, erwiderte Rajapur. »Ich schlage vor, daß wir uns für ein paar Stunden zurückziehen. Ich glaube, Amber, daß Sie auf dem Galabankett heute abend der Ehrengast sein werden!«

Amber nickte. »Da der Kapitän und Tom Thorpe uns verlassen haben, werde ich's wohl sein.«

Die Station war in einer Tiefe von einhundert Metern unter dem Walhalla-Becken in Eis und Gestein gegraben worden. Da Eis ein hervorragendes Dichtungsmaterial war, hielt man die Korridore absichtlich unter dem Gefrierpunkt und heizte lediglich die einzelnen Abteilungen, in denen Menschen lebten und arbeiteten. Als Amber, in ihren elektrisch geheizten ›Schneeanzug‹ gehüllt, zu ihrer Kabine zurückging, hörte sie ihren Namen durch den langen Korridor hallen. Sie wandte sich um und erkannte John Malvan, der hinter ihr herlief. Der einarmige Ex-Bergmann war am Tag zuvor mit dem Shuttle eingetroffen. Er bewegte sich mit dem raumgreifenden, für Niedrigschwerkraft typischen Schritt des geborenen Lunariers.

»Hallo John!« sagte sie. »Ich habe Sie seit Ihrer Landung nicht mehr gesehen. Wo haben Sie denn gesteckt?«

»Ich habe mich von den Stationsleuten herumführen lassen und Luna über unsere Fortschritte informiert.«

»Warum nicht vom Schiff aus?«

Malvan zuckte die Achseln. »Die haben genug Probleme damit, den Tanks nachzujagen.« Ungesagt blieb, daß Malvan auch seine Unabhängigkeit von Tom Thorpe und Kapitän Olafson demonstrieren wollte.

»Was haben Sie gesehen?«

»Eine ganze Menge!« antwortete er. »Ich komme gerade von einer Besichtigung des Lochs zurück, das sie durch die Kruste schmelzen. Waren Sie schon da?«

»Nein. Ich hab gehört, daß es ziemlich tief sein soll.«

»Tiefer als alles, was wir jemals auf dem Mond versucht haben. Mein Gott, was hätte ich in den alten Tagen dafür gegeben, solche Eisvorkommen wie die hier zu finden. In der Kruste ist mehr Eis als Gestein.«

»Ich weiß, was Sie meinen«, sagte Amber. »Wenn wir nur halb soviel Wasser hätten, wie hier verschwendet wird, dann würde der Mond schwimmen.«

»Wohin sind Sie unterwegs?«

»Zu meinem Zimmer, um mich für das Bankett frisch zu machen.«

»Was dagegen, wenn ich Sie begleite?«

»Überhaupt nicht. Was haben Sie auf dem Herzen?«

»All dieses Eis zu sehen, hat mich zum Nachdenken gebracht.«

»Worüber?«

»Ich frage mich, warum sich die Sierra Corporation für den Kometen Hastings interessiert.«

Amber lachte, und Atemdampf umwirbelte sie wie Rauch. »Aus dem gleichen Grund, warum sich Luna dafür interessiert! Sie wollen das Eis abbauen und ein Vermögen machen.«

»Aber wenn der Eisabbau ihr Ziel ist, warum dann nicht Callisto? Ich habe mich bei Direktor Kaffin erkundigt. Er meint, sie würden glücklich sein, wenn hier jemand eine geschäftliche Unternehmung starten würde. Die Zahl der jährlich eintreffenden Schiffe würde sich dadurch verdreifachen, und die Betriebskosten der Station würden sinken.«

Amber hielt inne und wandte sich Malvan zu. »Der Abbau auf Callisto wurde schon einmal versucht. Die Wirtschaftlichkeit stand dagegen.«

»Genau!« erwiderte Malvan. »Also was macht den Kometen Hastings dann attraktiver? Die Entfernung kann es nicht sein. Sie sagen selbst, daß sich die resultierende Umlaufbahn bis hinter den Jupiter erstrecken wird. Also, warum nicht statt dessen Callisto?«

»Sie können Luna die gleiche Frage stellen. Warum wollen wir ihn?«

»Wir wollen ihn, weil *sie* ihn wollen. Jedermann weiß, daß Halver Smith ein Experte ist. Wenn er glaubt, daß es sich auszahlen wird, dann wird wohl etwas daran sein.«

Sie nickte. »Tom meinte, sie hätten irgendeine preiswerte Methode, die Fracht in Transferorbits zu bekommen.«

»Was für eine Methode? Hat sie Ihnen irgend jemand erklärt?«

»Nein, es ist ein Betriebsgeheimnis.«

»Warum? Sobald sie einmal angewendet wurde, wird jedermann wissen, wie es funktioniert. Warum die Geheimniskrämerei?«

»Sie haben sich offensichtlich schon Gedanken darüber gemacht. Sagen Sie mir Ihre Meinung.«

»Ich glaube, sie beabsichtigen, den Kometen einzufangen und in eine Umlaufbahn um die Erde zu bringen.«

»Unmöglich! Das verdammte Ding hat eine Masse von sechzig Billiarden Tonnen. Um es in einen Erdorbit zu bringen, bräuchte man die ganze von der Menschheit bislang produzierte Energie — und noch etwas mehr.«

»Nicht, wenn sie vorhaben, ein kleines Stück abzuschneiden und in eine Umlaufbahn zu bringen, während sie der Republik den nutzlosen Rest überlassen.«

»Das können sie nicht tun. Es würde den Vereinbarungen widersprechen.«

»Warum? Wir haben vereinbart, den Kern in gleiche Teile aufzuteilen. Sie nehmen sich ein Prozent, und wir behalten neunundneunzig Prozent. Welches Gericht würde sie wegen ihrer Großzügigkeit verurteilen?«

»Dann schneiden wir ebenfalls ein Stück ab«, sagte Amber, »und bringen es in einen Erdorbit.«

»Sicher, wenn der Komet das nächste Mal wieder ins innere Sonnensystem kommt. Wie lange wird das dauern?«

»Sieben Jahre.«

»In der Zwischenzeit besitzt Halver Smith das Monopol auf die Eisproduktion und verlangt dafür soviel, wie es ihm gerade paßt.«

»Besitzen Sie irgendwelche Beweise, daß dies wirklich das ist, was sie vorhaben?« fragte Amber.

»Nein. Das ist nur so ein Szenario im Moment. Mit Ihrer Hilfe könnte es mir gelingen, es zu beweisen.«

»Ich spioniere nicht für Sie!«

»Ich verlange nicht von Ihnen, daß Sie spionieren. Ich bitte Sie, Ihre Augen offen zu halten. Sollten Sie irgend etwas über die den Kometenkern betreffenden Pläne der Sierra Corporation zu hören bekommen, würde ich Sie bitten, es mir mitzuteilen.«

»Warum sollte ich?«

»Weil Sie eine patriotisch gesinnte Lunarierin sind und ich der offizielle Vertreter Ihrer Regierung bin. Denken Sie darüber nach. Wenn Sie mich jetzt entschuldigen würden, ich habe jemandem vom Stationspersonal versprochen, an ihrem Bridgeturnier teilzunehmen.«

Mit diesen Worten wandte er sich ab und ging davon. Amber blickte ihm nach. Als sie ihre Besprechung mit Rajapur und seinen Kollegen beendet hatte, war sie müde gewesen, aber glücklich. Jetzt war sie erschrocken. Trotz der Warnungen, die Thorpe zu Anfang ausgesprochen hatte, begann die Politik ihr häßliches Haupt zu erheben.

»Da ist sie, Mr. Thorpe. Halten Sie sich mit der Treibstoffleitung bereit!«

Thorpe klemmte in der Lücke zwischen zwei Wasserstofftanks der *Admiral Farragut* und fühlte sich wie eine Fliege, die auf einem Billardtisch festsaß. Er spähte Richtung Jupiter in den Raum hinaus, mit der immer noch riesigen halben Scheibe von Callisto zu seiner Linken. In weiter Entfernung, genau über dem rötlichen Rand des Planeten, konnte er den Zylinder sehen, auf den sie es abgesehen hatten. Wie Jarrod Whitehead vorhergesagt hatte, lief er mit einem Ende zum Planeten um, durch die Gezeitenkräfte des Jupiter in dieser Lage fixiert. Kapitän Olafson nutzte die Gezeitenkräfte ebenfalls aus. Während die *Admiral Farragut* langsam zu dem eisigen Treibstofftank aufschloß, zeigte der Schiffsbug genau auf das Zentrum Jupiters hinunter.

»Uh-oh«, brummte Thorpe und wünschte, er könnte sich seine brennenden Augen im Innern des Helmes reiben. »Der hier hat aber noch ein bißchen Spin!«

Beim Zusehen veränderte das schwarze Streifenmuster am einen Ende des Zylinders langsam seine Position. Thorpe aktivierte mit dem Kinn die Stoppuhr in seinem Helm und wartete, bis das gleiche Muster wieder zu sehen war.

»Ich komme auf eins Komma fünf Umdrehungen pro Minute, Emilio.«

»Ich ebenfalls, Mr. Thorpe«, sagte Rodriguez. »Irgendwelche Vorschläge?«

»Diesen hier gehen wir von oben an.« Thorpe meldete seine Entdeckung an Kapitän Olafson weiter.

»Es ist zu riskant«, entschied sie. »Sie werden den

Tankschlauch verheddern. Kommen Sie zurück, und wir geben diesen hier auf.«

»Wir wollen nichts überstürzen«, erwiderte Thorpe. »Das ist der letzte aus der zweiten Partie. Es ist ja nicht so, daß wir noch einen anderen Kandidaten greifbar hätten. Warum nicht die Annäherung vollenden und uns die Zeit nehmen, die Lage anzusehen?«

»Ich möchte kein unnötiges Risiko eingehen.«

»Einverstanden, Captain. Aber angucken tut nicht weh.«

»Also gut. Sind Sie beide angeseilt dort draußen?«

»Angeseilt«, antworteten sie unisono.

»Sehr schön. Halten Sie Abstand von den Düsen.«

Das Lodern der Steuerdüsen war das Signal für die letzte Phase der Annäherung an den Zylinder. Bis jetzt waren sie gezwungen gewesen, zwei der freifliegenden Tanks aufzugeben. Der eine hatte unkontrollierte Trudelbewegungen ausgeführt, der zweite war beim Start aufgesprungen. Thorpe wollte keinen dritten aufgeben, wenn es nicht absolut notwendig war.

Der Kapitän brachte das Heck des Schiffes ungefähr fünfzig Meter von dem Quader entfernt zum Halten. Als er von seinem Sitz aus hinabblickte, konnte Thorpe das bronzefarbene Öffnungsventil sehen, das ihr Ziel war. Das Ventil rotierte langsam, entsprechend der Drehung des Zylinders um seine eigene Achse. Wenn sie sich einklinkten, dann würde die Rotation den Tankschlauch innerhalb weniger Minuten verknoten.

»Wie wäre es, wenn wir das Schiff in Rotation versetzen würden, Mr. Thorpe?« fragte Rodriguez. »Wir könnten unser Heck nach der Zylinderachse ausrichten und uns seiner Rotationsrate anpassen. Dann können wir uns einklinken, ohne den Schlauch zu verdrillen.«

»Was ist mit der Schlaufe?« fragte Thorpe. Wie lose sie den Schlauch auch halten mochten, er würde durchhängen. Das würde kein Problem darstellen, solange der Schlauch leer war, doch sobald er sich mit Wasserstoff füllte, würde die schwingende Masse sowohl das Schiff wie auch den Zylinder ins Trudeln bringen. Schlimmstenfalls würden sie miteinander kollidieren.

»Legen Sie eine Sicherheitsleine rüber und lassen Sie sie vom Kapitän mit den Düsen strammziehen. Wir können den Tankschlauch daranhängen und so am Durchhängen hindern.«

Thorpe dachte darüber nach, dann besprach er das Problem über Funk mit dem Kapitän.

»Wissen Sie überhaupt, wie heiß unser Abgasstutzen ist?« erwiderte sie. Mit ›heiß‹ meinte sie die Radioaktivität.

»In Ordnung, wenn wir nicht über das Heck gehen können, dann gehen wir über den Bug. Wenden Sie den Bug dem Zylinder zu. Wir werden die Tankleitung bis vornehin an Haltegriffen befestigen. Sie passen sich der Tankrotation an, wir springen rüber, und alles, worüber wir uns Sorgen machen müssen, ist, daß uns nicht schwindelig wird, bevor wir mit der Arbeit fertig sind.«

Erneut entstand im Gespräch eine Pause, in der der Kapitän den Vorschlag überdachte. »Es könnte hinhauen. Ich gehe nah ran, sagen wir, unter zwanzig Meter?«

»Der Schlauch müßte reichen«, stimmte Thorpe zu.

»Sichern Sie sich, solange ich das Schiff wende!«

Das Bankett wurde in der Hauptversammlungshalle der Wissenschaftsstation Callisto abgehalten, in der man eine große Galerie aus dem Eis geschnitten und diese dann mit schweren, halbdurchsichtigen Platten isoliert hatte.

»Von Dr. Rajapur höre ich, daß Sie beide mit dem Beobachtungsplan gerade fertig geworden sind«, sagte Direktor Kaffin während des Mahls zu Amber.

»Ja, in der Tat«, antwortete Amber. »Mit den Geräten, die uns zur Verfügung stehen, werden wir den Kometen über die ganze Bandbreite des elektromagnetischen Spektrums beobachten können.«

»Ich bedaure, daß ich bei Ihren Besprechungen nicht zugegen sein konnte. Die Betankung hat mich zeitlich zu sehr in Anspruch genommen.«

»Wie geht es voran?«

»Wir haben soeben unseren dritten Sechsersatz hochgeschossen. Kapitän Olafson hat uns wissen lassen, daß wir nach dem morgigen Start aufhören können. Das ist eine sehr gute Nachricht. Die Startmannschaften sind ziemlich erschöpft.«

»Das gleiche hat man mir vom Schiff berichtet«, sagte Amber. »Zum Glück erfordert die Kometenjagd weniger Brennstoff, als für das Auslaufen von der Erde nötig war.«

Die *Admiral Farragut* hatte ursprünglich nur ein einziges Hexagramm von Wasserstofftanks rund um das Energiemodul des Schiffes mit sich geführt. Deren Volumen hatte man für die Expedition zum Kometen Hastings verdreifacht — auf insgesamt 72 000 Kubikmeter. Die beiden zusätzlichen Reihen weißer Kugeln plus das Antimaterieplasma, welches das Schiff vom Sierra Skies Kraftwerk übernommen hatte, ermöglichten dem umgebauten Frachter, seine Geschwindigkeit um einhundert Kilometer pro Sekunde zu verändern. Praktisch das ganze Beschleunigungsvermögen war nötig gewesen, um Jupiter innerhalb von sechs Monaten nach dem Start zu erreichen. Um den auf der Hinreise verbrauchten Wasserstoff auch vollständig zu ersetzen, hätte man mehr als einhundert Tankzylinder hochschießen müssen.

Zum Glück erforderte die Verfolgung des Kometen, wenn er das Jupitersystem einmal verlassen hatte, weit weniger Beschleunigung. Der Brennstoff aus zwei Dutzend Zylindern würde für die Durchführung der Mission genügen. Ein Rabatt für unvermeidbare Vergeudung brachte die Zahl der erforderlichen Tanks auf dreißig. Wenn sie den Kometen erst einmal erreicht hatten, würde die Besatzung der *Admiral Farragut* natürlich zwei Jahre Zeit haben, um die für die Heimreise benötigte Brennstoffmenge selbst zu erzeugen.

»Vielleicht wären Sie so nett, den Sinn dessen zu erläutern, was Sie und Dr. Rajapur zusammen tun«, sagte Kaffin. »Mein Verwaltungsrat wird sich dafür interessieren.«

»Natürlich. Ihr Bodenradar wird den Kometen bei seinem Flug durch das System verfolgen. Es wird uns die erste Positionsbestimmung für die Berechnung der neuen Umlaufbahn des Kometen liefern.«

»Haben Sie Mitleid mit mir, Miss Hastings. Ich bin nur ein armer Biochemiker mit einem gewissen Talent für die Verwaltung. Ich weiß sehr wenig über Orbitalmechanik.«

»Eine Umlaufbahn besteht aus sechs klassischen Elementen. Dies sind die große Halbachse der Bahn, die Exzentrizität, die Neigung der Bahnebene gegen die Ekliptik, die Länge des aufsteigenden Knotens der Bahn, der Abstand des Perihels vom aufsteigenden Knoten und die Perihelzeit. Für einen Laien ist es nicht nötig, das alles zu verstehen. Es reicht zu wissen, daß wir drei gute Positionsbestimmungen brauchen oder zwei Positionen und eine Zeit, um die Umlaufbahn vollständig zu bestimmen. Ihre Radarmessungen werden uns erstere liefern, wenn der Komet das Jupitersystem verläßt.«

»Aber Ihr Schiff kann diese Aufgabe doch bestimmt ebenso gut erfüllen.«

»Nein, Sir. Schauen Sie, ein Raumschiff im Flug weiß selten genau, wo es sich befindet. Ihre Station befindet sich jedoch an einem bekannten Ort eines Mondes, der seit Jahrhunderten beobachtet wird. Zu jedem Zeitpunkt wissen wir mit absoluter Sicherheit, wo sich die Station Callisto befindet. Ihre Radarmessungen werden uns sagen, wo sich der Komet relativ zu Callisto befindet, was uns wiederum in die Lage versetzt, die Position des Kerns zu errechnen.«

»Mein alter Physiklehrer hat mich gelehrt, daß es so etwas wie absolute Genauigkeit nicht gibt, Miss Hastings.«

Amber lachte. »Glauben Sie mir, bei dem Maßstab, in dem wir uns bewegen, kommen wir verdammt nahe heran!«

»Und auf welche Weise wollen Sie sich Ihre zweite ›absolut genaue‹ Postionsbestimmung verschaffen?«

»Wir planen, uns der Geschwindigkeit des Kometen anzupassen und ihm einen Monat lang zu folgen.«

»Sie haben eben gesagt, daß Sie Ihre Position nicht genau kennen würden. Wie können Sie dann herausbekommen, wo sich der Komet befindet?«

»Sobald wir Jupiter hinter uns gelassen haben, wird das Farside Observatorium in regelmäßigen Abständen einen modulierten Laserstrahl in unsere Richtung schikken. Indem wir die Ankunftszeit dieses Strahls festhalten, können wir die Entfernung zwischen der *Admiral Farragut* und Luna bis auf wenige zehn Meter genau bestimmen. Machen Sie das ein halbes dutzend Mal, und Sie haben eine beinah ebenso gute Bahnbestimmung wie die, die wir für Callisto haben. Natürlich bestimmen wir sicherheitshalber auch die Positionslinien von Mars, Venus und Jupiter, ebenso wie den Standort Ihres Stationslasers.«

»Das hört sich sehr kompliziert an.«

»Ist es aber in Wirklichkeit nicht. Es ist nur zeitaufwendig und erfordert einen Grad an Genauigkeit, der nicht oft benötigt wird, nicht einmal in der Astronomie.«

Kaffin hob sein reichverziertes Weinglas, ein Produkt aus lokaler Fertigung. Es stellte die in einen Bären verwandelte Nymphe Callisto dar. »Auf Ihr Wohl, Miss Hastings, und auf ein gutes Gelingen!«

16. KAPITEL

Die zweite Passage der *Admiral Farragut* durch den Strahlungsgürtel war bei weitem nicht so angenehm, wie es die erste gewesen war. Zum einen dauerte sie länger. Sich im Orbit über Callisto aufzuhalten bedeutete, am gemächlichen Umlauf des Mondes um den riesigen Planeten teilzunehmen. Bei Callistos Abstand von Jupiter dauerte die Passage siebzig Stunden.

Außerdem war die dreitägige Isolation im Sturmbunker nicht der einzige Unterschied. Seit alle aufgeweckt worden waren, gab es sieben Personen mehr, atmende Körper, die sich in dem engen Raum drängten. Um Platz zu schaffen, hielten sich die meisten Expeditionsteilnehmer so lange in ihren Kälteschlaftanks auf, bis sie Arbeiten zu erledigen hatten, bei denen sie sich umherbewegen mußten. Die Mahlzeiten waren ein wüstes Durcheinander, bei dem jedermann sein Essen vor Ellbogen, Knien und Hinterteilen zu schützen versuchte. Amber begann der Geruch von zu vielen Menschen und zu vielen Maschinen auf zu kleinem Raum aufzufallen. Ihre unbequeme Lage wurde durch die Essensdüfte und den unappetitlichen Geruch der einzigen Toilette noch verschlimmert.

Die letzten acht Stunden waren die schlimmsten. Jedermann beobachtete die Uhr, wie sie die Minuten bis zur Freiheit herunterzählte. Kapitän Olafsons Durchsage, daß die äußeren Strahlendetektoren endlich schwiegen, wurde von lauten Beifallrufen gefolgt. Die Echos waren kaum verhallt, als sich der Strom zerzauster Menschen auch schon in die Außendecks ergoß.

Kapitän Olafson ließ ihren Passagieren und der Crew eine Stunde Zeit, um sich zu erholen. Nach Ablauf dieser Frist hatte so gut wie jeder an Bord feuchtes Haar, trug einen frischen Overall und roch nach Seife und Lotion. Auf ihrer Liege im Kontrollraum festgeschnallt, beobachete Karin Olafson den Wasserverbrauch. Die Rückkehr zu normalen Werten war ihr Signal, die erste Beschleunigungswarnung durchzugeben. Eine Viertelstunde später wurde Callisto unter der *Admiral Farragut* zum letzten Mal kleiner. Der Frachter war auf dem Weg zu seinem eigentlichen Ziel, gleich hinter der Umlaufbahn des Ganymed.

»Sprechprobe, Uhrenvergleich«, sagte Amber in ihr Helmmikrofon.

Nach sieben Sekunden erreichte sie Radha Rajapurs Stimme: »Die Verständigung ist gut. Wenn ich ›jetzt‹ sage, ist es 21:16:00 Uhr. Jetzt!«

Amber blickte auf das Chronometer, addierte die dreieinhalb Sekunden Zeitverzögerung hinzu und nickte. Ein Zeitvergleich über Sprechfunk war kein Ersatz für die unaufhörlich zwischen dem Schiff und der Station hin- und hergehenden Funksignale. Aber es diente doch immerhin als Bekräftigung dafür, daß die Computer die Synchronisation auch wirklich durchgeführt hatten.

Sie bestätigte Rajapurs Durchsage, dann wandte sie sich Cragston Barnard an ihrer Seite zu. »Die Sprechverbindung ist hergestellt, Dr. Barnard.«

»Und die Datenleitung?«

Amber tippte eine Reihe von Kommandos in ihr Computerterminal und beobachtete die Reaktion auf dem Monitor. »Alle Datenverbindungen arbeiten normal«, sagte sie nach wenigen Sekunden.

»Aufzeichnungskuben?«

»Eingeschaltet. Wir arbeiten mit dreifacher Redundanz.«

»Positionsprogramm?«

»Ist geladen und kann gestartet werden.«

»Sehr schön. Lassen Sie uns ein paar manuelle Beobachtungen durchführen, bis das automatische Programm startet. Rufen Sie den Kapitän und lassen Sie sie die Kontrolle an uns übergeben.«

Amber rief den Kontrollraum und gab Barnards Bitte weiter. Nach ein paar Sekunden machte der Kapitän eine Durchsage, daß das Schiff rasche Positionswechsel vollführen würde und daß sich Passagiere und Crew mit Vorsicht bewegen sollten. Als dies getan war, teilte sie Amber mit, daß es ihr freistünde, das Schiff in Rotation zu versetzen.

Zwei kurze Stöße der Manövrierdüsen richteten das Teleskop auf den Kometen aus. Ein weiterer Befehl brachte das Gesichtsfeld des Teleskops auf ein Maximum. Die geisterhafte Koma des Kometen füllte den Schirm. Während der vergangenen zwei Wochen war der milchig-weiße Ball kontinuierlich heller geworden. Der Komet hielt sich schon eine ganze Weile im Jupitersystem auf und hatte die innenliegenden Umlaufbahnen von Himalia und Leda überquert, als die *Admiral Farragut* in den nachschleppenden Strahlungsgürtel eingedrungen war. Jetzt war er weniger als fünf Millionen Kilometer von dem riesigen Planeten entfernt, und seine sichtbare Koma war auf nahezu eine Viertelmillion Kilometer angewachsen.

»Lassen Sie uns eine Meßreihe über alle Wellenlängen aufnehmen. Es sieht so aus, als ob es entlang der Vorderseite eine Störung geben würde.«

Amber gab ein, daß das ganze Spektrum des Kometen aufgezeichnet werden sollte, dann blickte sie auf den Bildschirm. Tatsächlich begann der einheitliche Gasball an den Rändern Fortsätze zu bilden. Im Vergleich zum interplanetarischen Raum war das Jupitersystem voller Atome, Moleküle, Gas- und Staubteilchen. Die Zahl der gemessenen Mikrometeoriten lag um mehrere Größenordnungen über der im freien Raum.

Je tiefer die Kometenkoma in das System eindrang, desto häufiger fanden Zusammenstöße mit Treibgut statt. Die Folge davon war eine deutliche Abflachung ihres vorderen Randes. Was eine nahezu vollkommene Kugel gewesen war, verwandelte sich rasch in eine abgestumpfte Träne. Eine dünne Druckwelle angeregter Partikel nahm 100 000 Kilometer vor dem Kometen Gestalt an. Das Verhalten dieser Druckwelle würde den beobachtenden Wissenschaftlern ebensoviel über den jupiternahen Raum verraten wie über die Struktur des entstehenden Kometen.

Als die multispektralen Aufnahmen fertiggestellt waren, ordnete Barnard an, den ersten genaueren Blick auf den Kern zu werfen. Obwohl der Komet immer noch eine Reihe von Flugstunden entfernt war, war die Zeit gekommen, sich um die Einzelheiten seiner Oberfläche zu kümmern. Wenn der Komet erst einmal hinter dem Jupiter dahinflog, würde er sich zwischen dem Schiff und der Sonne befinden. Den Astronomen an Bord der *Admiral Farragut* würde der Kern als winzige Sichel erscheinen, als winziger Lichtsplitter mit einer zu kleinen beleuchteten Oberfläche, um Einzelheiten darauf auszumachen.

Als Barnard die Vergrößerung des Teleskops heraufsetzte, schwoll der Lichtball an, bis seine Ränder über den Bildschirm hinausflossen. Mit der Erhöhung der Vergrößerung ging eine Verminderung der aufgefangenen Lichtmenge einher. Die automatische Kontrastregelung kompensierte einen Teil des Verlustes, konnte ein leichtes Dunklerwerden des Bildschirms jedoch nicht verhindern.

Nach dreißig Sekunden hatten sie die maximale Vergrößerung erreicht. In der Mitte des Bildschirms befand sich eine winzige Scheibe. Barnard tat etwas, um den Kontrast zu verbessern, und auf einmal zeigte sich auf dem Objekt ein Fleckenmuster, wo vorher keins gewesen war. Da war auch eine Andeutung von Strahlen, die vom Kern in die umgebende Gaswolke ausströmte, so als dampften von dem Eisball unsichtbare Materieströme ab.

»Da ist Ihr Namensvetter, Amber. Froh, daß Sie mitgekommen sind?«

Sie beugte sich gespannt vor, die Sitzgurte, die sie am Wegschweben hinderten, drückten an Brust und Schultern. Nachdem sie das Bild eine halbe Minute lang betrachtet hatte, seufzte sie. »Letzte Woche habe ich mich das manchmal selbst gefragt, Crag. Aber jetzt ... Um nichts in aller Welt hätte ich diesen Anblick versäumen mögen!«

Während Amber und Barnard mit ihren Beobachtungen beschäftigt waren, sahen ihnen die meisten anderen Wissenschaftler dabei mittels Bordinterkom über die Schultern. Karin Olafson nutzte die Zeit, um sich mit ihrem Ehemann im Kontrollraum zu beraten. Es ging um den Zustand ihres Schiffes nach der zweiten Passage durch die Strahlungsgürtel des Jupiter.

»Glaubst du, sie kann noch eine weitere Dosis verkraften, Stinky?«

Chefingenieur Stormgaard nickte langsam. Der Kapitän betrachtete dabei die Narbe an seiner Schläfe, wo er vor Jahren von einem explodierenden Flügelrad verletzt worden war. Seitdem war die Narbe ein verläßlicher Indikator seiner jeweiligen Stimmung. Wenn Kyle ruhig war, war die Narbe fast unsichtbar, doch wenn er aufgebracht oder besorgt war, hob sie sich bläßlich von der übrigen Haut ab. Zu ihrer Erleichterung vermochte sie sie kaum zu sehen.

»Wir sind in erstaunlich guter Verfassung hindurchgekommen«, antwortete er. »Wir werden eine hübsche Anzahl von Elektronikbauteilen ersetzen müssen, wenn wir hier erstmal wohlbehalten raus sind, aber das ist nichts, womit wir nicht zurechtkämen.«

Sie waren beide durch Sicherheitsleinen lose mit ihrer jeweiligen Liege verbunden, schwebten ansonsten aber frei unter der Kuppel. Schon viele Male hatten sie sich dort auf den Liegen geliebt, über sich eine riesengroße

Erde und einen bodenlos schwarzen Himmel. Schwebend hielten sie einander mit der unbewußten Entspanntheit der lang Verheirateten bei den Händen.

»Was ist mit diesen kaputten Maschinenkontrollschaltungen? Sollen wir sie ersetzen, bevor wir diesem verdammten Kometen hinterherjagen?«

Stormgaard schüttelte den Kopf. »Nein, es sei denn, wir hätten vor, noch eine weitere Runde um Jupiter zu drehen. Schmidt oder Rodriguez müßten in den Anzug und rausgehen. Ich möchte nicht draußen sein, wenn die Astronomen plötzlich beschließen, daß sie in eine andere Richtung gucken wollen.«

Karin nickte. Die Wahrscheinlichkeit, daß ein Crewmitglied von einer der Korrekturdüsen zerstrahlt werden könnte, war zu groß, um jemanden während der Teleskopbeobachtungen hinauszulassen. Bevor jemand die Sicherheit des Habitatmoduls verließ, wollte sie die Düsen erst wieder unter ihrer persönlichen Kontrolle haben.

Das Schemadiagramm auf dem Nebenschirm zeigte eine Serie von farbigen Rechtecken, die durch komplizierte Linienmuster miteinander verbunden waren. Jedes Rechteck hatte mindestens eine verborgene Bedeutung; manche hatten mehrere. Außerdem war das Diagramm nicht statisch. Sogar jetzt beim Zusehen veränderte einer der Kästen seine Farbe und erhielt einen neuen Code. Der Kapitän war relativ geschickt im Lesen der Symbole, doch der Erste Ingenieur war der Experte in der Familie.

Kyle Stormgaard hatte die Elektronikwissenschaften vor langer Zeit zu seinem Spezialgebiet gemacht, sogar bis zu dem Punkt, daß er ihre Geschichte und Entwicklung studierte. Die Geschichte der Elektronik, hatte er seiner Frau oft erklärt, war eine Entwicklung voller Widersprüche. Erfindungen von exponentiell zunehmender Komplexität hatten irgendwie immer simplere Formen der Anwendung hervorgebracht. Zu Beginn der

Entwicklung des Fachs war jedes funktionelle Element durch einen einzigen diskreten Baustein repräsentiert worden. Widerstände, Kondensatoren, Spulen, Vakuumröhren, Dioden und Transformatoren waren alle mühsam von Hand zusammengebaut worden. Später hatte man die Verdrahtung von Hand durch gedruckte Schaltungen und die Vakuumröhren durch Transistoren ersetzt. Nach nur wenigen Jahrzehnten hatten die Transistoren integrierten Plastik-Schaltungen mit dem Aussehen von Küchenschaben Platz gemacht, und dann der kurzlebigen Technologie der Oberflächenpunktierung.

Dann hatte jemand zu Beginn des einundzwanzigsten Jahrhunderts die endgültige integrierte Schaltung entwickelt, die so programmiert werden konnte, daß sie jede beliebige Schaltung simulierte. Welche Funktion die Schaltung ausübte, hing dabei von der Software ab. Sobald diese ›virtuellen Funktionen‹ einmal in die Schaltung einprogrammiert waren, konnten sie von einem Moment zum anderen verändert werden. Damit war das ›elektronische Multifunktionsmodul‹ geboren.

Anstelle von Tausenden spezialisierter Chips bestand die elektronische Ausstattung der *Admiral Farragut* aus ein paar Dutzend Geräten zur Stromversorgung, die mit Millionen identischer Module verbunden waren. Der Hauptcomputer des Schiffes verfolgte in jeder Sekunde, was wohin ging, wobei er die Module je nach Bedarf programmierte und wieder umprogrammierte. Das System hatte den Vorteil, von Natur aus fehlerunempfindlich, redundant und selbstreparierend zu sein.

Daß sie überhaut gewagt hatten, sich in die Strahlungsgürtel des Jupiter hineinzubegeben, war der grundlegenden Toleranz der Multifunktionsmodule zu verdanken. Wenn ein Modul ausfiel, sorgte der Computer automatisch für einen Ersatz, indem er andere Module umprogrammierte. Das Schiff würde so lange funktionieren, bis so viele Module beschädigt waren, daß der Computer nicht mehr in der Lage war, den Schaden zu kompensieren. Karin Olafson machte sich Sorgen, wann genau dieser Punkt erreicht sein würde.

»Wie wär's, wenn wir eine kleine Aufräumaktion starten würden, wenn wir zu dem Kometen aufgeschlossen haben?«

»Gute Idee. Wir können die Hülle überprüfen und nachsehen, wie viele Kratzer wir beim Herumschwimmen in dieser Erbsensuppe abbekommen haben.«

»Wie lange dauert's, bis wir wieder voll einsatzfähig sind?«

Stormgaard blickte auf die Anzeige, wo der gegenwärtige Stand der inaktiven Module aufgeführt war. »Vierzig Stunden, wenn wir uns auf die Crew verlassen. Vielleicht nicht mehr als zwanzig, wenn wir die Passagiere einspringen lassen.«

Karin nickte. »Alle außer den Astronomen. Ich habe das Gefühl, daß sie den nächsten Monat über alle Hände voll zu tun haben werden!«

Zwölf Stunden später waren Amber und Barnard mehr als beschäftigt. Sie waren aus dem Häuschen! Die Ereignisse folgten für das menschliche Begriffsvermögen zu rasch aufeinander. Wenn das Tempo einem Computer auch nur wenig ausmachte, war es doch für jeden frustrierend, der mit der Entwicklung Schritt zu halten versuchte.

Das Teleskop hatte gerade eben eine Serie von detaillierten Messungen der Kometenkoma im Infrarotbereich beendet. Fortwährende Zusammenstöße mit der dichten Umgebung des Jupiter begannen Staub und Gase zu erwärmen. Die Messungen würden später mit den Radarbildern der Forschungsstation Callisto korreliert werden, um minutiös die Auswirkungen der Passage auf die Struktur der Koma zu untersuchen.

»Achtung jetzt«, murmelte Barnard an niemanden im besonderen gewandt, als die Serie an ihr Ende gelangte. Nach den neuesten Berechnungen betrug der kleinste

Abstand zu Jupiter 1,62 Millionen Kilometer und würde in fünfzehn Minuten erreicht werden. »Wir bekommen gleich die letzten Aufnahmen vom Kern für mindestens einen Monat.«

Amber nickte. Das Bild hörte auf, von einem Punkt der gasförmigen Koma zum nächsten zu huschen. Obwohl es fest am Schiffsbug verankert war, besaß das Teleskop eine beschränkte Fähigkeit zur Verlagerung des Beobachtungswinkels, was dadurch erreicht wurde, daß die Auffangspiegel in der Mitte des wabenartigen Rahmens verstellt wurden. Um das Teleskop auf den Kern auszurichten, mußte die *Admiral Farragut* jedoch um zehn Grad um ihre Querachse rotieren. Zunächst wurde jedermann an Bord von einem einzelnen langen Stoß der Steuerdüsen durchgerüttelt, dann ein weiteres Mal wenige Sekunden später, als der Computer die Rotation des Schiffes stoppte.

Während die durch das rauhe Manöver hervorgerufenen Vibrationen rasch erstarben, erschien der Kern klar und deutlich in der Bildschirmmitte. Er hatte sich in einen dreiviertelvollen Miniplaneten verwandelt. Der Kopf des Kometen zwar zerschrammt, wie von riesigen Rissen durchfurcht. Auch war teilweise ein kreisförmiger Krater zu sehen. Die Risse und Krater deuteten darauf hin, daß der Komet Hastings in der Vergangenheit mit einem anderen Himmelskörper kollidiert war — irgendwann im Laufe der vergangenen Milliarden Jahre. Es konnte gut sein, daß dieser Zusammenstoß den riesigen Eisball zum ersten Mal sonnenwärts hatte taumeln lassen.

Was Amber sofort auffiel, war die Tatsache, daß die Oberfläche des Kometen immer noch unscharf war, wie durch eine Atmosphäre gedämpft. Der Effekt wurde durch die 100 000 Kilometer voller Gas und Staub bewirkt. Wenn die Koma auch ein sehr gutes Vakuum darstellte, verhüllte sie doch die kleineren Details des Kerns und ließ die Konturen der größeren verschwimmen.

»Rufen Sie Callisto und erkundigen Sie sich, wie man dort vorankommt.«

Zum zehnten Mal seit dem Umschalten auf Automatik rief Amber die Station. Auch diesmal dauerte es wieder sieben Sekunden, bis sie Antwort bekam.

»Hier Callisto, *Admiral Farragut*«, sagte Rajapur. »Sprechen Sie.«

»Wie kommen Ihre Bilder herein?«

»Ausgezeichnet«, schwärmte Rajapur. »Sie sollten die Wirbelmuster sehen, die wir zwischen der Koma und dem lokalen Medium erhalten. Man erkennt sogar die Kraftlinien des Magnetfeldes vom Jupiter. Wir werden den lokalen Feldgradienten genauer bestimmen können als jemals zuvor.«

»Und Ihre Entfernungsdaten?«

Die erwartete Pause verlängerte sich auf fast fünfzehn Sekunden.

»Mußte die letzten Berechnungen reinholen«, erklärte er dann. »Sie können Ihren Leuten sagen, daß wir den Kern mit unserem Hochfrequenzradar innerhalb weniger Wellenlängen festgenagelt haben. Außerdem haben wir ihn kontinuierlich mit dem Normallaser bestrahlt. Das Echo kommt unterschiedlich gut, aber wenn er das System verläßt, müßten wir die Flugbahn bis auf wenige Zentimeter genau bestimmt haben. Und wie läuft es da unten, *Admiral Farragut*?«

Amber beschrieb Rajapur ihre eigenen Aufnahmen. Als sie damit fertig war, tauschten sie noch ein paar weitere Daten aus, bevor sie Schluß machten. Das ganze Gespräch, die Zeitverzögerungen mit eingeschlossen, hatte fünf Minuten gedauert.

Zehn Minuten später hatte sich das Bild auf dem Schirm deutlich verändert. Der kleine Mond war nicht mehr dreiviertelvoll, sondern nur halbvoll und begann zu schrumpfen. Barnard beobachete intensiv die laufenden Ziffern in der unteren rechten Bildschirmecke.

»Das war's!« gab er bekannt. »Der Kern hat soeben den Punkt größter Annäherung durchflogen. Rufen Sie den Kapitän, und lassen Sie die Durchsage machen.«

Augenblicke darauf hallte Kapitän Olafsons Stimme durch das Habitatmodul: »Achtung, an alle! Dr. Barnard hat soeben bekanntgegeben, daß der Komet seine kleinste Entfernung zum Jupiter erreicht hat. Er bewegt sich von jetzt an aus dem System hinaus.«

Der Jubel war sogar durch die geschlossene Luke der Meßkammer zu hören. Amber und Barnard beachteten den Lärm nicht. Sie hatten noch zu arbeiten.

Vier Stunden später starrte Cragston Barnard mit trüben Augen auf den winzigen, kleiner werdenden Flekken auf dem Bildschirm, dann wandte er sich mit dem schiefen Grinsen an Amber, das sie noch aus ihrer Universitätszeit kannte. »Das müßte es gewesen sein. Stellen Sie auf Automatik und lassen Sie uns etwas essen.«

Amber lehnte sich im Sitz zurück und streckte sich, um die Verspannungen aus ihren schmerzenden Muskeln herauszubekommen. Die Anspannung der letzten Stunden hatte ihr einen steifen Nacken eingebracht, und sie befand sich am Rande der Erschöpfung. Aber es war eine wohltuende Erschöpfung, wie sie auf eine Anstrengung folgte, die man besonders gut hinter sich gebracht hatte.

»Wie lange sollen wir noch weiterbeobachten?«

»Mindestens noch zwei Stunden«, antwortete er. »Ich möchte ein paar gute Bilder von der Koma im Gegenlicht der Sonne haben. Wir können sie dann zu einer Serie zusammenfügen und den Aufbau der Turbulenzen im Gasbereich beobachten. Anschließend übergeben wir die Schiffskontrolle wieder an Kapitän Olafson, damit wir uns an die Verfolgung des Kerns machen können.«

Amber stöhnte.

Barnard runzelte die Stirn. »Was ist denn?«

»Dann müssen wir wieder in den Sturmbunker!«

Er nickte. »Es sei denn, Sie packen Ihre bleierne Unterwäsche aus.«

Sie löste den Sitzgurt und schwebte in die Luft. »Besorgen Sie sich allein etwas zu essen. Ich möchte mich frischmachen, solange es noch geht.«

17. KAPITEL

Jupiter war achtern noch fast als ganze Scheibe zu erkennen, während der Komet vor ihnen ein verschwommener Nebelfleck war. Seit drei Wochen jagte die *Admiral Farragut* dem Dunstschleier hinterher und sah ihn kontinuierlich größer werden, während sie sich dem fliegenden Felsbrocken immer weiter näherten.

Thorpe spähte zu dem Nebel hinüber, als er aus der Luftschleuse Eins hinausschwebte, dann konzentrierte er sich darauf, sich an einer Reihe von Handgriffen entlangzuziehen, die an der Außenhülle festgeschweißt waren. Als er sein Ziel erreicht hatte, befestigte er seine Sicherheitsleine an einer Öse, dann schwenkte er herum, um seine Schülerin bei ihrem ersten Ausflug zu beobachten.

»Okay«, rief er über Helmfunk. »Sie können jetzt herauskommen. Achten Sie immer darauf, daß Sie am nächsten Handgriff guten Halt haben, bevor Sie den letzten loslassen.«

In der offenen Schleuse erschien ein limonengrüner Arm und tastete nach einem Griff. Als die behandschuhte Hand festen Halt gefunden hatte, folgten ein Helm und ein panzerbewehrter Rumpf.

»Wie stelle ich mich an?« fragte Hilary Dorchester, während sie sich dorthin zog, wo Thorpe am Ende seiner Sicherheitsleine baumelte.

»Nicht schlecht«, gab er widerwillig zu. »Denken Sie daran, diese Leine einzuklinken, ehe Sie loslassen. Freies Manövrieren lernen wir später. Ich möchte keinen Treibstoff dadurch vergeuden, daß ich Sie zurückhole, wenn Sie vom Schiff wegtreiben sollten.«

»Jawohl, Chef!«

Hilary Dorchester war die Tieftemperatur-Chemikerin der Expedition. Die dralle Brünette

Anfang dreißig hatte man als letzte aufgeweckt, nachdem Callisto erreicht worden war. Trotz ihrer Stellung als ›Schlußlicht‹, oder vielleicht gerade deswegen, hatte sie keine Zeit verloren, Thorpe klarzumachen, daß er in ihrem Bett als Dauergast willkommen wäre. Thorpe hatte die Einladung höflich abgelehnt, und Hilary hatte seine Entscheidung mit erfreulich guter Haltung akzeptiert. Daraufhin hatte sie ihre freie Zeit zwischen Leon Albright, dem Expeditionsgeologen, Dieter Schmidt von der Besatzung der *Farragut* und zuletzt John Malvan aufgeteilt.

Solche Gelegenheitsbeziehungen waren im Raum ziemlich häufig, und in der Tat hatte Thorpe sich mit Nina Pavolev eines ähnlichen Arrangements erfreut. Zwei Menschen taten sich normalerweise zusammen, um die ständige Gefährdung ihres alltäglichen Lebens abzuwehren. Manchmal wurde Liebe daraus, manchmal nicht. In jedem Fall stellte es, solange es andauerte, eine gute Anpassung an eine fremde Umwelt dar. Angesichts der Tatsache, daß es auf der Expedition nur zwei unverheiratete Frauen gab, wäre es Thorpe schwergefallen, seine Zurückweisung der einen von beiden zu erklären. Hätte man ihm stärker zugesetzt, würde er gestammelt haben, daß Amber niemals damit einverstanden gewesen wäre.

»In Ordnung«, sagte er, als sich Hilary mit der Schiffshülle verbunden hatte. »Wir beginnen mit ein paar grundlegenden Übungen. Ich möchte, daß Sie sich an die Anstrengung gewöhnen, die die Fortbewegung in einem Raumanzug erfordert. Denken Sie daran, das ist kein leichtes Sommerkleid, was Sie da tragen!«

Sie grinste hinter ihrem Helmvisier. »Ich hätte mir auch nie ein Kleid ausgesucht, das mich so dick macht!«

Kaum hatte die *Admiral Farragut* ihre letzte Runde um Jupiter beendet, als Kapitän Olafson angeordnet hatte, daß alle außer den Astronomen beim Auswechseln der strahlungsgeschädigten Module helfen sollten, von denen eine Anzahl entlang des Stützrahmens des Frachters untergebracht waren und nur von außen erreicht werden konnten. Es wurde rasch klar, daß die Expedition empfindlichen Mangel an Leuten litt, die sich im Vakuum bewegen konnten. Während sie dem Kometen hinterherflogen, hatte Kapitän Olafson deshalb ihren Mann und Tom Thorpe gebeten, die Frischlinge mit den Grundlagen des Verhaltens und des Arbeitens unter Schwerelosigkeit in einem belüfteten Ballon vertraut zu machen.

In den vergangenen zwei Wochen hatte Thorpe insgesamt acht Ausflüge nach draußen durchgeführt. Sein Vorgehen war immer das gleiche. Zwei Stunden Unterricht drinnen, gefolgt von einem behutsamen Ausstieg auf die Hülle, dann eine halbe Stunde des Eingewöhnens. Sobald sich ein Schüler in seinem Anzug wohl fühlte, führte ihn Thorpe dann am Habitatsmodul entlang nach hinten zur Frachtzelle. Dort öffneten sie eine der überdimensionalen Luken und stiegen in die unbeleuchtete zylindrische Höhle hinab. Sich einen Weg durch das Wirrwarr dunkler Laderäume zu bahnen war eine gute Vorübung für die Arbeit auf der Nachtseite des Asteroiden. Diese Erfahrung würde sich als nützlich erweisen, wenn seine frischgebackenen Weltraumaffen ihre Untersuchungen auf dem Kometenkern aufnahmen.

Später wollte er ihnen das Fliegen beibringen.

»Wie geht's, Mr. Malvan?« fragte Kyle Stormgaard, als er sich neben dem Ex-Bergmann anschnallte. Der Erste Ingenieur und der Repräsentant der Republik Luna hatten sich während der Betankungsarbeiten auf Callisto kennengelernt. Malvan hatte sich für Außenarbeiten gemeldet, war jedoch aufgrund seines Handicaps zurückgewiesen worden. Trotzdem hatte er den Raumarbeitern beim An- und Ausziehen der Anzüge geholfen und ihnen auch sonst einen Teil der Last von den Schultern genommen. Bei dieser Arbeit hatten er und Stormgaard ihre gemeinsame Leidenschaft für Bridge entdeckt. Wann immer sie konnten, spielten sie zusammen eine Partie. Bei anderen Gelegenheiten maßen sie ihre Kräfte beim Schach.

»Hallo Kyle!« antwortete Malvan, indem er den kleinen Schachcomputer am Tisch der Messe der *Admiral Farragut* sicherte. »Sind Sie bereit, sich vom Brett fegen zu lassen?«

»An dem Tag, an dem mich ein einarmiger Mondmensch vom Brett fegt, gebe ich mein Ingenieursdiplom zurück!«

»Das ist aber schade. Ich weiß wirklich nicht, was wir ohne Sie den Rest der Fahrt über anfangen werden.«

Als das Spiel begann, hörte das Geplänkel auf. Beide Männer spielten konzentriert die Eröffnungen, wobei jeder ohne Bedenkpause zog. Erst als sich jeder unwiderruflich für eine Strategie entschieden hatte, brach Malvan das Schweigen.

»Ich habe schon öfters darüber nachgedacht, Kyle. Warum habt ihr, du und Karin, euch eigentlich für diese Expedition gemeldet?«

Der Ingenieur überlegte, ob er einen seiner Springer gegen Malvans Läufer tauschen sollte, entschied sich dafür und machte seinen Zug, bevor er antwortete. »Das bringt gutes Geld, und Halver Smith hat vor dem Start eine Generalüberholung finanziert. Davon abgesehen, wollten Karin und ich noch etwas anderes tun, ehe wir uns zur Ruhe setzen.«

Malvan lachte in sich hinein. »Habt es aus Abenteuerlust getan, wie?«

»Kann schon sein. Vielleicht benennen die Wissenschaftler einen Krater nach uns. Und Sie?«

»Ich?« fragte Malvan. »Ich bin nur ein Bürokrat, der sich gesagt hat, daß es für seine Karriere besser ist mitzufliegen, als zu Hause zu bleiben.« Malvan berichtete von den Begleitumständen von Hobarts Anfrage, ob er

Lunas Repräsentant sein wolle. Während sie im Kälteschlaf gelegen hatten, war Hobart zum Premierminister der Republik gewählt worden.

»Sie haben es bestimmt auch selbst gewollt, wenigstens ein bißchen.«

»Der Vorschlag hatte schon was für sich«, gab der Lunarier zu. »Ich habe meine Arbeit als Wirtschaftsprüfer nie so richtig gemocht.«

Der Erste Ingenieur zog einen Bauern, um Malvans Dame zu bedrohen. Wie erwartet, überlebte der Bauer nicht lange, doch sein Opfer ebnete Stormgaards Turm den Weg für ein tiefes Eindringen. »Sind Sie Ihren Bericht heute losgeworden?«

Malvan nickte. »Pünktlich wie immer.«

Jeden Montag Morgen Schiffszeit verlangte Malvan eine sichere Sprechverbindung nach Luna. Jedesmal übermittelte er einen verschlüsselten Bericht, in dem die Ereignisse der vergangenen Woche aufgeführt waren. In der Woche nach dem Abflug von Callisto berichtete er von seinem Verdacht, die Sierra Corporation könnte einen Teil des Kometen absprengen und in einen Erdorbit bringen. Bis jetzt hatte Luna auf seine Berichte lediglich mit routinemäßigen Empfangsbestätigungen reagiert.

»Rodriguez hat mir gesagt, Sie hätten heute morgen zwanzigtausend Bytes gesendet«, sagte Stormgaard. »Kapier ich nicht, wie Sie über eine Woche so viel erzählen können.«

Malvan zog seine Dame und bedrohte damit Stormgaards Turm, und der Ingenieur zog ihn rasch drei Felder zurück. »Bleibt einem auf diesem Pott ja auch nicht viel anderes übrig als Berichte zu schreiben. Trotzdem frage ich mich manchmal, ob ich jemals werde etwas wirklich Wichtiges zu berichten haben.«

»Keine Angst«, antwortete der Ingenieur. »Irgendwas passiert schon. Im Raum passiert immer etwas.«

Nach drei Wochen vor dem Monitor ihres Computers empfand Amber neuen Respekt vor den früheren Astronomen, die am Himmel die Bahnen der Kometen beobachtet hatten. Drei Sichtungen, ein Bleistift und Papier hatten ihnen genügt, um die Wiederkehr eines Kometen achtzig Jahre in der Zukunft vorauszusagen. Dazu war eine Rechnung erforderlich, die in der Theorie einfach, in der Praxis jedoch nervtötend kompliziert war. Selbst mit Computern erforderte die Bestimmung einer Flugbahn im Raum viele Stunden und übermenschliche Geduld.

Amber und Cragston Barnard hatten die erste Woche nach der Begegnung des Kometen mit Jupiter größtenteils mit der Sichtung der Daten verbracht. Die teleskopischen Beobachtungen mußten mit den Radarmessungen korreliert werden. Als sie ihre Beobachtungen den von Callisto aus gemachten angepaßt hatten, übermittelten sie das gesamte Material nach Luna. Anschließend hatten sie sich weiteren Untersuchungen des Kometen zugewandt.

Barnard hatte sich selbst mit dem Studium der physikalischen Eigenschaften des Kerns betraut und Amber die Berechnung der neuen Umlaufbahn überlassen. Bei seiner Arbeit baute er auf den Beobachtungen auf, die sie gemacht hatten, kurz bevor der Komet beim Jupiter an ihnen vorbeigeflogen war. Zu Beginn der zweiten Woche nach ihrem Abflug hatte der Astronom eine Übersichtskarte der Tageshemisphäre angefertigt. Die Karte zeigte mehrere Krater von unterschiedlicher Größe sowie eine Andeutung von Verwerfungen, welche die Oberfläche im Zickzack überzogen. Die Verwerfungen schienen auf den großen Aufschlagkrater zurückzugehen, den sie am Rand des Kerns entdeckt hatten.

Während Barnard mit der Kartographierung des Kerns beschäftigt war, fuhr Amber mit ihrer Arbeit fort. Es handelte sich im wesentlichen um die gleiche Arbeit, die sie am Observatorium getan hatte. Sie benutzte die

Radarmessungen von Callisto zur Berechnung der Position des Kometen zum Zeitpunkt seiner größten Annäherung an Jupiter. Indem sie die Callisto-Daten mit ihren eigenen triangulierte, konnte sie die Position bis auf wenige hundert Meter genau bestimmen. Diesen Punkt definierte sie als Anfangspunkt des neuen Kometenorbits.

Nachdem sie den Ausgangspunkt festgelegt hatte, wandte sie sich der Bestimmung ihrer eigenen Position in der kosmischen Ordnung der Dinge zu. Achtzehn Tage nach Verlassen des Jupiter richtete sie das Teleskop auf den winzigen Mond und errechnete die Entfernung von ihrer Heimat. Der Bordcomputer wiederholte die Rechnung mehr als tausend Mal während der halben Stunde, in der das *Große Auge* den Richtstrahl aussandte. Auf diese Weise bestimmte sie einen winzigen Ausschnitt aus der Umlaufbahn der *Admiral Farragut* um die Sonne. Dies wiederum erlaubte Amber die exakte Voraussage ihrer Flugbahn während des nächsten Monats. Sie hämmerte auf das Keyboard, bis die Flugbahn des Schiffes auf dem Monitor erschien. Die Sollflugbahn war eine rubinrote Linie, die in einem spitzen, geisterhaft blauen Kegel eingeschlossen war. Der Kegel stellte den stetig größer werdenden Positionsfehler für die nächsten dreißig Tage dar. Amber starrte darauf und nickte befriedigt. Das war bei weitem die beste Orbitalprojektion, die sie jemals gehabt hatte.

Nachdem sie nun wußte, wo sich die *Admiral Farragut* befand, konnte Amber mit der Berechnung der Position des Kometenkerns beginnen. Einundzwanzig Tage hinter Jupiter hatte der Frachter endlich bis auf Radarreichweite zu dem flüchtenden Besucher aufgeschlossen. Amber benutzte das Radarecho zur Bestimmung eines Abstandsvektors. Da sie die Position der *Admiral Farragut* kannte, konnte sie diesen in einen Vektor umrechnen, der die Position des Kometen relativ zur Sonne beschrieb. Indem sie diese Größe in den Computer eingab, plus der seit der größten Annäherung verstrichenen

Zeit, plus der zugehörigen Position, konnte sie die Umlaufbahn des Kometen um die Sonne bestimmen.

Es war beinahe Mitternacht Schiffszeit, als sie ihre letzten Berechnungen abschloß. Sie hatte soeben die Eingabe der letzten Daten beendet, als sie durch eine Stimme hinter ihrem Rücken aus ihrer geistigen Benommenheit aufgeschreckt wurde.

»Guten Abend. Was hält dich zu dieser späten Stunde noch munter?«

Als sie sich umdrehte, erkannte sie Tom Thorpe, der sich durch die Tür stemmte. Trotz ihrer Erschöpfung lächelte sie.

»Hallo. Das gleiche könnte ich dich fragen. Mußt du morgen nicht wieder Hilary nach draußen mitnehmen? Du solltest dir etwas Ruhe gönnen.«

Thorpe ignorierte den Sarkasmus in Ambers Stimme, als sie Hilary erwähnt hatte, und entschloß sich, das Thema zu wechseln. »Wie geht's voran?«

»Eigentlich besser als erwartet«, antwortete sie ihm. Er bewegte sich weiter vor, verankerte einen Fuß unter der Computerkonsole und begann ihre Schultern zu massieren. Sie seufzte und schloß die Augen. »Ich bin gerade mit dem zweiten Positionspunkt fertig geworden. Ich glaube, es dauert jetzt nicht mehr lange, dann haben wir den Orbit im Kasten. — Oh, das tut gut!«

»Freut mich, daß du's magst. Darf ich dich was fragen?«

»Schieß los!«

»Wird sich der Schweif über den ganzen Himmel erstrecken, wie es in den Nachrichten gesagt wurde?«

Sie zuckte die Achseln. »Das hängt von zwei Faktoren ab: Helligkeit und Entfernung. Zum ersten kann ich dir nichts sagen. Die Kontroverse ›groß oder kalt‹ ist noch in vollem Gange. Was die Entfernung betrifft, *das* kann ich herauskriegen!«

»Laß es sein, wenn's zu lange dauert.«

»Kein Problem. Ich brauche nur einen Knopf zu drükken, die Arbeit macht der Computer.« Amber drehte sich herum. Die Bewegung brachte eine kurze Unterbrechung in seine Massage. Als er seine Hände von ihren Schultern nahm, empfand sie Enttäuschung; gleichzeitig war sie erleichtert. Sie war noch nicht bereit für die Folgen, die seine Berührung hätte haben können.

Sie tippte ihren Befehl in das Keyboard. Die Anzeige wechselte zu einer schematischen Darstellung des Sonnensystems. Die Umlaufbahn des Kometen war den Planetenorbits überlagert und kreuzte sie in einem angenäherten Dreißig-Grad-Winkel. Am unteren Bildschirmrand gaben Zahlen die Position jedes einzelnen Planeten und des Kometen Hastings an, während der Komet seinem Perihel entgegenstürzte. Während Thorpe das Bild beobachtete, verfolgte Amber die Zahlen. Der Komet umkreiste die Sonne, während die winzige Entsprechung seines Schweifs stets gerade in den Raum hinauswies. Als das Kometensymbol die Umlaufbahn der Erde überflogen hatte, wandte sich Amber an Thorpe und stieß einen leisen Pfiff aus.

»Was ist?« fragte er.

Sie blickte ihn mit weit offenen Augen an. »Die Erde bekommt ihn besser zu sehen, als ich dachte.«

»Wird es eng werden?«

»Nicht auf dem Hinweg. Die Erde wird sich beim Hineinflug des Kometen in einem anderen Himmelsquadranten befinden. Aber sechsundachtzig Tage später kommt er auf dem Rückweg *sehr* nahe an der Erde vorbei!«

»Wie nahe?«

»Knapp dran vorbei, würde ich sagen. Nicht weniger als einen Planetendurchmesser, nicht mehr als zweieinhalb. Der Planet wird genau durch die Koma und den Schweif fliegen. Wenn die Leute, die ein starkes Abdampfen vorhersagen, recht haben, dann müßte sich ein milchig-weißes Leuchten von Horizont zu Horizont erstrecken!«

»Schade, daß wir den Kern vorher verlassen müssen«, sagte Thorpe. »Das dürfte ein beeindruckender Anblick sein. Man könnte den Leuten zu Hause beim Vorbeifliegen zuwinken.«

Bei seinen Worten nahm Ambers Gesicht einen merkwürdigen Ausdruck an. »Hmmm, ich habe nicht an zu Hause gedacht ... Luna, das ist es!«

»Was ist damit?«

»Dieses Orbital-Simulationsmodell hier berücksichtigt Luna nicht. Satelliten beziehen wir normalerweise nicht ein, weil dadurch zuviel Rechenzeit verbraucht wird. Die Gravitationseinwirkungen von Mond und Asteroiden sind normalerweise vernachlässigbar. Diesmal könnte ein gewisser Einfluß feststellbar sein. Warte eine Minute, bis ich Luna ins Programm eingegeben habe.«

Amber wandte sich wieder ihrem Terminal zu und drang in den Programmcode ein. Sie modifizierte das Programm mit sicheren, schnellen Anschlägen. Als sie als nächstes die Rechnung ablaufen ließ, blieb das Diagramm verschwunden und es liefen nur noch Zahlenkolonnen über den Bildschirm. Als die Rechnung beendet war, ging Amber erneut in den Programmcode hinein, um ihre Arbeit zu überprüfen. Sie ließ das Programm ein weiteres Mal ablaufen, wobei sie darauf achtete, daß die Positionsdaten des Kometen korrekt waren. An der geringeren Geschwindigkeit, mit der die Zahlen nun auf dem Schirm erschienen, erkannte Thorpe, daß sie auch das Iterationsintervall drastisch verkleinert hatte.

Als sie das Programm zweimal hatte laufen lassen, blickte sie zu Thorpe auf. In ihren Augen standen Tränen.

»Na?« fragte er. »Ändert sich durch Luna etwas?«

»Luna wird sich zum Zeitpunkt der Begegnung im ersten Viertel befinden«, antwortete Amber mit schwankender Stimme. »Das bedeutet, daß die Erde-Mond-Achse beinahe exakt auf der Flugbahn des Kerns liegt.

Ich bin sicher, daß er Luna verfehlen wird, obwohl es verdammt nah werden wird! Meinen Berechnungen zufolge bleibt nicht mehr als fünftausend Kilometer Zwischenraum, vieleicht sogar weniger.«

»Aber er *wird* den Mond verfehlen?«

Ambers Antwort bestand aus einem nervösen Nikken.

»Ich glaube schon«, antwortete Amber mit plötzlich emotionsloser Stimme. Es war, als ob sie selbst ein Teil des Computers geworden wäre. »Das Gravitationsfeld des Mondes ist nicht stark, aber bei dieser Entfernung muß es das auch nicht sei. Die Flugbahn des Kometen wird ein winziges Bißchen seitwärts abgelenkt werden; gerade soviel, daß er die Erde nahe dem Terminator flüchtig streifen wird. Was danach passiert, hängt davon ab, wie elastisch der Zusammenstoß ist. Der Kern könnte sich in die Erde hineinbohren, oder er könnte abprallen und seinen Flug fortsetzen, oder er könnte in einen hohen ballistischen Bogen einschwenken und mehrere Stunden später auf der anderen Seite der Erde wieder herunterkrachen.

Es macht freilich überhaupt keinen Unterschied aus, denn schon der erste Aufprall wird jegliches Leben auf der Erde vernichten!«

DRITTER TEIL

Das nicht zu bewegende Objekt

18. KAPITEL

Der Jupiter war zurückgeblieben, und die Sonne forderte einen stetigen Tribut von dem Planetoiden aus Eis. Die meisten flüchtigen Komponenten der Oberfläche waren längst verdampft. Nur in den tiefsten Spalten fand sich noch gefrorener Sauerstoff oder Wasserstoff. Die Krater und Ebenen waren einem immer heftiger werdenden Sonnenwind ausgesetzt. Obwohl die Oberflächentemperatur immer noch deutlich unter ihren Schmelzpunkten lag, begannen Wasser, Methan und Kohlendioxid unter diesem Beschuß zu verdampfen. Der neue Schwall ausströmender Gase vergrößerte die Dampfwolke, aus der sich bald der Kometenschweif bilden würde.

Halver Smith stand auf dem Balkon seines Landguts und lauschte auf die gedämpften Partygeräusche, die aus dem großen Haus herausdrangen. Es war der Tag seines jährlichen Neujahrsempfangs für die leitenden Angestellten der Sierra Corporation und deren Gäste. Während er die kalte Nachtluft einatmete, ließ er seinen Blick in die Ferne schweifen. Die Autoscheinwerfer der Urlauber zogen unten durch das Tal wie ein Strom von Glühwürmchen. Ein zunehmender Mond tauchte die Szenerie in ein silbriges Licht und ließ die ersten Schwaden Nachtnebel plastisch hervortreten. In einer Stunde würde Smiths hochgelegener Landsitz von einem Meer aus Silberwatte umgeben sein.

Während er den Nebel beobachtete, dachte er über die Ereignisse der vergangenen zwölf Monate nach. Alles in allem war es ein ziemlich gutes Jahr gewesen. Nicht nur die Produktion aller Firmenteile war gestiegen, auch das erdrückende Gewicht kurzfristiger Kredite, das noch vor einem Jahr auf ihm gelastet hatte, war getilgt. Das verdankte er Thomas Thorpe. Die Aktienverkäufe waren beinahe unmittelbar nach Ankündigung der Expedition zum Kometen Hastings in die Höhe geschnellt. Es sah so aus, als befürchtete jeder, der darauf gewettet hatte, daß sich der *Felsen* als ein kostspieliger Flop erweisen würde, sich eine neue, ähnliche Gelegenheit entgehen zu lassen.

Beim Gedanken an die Expedition hob Smith seinen Blick zum Jupiter. Es war jetzt einen Monat her, daß der Komet das Jupitersystem durchflogen hatte. Wie erwartet, war die Story in den Medien eine Zweitagessensation gewesen und gleich darauf vergessen worden. Man würde sich erst dann wieder an den Kometen erinnern, wenn er am Nachthimmel der Erde sichtbar wurde.

Hinter ihm schwoll der Partylärm plötzlich an. Als Smith sich umdrehte, entdeckte er vor der hellen Tür die Silhouette einer Frau. Sie hatten beide zusammen das College besucht. Es war Anna gewesen, die ihn mit Victoria bekanntgemacht hatte, die später seine Frau geworden war. Sie hatten alle drei mehrere Male zusammen auf der *Sierra Seas* gesegelt, und Anna hatte Victoria häufig Gesellschaft geleistet, wenn Smith geschäftlich unterwegs war. Nach Victorias Tod hatte sie ihm geholfen, die Scherben seines Lebens wiederaufzusammeln.

»Da bist du ja!« rief sie aus, als sie ihn am entfernten Ende des Balkons entdeckt hatte. »Ich habe überall nach dir gesucht. Bist du allein?«

»Wen hast du denn bei mir erwartet?«

»Also komm, Hal! Ich hab doch eben noch diese Blondine an deinem Arm hängen sehen. Es ist allgemein bekannt, daß Männer deines Alters und in deiner gesellschaftlichen Position eine gewisse ... Verwundbarkeit besitzen, oder wie sagt man?«

»Warst du deshalb so vorsichtig? Du dachtest, ich wäre hier mit so einem jungen Ding zugange?«

Anna lachte. »Ich hätte es nicht so drastisch formuliert, aber ja! Es wäre auch ein ermutigendes Zeichen gewesen. Du arbeitest zu viel! Du denkst an nichts anderes mehr als an diesen verdammten Asteroiden. Wenn dir eine kleine Affäre helfen würde, dich zu entspannen, dann bin ich ausgesprochen dafür.«

»Wenn mir der nächste Antrag gemacht wird, werde ich mich daran erinnern. Bist du hier herausgekommen, nur um mir einen Vortrag über mein Liebesleben zu halten?«

»Eigentlich nicht«, sagte sie und schauderte. »Es gab eine ganze Reihe von Gründen. Der erste ist, daß du mir von Weihnachten immer noch einen Kuß schuldig bist.«

»Du mir ebenfalls. Und der zweite?«

»Dein Butler Jarmon sucht nach dir.«

»Ist uns der Champagner ausgegangen?« Diese Frage war rhetorisch. Halver Smiths Weinkeller war auf drei Kontinenten berühmt.

Sie schüttelte den Kopf. »Die Kommunikationsüberwachung von der Zentrale hat angerufen. Man hat für dich eine Nachricht aus dem Raum.«

»Vom *Felsen*?«

Anna zuckte die Achseln. »Du weißt doch, daß ich einen Planeten nicht vom anderen unterscheiden kann. Jarmon machte einen aufgeregten Eindruck. Er meinte, die Nachricht sei in deinem Privatcode. Er durchsucht die andere Seite vom Haus. Mir ist eingefallen, daß du in diese Richtung gegangen bist, da dachte ich mir, ich sag dir Bescheid.«

»Danke«, sagte er. »Es ist bestimmt der Manager vom *Felsen*, der sich wieder über den Wirtschaftsprüfer beschwert. Die beiden gehen schon seit Monaten aufeinander los. Du entschuldigst mich doch, nicht wahr?«

»Nicht bevor ich meinen Kuß bekommen habe.«

»Richtig«, sagte er grinsend. Er schloß sie in die Arme, und für ein paar Augenblicke waren sie wieder zwanzig. Nach einer langen Weile brach er den Kuß ab. »Tut mir leid, aber ich glaube, ich sollte mal nachschauen, was los ist.«

»Du kommst doch wieder zur Party zurück, oder?«
»Wenn ich kann.« Dann nahm er Anna beim Arm und geleitete sie zurück nach drinnen.

Er brauchte fünf Minuten, um seinen Butler inmitten des Gewühls der Partygäste ausfindig zu machen. Schließlich entdeckte er Jarmon im hinteren Schlafzimmer, wo ein nachtlanges Pokerspiel im Gange war.
»Sie haben eine Nachricht für mich, Jarmon?«
»Ja, Sir. Der Diensthabende am Komm hat eine lange, codierte Mitteilung herübergeschickt. Die Authentizitätsprüfung läßt vermuten, daß es sich um einen Ihrer Privatcodes handelt.«
»Wer hat sie geschickt?«
»Mr. Thorpe von der *Admiral Farragut*, Sir.«
Halver Smiths Augenbrauen hoben sich vor Überraschung. Während der acht Monate seit Beginn der Expedition hatte Thorpe sich nicht direkt an ihn wenden müssen. Daß er es jetzt tun mußte, konnte nur Ärger bedeuten. Mit dem Schiff mußte etwas nicht in Ordnung sein.
»Wo ist die Nachricht jetzt?«
»In Ihrer Privatdatei im Haushaltscomputer, Sir. Wo möchten Sie sie entgegennehmen?«
»In meinem Arbeitszimmer, denke ich. Vertreiben Sie jeden, den Sie dort antreffen. Erledigen Sie das in aller Ruhe. Jedes Gerücht, das heute abend aufkommt, könnte morgen unseren Aktienkurs in Schwierigkeiten bringen.«
»Ich kümmere mich darum, Sir.«
Smith wanderte fünf Minuten lang durch das Gedränge, scherzte mit seinen Angestellten, Freunden und Nachbarn. Nach Ablauf dieser Frist suchte ihn Jarmon auf und gab lautstark bekannt, daß ein alter Freund am Telefon sei, der ihm ein glückliches neues Jahr wünschen wolle. Smith entschuldigte sich und folgte dem Butler in sein Arbeitszimmer.

»Gut gemacht. Irgendwelche Probleme?«

»Nein, Sir. Das Zimmer war leer. Ich habe mir erlaubt, den Abhörschutz auf Standby zu schalten und die Gardinen vorzuziehen.«

»Danke. Sie können sich wieder Ihren Aufgaben widmen. Falls Sie jemand fragt, erzählen Sie ihm die Geschichte vom Freund am Telefon.«

»Ja, Sir.«

Sobald Jarmon die Tür geschlossen hatte, betätigte Thorpe einen Schalter, damit der Raum abgeschirmt wurde. Im gleichen Moment drang ein schwaches Summen aus den Wänden und der Decke, das dafür sorgte, daß jede Lauschvorrichtung nichts als weißes Rauschen wiedergeben würde.

Er nahm vor seinem Terminal Platz und öffnete seine Privatdatei. Tatsächlich befand sich am Anfang der Liste eine Nachricht von Thorpe. Smith überflog das Datenprotokoll und stellte fest, daß die Nachricht in zwei Teilen übermittelt worden war. Der erste Teil war in Textformat, der zweite und größere in Binärcode. Wie Jarmon angedeutet hatte, ergab die Authentizitätsprüfung, daß die Nachricht mit einem von Smiths privaten Codes entschlüsselt werden mußte.

Mit dem letzten Tastenanschlag klärte sich der Bildschirm. Die Nachricht schien ein sachlicher Bericht über die Orbitalparameter des Kometen zu sein. Smith überflog ihn rasch, begierig herauszufinden, was Thorpe für so dringlich erachtete, daß er seinen Boß damit behelligen mußte. Er gelangte bis ans Ende des zweiten Absatzes:

... FOLGT AUS DIESER ANALYSE, DASS DER KOMETENKERN AM 17. JULI 2087 UM 20:12:16 UHR MIT DER ERDE KOLLIDIEREN WIRD. EIN SOLCHER ZUSAMMENSTOSS WIRD MIT SICHERHEIT JEGLICHES LEBEN AUF DER ERDE VERNICHTEN.

Smith hielt an, blinzelte und kehrte zum Anfang zurück. Er las den Bericht ein zweites Mal langsam durch, wobei er seine Augen eher von Wort zu Wort als in seinem normalen schnellen Tempo den Bildschirm hinunterscrollen ließ. Seit Verlassen der Grundschule hatte er nicht mehr so langsam gelesen. Er konnte nicht anders. Er stolperte in einem fort über unglaubliche Aussagen, die in einem trockenen, sachlichen Stil gehalten waren.

... GESCHWINDIGKEIT UND POSITION BIS AUF SECHS DEZIMALSTELLEN GENAU ... SECHZIG BILLIARDEN TONNEN ... AUFPRALLGESCHWINDIGKEIT ZEHN KILOMETER PRO SEKUNDE RELATIV ZUR ERDE ... STREIFT DIE ERDE NAHE DEM TERMINATOR ... VERHALTEN NACH DEM ZUSAMMENSTOSS UNBEKANNT — ANNAHMEN SOLLTEN VON EXPERTEN ÜBERPRÜFT WERDEN ...

Als seine Handflächen plötzlich schweißnaß wurden, wandte Smith einen Trick an, den er auf dem College gelernt hatte. Er zwang sich zu völligem Einverstandensein und brachte die innere Stimme zum Verstummen, die in einem fort schrie, daß es so nicht sein *könne*. Durch die Willensanstrengung nahmen seine Gedanken eine traumartige Qualität an. Es war beinahe so, als läse jemand anderer Thorpes Schreckensbotschaft. Erst als er am Ende des Berichts angekommen war, lehnte er sich zurück, um über das nachzudenken, was, wenn es denn wahr war, mit Sicherheit den Tod der Erde bedeutete. Nach einer unbestimmten Zeit stellte er seinen Blick wieder scharf ein und überflog die zahlreichen Anhänge des Berichts. Die meisten enthielten technische Erläuterungen.

Einige Sekunden nachdem er den binären Zusatz geladen hatte, erschien auf dem Monitor eine schematische Darstellung des Sonnensystems. Zusätzlich zu den

Umlaufbahnen der Planeten bis zum Jupiter zeigte das Diagramm eine lange Ellipse mit einem winzigen Kometensymbol, das sich langsam in Richtung Sonne bewegte. In etwas mehr als einer Minute flog der Komet vom Rand des Systems herein, umrundete die Sonne und begann sich wieder hinauszubewegen. Das blauweiße Symbol der Erde bewegte sich so, als ob sie ihm den Weg abschneiden wollte.

Das Bild wechselte zu einer Großdarstellung von Erde und Mond.

Smith beobachtete, wie der Komet langsam auf Luna zuglitt. Sie verfehlten sich um weniger als einen Monddurchmesser.

Der Komet näherte sich der Erde von hinten unten in einem Winkel von etwa dreißig Grad. Während der Schweif über den Planeten hinwegstrich, bewegte sich der den Kern repräsentierende winzige Punkt vor die Erde. Die beiden Symbole erschienen als ein einziges. Das Bild fror ein, mit Ausnahme eines einzigen blinkenden Wortes, das in scharlachroten Buchstaben geschrieben war:

KOLLISION

Halver Smith ließ die Darstellung noch zweimal ablaufen. Das Ergebnis war jedesmal dasselbe.

Beim Durchlesen der Anhänge des Berichts entdeckte er eine Liste von Empfehlungen, wie die Dinge von diesem Moment an gehandhabt werden sollten. Im großen und ganzen handelte es sich um Selbstverständlichkeiten, wenn man mit dem Ende der Welt konfrontiert war: 1) Verschaffen Sie sich eine Bestätigung von unabhängiger Seite, 2) Benachrichtigen Sie ohne Aufsehen die Autoritäten, 3) vermeiden Sie eine allgemeine Panik und 4) arbeiten Sie darauf hin, die Katastrophe abzuwenden. Am Ende der Seite war eine kurze Notiz in Tom Thorpes Handschrift:

Mr. Smith,
gleicher Bericht und Empfehlungen unterwegs an Premierminister Hobart, Republik Luna.

Tom

Smith runzelte die Stirn. Es wäre ihm lieber gewesen, wenn er der einzige Empfänger dieser Nachricht gewesen wäre — jedenfalls vorerst. Dennoch konnte er dem Lunakontingent der Expedition keinen Vorwurf daraus machen, daß sie ihre eigenen Leute warnten. Die Mondbewohner waren von dem, was mit der Erde geschah, ebenso betroffen wie der durchschnittliche Erdbewohner. Schließlich waren sie in vielen Dingen ihres täglichen Bedarfs von ihrer Mutterwelt abhängig.

So wie Halver Smith befand sich auch John Hobart in einem schockartigen Zustand, nachdem er die apokalyptische Botschaft entschlüsselt hatte. Da auf Luna Weltzeit galt, war dort bereits Neujahr. Wie Smith hatte er die Nachricht bei sich zu Hause entschlüsselt und dann die grauenhaften Worte auf seinem Monitor aufmarschieren sehen. Dann hatte er die Grafik geladen, die den Zusammenstoß des Kometen mit der Erde darstellte. Er hatte die Kollision zehnmal mitangesehen, als sein Bildschirm mit einem Piepston um seine Aufmerksamkeit bat.

»Entschuldigung, Herr Premierminister«, sagte die diensttuende Frau am Komm der Regierung, sobald sie sein Gesicht auf dem Bildschirm sah. »Halver Smith ist in der Leitung, von der Erde. Er behauptet, er müsse Sie unbedingt sprechen. Er wird als VIP geführt, deshalb dachte ich, ich leite das besser weiter.«

Hobart zwinkerte überrascht. Die Nachricht von Malvan hatte erwähnt, daß eine Kopie des Berichts an den Vorsitzenden der Sierra Corporation auf der Erde geschickt wurde.

»In Ordnung. Stellen Sie ihn durch. Außerdem möchte ich, daß diese Leitung abgeschirmt wird.«

Das Bild wechselte, und aus dem Monitor heraus starrte ihn Smith an. Das runde Gesicht des terrestrischen Magnaten wurde durch die verzerrende Aufnahmeoptik der Kamera betont. Smiths Gesichtszüge schienen erstarrt, als befände er sich in Trance — ein Effekt, der durch die Zeitverzögerung von drei Sekunden zwischen Mond, Erde und zurück hervorgerufen wurde. Endlich zeigte sich das Erkennen in seinen Augen, und er begann zu sprechen.

»Guten Morgen, Bürger Hobart.«

»Hallo, Mr. Smith. Von wo aus rufen Sie an?«

»San Francisco.«

»Es muß sehr spät bei Ihnen sein.«

»Kurz nach Mitternacht«, bestätigte Smith. »Äh, haben Sie eine vertrauliche Mitteilung Ihres Repräsentanten an Bord der *Admiral Farragut* erhalten?«

»Habe ich. Ich habe sie gerade eben durchgesehen. Ich muß sagen, ich finde das ziemlich niederschmetternd.«

»Mir geht es ebenso. Für wie glaubwürdig halten Sie das?«

»Ich bin mir nicht sicher.« Ihm fiel auf, daß Smith jede direkte Erwähnung des Gegenstands vermieden hatte. Dieser Umsicht konnte er nur zustimmen. Die Neuigkeiten waren nicht geeignet, sie einem Übertragungsstrahl anzuvertrauen, nicht einmal einem abgeschirmten.

»Ich habe vor, die Angaben überprüfen zu lassen, ehe ich weitere Schritte unternehme«, sagte Smith. »Ich kenne jemanden an der Universität von Kalifornien, bei dem man sich darauf verlassen kann, daß er das Geheimnis für sich behält.«

»Was mich betrifft, so plane ich, den Direktor des Farside Observatoriums einzubeziehen. Er wird ebenfalls auf strikte Geheimhaltung eingeschworen. Irgendwelche Vorschläge, was man tun könnte, wenn sich die Information als zutreffend erweisen sollte?«

»Kanzler ist Mitglied des Systemrates. Ich dachte mir, ich bitte ihn darum, beim Generalsekretär vorgelassen zu werden. Sind Sie einverstanden?«

»Ich pflichte Ihnen bei, daß der Systemrat die richtige Stelle ist, um anzufangen. Luna behält sich das Recht vor, notfalls selbständig zu handeln.«

»Was auch für die Erde gelten wird. Aus diesem Grund muß der Rat die Gegenmaßnahmen koordinieren.«

»Ich bin ganz Ihrer Meinung, Sir«, sagte Hobart. »Es könnte allerdings dazu kommen, daß politische Erwägungen bei dieser Krise im Vordergrund stehen werden.«

»Eine gute Möglichkeit, dies zu verhindern, ist, die Sache so lange unter Verschluß zu halten, bis wir die Bestätigung haben, daß ein Problem vorliegt. Ich nehme an, die Rohdaten über den Kometen werden alle im Farside Observatorium gesammelt.«

»Das ist zutreffend.«

»Es ist wichtig, daß Sie von dort aus nicht weitergereicht werden. Wir wollen schließlich nicht, daß ein unabhängiger Forscher darüber stolpert, ehe wir soweit sind.«

»Wir werden es nicht lange zurückhalten können«, warnte Hobart.

»Das werden wir auch nicht müssen«, erwiderte Smith. »Entweder wir weisen nach, daß es keinen Anlaß zur Sorge gibt, andernfalls arrangiere ich ein Treffen mit dem Chefkoordinator des Rates.«

»Wie lange haben Sie vor zu warten?«

»Zehn Tage.«

»In Ordnung«, sagte Hobart. »Ich werde mich bemühen, auf unserer Seite den Deckel auf dem Topf zu lassen. Wenn ich bis in zehn Tagen nichts von Ihnen gehört habe, werde ich gezwungen sein, mit dem, was ich weiß, an die Öffentlichkeit zu gehen.«

»Das ist nur recht und billig.«

Es wurden noch ein paar Sätze gewechselt, dann legte Smith auf, und Hobart starrte auf den leeren Bildschirm. Schließlich seufzte er und rief seine Privatsekretärin zu Hause an.

»Ja, Sir?« fragte sie, als sie auf dem Monitor erschien.

»Erinnern Sie sich an einen Regierungsbericht vor etwa einem Jahr, Amalthea? Eine Übersicht über Lunas Abhängigkeit von Erdimporten?«

»Ja, Sir.«

»Erinnern Sie sich an den Verfasser?«

»Ich glaube, es war Dr. Jinsai von der Universität. Der Titel war ›Eine Studie über strategische Abhängigkeiten der Lunaren Wirtschaft‹.«

»Holen Sie Jinsai an den Apparat und fragen Sie ihn, ob er mir den Gefallen erweisen würde, mich zu Hause zu besuchen. Heute noch, falls möglich. Es könnte sein, daß ich Arbeit für ihn habe.«

19. KAPITEL

NACHRICHTENMELDUNG:

UNIVERSAL FAX, DEN HAAG, VEREINTES EUROPA — 15. JAN 2086

HALVER SMITH, BEKANNTER AMERIKANISCHER UNTERNEHMER, BESUCHT HEUTE DEN HAAG. ER WIRD MIT CONSTANCE FORBIN, CHEFKOORDINATORIN DES SYSTEMRATES, IN IHREM NEUEN BÜRO IM RIDDERZAAL ZUSAMMENTREFFEN. OBWOHL DER GEGENSTAND IHRER GESPRÄCHE NICHT ÖFFENTLICH GEMACHT WURDE, VERLAUTET AUS KREISEN DER RATSBÜROKRATIE, SMITH WERDE SICH UM DIE UNTERSTÜTZUNG DER CHEFKOORDINATORIN FÜR EINE INTERNATIONALE VEREINBARUNG ÜBER EXTRATERRESTRISCHE ZOLLGEBÜHREN BEMÜHEN, WIE SIE AUF METALLE AUS DEM ASTEROIDENBERGBAU ERHOBEN WERDEN. MAN ERWARTET KEIN KOMMUNIQUE IM ANSCHLUSS AN DAS TREFFEN.

ENDE

Constance Forbin saß in ihrem Büro im fünfzigsten Stock und schaute aus dem Fenster auf Den Haag hinaus. In der Ferne lag der historische Stadtkern einschließlich des Binnenhofs und des Hovijver Teichs. Der Teich war hinter den Reihen imposanter Gebäude nicht zu erkennen, doch die kahlen Äste der Bäume am Rande des Kanals reckten sich wie eine randomistische Skulptur von Anfang des Jahrhunderts in den bleiernen Himmel. Der über Nacht gefallene Schnee bedeckte die Straßen und Parks der ehemaligen Hauptstadt der Niederlande und lag in hohen Haufen, wo er vom steilen Dach der alten Burg heruntergerutscht war. An einem Dutzend

Stellen in der Altstadt markierten orangefarbene Blinklichter die Positionen der Schneeräumungsroboter. Die Geräte waren die ganze Nacht unterwegs gewesen und hatten einen aussichtslosen Kampf geführt, um die Straßen freizuhalten. Jetzt, da es aufgehört hatte zu schneien, würden sie die Stadt rasch wieder ausgraben. Innerhalb von achtundvierzig Stunden würden in der Stadt alle Spuren des eben vorbeigegangenen Schneesturms beseitigt sein.

Das ansonsten tiefschwarze Haar der fünfzigjährigen Constance Forbin wies eine charakteristische graue Strähne auf. Ihr Kostüm war auf eine Art streng geschnitten, die ihrer Figur schmeichelte, die, wie selbst Constance zugeben mußte, einen Anflug von Plumpheit hatte. Sie lächelte, als sie auf den Park hinunterspähte, der vor dem New Ridderzaal Tower lag. Im Sommer war dort ein Meer von Grün, und es wimmelte von Blumenbeeten und den einfachen Grünpflanzen, mit denen die Holländer ihre Landschaft verschönerten. Im Moment war es eine öde weiße Fläche, die an den salzverkrusteten Meeresboden erinnerte, der dieses ganze Gebiet einst gewesen war. Zwei Kinder durchquerten den Park in diagonaler Richtung und hinterließen mit dem Schlitten, den sie hinter sich herzogen, eine breite Fährte. Näher dem Büroturm zu tauchte von einem Moment zum andern eine Fußgängermenge aus der U-Bahnstation. Die Mehrheit der vermummten Pendler eilte über die windgepeitschte Straße und in die Wärme des Hauptgebäudes des Systemrates für internationale und interplanetarische Angelegenheiten.

Der Rat war zur Jahrhundertwende als eine der letzten Schöpfungen der Vereinten Nationen gegründet worden, bevor sie aufgelöst wurden. Er hatte das Mandat erhalten, einen Blick auf Dinge zu werfen, die ein Jahrhundert später Bedeutung gewinnen sollten. Die Aufgabe des Rates bestand darin, Trends zu untersuchen, vorherzusagen, wohin sie führen könnten, und Empfehlungen zu geben, was, wenn überhaupt, daran zu ändern sei.

Trotz der Auflösung seiner Mutterorganisation hatte sich der Rat günstig entwickelt. Auch wenn seine Arbeit weiterhin von den größeren terrestrischen Nationen und der Republik Luna finanziert wurde, war der Rat doch niemandem verpflichtet. Für den Rat wurde man auf spezielle Einladung hin tätig. Die normale Vorgehensweise des Rats bestand darin, eine kleine Arbeitsgruppe von Experten einzurichten, die auf einem bestimmten Gebiet über Kenntnisse verfügten. Diese Gruppen wurden aus Gründen der Effizienz klein gehalten, doch sie waren groß genug, um geistige Inzucht zu verhindern. Die Gruppendiskussionen wurden für gewöhnlich mittels Konferenzschaltung und über Computernetze durchgeführt, obwohl auch persönliche Treffen nicht unüblich waren.

Wenn eine Arbeitsgruppe ihren Auftrag erfüllt hatte, wurden ihre Empfehlungen an die zentrale Datenverarbeitung übermittelt. Dort waren sie ein ganzes Jahr lang jedermann zugänglich, um den zehntausend ›Beratern‹ des Rates Gelegenheit zu Kommentaren und Kritik zu geben. Erst wenn sämtliche Vorschläge und Einwände berücksichtigt worden waren, wurde eine Empfehlung vom ganzen Rat gebilligt. In Übereinstimmung mit dem halboffiziellen Status der Organisation, war eine solche Empfehlung für niemanden verbindlich. Dennoch wurden die meisten von ihnen von zahlreichen Nationen rasch als offizielle Politik übernommen. So groß war die Autorität des Systemrates.

Constance Forbin gehörte an sich nicht dem Rat an. Genaugenommen war sie eine seiner Angestellten. Sie und 3000 andere Bedienstete unterstützten die Arbeitsgruppen in administrativen Belangen und sorgten dafür, daß sie ungestört nachdenken konnten. Als Chefkoordinatorin war es ihre Aufgabe, dafür zu sorgen, daß die Arbeit unparteiisch geleistet wurde, daß Meinungsverschiedenheiten offen ausdiskutiert wurden und daß Minderheitsmeinungen Gehör fanden. Sie überwachte außerdem die verschiedenen supranationalen Dienstleistungsorganisationen, die im Laufe der Zeit unter die Kontrolle des Rates gefallen waren, von denen Sky Watch und das Erdbebenvorhersagezentrum die wichtigsten waren. Und natürlich war es ebenfalls die Aufgabe der Chefkoordinatorin, sich um die Öffentlichkeit zu kümmern.

Constances Vergnügen an der Winterszene wurde plötzlich vom Summen der Sprechanlage gestört. »Professor Hardesty ist eingetroffen, Madame Forbin.«

»Bitte schicken Sie ihn rein.«

Die Tür öffnete sich, und ein Mann mit krummem Rücken hinkte herein. »Ein Glückliches Neues Jahr, Constance. Und wie geht es der Chefkoordinatorin an diesem wunderschönen Wintermorgen?«

»Nicht schlecht, Franklin. Wie geht es dem Direktor von Sky Watch?«

»Es könnte nicht besser gehen«, antwortete er. »Ich bin gestern gerade rechtzeitig vor dem Unwetter angekommen und habe den ganzen Abend beobachtet, wie es schneit. Ich stamme aus Kalifornien, und es kommt mir immer irgendwie unnatürlich vor, weiße Flocken vom Himmel fallen zu sehen.«

»Sie sollten hier leben, so wie ich während der letzten zwanzig Jahre. Der Reiz des Neuen läßt rasch nach. Es ist schade, daß es so bedeckt ist. Die Metereologen meinten, es würde heute aufklaren. Sieht so aus, als hätten sie sich geirrt.«

»Geschieht ihnen ganz recht. Wir haben ein paar Wettertypen an Bord der Newton Station, die eindeutig zuviel Zeit mit Selbstbeweihräucherung verbringen. Eine Portion mehr Bescheidenheit würde denen allen nicht schlecht bekommen. Also dann, warum konnten wir das nicht wie sonst über Konferenzschaltung erledigen? Was ist denn so wichtig, daß ich persönlich runterkommen mußte? Ich bekomme Plattfüße von dieser Schwerkraft!«

»Ich weiß nicht. Sie haben schon von Halver Smith gehört, nicht wahr?«

»Natürlich. Seine Erztransporte verursachen mir die größten Kopfschmerzen. Haben Sie eine Ahnung, wieviel Rechenzeit wir verbrauchen, um die Flugschneisen für Smiths Koffer freizumachen? Das letzte Mal, als er eine seiner Millionen-Tonnen-Monstrositäten abgeliefert hat, waren meine Leute verdammt nahe daran, die Sicherheitszone einer dieser großen Komm-Stationen zu verletzen. Ich habe mehrere Verweise wegen dieses Vorfalls erteilt. Was ist mit Smith?«

»Wir werden ihm in ein paar Minuten begegnen«, antwortete Constance.

»Weshalb?«

»Ich wünschte, ich wüßte es. Professor Kanzler von der Universität von Kalifornien hat das Gespräch arrangiert. Er hat mich zu Hause angerufen, mir gesagt, daß ich unbedingt mit Smith sprechen müßte und darum gebeten, daß Sie persönlich anwesend sind. Kanzler legt sehr viel Wert darauf, daß die Besprechung nicht über Komm geführt wird.«

»Damit sind wir auch nicht schlauer. Immerhin, Erwin ist ein guter Mann. Ich glaube, er hätte nicht darum gebeten, wenn es nicht wichtig wäre.«

»Das dachte ich mir auch«, sagte Constance. »Ich wünschte nur, er wäre mir gegenüber etwas offener gewesen. Er war offensichtlich wegen irgend etwas aufgeregt. Ich hatte den Eindruck von noch einer anderen Emotion unter der Oberfläche. Es war beinahe so, als hätte er vor irgend etwas Angst gehabt.«

Halver Smith saß im Fond der Hotellimousine und spähte auf die schneebedeckten Straßen hinaus. Obwohl ihn die Anspannung der letzten beiden Wochen todmüde gemacht hatte, blickte er verwundert zu der schmucken holländischen Stadt unter ihrer Decke aus frischgefallenem Weiß hinaus. Er hatte sich in letzter Zeit öfters dabei ertappt, daß er etwas mit Verwunderung betrachtete — und zwar seitdem Professor Kanzler die Voraussagen von Amber Hastings bestätigt hatte. Es war nicht sicher, daß der Komet Hastings die Erde treffen würde, doch die Wahrscheinlichkeit war hoch genug, um sich deswegen Sorgen zu machen.

Das Wissen darum, daß der Planet möglicherweise verloren war, hatte auf Smith die Wirkung einer injizierten Droge. Es war, als hätte jeder einzelne seiner Sinne eine neue Schärfe erlangt. Mit einem Mal barg beinah jeder Anblick Schönheit in sich. Mit jedem Atemzug erschnupperte er einen neuen Duft. Während der letzten Tage hatte Smith einem Kind beim Ballspiel zugeschaut, hatte angehalten, um die Rundungen einer jungen Frau zu betrachten, die über den Gehsteig gegangen war, und hatte einen Falken bewundert, der sich in den Luftströmungen vor seinem Penthouse-Büro auf und ab schwingen ließ.

»Mr. Smith?« fragte eine ernste junge Frau in der Amtstracht der uniformierten Ratsbediensteten.

»Ja«, erwiderte er und strich sein windzerzaustes Haar zurück.

»Ich bin Mrs. Voorstadt. Koordinatorin Forbin erwartet Sie in ihrem Büro. Wenn Sie mir bitte folgen würden?«

»Natürlich.«

Die Führerin brachte ihn zu einer zentral gelegenen Fahrstuhlwand, und innerhalb von Sekunden befand sich Thorpe im fünfzigsten Stock. Zum Vorzimmer der Koordinatorin waren es nur ein Dutzend Schritte. Die Sekretärin benachrichtigte ihre Vorgesetzte, dann sagte sie ihm, er könne hineingehen.

Constance Forbin trat ihm an der Tür entgegen. Ihr Händedruck war überraschend fest. Sie führte Smith zu einem Sessel vor ihrem Schreibtisch und machte ihn mit Franklin Hardesty bekannt, Direktor von Sky Watch.«

»Es war richtig von Ihnen, daß Sie mir auf Ihrem vollen Terminkalender einen Platz eingeräumt haben, Madame Forbin«, sagte Smith. »Das gleiche gilt für Sie, Mr. Hardesty.«

»Begleitet Sie denn Professor Kanzler nicht, Mr. Smith?« fragte Hardesty.

»Leider nein. Sein Arzt wollte ihn nicht fliegen lassen.« Smith klopfte auf die Stelle seines Anzugs, wo die Innentasche lag. »Er hat eine Aufzeichnung mit seinen Ansichten mitgeschickt.«

»Seine Ansichten worüber?«

»Also, Franklin«, sagte Constance Forbin. »Wir wollen unseren Gast doch willkommen heißen, bevor Sie ihn in die Mangel nehmen, oder? Kaffee oder Tee, Mr. Smith?«

»Nein, danke. Ich habe gerade eben gefrühstückt. Ich fürchte, ich habe mich noch nicht an die Zeitverschiebung gewöhnt.«

»Dieses Problem hatte ich nicht«, sagte Hardesty. »Die Newton Station hat Weltzeit, das auch die nächste Zeitzone im Westen ist.«

»Ja«, antwortete Smith. »Professor Kanzler sagte mir, daß Sie aus dem Orbit herunterkommen würden. Ich hoffe, wir haben Ihnen nicht allzuviele Ungelegenheiten bereitet.«

»Hängt davon ab, was Sie zu sagen haben.«

»Dann fangen wir also an?« fragte die Koordinatorin.

Smith nahm seinen Aktenkoffer, legte ihn sich flach auf den Schoß und holte zwei dicke Stapel Papiere heraus, die in einzelnen Sicherheitsbehältern untergebracht waren. Er tippte das Passwort in die dünnen Keypads ein, die sich an der Vorderseite jedes der buchartigen Behälter befanden. Mit dem letzten Signal wurde eine elektrische Spannung an das Spezialpapier in seinem Innern angelegt, wodurch die Umhüllung zerstört wurde, die andernfalls in Flammen aufgegangen wäre, wenn man sie dem Licht ausgesetzt hätte. Nachdem er dafür gesorgt hatte, daß die Berichte in Sicherheit waren, öffnete er die Behälter mit einer schwungvollen Gebärde und reichte jedem seiner Zuhörer einen.

»Koordinatorin Forbin. Direktor Hardesty«, sagte Smith. »Wenn nichts unternommen wird, um es zu verhindern, wird der Komet Hastings am siebzehnten Juli des nächsten Jahres auf die Erde treffen. Von Experten habe ich erfahren, daß die Wucht des Zusammenpralls alles höhere Leben auf Erden auslöschen wird.«

Es entstand ein unbehaglich langes Schweigen, das Constance Forbin als erste brach. »Sie sind hierher gekommen, Mr. Smith, *um das Ende der Welt anzukündigen?*«

»Ich fürchte, ja.«

»Haben Sie eine Vorstellung davon, wie viele Leute im Laufe der Jahrhunderte das gleiche behauptet haben?« fragte Hardesty. Sein Ton ließ deutlich erkennen, was er von Smiths Ankündigung hielt.

»Millionen.«

»Warum sollten wir Ihnen mehr Glauben schenken als einem von ihnen?«

»Ich kann meine Behauptung beweisen.«

»Wie?«

»Mit dem Material, das ich Ihnen soeben gegeben habe.«

Während die beiden die Berichte durchblätterten, faßte Smith die Daten für sie zusammen. Er beschrieb die enge Begegnung des Kometen mit dem Jupiter und den Orbit, in den er dadurch geworfen worden war. Er sprach von dem nahen Vorbeiflug am Mond, der dazu führen würde, daß der Kern zur Erde hin abgelenkt werden würde.

»Und das glauben Sie?« fragte Hardesty, als Smith geendet hatte. Der Direktor von Sky Watch starrte auf eine Orbitaltabelle, auf der die relativen Positionen des

Kometen Hastings und der Erde für die nächsten achtzehn Monate aufgeführt waren.

»Zunächst habe ich gezögert. Aus diesem Grund habe ich mich mit Professor Kanzler in Verbindung gesetzt. Er hat eine unanhängige Überprüfung der Daten vorgenommen. Er bestätigt, daß eine sehr hohe Wahrscheinlichkeit für eine Kollision gegeben ist.«

Hardesty fixierte Smith mehrere Sekunden lang, dann schüttelte er heftig den Kopf. »Was Sie da behaupten, ist einfach zu phantastisch. Entweder ist das der tollste Dreibanden-Billard-Stoß aller Zeiten, oder aber Gott versucht uns etwas zu sagen. Offen gestanden, mir gefällt keine der beiden Hypothesen besonders.«

»Die Zahlen liegen hier vor Ihnen.«

»Das wäre nicht das erste Mal, daß Zahlen für eine Ente frisiert werden.«

»Warum sollte ich mir einen solchen üblen Scherz erlauben?«

»Eine gute Frage«, antwortete Hardesty. »Ich habe Ihre Karriere verfolgt, Smith. Ich weiß, daß Sie durch die Publicity, die durch diese Expedition zum Kometen hervorgerufen wurde, eine Menge gewonnen haben. Vielleicht versuchen Sie, das Interesse anzufachen. Wenn Sie dieses Spiel spielen wollen, dann werden Sie der Verlierer sein. Die Manipulation von astronomischen Daten ist nicht so einfach wie die von Aktienkursen.«

»Dann können Sie die Richtigkeit dieses Materials überprüfen?« fragte Constance, und schwenkte den Bericht vor Hardesty.

»Ganz einfach. Ich denke da an eine schnelle Überprüfung von Mr. Smiths Aufrichtigkeit, die wir hier in diesem Büro durchführen können.«

»Was meinen Sie, Franklin?«

»Um die Erde zu treffen, muß der Komet in derselben Ebene umlaufen. Wenn zwei Orbits nicht coplanar sind, können sie sich niemals überschneiden. Aus diesem Grund stellt der Halleysche Komet keine Bedrohung für uns dar. Seine Umlaufbahn ist stark gegen die Ekliptik geneigt und überschneidet sich in keiner Weise mit der Umlaufbahn der Erde.«

»Ist das richtig, Mr. Smith? Müssen die Orbitalebenen gleich ausgerichtet sein, damit eine Kollision stattfinden kann?«

»Im Wesentlichen, ja«, antwortete Smith. »Es gibt einen Spezialfall, wo es dazu kommen kann, aber der hat für die vorliegende Situation keine Bedeutung. Der Komet Hastings läuft in der Tat in derselben Ebene um wie die Erde.«

»Das behaupten Sie«, erwiderte Hardesty. Er klopfte mit der flachen Hand auf das vor ihm liegende Diagramm. »Diesem Bild nach liegen alle Planetenumlaufbahnen in derselben Ebene. Das ist selbstverständlich falsch. Die meisten beschreiben Bahnen, die relativ zur Erde geneigt sind. Jupiter zum Beispiel bewegt sich beim Durchlaufen seines Orbits nicht weniger als siebzehn Millionen Kilometer über und unter der Ekliptik.«

»Was hat das mit Mr. Smiths Behauptung zu tun, Franklin?«

»Der Komet Hastings hat vor weniger als einem Monat Jupiter in einer Entfernung von einigen Planetendurchmessern passiert. Das bringt Jupiter in die Ebene der Umlaufbahn des Kometen. Wenn er zum Zeitpunkt des Zusammentreffens nicht gerade die Ekliptik durchflogen hat, dann bindet uns Mr. Smith einen Bären auf. Die Übereinstimmung muß übrigens vollkommen sein. Wenn sich der dicke Brocken nur ein paar Bogensekunden über oder unterhalb der Ekliptik befunden hat, dann fliegt der Komet vorbei.«

Constance Forbin lächelte. »Nun, dann lassen Sie uns herausfinden, wo sich Jupiter befunden hat.«

Hardesty erhob sich aus seinem Sessel und humpelte dorthin, wo sich neben dem Schreibtisch der Koordinatorin die Workstation befand. Nachdem er einige Sekunden lang Tasten gedrückt hatte, runzelte er die Stirn.

»Nun, Franklin?«

»Die gegenwärtige Deklination des Jupiter — seine Position relativ zur Ebene der Ekliptik — beträgt minus 0,002 Winkelgrade.«

»Wann hat er die Ekliptik tatsächlich gekreuzt?« fragte Smith ruhig.

»Vor einem Monat«, mußte Hardesty zugeben.

»Dann trifft Mr. Smiths Behauptung zu, Franklin?«

»Möglicherweise. Jedenfalls ist sie immer noch nicht sehr wahrscheinlich. Sie können sich nicht vorstellen, wie winzig ein Ziel wie die Erde ist, wenn man sich die riesige Weite des Raums vergegenwärtigt.«

»Stimmt das, Mr. Smith?«

»Vollkommen, Madame Forbin. Professor Kanzler bat mich, folgendes zu betonen: Wir können nicht dafür garantieren, daß der Komet die Erde zu diesem Zeitpunkt treffen *wird*, sondern nur, daß er sie treffen *könnte*. Wir benötigen weitere Präzisionsmessungen der Orbitalparameter, um eine sichere Aussage machen zu können. Er schlägt vor, daß wir sie so rasch wie möglich durchführen. Wir müssen uns Sicherheit verschaffen, ehe es zu spät ist, etwas zu unternehmen.«

Donald Callas saß in seinem Büro auf dem Asteroiden Avalon und starrte zu einem schwarzen Himmel voller glitzernder Diamanten hinauf. Eines dieser Lichtpünktchen zog seine Aufmerksamkeit in besonderem Maße auf sich. Es war ein merkwürdig verlängerter Klecks, der hell genug war, um ein Nachbild zu hinterlassen. Callas stellte die Leuchtanzeigen über seinem Kopf dunkler und wühlte in den unteren Schubladen seines Schreibtischs nach seinem Fernglas. Nachdem er einen Moment lang an der Optik herumgespielt hatte, zeigte sich, daß der verlängerte Stern aus zwei nah beieinander schwebenden Himmelskörpern bestand. Der kleinere von beiden verblaßte beinahe neben dem größeren, der von leuchtender blau-weißer Färbung war. Callas seufzte, während er Erde und Mond über einen Zehn-Millionen-Kilometer-Abgrund hinweg anstarrte.

Es lag fünf Jahre zurück, daß Callas das letzte Mal einen Fuß auf die Erde gesetzt hatte. Es kam ihm wie ein ganzes Leben vor. Zu dieser Zeit hatte sich Avalon kurz hinter der Umlaufbahn der Venus bewegt, wobei er sich gelegentlich dem totgeborenen Zwilling der Erde bis auf zwei Millionen Kilometer genähert hatte. Callas Aufgabe war es gewesen, den riesigen Asteroiden in eine Umlaufbahn zu befördern, die für den Abbau besser geeignet war. Ein halbes Jahrzehnt und ein Dutzend Kilogramm Antimaterie später kreiste Avalon in einem Abstand von 140 Millionen Kilometer um die Sonne. Die Umlaufbahn des Asteroiden bewirkte, daß er regelmäßig die Erde überholte. Avalon und das Erde-Mond-System hatten sich zweimal in Konjunktion befunden, seitdem die Orbitalmodifizierung begonnen hatte. Jedesmal waren Erde und Luna am schwarzen Himmel über Avalon größer, heller und schöner geworden.

In zwei Jahren würde sich Avalon der Erde mit ausreichend hoher Geschwindigkeit nähern, daß er den Planeten in einer sanften S-förmigen Kurve umrunden würde. Dann würde ein kompliziertes Manöver folgen, in dessen Verlauf Erde und Luna den widerspenstigen Asteroiden einfangen würden. Avalons Anfangsorbit um die Erde würde stark elliptisch sein und sich in der einen Richtung bis zum Mond erstrecken und in der anderen bis auf geosynchrone Höhe hinabkrümmen. Die dem Einfangen folgenden Monate und Jahre würde man darauf verwenden, die Umlaufbahn des Asteroiden zu runden. Keines dieser Manöver würde jedoch Callas noch im mindesten betreffen. Sein Vertrag würde in dem Moment erfüllt sein, wenn Avalon seinen ersten Umlauf um die Erde abgeschlossen hatte. Einmal rund um Mutter Erde, und er würde als reicher Mann nach Hause zurückkehren, und niemals wieder fortgehen.

Callas starrte noch mehrere Minuten lang auf die

wunderbare blau-weiße Welt, die tief über dem öden Horizont des Asteroiden stand. Schließlich ließ er seufzend sein Fernglas sinken und stellte die Beleuchtung wieder hoch. Die vollkommene Schwärze hinter der Fensterscheibe kehrte zurück. Er wandte sich wieder den endlosen Mängellisten zu, die sein persönliches Fegefeuer waren.

20. KAPITEL

John Malvan schwebte in die Messe der *Admiral Farragut* und schwang sich zur Essensausgabe, wo er Kaffee, Toast und Orangensaft wählte. Das Gerät spuckte ein verschweißtes Frühstückspäckchen aus, das er sich unter seinen rechten Armstumpf klemmte. Als er sich umdrehte, entdeckte er, daß ihn Hilary Dorcester von der anderen Seite des Raumes aus beobachtete.

»Du bist der erste Mensch, den ich lächeln sehe, seit wir die schlimmen Neuigkeiten erfahren habe«, sagte er. »Was ist denn so lustig?«

»Nichts ist lustig«, erwiderte sie. »Ich habe nur beobachtet, wie du mit der Schwerelosigkeit zurechtkommst. Ich bin immer noch so unbeholfen wie ein neugeborenes Baby.«

»Gestern abend warst du nicht unbeholfen«, sagte er.

»Wie galant von Ihnen, das zu erwähnen, Sir! Aber ich frage mich doch, ob ich jemals so gut zurechtkommen werde wie du.«

Er zuckte die Achseln. »Das ist alles nur eine Frage der Technik. Du kapierst es schon noch.«

»Glaubst du wirklich?«

»Jeder kapiert es irgendwann«, sagte er, befestigte sein Frühstückspaket am Tisch und löste den Kaffeebeutel aus seinem Fach. Er nahm einen langen, langsamen Schluck von der schwarzen Flüssigkeit und seufzte. »Das ist genau das, was ich am Morgen brauche! Ohne meinen Kaffee kann ich mich nicht einmal dem Enthaaren stellen, geschweige denn dem Ende der Welt.«

»Irgendwas Neues von der Erde? Hat man wenigstens unsere Warnung bestätigt?«

»Noch nicht. Im Vertrauen, ich glaube, man hat die Daten decodiert, sich gesagt, daß wir hier oben alle sturzbetrunken sind, und alles wieder vergessen.«

»Glaubst du das wirklich?«

Malvan war über die Intensität ihrer Frage überrascht. Er grinste. »Nein, selbstverständlich nicht! Laß ihnen Zeit! Es muß schwierig sein, alles zu organisieren, ohne eine öffentliche Panik auszulösen.«

»Diese Heimlichtuerei ist grundfalsch!« zischte Hilary. »Wir sollten die Neuigkeiten in die ganze Welt hinausschreien.«

Malvan schüttelte den Kopf. »Sorry, aber das ist genau das, was wir *nicht* tun sollten.«

»Wenn der Komet wirklich die Erde treffen sollte, haben die Menschen dort ein Recht darauf, Bescheid zu wissen. Sie sollten an den bevorstehenden Entscheidungen beteiligt sein.«

»Weshalb?«

»Weil ihr Leben auf dem Spiel steht!«

Malvan seufzte. »Hast du jemals einen Ansturm auf eine Bank erlebt, Hilary?«

»Wie denn? Es ist fünfzig Jahre her, daß die letzte Bank zusammengebrochen ist.«

»Auf der Erde vielleicht. Auf dem Mond passiert das noch immer mit deprimierender Regelmäßigkeit. Das Institut, an das ich dabei denke, war eine regionale Sparkasse. Irgendwie entstand das Gerücht, der Direktor habe stark in ein Tunnelprojekt investiert, bei dem es zu einer Explosion und starkem Luftverlust gekommen war. Das Gerücht stimmte nicht. Die Bank hatte nur eine geringe Beteiligung an dem Tunnel. Es machte keinen Unterschied. Innerhalb einer halben Stunde mußten sie ihren Computer abstellen, weil verängstigte Anleger ihre Rücklagen auf Null gebracht hatten. Niemand hat ihnen je wieder vertraut. Die Bank ging ein, und der Direktor brachte sich um.«

»Was hat das damit zu tun, daß der Komet mit der Erde zusammenstößt?«

»In der Panik verhalten sich die Menschen unvernünftig. Wenn sie schon bei der Aussicht, ihr Geld zu verlieren, außer sich geraten, was glaubst du, wird passieren, wenn man das Ende der Welt ankündigt?«

»Du willst damit doch wohl nicht sagen, daß sie es *nie* erfahren sollen?«

»Sie werden es erfahren. Aber die Stimmung der Öffentlichkeit muß behutsam darauf vorbereitet werden. Sie muß sich in der richtigen Geistesverfassung befinden, wenn eine Panik vermieden werden soll. Das erfordert Zeit und vorsichtige Vorbereitung. Das mindeste ist, daß die Bereitschaftspolizei vorher mobilisiert wird, und nicht nachher.«

Hilary öffnete den Mund, um zu antworten, dann schloß sie ihn wieder, als der Lautsprecher an der Decke zum Leben erwachte.

»Achtung, an alle! In fünfzehn Minuten im Sturmbunker versammeln. Ich wiederhole, in fünfzehn Minuten im Sturmbunker!«

»Nun«, sagte Malvan mit einem Grinsen, »ich würde sagen, die Erde hat sich nun doch gemeldet.«

Amber Hastings fand bei ihrem Eintreten den Schutzraum voller Menschen vor. Sie bahnte sich vorsichtig einen Weg zu ihrem gewohnten Platz auf ihrem Schlaftank und ging ihre Notizen durch, während die anderen allmählich zur Ruhe kamen. Die Luke zum Kontrollraum ging auf und Kapitän Olafson schwebte herein, dicht gefolgt von Thorpe.

»Alle versammelt?« fragte Karin Olafson, während sie sich an einer Verstrebung abbremste. Es entstand eine kleine Pause, während der sie die Köpfe zählte. »In Ordnung, fangen wir an. Vor einer Stunde wurde uns vom Chefkoordinator des Systemrates ein langes Kommuniqué übermittelt. Sie bilden eine Arbeitsgruppe zur Koordination sämtlicher Aktivitäten bezüglich des Kometen. Von jetzt an arbeiten wir für sie. Unsere neuen

Anweisungen waren dem Kommuniqué beigefügt. Hören Sie zu!«

Sie holte eine Kopie der Nachricht aus ihrer Tasche und begann vorzulesen:

DATUM: 20. Januar 2086
    AN: Kapitän Karin Olafson, ISF* *Admiral Farragut;* Thomas Thorpe, Expeditionsleiter
  VON: Constance Forbin, Chefkoordinator, Systemrat
BETRIFFT: Revidierte Einsatzbefehle

1.0 In Übereinstimmung mit der Notfallverordnung für den Weltraum aus dem Jahre 2056, im Jahre 2073 ergänzt durch den Vertrag von Mexico City, wird der ISF *Admiral Farragut* hiermit der Autorität des Systemrates unterstellt. Sie sind verpflichtet, alle gesetzlichen, von diesem Büro und der Arbeitsgruppe des Rates Nr. 7490 an Sie ergehenden Anweisungen auszuführen.

2.0 Alle früheren Verträge, Vereinbarungen oder Absprachen zwischen der *Admiral Farragut,* ihren Besitzern, den Passagieren und der Besatzung, der Sierra Corporation und der Republik Luna sind null und nichtig.

3.0 Sie werden aufgefordert, sich schnellstmöglich zum Kern des Kometen Hastings zu begeben. Sie werden den Kern vom Raum aus untersuchen und Ihre Beobachtungen weitermelden. Sie werden die Landung nur auf Anweisung hin durchführen und nur, wenn Sie dies für gefahrlos halten.

4.0 Sie werden Position und Geschwindigkeit des Kerns während der Annäherung überwachen. Sie werden Daten sammeln, mit denen die Orbitalparameter des Kometen weiter verfeinert werden können.

---

* ISF: Interplanetary Space Freighter; Interplanetarischer Raumfrachter

5.0 Sie werden unmittelbare Untersuchungen des Geländes und der inneren Zusammensetzung durchführen und alle diesbezüglichen Daten an AGR-7490 übermitteln.

6.0 Sie werden alle Anstrengungen unterstützen, die zur Orbitalmodifizierung als notwendig erachtet werden, um die Sicherheit der Erde zu gewährleisten.

7.0 Klassifizieren Sie alle Informationen bezüglich des Kometen Hastings als STRENG GEHEIM und übermitteln Sie solche Informationen nur, wenn die Sicherheit gewährleistet ist. Jede Weitergabe von Informationen hinsichtlich Ihrer Arbeit an die Öffentlichkeit ist untersagt. Die Koordination erfolgt ausschließlich durch diese Abteilung.

8.0 Viel Glück, *Admiral Farragut*. Wir verlassen uns auf Sie!
Constance Forbin
Chefkoordinator
Systemrat

Kapitän Olafson blickte auf, als sie mit dem Vorlesen fertig war. »Wir haben den Kometenkern langsam angesteuert, damit wir Treibstoff sparen. Das wird sich jetzt ändern. In genau einer halben Stunde wird das Schiff zwanzig Minuten lang mit einem halben ge beschleunigen. Wir werden den Kern in fünf Tagen erreicht haben und mit den Oberflächenbeobachtungen beginnen, sobald wir uns in Beobachtungsweite befinden. Gibt es irgendwelche Fragen oder Einwände zu den Anweisungen, die ich Ihnen soeben vorgelesen habe?«

»Was soll denn der Quatsch, daß alle Verträge zwischen uns und der Sierra Corporation null und nichtig sind?« fragte Bradford Goff, der Spezialist der Expedition für Schwergerät. »Die wollen uns doch wohl nicht erzählen, daß unsere Arbeitsverträge aufgehoben sind!«

Tom Thorpe schüttelte den Kopf. Er hatte sich neben

dem Kapitän verankert und die Reaktionen der anderen beobachtet, während Olafson die Anweisungen vorgelesen hatte. »Den Befehlen war eine Nachricht von Mr. Smith beigefügt. Er bekräftigt, daß die Leitung der Expedition an den Systemrat übergegangen ist. Er hat jedoch ebenfalls betont, daß Ihre jeweiligen Verträge voll erfüllt werden.«

»Was ist mit dieser ›Orbitalmodifizierung‹, bei der wir behilflich sein sollen?« fragte jemand. »Was meinen die überhaupt damit?«

Kapitän Olafson wandte sich an Professor Barnard. »Ist die astronomische Abteilung darauf vorbereitet, diese Frage zu beantworten?«

Barnard deutete in die Richtung, wo seine Assistentin auf dem Schlaftank thronte. »Amber hat sich mit diesen Möglichkeiten befaßt. Bitte lassen Sie es sich erklären.«

Amber blickte von ihren Notizen auf und fand alle Augen auf sich gerichtet. Sie hatte genügend Zeit gehabt, ein paar einfache Berechnungen durchzuführen und war mit den Ergebnissen wenig glücklich. Doch die Stimmung an Bord war düster gewesen, seitdem der mögliche Zusammenstoß des Kometen mit der Erde bekanntgeworden war. Amber entschloß sich, die Lage im bestmöglichen Licht erscheinen zu lassen. Sie räusperte sich und begann mit soviel Zuversicht zu sprechen, wie sie eben aufbringen konnte.

»Ich nehme an, die Erde erscheint den meisten, die auf ihr leben, als ein ziemlich großer Ort«, begann sie. »Ich weiß, ich fand ihren Anblick von Nearside aus immer beeindruckend. Doch nach den Maßstäben des Sonnensystems ist sie in Wirklichkeit ziemlich klein. Die Erde hat einen Äquatorialdurchmesser von lediglich 12 756 Kilometern. Das ist knapp ein Elftel des Jupiterdurchmessers und ein Hundertstel des Durchmessers der Sonne. Die Erde umkreist die Sonne mit einer Geschwindigkeit von 29,8 Kilometern pro Sekunde. Dividiert man den Planetendurchmesser durch seine Geschwindigkeit, dann ergibt sich, daß die Erde alle sieben Minuten ihren Durchmesser zurücklegt. Anders ausgedrückt, sie ist ein kleines, sich schnell bewegendes Ziel.

Wie jedermann, der im Raum gereist ist, weiß, vermeidet man eine Kollision dadurch, daß man die Flugbahn eines der beiden kollidierenden Körper ändert. Die Modifizierung einer Flugbahn erfordert Energie proportial zur erforderlichen Impulsänderung. Der Impuls hängt selbstverständlich von der Masse des Objekts und seiner Geschwindigkeit ab. Unglücklicherweise besitzt der Kometenkern eine sehr große Masse. Es wäre kein Problem für uns, die Umlaufbahn des Kometen zu verändern, wenn wir ein paar Jahrzehnte daran arbeiten könnten. Da der Kern auf seiner Umlaufbahn alle sieben Jahre in die Nähe Jupiters kommt, brauchten wir wahrscheinlich überhaupt nichts zu tun. Der gravitationelle Einfluß Jupiters würde die Bahn des Kometen bald vom Erdorbit ablenken. Nein, unser Problem sind die kommenden achtzehn Monate. Selbst wenn wir unsere größten und leistungsfähigsten Antriebsmaschinen einsetzen würden, könnten wir ihn nicht rechtzeitig in eine sichere Umlaufbahn bringen.«

»Dann ist die Erde verloren!« sagte Hilary Dorchester von ihrem Platz an John Malvans Seite aus.

»Nicht notwendigerweise«, erwiderte Amber. »Wissen Sie, es ist nicht unbedingt notwendig, die Flugbahn des Kometen zu verändern. Wir können auch einfach nur seinen Zeitplan ändern! Das läßt sich viel einfacher bewerkstelligen.«

»Natürlich«, sagte Professor Chen. »Wenn wir den Kometen dazu bringen können, früher am Kollisionspunkt einzutreffen, dann wird es keine Kollision geben!«

»Genau.«

»Wieviel früher?«

»Ausgehend von den vorliegenden Daten«, antwortete Amber, »gehe ich davon aus, daß wir während der nächsten achtzehn Monate drei Minuten gewinnen müssen. Darin ist die perspektivische Verkürzung durch den spitzen Annäherungswinkel des Kerns berücksichtigt.«

»Das klingt gar nicht schlecht«, sagte Chen. »Was bedeutet das in Geschwindigkeit ausgedrückt? Hat jemand einen Rechner dabei?«

»Es läuft auf eine 0,0005%ige Erhöhung der Geschwindigkeit des Kerns hinaus. Wenn wir seine gegenwärtige Geschwindigkeit auch nur um fünf Zentimeter pro Sekunde erhöhen können, wird er die Erde um tausend Kilometer verfehlen.«

Einen Moment lang war es ruhig, dann brach ein Gebrüll los, als ein Dutzend kompetente Stimmen ihre Vorschläge zur Beschleunigung des Kometen machten. Als sie einsah, daß die Aufregung ansteckend war, gab es Amber auf, erklären zu wollen, daß der Zahl, auch wenn sie winzig war, sechzig Billiarden Tonnen eine herkulische Dimension verliehen.

»Amber, warte auf mich!«

Amber hielt an und drehte sich in der Luft mit der ein wenig unbeholfen wirkenden Wende unter Schwerelosigkeit. Tom Thorpe schwebte zu ihr heran.

»Hallo«, sagte sie, als er sie eingeholt hatte.

»Ebenfalls hallo. Wo hast du denn gesteckt? Ich bekomme dich kaum noch zu sehen.«

»Professor Barnard und ich hatten zu tun. Wir überprüfen noch einmal genau unsere ganzen Daten.«

»Immer noch auf der Suche nach einem vergessenen Komma?«

Sie nickte.

»Ihr werdet keins finden, das weißt du doch.«

»Ich weiß. Ich komme einfach nicht über das Gefühl drüber weg, daß alles meine Schuld ist.«

»Deine Schuld? Weshalb?«

»Der Komet trägt meinen Namen«, sagte sie mit einer Spur Bitterkeit in der Stimme. »Stell dir die Millionen Menschen vor, die meinen Namen verfluchen werden, wenn sie erst einmal Bescheid wissen. Verdammt, ich habe ihnen doch gesagt, daß ich ihn nicht nach mir benannt haben wollte!«

»Ach komm«, versuchte er sie zu beruhigen. »Niemand wird dir die Schuld daran geben. Wenn das kein Akt Gottes ist, dann hat es nie einen gegeben.«

»Schon mal davon gehört, daß die Überbringer von schlechten Nachrichten hingerichtet wurden?«

Er blickte ihr lange in die Augen. »Das macht dir wirklich zu schaffen, stimmt's?«

Sie seufzte. »Ein bißchen schon, glaube ich. Ich schlafe nicht mehr gut in letzter Zeit.«

»Hast du mit Dr. Barnard darüber gesprochen?«

Amber schüttelte den Kopf. »Sie würde mir doch nur ein Schlafmittel verschreiben. Das brauche ich nicht.«

»Ich hab in meiner Kabine eine Flasche Brandy. Was hältst du davon, wenn wir uns einen Drink genehmigen?«

Zum erstenmal seit Wochen lachte Amber. »Genau daran dachte ich.«

Sie legten bis zu Thorpes Kabine ein Viertel des Wegs rund um das Habitatmodul der *Admiral Farragut* zurück. Trotz seiner Stellung als Expeditionsleiter war sein Quartier mit denen aller anderen identisch. Optimiert für die Schwerelosigkeit, gab es darin einen Schreibtisch, zwei Stühle, ein Schlafnetz, eine Unterhaltungskonsole und eine Vielzahl von Wandschränken für die persönlichen Habseligkeiten. Eine Luke gegenüber der luftdichten Tür führte zu einem zweiten Raum mit Schwerelosigkeitstoilette, Waschbecken und Dusche.

Amber drückte sich an Thorpe vorbei und hüllte ihn dabei in eine Wolke ihres Parfüms. Sie begab sich zu dem weiter entfernten Stuhl und schnallte sich an. Thorpe schloß die Tür, dann schwebte er zu einem der

Schränke an der Decke. Er kehrte mit einer Flasche, zwei Trinkblasen und einer Spritze zurück. Die Flasche stammte offensichtlich von der Erde und besaß nicht die besonderen Vorrichtungen, die für den Umgang mit Flüssigkeiten unter Mikrogravitation entwickelt worden waren. Thorpe reichte Amber die Blasen, bevor er die Spritze geschickt durch den Korken einführte und sie mit Flüssigkeit füllte. Dann injizierte er die Flüssigkeit in eine der beiden Blasen und wiederholte den Vorgang mit der anderen. Er verstaute die Flasche und die Spritze, ehe er eine der beiden Blasen annahm.

»Skol!«

Amber lächelte, dann nippte sie vorsichtig an der Blase. Sie genoß das milde Brennen der Flüssigkeit, als sie über ihre Zunge und durch ihre Kehle rann. Ein paar Minuten später fühlte sie sich durch und durch warm. »Der ist hervorragend.«

»Muß er wohl auch sein«, erwiderte er. »Stammt aus Halver Smiths Privatvorräten.«

»Ah, reich müßte man sein!«

»Du *bist* reich, zumindest aber wohlhabend. Erinnere dich, bei dir sammeln sich allmählich die Vorauszahlungen aus deinen Entdeckerrechten an.«

»Schade, daß ich das Geld nie werde ausgeben können.«

Thorpe runzelte die Stirn, dann befestigte er seine Trinkblase umständlich am nahegelegenen stählernen Schott. Der magnetische Boden der Blase hielt sie an ihrem Platz. »Vielleicht sollten wir darüber reden.«

»Worüber?«

»Was dir Kummer macht. Ich vermute, du hast ausgerechnet, wieviel Energie erforderlich ist, um einen Fünfhundert-Kilometer-Ball aus Eis mit fünf Zentimetern pro Sekunde zu beschleunigen.«

»Woher weißt du das?«

»Asteroiden zu bewegen ist mein Job, erinnerst du dich? Wie schlecht steht es?«

»Schlecht«, antwortete sie. »Keiner scheint daran zu denken, daß die Masse des Kerns sechzig Billiarden Tonnen beträgt. Das ist *ein Zwanzigstel der Masse des Wassers in allen Meeren der Erde!*«

»Eine ganze Menge«, stimmte er zu. »Also wie schwer wird es sein, dieses Klümpchen zu beschleunigen?«

»Ich schätze, daß dafür etwa 125 Milliarden Tonnen Brennstoff und eine Vierteltonne Antimaterie nötig sind.«

»Und darüber hast du dir Sorgen gemacht?«

Sie nippte an ihrer Blase, dann nickte sie. »Du weißt doch, daß es ein gutes Jahr braucht, bis die Menschheit auch nur fünfundzwanzig Kilo Antimaterie hergestellt hat. Wie sollen wir da *zweihundertfünfzig* in den nächsten Monaten zusammenbekommen?«

»Mach dir deswegen keine Sorgen. Das ist nicht unser Problem.«

»Nicht unser Problem!«

»Genau das meine ich. Unsere Aufgabe ist es, den Kern zu untersuchen und unsere Erkenntnisse an die Erde weiterzumelden. Wie man die Kollision vermeidet, müssen andere herausfinden. Wenn wir versuchen, ihren Job zusätzlich zu unserem zu übernehmen, dann werden wir keinen von beiden gut erledigen. Das ist eine Situation, wo man sich auf das Nächstliegende konzentrieren und hoffen muß, daß die anderen das gleiche tun.«

»Dann schlägst du also vor, ich soll vergessen, was ich weiß?«

»Vergiß es nicht. Aber laß dich auch nicht davon auffressen. Du bist für die Erde gerade jetzt von vitaler Bedeutung. Wir alle sind das. Wenn du mir nicht glaubst, dann denk nur mal daran, wie hilflos du dich jetzt im Farside Observatorium fühlen würdest. Wir sind die Augen und Ohren der Menschheit. Wir melden weiter, was wir zu sehen bekommen, wenn wir den Kern erreicht haben. Alles andere ist im Moment nebensächlich.«

»Aber was ist, wenn sie den Kern nicht schneller machen können?«

Er zuckte die Achseln und löste die Blase umständlich vom Schott. »In diesem Fall essen wir, trinken wir und freuen uns des Lebens. Solange es geht.«

21. KAPITEL

»In Ordnung, schwenken wir auf Weitwinkel zurück.«

Amber berührte einen Schalter, und die sechs alten Spiegel rückten in ihrem hexagonalen Rahmen in einen neuen Brennpunkt. Das kleine kugelförmige Objekt, das im Mittelpunkt des Gesichtsfeldes des Teleskops gelegen hatte, kontrahierte rasch bis zur Unsichtbarkeit und wurde von einer leuchtenden Wolke ersetzt. Die Kometenkoma hatte sich seit dem Verlassen des Jupitersystems verdichtet und würde während des nächsten Jahres damit fortfahren. Die durch den Sonnenwind hervorgerufene Reibung würde ungefähr zu dem Zeitpunkt einen erkennbaren Schweif ausbilden, wenn der Asteroidengürtel erreicht war.

Die *Admiral Farragut* war vor fünf Tagen in den Protoschweif eingedrungen. Während der Monate nach Verlassen des Jupiter waren sie dem Eisasteroiden dreißig Millionen Kilometer in Richtung Sonne nachgejagt. Zu keinem Zeitpunkt war er anders denn als hellstrahlender Halbmond erschienen. Ihre Versuche, die Oberfläche zu kartographieren, indem sie Aufnahmen machten, während sie gleichzeitig um den Kometen herum rotierten, hatten sich als unfruchtbar erwiesen. Detailbeobachtungen der Oberfläche des Kerns wurden durch die umgebende Wolke aus Gas und Staub vereitelt.

»Weitwinkeldarstellung«, meldete Amber, als sich das Bild stabilisierte.

»Maximaler Kontrast!« befahl Cragston Barnard.

Der Bildschirm veränderte sich erneut. Die Filamente einer eingefrorenen Explosion kamen ins Bild. Die geschwungenen Formen waren zu schwach ausgeprägt, als daß man sie normalerweise hätte erkennen können; erst die Fähigkeit des Computers, kleinste Helligkeitsunterschiede zu kontrastieren, machte sie sichtbar. Sie strahlten vom Kern aus und markierten deutlich seine Position, auch wenn er nicht mehr länger zu sehen war.

»Kein Zweifel mehr möglich«, sagte Barnard, nachdem er die photometrischen Werte für mehrere Regionen der Koma abgelesen hatte. »Der Kern entgast viel schneller als angenommen.«

»Trotzdem ist der Prozentanteil der flüchtigen Komponenten in der Wolke stabil«, sagte Amber. »Er sollte eigentlich zunehmen.«

Der alte Astronom schüttelte den Kopf. »Alle unsere Beobachtungen deuten darauf hin, daß der Kern, abgesehen von seiner Größe, ein ganz normaler Eisklumpen ist. Nein, wir haben irgend etwas übersehen, und ich glaube, ich weiß, was es ist.«

»Was glauben Sie?«

»Intern gebildete Hitze als Folge der Gezeitenspannungen bei dem nahen Vorbeiflug an Jupiter.«

»Gravitationelle Verwerfungen?«

Barnard nickte. »Die Annäherung muß irgendwie sein inneres Gleichgewicht gestört haben. Die im Innern entstandene Hitze dringt jetzt allmählich an die Oberfläche.«

»Schon möglich«, stimmte Amber zu. »Gravitationsspannungen halten das Innere von Callisto flüssig, und bedenken Sie auch, wie weit der von Jupiter entfernt ist.«

Barnard deutete auf einen besonders hellen Streifen. »Schauen Sie sich diesen Strahl an! Er muß aus einem größeren Riß in der Oberfläche hochsprudeln.«

»Aus diesem großen Krater, den wir beim Vorbeiflug gesehen haben?«

Er nickte. »Oder aus tiefen Verwerfungen in seiner Umgebung. Ein wirklich tiefer Riß könnte sich wie ein Hitzebrunnen verhalten.«

»Er müßte ziemlich tief sein«, gab sie zu bedenken.

Barnard zuckte die Achseln. »Wie man auch erwarten sollte, wenn man die Größe des übriggebliebenen Lochs bedenkt.«

»Ich bin gespannt, ob Sie recht behalten, wenn wir näher dran sind.«

»Wie wär's mit einer kleinen Wette?«

»Nie im Leben, Chef! Sie haben in letzter Zeit schon zu oft rechtbehalten.«

Während sie die Kontrollen des Teleskops bediente, summte Amber vor sich hin. Ihre Stimmung war vollkommen anders als nach der Entdeckung der schrecklichen Wahrheit über ihren Namensvetter. Der Grund für ihren Stimmungsumschwung war für jedermann an Bord offensichtlich. Amber war verliebt!

Sie und Tom hatten an jenem Tag in seiner Kabine einen weiteren Drink genommen. Halb damit fertig, hatten sie begonnen, in Erinnerungen zu schwelgen. Dann kam die Rede auf die Abmachung, die sie in San Francisco getroffen hatten. Als sie die dritte Trinkblase geleert hatten, sah Amber ein, daß es unsinnig war, Zeit zu verschwenden, wenn das Ende der Welt bevorstand. Sie hatten darüber gelacht.

Dann war das Gelächter plötzlich verstummt. Aus einem langen Blick wurde eine Umarmung. Hungrige Lippen suchten einander. Was als nächstes geschah, war so natürlich wie Atmen. Mitten im Liebesakt hatte es sogar eine lustige Unterbrechung gegeben, als sie beim Ertönen des Beschleunigungsalarms gezwungen waren, sich in die Sicherheitsgurte hineinzuwinden, ohne sich voneinander zu lösen. Die Triebwerke der *Admiral Farragut* erwachen zum Leben, und sie beendeten, was sie angefangen hatten, bei einem halben ge Beschleunigung.

Später hatten sie in gegenseitiger Umarmung geschlafen und sich am Morgen noch einmal geliebt. Beim Frühstück hatte sie vor versammelter Mannschaft erklärt, daß sie bei Tom einziehen würde. Niemand schien davon sonderlich überrascht.

»Also gut«, sagte Barnard, der sich neben ihr streckte und sie aus ihren Träumereien aufschreckte. »Das ist für dieses Mal genug. Programmieren Sie die Komabeobachtungen und stellen Sie das System auf Automatik um. Bis zur ersten Wache brauche ich Sie nicht mehr.«

»Sind Sie sicher, Craig?«

»Ganz sicher. Ich hatte heute beim Frühstück den Eindruck, unser aller Chef ist darüber unglücklich, daß ich Ihre Zeit so ausschließlich beanspruche. Wenn Sie mit dem Programmieren fertig sind, will ich Sie vor morgen früh nicht wieder sehen.«

Karin Olafson lag auf ihrer Beschleunigungscouch und betrachtete den Kometenkern auf der Projektionskuppel über sich. Der endlose Nebel begann sich zu lichten. Sie hatte auf die Treibstoffreserven des Schiffes zurückgegriffen, um einen Monat früher einzutreffen, doch erst seit ein paar Stunden konnten sie ihr Ziel mit dem bloßen Auge sehen.

»Wie groß ist der Abstand, Mr. Rodriguez?«

»Fünftausend Kilometer, abnehmend, Captain.«

»Bitte erkundigen Sie sich bei Professor Barnard, ob er genügend Annäherungsdaten hat. Ich bin bereit, das Schiff zu wenden.«

»Verstanden.« Es war ein leises Murmeln zu vernehmen, während Rodriguez mit der astronomischen Abteilung sprach. Dann sagte er: »Fertig, wann immer Sie so weit sind, Kapitän.«

Karin blickte über die Schulter zu ihrem Mann hinüber. »Alles klar zum Wenden, Chefingenieur?«

»Alles klar, Captain.«

»Okay. Bereithalten für die Durchsage.« Sie tippte auf den Hauptschalter des Bordinterkoms. »Achtung, an alle! Ich wende das Schiff für das Abbremsmanöver. Achten Sie auf Corioliskräfte und vermeiden Sie heftige

Armbewegungen. Wendemanöver in dreißig Sekunden!«

Karin zündete zeitplanmäßig die Korrekturtriebwerke. Das Habitatmodul begann beim Geräusch der Zündung zu vibrieren. Das Geräusch war noch nicht wieder erstorben, als der Himmel auf der Kuppel zu rotieren begann. Sie beobachtete aufmerksam das Kompaßgitter der Projektion. Als das Schiff darauf wenige Grad vor dem Wendepunkt lag, zündete sie erneut die Triebwerke. Ein zweites *Whom!* brachte die Rotation zum Stillstand. Im Zenit der Kuppel befand sich ein kleiner gestreifter Planet von beinahe unerträglicher Helligkeit. Aus einer Entfernung von dreißig Millionen Kilometern betrachtet, war Jupiter halb so groß wie der Mond von der Erde aus gesehen. Sein helles Licht durchdrang die Koma und gab ihr das Aussehen eines Vollmondes in einer diesigen Nacht.

»Rückansicht, Mr. Rodriguez.«

Wieder veränderte sich das Kuppelbild und zeigte nun den sichelförmigen Kern. Er sah im wesentlichen so aus wie während ihrer monatelangen Sternenjagd, außer daß die Ränder der Sichel nicht mehr unscharf und verschleiert waren. Der Eiskern hatte sich in einen kleinen Planeten mit scharf umrissenen Konturen und einer verdunkelten Hemisphäre verwandelt. Der verdunkelte Teil glühte düster im Licht des Jupiter.

Der Kapitän wies Thorpe, der neben ihr festgeschnallt war, auf dieses Phänomen hin. »Sieht so aus, als ob wir die Nacht dort würden durcharbeiten können.«

»Wie nah werden wir den Kometen querab passieren, Captain?«

»Was ist los, Mr. Thorpe? Kein Vertrauen in meine Navigationskünste mehr?«

»Reine Neugier.«

»Wir werden zum Zeitpunkt der größten Annäherung dreihundert Kilometer entfernt sein. Ich lasse alle meine Seitenkameras mitlaufen, deshalb müßten wir gute Sicht auf die sonnenerhellte Seite haben. Dieser große Krater wird komplett beleuchtet sein. Wenn wir eine Entfernung von zweitausend Kilometern auf der Sonnenseite erreicht haben, bringe ich das Schiff zum Stehen.«

Thorpe nickte. Für einen stabilisierenden Orbit bestand keine Notwendigkeit. Bei dem geringen Gravitationssog, der von dem Kern mit seiner geringen Dichte ausging, würde es ein gutes Jahr dauern, bis das Schiff zweitausend Kilometer gefallen war.

Kapitän Olafson beobachtete, wie sich die Aussicht auf den Kometen während der Annäherung veränderte. Ihre Annäherungsgeschwindigkeit — mit einem hohen Prozentanteil ihrer verbleibenden Treibstoffvorräte erkauft — betrug fünf Kilometer pro Sekunde. Wenn sie mit dem Kometen gleichzögen, würde sie mit vollen zwei ge fünf Minuten lang verzögern, um die *Admiral Farragut* in der gewünschten Position zum Stillstand zu bringen. Anschließend würde man mehrere Tage lang Untersuchungen durchführen, ehe man sich für einen Landeplatz entscheiden würde.

Sobald die Erlaubnis von der Erde erteilt worden war, würden sie das Habitatmodul abtrennen und es auf der Oberfläche absetzen. Als nächstes würde das Frachtmodul automatisch gelandet werden. Das Antriebsmodul würde in einer hohen Umlaufbahn über dem Kern verbleiben, wo es als Relaisstation dienen würde. Wenn sie erst einmal ihre Wasserstoff-Destillationsapparatur installiert hätten, würden sie jeden einzelnen Kugeltank zum Wiederbetanken auf den Boden überführen.

Der Asteroid wuchs allmählich an, bis er so groß war wie ein Planet. Als sie den Punkt größter Annäherung erreicht hatte, schaltete Karin Olafson den Interkom ein. »An alle, vorbereiten auf starke Beschleunigung! Zwei ge in zwei Minuten. Achten Sie darauf, daß Sie fest angeschnallt sind. Lassen Sie alles stehen und liegen und begeben Sie sich sofort zu den Beschleunigungsliegen! Machen Sie eine Rückmeldung, sobald Sie fertig sind.«

Sie wartete so lange, bis sich jeder an Bord für die Beschleunigung klar gemeldet hatte. Wie sie es vor dem Start getan hatte, inspizierte sie mittels Kamera die Lage jedes einzelnen und überprüfte ihr Schiff. Dann checkte sie die Bereitschaft der Kontrollraum-Crew.

»Erster Ingenieur!«

»Klar für Beschleunigungsmanöver, Captain.«

»Computercheck, Mr. Rodriguez.«

»Alle Anzeigen grün.«

»Alle Drucktüren schließen. Magnetfeld der Druckkammer hochfahren. Injektion von Reaktionsmasse und Antimaterie vorbereiten.«

»Ist vorbereitet, Captain«, sagte Erster Ingenieur Stormgaard.

Es entstand eine lange Pause.

»Erste Antimaterieinjektion in dreißig Sekunden. Mr. Rodriguez, geben Sie Alarm.«

Im ganzen Schiff ertönte der Beschleunigungsalarm.

»Achtung, an alle. Fertigmachen für vollen Schub, zehn... neun... acht... sieben... sechs... fünf... vier... drei... zwei... eins... jetzt!«

Barbara Martinez schritt langsam durch den langen Korridor der Raumstation Newton und fragte sich, womit sie sich eine Vorladung zu einem persönlichen Gespräch mit dem Direktor von Sky Watch verdient hatte. Computerprogrammierer sechsten Ranges trafen sich nicht oft mit El Patrón, und wenn sie es taten, dann hatten sie im allgemeinen nicht viel Freude daran.

Sie gelangte zum Chefbüro und überprüfte ihre Erscheinung in dem Ganzkörperspiegel, der für diesen Zweck vorgesehen war. Was sie sah, war eine schlanke, schwarzäugige Brünette mit einem gewandten Lächeln und einem für ihr Gesicht etwas zu großen Mund. Sie studierte ihre Gesichtszüge mit der Distanz eines Menschen, der von seinem Aussehen überzeugt ist. Das Graublau ihrer Uniform kontrastierte vorteilhaft mit ihrer ein wenig dunklen Gesichtsfarbe. Befriedigt meldete sie ihr Erscheinen.

Es kam die gedämpfte Aufforderung einzutreten. Franklin Hardesty saß über einen Bericht gebeugt, dessen Vorderseite den scharlachroten Aufdruck STRENG GEHEIM trug. Zusätzlich zu der Sicherheitsklassifizierung prangte auf dem Bericht das Logo des Systemrates. Der Rat hatte in der Vergangenheit als geheim eingestufte Untersuchungen durchführen lassen, das wußte sie, aber diese hatten sich gewöhnlich mit heiklen soziologischen Themen befaßt. Soweit sie informiert war, hatte sich Sky Watch nie mit etwas Geheimerem als Gezeitentafeln beschäftigt.

Hardesty blickte auf und schloß bei ihrem Eintreten den Bericht. »Bitte nehmen Sie Platz, Miss Martinez.«

»Danke, Sir.«

Der Direktor hatte sein Büro auf dem Gamma-Deck, wo die lokale Schwerkraft kaum ein Drittel der Standardschwerkraft betrug. Er behauptete, die höhere Schwerkraft auf den Alpha- und Beta-Decks verursache ihm Schmerzen im Bein.

»Ich habe mir Ihre Akte angesehen, Miss Martinez. Ihr entnehme ich, daß Sie als Astrogeologin ausgebildet sind.«

»Ja, Sir. Ich habe meine Doktorarbeit über die Entstehung der Kometen geschrieben.«

»Warum arbeiten Sie nicht auf diesem Gebiet?«

Sie hob die Schultern. »Wo bekommt ein Experte für Kometen denn schon einen Job? Abgesehen von dieser Expedition zum Kometen Hastings neulich, gab es für einen Spezialisten wie mich nicht viele Möglichkeiten.«

»Ich nehme an, Sie verfolgen die Fortschritte der Expedition.«

»Wenn ich kann. Es ist ziemlich still darum geworden, seit der Komet Jupiter hinter sich gelassen hat. Eine Sternenjagd ist eine langwierige Angelegenheit, nehme ich an.«

»Wie es heißt, kennen Sie einen der Expeditionsteilnehmer.«

Sie nickte. »John Malvan. Ich habe ihn kennengelernt, als er letztes Jahr hier auf der Durchreise war. Er versprach, einen Brocken vom Kometen mitzubringen.«

»Malvan ist Lunas offizieller Repräsentant bei dieser Expedition, nicht wahr?«

»Ja, Sir. Wären Sie so liebenswürdig, mir zu sagen, warum Sie mir all diese Fragen stellen?«

»Sky Watch ist beauftragt worden, eine der Arbeitsgruppen des Rates zu unterstützen. Dazu braucht man unsere allerbesten Leute. Ich denke daran, Sie vorzuschlagen.«

»Ein Forschungsprojekt, Sir? Über den Kometen?«

»Tut mir leid, aber mehr kann ich Ihnen nicht sagen. Der Job schließt einen ausgedehnten Aufenthalt auf der Erde ein. Interessiert?«

»Ja, Sir!« Wie die meisten bei Sky Watch Beschäftigten, hatte Barbara seit langem die Unterhaltungsmöglichkeiten, welche die Newton Station zu bieten hatte, ausgeschöpft. Trotz der hohen Bezahlung und den luxuriösen Wohnquartieren, war es ihr unmöglich, nicht zu bemerken, daß sie ihr Leben in einem gekrümmten Abzugsrohr verbrachte. Ein ausgedehnter Aufenthalt auf der Erde war genau das Richtige für sie.

»Falls Sie ausgewählt werden, wird man von Ihnen höchste Geheimhaltung verlangen. Sie werden niemandem sagen können, was Sie tun, außerdem wird Ihre Bewegungsfreiheit eingeschränkt werden.«

»Für wie lange?«

»Es könnte für mehrere Monate sein. Immer noch interessiert?«

»Sie sagen, daß es wichtig ist?«

»Es ist lebenswichtig.«

»Dann bin ich interessiert.«

Hardesty nickte. »Packen Sie Ihre Sachen und halten Sie sich für das Mittagsshuttle bereit. Sie sollen sich morgen um acht Uhr Ortszeit in Raum 1012 in unserem Denver Hauptquartier melden. Dort erhalten Sie weitere Anweisungen. Noch irgendwelche Fragen?«

»Nein, Sir.«

Hardesty erhob sich und hielt ihr seine Hand hin. »Viel Glück. Wir verlassen uns auf Sie.«

Halver Smith eilte durch den heftigen Wind zum Hauptgebäude dessen, was einmal eine pädagogische Hochschule in New Mexico gewesen war. Überall lag Schnee, außer auf den Gehwegen zwischen den Gebäuden. Im Beton verlegte Leitungen ließen den Schnee auf den Wegen schmelzen. Hinter den roten Ziegelhäusern mit ihren grünen Kupferdächern lag ein scharfzackiger Gebirgszug.

Die ehemalige Hochschule war vor fünf Jahren in Smiths Besitz übergegangen, und als Constance Forbin die Notwendigkeit erläutert hatte, die neue Arbeitsgruppe an einem sicheren Ort unterzubringen, hatte er den Campus angeboten. Eine kleine Armee von Handwerkern war zwei Wochen mit den nötigen Umbauten beschäftigt gewesen. Die Renovierung der Schlafsäle war immer noch im Gange.

Obwohl er seine Anzugheizung auf volle Leistung gestellt hatte, zitterte Smith, als er das Verwaltungsgebäude erreicht hatte. Nachdem er von einer Wache identifiziert worden war, durfte er zum zweiten Stock hinaufsteigen. Die Sekretärin des Projektleiters informierte ihn, daß Direktor Warren jemanden in seinem Büro habe, daß er jedoch in ein paar Minuten zur Verfügung stünde. Smith verbrachte die Zeit damit, sich an einem altmodischen Radiator aufzuwärmen.

Als die Tür zum Büro des Direktors aufging, trat eine hübsche junge Frau heraus. Smith fiel sie deshalb auf, weil ihr Haar so dunkel war, daß es bläulich schimmerte. Sie machte ein Gesicht, das Smith wiedererkannte. Es war der benommene Gesichtsausdruck von jemandem, der soeben die Wahrheit über den Kometen erfahren hatte.

»Frisch angeheuert?« fragte er, als sie an ihm vorbeistürmte, ohne ihn zu sehen.

Ihre Augen suchten ihn, dann schienen sie sich scharf einzustellen. »Ich bitte um Verzeihung?«

»Ich meinte, ob Sie neu hier sind.«

Sie nickte. »Gerade von der Newton Station heruntergekommen.«

»Und Direktor Warren hat Ihnen gerade eben gesagt, worum es geht.«

Sie nickte erneut.

»Meiner Erfahrung nach dauert es eine Woche, bis man seine Fassung wiedergewonnen hat.«

»Ich werde daran denken.«

Smith sah ihr nach. Er beneidete sie keineswegs. Sie hatte die Einweisungen noch vor sich. Die meisten brauchten ein paar steife Drinks, wenn die Einweisung beendet war.

»Hallo, Clarence«, sagte er beim Eintreten in das Büro des Direktors. »Wie ich sehe, haben Sie mal wieder Glückseligkeit verbreitet.«

Clarence Warren war ein vierzig Jahre alter ehemaliger Professor, der sich in seinem neuen Büro richtig zu Hause zu fühlen schien. Wegen seines Übergewichts neigte er zu einem watschelnden Gang.

»Guten Abend, Halver. Ja, ich versuche immer, die neuen Rekruten mit der Lage persönlich vertraut zu machen. Ich finde, ihre Reaktionen sagen etwas über ihre Persönlichkeit aus. Was kann ich für Sie tun?«

»Wie ich höre, sind die ersten Bilder eingetroffen. Ich dachte, ich komme mal vorbei und schau sie mir an.«

»Warum, um Gottes willen? Morbide Neugier?«

»Asteroiden zu bewegen ist mein Job, erinnern Sie sich?«

»Richtig«, antwortete Warren. »Ich vergesse manchmal, daß Sie diesen ganzen Zweig überhaupt erst in Gang gebracht haben. Die kartographischen Aufnahmen müssen irgendwo hier herumliegen.«

Warren griff in seinen Schreibtisch und zog einen Stoß ausführlich erläuterter Fotografien hervor, wie sie bei Astronomen üblich sind. Die Hologramme waren vergrößert worden, damit Einzelheiten und Erhebungen zu erkennen waren. Sie anzusehen war, als schaute man auf eine Miniaturausgabe von Luna hinab.

Das erste Foto zeigte den Kern in vollem Sonnenlicht. Die vorherrschende Farbe war das Graubraun von Luna, abgesehen von den Stellen, wo frische Krater durch die äonenlangen Ablagerungen von kosmischem Staub gebrochen waren. Das bemerkenswerteste Gebilde war ein riesiger Krater, der sich über beinahe ein Viertel des Umfangs des Eisasteroiden erstreckte. Der Krater war von einer Reihe von konzentrischen Ringwällen umgeben und wies im Zentrum eine Erhöhung auf, die während der Jahrhunderte in sich zusammengefallen war; nur ein kleiner Hügel war übriggeblieben.

Vom Krater strahlten mehrere dunkle Ringe aus, die zweifellos physikalische Verwerfungen waren — gewaltige Risse, die von der Kollision herrührten, bei der sich der Krater gebildet hatte.

Der Krater im Zentrum war nicht der einzige dieser Art. Wie bei den meisten atmosphärelosen Himmelskörpern des Sonnensystems war die Oberfläche von miteinander überlappenden Kratern bis an die Grenze der Bildauflösung zernarbt. Auch rätselhafte dunkle, längliche Muster waren zu sehen, den vom Zentralkrater ausgehenden Rissen ähnlich, aber doch anders als sie. Als er das Foto aus der Nähe betrachtete, entdeckte Smith so etwas wie Schatten.

»Die sehen wie Gebirgszüge aus«, sagte er, indem er Warren auf die Gebilde hinwies.

»Das«, antwortete der Projektleiter, »sind Felsformationen. Wie wir erwartet haben, ist der ganze Kern eine Mischung aus Eis und Gestein im Verhältnis fünfundsiebzig zu fünfundzwanzig. Irgendein Mechanismus hat an zwei Stellen zur Ausbildung von Felsgraten geführt. Wie Sie schon sagten, eine Art Gebirge.«

Smith starrte weiter auf das Objekt, das in letzter Zeit eine solche Bedeutung in seinem Leben angenommen hatte. Andere Aufnahmen zeigten weitere Aspekte, einschließlich der dem großen Aufschlagkrater gegenüberliegenden Seite. Weitere Rißmuster bewiesen, daß die Kollision, die den Eisasteroiden in der Oort-Wolke aus seiner Bahn geworfen hatte, ihn beinahe auseinandergerissen hatte. Das ganze Innere schien nur aus Verwerfungen zu bestehen.

»Kann ich hiervon einen Satz haben, Clarence?«

»Wenn Sie dafür unterschreiben«, antwortete der Direktor. »Schon eine Idee, wie wir eine so große Masse aus dem Weg schaffen sollen?«

»Noch nicht«, sagte Smith. »Vielleicht fällt mir etwas ein, wenn ich die Fotos eine Weile studiert habe.«

»Irgendeinen Vorschlag, wo wir sie landen lassen sollen?«

»Aber klar«, sagte er. »Der Krater ist der logische Ort dafür.«

»Weshalb?«

»Ganz leicht. Er ist der Schlüssel zu der Struktur des Kerns. Wenn wir das Schloß öffnen wollen, dann müssen wir genau an dieser Stelle ansetzen.«

22. KAPITEL

BERICHT NR. 165B
PHYSIKALISCHE PARAMETER DES KERNS DES
KOMETEN HASTINGS

... der Kern hat einen Äquatorialdurchmesser von 496 km und einen Poldurchmesser von 475 km, die Rotationsdauer beträgt 16 Stunden 49 Minuten und 7 Sekunden. Seine Masse wurde auf 6,0212 x 10^{16} Tonnen berechnet. Die Oberflächengravitation beträgt zwischen 0,662 % ge am Pol und 0,605 % ge am Äquator.

Die hervorstechendste geologische Struktur ist das große Aufschlagbecken, genannt Ground Zero Krater (GZK). (Siehe Bericht Nr. 122D, ›Topograpische Eigennamen auf dem Kern des Kometen Hastings‹.) Die innere Ringwand von GZK mißt 125 km im Durchmesser und erhebt sich 0,7 km über das Niveau des Kraterbodens. Diese wiedergefrorene Ebene ist typisch für die Kraterbildung auf überwiegend aus Eis bestehenden Himmelskörpern. Wie im Falle der Eismonde des Jupiter und des Saturn, weist der Boden von GZK eine scheinbare Ringstruktur auf, welche die verschiedenen Erstarrungsperioden im Oberflächeneis kennzeichnet. Hinter der Wand von GZK befinden sich wahrscheinlich eine Reihe von konzentrischen, an Risse erinnernde Verwerfungen, die auf den bei niedrigem Sonnenstand aufgenommenen Fotos als scharfrandige Schatten erscheinen. Spektrographische Analysen der aus diesen Brüchen austretenden Gase deuten darauf hin, daß im Kerninneren tatsächlich ein Erwärmungsprozeß vonstatten geht. (Siehe Bericht Nr. 97A, ›Interne Erwärmung des Kerns aufgrund von Gezeitenspannungen während des Vorbeiflugs an Jupiter‹.)

Zu den anderen Makrostrukturen in der Topographie des Kerns zählen zwei Erhebungen aus Gesteinsmaterial. Diese wurden Kleine Alpen (KA) und Low Sierra Mountains (LSM) getauft. Die KA dominieren die westliche Hemisphäre (die GZK gegenüberliegende Halbkugel) und die LSM die östliche. Die KA-Verwerfung reicht 5 km in die Wand von GZK hinein. Bis jetzt gibt es keine ausreichende Erklärung für diese enge Nachbarschaft.

Die hohe Zahl der Krater entspricht der für Eismonde gültigen Norm. Die Verwitterung sämtlicher Krater tritt deutlich zu Tage und läßt sich auf das wiederholte Eintreten des Kerns ins mittlere Sonnensystem im Verlauf seiner Perihelpassagen auf seinem ursprünglichen Orbit zurückführen. Das Ausmaß des ›Abrutschens‹, das bei Kraterwänden zu beobachten ist, kann zur exakten Berechnung des Krateralters innerhalb ± eines Kometenumlaufs (± 9 Millionen Jahre) benutzt werden. Diese Berechnungen lassen darauf schließen, daß GZK der wahrscheinlich älteste Krater auf der Kometenoberfläche ist.

Des weiteren läßt sich aufgrund der ausgeprägten antipodischen Frakturen genau gegenüber von GZK darauf schließen, daß das Kerninnere bei der ursprünglichen Kollision in beträchtlichem Maße beschädigt wurde. Dies wird untermauert durch...

>　　Zusammenfassung erarbeitet von:
>　　　L. T. Chen, Astrogeologe
>　　　C. J. Barnard, Chefastronom
>　　　A. E. Hastings, Astronomin
>
>　　　　　2. Februar 2086

Tom Thorpe lag auf der Beobachtercouch im Kontrollraum der *Admiral Farragut* und betrachtete den Kometen Hastings auf der Panormakuppel über sich. Der Kern war größer, als er ihn je zuvor gesehen hatte. Was einmal ein winzigkleines Lichtpünktchen gewesen war, füllte jetzt, während das Habitatmodul mit gletscherhafter Langsamkeit auf seinen Landeplatz zufiel, den halben Himmel aus. Thorpe wußte, daß ein langsamer Anflug am sichersten war, aber die erzwungene Untätigkeit machte ihm zu schaffen. Er brannte darauf, an die Arbeit zu gehen, nachdem sie zehn Tage damit verbracht hatten, jeden einzelnen Quadratzentimeter der Kernoberfläche zu kartographieren.

Das Schiff hatte ursprünglich 2000 Kilometer über der sonnezugewandten Seite des Eisasteroiden geschwebt. Von ihrem Beobachtungsposten aus hatten sie das Bugteleskop und zwei Panoramakameras auf das Ziel gerichtet. Die nächsten vier Tage über — sechs volle Umdrehungen des Kerns lang — hatten sie die Oberfläche in sichtbarem Licht und mehreren verschiedenen Wellenlängen des Ultravioletten und Infraroten kartographisch erfaßt. Während sie den Kern unter sich rotieren sahen, war ihnen allmählich zu Bewußtsein gekommen, wie groß diese Welt in Wirklichkeit war. Bei einem Durchmesser von angenähert 500 Kilometern besaß der Eisasteroid eine Oberfläche von 250 000 Quadratkilometern — womit er größer war als etwa Rumänien oder Idaho. Auf dem Hinflug war es Thorpe zur Gewohnheit geworden, von ihm in den gleichen Begriffen zu denken, wie er es vom *Felsen* tat. Doch eine solche Entsprechung existierte nicht. Die größte Abmessung des *Felsen* betrug ein Hundertstel des Kometendurchmessers.

Nach Ablauf von vier Tagen hatten sie ihre Daten über eine abgesicherte Verbindung zur Erde gesendet und anschließend das Schiff in eine Position genau über dem Südpol des Eisasteroiden gebracht. Dort hatten sie eine weitere Umdrehung lang geschwebt, während sie die Südpolregion fotografiert hatten. Dann hatten sie ihre Untersuchungen über dem Nordpol wiederholt.

Der Landeplatz, den die Erde schließlich ausgewählt und genehmigt hatte, befand sich zehn Kilometer innerhalb des Ground Zero Kraters. Der glatte Boden dort lud nicht nur zum Landen ein, sondern die Entstehung des Kraters war auch die letzte Katastrophe in der Geschichte des Eisasteroiden gewesen. Tatsächlich war ein großer Teil seiner gegenwärtigen Struktur Folge der Kollision, die ihn ursprünglich aus der Oort-Wolke hinausgeworfen hatte.

Die Stelle lag zudem in der Nähe des ›Ödlands‹, einer Gegend, die für Professor Chen von besonderem Interesse war. Das Ödland war eine Gegend voller Verwerfungen, wo die Low Sierra Mountains bis nah an die Kante des Ground Zero Kraters vorsprangen. Den beiden ungleichartigen Gebieten waren, Ring auf konzentrischen Ring folgend, Bodenfehler und Brüche überlagert. Aus diesen tiefen Rissen kochte der unsichtbare Wind hervor, der die umgebende Koma stetig vergrößerte.

Als alles so weit war, hatte Kapitän Olafson das Habitatmodul herausgelöst, es in sicherer Entfernung vom verbliebenen Schiff geparkt und dann den Vorgang mit dem Frachtmodul wiederholt. Als alles überprüft und gegengeprüft war, hatte sie den langsamen Abstieg zur Oberfläche hinunter begonnen.

Während Thorpe auf seiner Couch lag, wurde er auf eine Leuchterscheinung hoch über sich aufmerksam. Er ließ seinen Beobachtungsschirm auf diese Himmelsregion ausrichten und wurde mit dem Anblick des faßförmigen Frachtmoduls belohnt, das sich von der Schwärze des Weltraums abhob. In Abänderung des Plans hatte man beschlossen, das Frachtmodul vor ihnen hinunterzuschicken. Es würde etwa eine Minute vor dem Habitatmodul Bodenberührung haben und verifizieren, ob der Boden des Ground Zero Kraters so fest war, wie es den Anschein hatte.

»Krater in Sicht«, meldete Emilio Rodriguez dem Kontrollraum, als die ringförmige Wandung über dem Horizont auftauchte.

»Ich sehe ihn«, antwortete der Kapitän. »Annäherung fortsetzen.«

Karin Olafson klang entspannter, als sie sich auf ihrer Beschleunigungsliege fühlte. Ihre Augen musterten die Anzeigen in rascher Folge, während sie einen Nebenregler in ihrer rechten Hand hielt, bereit, augenblicklich die Kontrolle vom Autopiloten an sich zu reißen, falls sich das als nötig erweisen sollte.

»Irgendwas Gefährliches zu sehen, Erster Ingenieur?« fragte sie einige Minuten später, als der Ground Zero Krater die Panoramakuppel über ihren Köpfen füllte. Während des Abstiegs zeigte die Kuppel das Bild unter dem Habitatmodul.

Kyle Stormgaards Stimme kam aus einem Lautsprecher an der Decke. »Das Ding gefällt mir, Captain. Ist so glatt wie ein Babypopo.«

Der Erster Ingenieur trug einen Raumanzug und befand sich in einer offenen Schleuse. Er hatte eine Handsteuerung dabei und würde das Schiff übernehmen, falls die Schiffskameras während der kritischen Landephase ausfallen sollten. Er musterte den Landeplatz durch hochverstärkende Ferngläser und hielt Ausschau nach Gefahren.

»Mr. Rodriguez, können Sie das bestätigen?«

»Bestätigt, Kapitän. Das Radar zeigt eine Eisoberfläche an mit Ebenheit 0,04 und einer Dicke von mindestens mehreren hundert Metern. Die thermische Messung ergibt eine Oberflächentemperatur von durchweg 124 Kelvin.«

»Sehr schön. Achte auf die Staubentwicklung, wenn das Frachtmodul aufsetzt, Kyle. Wir schwenken vielleicht besser ab, wenn die Sicht zu stark abnimmt.«

»Verstanden, Kapitän«, kam die rasche Antwort.

Während Thorpe weiter die Panoramakuppel beobachtete, fiel das Frachtabteil die letzten Dutzend Meter in Richtung Oberfläche. Ein kurzes Aufflackern seiner starken Korrekturdüsen genügte, um sein Abwärtsgleiten zum Stillstand zu bringen. Es schwebte lange Sekunden im Vakuum, bis es schließlich die letzten drei

Meter auf den Boden hinabgesunken war. Das große Modul federte langsam mehrere Male in seinen Landestützen und stabilisierte sich dann.

»Das Frachtmodul ist sicher gelandet. Keine Anzeichen von Oberflächenstaub.«

»Weitermachen, Leute, wir gehen runter!«

Der Rest der Landung war ein Kinderspiel. Das riesige, kugelförmige Habitatmodul hallte wider von einigen kurzen Stößen der Steuerdüsen, dann war es still. Fast eine halbe Minute später fühlte sich Thorpe sanft in seinen Sitz gedrückt. Nach allen Seiten hin breitete sich ein seltsam braungrauer Boden aus, während darüber eine geschrumpfte Sonne aus einem pechschwarzen Himmel auf ihn herunterstarrte. Kapitän Olafson begann augenblicklich mit dem Aufrufen der Abschlußprozeduren.

Thorpe atmete hörbar aus. Erst jetzt fiel ihm auf, daß er den Atem angehalten hatte. Nachdem er eine Weile den Kuppelhorizont gemustert hatte, begann er seine Gurte abzustreifen, plötzlich begierig darauf, wieder frei zu sein. Nach acht Monaten und fast einer Milliarde zurückgelegter Kilometer war die *Admiral Farragut* endlich am Ziel!

»Sie sind unten«, gab Franklin Hardesty bekannt.

»Sind Sie sicher?« fragte Constance Forbin.

Der Direktor von Sky Watch nickte. »Die Newton Station hat soeben die Bestätigung von Kapitän Olafson erhalten. Das Habitat- und das Frachtmodul sind beide erfolgreich gelandet, und man ist gerade dabei, sie im Eis zu verankern.«

»Gute Neuigkeiten«, sagte die Chefkoordinatorin.

»Verdammt gute Neuigkeiten!« erwiderte Hardesty.

Beide befanden sich in einem abgeschirmten Konferenzsaal im New Ridderzaal Tower, wo sie eine Zusammenkunft der größeren Nationen der Erde moderierten. Die Nordamerikanische Union und das Vereinigte Europa waren vertreten, die Democracia du Sud America, die Afrikanische Union, Großchina und Australasien. Constance Forbin hatte das Geheimnis des eigensinnigen Kometen am ersten Versammlungstag enthüllt. Zu ihrer Überraschung hatten die versammelten Repräsentanten die Nachricht mit relativer Ruhe aufgenommen. Ob ihre Reaktion auf ihr mangelndes Verständnis der drohenden Gefahr zurückzuführen war, oder ob ihre Spionagedienste den Sicherheitsrat infiltriert hatten, wußte sie nicht zu sagen. Außerdem hielt sie diese Frage für unbedeutend. Das Geheimnis hatte bestenfalls vorübergehend gewahrt werden können. Die Dinge hatten sich so weit entwickelt, daß die Öffentlichkeit informiert werden mußte. Wenn es gelingen sollte, den Kometen abzulenken, dann würde man Vorbereitungen in einem Maßstab zu treffen haben, die für jedermann erkennbar waren.

»Da Ihre Leute nun gelandet sind, was schlagen Sie vor, was geschehen soll?« fragte der nordamerikanische Vertreter. Er war ein hochgewachsener Mann mit einem permanent finsteren Blick.

»Erkundungen durchführen, natürlich. Es gibt eine Menge, das man nur durch Vor-Ort-Untersuchungen herausfinden kann.«

»Zu welchem Zweck?«

»Wenn wir den Kometen beschleunigen und dazu bringen sollen, daß er die Erde verfehlt, dann müssen wir wissen, an welcher Stelle wir zu schieben haben. Das erfordert eine genaue Kenntnis seiner inneren Struktur. Wir hätten nichts davon, wenn er beim ersten Schub auseinanderfallen würde.«

Die Vertreterin des Vereinigten Europa war eine kleine Frau mit einer Zahnlücke, die sich beim Sprechen zeigte. »Ich hätte mir gedacht, daß wir genau das tun würden. Zerblasen wir ihn in Atome, sage ich!«

Franklin Hardesty schüttelte den Kopf. Er war neben Constance Forbin an der Mitte des Konferenztisches plaziert. »Der Kern ist zu groß, um ihn mit Sprengladungen zu zerstören. Einmal gibt es dafür wahrscheinlich im ganzen Sonnensystem nicht genug Antimaterie. Zum zweiten, selbst wenn wir die Möglichkeit dazu hätten, würden wir ihn dennoch nicht zertrümmern wollen. Das würde ihn in eine Milliarde Brocken von der Größe kleiner Berge zerreißen. Können Sie sich vorstellen, was mit der Erde geschehen würde, wenn uns einer dieser Brocken treffen sollte?«

»Und statt dessen warten wir darauf, daß er in einem Stück auf uns herunterfällt?«

»Die Arbeitsgruppe in New Mexico ist dabei, das Problem zu analysieren«, versicherte ihr Constance Forbin. »Dort hat man sämtliche Fernbeobachtungsdaten der *Admiral Farragut*. Sie werden eine Empfehlung vorlegen, wie man in ein paar Wochen am besten weiter vorgeht.«

»Und was passiert unterdessen mit all diesen Frachtschiffen, für die wir bezahlen sollen?« fragte der indische stellvertretende Minister für Weltraumangelegenheiten, Mr. Jaharawal, ein kleiner, dunkler Mann.

»Was ist mit ihnen?«

Der erste Konferenztag war mit einer Übersicht über die Daten begonnen worden, aus denen hervorging, daß der Komet die Erde treffen würde. Am zweiten waren Pläne zum Umbau dreier großer Schüttgutträger in Schwerguttransporter entwickelt worden. Die Schiffe würden mit Hochleistungstriebwerken, voluminösen Tanks und genügend Reaktionsmasse ausgestattet werden, daß sie den Orbit des Kerns in nur drei Monaten erreichen konnten.

»Wir wissen nicht, wofür diese teuren Schiffsumbauten notwendig sind«, fuhr der stellvertretende Minister fort. »Ohne einen konkreten Plan weiterzumachen, ist Geldverschwendung.«

»Die Notwendigkeit zur Beförderung schwerer Lasten ist offensichtlich«, erwiderte Frank Hardesty. »Wollen

Sie, daß wir so lange warten, bis jedes Detail ausgearbeitet ist?«

Der stellvertretende Minister ließ sich nicht einschüchtern. »Mein Land verfügt nicht über die Mittel, um den Systemrat beziehungsweise Sky Watch mit einem unbeschränkten Budget auszustatten. Wir können es uns nicht leisten, daß Sie mit Geld um sich werfen wie ein betrunkener Raumfahrer.«

»Darf ich meinen geschätzten Kollegen daran erinnern, daß der Komet voraussichtlich tausend Kilometer vor Ihrer Küste auftreffen wird?« sagte der Vertreter des Vereinigten Europa.

»Das dürfte für den Durchschnittsinder bei der nächsten Wahl keinen Unterschied ausmachen. Man murrt jetzt schon über die Kosten dieses internationalen Debattierclubs, den Mrs. Forbin leitet. Wie viele Rupien wollen Sie für Ihre theoretischen Studien denn noch an sich reißen?«

»So viele, wie benötigt werden, um die Erde zu retten, Sir. Was die Transporter betrifft, wenn wir mit der Arbeit nicht augenblicklich beginnen, werden sie nicht rechtzeitig fertig werden, um uns überhaupt etwas zu nützen.«

»Ob wir Erfolg haben«, sagte der dunkelhaarige, aschblonde Vertreter von Australasien, »hängt davon ab, daß wir die öffentliche Meinung wirkungsvoll kontrollieren. Welche Fortschritte wurden bei der Vorbereitung der öffentlichen Bekanntgabe gemacht?«

»Beträchtliche«, antwortete Constance. »Wir haben eine weitere Arbeitsruppe gebildet. Sie besteht aus Experten für Massenpsychologie. Das Hauptproblem, glauben sie, besteht darin, den Grad der öffentlichen Aufmerksamkeit zu steigern, ohne sie zu ängstigen. Es wurde vorgeschlagen, daß wir nicht die ganze Wahrheit auf einmal sagen.«

»Und haben sie einen Vorschlag, wie das zu bewerkstelligen ist?«

»Ja, das haben sie. Tatsächlich haben sie sich etwas ziemlich Geniales einfallen lassen.«

AUSZUG AUS *Die Nachrichten der Woche mit Ric Thompson*, TRANS-EARTH COMMUNICATIONS NETWORK, 12. FEBRUAR 2086

(Das Logo von Trans-Earth Network verblaßt und geht in die Nahaufnahme von Ric Thompson, dem Nachrichtensprecher, über.)

THOMPSON: Guten Abend, meine Damen und Herren. Hier ist Ric Thompson mit den *Nachrichten der Woche*, ihrer Zusammenfassung der wichtigsten Ereignisse. Dies war die Woche, in der der Systemrat erklärt hat, daß die spektakuläre Erscheinung des für nächstes Jahr erwarteten Kometen Hastings noch viel spektakulärer ausfallen könnte als allgemein erwartet. Der Komet, so scheint es, wird die Erde auf seinem Weg zurück in die Tiefe des Weltalls sehr nah passieren. Obwohl erwartet wird, daß uns der Kopf des Kometen um mehrere tausend Kilometer verfehlen wird, weisen die Wissenschaftler darauf hin, daß ihre Berechnungen mit einer gewissen Fehlerspanne behaftet sind.

Der Systemrat hat angekündigt, daß er als Vorsichtsmaßnahme ein Programm zur Vorbereitung einer Reihe von Nuklearladungen durchführen wird, um damit den Kometen zu zerstören, falls es sich als notwendig erweisen sollte. Um über diese Dinge zu diskutieren, bringen wir heute abend ein Interview mit der Entdeckerin des Kometen, Miss Amber Hastings. Ehe wir damit beginnen, ist zu dem Interview eine Erklärung angebracht.

Miss Hastings befindet sich an Bord des Forschungsschiffes *Admiral Farragut*, das kürzlich auf dem Kometen gelandet ist. Da die Zeitverzögerung beim Funkverkehr mit dem Kometen immer noch gut vierzig Minuten beträgt, war es nicht möglich, das Interview in Realzeit durchzuführen. Deshalb übermittelten wir eine Reihe von Fragen, die Miss Hastings über Computersimulation gestellt wurden. Die Simulation paßte sich im folgenden an die Antworten an, genau so, wie es ein menschlicher Interviewer tun würde. Ich muß betonen, daß sie die Fragen nicht im voraus kannte. Auf diese Weise haben wir die gleiche Reaktion erhalten, als wenn wir uns mit Miss Hastings im selben Raum befunden hätten. Miss Hastings Antworten wurden dann mit meinen Fragen zusammengeschnitten, woraus sich das folgende Interview ergeben hat.

(Das Bild wechselt; man sieht Ric Thompson nun halb von hinten. Er schaut auf einen Bildschirm, aus dem Amber Hastings herausblickt.)

THOMPSON: Guten Abend, Miss Hastings. Ich hoffe, wir haben Sie nicht zu einem ungünstigen Zeitpunkt erwischt.

HASTINGS: Ganz und gar nicht, Ric. Ich bin gerade dabei, meinen Raumanzug anzulegen und mit den für heute vorgesehenen Untersuchungen zu beginnen, aber für die Presse habe ich immer Zeit.

THOMPSON: Wie sieht es auf einem Kometen aus?

HASTINGS: Der Kern erinnert mich stark an meine Heimat Luna. Das Eis ist graubraun von dem kosmischen Staub, den es auf seiner Umlaufbahn um die Sonne im Laufe der Jahrmilliarden aufgesammelt hat. Wir befinden uns hier ziemlich nahe am Ringwall des größten Kraters, und man kann seine Kante im Norden über dem Horizont erkennen. Die Sonne ist ein heller Stern am Himmel. Ihr Anblick wird durch die Kometenkoma ein wenig getrübt.

THOMPSON: Koma?

HASTINGS: Die Hülle aus Gas und Staub, die den eigentlichen Kern umgibt. Die Koma ist die helle rundliche Wolke, die Sie auf Abbildungen von Kometen sehen.

THOMPSON: Wie man hört, handelt es sich bei dem Kern um eine Art von verirrtem Meteoriten, der die Erde Ende nächsten Jahres nahe passieren wird. Ist das richtig?

HASTINGS: *(nickt)* Unsere Berechnungen lassen es als wahrscheinlich erscheinen, daß es dazu kommen wird.

THOMPSON: Wie nahe wird er uns kommen?

HASTINGS: *(zögert einen Moment)* Diese Frage ist schwer zu beantworten. Es sind dabei eine ganze Reihe von Unwägbarkeiten im Spiel. Wir nehmen an, daß der Komet sich der Erde mindestens bis auf einen Planetendurchmesser nähern wird.

THOMPSON: Wieviel ist das in Kilometern ausgedrückt?

HASTINGS: Ein Planetendurchmesser, das sind 12500 Kilometer.

THOMPSON: *(lacht)* Nun, das klingt gar nicht so schlecht. Ich wünschte, ich könnte meiner Schwiegermutter so weit aus dem Weg gehen!

HASTINGS: Im Maßstab des Sonnensystems ist das *sehr* nahe.

THOMPSON: Ja, das glaube ich Ihnen. Ihr Astronomen seid an den Umgang mit großen Zahlen gewöhnt, nicht wahr? Ich nehme an, der Systemrat arbeitet Pläne aus, um den Kometen zu sprengen, falls er zu nahe kommen sollte. Können Sie dazu einen Kommentar abgeben?

HASTINGS: Diese Frage müssen Sie schon dem Rat stellen. Es ist schon fast neun Monate her, daß ich das letzte Mal auf der Erde war, und wie Sie sich denken können, bin ich nicht mehr ganz auf dem laufenden.

THOMPSON: Da ist noch eine Sache, die ich Sie gerne fragen würde, Miss Hastings. Ich nehme an, der Ko-

met wird große Zerstörungen anrichten, falls er die Erde treffen sollte.
HASTINGS: Sehr große, Ric.
THOMPSON: Es wäre in etwa vergleichbar mit der Explosion einer Atombombe, nicht wahr?
HASTINGS: Ja.
THOMPSON: Ich frage mich ... Wie würde es sich *anhören*?
HASTINGS: *(zwinkert verblüfft)* Ich bitte um Verzeihung?
THOMPSON: Ich habe gehört, daß manche Meteore einen Überschallknall hervorrufen, wenn sie die Atmosphäre durchfliegen. Andere erzeugen ein Geräusch wie reißendes Metall. Wenn Ihr Komet nun in irgendeinem Vorgarten landen sollte, worauf müßten unsere Zuschauer dann horchen?
HASTINGS: Es würde schwierig sein, es nicht zu hören, Ric. Der Einschlag eines Meteors von der Größe des Kometen Hastings würde das Geräusch von etwa einer Milliarde Donnerschläge hervorrufen!
THOMPSON: Und einschlagen wie ein Blitz, wie? Dann hoffen wir am besten, daß es nicht dazu kommt. Ich danke Ihnen, Miss Hastings. Und jetzt unterbrechen wir für eine Werbung.

(Nahaufnahme von Ric Thompson. Abblende zu Werbespot)

Amber und Tom Thorpe lagen nebeneinander auf dem Boden ihrer Kabine. Auch wenn die Schwerkraft des Kerns weniger als ein Prozent ge betrug, war es doch zuviel, als daß sie wie unter Schwerelosigkeit an einem Haken an der Wand hängen konnten. Wer in der Vertikalen zu schlafen versuchte, dessen Schlaf wurde von Fallträumen heimgesucht. Sie sahen sich die Aufnahme von Ambers Interview mit TECN an. Als Thompson bei der Frage angelangt war, wie sich der Kern wohl anhören würde, wenn er auf die Erde stürzte, kam von Amber ein erstickter Laut.

»Das sollten sie doch herausschneiden!« rief sie, als die Frage des Interviewers und ihre Antwort in den Äther hinausgingen. »Der Rat hat uns angewiesen, die Möglichkeit einer Kollision herunterzuspielen.«

»Ich schätze, da war jemandem ein gutes Interview wichtiger, als sich an die Anweisungen zu halten.«

»Verdammter Mist«, fluchte sie. »Dieser Computer hat mir bestimmt hundert Fragen gestellt. Ich fing an, müde zu werden, und konnte nicht glauben, daß man so albern fragen kann, wie es sich wohl anhören würde! Ich habe einfach mit dem ersten besten zurückgeschossen, was mir in den Sinn gekommen ist.«

»Das ist nicht deine Schuld. Die sind es, die's verbockt haben. Ich wette, der Systemrat spring im Dreieck.«

»Die werden mir bestimmt den Hintern versohlen wollen dafür!«

Thorpe lächelte und fuhr mit der Hand zärtlich über das erwähnte Körperteil. »Da bekommen sie es aber mit mir zu tun.«

23. KAPITEL

NACHRICHTENMELDUNG:

UNIVERSAL FAX, DEN HAAG, VEREINIGTES EUROPA — 1. Februar 2086
(Zur Verbreitung in AUSL, CHN, NORAM, SOAM, VREU, LUNA, XTERR)

WIE AUS GUTINFORMIERTEN KREISEN DES SYSTEMRATES VERLAUTET, WIRD DER EISASTEROID KOMET HASTINGS, DER IN KÜRZLICH ERSCHIENENEN PRESSEBERICHTEN AUCH ALS ›DONNERSCHLAG‹ BEZEICHNET WURDE, AM 17. JULI MIT DER ERDE ZUSAMMENSTOSSEN. EIN SPRECHER DES BÜROS DER CHEFKOORDINATORIN WEIGERTE SICH, EINEN OFFIZIELLEN KOMMENTAR ABZUGEBEN, BEZEICHNETE IM VERTRAULICHEN GESPRÄCH SOLCHE SPEKULATIONEN JEDOCH ALS »VOREILIG UND UNVERANTWORTLICH«. WÄHREND ER ZUGAB, DASS DIE MÖGLICHKEIT EINES ZUSAMMENSTOSSES BESTÜNDE, BERICHTETE DER SPRECHER JEDOCH GLEICHZEITIG, DASS ANSTRENGUNGEN UNTERNOMMEN WÜRDEN, »EINEN AUSREICHEND GROSSEN SICHERHEITSABSTAND ZU GEWÄHRLEISTEN, WENN DER KOMET NÄCHSTES JAHR DIE ERDE ERREICHT«. ZUR UNTERMAUERUNG VERWIES DER SPRECHER AUF DAS CRASHPROGRAMM ZUM UMBAU MEHRERER GROSSER ORBITALTRÄGERSCHIFFE FÜR DEN TRANSPORT VON PERSONAL UND LADUNG ZUM KOMETEN. DIE SCHIFFE WÜRDEN, SO VERSICHERTE ER, BIS ZUM 1. APRIL RAUMTÜCHTIG SEIN, GANZE ZWEI MONATE VOR DEM ANGESTREBTEN TERMIN.

ENDE

Barbara Martinez saß vor ihrem Terminal und beobachtete, wie die Zahlenkolonnen über ihren Bildschirm wanderten. Die leuchtenden Ziffern gaben die Ergebnisse der neuesten Simulation der Arbeitsgruppe wieder. Barbara mußte die Daten nicht erst auswerten, um zu wissen, daß sie einen weiteren Fehlschlag erlitten hatten. Gleich welche Kombinationen von Antriebssystemen sie ausprobierten, es schien unmöglich, die Geschwindigkeit des Kometen auch nur um den winzigsten Bruchteil eines Prozents zu verändern. Der Eisasteroid war einfach ein zu dicker Brocken, als daß man ihn bewegen könnte!

»Also, den Antimateriestrahl zu pulsen, macht anscheinend keinerlei Unterschied aus«, sagte sie zu Gwilliam Potter. »Wir würden immer noch mehr Antimaterie brauchen, als wir in einem Jahrzehnt herstellen könnten. Soviel zu den neusten Geistesblitzen der Theoretiker.«

»Wie ich Ihnen schon vorher gesagt habe«, erwiderte Potter. Er war ein britischer Europäer, der sich während der vergangenen zwei Wochen das Büro mit Barbara geteilt hatte. Barbara hatte ihn als kultivierten, lustigen und ein wenig zu optimistischen Menschen kennengelernt.

»Und was machen wir jetzt?«

Er zuckte umständlich die Achseln. »Das fragen Sie am besten die großen Denker. Ich glaube, wir zielen in die vollkommen falsche Richtung.«

»Wieso?«

»Sehen Sie sich doch nur die Simulationen an, die wir haben laufen lassen. Es sind alles Variationen vorhandener Techniken. Hut ab, Halver Smith hat die meisten davon erst entwickelt. Wir haben versucht, Antimaterie direkt ins Eis zu injizieren und es zu verdampfen. Wir haben das verdammte Zeug zu pulverisieren und durch auf der Oberfläche installierte Düsen zu verteilen versucht. Wir haben sogar daran gedacht, die drei umgebauten Schüttgutträger als Raumschlepper zu benutzen. Bis jetzt sind wir unserem Ziel keinen einzigen Schritt nähergekommen.«

»Dann sagen Sie mir etwas, das ich noch nicht weiß.«

»Während Sie mit Ihren Zahlen herumgespielt haben, habe ich mir selbst etwas ausgedacht.« Er deutete zu seinem Monitor hinüber, auf dem der Ground Zero Krater und dessen Umgebung abgebildet war.

»Und ich dachte, Sie würden bloß herumhängen, weil Sie mir nicht beim Programmieren helfen wollten.«

Potter grinste. »Das kommt noch dazu.«

»Und worauf sind Sie gekommen?«

»Bis jetzt haben wir jedesmal versucht, Schub zu entwickeln, indem wir kleine Massen auf hohe Geschwindigkeiten beschleunigt haben.«

»Wie sonst kämen wir beim Antrieb auf einen hohen Wirkungsgrad?«

»Vielleicht ist die Gewichtung des Maßstabs für uns wichtiger als der Wirkungsgrad?«

»Ich kann Ihnen nicht folgen.«

»Wie wäre es, wenn wir einer wirklich großen Masse eine kleine Geschwindigkeit verleihen würden?«

»Ist das nicht das, was wir mit dem ganzen Asteroiden vorhaben?«

»Dieser Kommentar, verehrte Kollegin, ist eine Nullmenge vom Null-gleich-Null-Typ. Was ich vorschlage, ist, daß wir ein größeres Stück von Donnerschlag herausbrechen und es mit relativ geringer Geschwindigkeit hochschleudern — einhundert Meter pro Sekunde, beispielsweise.«

»Ich würde das nicht den Direktor hören lassen, daß Sie den Kern bei diesem Namen nennen«, warnte Barbara.

»Warum denn nicht? Alle tun es. Ist es meine Schuld, daß die Presse dahintergekommen ist und jetzt auf der Schwelle des Direktors kampiert?«

»Sie sind immer noch genau der, den sich Warren

vorknöpfen wird, wenn er Sie dieses Wort benutzen hört.«

»Ich habe nicht vor, es in seiner Gegenwart zu benutzen«, sagte Potter.

»Vergessen Sie's. Wie war das mit Ihrer Idee?«

»Sind Ihnen schon einmal all diese ringförmigen Brüche aufgefallen, die den Ground Zero Krater umgeben? Es erinnerte einen irgendwie an einen Stöpsel, den man in eine Eierschale gestoßen hat, finden Sie nicht?«

»Ich vermute, die Erde wird ein ähnliches Mal zurückbehalten, wenn der Kern mit ihr zusammenstößt.«

»Da würde ich drauf wetten«, stimmte Potter fröhlich zu. »All diese Verwerfungen zu sehen, das hat mir zu denken gegeben. Wie wäre es, wenn wir den Stöpsel irgendwie wieder herausdrücken könnten?«

»Großartige Idee. Wie wollen Sie das anstellen?«

»Hatten Sie jemals ein Luftgewehr?«

Barbara schüttelte den Kopf. »Mein Vater erlaubte sowas nicht. Er meinte, *seine* Tochter würde *keine* hilflosen Vögel umbringen.«

»Mein Vater sagte das gleiche. Ein Freund von mir hatte aber eins, und als erstes schoß ich ein Loch in das Panoramafenster im Wohnzimmer. Haben Sie schon einmal gesehen, wie Glas bricht, wenn es von einer Kugel getroffen wird?«

»Sicher. Da ist ein kleines Eintrittsloch, und auf der Rückseite fehlt ein größeres Stück.«

Potter nickte. »Der Fachausdruck dafür lautet ›Abspaltung‹. Der anfängliche Aufprall schickt eine Druckwelle durch das Glas. Wenn diese Welle die andere Seite erreicht, wird sie als Dehnungswelle reflektiert. Glas hat bei Kompression eine beinahe unbegrenzte Festigkeit, reagiert aber sehr empfindlich auf Zugspannungen. Das Ergebnis ist, daß die reflektierte Welle ein Stück abspaltet und es davonfliegen läßt. Interessanterweise entfernt sich das abgespaltene Stück mit derselben Energie, die von der Kugel ursprünglich auf das Glas übertragen wurde. Das gleiche Prinzip wurde früher angewandt, um Panzerplatten mit einer geformten Sprengladung zu durchdringen.«

»Und die Pointe?«

»Ganz einfach, daß das abgespaltene Scheibchen die Auftreffenergie mit sich nimmt. Wenn wir das Spannungsmuster rund um den Ground Zero Krater dazu benutzen könnten, ein wirklich großes Stück von Donnerschlag abzuspalten, welche Geschwindigkeit würden wir dabei erreichen?«

»Nehmen wir mal an, daß man eine Trenngeschwindigkeit von einhundert Metern pro Sekunde bekommen könnte. Ich verstehe immer noch nicht ... Oh!«

Potter grinste breit. »Die Lady beginnt zu begreifen. Wenn wir es so einrichten könnten, daß der abgespaltene Brocken entgegengesetzt zur Flugrichtung davonsaust, dann würde Donnerschlag aufgrund der Erhaltung des Impulses ein klein wenig nach vorne gestoßen. Mit etwas Glück würden schon beim ersten Versuch unsere ominösen fünf Zentimeter pro Sekunde dabei herausspringen.«

»Wie groß ist der Brocken, den wir bekommen könnten?«

»Der Ground Zero Krater hat einen Durchmesser von 125 Kilometern, und unsere Laserbohrer kommen etwa zwanzig Kilometer tief. Wenn wir auf eine Trenngeschwindigkeit von über fünfzig Metern pro Sekunde kommen, müßte es eigentlich reichen.«

»Und wenn nicht?«

»Dann wiederholen wir den Vorgang so oft, wie es nötig ist, oder bis uns die Antimaterie ausgeht. Wenn nötig, schälen wir den Asteroiden eben wie eine Zwiebel.«

»Es bleibt immer noch das Problem, einen wirklich großen Brocken herauszubrechen.«

»Wir werden große Bomben brauchen, die an genau den richtigen Stellen des Spannungssystems plaziert sind«, antwortete Potter. Er deutete auf seinen Monitor. »Wenn wir es versuchen sollten, würde ich die Schächte hier, hier und hier anbringen. Wenn wir die Bomben gemeinsam zünden, müßten wir das Eis spalten können wie ein Diamantschneider einen Edelstein. Was meinen Sie?«

Barbara starrte auf die Stellen, auf die er am Bildschirm gezeigt hatte. An all diesen Stellen lagen die Verwerfungslinien besonders dicht beieinander. »Ich glaube, es würde eine Menge Analysen erfordern, aber es könnte etwas daran sein.«

»Soll ich das dem Direktor sagen?«

Sie nickte. »Sobald wir ein paar Zahlen ausgearbeitet haben. Es hört sich gut an, Gwilliam. Ich glaube, Sie haben die Lösung für unser Problem entdeckt!«

»Wenn nicht«, sagte er, »dann schicken wir diese armen Teufel von der *Admiral Farragut* für nichts und wieder nichts in ein paar kalte Löcher hinunter.«

Nadia Hobart öffnete beim zweiten Glockenton die Tür und fand auf dem Korridor einen rotgesichtigen, rundlichen Mann vor. Sie lächelte den vertrauten Besucher an und bat ihn einzutreten. »Sie sind im Arbeitszimmer, Harold. Sie haben gerade angefangen.«

»Danke, Nadia«, erwiderte Harold Barnes. »Und wie fühlt sich die First Lady von Luna heute abend?«

»Immer noch wohl, wenn sie von Leuten ›First Lady‹ genannt wird.«

»Du wirst dich noch dran gewöhnen. Du bist wie geschaffen für den Job. Laß dich bloß nicht von diesen Blutsaugern aus der Verwaltung vereinnahmen. Wenn du etwas tust, dann weil du dich wohl dabei fühlst, und nicht, weil irgendein Protokollbeamter es für angebracht hält.«

»Danke, ich werde daran denken«, sagte sie, während sie Barnes durch die Höhlensimulation des Wohnzimmers führte.

»Wie geht es John? Ich habe ihn seit der Siegesparty in der Wahlnacht nicht mehr gesehen.«

Nadia Hobart biß sich auf die Unterlippe, eine nervöse Geste, die sie sich als Farmerstochter in Kansas angewöhnt hatte. »Ich mache mir Sorgen wegen ihm, Harold. Er arbeitet zu viel. Erst die Wahlen, dann diese Kometengeschichte. Er wird sich innerhalb eines Jahres verausgaben, wenn er nicht ein bißchen kürzer tritt. Du bist sein Freund. Du könntest doch nach der Besprechung mal mit ihm reden.«

»Ich kann's versuchen. Ich bin mir nicht sicher, ob es etwas nützt. Die Wahrheit ist, Nadia, daß wir alle hart an dieser Machbarkeitsstudie gearbeitet haben, die John in Auftrag gegeben hat. Gott sei Dank ist das meiste geschafft.«

»Was habt ihr herausgefunden?«

Barnes seufzte. »Daß unsere Lage besser ist, als wir alle für möglich gehalten haben. Die Importzölle, die das Parlament in der letzten Dekade verabschiedet hat, haben sich besser ausgewirkt als erwartet. Ich bin überzeugt davon, daß wir ohne die Erde überleben können, aber nur dann, wenn wir uns sofort darauf vorbereiten.«

»Was müßte getan werden?«

»Ja, womit fängt man an? Wir benötigen dringendst Vorräte von Halbfertigprodukten wie Germaniumchips, Impfkristalle, Supraleiter. Wir müssen auch unsere Vorräte an terrestrischen Genotypen aufstocken. Der Nachholbedarf unserer Genbanken beträgt fast dreißig Prozent! Wir haben einen Großteil unserer Steuersoftware niemals aktualisiert, und eine Menge unserer Finanzunterlagen sind in Datenbanken auf der Erde gespeichert.«

»Hast du John diese Dinge schon gesagt?«

»Noch keine Gelegenheit gehabt. Die Bank hat den Bericht heute nachmittag fertiggestellt.«

»Hallo, Harold!« dröhnte Hobart. »Was hast du mir noch nicht gesagt?«

»Die Ergebnisse unserer Überlebensstudie.«

»Dazu kommen wir noch. Du kennst meine Gäste, glaube ich.« Trotz seiner herzlichen Art konnte man deutlich sehen, daß Hobart ein erschöpfter Mann war. Er hatte dunkle Ringe unter den Augen, und auf seinem Gesicht hatten sich während des vergangenen Monats ganze neue Nester von Sorgenfalten entwickelt.

»Professor Jinsai und ich sehen uns jeden Mittwoch beim Mittagessen in der Handelskammer, und Wissenschaftsrat Sturdevant und ich kennen uns natürlich schon seit Jahren. Aber diesen anderen Herrn kenne ich noch nicht.«

»Professor Albert Portero, Astrophysiker an der Universität, ich möchte Ihnen Harold Barnes vorstellen, Vizepräsident der Bank von Luna.«

»Professor Portero.«

»Bürger Barnes.«

»Gieß dir einen Drink ein, Harold. Professor Portero war gerade dabei, uns über Tektite zu informieren.«

»Was, beim Frost von Tycho, ist ein Tektit?«

Professor Portero, ein schmalgesichtiger Mann mit einer nervösen Art, seine Hände zu bewegen, sagte: »Ein Tektit ist ein durch die Aufprallhitze beim Einschlag eines Meteors gebildetes Stück Glas, Bürger Barnes. Sie kommen in zahlreichen unterschiedlichen Formen und Größen vor. Die meisten sind mikroskopisch klein, obwohl man schon welche von der Größe eines Zehnselenstücks gefunden hat. Ihr Vorkommen an einer bestimmten Stelle markiert den Landeplatz des Auswurfs, der mit der Bildung eines Meteorkraters einhergeht. Auf der Erde findet man Tektite an bestimmten Orten, die man ›Streufelder‹ nennt. Auf Luna sind die Tektite wegen der niedrigeren Schwerkraft und des Fehlens einer Atmosphäre eher gleichmäßig über die Oberfläche verteilt. Obwohl Tektite im allgemeinen am gleichen Ort gefunden werden, wo sie entstanden sind, wurden doch eine Reihe von auf der Erde entstandenen Tektiten auf dem Mond entdeckt, und umgekehrt.«

»Das heißt«, warf Hobart ein, »daß der Auswurf gelegentlich die terrestrische Fluchtgeschwindigkeit erreicht hat und hier gelandet ist.«

»Richtig«, sagte Portero. »Die meisten erdentstandenen Tektite auf Luna gleichen in ihrer Zusammensetzung denen, die auf den Streufeldern Australasien gefunden wurden. Dieses spezielle Feld geht auf einen Meteoreinschlag im Pazifischen Becken vor 750 000 Jahren zurück.«

»Inwieweit läßt sich dieser Einschlag mit dem Einschlag des Kometen Hastings vergleichen?«

Porteros Lachen war ein kurzes Bellen. »Das läßt sich nicht vergleichen, Sir. Der Aufschlag des Kometen Hastings wird um mehrere Größenordnungen heftiger sein!«

»Dann müssen wir darauf gefaßt sein, daß eine ansehnliche Fontäne von Auswurf in den Raum hochgeschleudert wird?«

»Eine ansehnliche«, stimmte Portero zu. »Und da ein Großteil davon die Orbitalgeschwindigkeit der Erde erreichen wird, können wir damit rechnen, daß auf Luna noch Jahrzehnte nach dem Einschlag Trümmer niedergehen werden. Unsere Simulationen lassen darauf schließen, daß deren Masse möglicherweise mehr als eine Millionen Tonnen betragen wird.«

Von Barnes kam ein leiser Pfiff. »Eine Million Tonnen!«

»Das meiste davon wird mikrometeorischer Staub sein«, erklärte Professor Portero. »Dieser wird keine größere Gefahr für uns bedeuten. Wir müssen jedoch ebenfalls damit rechnen, daß größere Stücke vom Himmel fallen werden. Diese größeren Gesteinsbrocken werden ausgedehnte Gebiete auf dem Mond verwüsten.«

»Wie ausgedehnt?«

»Das ist ohne genauere Kenntnis der Aufschlagsdynamik schwer zu sagen. Ich würde jedoch die Vorhersage wagen, daß wir mit mehreren neuen Kratern von der Größe des Kopernikus rechnen müssen.«

Im Arbeitszimmer entstand ein plötzliches Schweigen. Der Kopernikuskrater maß fast hundert Kilometer im Durchmesser. Die Wucht dieses Aufpralls hatte den Auswurf über Hunderte von Kilometern in alle Richtungen verstreut. Allein die Schockwelle würde Millionen von Quadratkilometern verwüsten.

»Wie bald nach dem Zusammenstoß mit der Erde wird es für uns gefährlich?« fragte der Premierminister.

»Der Auswurf wird achtundvierzig Stunden nach der Zerstörung der Erde einzutreffen beginnen. Die Meteore werden jahrhundertelang herabfallen, es sei denn, daß wir etwas dagegen unternehmen.«

»Was können wir tun?«

»Wir können ein Warnsystem ähnlich wie Sky Watch einrichten«, erwiderte der Astrophysiker. »Wir werden die Bahn der größeren Brocken verfolgen und sie dann in sichere Umlaufbahnen bringen müssen. Ich bezweifle, daß wir sie alle erwischen können, aber zumindest können wir die Gefahr reduzieren.«

»Was ist mit denen, die wir nicht aufhalten können?«

»Ich glaube, wir werden die Bevölkerung verteilen müssen«, antwortete Sturdevant. Alex Sturdevant war seit fast zwanzig Jahren John Hobarts engster Freund und Ratgeber. Seine Stellung in der neuen Regierung war ebenso einflußreich wie nichtamtlich. »Auf diese Weise werden wir nicht alles verlieren, wenn uns ein Stück Erde auf Luna City herunterfällt.«

»Ist das praktikabel, Professor Jinsai?« fragte Hobart. »Würde unsere Wirtschaft diese Aufsplitterung überstehen?«

Der Professor der Wirtschaftswissenschaften zuckte die Achseln. »Haben wir denn eine andere Wahl, Premierminister?«

Die geschrumpfte Sonne stand am schwarzen Himmel, als Amber vorsichtig auf das vor ihr liegende klaffende Loch zuging. Die Sonne stand in ihrem Rücken; sie warf einen schwarzen Schatten vor ihre Füße und hatte den Riß in einen Tintenfleck in der Landschaft verwandelt. Trotz der zahlreichen Spikes an ihren Stiefelsohlen rutschte sie wie ein Schlittschuhfahrer kurz vor dem Verlust der Kontrolle, als sie eine schwache Steigung zu überwinden hatte.

»Am besten bringen Sie einen Anker aus, bevor Sie weitergehen«, riet ihr Kyle Stormgaard über ihren privaten Kommunikationskanal.

»Ich lege gerade einen aus.« Amber löste einen meterlangen Stab von ihrem Werkzeuggürtel und berührte den schmutziggrauen Boden. Eine kleine Explosion brach aus der Stabmündung und trieb einen stählernen Haken in das Eis. Eine Sicherheitsleine verband den Haken mit Ambers Arbeitskluft. »Verankert.«

Neben ihr brachte der Chefingenieur der *Admiral Farragut* seinen eigenen Anker aus. Die beiden Forscher bewegten sich anschließend vorsichtig auf den Rand des Spalts zu.

Die Oberflächenerkundungen waren seit zwei Wochen im Gange, und die Zuversicht der Erkundungsteams war mit jedem Tag gewachsen, den sie auf dem Eis verbracht hatten. Zu Anfang hatten sich ihre Aktivitäten darauf beschränkt, das Frachtmodul von schwerem Gerät zu entladen und das Wasserstoffgewinnungssystem in Gang zu bringen. Diese Aufgabe schloß die Aktivierung des Expeditionsreaktors und die Verlegung von Stromkabeln zu den schweren Laserbohrern draußen auf dem Eis ein. Es sollte eine Probebohrung von sieben Kilometern Tiefe vorgenommen werden. Die Bohrung würde es ihnen nicht nur erlauben, zu bestimmen, wie sich die Eiszusammensetzung mit der Tiefe veränderte, sondern würde auch das Material für die Wasserstoff-Crackanlage liefern.

Es dauerte fast eine Woche, bis der Schacht eine Tiefe von zwei Kilometern erreicht hatte. Aus der Wand der Testbohrung entnommene Eisproben ergaben, daß der Kern ein typischer Vertreter der Oort-Wolke war. Wie die meisten anderen Kometenkerne auch, bestand der Komet Hastings aus Clathrateis — gefrorenes Wasser, in dessen Kristallstruktur andere Komponenten eingelagert waren. In unterschiedlichen Tiefen entdeckten sie hohe Konzentrationen von Ammoniak, Kohlenmonoxid, Kohlendioxid, Formaldehyd, Cyanwasserstoff, Methan und Stickstoff als Beimengungen des Wassereises. Ebenso lagen unterschiedliche Konzentrationen von meteorischem Staub vor.

Noch bevor die Bohrungen begannen, wurde deutlich, daß der Kern von geologischer Stabilität weit entfernt war. Während der Begegnung mit Jupiter war der Asteroid mächtigen Gezeitenspannungen ausgesetzt gewesen, die wiederum zur Bildung von Abwärme geführt hatten. Die Wärme war dabei, sich langsam zur Oberfläche vorzuarbeiten. Während sich das beinahe auf den absoluten Nullpunkt abgekühlte Eis erwärmte, löste seine Ausdehnung im Innern Erschütterungen aus, die zu Oberflächenbeben führten. Die meisten von ihnen waren zu schwach, um sie zu bemerken. Gelegentlich waren sie aber stark genug, um den Laserbohrer aus seiner Führung zu schlagen. Jedesmal, wenn das geschah, mußte die Arbeit so lange unterbrochen werden, bis der Laser neu justiert war.

Erst am siebten Tag am Boden, gegen Ende der Arbeitsschicht, erlebten sie ein wirklich großes Beben. Karin Olafson befand sich im Kontrollraum des Schiffes, als sie beinahe von ihrer Liege geschleudert wurde. Das Beben dauerte weniger als eine Minute, war jedoch so stark, daß sich das Habitatmodul von einer seiner Verankerungen losriß. Als der Erdstoß vorüber war, verlor der Kapitän keine Zeit und befahl den Bodencrews, den Schaden zu beheben. Sie hatten fast die ganze Nacht durchgearbeitet, um das Habitat- und das Frachtmodul neu zu verankern und beide mit Spanndrähten zu stabilisieren.

Zu einer weiteren Verzögerung kam es durch die beiden Mondhüpfer der Expedition. Die winzigen Flugapparate waren Standardmodelle, wie sie auf dem Mond verwendet wurden — ihre Bodendüsen erwiesen sich als zu stark für das Gravitationsfeld des Kerns. Ein kurzer Stoß der Düsen schickte das kleine Flugzeug hoch in den Himmel hinauf, und das Landen war kaum etwas anderes als ein kontrollierter Absturz. Nach wenigen Testflügen war den Flugmaschinen so lange Startverbot erteilt worden, bis es gelungen war, ihren Schub zu drosseln.

Als die Mondhüpfer wieder in Dienst genommen wurden, wagten sich die Erkundungstrupps erstmals aus dem gewaltigen Krater heraus. Ihr erstes Ziel war das Ödland, wo sie eine Landschaft vorfanden, die so zerklüftet war wie nur irgendeine im Sonnensystem. In unmöglich steilen Winkeln aufgeworfene Berge waren von langen Tälern durchschnitten, die ihren Ausgangspunkt am Ground Zero Krater hatten. Berge und Täler waren von Rissen durchzogen, die sich bei dem eine Milliarde zurückliegenden Aufprall gebildet hatten. Durch den Vorschlag der Erde, daß man möglicherweise ein großes Stück des Kerns abspalten könne, waren die Risse in das Zentrum des Interesses gerückt.

»Was meinen Sie?« fragte Amber Kyle, als sie ihre Helmlampen über die gegenüberliegende Wand der Spalte spielen ließen. Die Lampen enthüllten einen engen Cañon mit senkrechten Wänden. Der Boden lag im Schatten verborgen und war zu weit weg, als daß ihre Lampen dorthin gereicht hätten.

»Es ist tiefer, als ich dachte«, sagte Stormgaard. »Ich frage mich, ob wir genug Leine dabeihaben.«

»Es gibt nur einen Weg, das herauszufinden.«

Amber und dem Chefingenieur war die Aufgabe

übertragen worden, einen Seismographen auf dem Boden der Spalte aufzustellen. Es wäre eine einfache Angelegenheit gewesen, mit ihren Anzugdüsen hinunterzufliegen. Durch einen Fehler in dem beengten Raum konnte sie jedoch unkontrolliert ins Trudeln geraten, und eine Fehlfunktion des Anzugs konnte sie aufs Trokkene setzen. Kletterseile waren bedeutend umständlicher, dafür aber wesentlich sicherer.

Amber trieb zwei weitere Haken ins Eis, dann befestigte sie daran zwei aufgeschossene Sicherheitsleinen. Sie warf die Leinen in die Spalte und beobachtete, wie sie im Niedersinken gemächlich außer Sicht kamen und sich dabei abwickelten. Während Amber die Leinen klarmachte, befestigte der Chefingenieur ein Funkrelais am Rand der Spalte. Es richtete eine der beiden Antennen nach unten, die andere dorthin, wo das Antriebsmodul der *Admiral Farragut* über dem Nordpol des Kometen schwebte. Als er fertig war, richtete er sich auf und fragte Amber, ob sie so weit sei.

»Fertig«, antwortete sie.

»Dann also los!«

Sie hakten jeder ein Seil an ihrem Anzuggurt ein, dann traten sie wie beiläufig in den Abgrund. Amber benötigte acht Sekunden, um im Fall ihre eigene Körperlänge zurückzulegen; bis dahin hatte sich das Seil gestrafft. Nun kam es nur noch darauf an, sich in die Dunkelheit hinunterfallen zu lassen und mit der um das Seil gelegten behandschuhten Hand die Fallgeschwindigkeit zu regulieren.

Die größte Gefahr beim Arbeiten unter der geringen Schwerkraft des Kerns bestand darin, sich allzu sicher zu fühlen. Die Schwerkraft von zweidrittel Prozent ge gab einem das sichere Gefühl, einen kilometertiefen Fall zu überleben. Das war durchaus möglich. Doch ein solcher Fall konnte auf hartem Untergrund mit vierzig Stundenkilometern enden — ein Aufprall, der mehr als ausreichend war, um einen Anzug zu zerreißen oder einem das Genick zu brechen. Während Amber fiel, führte sie im Geist eine Strichliste der Sekunden, die sie von einer Seilmarkierung zur nächsten benötigte. Von Zeit zu Zeit verstärkte sie ihren Griff um das Seil, um ihren Fall zu verlangsamen.

Der Abstieg erwies sich bis zum Ende als ereignislos. Amber hatte vorgehabt, leicht auf dem vereisten Boden der Spalte zu landen. Als sie den Boden berührte, gab der feste Untergrund unter ihr nach, und sie versank bis zur Hüfte in kaltem Eisgrieß. Sie rief Stormgaard eine Warnung zu, der seinen Fall rechtzeitig stoppte. Er schwenkte seine Lampe über den funkelnden Boden, während Amber sich befreite, indem sie sich Hand über Hand an der Leine hochzog.

»Woher kommt das?« fragte sie, als sie wieder in Stormgaards Höhe hing.

»Müssen die Mikrobeben gewesen sein«, antwortete der Chefingenieur. »Von den Wänden abgefallenes loses Material sammelt sich hier auf dem Boden der Spalte.«

»Ich frage mich, wie tief das wohl ist.«

»Unmöglich zu sagen«, erwiderte er.

Amber trat nach dem losen Eis. »Was machen wir jetzt? Wir können den Seismographen wohl kaum in diesem Pulver verankern.«

»Kein Problem«, sagte Stormgaard. »Wir befestigen ihn in der Wand. Kommen Sie, fangen wir an!«

Sie arbeiteten eine Viertelstunde lang, bis sie sicher waren, daß der kleine orangefarbene Kasten fest an der Eiswand befestigt war. Als sie damit fertig waren, bedeutete Stormgaard Amber, die Funkverbindung mit dem Schiff zu überprüfen.

»Hallo, *Admiral Farragut*. Hier ist Gruppe Drei. Können Sie mich hören?«

»Hallo, Gruppe Drei. Hier spricht die Basis. Wir hören Sie laut und deutlich. Wo habt ihr beide gesteckt?«

»Tief in einem Loch, Basis. Haben Sie uns zu erreichen versucht?«

»Positiv. Seien Sie gewarnt, daß wir vor einer Minute von einem Beben Stärke vier durchgeschüttelt wurden. Es handelt sich um eine Bodenwelle, die sich in Süd-Nord-Richtung bewegt. Treffen Sie Ihre Vorkehrungen. Es ist unterwegs zu ihnen.«

Die beiden Forscher blickten einander an und dann hinunter zu dem Schutthaufen zu ihren Füßen. Sie zündeten gleichzeitig ihre Anzugdüsen und begannen einen Notaufstieg, wobei sie die Sicherheitsleinen hinter sich herschleppten. Sie hatten eine Höhe von hundert Metern über dem Boden erreicht, als die Eiswand neben ihnen zu beben begann.

»Abstand halten von der Wand!«, warnte Stormgaard, als sie plötzlich von einem Blizzard verschlungen wurden.

In wenigen Sekunden war er vorbei. Amber tauchte wieder ins Freie und entdeckte Kyles hell beleuchteten Anzug ein Dutzend Meter zu ihrer rechten. Sie begann sich wieder sicher zu fühlen. Sie rief das Schiff, um zu melden, daß sie das Beben wohlbehalten überstanden hatten. Sie bekam keine Antwort, nur ihr eigenes Echo kam zurück.

»Glauben Sie, das Funkrelais könnte sich gelöst haben?« fragte sie besorgt.

»Könnte sein«, antwortete Stormgaard. Er stellte sein Rückstoßaggregat ab und ließ sich von seinem Schwung weiter hochtragen, während er sich zurücklehnte, um den Strahl seiner Helmlampe nach oben zu richten. Sein unvermitteltes Fluchen veranlaßte Amber, das gleiche zu tun.

Von weit oben näherte sich ihnen langsam eine geschlossene Wand aus fallendem Eis.

24. KAPITEL

Der Kern des Kometen Hastings stand groß am schwarzen Himmel, als Tom Thorpe sich zwischen den Streben und Stützen hindurchzwängte, die den Wasserstofftank Nummer Drei der *Admiral Farragut* stabilisierten. Um ihn herum lag ein Wald von isolierten Rohren und elektrischen Leitungen. Er ging zu einer Stelle, wo mehrere Leitungen in einer komplizierten Vorrichtung zusammenliefen, die Wasserstoff vom Tank zu den Schiffstriebwerken transportierte. Er schloß ein Ventil, dann betätigte er den Hebel, der die Schnappriegel löste, die den Tank mit dem Stützrahmen verbanden. Sich an einer Strebe festklammernd plazierte er seinen Tornister gegen die äußere Isolationsschicht des Tanks und schob. Langsam trennte sich die 4000 Kubikmeter fassende Kugel von der Antriebssektion im Orbit.

»Er kommt«, funkte er zu Dieter Schmidt im Mondhüpfer Eins hinüber.

Der Hüpfer war eine plumpe Konstruktion. Sein transparenter Rumpf war auf vier schwere Landebeine mit übergroßen Polstern als Füßen montiert. Ihn umgaben eine Reihe von Streben und Bügeln, an denen alle möglichen Arten von Geräten befestigt waren, angefangen von Bündeln von Steuerdüsen über Funkantennen bis zu einer Vielzahl von Flugsensoren. Zwischen die Landebeine schmiegte sich das Sauerstoff-Wasserstoff-Triebwerk des kleinen Flugapparats mit seiner überdimensionalen Düse. Mondhüpfer waren für den ballistischen Boden-Boden-Verkehr auf Luna konstruiert worden und waren nie für Arbeiten im Orbit gedacht gewesen. Der Hüpfer gab jedoch unter der niedrigen Schwerkraft des Kerns eine ideale Orbitalfähre ab.

Thorpe und Schmidt hatten die Aufgabe, einen der Tanks der *Admiral Farragut* auf der Oberfläche zu landen. Dort sollte er mit Wasserstoff aus dem Crakker aufgefüllt und dann zum Schiff zurückgebracht werden. Dieser Vorgang würde so lange wiederholt werden, bis alle achtzehn Tanks des Schiffes gefüllt waren.

Schmidt brachte den Hüpfer an die sich langsam entfernende Kugel heran. Er benutzte den ferngesteuerten Manipulator, um eins der vier Korrekturaggregate, die am Bugkorb des Hüpfers angebracht waren, zu entfernen. Er befestigte es an einem Stoßpolster am Äquator des Tanks, dann bewegte er sich um neunzig Grad um die Kugel herum und wiederholte den Vorgang. Er wiederholte ihn noch zwei weitere Male. Als alle vier Aggregate befestigt waren, brachte Schmidt den Hüpfer in eine sichere Entfernung und übergab die Kontrolle an den Autopiloten der Schubaggregate. Aus den Düsen schlugen simultan Flammen, und der langsame Fall des Tanks auf den Kometen zu beschleunigte sich sichtbar.

Thorpe sah dem Tank nach, bis er aus seiner Sicht verschwunden war, während Schmidt den Hüpfer nah an das Energiemodul heranmanövrierte. Thorpe benutzte seine Anzugdüsen, um den zehn Meter breiten Abgrund des Vakuums zu überqueren, dann quetschte er sich neben den Piloten. »Fliegen wir nach Hause.«

Sie folgten dem freifliegenden Tank auf seinem Weg zum Ground Zero Krater. Sie befanden sich zehn Kilometer über den Kleinen Alpen, als Thorpes Funkgerät zu piepsen begann.

»Hier spricht Thorpe«, meldete er sich.

Aus seinen Ohrhörern schallte Cybil Barnards besorgte Stimme. »Thomas?«

»Ich höre.«

»Wir haben wahrscheinlich einen Notfall hier.«

»Wer?«

»Es handelt sich um Amber Hastings und Kyle Stormgaard.«

Thorpes Magen zog sich in plötzlicher Angst zusammen. »Was ist mit ihnen?«

»Sie antworten nicht. Sie haben sich vor etwa zwanzig Minuten gemeldet und eine Erdbebenwarnung erhalten, dann waren sie weg. Wir haben seitdem unaufhörlich versucht, sie zu erreichen.«

»Könnte ihr Funkgerät einen Defekt haben?«

»Möglich, aber wir meinen, Sie sollten besser nach ihnen sehen.«

»Einverstanden. Wo sind sie?«

»Cervantes-Spalte, fünfundsechzig Grad Nord, sechzehn Ost. Sie haben den anderen Hüpfer dabei.«

»Wir sehen nach.« Er wandte sich an Schmidt. »Wir landen woanders. Folgen Sie dem Leitstrahl von Hüpfer Zwei.«

Schmidts Hand huschte über das Armaturenbrett, und in ihrem Ohrhörer ertönte das beruhigende *Dit-dit-da* des Funkfeuers vom anderen Mondhüpfer.

Das Universum kippte plötzlich, als Schmidt die Flugbahn veränderte. Fünf Kilometer vor und unter ihnen setzte die winzige weiße Kugel ihren Flug zur Kraterbasis fort. Zehn Minuten später glitten sie über dem zerklüfteten Gebiet des Ödlands dahin und hielten Ausschau nach dem roten Blinklicht, das die Position des anderen Landefahrzeugs angeben würde.

»Ich hab es«, sagte Schmidt und zeigte auf einen schwarzen Riß in der Oberfläche des Kometen.

Thorpe nickte. Er hatte das Leuchtfeuer ebenfalls gesehen. »Versuchen Sie möglichst in der Nähe zu landen. Halten Sie genügend Abstand vom Spalt.«

»Wird gemacht.«

Die Landung verlief quälend langsam. Als die Landefüße aufsetzten, hatte sich Thorpe längst von seinem Sitz losgeschnallt und war halb aus der Luke heraus. Er hechtete durch die Lücke zwischen den Streben, ohne sich um den Aufprall Gedanken zu machen. Als er ankam, verankerte er sich am Hüpfer und sah sich um. Einen Moment später entdeckte er die Fußspuren in der dünnen Reifschicht, die das harte Eis der Asteroidenoberfläche überzog. Die Fußspuren führten in Richtung der Spalte.

»Sie waren zu dem Spalt unterwegs«, meldete er, bevor er in diese Richtung flog. Im Fliegen spulte Thorpe hinter sich eine Sicherheitsleine ab. Er bremste seinen Flug am Rand der Spalte ab, setzte auf und blickte umher. Was er sah, ließ sein Herz einen Schlag lang aussetzen.

Am Rand des tiefen Einschnitts befanden sich mehrere Befestigungshaken. Von zwei von ihnen gingen hellfarbene Sicherheitsleinen aus, die in die Spalte hinunterführten. Er trat an die Kante und neigte seine Anzuglampe zu den Leinen hinunter. Dort, an der Sichtgrenze, verschwanden die Sicherheitsleinen in etwas, das eine Schneemasse zu sein schien.

»Oh, mein Gott!«

»Was ist los?« fragte Schmidt.

»Sie sind von einer Lawine verschüttet worden. Die Leinen verschwinden in einem Haufen aus losem Eis.«

»Nur nicht verzagen«, antwortete Schmidt. »Ich komme aus einem Lawinenland auf der Erde. Es kommt vor, daß dort Menschen stundenlang verschüttet sind und dennoch überleben. Bei dieser Schwerkraft dürften sie kaum verletzt worden sein, es sei denn, ein dicker Brocken wäre auf sie gefallen. Sie werden schon in Ordnung sein, wenn wir sie ausgraben können, bevor ihnen die Atemluft ausgeht.«

»Sie vergessen etwas«, sagte Thorpe. »Dieser Schnee hat eine Temperatur nahe dem absoluten Nullpunkt. Ihre Anzüge sind dafür nicht ausgerüstet. Wenn wir sie nicht bald erreichen, werden sie erfrieren!«

Barbara Martinez lag angeschnallt auf der Andruckliege des Boden-Orbit-Shuttle und starrte durch die Sichtluke in den grenzenlosen Raum. Sie hatte nicht damit gerechnet, so bald schon einen schwarzen Tageshimmel zu Gesicht zu bekommen. Doch kaum einen Monat, nachdem sie die Newton Station verlassen hatte, befand sie sich wieder im Raum, ohne überhaupt die Gelegenheit gehabt zu haben von den Fleischtöpfen der Erde zu kosten. Sie spähte an der Tragfläche vorbei zur Erde hinüber und tröstete sich mit dem Wissen, daß ihre Situation nicht von Dauer sein würde.

Das Projekt Donnerschlag, wie die Arbeitsgruppe in New Mexico inzwischen genannt wurde, brauchte jemanden, der die Offiziere einwies, die die Großtransporter zum Kometen fliegen würden. Eine kurze Überprüfung der Liste hatte ergeben, daß Barbara über mehr Raumerfahrung verfügte als jeder andere im Team.

»Sie haben mir nicht einmal Zeit zum Packen gelassen«, murmelte sie, während sie nach den Schiffen suchte, die ihr Ziel waren.

Gwilliam Potters Idee zur Modifizierung der Flugbahn von Donnerschlag war zur offiziellen Politik geworden. Sie war angenommen worden, nachdem sie eine Woche lang von den am Projekt beteiligten Wissenschaftlern diskutiert worden war. Nach ihrer Absegnung hatte Direktor Warren die Idee wegen ihrer Einfachheit bejubelt. Selbst diejenigen, die bezweifelten, daß man ein ausreichend großes Stück des Kerns würde absprengen können, gaben zu, daß der Vorschlag theoretisch fundiert war. Die Potter unterstützten, verwiesen auf das ausgedehnte Netz von Störungen unterhalb des Ground Zero Kraters, um ihren Bedenken zu begegnen.

Daß die innere Struktur von Donnerschlag erschüttert worden war, war für jedermann offensichtlich. Risse und Spalten umgaben den Krater bis in eine Entfernung von siebzig Kilometern. Seismische Messungen hatten bestätigt, daß die Risse Folge eines tiefliegenden Störungssystems waren. Wenn es gelang, eine hinlänglich starke Explosionskraft richtig einzusetzen, könnte die Menschheit sehr wohl den Spaltungsprozeß beenden,

den ein namenloser Asteroid vor einer Million Jahrtausenden begonnen hatte.

Für die Sprengung würden sie Antimateriebomben verwenden, die am Grund tiefer Bohrlöcher plaziert waren. Die ›Bomben‹ waren im Grunde einfache Antimateriebehälter, an denen kleine chemische Sprengladungen befestigt wurden. Wenn die Sprengladungen gezündet wurden würde das Magnetfeld jedes einzelnen Behälters zusammenbrechen und ein ganzes Kilogramm von Antimaterie in das umliegende Eis freisetzen. Die daraus resultierende Energie würde in das Störungssystem abgeleitet werden und hoffentlich unter mehreren Quadratkilometern der Asteroidenoberfläche eine gewaltige Dampfexplosion freisetzen, die ihn wie eine reife Melone aufplatzen lassen und den Ground Zero Krater samt Umgebung in den Raum schleudern würde.

»Wir nähern uns *Goliath* an Ihrer Fensterseite, Miss Martinez«, gab der Shuttlepilot über seinen Interkom bekannt.

»Danke, Captain«, antwortete Barbara. Sie drückte sich hinunter, um ihre Wange gegen die kühle Sichtluke zu pressen. Und dort, in geringer Höhe über dem Planeten, erblickte sie eine Dreieckskonstellation aus blinkenden Lichtern, den Leuchtfeuern der Schiffe, die Menschen und Material zum Kometen transportieren würden.

Goliath, *Gargantua* und *Godzilla* waren zu der Zeit, als Luna City noch keinen Massebeschleuniger besaß, für die Beförderung von Schüttgut zwischen Luna und den Raumstationen gebaut worden. Seitdem der Massebeschleuniger sie überflüssig gemacht hatte, hatte man sie zusammen mit ihren fünf Schwesterschiffen im Raum eingelagert, wo sie dreißig Jahre lang geblieben waren, bis das Unternehmen Donnerschlag sie übernommen hatte. Während der letzten beiden Monate waren 500 erfahrene Arbeiter rund um die Uhr damit beschäftigt gewesen, sie für die bevorstehende Mission umzubauen. Die alten chemischen Triebwerke waren herausgerissen und die neuesten antimateriebetriebenen Konverter installiert worden. Innerhalb der schützenden Magnetfelder arbeiteten die Antimateriekammern bei nahezu einer Million Grad Hitze. Wo die *Admiral Farragut* sechs Monate gebraucht hatte, um Jupiter zu erreichen, konnten *Goliath* und seine Schwestern die gleiche Strecke in nur zwölf Wochen zurücklegen.

Das Tragflächenshuttle zündete seine Steuerdüsen, als es sich *Goliath* weiter genähert hatte. Der Schwertransporter war eine riesige Kugel von 150 Metern Durchmesser. Das meiste davon beanspruchten, wie Barbara wußte, Tanks für Treibstoff und Verbrauchsgüter. Ein Großteil der schweren Ladung sollte außerhalb, an tragfähigen Stellen überall am Rumpf festgeschweißt, mitgeführt werden. Beim Näherkommen entdeckte Barbara an der Hülle von *Goliath* alles mögliche, von mittelgroßen Kettenfahrzeugen bis zu großen Laser-Bohrvorrichtungen. Diese Anordnung gab dem Schiff ein schlampiges Aussehen und warf möglicherweise die Schwerpunktsberechnungen des Kapitäns über den Haufen, würde jedoch das Entladen auf dem Kometen erleichtern.

Zwei kurze Stöße der Manövrierdüsen, und das Shuttle hatte seine Geschwindigkeit der des Transporters angepaßt. Fünf Minuten später schlängelte sich ein flexibler Transferschlauch auf die Mittschiffsschleuse des Shuttles zu. Barbara sammelte ihre Notizen ein und machte sich auf den Weg nach hinten. Ein Besatzungsmitglied half ihr durch die Schleuse und in den Schlauch. Als sie das größere Schiff betrat, fand sie einen Vierstreifenoffizier wartend vor.

»Willkommen an Bord der *Goliath*, Miss Martinez. Schön, daß Sie kommen konnten. Ich bin Captain Palanquin.«

»Guten Morgen, Captain. Sind schon alle vollzählig?«

Palanquin nickte. »In der Messe. Wenn Sie mir folgen würden, dann können wir mit der Einsatzbesprechung gleich anfangen.«

Barbara folgte dem Kapitän durch einen der peripheren Hauptkorridore. Überall waren Werftarbeiter, die in Barbaras Augen in einem vollkommenen Chaos arbeiteten. Das Schiff machte einen unfertigen Eindruck. Auf den Luken und den Decks waren Schweißnähte zu sehen, und Farbgeruch hing in der Luft. In die Abteilung des Schiffes, durch die sie geführt wurde, wurden gerade die Kabinen für die Bedienungsmannschaften der Schwergeräte eingebaut. Die Kojen waren zu vieren übereinandergestapelt.

»Wie viele Leute werden Sie zum Kometen mitnehmen, Captain?« fragte sie, sich plötzlich der Größe ihrer Aufgabe bewußt werdend.

»Ungefähr tausend«, sagte er. »*Goliath* wird das Wohnschiff sein, während *Gargantua* und *Godzilla* für den Transport der Schwerausrüstung und der Vorräte eingesetzt werden.«

In der Messe drängten sich die Schiffsoffiziere. Nicht nur die höheren Offiziere der *Goliath* waren anwesend, sondern auch die Kapitäne, Ersten Offiziere und Chefingenieure der anderen beiden Schiffe. Barbara ordnete ihre Notizen auf einem Podium und reichte den Datenspeicher, den sie brauchen würde, einem Raumfahrer. Als alles soweit war, bat sie darum, das Licht zu dimmen.

»Guten Morgen, meine Damen und Herren«, begann sie. »Mein Name ist Barbara Martinez, und ich nehme als Programmiererin am Unternehmen Donnerschlag teil. Ich bin hier, um Sie über das zu unterrichten, was wir bis jetzt über den Kometenkern herausgefunden haben, und um Ihre Fragen zu beantworten.«

Barbara rief die erste Grafik ab, eine Gesamtansicht von Donnerschlag, vom Raum aus gesehen. Sie erläuterte, was der Kometenkern war und warum er eine Gefahr darstellte, dann gab sie einen Überblick der Oberflächenmerkmale. Als sie zum Ground Zero Krater kam, erläuterte sie Gwilliam Potters Plan, einen großen Brokken herauszusprengen, um die Bahn des Kometen zu verändern. Als sie ihre Erklärungen beendet hatte, hob ein grauhaariger Raumkapitän die Hand.

»Ja, Sir. Sie sind wer?«

»Captain Jacques Marche, von der *Godzilla*. Diese Antimateriebomben, die jedes Schiff befördern soll — wieviel sind es?«

»Soviele wie möglich, Captain. Im Moment haben wir achtunddreißig Kilogramm Antimaterie für die Sprengladungen vorgesehen. Sie dürfen mir glauben, daß wir jedes einzelne Lager im Sonnensystem leerräumen mußten, um soviel zu bekommen.«

»Wird es reichen?«

»Wir glauben ja. Nicht alles wird gleich beim ersten Versuch eingesetzt werden. Wenn der Komet beim ersten Mal kein ausreichend großes Stück abspaltet, versuchen wir es noch öfter. Der Systemrat hat alle Kraftwerke im Orbit angewiesen, mit voller Kraft Antimaterie zu produzieren, selbst wenn sie die Lieferung anderer Energien an die Erde einschränken müssen. Dadurch werden vor dem Tag ›Z‹ ein paar weitere Kilogramm Antimaterie verfügbar.«

»Tag ›Z‹?«

»Tag des Zusammenstoßes.«

»Wie ich höre, erreichen wir den Kometen ein ganzes Jahr vor diesem Datum«, sagte ein anderer Kapitän.

»Das ist richtig. Wir hoffen, daß wir die erste Ladung bei Z minus 250 werden zünden können. Wir werden anschließend alle dreißig Tage sprengen, falls es sich als nötig erweisen sollte.«

»Ich mache mir Sorgen um mein Schiff. Ich bin gebeten worden, die Tanks auf der Hinreise leerzufliegen. Warum nicht etwas später ankommen und Treibstoff für Notfälle aufsparen?«

»Wir müssen den Kern so schnell wie möglich erreichen«, antwortete Barbara. »Je näher Donnerschlag der Erde kommt, desto schwieriger wird es, ihn dahin zu bringen, daß er sie verfehlt.«

Amber bewegte sich unruhig im Schlaf und wunderte sich, warum es so kalt war. Sie mußte wieder im Kälteschlaftank sein, sagte sie sich. Sie streckte einen Arm aus und suchte nach der manuellen Abschaltung. Sie war nicht da. Sie fühlte sich, als wären ihre Glieder in schwere Gaze gewickelt. Die Kälte wurde mit einem Mal schlimmer, und irgendwo in ihrem Schädel begann ein heftiges Hämmern. Sie öffnete die Augen und blickte nach oben. Ein schneeweißes Glänzen reflektierte ihre Instrumentenlämpchen einen Zentimeter vor ihrem Gesicht.

Schneeweißes Glänzen!

Ihre Erinnerung sprang zu dem Moment zurück, als sie und Kyle fassungslos zu einer Eisschicht hochstarrten, die langsam auf sie herunterfiel.

»Keine Panik«, hatte ihr Stormgaard geraten. »Schwenken Sie Ihre Lampe nach Westen, während ich es im Osten versuche. Schauen Sie, ob Sie den Rand des Erdrutsches ausmachen können.«

Sie tat, wie er ihr gesagt hatte. Die ganze Nordwand der Spalte schien eingedrückt zu sein. So weit ihre Lampe reichte, sah Amber über sich nichts als Eis. Der Anblick erinnerte sie an Bilder, die Taucher unter den polaren Eiskappen der Erde aufgenommen hatten. Sie gab ihre Beobachtung an Stormgaard weiter.

»Hier das gleiche«, sagte er. »Wir werden uns durchkämpfen müssen. Antrieb auf volle Leistung. Arme anlegen. Haben Sie keine Angst, daß der Helm zerbrechen könnte. Er hält mehr aus als Sie.«

Sie hatte geschluckt und seinen Rat befolgt, und sie waren in die Höhe geschnellt, auf die herabfallende Lawine zu. Amber erinnerte sich an ein lautes *Krack*, als ihr Helm gegen die herabfallende Schicht aus schmutzigem Weiß gestoßen war. Stormgaards Beteuerungen zum Trotz wartete sie auf den Luftzug, der die beginnende explosive Dekompression ankündigen würde. Der Helm hielt, doch bei dem Aufprall schlugen ihre Zähne aufeinander. Der Eisrutsch war nicht massiv, sondern bestand aus faustgroßen Brocken. Sie konnte am Bombardement erkennen, daß sie an Höhe gewann. Es war, als würde man mit Steinen beworfen. Dann hörte das Geprassel auf, und das vor ihrem Visier herabfallende Eis verlangsamte sich. Plötzlich war das Eis um sie herum zum Stillstand gekommen. Sie wurde von der allgemeinen Abwärtsbewegung wieder nach unten gezogen.

»Kyle, ich sitze fest!« funkte sie. Ihr Ausruf wurde nicht beantwortet. Entweder war die Antenne abgebrochen, oder Stormgaard wurde durch zuviel Eis abgeschirmt. Amber bedachte ihre Zwangslage. Der Eisrutsch würde den Boden der Spalte in wenigen Sekunden erreichen, und dann würde es ein fürchterliches Knirschen geben. Sie mußte sich befreien, bevor es dazu kam.

Dann wurde es dunkel um sie. Als sie das Bewußtsein wiedererlangte, war es ihr, als befände sie sich wieder im Kälteschlaf. Sie paßte ihre Augen an, um auf das Helmchronometer zu sehen. Es war eine Stunde her, daß sie und Stormgaard die Spalte betreten hatten, und beinahe eine halbe Stunde, daß sie ihren panischen Aufstieg begonnen hatten. Eine halbe Stunde. Wurde sie bereits vermißt? Machte sich jemand Sorgen um sie? Vielleicht waren sie bereits oben und heftig am Graben, um zu ihr vorzustoßen. Falls ja, müßten sie sich beeilen.

Sie versuchte Arme und Beine zu bewegen und stellte fest, daß sie festgehalten wurde. Das verwunderte sie zunächst. Wenn sie sich nun den Nacken gebrochen hatte? Dann gewann die Vernunft die Oberhand. Wenn

sie gelähmt wäre, sagte sie sich, hätte sie nicht ihre Finger und Zehen spüren können. Sie taten sämtlich entweder weh oder kribbelten. Es fühlte sich beinahe so an wie damals, als sie nach einem Experiment im Chemieunterricht Erfrierungen bekommen hatte.
Erfrierungen!
Bei dem Gedanken daran neigte sie den Kopf nach vorn, um mit dem Kinn den Heizregler zu verstellen, wobei sie feststellte, daß er bereits auf voller Leistung stand. Plötzlich wurde ihr der Grund für ihre Unbeweglichkeit klar. Bei der geringen Schwerkraft des Kerns und dem lose gepackten Eis um sie herum hätte sie in der Lage sein müssen, sich zu bewegen. Die Tatsache, daß sie sich nicht rühren konnte, deutete auf eine bedrohlichere Möglichkeit hin.

Verglichen mit der Temperatur des umgebenden Eises glühte Ambers Körper beinahe. Ihr Raumanzug war dazu gedacht, ihre Körperumgebung vor der Wärme zu schützen, die sie abstrahlte, und sie gleichzeitig in seinem Innern warmzuhalten. Während sie bewußtlos gewesen war, hatte ihr Anzug das Eis geschmolzen und sie in eine Wasserlache getaucht. Als die Außenseite des Anzugs abgekühlt war, hatte sich das Wasser jedoch wieder in Eis verwandelt. Als Amber erwacht war, war sie im Zentrum eines Eisblocks von ungewisser Dicke festgefroren.

Erst jetzt begann sie sich zu ängstigen. Im Hinterkopf hatte sie an ihre Luftvorräte, Nahrung und Trinkwasser gedacht. Jetzt wußte sie, daß nichts davon wichtig war. Das einzig wichtige war die Kälte. Sie konnte bereits fühlen, wie sie in ihre Extremitäten einsickerte und sie betäubte. In weiteren zehn Minuten würde sie jegliches Gefühl in den Gliedern verloren haben. Weniger als eine halbe Stunde später würde sie starr gefroren sein, tote Anhängsel eines sich rasch abkühlenden Rumpfes.

Sie wußte, daß es nicht mehr darauf ankam, wie rasch die Retter vom Schiff eintreffen würden. Es war bereits zu spät. Wenn man sie ausgrub, würde sie so steifgefroren sein wie der Eisblock, in den sie eingebettet war. Bei der plötzlichen Erkenntnis, daß sie dem Tod entgegensah, begann Amber leise zu schluchzen. Das Geräusch hallte durch ihren Helm, als wollte es sie verspotten.

25. KAPITEL

Thom Thorpe verankerte sich am Rand der Spalte und beobachtete, wie der Hüpfer Nummer Eins in den schwarzen Himmel emporstieg. Die Abgase des Hüpfers erzeugten einen heftigen Wind, der Schauer von Ammoniakschnee aufwirbelte. Der Sturm sank bald zu einem Flüstern herab, als der winzige Flugapparat über dem südlichen Horizont verschwand. Gleich darauf hob Hüpfer Nummer Zwei mittels Autopilot ab und schüttelte Thorpe ein weiteres Mal durch, als er seinem entschwundenen Zwilling hinterherraste. Die Einsatzregeln verlangten, daß die Hüpfer als Vorsichtsmaßnahme gegen einen Computerausfall nach Möglichkeit bemannt wurden. Im Moment kam es jedoch entscheidend darauf an, die größtmögliche Zahl von Rettern so schnell wie möglich an Ort und Stelle zu bringen. Den Hüpfer Nummer Zwei mittels Automatik zurückfliegen zu lassen, verdoppelte das Transportvolumen und machte das geringe Risiko, das sie eingingen, mehr als wett.

Mit dem Verschwinden der beiden Hüpfer wandte Thorpe seine Aufmerksamkeit wieder der Spalte zu. Er und Schmidt hatten abwechselnd an den beiden Sicherheitsleinen gezerrt, in der Hoffnung, die beiden Verschütteten wieder an die Oberfläche ziehen zu können. Nach einem gewissen anfänglichen Nachgeben hatten sich beide Leinen gestrafft und sich nicht mehr bewegen lassen. Schmidt hatte die Hüpferwinschen einsetzen wollen, doch Thorpe hatte die Idee als zu gefährlich verworfen. Wenn eine Leine risse, bestünde keine Hoffnung mehr, Amber oder Stormgaard in der Lawine ausfindig zu machen. Wenn sie sich beim Graben von den rotgelben Seilen leiten ließen, hatten sie eine Chance. Und selbst wenn die Sicherheitsleinen intakt geblieben wären, gab es keine Garantie dafür, daß dies auch für ihre beiden Freunde gegolten hätte. Stormgaard und Amber durch diese Ansammlung von Eisblöcken zu zerren konnte leicht ihre Anzüge zerreißen oder ihnen das Genick brechen.

Thorpe brachte sein eigenes Halteseil aus und glitt über den Rand der Spalte. Nach zwei Minuten war er unten angelangt und begann hektisch an der Stelle zu graben, wo die beiden Sicherheitsleinen im Eis verschwanden. Bei den Oberflächenarbeiten hatten sie rasch gelernt, daß ein Mann im Gravitationsfeld des Kerns die Arbeit von einem Dutzend tun konnte. Thorpe schlug sich mit Eisbrocken herum, die größer waren als er selbst, und warf sie mit Macht zur Seite. Trotz ihres geringen Gewichts hatten sie freilich ihre ganze Masse und Trägheit, was jedesmal den Einsatz seiner ganzen Kraft erforderte. Innerhalb von Minuten schwitzte er stark in seinem klammen Raumanzug.

Er arbeitete ohne zu denken, aus Angst, sich auf das einzulassen, was Amber möglicherweise in diesem Moment empfand. Er grub mit der Kraft und der Geschwindigkeit eines Wahnsinnigen, trotz der eingeschränkten Bewegungsfreiheit, die ihm sein Anzug auferlegte. Er war den rotgelben Sicherheitsleinen durch den Eisrutsch gefolgt und hatte ein fast drei Meter tiefes Loch ausgehoben, als er feststellte, daß er seine Finger nicht mehr spürte. Er ignorierte die Taubheit, bis die Schwäche seiner Finger ihn zwang, mit dem Graben innezuhalten.

»Thorpe, sind Sie da unten?«

Der Funkanruf ließ ihn zum Rand der Spalte aufblicken. Die Sonne stand niedrig und gab der Kante das Aussehen eines Feuerflusses in einem ansonsten schwarzen Universum. Dort standen, vom Licht hell beleuchtet, zwei Gestalten in Raumanzügen. Einer von ihnen war John Malvan.

»Ich brauche hier unten Hilfe!« brüllte er. Bis jetzt

war ihm noch gar nicht aufgefallen, wie heftig er atmete.

»Schon unterwegs.« Malvan fiel mit erstaunlicher Geschwindigkeit die Spalte herab. Er benutzte sein Rucksacktriebwerk, um seinen Fall zu beschleunigen und ihn dann wieder abzubremsen. Der Lunarier rutschte über den Eishaufen zu Thorpe herüber, der immer noch in der von ihm geschaffenen Vertiefung stand. Malvan, der Ex-Bergmann, nahm die Szenerie mit seinem geübten Blick auf. »Wie ist die Lage?«

Thorpe berichtete rasch, was er entdeckt hatte, dann zeigte er auf die schlaffe Sicherheitsleine, die er aus dem Eis auszugraben versucht hatte. »Ich kann mit meinen Händen nicht weiterarbeiten. Sie werden graben müssen.«

»Das ist Zeitverschwendung. So bekommen wir sie nie heraus.«

»Ich habe keine Zeit zum Diskutieren«, knurrte Thorpe.

Malvan blieb unbeeindruckt. »Ich auch nicht. Das ist nichts für Handarbeit. Wir müssen klüger vorgehen.«

»Was schlagen Sie vor?«

»Wir schicken's gerade runter.«

Thorpe lehnte sich zurück und schaute nach oben. Mehrere Gegenstände wurden auf den Spaltboden heruntergelassen. Er erkannte einen der Hochdruck-Sauerstofftanks der Expedition und mehrere gerade Rohre.

»Was haben Sie damit vor?«

»Im Kleinen das zu machen, was die Erde mit diesem Asteroiden vorhat.«

»*Sie haben doch nicht etwa vor, sie herauszusprengen?*«

»Man könnte es so formulieren. Ich werde komprimiertes Gas in die Eismasse injizieren, um sie aufzubrechen.«

Thorpe nickte in seinem Anzug. Luft von 1 at übte einen Druck von einer Million Dyn pro Quadratzentimeter aus — mehrere Tonnen, wenn man von der Fläche der Eisblöcke ausging, die er bewegt hatte. In der niedrigen Schwerkraft des Kerns müßte selbst ein hundertstel Atmosphäre ausreichen, um den Eisrutsch mit der Wirksamkeit einer chemischen Explosion aufzulösen.

Thorpe kletterte aus dem Loch heraus, das er gegraben hatte, während zwei Gestalten in den Spalt herunterschwebten. Er war nicht überrascht, als er in einer von ihnen Kapitän Olafson erkannte, die andere war Cybil Barnard, die Schiffsärztin.

»Wer ist wer?« fragte Karin Olafson, sobald sie gelandet war. Sie blickte auf die beiden Sicherheitsleinen hinab, die im Eis verschwanden.

»Ich weiß es nicht«, antwortete Thorpe. »Ich hab hier gegraben, weil ich diese Leine als erste erreicht habe.«

Karin Olafson fiel nach vorne und fing sich mit ausgestreckten Armen in einer Art Niedrigschwerkraft-Liegestütz ab. Sie untersuchte die Leine dort, wo sie im Eis verschwand. Dann ging sie hinüber und wiederholte das Manöver an der anderen Leine. Anschließend drückte sie die Arme durch und stieß sich wieder in den Stand. »Sie haben recht, man kann es nicht sagen. Wann ist es passiert?« Die Frage, in einem anderen Tonfall gesprochen, war offensichtlich nicht an Thorpe gerichtet.

Sofort ertönte Cheng Ling Tsus gelehrtenhafte Stimme über Interkom. »Vor fünfundsiebzig Minuten.«

»Die Zeit wird knapp. Holen wir sie raus!«

John Malvan war bereits damit beschäftigt, lange Rohre aneinanderzufügen. Er arbeitete geschickt, trotz seines Handicaps. Als das Rohr zehn Meter lang war, trug er es zusammen mit einem Dreibein in die Kuhle. Das Dreibein war mit Explosivankern ausgerüstet, um es auf dem Kern zu befestigen, außerdem mit einem Antriebsmechanismus, der das lange Rohr packte und ins Eis hineintrieb. Malvan benötigte mehrere Versuche, bis er eine Stelle gefunden hatte, wo das Rohr tief eindringen würde. Als nur noch etwa ein Meter aus dem Eis hervorschaute, entfernte er das Dreibein und reichte es Karin Olafson. Malvan befestigte dann den Hochdruckschlauch an einem Anschlußstück am Rohrende. Thorpe versuchte zu helfen, stellte jedoch fest, daß seine Hände in den Handschuhen nutzlos waren. Sie begannen von der Wärme der Anzugheizung zu schmerzen.

Alle vier kletterten aus der Grube und trugen den Hochdrucktank im Spalt hundert Meter weiter.

»Achten Sie auf umherfliegende Trümmer!« warnte Malvan, als er das Ventil des Lufttanks öffnete. Eine Weile geschah nichts. Dann beulte sich das Eis in einer langsamen Explosion rund um das vergrabene Rohr aus. Sie warteten bis die größeren Stücke niedergegangen waren, bevor sie in den wogenden Nebel hineinrannten, der das Explosionszentrum verbarg.

»Hier ist einer!« rief Cybil Barnard.

Thorpe stolperte durch den Nebel, bis vor ihm die Gestalt der Ärztin auftauchte. Sie stand über etwas gebeugt, das zunächst nur wie ein weiterer Eisblock aussah. Erst bei genauerem Hinsehen erkannte er, daß der Block wie ein Mensch geformt war.

»Wer ist es?« fragte Kapitän Olafson über Funk.

Thorpe spürte, wie sich der Klumpen in seinem Magen vergrößerte, als er sich vorbeugte, um seine Lampe auf die Gestalt zu richten. Der Sarkophag aus blankem Eis war erstaunlich klar. Er reflektierte das Licht, war jedoch durchsichtig genug, daß er den weißen Bart erkennen konnte.

»Es ist Ihr Mann!« rief Thorpe.

Falls Karin Olafson bei dieser Nachricht Erleichterung verspürte, so zeigte sie es nicht. Sie ordnete lediglich an, ihn aus der Grube herauszuheben. Thorpe half der Ärztin, Kyle Stormgaard zur Wand der Spalte hinüberzubringen.

»Lebt er?« fragte Thorpe, als die Ärztin mit der Lampe durch das Visier des Chefingenieurs leuchtete.

»Ich weiß nicht«, sagte sie. »Wir müssen ihn ins

Schiff zurückschaffen.« Auf ihren Befehl hin holte die Arbeitsgruppe oben an der Kante die Lose von Stormgaards Sicherheitsleine ein. Die Ärztin folgte ihrem Patienten zur Oberfläche hinauf. Sie gebrauchte ihre Manövrierdüsen, um zu verhindern, daß er gegen die Spaltwand stieß.

Malvan sammelte sein Rohr wieder auf und bewegte sich damit ein Stück weiter den Cañon entlang, auf der Suche nach einer Stelle, wo er ein zweites Mal ansetzen konnte. Explosionstrümmer erschwerten seine Arbeit. Er plazierte sein Dreibein und trieb das Rohr erneut ins Eis. Sie zogen sich zurück, und Malvan drehte wieder die Luft auf. Die Explosion war weniger heftig als die erste, doch immer noch stark genug, einen großen Krater aufzureißen.

Alle drei kämpften sich durch die neuentstandene Wolke. Eine quälend lange Minute verstrich, bis Kapitän Olafson durchgab, daß sie die andere Sicherheitsleine gefunden habe. Sie zog sie straff und folgte ihr bis ans Ende. Die Leine verschwand im Eisrutsch.

»Verdammt, sie ist immer noch verschüttet.«

»Sie kann nicht mehr viel weiter unten sein«, entgegnete Malvan. »Das ist ungefähr die Tiefe, in der wir Kyle gefunden haben. Sollen wir noch einmal blasen?«

»Versuchen wir erst, sie herauszuziehen«, sagte Thorpe entgegen seiner ursprünglichen Entscheidung. Er war sich deutlich der Zeitspanne bewußt, die verstrichen war, seit Amber verschüttet worden war.

Sie stellten sich zu dritt in einer Reihe über die Sicherheitsleine und befestigten sie an ihren Gerätegürteln. Sie zerrten zehn Sekunden lang daran, bis sich das Seil bewegte. Thorpe kniete sich hin und betrachtete den Boden. Ein zylindrischer Eisblock hatte sich um ein paar Zentimeter gehoben. Er brauchte einen Moment, bis er die Form erkannte.

»Hier ist sie!«

Anders als das Eis, das den Chefingenieur umschlossen hatte, war Ambers Sarkophag undurchsichtig. Ihr Gesicht war hinter der Frontscheibe ihres Anzugs nicht zu erkennen.

»Wie machen wir das ab?« fragte Thorpe und meinte damit den undurchsichtigen Überzug.

»Überhaupt nicht«, antwortete Malvan. »Wir schaffen sie zuerst zum Schiff zurück.«

»Aber sie wird uns womöglich erfrieren!«

Thorpe fühlte einen Arm auf seiner Schulter, eine Geste, die mit Raumanzug schwierig auszuführen war. »Nur Mut. Sie steckt schon eine ganze Zeit da drin. Ein paar Minuten mehr oder weniger machen da keinen Unterschied mehr aus.«

»Beginnen wir mit der Sitzung. Wir haben uns für heute eine Menge vorgenommen!«

Constance Forbin starrte den langen Mahagonitisch entlang auf die doppelte Reihe der Gesichter, die ihr zugewandt waren. Vor ihr saßen die zwölf mächtigsten Persönlichkeiten der Erde — nicht die reichsten oder bekanntesten, aber eindeutig die mächtigsten. Es war ein Maßstab für das Ausmaß ihrer Macht, daß nur wenige Vertreter der Öffentlichkeit von so viel Macht wußten. Um ihre Erlasse durchzusetzen, konnten die Zwölf jedermann in Haft nehmen lassen. Weder Haftbefehl noch Rechtsbelehrung waren dafür erforderlich.

Der Sonderausschuß der Direktoren war vom Systemrat eingesetzt worden, um die Ablenkung des Kometen zu koordinieren. Daß ihr Mandat allein auf Donnerschlag betreffende Angelegenheiten beschränkt war, konnte ihren Einfluß nicht schmälern. Soweit es den Eisplanetoiden betraf, war ihr Wort Gesetz.

»Als erstes haben wir einen Bericht von Direktor Warren. Wie hat sich der Erdrutsch von letzter Woche auf Ihre Operation in New Mexico ausgewirkt, Clarence?«

»Nicht so schlimm, wie es hätte sein können. Das mit

Amber Hastings ist natürlich höchst bedauerlich, aber die Vermessungsgruppen liegen fast schon wieder im Zeitplan.«

Constance Forbin nickte. »Ich glaube, auf einige Zwischenfälle mußten wir von Anfang an gefaßt sein. Haben Sie die Stellen im Störungssystem ausgewählt, wo Sie die Antimaterieladungen plazieren wollen?«

»Die Primärübersicht ist fertig und kann eingesehen werden, und meine Leute sind dabei, die Sekundärliste zusammenzustellen.«

»Irgendwelche Überraschungen?«

»Zwei Auswechslungen unter den vorläufigen Empfehlungen, die wir beim letzten Treffen besprochen haben. Keine davon war eine besondere Überraschung.«

»Und die Mannschaftsinstruktionen? Wie kommen sie voran?«

»Barbara Martinez ist soeben aus dem Orbit zurückgekehrt. Sie hat eine lange Liste von zusätzlichen Ausrüstungsgegenständen mitgebracht, welche die Mannschaften mitnehmen wollen.«

»Welche Art von Ausrüstung?«

»Größtenteils Vakuumausrüstung und andere Dinge, die sie dort draußen brauchen könnten. Offenbar waren sie von unseren Bodenempfehlungen nicht besonders begeistert.«

»Wird uns eine dieser Anforderungen beim Starttermin der Flotte zurückwerfen?«

»Kaum«, antwortete Warren. »Mitte nächster Woche wird so gut wie alles im Orbit sein. Das gibt ihnen Zeit, ihre Schiffe zu beladen und ihre Gewichts- und Gleichgewichtsberechnungen zu aktualisieren.«

»Halten Sie mich auf dem laufenden. Wir *müssen* nach Plan starten. Lord Blenham, Ihr Bericht, bitte.«

Der weißhaarige Europäer beugte sich vor, um seine Ellbogen auf den Konferenztisch zu stützen. Blenhams Aufgabe war es, die PR-Kampagne für Donnerschlag zu inszenieren, etwas, wofür er nach einem in Londons

Fleet Street verbrachten Leben geradezu prädestiniert war.

»Eigentlich, Madame Koordinatorin, läuft die Kampagne ziemlich gut; möglicherweise zu gut.«

»Was meinen Sie damit?« fragte der Vertreter von Australasien.

»Ich meine damit, daß wir die Furcht der Öffentlichkeit bis zu einem Punkt beschwichtigt haben, wo sie der Komet völlig gleichgültig läßt. Das Thema ist für sie praktisch ein Schlafmittel. Donnerschlag schafft es nach den neuesten Erhebungen kaum bis auf die Liste der zehn verbreitetsten Ängste. Auf unsere Weisung hin sind die Nachrichtenleute dazu übergegangen, den Kern als ›verirrten Meteor‹ oder ›ein Stück kosmischen Strandguts‹ zu bezeichnen. Die meisten Leute haben keine Vorstellung davon, wie groß und gefährlich er im Grunde ist.«

»Dann haben Sie Ihre Arbeit gut gemacht, Blenham«, bemerkte einer der anderen Direktoren. »Das vorrangige Ziel ist es, eine öffentliche Panik zu vermeiden.«

»Zu diesem Schluß sind wir letztes Mal gekommen. Der Unfall von voriger Woche hat mich jedoch an der Weisheit unseres Vorgehens zweifeln lassen.«

»In welcher Hinsicht?« fragte Constance Forbin.

»Ich denke, wir könnten unsere Karten vielleicht überreizt haben. Die überwiegende Mehrheit glaubt, daß wir den Kometen fahrplanmäßig ablenken werden und daß sie mit ihrem Leben unbesorgt weitermachen können. Was passiert, wenn irgend etwas ihr Vertrauen erschüttern sollte?«

»Was sollte denn schiefgehen?« fragte der Nordamerikavertreter.

»Wie soll ich das wissen? Mein Gebiet sind Massenpsychologie und Public Relations. Aber die ganze Art und Weise, wie wir diese Geschichte handhaben, erscheint mir falsch. Wir sollten das zum Drama aufbauschen — die Menschheit gegen das feindliche Universum, so in der Art. Solange wir in der Öffentlichkeit den Standpunkt vertreten, daß die Ablenkung des Kometen eine Routineangelegenheit ist, lassen wir sie in einer unsicheren emotionalen Verfassung. Ein größerer Rückschlag, und es kommt zu einer Panik.«

»Haben Sie noch etwas Konkreteres als ein Gefühl, worauf Sie Ihre Meinung gründen?«

»Das habe ich«, antwortete Blenham. »Ich habe meine Leute die vollständige Simulation eines Rückschlags zweiter Ordnung fahren lassen. Der resultierende Meinungsumschwung war zu vierzig Prozent negativ!«

Rund um den Tisch wurden mehrere leise Pfiffe ausgestoßen. Um vier von zehn Leuten dazu zu bringen, plötzlich ihre Meinung zu ändern, brauchte es für gewöhnlich ein Wunder. Auf der anderen Seite, bemerkte Constance Forbin, war dies genau das, womit sie konfrontiert waren!

Amber bewegte sich im Schlaf, sich undeutlich der Tatsache bewußt, daß etwas nicht stimmte. Sie befand sich in dem halb träumenden Zustand, der für die Zeit kurz vor dem Aufwachen charakteristisch ist, und schwelgte in dem friedlichen Gefühl, den er ihr vermittelte. Langsam, fast widerwillig gelangte sie zu vollem Bewußtsein und erkannte Cybil Barnard, die sich über sie gebeugt hatte.

»Hallo«, sagte die Ärztin. »Wie fühlen Sie sich?«

Amber streckte sich und stellte fest, daß ihre Muskeln merkwürdig schlaff waren. »Gut. Ich hatte gerade einen grauenhaften Traum...« In diesem Moment erkannte sie, was es bedeutete, daß die Ärztin bei ihr war. »Oh!«

»Ihnen ging es sehr schlecht«, sagte die Ärztin. »Sie waren anderthalb Stunden lang verschüttet.«

»Warum bin ich dann nicht tot? Ich erinnere mich, daß ich nach dem Eisrutsch aufgewacht bin und schrecklich gefroren habe. In neunzig Minuten müßte ich eigentlich steifgefroren sein.«

»Sie können sich bei der Eisschicht bedanken, die Sie eingekapselt hat. Offenbar hat sie Sie vom wirklich kalten Eis des Kerns isoliert. Ihr Anzug hat in einem fort Wärme nach außen gepumpt und Ihre Temperatur weit über dem Niveau gehalten, das Sie sonst erreicht hätten. Trotzdem stand es auf der Kippe. Ihre Arme und Beine waren beinahe durchgefroren, als wir Sie aus dem Anzug herausholten. Eine Weile fürchtete ich, wir müßten Sie wieder in den Kälteschlaf versetzen, bis wir zur Erde zurückkämen. Zum Glück waren die Dinge noch nicht so weit fortgeschritten. Ich konnte Sie mit der Bordausrüstung regenerieren.«

»Was ist mit Kyle? Hat er es überstanden?«

»Er war ebenfalls ziemlich durchgefroren, wenn auch nicht so schlimm wie Sie. Sein größeres Körpergewicht hat ihm geholfen, ebenso wie die Tatsache, daß sein Eisüberzug dicker war als Ihrer. Wir hatten aber noch einen weiteren Verunglückten.«

»Wen?«

»Unseren furchtlosen Anführer.«

Amber blinzelte überrascht und kämpfte darum, ihre Gefühle unter Kontrolle zu halten. »Thomas?«

»Er hat sich Erfrierungen zweiten Grades an seinen Fingern zugezogen. Der verdammte Narr hat Sie mit den Händen auszugraben versucht.«

»Wirklich?«

Die Ärztin nickte. »Er war als erster zur Stelle. Als wir dazu kamen, bewegte er mit den Händen Eisblöcke, die größer waren als er selbst. Und er flennte wie ein Baby.«

»Das meinen Sie doch nicht im Ernst!«

»Ich beschwindele nie meine Patienten. Er hat Sie sehr lieb. Sogar als wir Sie hierher geschafft hatten, machte er sich noch zum Narren. Er hat mich stundenlang über Ihren Zustand ausgequetscht. Ich mußte ihn schließlich aus der Krankenabteilung hinauswerfen, um überhaupt weiterarbeiten zu können.«

»Ist mit ihm jetzt wieder alles in Ordnung?«

Cybil lächelte. »Ihm fehlt nichts mehr, was Ihr Anblick nicht wieder heilen könnte. Aber ich möchte noch eine Reihe von Untersuchungen mit Ihnen durchführen, bis ich Sie Besuch empfangen lasse. Sie haben ganz schön was auszustehen gehabt.«

»Wann kann ich wieder zu arbeiten anfangen? Ich nehme an, auf mich wartet ein ganzer Stapel von Orbitalmessungen.«

»Keine Sorge. Crag hat Professor Chen zu der Orbitalbestimmung hinzugezogen. Er ist ziemlich gut darin. Was Ihre Wiederaufnahme der Arbeit betrifft, würde ich empfehlen, es eine Woche oder so langsam angehen zu lassen. Sie können im Schiff arbeiten, aber ich gebe sie erst für Bodenarbeiten frei, wenn ich Sie eine Weile beobachtet habe.«

»Aber die Erkundungsteams werden jeden brauchen. Wir müssen die Untersuchungen fertig haben, bevor die Materialtransporter starten. Wie sollen sie sonst wissen, was sie mitbringen müssen?«

Das Gesicht der Ärztin nahm einen seltsamen Ausdruck an, dann lächelte sie. »Stimmt ja, ich habe Ihnen noch nichts gesagt, oder?«

»Mir was gesagt?«

»Sie werden sich mit ein paar neuen Tatsachen vertraut machen müssen. Ich mußte in Ihren Gliedmaßen ziemlich viele Zellen regenerieren. Da führte kein Weg dran vorbei. Die Frostschäden waren erheblich. Die Zellregeneration ist, gelinde gesagt, ein schmerzhafter Prozeß. Ich wollte Ihnen die Qual ersparen, deshalb ließ ich sie bewußtlos. Sie waren sechs Wochen ohne Bewußtsein.«

Amber runzelte die Stirn. »*Sechs Wochen?*«

Cybil Barnard nickte. »Die Transporter sind vor einem Monat gestartet. In zwei Monaten werden sie hier sein. Sie sehen also, mit Ihrer Rekonvaleszenz hat es keine Eile.«

26. KAPITEL

Tom Thorpe lag im Kontrollraum der *Admiral Farragut* und blickte zu den drei winzigen violett-weißen Lichtkugeln hoch, die sich auf der Panoramakuppel zeigten. Die Lichter waren die lodernden Triebwerke der drei Schwertransporter. Nach mehreren Monaten, während derer sie bei der Erkundung des Kometen auf sich gestellt gewesen waren, war die Expedition im Begriff, massive Unterstützung zu bekommen.

Die *Admiral Farragut* hatte für den Flug von der Erde bis zum Jupiter ein halbes Jahr gebraucht. Die drei Transporter hatten eine vergleichbare Strecke in der halben Zeit zurückgelegt. Sie hatten die Erde vor dreiundachtzig Tagen verlassen. Nachdem sie auf das mehr als Zwanzigfache der solaren Fluchtgeschwindigkeit beschleunigt hatten, hatten sie sich in freiem Fall weitertreiben lassen. Als sie bis auf fünfundzwanzig Millionen Kilometer herangekommen waren, hatten sie mit dem Bremsmanöver begonnen und waren mehrere Millionen Kilometer vor Donnerschlag zum Stillstand gekommen. Nachdem sie 600 Millionen Kilometer zurückgelegt hatten, um den Kometen zu erreichen, flohen sie nun vor ihm.

Das Manöver war nicht so paradox, wie es sich anhörte. Wie Läufer bei einem Staffellauf, die den Stabträger näherkommen sahen, bewegten sich die Transporter in die gleiche Richtung wie der Komet, um sich von ihm einholen zu lassen. Sie hatten ihre Beschleunigung so ausgelegt, daß sie seine Geschwindigkeit genau in dem Moment erreicht haben würden, wenn sie Seite an Seite mit ihm flogen.

»Wie läuft es?« fragte Amber, als sie in den Kontrollraum geschwebt kam.

Thorpe lächelte ihr zu und reichte ihr eine

helfende Hand. Die babyhaft rosige Haut ihrer Handteller und gleichartige Flecken auf ihren Armen erinnerten ihn, wie nahe er darangewesen war, sie zu verlieren.

»Es läuft gut bei ihnen«, antwortete er, indem er sie auf die Andruckliege beförderte. »In ein paar Stunden werden sie hier sein.«

Amber blickte dorthin, wo die Abgasschweife der drei Schiffe nahe dem Zenit der Kuppel schwebten. Abgesehen von ihrer Helligkeit, sahen sie genauso aus wie planetarische Wolken.

»Kampiert Professor Barnard immer noch im Teleskopraum?« fragte Thorpe.

»Immer noch. Ich habe ihm angeboten, ihn abzulösen, aber er wollte nichts davon wissen.«

»Wie sieht es aus?«

»Gut. Er summt sogar vor sich hin!«

Thorpe schüttelte verwundert den Kopf. »Einmal ein Wissenschaftler, immer ein Wissenschaftler.«

Die Flotte der Materialtransporter war vor zwei Tagen in die Koma eingetaucht. Während sie vor dem Gas und dem Staub zurückwichen, wühlten ihre Abgase die Wolkenmaterie auf. Barnard zeichnete jede Sekunde der Annäherung auf, um soviel wie möglich über die Gaswolke und ihre Zusammensetzung in Erfahrung zu bringen. Diese Untersuchungen hatten für das Problem der Ablenkung des Kometen von der Erde keine Bedeutung. Es war einfach etwas, das ihn interessierte.

Amber lehnte sich an ihn und knabberte an seinem Ohr. »Ich bin vorbeigekommen, um mich zu erkundigen, ob du mittagessen willst. Es könnte für eine ganze Weile unsere letzte Gelegenheit sein.«

Thorpe deutete auf die drei Lichtpunkte an der Kuppel. »Eine gute Idee. Wenn sie erst einmal hier sind, werden wir schrecklich beschäftigt sein. Wir könnten natürlich auch das Essen auslassen und in die Kabine gehen.«

Amber schüttelte den Kopf. Die rasche Bewegung ließ ihr Haar über ihr Gesicht wirbeln. »Du wirst deine Kräfte brauchen.«

»In Ordnung«, sagte er. »Also Mittagessen. Geh du voran, mein Schatz!«

Vier Stunden später halfen Thorpe und Amber sich gegenseitig in ihre Raumanzüge. Die Transporter befanden sich in einer Umlaufbahn und bereiteten sich auf das Entladen vor. Sie drängten sich zu zweit in die Luftschleuse Zwei und wechselten ins Vakuum. Hundert Meter entfernt hatte sich auf dem Eis eine kleine Menschenmenge versammelt, um das Schauspiel zu beobachten.

»Also los!« sagte Thorpe. Sie ignorierten die Schleusenmeister und sprangen hinaus. Während sie über das Eis schlitterten, wurde Thorpe an ihre ersten linkischen Versuche erinnert, sich auf der Oberfläche fortzubewegen. Der Mikroschwerkraft-Gang war ihnen zur zweiten Natur geworden.

»Da ist sie!« sagte jemand fünf Minuten später.

Thorpe wandte sich nach Westen. Tatsächlich, ein kleines kugelförmiges Gebilde war soeben über dem Horizont aufgetaucht. Es wuchs rasch an. Sein erster Eindruck war der eines Schiffes, das nie fertiggestellt worden war. Die Hülle des Frachters bestand aus einer Unmenge externer Fracht. Als die Kugel näherkam, identifizierte Thorpe zwei Laserbohrer, mehrere große Gaszylinder und einen kastenförmigen transportablen Fusionsreaktor. Er entdeckte außerdem ein schweres Oberflächen-Raupenfahrzeug neben hunderten weniger gut bestimmbarer Geräte, die in Frachtkisten oder unter Verpackungen aus reflektierender Folie verborgen waren.

Die *Gargantua* und ihre Schwestern hatten niemals vorgehabt zu landen. Aus diesem Grund fehlten ihnen selbst die allereinfachsten Landevorrichtungen. Und obwohl die Schwerkraft von Donnerschlag äußerst gering war, würde die Hülle dennoch wie eine Eierschale zerbrechen, wenn ein solch überdimensionales Raumfahrzeug jemals versuchen würde zu landen. Die Einsatzplaner hatten das Problem, wie die Fracht der *Gargantua* gelandet werden sollte, schon lange gelöst. Die Gelegenheit, sich ihre Lösung anzusehen, hatte so viele Zuschauer auf das Eis hinausgelockt.

Die gigantische Kugel schwebte auf das Habitatmodul zu. Ein kurzer Feuerstoß der Steuerdüsen ließ sie in einer Höhe von hundert Metern und einem Kilometer Entfernung innehalten. Als das große Schiff stoppte, flackerten weitere Blitze an seiner Hülle auf. Lange Sekunden geschah nichts. Dann begann die Ladung abzufallen. Zusätzliche Stöße der Steuerdüsen trieben das Schiff seitwärts, während es seine Fracht abwarf. Das Frachtgut fiel trügerisch langsam, und es dauerte fast eine Minute, bis es auf dem Kraterboden aufprallte. Die Eisfontänen, die von den größeren Geräten emporgeschleudert wurden, waren für die Zuschauer deutlich zu sehen.

Als seine äußere Ladung in weitem Umkreis auf dem Eis verstreut war, setzte die *Gargantua* ihren Vorbeiflug in niedriger Höhe fort. Zahlreiche Luken sprangen auf, und tausende kleinerer Container wurden in den Raum hinausgeschleudert. Die meisten von ihnen, wußte Thorpe, enthielten Versorgungsgüter — Lufttanks, Proviantpakete und Ersatzteile. Als der Transporter seine Fracht entladen hatte, zündete er seine Bodendüsen und stieg wieder in den schwarzen Himmel empor.

Zehn Minuten später glitt die *Godzilla* über den Horizont, und das Schauspiel wiederholte sich. Sie plazierte ihren Berg von Vorräten neben dem ihres Schwesternschiffes und verstärkte den Eindruck einer interplanetarischen Müllkippe. Auch der zweite Frachter erhob sich anschließend majestätisch in den Himmel und verschwand. Die Zuschauer wandten sich gerade rechtzeitig wieder nach Westen, um die *Goliath* über dem Horizont auftauchen zu sehen.

Das Flaggschiff der Flotte lud seine Ladung in einer Linie parallel zu den beiden anderen ab. Wie zuvor wurde die äußere Ladung beim ersten Durchgang abgeworfen und die innere Ladung bei einem zweiten Vorbeiflug parallel dazu. Doch anders als die beiden anderen Schiffe entfloh dieses nicht sogleich wieder in den Raum. Es bewegte sich seitwärts, bis es über einer ebenen Eisfläche zwischen dem Habitatmodul und der Abwurfstelle schwebte. Weitere Luken sprangen auf, und der Himmel war plötzlich voller Menschen in Raumanzügen.

Zweihundert Spezialisten für alle möglichen Arten von Vakuumarbeiten schwebten langsam auf ihren Rucksacktriebwerken zu Boden. Sie waren nur die Vorhut. Als alle gelandet waren, flog die *Goliath* davon. Alle drei Schiffe sollten einen Parkorbit über dem Südpol des Kerns einnehmen, wo sie so lange bleiben würden, bis der Zeitpunkt gekommen war, Menschen und Material vor der Absprengung des Ground Zero Kraters zu evakuieren. Während die *Goliath* verschwand, blickte Thorpe auf sein Helmchronometer. Die ganze Operation hatte weniger als eine Stunde gedauert.

»Mr. Thorpe?« rief eine Stimme über den allgemeinen Anrufkanal.

»Hier bin ich«, antwortete Thorpe, indem er seine Visierlampe verdunkelte, um seinen Standort anzuzeigen. Sein Blinken wurde von einer Lampe eines der Neuankömmlinge beantwortet. Sie überquerten die zwischen ihnen liegende Eisfläche und umarmten sich auf jene Art, die im Raumanzug das Händeschütteln ersetzte.

»Ich bin Amos Carlton, der Boss dieser Horde von Weltraumaffen.«

»Tom Thorpe, verantwortlich für die Expedition. Willkommen auf Donnerschlag.«

»Hübsche Gegend hier«, sagte Carlton, indem er sich umsah. So ziemlich das einzige, was Thorpe von seinem Gesicht erkennen konnte, war, daß er jung und blond war. »Ist schon eine Schande, es in die Luft zu jagen.«

»Eine größere Schande, wenn wir es nicht tun. Brauchen Sie und Ihre Leute irgendwelche Unterstützung?«

»Sie wären uns nur im Wege. Mit Ihrer Erlaubnis lassen wir uns dort nieder.« Er deutete zu einer freien Fläche vor dem Nachschubhaufen hinüber.

»Eine Wahl so gut wie jede andere«, erwiderte Thorpe. »Wir leiden nicht gerade an Überbevölkerung.«

»Gut. Wir werden die Nacht durcharbeiten, um unser Camp zu errichten. Ich würde unsere Leute gerne am Morgen zusammenrufen, wenn Ihnen das recht ist, Thorpe.«

»Morgen früh wäre prima!«

»Wie ich höre, gibt es auf diesem Eisball Erdbeben.«

»Nicht besonders viele während der letzten paar Monate, auch nicht allzu heftige. Das Innere hat erst kürzlich einen Zustand von Isostasie erreicht. Aber Sie müssen noch damit rechnen, daß der Boden alle paar Tage bebt.«

»Dann achten wir darauf, alles ordentlich zu verankern. Noch irgendwas, das ich im Moment wissen müßte?«

»Der Untergrund besteht größtenteils aus Wasser und gefrorenem Ammoniak mit den üblichen Verunreinigungen. Seien Sie vorsichtig beim Destillieren. Lassen Sie niemanden mal eben einen Kübel Wasser von draußen holen.«

»Oh? Warum nicht?«

»Das Eis ist ein Clathrat. Eins seiner Bestandteile ist Cyanid. Wenn Sie das in Ihr Habitat bringen, könnten Sie plötzlich Atemprobleme bekommen.«

»Danke. Ich werd's weitersagen. Wir werden zum Verankern der Bohrer sicher etwas anderes brauchen als Eis.«

»Es gibt hier zwei Gebirgszüge, die aus Gesteinsmaterial bestehen. Der eine liegt nur wenige Kilometer von hier entfernt.«

»Ich hab ihn beim Anflug gesehen. Ich werde mein Geologenteam rüberschicken, damit sie einen Blick darauf werfen. Jetzt muß ich mich aber an die Arbeit machen. Ich sehe Sie dann morgen um acht in unserer Befehlsbaracke. Die müßte sich dann ungefähr dort befinden, wo dieser kleine Hügel ist.«

An der ersten Einsatzbesprechung mit der Baubrigade nahmen sechs Mitglieder des Expeditionsteams teil: Tom Thorpe, Chen Ling Tsu, Kyle Stoormgaard, Leon Albright und Hilary Dorchester. Thorpe hatte Amber vorgeschlagen, mitzukommen, aber sie war zu einer der periodischen Positionsabstimmungen mit der Erde verdonnert worden. Es bestand kein Zweifel mehr daran, daß Donnerschlag am Morgen des 17. Juli 2087 die Erde treffen würde. Dennoch wurden die Arbeiten zur Verfeinerung der Flugbahnbestimmung des Kometen fortgesetzt. Zumindest würden sie dadurch eine exakte Standlinie erhalten, von der aus sie ihren Fortschritt messen konnten.

Als die sechs das Habitatmodul verließen, wurden sie vom Anblick einer kleinen Stadt begrüßt, wo zwölf Stunden zuvor noch keine gewesen war. Sämtliche Gebäude waren standardisierte Vakuum-Schutzräume — mit Atmosphäre ausgestattete Container, auf die ein feiner Wassernebel gesprüht worden war. Das Besprühen war noch im Gange, obwohl sich bereits eine mehrere Zentimeter dicke Eisschicht gebildet hatte. Das Eis ließ die Gebäude im Licht der geschrumpften Sonne glitzern.

Vor der Hauptschleuse entdeckten sie einen Wegweiser. Er wies nicht nur den Weg zu verschiedenen Vorratsdepots und Gebäuden, sondern es zeigte auch ein Pfeil gerade nach oben. Darauf stand: NEW YORK CITY, 600 MILLIONEN KILOMETER.

Die Expeditionsteilnehmer passierten die überdimensionale Luftschleuse als Gruppe und fanden sich anschließend in einem großen offenen Raum wieder, in dem sich Spind an Spind reihte. Sie streiften rasch ihre Anzüge ab und hängten sie auf. In den Spinden fanden sie Schnürpantoffeln mit Velcrosohlen. Die Unterkünfte waren mit Velcroteppichen ausgelegt, die einem die Illusion von Schwerkraft vermittelten. Es war ein seltsames Gefühl, steif über den Boden zu gehen, nachdem man so viele Monate lang von einem Punkt zum anderen geschossen war.

»Entschuldigen Sie«, sagte Thorpe zum ersten Monteur, der ihm über den Weg lief. »Wo befindet sich das Büro von Mr. Carlton?«

»Dritte Baracke rechts, Kumpel. Kurz bevor du da bist, siehst du ein Schild mit der Aufschrift ›Hauptquartier‹.« Der Mann verlangsamte kaum, während er die Auskunft erteilte, und eilte weiter in den Umkleideraum.

Sie fanden die Kommandobaracke ohne Probleme. Im Innern stießen sie auf Amos Carlton, der einem halben Dutzend von Arbeitsgruppen gleichzeitig Anweisungen erteilte. Wie Thorpe tags zuvor vermutet hatte, war Carlton jung und blond. Er schätzte das Alter des Vorarbeiters auf etwa dreißig. Thorpe lächelte, als er Hilary Dorchesters taxierenden Blick und den Antwortblick bemerkte, den Carlton in ihre Richtung schickte.

Thorpe stellte seine Begleiter Carlton vor, der sie in den nebenan gelegenen Konferenzraum geleitete. Dort öffnete sich ein großes Fenster nach draußen. Das Glas wurde elektrisch beheizt, um zu verhindern, daß der Sprühnebel über seinen dicken Scheiben gefror. Die beiden Module der *Admiral Farragut* waren auf dem Eis in einem halben Kilometer Entfernung zu erkennen. Thorpe dachte unwillkürlich, daß sie dort draußen schrecklich einsam wirkten.

»Tom Thorpe, darf ich Ihnen Walter Wassilowitsch

vorstellen, den stellvertretenden Kommandeur..."
Carlton ging um den Konferenztisch herum und stellte
das halbe Dutzend Leute vor, die dort saßen. Dann tat
Thorpe das gleiche für das Expeditionskontingent. Als
die Vorstellungen vorüber waren, sagte Carlton: »Bitte
nehmen Sie Platz. Es wird gleich Kaffee gebracht...«
»Sie haben Kaffee!« rief Hilary ungläubig.
»Ja, natürlich. Könnte ohne nicht arbeiten.«
»Mit unseren gefriergetrockneten Vorräten war etwas
nicht in Ordnung. Der Kaffee ist uns vor einem Monat
ausgegangen.«
»Ich lasse Ihnen etwas hinüberbringen.«
»Würden Sie das tun? Ich wäre Ihnen wirklich sehr
dankbar.«
»Lassen Sie uns nun mit der Arbeit anfangen.
Mr. Thorpe, ich möchte, daß unsere Bohrer so bald wie
möglich zum Einsatz kommen. Uns liegen natürlich die
vorläufigen Karten vor. Gibt es etwas, das sie dazu an-
merken möchten?«
»Da ich nicht weiß, was man Ihnen gesagt hat, warum beginnen wir nicht am Anfang? Professor Chen ist
unser Experte für die Entstehung der Kometen. Er wird
berichten, was wir während unseres Aufenthalts hier
herausgefunden haben. Unser Geologe, Leon Albright,
wird ihn dabei unterstützen.«
Chen Ling Tsu entrollte die große topographische
Übersichtskarte, die während der letzten Monate sein
persönliches Anliegen gewesen war. Sie zeigte den
Ground Zero Krater und seine Umgebung, sowie die
zahlreichen Störungssysteme darunter. Auf der Karte
waren zweiundzwanzig schwarze Kreuze. Neben jedem
befand sich eine rätselhafte Anmerkung.
»Dies ist unsere Hauptkarte von diesem Gebiet. Wir
haben sowohl die Oberflächenstrukturen wie das Störungssystem bis zu einer Tiefe von zwanzig Kilometern
kartographisch erfaßt. Die tektonische Aktivität des
Kerns hat uns hierbei geholfen. Die andauernden Beben

vermitteln uns ein ausgezeichnetes Bild dessen, was unter der Oberfläche verborgen ist.«

Chen deutete mit einer weitausholenden Geste auf die Karte. »Was Sie hier sehen, ist der Schnappschuß eines Kataklysmus, der sich vor einer Milliarde Jahre zugetragen hat. Durch ihn wäre dieser Himmelskörper beinahe geborsten. Wir beabsichtigen, diesen Prozeß zu vollenden. Die schwarzen Umrisse stellen die Oberflächenstrukturen dar, den Krater und das umgebende Spaltensystem. Die mehrfarbigen Linien kennzeichnen unterirdische Strukturen. Jede Höhenlinie repräsentiert einen Niveauunterschied von fünfhundert Metern. Beachten Sie, daß der Krater im Grunde ein großer, konischer Zapfen ist und genaugenommen kein Teil der eigentlichen Asteroidenmasse. Wir werden diesen Zapfen in den Weltraum sprengen.«

»Und diese schwarzen Kreuze?« fragte Carlton.

»Das sind die empfohlenen Bohrstellen«, antwortete Chen. »Die Anmerkungen geben die Tiefe der Bohrung und den Winkel an. Wir haben versucht, die Schwachpunkte des Störungssystems herauszupicken, außerdem die Orte, an denen mehrere Verwerfungen zusammentreffen. Die Bohrtiefen variieren zwischen drei und siebzehn Kilometern.«

Die Monteure vertieften sich in die Karte und stellten Fragen. Während Professor Chen sie beantwortete, kritzelten sie auf ihre elektronischen Notizbücher. Nach einer halben Stunde blickte Amos Carlton auf die Karte hinunter und sagte: »Das sieht alles ausgesprochen einfach aus. Beinahe zu schön, um wahr zu sein. Was haben Sie uns verschwiegen?«

Leon Albright räusperte sich. »Wir haben einige Bedenken, was die Festigkeit der Kruste betrifft. Wie Sie erkennen können, ist sie durch die Wucht des ursprünglichen Aufpralls vollkommen zerbrochen. Um einen ausreichend großen Brocken abzuspalten, ist große Sorgfalt bei der Plazierung unserer Sprengladungen geboten. Jegliche Explosionsenergie, die an die Oberfläche dringt, wird verschwendet sein.«

»Vielleicht sollten wir dann lieber irgendwo anders bohren.«

Professor Chen schüttelte den Kopf. »Das wäre zwecklos. Wir brauchen das Störungssystem, um den Dampf unter den Krater zu leiten. Wir brauchen ein großes Druckpolster, um den Krater in einem Stück herauszuschleudern. Glauben Sie mir, Mr. Carlton, wir analysieren dieses Problem jetzt seit vielen Monaten. Die hier ausgewiesenen Punkte sind die stabilsten, durch die wir noch Zugang zum Störungssystem bekommen.«

Walter Wassilowitsch deutete auf eine Ansammlung von Kreuzen. »Wir werden mit diesen Tiefbohrungen im Westen beginnen. Dafür brauchen wir die meiste Zeit.«

»Einverstanden«, antwortete Carlton.

»Wie lang wird es dauern, um diese zweiundzwanzig Bohrungen durchzuführen?«

Carlton überflog die Karte und bewegte die Lippen, als er die verschiedenen Bohrtiefen addierte. »Zwei Monate bis zum Abschluß der Bohrungen, solange wir nicht auf ungünstige Bodenverhältnisse stoßen, zwei Wochen für den Abbau, und dann noch eine Woche, um die Sprengladungen anzubringen und die Bohrlöcher zu verschließen. Sagen wir, drei Monate bis zum ersten Schuß.«

»Lassen sich Ihre Schiffe so schnell wiederbetanken?«

Carlton zuckte die Achseln. »Nicht mein Gebiet, fürchte ich. Da müssen Sie sich schon an die Blauen wenden. Ich kann Ihnen lediglich sagen, daß die Destillations- und Crackeinheiten bereits aufgebaut werden.«

»Wir haben die *Admiral Farragut* so gut wie fertigbetankt«, sagte Stormgaard. »In einer Woche können wir unsere Wasserstoffcrackanlage einsetzen, um Ihren Ausstoß zu vergrößern.«

»Ausgezeichnet. Regeln Sie das mit Kapitän Palanquin. Er kommandiert die Flotte. Noch weitere Fragen? Wenn nicht, dann machen wir uns an die Arbeit. Wir haben eine Menge vor, und es bleibt uns nur sehr wenig Zeit!«

27. KAPITEL

Tom Thorpe hatte keine Schwierigkeiten, sein Ziel auszumachen, als er mit dem Hüpfer Zwei eintausend Meter über dem zerklüfteten Gelände des Ödlands nördlich des Ground Zero Kraters flog. Vor ihm stieg eine glockenförmige Wolke aus Eiskristallen von der Stelle aus in den tiefschwarzen Himmel, wo die schweren Laser der Arbeitsmannschaften einen tiefen Schacht bohrten. Drei weitere Wolken waren am Horizont sichtbar. Nach zehn Wochen knochenharter Arbeit wurden die letzten vier Bohrungen gerade vollendet. In einer Woche würde Donnerschlag weitgehend verlassen sein. Wieder eine Woche später würden mehr als zwei Dutzend Antimateriebomben ihren Inhalt gleichzeitig in das umgebende Eis abgeben. Dann würden sie wissen, ob ihre Anstrengungen vergeblich gewesen waren.

Thorpe brachte die Basis der nächstgelegenen Wolke mit einer elektronischen Peilmarke zur Deckung. Ein kurzer Daumendruck ließ das kleine Luftfahrzeug vom plötzlichen Rückstoß der Steuerdüsen krängen. Das Haupttriebwerk sprang an und richtete die Flugbahn auf die Bohranlage aus.

»Danke fürs Mitnehmen«, sagte Amber neben ihm. »Ich bin zu lange im Schiff eingesperrt gewesen.«

»Eine andere Möglichkeit, daß wir zusammensein konnten, ist mir nicht eingefallen. Außerdem hört Hilary Dorcester dann endlich auf darauf herumzureiten, daß ich einen Assistenten bräuchte.«

»Geh nur darauf ein, und ich kratz' dir die Augen aus«, warnte Amber.

»Es ist doch schön, wenn man geliebt wird.«

Sie flogen schweigend weiter, bis sich der

Hüpfer der Bohrung bis auf einen Kilometer genähert hatte. Die Eiswolke war gewaltig angewachsen und sah aus wie der Trichter eines Tornados, ein Wirbelsturm, der sich bis in die Unendlichkeit zu erstrecken schien. Irgendein Witzbold hatte die Wolken ›Bohnenstangen‹ getauft, und die Bohrmannschaften wurden des öfteren gemahnt, nach herabsteigenden Riesen zu schauen.

»Zeit, der Crew die schlechten Nachrichten mitzuteilen«, sagte Thorpe. Er wählte den allgemeinen Anrufkanal. »Laser Sechs, hier ist Hüpfer Zwei. Ich bin zwei Minuten entfernt und im Abstieg begriffen. Bereithalten zur Inspektion.«

Die knappe Bestätigung kam augenblicklich und wurde, wie Thorpe vermutete, von einer Reihe deftiger Flüche gefolgt. Seitdem er die Rolle des Generalinspekteurs einnahm, hatten seine Besuche zahlreichen Arbeitern den Verlust von Privilegien und Lohneinbußen eingebracht. Derlei Maßnahmen hielten die Leute auf Trab, waren jedoch nicht dazu angetan, ihn bei den Vakuumaffen lieb Kind zu machen.

Der Hüpfer verlangsamte, bis er hundert Meter vor der Wolke zum Stillstand kam, und senkte sich langsam herab. Thorpe übernahm die manuelle Steuerung und landete die Maschine. Das Gelände war mit Geräten übersät und wurde dominiert von der Energieversorgungseinheit der Bohrer. Dicke Stromkabel schlängelten sich zu dem Dreibein hinüber, das man über einem Dreißig-Zentimeter-Bohrloch errichtet hatte, aus dem die ›Bohnenstange‹ in die Höhe schoß.

Als sie sich dem Loch näherten, bemerkten sie ein tiefes trommelndes Geräusch, das durch den Boden und ihre Stiefelsohlen drang. Dann gelangten sie an eine Stelle, von der aus sie freie Aussicht auf den Laserbohrer hatten. Seine Stützbeine waren in schweren Felsbrocken verankert, und die Spitze verschwand in der Dampffontäne, die aus der Bohrung fauchte. Der Bohrkopf erzeugte zwei separate Laserstrahlen.

Der mittlere Strahl war ultraviolett und ultrastark. Er schwenkte ständig in einem engen Winkel hin und her und höhlte so den Boden es Loches aus. Dieser innere Frässtrahl erzeugte dort, wo er auftraf, ein hohes Vakuum und besaß immer noch genügend Energie, um das massive Gestein am Grund der Bohrung zu durchschneiden.

Der zweite Strahl umgab den ersten und war blaugrün. Er füllte das ganze Bohrloch mit einer leuchtenden aquamarinblauen Farbe. Der äußere Strahl hielt den Dampf in einem Zustand der Überhitzung. Andernfalls wäre der Dampf an den extrem kalten Wänden kondensiert und hätte die Bohrung bald mit flüssigem Wasser aufgefüllt.

»Hallo, Mr. Thorpe, Miss Hastings«, begrüßte sie Roger Borokin, der Vorarbeiter des Bohrteams. »Ich habe mir schon gedacht, daß ich Sie heute sehen würde.«

»Warum haben Sie das gedacht?« fragte Thorpe.

»Es war logisch. Wir sind eines der letzten vier aktiven Bohrlöcher, und wir sind dabei, Schluß zu machen. Das ist unsere letzte Chance, noch eins auf den Kopf zu bekommen, bevor wir hier dichtmachen.«

Thorpe lachte. »Bin ich so leicht zu durchschauen? Eigentlich ist die Inspektion nur ein Vorwand. Ich wollte, daß Miss Hastings den Bohrvorgang aus der Nähe sieht.«

»Vorwand oder nicht, wir sind auf Sie vorbereitet. Mein Arbeitsprotokoll ist auf dem letzten Stand, und alle meine Leute kennen ihre Aufgaben.«

»Wie weit sind Sie gekommen?«

»Siebzehn Kilometer. Wir müßten jeden Augenblick in das Störungssystem Zwölf durchstoßen. Wenn wir soweit sind, lassen wir den ferngesteuerten Bohrer ins Bohrloch hinunter und höhlen eine Kammer für die Sprengladungen aus. Anschließend packen wir zusammen und machen uns auf zum Schiff.«

»Steuerdüsen des Frachtmoduls klarmachen, Chefingenieur.«

»Steuerdüsen klar, Captain.«

»Systeme überprüfen.«

»Alle Systeme zeigen grün.«

»Hat jemand daran gedacht, die Verankerung zu entriegeln?«

»Ankerseile entriegelt, Captain. Ich habe sie selbst überprüft. Zweimal.«

»Sehr schön. Letzter Manövercheck. Wenn jemand einen guten Grund kennt, warum wir nicht starten sollten, dann heraus mit der Sprache. Niemand? Einminuten-Countdown, Mr. Velduccio.«

»Jawohl, Captain. Einminuten-Countdown läuft... neunundfünfzig... achtundfünfzig...«

Karin Olafson blickte zu der Panoramakuppel hoch, auf der das startbereite Frachtmodul zu sehen war. Er sah fast genauso aus wie am Tag seiner Ankunft. Alles wieder einzuladen hatte drei Tage gedauert. Dennoch betrug die Masse des Moduls weniger als die Hälfte wie zum Zeitpunkt der Landung.

Unter den Ausrüstungsgegenständen, die man zurücklassen würde, befanden sich beide Mondhüpfer. Tom Thorpe benutzte den Hüpfer Zwei immer noch zur Fortbewegung. Hüpfer Eins lag zerschmettert irgendwo im westlichen Ödland, Opfer eines Landeunfalls in der vorherigen Woche. Der Pilot, Emilio Rodriguez, hatte sich einen Arm gebrochen, während sein Passagier, Leon Albright, ohne eine Schramme davongekommen war. Karin Olafson fragte sich, ob die beiden Männer wußten, wieviel Glück sie dabei gehabt hatten.

Als sie den Boden des Ground Zero Kraters überblickte, empfand sie eine vorübergehende Traurigkeit. Die vergangenen Monate hatten zu den aufregendsten ihres Lebens gezählt.

»Dreißig Sekunden... zwanzig... fünfzehn... zehn...«

»Automatik klarmachen.«

»Autopilot eingeschaltet, Captain«, kam die Antwort von ihrem Mann.

»... fünf ... vier ... drei ... zwei ... eins ... ab geht's!«

Über der Eisebene erwachte das Frachtmodul zum Leben, als Feuer aus seinen überdimensionalen Korrekturtriebwerken brach. Die Abgase wirbelten Wolken von Ammoniakschnee auf. Das Modul hob langsam ab, dann begann es zu beschleunigen. Im Weitersteigen legte es sich auf die Seite und verschwand nach Norden.

»Wir haben es im Bild, Captain«, meldete Dieter Schmidt. »Sollflugbahn wird eingehalten.«

»Sehr schön, Mr. Schmidt. Machen Sie uns fertig zum Start.«

»Habitatmodul ist startklar, Captain.«

»Verankerung?«

»Ausgekuppelt.«

Karin nickte. Sie hatte die Anker selbst überprüft. Nur wenige Dinge konnten verhängnisvoller sein als eine Landestütze, die beim Start noch fest mit der Oberfläche verbunden war. So etwas konnte einem den ganzen Tag verderben.

»Alle Passagiere an Bord?« fragte sie.

»Zwölf Leute an Bord und gesichert, Captain«, meldete Cybil Barnard über Interkom. »Tom Thorpe, Amber Hastings, mein Mann, Chen Ling Tsu, Bradford Goff und Hilary Dorchester sind nicht an Bord.«

Karin Olafson nickte. Sie startete nicht gerne ohne vollzählige Besatzung, aber sie konnte nichts daran ändern. Thorpe, Hastings und Barnard waren gezwungen, noch eine weitere Woche am Boden zu verbringen. Sie würden die Anbringung der letzten Antimaterieladungen überwachen. Die anderen wurden noch bei den Arbeitsmannschaften gebraucht.

»Fertigmachen zum Start!«

»Maschine, fertig zum Start.«

»Funker, fertig zum Start.«

»Ladung gesichert. Alle Passagiere angeschnallt.«
»Korrekturtriebwerke klarmachen!«
»Korrekturtriebwerke sind klar.«
»Schalten Sie auf allgemeine Durchsage!«
»Ist geschaltet, Captain.«
»Achtung, an alle. Fertigmachen zum Start. Falls Sie noch irgendwohin müssen, haben Sie Ihre Chance verpaßt. In zwei Minuten heben wir ab. Ich wiederhole, Start in zwei Minuten.«

Es entstand eine lange Pause, während der sie die Countdownanzeige beobachtete. »Sie können einen weiteren Countdown beginnen, Mr. Velduccio. Übertragen Sie ihn ins Schiff.«

»Aye, aye, Captain ... Start in sechzig Sekunden ... neunundfünfzig ... achtundfünfzig ...«

»Tut es dir leid, abfliegen zu müssen, Karin?« fragte ihr Mann über ihren privaten Funkkanal.

»Ein bißchen. Es hat Spaß gemacht, oder?«

»Das hat es. Es tut mir leid, daß es zu Ende geht.«

»Denk einfach an das Feuerwerk hier in einer Woche.«

»Da ist etwas dran«, stimmte Stormgaard zu.

»Zehn Sekunden bis zum Start, Captain.«

»Sehr schön, Mr. Velduccio.«

»Fünf ... vier ... drei ... zwei ... eins ... Zündung!«

Ein tiefes Grollen hallte durch das Habitatmodul, während der Kontrollraum zu beben begann. Karin Olafson ließ ihren Blick über die Anzeigen schweifen. Alle Werte waren normal. Sie betätigte den Schalter, der die Korrekturdüsen auf volle Leistung brachte. Plötzlich kippte die entfernte Ringwand des Ground Zero Kraters, während der Boden zurückfiel. Bevor das Habitatmodul nach Norden davonschoß, erhaschte sie einen Blick auf das von den Arbeitern weitgehend verlassene Basislager. Karin Olafson erlaubte sich den Luxus eines Seufzers.

Sie war wieder ein Raumkapitän.

Eine Woche später näherte sich Tom Thorpe der *Admiral Farragut* mit dem Hüpfer Zwei. Das Schiff war wieder so, wie er es zum ersten Mal gesehen hatte — Antriebseinheit, Frachtmodul und Habitatkugel waren wieder zu einem funktionsfähigen Ganzen zusammengefügt.

»Heimkommen ist doch was Schönes, und wenn es so eine Sardinenbüchse ist«, murmelte er.

»Find ich auch«, antwortete eine weibliche Stimme in seinen Ohrhörern.

Die Kabine des Hüpfers war voller Menschen. Neben Thorpe saß Amber, ihren Anzug fest gegen seinen gepreßt. Neben ihr, eingekeilt auf einer Sitzbank, die eigentlich für zwei Personen gedacht war, saß Cragston Barnard. Während ihrer letzten Woche auf dem Kometen waren alle drei für kaum ein paar Stunden aus ihren Anzügen herausgekommen. Am Morgen hatten sie zugesehen, wie der letzte der tiefen Schächte mit Wasser gefüllt worden war. Innerhalb weniger Stunden war das Wasser zu einem Stöpsel von mehr als zwölf Kilometern Länge erstarrt. Nur ein dickes Kontrollkabel, das den Sprengbefehl weiterleiten würde, führte durch den Stöpsel bis nach unten.

Sie hatten insgesamt achtunddreißig Schächte gebohrt, sechs mehr als ursprünglich geplant. Jede einzelne Sprengvorrichtung war sorgfältig innerhalb einer größeren Verwerfung plaziert worden. Anders als die auf dem Prinzip der Kernspaltung oder Kernfusion beruhenden Bomben, deren ganze Energie innerhalb von Nanosekunden freigesetzt wurde, benötigten Antimateriesprengkörper Millisekunden, um ihr Maximum zu erreichen. Aufgrund der Verzögerung würden die Annihilierungsprodukte — Pionen und Gammastrahlen — tief in das umgebende Eis eindringen können. Das Ziel war es, unter dem ganzen Ground Zero Krater ein unter hohem Druck stehendes Dampfpolster zu erzeugen. Für diesen Zweck eignete sich eine langsame Energiefreisetzung besser als eine rasche.

»Es wird gut tun, sich wieder einmal zu waschen«, sagte Amber mit einem sehnsuchtsvollen Blick zum Schiff hinüber. »Fünf Tage im Raumanzug, das ist ein Dauerrekord, den ich niemals brechen möchte.«

Barnard lachte. »Es ist gut, daß ich hier drin eingeschlossen bin. Nicht einmal meine Frau würde meinen Geruch aushalten.«

»Die Zeit müßte gerade reichen, um sich zu waschen, etwas Warmes zu essen und sich vor der Detonation noch ein bißchen auszuruhen.«

»Wie lange noch?«

Thorpe blickte auf sein Anzugchronometer. »Vier Stunden und siebzehn Minuten. Bis Donnerschlag seine östliche Hemisphäre dem Jupiter zuwendet.«

Amber und Barnard beobachteten schweigend, wie Thorpe den Hüpfer dem Frachter entgegenlenkte. Einhundert Meter vor der Schleuse Eins brachte er ihn zum Stehen.

»Ich will nicht näher heran«, erklärte er. »Wär nicht schön, jetzt noch irgendwo gegenzuknallen, wo wir fast schon zu Hause sind. Ihr werdet springen müssen.«

»Kein Problem«, antwortete Barnard. Der Astronom öffnete die Luke und kletterte auf die Hülle hinaus. Thorpe vergewisserte sich, daß die Korrekturdüsen abgeschaltet waren. Als die Schiffsschleuse aufgig, sah man eine Gestalt, die sich vor der Innenbeleuchtung abhob.

Barnard flog die hundert Meter zum Schiff hinüber. Er landete mit den Füßen voran auf der Hülle und ließ sich hineinhelfen. Sobald er drinnen war, schloß sich die Schleusentür für eine lange Minute, dann öffnete sie sich wieder.

»Du bist dran, mein Schatz.«

»Wir sehen uns dann drinnen«, erwiderte Amber, als sich ihre behandschuhten Hände berührten. Sie konnten einander durch die dicken Handschuhe hindurch nicht fühlen, aber darauf kam es gar nicht an. Amber folgte dem Beispiel Barnards und schwebte durch die offenstehende Luke hinaus. Eine Minute darauf verschwand sie ebenfalls in der Schleuse Eins.

»Nun, altes Streitroß, ich schätze, das ist der Abschied«, sagte Thorpe, während er seine Anweisungen in den Autopiloten programmierte. Die Worte waren Teil eines Dialogs aus einem alten Film, den er einmal gesehen hatte. Aus irgendeinem Grund kamen sie ihm passend vor.

Thorpe bewegte sich durch die Backbordluke und richtete sich sorgfältig auf das Habitatmodul des Schiffes aus. Nachdem er sich von der Außenhülle des kleinen Flugapparats abgestoßen hatte, schwebte er über den Abgrund und landete mit dem Kopf voran, wobei er sich mit ausgestreckten Armen abfing, um die Energie zu absorbieren. Dann packte er den Griff und schwang die Füße herum, um sich zügig in die offene Schleuse gleiten zu lassen.

»Willkommen zu Hause«, sagte Dieter Schmidt.

»Danke.«

Schmidt streckte die Hand nach den Kontrollen aus, aber Thorpe hielt ihn auf. »Warten Sie eine Sekunde. Ich will mir das ansehen.«

Die beiden Männer beobachteten den Hüpfer noch eine weitere halbe Minute. Plötzlich erwachte sein Triebwerk zum Leben, und er begann sich von der *Admiral Farragut* zu entfernen.

»Wo haben sie ihn hingeschickt?«

»Ich hab ihm nur einen kurzen Zehn-Meter-pro-Sekunde-Stoß gegeben, um ihn von der Flotte wegzubekommen. Okay, lassen Sie uns reingehen.«

Die Außentür schloß sich. Thorpe hörte auf einmal das Rauschen von Luft, während sein Anzug um ihn herum zusammenfiel. Er löste den Helm, sobald die Schleusenanzeigen grün anzeigten. Die Innentür öffnete sich langsam nach außen, dahinter erschien eine helmlose Amber Hastings, die in der Vorkammer wartete. Bevor er sich bewegen konnte, war sie bereits bei ihm und warf ihm ungeschickt die Arme um den Hals. Sie küßten sich leidenschaftlich, bis ihnen die Luft ausging.

»Das hatte ich schon seit fünf langen Tagen vor«, flüsterte Amber. »Willkommen zu Hause, Liebster!«

»Willkommen auch du. Lust, zusammen zu duschen?«

Sie rümpfte die Nase. »Je früher, desto besser!«

Die kleine Flotte hing bewegungslos in eintausend Kilometern Höhe über dem Kern im Raum. Aus dieser Entfernung nahm Donnerschlag dreißig Winkelgrade ein, was ihm die sechzigfache Größe des Vollmonds von der Erde aus betrachtet gab. Die Beobachtungsposition war mit Vorbedacht ausgesucht worden. Sie lag weit genug weg, daß das menschliche Auge den ganzen Kern mit einem Blick erfassen konnte, andererseits auch nah genug, daß die Meßinstrumente der Flotte alles minutiös würden aufzeichnen können. Die Entfernung war außerdem so groß, daß die Schiffe durch die Explosion nicht gefährdet werden würden.

»X minus zehn Minuten, Countdown läuft.«

Die Ankündigung des Flaggschiffs hallte durch die Messe der *Admiral Farragut*, wo sich die meisten Expeditionsteilnehmer versammelt hatten. Amber war neben Thorpe in eine Ecke gezwängt, während die anderen sich vor dem Holoschirm drängten. Kapitän Olafson, Ingenieur Stormgaard und die beiden Barnards hatten es vorgezogen, vom Kontrollraum aus zu beobachten. Niemand, so schien es, wollte die Explosion für sich alleine miterleben.

»Glücklich?« fragte Thorpe, indem er seinen Griff um Ambers Taille für einen Moment verstärkte.

Sie überlegte für einen Moment, dann nickte sie. »Und du?«

»Ich bin froh, daß es so gut wie vorbei ist. Noch

zehn Minuten, und wir können unser Leben wieder planen.«

»Welche Pläne *hast* du, Tom, wenn das alles vorüber ist?«

Er sah sie lange an. »Ich dachte mir, ich frag dich, ob du mich heiraten willst.«

»Ist das dein Ernst?« fragte sie und suchte in seinem Gesicht nach einem Anzeichen dafür, daß sein Angebot nur ein Beispiel seines verschrobenen Humors war.

Er erwiderte ruhig ihren Blick. »So ernst, wie man es nur meinen kann. Falls du mich überhaupt haben willst.«

»Du alter Trottel! Natürlich will ich dich. Die letzten sechs Monate über habe ich kaum an etwas anderes gedacht.«

»Dann ist es also beschlossene Sache. Wir können den Kapitän die Zeremonie gleich nach der Zündung durchführen lassen.«

»Vielleicht will sie damit nicht behelligt werden.«

Er zuckte die Achseln. »Dann wechseln wir eben zur *Gargantua* über und lassen es deren Kapitän machen. Das wäre mir egal.«

»Was ist mit all deinen Freunden, und mit meinen?«

»Ich würde sagen, wir haben alle, die wir brauchen, hier vor der Nase.« Bis jetzt hatten sie sich mit leisem Flüstern unterhalten. Thorpe hob seine Stimme. »Wie steht's mit euch, Leute? Lust auf eine Hochzeitsfeier heute nachmittag?«

Allgemeines Hurrageschrei brach aus, gefolgt von Gratulationen. Dann brachte sie jemand zum Schweigen, als die zweite Durchsage vom Flaggschiff kam.

»X minus fünf Minuten, Countdown läuft!«

Auf dem Schirm rotierte Donnerschlag langsam weiter, unbeeindruckt von dem, was geschehen würde. Die Region um den Ground Zero Krater war nicht zu sehen, da sie vor einigen Stunden in die Nachtzone übergewechselt war. Die Explosion sollte in dem Moment stattfinden, wo sich der Krater mit dem Geschwindigkeitsvektor des Kerns in einer Linie befand. Auf diese Weise würde die abgespaltene Masse, wie groß sie auch sein mochte, entlang der Flugbahn zurückgeschleudert werden und dem Rest des Kerns den größtmöglichen Vorwärtsschwung vermitteln.

»Nervös?« fragte Amber.

»Weil's ans Heiraten geht? Nee.«

»Ich rede von der Explosion.«

»Ach, die! Weniger nervös als aufgeregt. Es ist ein bißchen wie das Warten aufs Christkind, als man noch ein Kind war.«

»Oder wie sich auf sein erstes Rendezvous vorzubereiten«, fiel jemand ein.

»Oder die Abschlußprüfungen in der Schule«, fügte Amber hinzu.

»Ich bin seit meiner zweiten Heirat nicht mehr so nervös gewesen«, warf Leon Albright ein.

»Was war damit? Hat sie Sie versetzt?«

»Nein, viel schlimmer«, erwiderte der Geologe. »Wenn ich ihr nicht jeden Monat Alimente zahlen müßte, hätte ich mich niemals für diese verrückte Expedition gemeldet.«

Sein Scherz erntete mehr Gelächter, als er verdiente. Thorpe blickte zu John Malvan hinüber, der seinen Arm um Hilary Dorchester gelegt hatte.

»Tut's Ihnen leid, daß Sie mitgekommen sind, John?«

»Mir nicht«, antwortete der Lunarier. »Ich habe das Revidieren gehaßt. Ich denke, ich werde mich darum kümmern, ob man diesen kleinen Brocken, den wir dabei sind abzuspalten, nicht abbauen kann. Er müßte genau die richtige Größe haben, um ihn in eine Erdumlaufbahn zu bringen, finden Sie nicht?«

»Da könnten Sie durchaus recht haben!« stimmte Thorpe zu. »Ich werde mich erkundigen müssen, ob Mr. Smith an einem solchen Projekt immer noch interessiert ist.«

»X minus eine Minute!«

Die Spannung war plötzlich mit Händen greifbar. Amber ergriff Thorpes Hand. In der Messe tat niemand einen Mucks.

»Zehn, neun, acht, sieben, sechs, fünf, vier ...«

»Daß alles gutgeht!« flüsterte sie und drückte kurz seine Hand.

»... drei ... zwei ... eins ... Zündung!«

Die Nachtseite von Donnerschlag wurde unvermittelt taghell, als achtundzwanzig Fontänen von blendender Helligkeit aus der Kruste des Asteroiden brachen und in den tiefschwarzen Himmel stiegen. Auf dem Bildschirm stand der Kern in Flammen. Einzelheiten, die bisher in der Dunkelheit verborgen gewesen waren, waren plötzlich wie herausgemeißelt, mit von violett-weißem Glanz umsäumten Umrissen und scharfrandigen Schatten.

Die Geiser aus Feuer tosten himmelwärts, stießen in den Raum, dehnten sich im Vakuum aus, bis sie zu einem einzigen brodelnden Feuersturm aus gleißendem Licht verschmolzen. Weit unter ihnen fluoreszierte die hauchdünne Koma, die das Licht der Explosion reflektierte.

In der Messe der *Admiral Farragut* herrschte langes Schweigen, gefolgt von einem Tumult, als alle gleichzeitig zu sprechen versuchten. Thorpe rief, sie sollten still sein. Es dauerte mehrere Sekunden, bis das Stimmengewirr verstummte. Endlich ertönte aus dem Schirm die Durchsage des Flaggschiffs.

»Die Kruste hat nicht gehalten! Wir haben zahlreiche Oberflächenbrüche ... Die Oberflächensensoren melden ein heftiges Erdbeben, aber keine meßbare Veränderung der Geschwindigkeit. Das Radar zeigt keine signifikante Abspaltung. Es ist zu keiner größeren Abtrennung gekommen ...«

An Thorpes Seite blickte Amber entsetzt auf die vielen Dampfsäulen, die unkontrolliert in den Raum brodelten. Es war gar nicht leicht, diese Gewalt zu sehen und anzuerkennen, daß absolut nichts geschehen war. Sie beobachteten den Schirm lange Zeit schweigend.

»Wie konnten wir uns nur so schwer irren?« fragte Amber schließlich. »Wir wußten doch, daß es bei einigen Schächten Probleme geben würde, aber doch nicht bei allen!«

»Du weißt nicht, ob sie alle geborsten sind«, erinnerte sie Thorpe.

»Aber jedenfalls ausreichend viele. Wir hätten irgendwo anders versuchen sollen, ein Stück herauszubrechen. Der Ground Zero Krater war schon zu stark geborsten.«

Er schüttelte den Kopf. »Das haben wir doch schon alles durchgekaut. Der GZK war der beste Ansatzpunkt.«

»Was fangen wir jetzt an, Tom?«

»Wir denken uns etwas Neues aus«, sagte er.

»Was denn Neues? Wir haben soeben achtundzwanzig Kilogramm Antimaterie verschwendet! Uns bleiben jetzt weniger als zehn Kilo.«

Als er sich in der Messe umsah, entdeckte Thorpe überall schockierte Gesichter. Er wußte, wie den anderen zumute war. Zu scheitern, das war, als habe man einen harten Schlag in den Magen bekommen. Der Mißerfolg machte es schwirig, nachzudenken. Zum ersten Mal begann er sich zu fragen, ob die Menschheit wirklich verloren war. Bis jetzt hatte er diesen Gedanken unbarmherzig verdrängt. Er löste sich von Amber und stieß sich ab.

»Wo willst du hin?« fragte sie, sich große Tränen aus den Augen wischend.

»Ich werde mich betrinken. Kommst du mit?«

»Das ändert doch nichts.«

»Vielleicht nicht, aber ich werde mich danach besser fühlen.« Mit diesen Worten stieß er sich zur Luke der Messe ab. Kurz bevor er sie erreicht hatte, wandte er sich um und blickte auf den Holoschirm. Die Nachtseite von Donnerschlag kochte immer noch mit ungebrochener Gewalt, während ein Geiser aus Dampf in das schwarze Firmament emporstieg. Trotzdem setzte der Komet seinen Weg fort, unbeeindruckt vom Schlimmsten, was ihm die Menschheit antun konnte.

VIERTER TEIL

Impuls

28. KAPITEL

Beschädigt, doch unbesiegt, setzte der Komet seinen langen Fall ins Innere des Sonnensystems fort. Das Bemühen der Menschheit, einen Teil seiner Kruste abzusprengen, hatte wenig mehr erreicht, als der Sonne einige neue Adern zu öffnen. Die Verdampfungsrate stieg von Minute zu Minute und vergrößerte die sich entfaltende Koma und den Schweif des Kometen. Davon abgesehen, hatten die titanischen Explosionen bemerkenswert geringe Auswirkungen gehabt. Der Komet stürzte auf die Sonne zu und tauschte Lageenergie gegen Geschwindigkeit ein. Der unsichtbare Griff der Sonne bestimmte seine Flugbahn mit mathematischer Präzision. Jeder Tag brachte ihn dem Perihel und dem Moment näher, da er um die Sonne herumschwingen und unwiderruflich die Erde anvisieren würde, die Wiege der Menschheit.

Die auf den erfolglosen Versuch, Donnerschlag auf seiner Bahn zu beschleunigen, folgende Woche war schlimm für alle Beteiligten. Auf allen vier Schiffen der Flotte lagen die Nerven bloß. Es gab ein Dutzend Faustkämpfe und zwei Selbstmorde. Mittel gegen Alkoholkater waren die in den Krankenabteilungen am häufigsten ausgegebenen Medikamente.

Wenn die Dinge in der Flotte schlecht standen, so standen sie auf der Erde noch schlechter. Während des letzten Jahres hatte sich die Öffentlichkeit nicht viel Gedanken über den Kometen gemacht. Abgesehen von einem kurzen Aufflammen des Interesses zu der Zeit, als der Komet seinen volkstümlichen Namen bekommen hatte, hatten sich die Milliarden Erdbewohner um ihre eigenen Angelegenheiten gekümmert, im Vertrauen darauf, daß die Wissenschaftler die Lage unter Kontrolle hatten. Die meisten hatten sich nicht einmal die Mühe gemacht, die Sprengungen über Holovision zu verfolgen.

Die Unglücksmeldung verbreitete sich rasch. Es hatte eine mehrere Stunden währende Ruhepause gegeben, während der die Ungeheuerlichkeit dessen, was geschehen war, allmählich begriffen wurde. Dann begannen die Unruhen.

In New York strömten Menschenmassen zu dem alten UN-Gebäude, Sitz von Sky Watch und mehreren anderen multinationalen Behörden. In Toronto versammelten sie sich rund um das Nordamerikanische Parlament. In Den Haag wurden sie vom New Ridderzaal Tower angezogen. Überall suchten sie Trost bei den Schaltstellen der Macht, und als sie keinen bekamen, begannen sie zu randalieren. Die Unruhen, die ersten dieser Art seit Ende des zwanzigsten Jahrhunderts, trafen die Polizei zumeist unvorbereitet. Sie wüteten vier Tage lang. Dann legte sich eine brüchige Ruhe über den Planeten. Doch die Zentren jeder größeren Stadt zierten die Gerippe ausgebrannter Gebäude.

Noch während draußen der Aufruhr tobte, trat der Systemrat zu einer Krisensitzung zusammen, um zu beschließen, was zu tun sei. Man blieb volle 120 Stunden zusammen und vertagte sich nur, wenn die Erschöpfung eine Unterbrechung notwendig machte. Mehr als sechzig Arbeitsgruppen waren gebildet worden, um die Lage zu wenden. Unglücklicherweise hatte niemand eine klare Vorstellung davon, wie dabei vorzugehen sei.

Die Menschen draußen auf dem Kometen taten trotz ihrer Enttäuschung und Wut ihre Pflicht. Schon nach wenigen Stunden begannen die Wissenschaftler ihre Aufzeichnungen zu studieren, um herauszufinden, was schiefgegangen war. Den ersten Hinweis bekamen sie, als sie Gelegenheit hatten, sich den Boden des Ground Zero Kraters anzusehen. Die Eisfläche, die schon immer von ringförmigen Rissen durchzogen gewesen war,

Zwischendurch: ▬▬▬▬▬▬▬▬▬▬▬▬

▬▬▬▬▬▬▬▬▬▬▬▬▬▬▬▬ Die Krisensitzung des Systemrats dauerte volle 120 Stunden. Nur die Erschöpfung setzt den Konferenzen Grenzen. ▬▬▬▬▬▬▬▬▬▬

▬▬▬▬▬▬▬▬▬▬▬▬▬▬▬▬ Wir Leser bestimmen glücklicherweise selbst über unsere Zeit – und können uns zwischendurch beim Verfolgen des Geschehens auf den Buchseiten eine Erholungspause gönnen. Und was paßt dazu besser als ein heißer, würziger Drink, der neue Energie schenkt? Wir empfehlen den... ▬▬▬▬▬▬▬▬

Zwischendurch:

Die geschmackvolle Trinksuppe für den kleinen Appetit. – In Sekundenschnelle zubereitet. Einfach mit kochendem Wasser übergießen, umrühren, fertig.

Viele Sorten – viel Abwechslung.

Guten Appetit!

zeigte nun ein Zickzackmuster. Die neuentstandenen Brüche wiesen eine beunruhigende Kongruenz mit unterirdischen Gesteinsadern auf, die einen Großteil des Kratergebiets durchzogen.

In der ersten Woche nach der Explosion machten die Bedingungen in und um den Ground Zero Krater das Landen zu einem riskanten Unternehmen. Unter der Kruste war überhitzter Dampf in Blasen eingeschlossen. Beim Abkühlen kondensierte der Dampf und ließ große, unter Vakuum stehende Leerräume zurück. Wenn diese Blasen einstürzten, gingen von ihnen mächtige Erdstöße aus. Wenn sie sich nah genug an der Oberfläche befanden, entstanden riesige Vertiefungen, wenn die Kruste, nachdem sie von unten plötzlich keine Stütze mehr hatte, kollabierte.

Als es endlich hieß, daß der Krater gefahrlos inspiziert werden könne, benutzte Thorpe seine Stellung als Expeditionsleiter, um selbst für die Bodenmannschaft eingeteilt zu werden. Er schloß sich Amos Carlton und mehreren Spezialisten auf einer der Hilfsfähren der *Gargantua* an. Die Gruppe landete neben einer der neuen Spalten. Immer noch dampfte Nebel von den Wänden ab, der sich auf dem Boden der Spalte sammelte und diesen verdeckte. Die Radarmessungen ergaben für den Riß eine Tiefe von fast acht Kilometern.

»Sehen Sie sich das an!« murmelte Amos Carlton, als er sich die gegenüberliegende Wand des Cañons besah. Unten, wo die Nebelschicht begann, waren dicke Gesteinsadern zu sehen, die sich über die ganze Länge der Spalte hinzogen.

»Ich schätze, das erklärt alles«, antwortete Thorpe. »Die Wissenschaftler hatten recht. Irgendwie hat der Fels sich wie ein Druckableiter verhalten, und der Eispfropfen ist entlang der Ader gebrochen, als wir ihn anheben wollten.«

Der kleine Erkundungstrupp verbrachte die nächsten sechs Stunden damit, Eis- und Gesteinsproben für Analysen zu sammeln. Während dieser Zeitspanne federten sie vier heftigere Erdstöße ab und ein halbes Dutzend schwächere. Es war eine erschöpfte Gruppe, die sich zurück in ihr Schiff begab, als es über dem Krater wieder einmal Nacht wurde. Und noch müder war Tom Thorpe, als er zwei Stunden darauf die Schleuse Eins der *Admiral Farragut* passierte.

»Wie ist es passiert?« fragte Amber, nachdem sie ihm einen Willkommenskuß gegeben hatte. Sie und Karin Olafson waren die einzigen in der Schleusenkammer, ein Umstand, der ihn hätte mißtrauisch machen müssen. Doch wie die Dinge lagen, nahm Thorpe ihre Gegenwart hin, ohne darüber nachzudenken.

»Ungefähr so wie erwartet«, erwiderte er, während er den Raumanzug abstreifte. »Es waren definitiv die Gesteinsadern, an denen wir gescheitert sind. Außerdem glaubt Carlton, daß unsere Berechnungen der Energiefreisetzung zu optimistisch waren. Aus den Messungen geht hervor, daß sich die Antimaterie viel schneller als erwartet vernichtet hat. Der Druck baute sich zu rasch auf und zerbrach den Eispfropfen.«

»Wie konnte denn so etwas passieren?« fragte Karin Olafson.

»Wer weiß?« antwortete Thorpe mit einem Achselzucken. »Vielleicht hat man bei den Berechnungen auf der Erde nicht die richtige Temperatur eingesetzt. Oder vielleicht hatten wir einen Fehler in unseren Gleichungen. Achtundzwanzig Kilo Antimaterie produzieren sechundfünfzig Kilo Masse als reine Energie. Niemals zuvor ist soviel freigesetzt worden.«

»Was nun?« fragte Amber.

»Eine gute Frage, meine Liebe. Der Ground Zero Krater ist zu zerrissen, um es noch einmal zu versuchen. Und selbst wenn er es nicht wäre, wir haben nicht genug Antimaterie, um einen wirklich großen Brocken herauszubrechen. Carlton meint, wir hätten nur noch 8,2 Kilo. Er fragt bei der Erde zurück, ob sie dort irgendwelche besseren Vorschläge haben. Ehrlich gesagt, ich habe da meine Zweifel.«

»Können wir in diesem Schiff etwas tun, um zu helfen?« fragte der Kapitän.

»Im Moment fällt mir nichts ein. Vielleicht wenn ich drüber geschlafen hab.«

Sein Begrüßungskomitee tauschte Blicke. Daß etwas im Schwange war, das konnte er sogar durch den Nebel seiner Erschöpfung hindurch erkennen.

»Was ist los?« fragte er.

»Die Leute haben sich beraten, Tom«, sagte Amber. »Sie wollen nach Hause.«

»Nach Hause? Aber wir sind hier draußen noch nicht fertig.«

»Sie glauben schon. Wie du selbst gesagt hast, gibt es für uns nicht mehr viel zu tun. Sie wollen vor dem Ende noch etwas Zeit mit ihren Familien verbringen.«

»Wollen Sie ebenfalls aufgeben?« fragte er Karin Olafson.

Sie zuckte die Achseln. »Wenn ich sterben muß, dann schon lieber auf der Erde. Wir sind schon über ein Jahr unterwegs, und die Baumannschaften kommen hier draußen allein zurecht.«

Thorpe schwieg eine Weile. Donnerschlag aufzugeben hieß, eine Niederlage einzugestehen. Aber, verdammt noch mal, es wollte ihm nichts einfallen, wie die Situation zu retten war! Er seufzte. »Laß mich drüber schlafen. Wenn mir kein gutes Gegenargument einfällt, werde ich mit Amos Carlton reden, ob er uns fliegen läßt.«

Es war ein ausgesprochen niedergeschlagener Halver Smith, der in seinem Büro stand und über die Bay nach San Francisco hinüberblickte. Die schwarze Rauchglokke, die über der Stadt geschwebt war, hatte sich weitgehend aufgelöst. Er konnte mehrere Militärgleiter erkennen, die im Geschäftsviertel patrouillierten. Sie unterstützten die Truppen, die man hierhergebracht hatte, um die Unruhen zu ersticken.

Die Unruhen hatten sich nicht auf das Stadtzentrum beschränkt. Die Tatsache, daß die Sierra Corporation die Expedition zum Kometen Hastings ausgerüstet hatte, hatte sie in den Augen der Öffentlichkeit irgendwie mitschuldig gemacht. Ein Mob hatte den Tunnel zu erstürmen versucht, der vom Festland zum Hauptsitz der Gesellschaft hinüberführte. Er war erst dann aufgehalten worden, als der Sicherheitschef angeordnet hatte, den Tunnel zu fluten.

Wenn die Irrationalität der Aufrührer Smith auch verstörte, so fand er sie zumindest verständlich. An jenem Morgen hatte er etwas gesehen, das ihm Übelkeit verursacht hatte. Die ganze letzte Woche über hatte es nichts anderes als Nachrichten über Donnerschlag gegeben, und eins der morgendlichen Nachrichtenprogramme hatte ein Interview mit mehreren bekannten Persönlichkeiten gebracht. Ein Holofilmstar hatte behauptet, das Ganze sei ein Trick der Großkonzerne, um die Kontrolle über die Wirtschaft zu erlangen. Ein anderer Gast, ein weltberühmter Prediger, hatte erklärt, der Komet sei Gottes Strafe für eine verkommene Menschheit. Er warnte davor, welche schrecklichen Konsequenzen es haben könne, wenn man weitere Anstrengungen unternähme, den Kometen abzulenken.

Am meisten aber deprimierte Smith die Nachricht, daß die *Admiral Farragut* sich auf die Heimreise gemacht hatte. Er machte den Leuten im Grund keine Vorwürfe. Aber es ging das falsche Signal davon aus. Die Menschen erwarteten sich von ihren Regierungen und dem Systemrat Hilfe. Die Rückkehr der *Admiral Farragut* wäre für sie das Signal, daß man jede Hoffnung aufgegeben hatte.

Smith wandte sich vom Fenster ab und blickte auf das große Hologramm, das seit sechs Monaten in seinem Büro hing. Es zeigte den Kometen aus der Sicht der *Ad-*

miral Farragut. Die Koma bildete den irisierenden Hintergrund für den kraterübersäten Kern im Vordergrund. Irgendwie war es ungerecht, daß ein so unscheinbarer Himmelskörper das Werkzeug sein sollte, das die Erde zerstören würde. Während er noch das Bild anstarrte, wurde er von einem Summen der Sprechanlage auf seinem Schreibtisch abgelenkt.

»Was gibt es, Marla?«

»Constance Forbin ist am Apparat, Mr. Smith. Sie scheint aufgeregt zu sein.«

»Geben Sie sie mir.«

Smith nahm hinter seinem Schreibtisch Platz und sah sich gleich darauf der Koordinatorin gegenüber. »Guten Morgen, Constance, oder vielmehr guten Abend, wo Sie sind.«

»Morgen, Halver. Ich habe gerade erfahren, daß Ihre Leute Donnerschlag verlassen.«

»Das stimmt.«

»Sie wissen doch wohl, was für einen Eindruck das macht.«

»Ich weiß, es ist unangenehm.«

»Verdammt unangenehm!«

»Betrachten Sie es aus deren Blickwinkel. Sie sind dem verfluchten Ding hinterhergejagt, haben jeden Quadratzentimeter vermessen, sein Inneres untersucht und waren verdammt nahe daran, dabei das Leben zu verlieren. Sie sind viermal länger dort draußen als jeder andere sonst, und sie wollen nach Hause zurückkehren, bevor es zu Ende geht.«

»Ich werde ihnen befehlen, wieder umzukehren«, sagte die Koordinatorin. »Die Lage ist im Moment einfach zu prekär.«

»Sie werden nicht gehorchen. Sie können es gar nicht. Die *Admiral Farragut* hat vor etwa zwölf Stunden den Orbit verlassen. Das bedeutet, sie haben die Beschleunigungsphase hinter sich und sind jetzt im freien Fall auf Erdkurs. Sie haben nicht mehr genug Reaktionsmasse, um kehrtzumachen. Warum nicht einen Vorteil aus der Situation ziehen? Geben Sie bekannt, daß die Expeditionsteilnehmer zu Beratungen zur Erde zurückgerufen wurden.«

»Ich schätze, genau das werde ich tun müssen«, erwiderte sie. »Noch etwas anderes, wie läuft die Antimaterieproduktion der Sierra Skies?«

»Gut. Wir haben die dritte Beschleunigereinheit so gut wie aufgefüllt und in Betrieb.« Während der vergangenen sechs Monate hatten alle Orbitalkraftwerke ihre Antimaterie-Produktionseinheiten auf Kosten der Fernenergie mit voller Leistung betrieben. Die meisten von ihnen hatten im Schnellverfahren neue Antimaterieanlagen installiert.

»Wir werden alles, was wir bekommen können, zusammenkratzen und so bald wie möglich zur Flotte rausschaffen. Sie haben weniger als zehn Kilo, mit denen sie zurechtkommen müssen.«

»Dann wollen Sie das Gleiche noch einmal versuchen?« fragte Smith.

»Ich weiß noch nicht. Aber wenn der Rat zu dem Schluß kommt, daß das unsere beste Option ist, wollen wir die Antimaterie dort haben, wo wir sie brauchen. Wieviel können Sie beisteuern?«

»Dreihundert Gramm ist der Stand von gestern morgen. Wir könnten in einem Monat weitere fünfzig Gramm beisammen haben. Wie sieht es bei den anderen Kraftwerken aus?«

»Ziemlich ähnlich. Ich schätze, wir werden zwei weitere Kilogramm zur Flotte bringen können.«

»Das ist nicht besonders viel«, sagte Smith.

»Es ist alles, was wir haben. Es wird reichen müssen.«

Tom Thorpe saß im Teleskopraum an Bord der *Admiral Farragut* und starrte auf den Monitor. In letzter Zeit hatte nicht viel Interesse an der Astronomie bestanden, und er nutzte die Lücke aus, um sämtliche im Bordcomputer gespeicherten Daten bezüglich Donnerschlag noch einmal durchzugehen. Seit ihrem Abflug vom Kometen hatte Thorpe der Gedanke verfolgt, daß sie etwas Wesentliches übersehen haben könnten. Nach vierzehn Stunden Arbeit war das Gefühl so stark wie zu Beginn.

Er beobachtete, wie der Komet in einer Computersimulation die Sonne umrundete. Die Simulation, die von der Arbeitsgruppe in New Mexico erstellt worden war, gab die Flugbahn und die Geschwindigkeit des Kometen vom Perihel bis zum Aufprall auf der nördlichen Erdhemisphäre wieder. Sie versuchte ebenfalls die Auswirkungen einer solchen Kollision zu zeigen, einschließlich der atmosphärischen Schockwellen, der kilometerhohen Flutwellen und der geborstenen Erdkruste, die die Ozeane zum Kochen bringen und die Landmassen mit weißglühendem Magma überschwemmen würden. Thorpe sah der Katastrophe bis zum Ende zu, dann löschte er angewidert den Bildschirm.

Wenn die Simulation auch eine gewisse morbide Neugier befriedigte, half sie doch nicht, das Problem zu lösen. Er mußte sich vielmehr von dem Problem lösen und zu den grundlegenden Tatsachen zurückkehren. Er bat den Computer um Halver Smiths Doktorarbeit über die wirtschaftlichen Hintergründe des Asteroidenfangs. Thorpe erinnerte sich an einen Abschnitt, der sich mit den verschiedenen Methoden zur Veränderung der Umlaufbahn eines Asteroiden befaßte. Innerhalb von Sekunden sah er sich dem vertrauten Text gegenüber:

> ... Es gibt eine Reihe von Methoden, mittels derer die notwendige Energie auf einen Asteroiden übertragen werden kann. Jede besitzt ihre Vorteile und Nachteile. Während manche von ihnen offensichtlich ungeeignet sind, die sehr großen Nickel-Eisen-Massen zu bewegen, die für den Raumbergmann von höchstem In-

teresse sind, haben alle ihren Platz in der großartigen Ordnung der Dinge. Jede wird weiter unten mit größerer Ausführlichkeit diskutiert ...

Thorpe ließ seinen Blick über Smiths Auflistung möglicher Techniken gleiten.

... chemische, mit Kernspaltung, Kernfusion, Ionen- oder Antimaterietriebwerken ausgestattete Raketen ...

Thorpe suchte weiter. Raketen waren erschöpfend erörtert. Mit Ausnahme des letzten Punkts auf der Liste hatten sie sich als kläglich ungeeignet erwiesen. Die Idee, Donnerschlag mit Antimaterietriebwerken zu bewegen, hatte man einer sehr genauen Prüfung unterzogen. Sie war erst dann fallengelassen worden, als klar geworden war, daß die Antimaterievorräte der Menschheit dazu nicht annähernd ausreichten. Der kürzliche Verlust von achtundzwanzig Kilogramm des kostbaren Treibstoffs hatte nicht dazu beigetragen, die Idee reizvoller zu machen.

... Nuklearimpuls ...

Thorpe mußte unwillkürlich lächeln. Mitte des zwanzigsten Jahrhunderts hatte jemand behauptet, ein Raumfahrzeug könne dadurch angetrieben werden, daß man unter ihm Atombomben zündete. Obwohl zu jener Zeit ernsthafte Studien durchgeführt worden waren, hatte die Idee nirgendwo hingeführt — wohl weil sich niemand finden ließ, der bereit gewesen wäre, einen derartigen Apparat zu fliegen. Die Idee war von der Arbeitsgruppe in New Mexico noch einmal kurz aufgegriffen worden. Wie im Falle der Antimaterietriebwerke, erforderte der nukleare Pulsantrieb eine weit größere Menge an Sprengmaterial, als die Menschheit besaß.

Hinzu kam, daß keine Zeit blieb, die benötigte Anzahl von Bomben zu bauen, bevor Donnerschlag mit der Erde zusammenstieß.

> ...Auftreffen eines kleineren Himmelskörpers...

Halver Smith hatte die Methode, einen kleineren Asteroiden absichtlich mit einem größeren zur Modifizierung dessen Orbits zusammenstoßen zu lassen, empfohlen. Diese Technik hatte zur Voraussetzung, daß die Flugbahn des kleineren Asteroiden in der Nähe seines Ziels lag und so beschaffen war, daß sich durch die Kollision ein günstigerer Orbit ergab. Der Grund, warum die Crash-Methode für Donnerschlag niemals in Erwägung gezogen worden war, lag darin, daß der Komet sich allein im sonnennahen Raum befand. Außerdem versuchten sie, ihn zu beschleunigen. Damit es funktionierte, hätte man einen schnelleren Himmelskörper auf die rückseitige Hemisphäre von Donnerschlag schmettern müssen. Ein solcher Kandidat existierte nicht.

Ein Diagramm ergänzte die Diskussion, wie das kosmische Billardspiel genutzt werden könnte, um die Flugbahn eines großen Asteroiden zu modifizieren. Thorpe starrte es mit trüben Augen lange Sekunden an. Dann begannen bei ihm die Alarmglocken zu klingeln. Unnachgiebig klammerte er sich an seine erwachende Erregung, während er die Folgerungen durchdachte.

Donnerschlag war wie ein außer Kontrolle geratener Sportwagen, der sich einer Kreuzung näherte. Aus anderen Richtungen näherten sich ein Personenwagen: Luna, und ein sehr schwerer Lastwagen: die Erde. Der Sportwagen würde den Personenwagen knapp verfehlen und auf die Fahrbahn des entgegenkommenden Lkw einschwenken. Das Ergebnis würde sein, daß der Lkw den Sportwagen rammen würde, nachdem er die Kreuzung bereits halb passiert hatte.

Bis jetzt waren alle ihre Anstrengungen darauf gerichtet gewesen, Donnerschlag zu *beschleunigen*. Schließlich ergab es keinen Sinn, auf die Bremse zu treten, wenn man von der Seite gerammt werden sollte. Vielmehr würde man das Gaspedal bis zum Boden durchdrücken und beten, daß der Wagen rechtzeitig aus dem Weg war.

Aber wenn der Sportwagen die Bremse betätigte, bevor er die Kreuzung erreicht hatte? Würden die beiden anderen Fahrzeuge nicht unbehelligt vorbeiziehen, ehe der Sportwagen in die Kreuzung hineinschoß? Sie hatten nie ernsthaft daran gedacht, Donnerschlag zu verlangsamen, weil er bei dem Winkel, mit dem er sich der Erde näherte, um fünfzehn Minuten verzögert werden müßte. Während alles andere gleich blieb, so war es fünfmal schwieriger, den Kometen sicher zu verlangsamen, als ihn zu beschleunigen.

Aber, fragte sich Thorpe, was wäre, *wenn alles andere nicht gleich bliebe?*

Donnerschlag würde den Asteroidengürtel in sieben Monaten durchfliegen. Einen wie großen Gesteinsbrocken würden sie ihm in den Weg legen müssen, um diese fünfzehn Minuten zu gewinnen?

»Wollen wir mal sehen«, murmelte Thorpe, während er die Zahlen eingab. »Der Komet erreicht den Asteroidengürtel in zweihundert Tagen. Wenn sechs mal zehn hoch sechzehn Tonnen sich zu X wie zweihundert Tage zu fünfzehn Minuten verhalten...« Ein paar rasche Tastenanschläge, und er erfuhr, daß ein passender Asteroid eine Masse von drei Billionen Tonnen haben müßte. Das war die zehnfache Größe des *Felsen*. Groß, dachte er, aber nicht völlig unmöglich.

Seine nächste Programmieraufgabe war schwieriger. Er mußte dazu eine Programmiersprache benutzen, etwas, das er seit dem College nicht mehr getan hatte. Einen Moment lang erwog er, sich von Amber helfen zu lassen. Im Programmieren war sie wesentlich besser.

Ein Blick auf die Uhr, und er entschied sich anders. Es war spät, und am Morgen bliebe noch reichlich Zeit, die Details auszuarbeiten. Im Moment wollte er lediglich herausfinden, ob die Idee durchführbar war.

Er arbeitete eine halbe Stunde daran, seine Anfrage zu formulieren: »Welche Himmelskörper von mindestens drei Billionen Tonnen Masse können mit einem Energievorrat von acht Kilogramm Antimaterie so abgelenkt werden, daß sie mit Donnerschlag kollidieren, solange er sich im Asteroidengürtel befindet?«

KEIN HIMMELSKÖRPER GENÜGT DEN GENANNTEN KRITERIEN

Er fluchte unterdrückt. Die Idee schien ihm gut zu sein. Er formulierte seine Anfrage neu. Vielleicht könnte eine Kombination von Asteroiden den gleichen Zweck erfüllen: »Welche Kombination von Himmelskörpern mit einer Gesamtmasse von drei Billionen Tonnen können so abgelenkt werden, daß sie mit Donnerschlag während seiner Passage durch den Asteroidengürtel kollidieren?«

KEIN HIMMELSKÖRPER GENÜGT DEN GENANNTEN KRITERIEN

Thorpe runzelte die Stirn. Er verlangte die Orbitalparameter der näheren Asteroiden und wurde an etwas erinnert, das er schon seit langem wußte. Seinem Namen zum Trotz bestand der Asteroidengürtel größtenteils aus leerem Raum. Die nächsten Kandidaten waren mehr als zehn Millionen Kilometer von der Flugbahn des Kometen entfernt. Diese Strecke war zu groß, um sie in nur sieben Monaten zu überbrücken.

Thorpe rieb sich die brennenden Augen und entschloß sich, es ein weiteres Mal zu versuchen. Er reduzierte seine Frage auf das absolute Minimum: »Welche

Objekte befinden sich ausreichend nahe an der Flugbahn des Kometen, um sie unter Einsatz von nicht mehr als acht Kilogramm Antimaterie zur Kollision zu bringen?«

Die Antwort des Computers erfolgte augenblicklich: KP 17634 und KP 20681.

Thorpe starrte die Zahlen lange Sekunden ungläubig an. Denn obwohl sie Katalognummern aus dem *Verzeichnis kleinerer Planeten* waren, brauchte er sie nicht nachzuschlagen. Er erkannte sie sofort.

Es waren Avalon und der *Felsen*.

29. KAPITEL

Thorpe starrte lange Sekunden auf den Monitor, ohne die leuchtenden Ziffern, die er vor sich hatte, glauben zu können. Es war zu unglaublich. Aus allen Asteroiden des Sonnensystems hatte der Computer ausgerechnet die beiden ausgewählt, die er kannte. Irgendwie mußte ihm beim Programmieren ein Schnitzer unterlaufen sein. Er brauchte einen Moment, um zu begreifen, daß der Computer hätte Gedanken lesen müssen, um diese Zahlen von ihm zu erfahren. Thorpe bewegte seine vor Erschöpfung unbeholfenen Hände zum Keyboard zurück und ließ das kurze Programm anzeigen, das er geschrieben hatte. Er brauchte nicht lange, um zu erkennen, was geschehen war.

Das Programm war dazu gedacht gewesen, in Frage kommende Asteroiden innerhalb des Asteroidengürtels herauszufinden. Als der Computer seine Frage zweimal abschlägig beantwortet hatte, hatte er die Frage der meisten Einschränkungen entkleidet. Dann hatte er den Rechner versehentlich im *Verzeichnis kleinerer Planeten* suchen lassen. Er hatte alle bekannten Asteroiden hinsichtlich ihrer zukünftigen Aufenthaltsorte relativ zu Donnerschlag überprüft. Daß die beiden einzigen ausgewählten Kandidaten eingefangene Asteroiden waren, war nicht so überraschend, wie er zunächst gedacht hatte. Bei näherem Nachdenken konnte es kaum anders sein.

Es gab angenähert 100 000 kleinere Planeten im Sonnensystem. In der Größe variierten sie von Ceres — zweifacher Durchmesser von Donnerschlag und zwanzigfache Masse — bis zu Gesteinsbrocken von nur zehn Metern. Die meisten befanden sich in einem breiten Gürtel zwischen Mars und Jupiter. Sie stellten das Material dar, aus dem sich ohne den Einfluß des Jupiter ein zehnter Planet hätte bilden können. Der Gürtel war eine Ringfläche von rund zwei Milliarden Kilometer Umfang und 300 Millionen Kilometern Dicke. Er war sehr dünn besiedelt.

Die schiere Größe des Gürtels war es, welche in der Vergangenheit die Versuche zum Asteroidenbergbau hatte scheitern und das Einfangen zur einzigen gangbaren Alternative gemacht hatte. Der erste Schritt jedes Einfangsprogramms war es, die Orbitalebene des betreffenden Asteroiden der der Erde anzugleichen, ihn in die Ekliptik zu befördern.

Donnerschlag lief in der Ebene der Ekliptik um. Deshalb, erkannte Thorpe mit einiger Verspätung, war die Tatsache, daß er den Kometen von der Erde ablenken wollte, geradezu die Garantie dafür, daß das Programm solche Asteroiden auswählte, die sich bereits in der Ekliptik befanden. Dies traf für Avalon und den *Felsen* zu.

Befriedigt darüber, daß die Erschöpfung seinen Verstand nicht verrückt spielen ließ, verlangte Thorpe eine Darstellung von Avalons Umlaufbahn zusammen mit der Donnerschlags. Der Computer brauchte einige Sekunden, um den Asteroiden in die Simulation der New Mexico-Arbeitsgruppe einzufügen. Während Thorpe beobachtete, wie Donnerschlag auf die Sonne zujagte, bemerkte er, daß dieser Avalon dabei in einem Abstand von einer Million Kilometern passierte. Das war nach den Maßstäben des Sonnensystems praktisch ein unmittelbares Zusammentreffen.

Thorpe fragte Avalons grundlegende Daten ab. Er wurde enttäuscht. Avalons Masse betrug etwas mehr als 1,5 Billionen Tonnen, das Fünffache der Masse des *Felsens*, aber nur die Hälfte dessen, was gebraucht wurde, um Donnerschlag zu verlangsamen. Nein, entschied er, das stimmte ebenfalls nicht. Drei Billionen Tonnen waren nötig, wenn die Kollision stattfinden sollte, zweihundert Tage bevor der Komet die Erde erreichte. Avalons Umlaufbahn lag innerhalb der der Erde. Wenn Avalon zum Einsatz kommen sollte, würde die Kollision nur achtzig Tage vor dem Tag Null liegen. Um die gleiche Verzögerung zu erreichen, wäre eine Masse von *acht* Billionen Tonnen notwendig.

Die Hoffnung, die in ihm aufgekeimt war, war mit einemmal an den Klippen der harten Realität zerschmettert. Es sah ganz danach aus, als ob ihm seine Phantasie einen Streich gespielt hätte.

Aus reiner Frustration griff Thorpe in die Kometensimulation ein und modifizierte das Programm so, daß es eine Kollision mit Avalon *achtzig Tage vor dem Tag Null* simulierte. Anstelle eines Streiftreffers auf die Erde erwartete er, den Kometen genau in der Erdmitte auftreffen zu sehen. Er sah das goldene Kometensymbol um die Sonne herumschwingen und sich auf die Erde zubewegen. Während der Annäherung strich der ausgedehnte Schweif über die dem Untergang geweihte Erde. Das Bild begann zu verschwimmen. Nach sechzehn Stunden fühlten sich Thorpes Augen wie gekochte Zwiebeln an. Er rieb sie.

Als er wieder auf den Monitor schaute, hatte die Erde den Kollisionspunkt überquert und setzte ihre Reise um die Sonne unbehelligt fort. Thorpe blinzelte und blickte erneut hin. Er starrte weiter auf den Schirm, darüber nachgrübelnd, was er soeben entdeckt hatte. Er speicherte den File unter seinem persönlichen Sicherheitscode, dann löschte er den Bildschirm. Durch seine Adern pulste Adrenalin, als er seine Beine unter dem Tisch hervorzog und sich abstieß. Ein paar Minuten später befand er sich in der Kommunikationszentrale des Schiffs. Er formulierte noch an der vertraulichen Mitteilung an seinen Boss herum, als er den verlassenen Raum betrat.

Wieder einmal, so schien es, war Halver Smith Hüter eines schrecklichen Geheimnisses.

Wenn Den Haag im Winter wunderschön war, so galt das für den Spätsommer erst recht. Smith schlenderte aus seinem Hotel und machte sich auf den Weg zum New Ridderzaal Tower, der rund zwei Kilometer entfernt lag. Während er unter den ausladenden Ästen von Linden und Ulmen einherschritt, sog er den Duft von Blumen ein. Selbst zu dieser späten Jahreszeit waren die Parks und Nebenstraßen der Stadt ein einziges Blütenmeer.

Er überquerte einen der zahlreichen Kanäle und betrat einen großen Park. Sobald er aus dem Schatten der Bäume herausgetreten war, konnte er den Hauptsitz des Systemrats in der Ferne aufragen sehen. Als er im Januar hier gewesen war, war das schwarze Gebäude nichts weiter gewesen als der Hauptsitz einer von mehreren supranationalen Organisationen. Seitdem war es faktisch zur Hauptstadt der Menschheit geworden. Wenn der Komet die Menschen an das Kooperieren gewöhnen konnte, könnte er sich letztlich als ein verkappter Segen erweisen, fand Smith.

Er gelangte zum neuen Sicherheitszaun, der das Gebäude umgab, und zeigte der Wache seinen Ausweis vor. Er wurde sogleich zu der weitläufigen Eingangshalle geleitet. Wie im Januar erwartete ihn auch diesmal eine Führerin. Er folgte ihr zu einem Lift und erreichte bald darauf das Büro der Chefkoordinatorin.

»Und wieder einmal ersucht der Mann aus Kalifornien um ein dringendes vertrauliches Gespräch über ein Thema, das er sich weigert zu nennen«, sagte Constance Forbin zur Begrüßung.

»Tut mir leid, daß ich so melodramatisch bin. Ich habe meine Gründe.«

Sie lachte humorlos. »Glauben Sie mir, nach dem letzten Mal sind Sie der einzige, der eine Privataudienz bei mir bekommen kann, wann immer er sie wünscht. Ich nehme an, es dreht sich wieder einmal um den Kometen.«

»In der Tat.«

»Was gibt's diesmal?«

»Ich bin hergekommen, um Ihnen eine Lösung für unser Problem vorzuschlagen, jedoch eine, die weitere Probleme mit sich bringt.«

»Fahren Sie fort!«

»Vor drei Tagen erhielt ich eine vertrauliche Nachricht von Tom Thorpe. Er präsentiert ein Szenario, wie der Komet unschädlich gemacht werden kann.«

»Interessant, denn das hat noch keiner getan.«

»Wenn Sie es gehört haben, werden Sie wissen, warum«, versicherte ihr Smith. Er erläuterte Thorpes Idee, Avalon in Donnerschlags Flugbahn abzulenken und den Kometen so zu verlangsamen. Dann teilte er ihr mit, warum dies eine Möglichkeit zur Rettung der Erde war.

Als er geendet hatte, lehnte sich Constance Forbin verblüfft im Sessel zurück. »Sie haben das natürlich überprüft.«

»Erwin Kanzler hat alles durchgerechnet. Ich habe die Ergebnisse bei mir. Er kommt zu dem gleichen Schluß wie Thorpe.«

»Der Preis wäre verdammt hoch!«

»Nicht so hoch, wie wenn wir den Kometen nicht aufhalten können.«

Die Chefkoordinatorin betrachtete Smith über die Fingerspitzen hinweg für beinahe eine Minute. Schließlich sagte sie: »Ich muß sagen, Halver, Ihre Besuche sind so ziemlich das letzte an Aufregung, was ich im Moment gerade noch verkraften kann.«

»Jetzt wissen Sie, warum ich auf einem persönlichen Treffen bestanden habe.«

»Wir werden sehr behutsam vorgehen müssen, wenn wir eine tiefgreifende Spaltung verhindern wollen.«

»Ich bezweifle, daß das überhaupt möglich ist.«

»Wir können das Unvermeidliche hinausschieben. Ich werde ein Team vertrauenswürdiger Personen zusammenstellen. Wenn das funktionieren soll, bleibt uns für die Vorbereitungen nicht viel Zeit.«

Eine Woche darauf suchte John Malvan an Bord der *Admiral Farragut* Amber Hastings auf. Der Frachter war noch fünfzehn Tage von Donnerschlag und zehn Wochen von der Erde entfernt. Kapitän Olafson hatte angeboten, für diejenigen, welche die Reise rasch hinter sich bringen wollten, die Kälteschlaftanks zu aktivieren. Niemand war darauf eingegangen. Wenn die Menschheit noch weniger als ein Jahr zu leben hatte, wollte niemand ein Viertel seiner verbleibenden Lebensspanne verschlafen.

»Kann ich Sie einmal sprechen?« fragte er, als er sie in der Messe beim Kaffeetrinken entdeckt hatte.
»Natürlich. Schnallen Sie sich an.«
»Vertraulich.«
Etwas in seinem Gesichtsausdruck sagte Amber, daß das, was auch immer er mit ihr besprechen wollte, wichtig war.
»Wo?«
»In der Hydroponik müßte es um diese Zeit leer sein.«
Wie vorausgesagt, fanden sie die Abteilung leer vor. Normalerweise kümmerte sich der Chefingenieur um den Schiffsgarten, aber immer nur etwa eine Stunde pro Tag.
»Worum geht's denn?« fragte Amber.
»Ich habe eine verschlüsselte Nachricht vom Premierminister erhalten.«
»Oh?« sagte sie. Soweit sie informiert war, hatte Malvan, seit die Expedition zur Ablenkung von Donnerschlag vergattert worden war, nichts mehr von der Republik gehört. »Ich dachte, damit hätten Sie nichts mehr zu tun.«
»Das dachte ich auch. Offenbar haben wir uns beide geirrt. Premierminister Hobart ist besorgt über Berichte

seiner Agenten auf der Erde. Vor ungefähr einer Woche wurde ein Teil des für das Projekt Donnerschlag zuständigen Personals auf die Newton Station verlegt.«

Sie zuckte die Achseln. »Ja, und?«

»Nun, wir kennen den Grund für die Verlegung nicht, und niemand scheint darüber zu sprechen. Keiner der Verlegten stammte von Luna. Es gibt außerdem Gerüchte, daß die *Gargantua* und die *Goliath* wieder angewiesen wurden zu starten, und daß auf den Computern von Sky Watch neue geheime Berechnungen durchgeführt werden.«

»Was hat das alles mit uns zu tun?«

»Der Premierminister glaubt, daß der Anstoß zu allen diesen Vorgängen von diesem Schiff gekommen ist.«

»*Was?*«

»So steht es in der Nachricht. Der Nachrichtendienst der Republik hat sich hinter diese Angelegenheit geklemmt. Man hat herausgefunden, daß all diese seltsamen Ereignisse begannen, unmittelbar nachdem Smith Constance Forbin zu einem vertraulichen Gespräch aufgesucht hatte. Beide verbrachten anschließend den größten Teil der Nacht in einer geheimen Besprechung mit ihren engsten Beratern.«

Amber blinzelte. Das Gespräch begann eine Wendung zu nehmen, die ihr nicht gefiel. »Sollte das für mich irgendeine Bedeutung haben?«

»Der Geheimdienst hat weitere Nachforschungen angestellt. Offenbar haben wir Agenten im Hauptsitz der Sierra Corporation. Sie melden, daß Smith drei Tage vor seinem Treffen mit der Koordinatorin eine codierte Nachricht erhalten hat. Die Nachricht stammte von Bord dieses Schiffes.«

»Thomas?«

Malvan nickte.

»Das ist unmöglich. Er hätte mir doch etwas davon gesagt.«

»Sie wollen sagen, daß er das nicht getan hat?«

Sie schüttelte den Kopf. »Nicht ein Wort.«

»Der Premierminister möchte, daß wir herausfinden, was vor sich geht.«

Amber hatte ihren Kopf auf Thorpes Brust gelegt. Sie wurde ein wenig von einem elastischen Schlafgurt behindert. Auch wenn die Poeten bei diesem Thema ins Schwärmen gerieten, hatte die Liebe in der Schwerelosigkeit doch ihre unbequemen Seiten, von denen die Tendenz des Paares, bei unbedachten Bewegungen auseinanderzuschweben, nicht die geringste war. Im Laufe der Jahre waren eine Reihe von Vorrichtungen entwickelt worden, um bei diesem Problem Abhilfe zu schaffen. Der Schlafgurt war eine der besten.

»Woran denkst du?« fragte Amber nach langem Schweigen. Sie erschauerte, als Thorpes Finger ihre Rückenkuhle hinunterfuhr.

»Ich habe daran gedacht, daß wir heiraten sollten. Zeit, daß wir mit dem Kapitän sprechen.«

»Find ich auch.«

Nachdem sie mit der Ablenkung von Donnerschlag gescheitert waren, hatte fast eine Woche lang keiner von ihnen die Heirat mehr erwähnt. Dann hatten sie nur noch beiläufig darüber gesprochen. Die ganze letzte Woche über hatte Amber überhaupt nichts mehr gesagt, weil sie gespürt hatte, daß Tom etwas bedrückte. Nach ihrem Gespräch mit Malvan wußte sie, daß sie sich nicht getäuscht hatte.

»Wie wär's mit morgen?«

»Daß wir mit dem Kapitän sprechen?«

»Teufel, nein! Wir führen die Zeremonie durch.«

Sie hob den Kopf und starrte ihn an. »Meinst du das im Ernst?«

»Warum nicht? Wir knüpfen das Band nach dem Mittagessen in der Messe.«

»Wir sollten erst mit Kapitän Olafson sprechen. Vielleicht hat sie schon etwas anderes vor.«

Thorpe lachte. Sie hatte ihn schon allzu lange nicht mehr lachen gehört. »Ich habe gewisse Zweifel, daß ihr Terminkalender für die nächsten zehn Wochen besonders voll ist.«

»Wir sollten sie aber trotzdem vorher fragen.«

»Gut. Wir reden gleich am Morgen mit ihr.«

»Einverstanden.« Amber zögerte, dann sagte sie: »Thomas?«

»Hm?«

»Verheimlichst du mir irgendwas?«

So wie sie sich in seine Arme gekuschelt hatte, glaubte Amber plötzlich zu spüren, wie sich sein Körper versteifte.

»Was meinst du damit?«

»John Malvan sagt, auf der Erde gehen seltsame Dinge vor. Er wollte wissen, ob ich irgend etwas darüber weiß.«

»Was für Dinge?«

Amber berichtete, was ihr Malvan über die neue Arbeitsgruppe auf Newton und die Gerüchte über den Abflug der *Goliath* und der *Gargantua* von Donnerschlag gesagt hatte. »Malvan glaubt, daß du hinter all dem steckst«, schloß sie.

»Wie, zum Teufel, soll *ich* denn damit zu tun haben?« fragte Thorpe. »Ich bin immer noch eine halbe Milliarde Kilometer vom Ort des Geschehens weg.«

»Er glaubt, du hättest eine Nachricht geschickt, die alles in Gang gebracht hat. Wir haben nachgesehen, und im Logbuch des Funkers steht nichts davon, aber das will natürlich nicht viel heißen.«

»Warum glaubt er das?«

Sie berichtete ihm von den lunarischen Agenten im Hauptsitz der Sierra Corporation.

»Das werde ich dem Boss weitergeben müssen.«

»Wechsle nicht das Thema. Hast du eine solche Nachricht geschickt?«

Thorpe seufzte und setzte sich auf, worauf sie ihre

Füße gegen das Schott stemmen mußte, um nicht wegzutreiben. Sie griff nach dem Schlafgurt und drehte sich neben ihm in eine sitzende Position.

»Hast du?« drängte sie.

Thorpe nickte langsam. »Angeklagt und für schuldig befunden, Euer Ehren.«

»Was hast du denn bloß gesagt, um sie in eine solche Aufregung zu versetzen?«

»Ich habe herausgefunden, wie man den Kometen aufhalten kann.«

Sie schnappte heftig nach Luft und zog die Hände an ihre Brust. »Das ist ja wundervoll! Wie fangen wir es an?«

Thorpe erzählte ihr von seinem langen Arbeitstag und wie er zuletzt darauf gekommen war, Avalon in die Flugbahn des Kometen zu lenken, um diesen abzubremsen.

Sie sah ihn an wie eine Lehrerin ihren ein wenig zurückgebliebenen Schüler. Es war nicht die Reaktion, die er erwartet hatte.

»Was stimmt denn nicht?«

»Mein armer Liebling, weißt du denn nicht, daß wir das schon erwogen haben? Nicht mit Avalon natürlich, aber wir haben die Möglichkeit, einen kleineren Himmelskörper auf Donnerschlag aufprallen zu lassen, ziemlich gründlich durchdacht. In der Nähe seiner Flugbahn befindet sich nichts, was groß genug wäre. Wie groß ist dieser Avalon eigentlich?«

Thorpe sagte es ihr.

Sie dachte einen Moment lang konzentriert nach, dann schüttelte sie den Kopf. »Es klappt nicht! Nicht annähernd genug Masse.«

Er zögerte eine lange Weile, unfähig dazu, ihrem Blick zu begegnen. »Genaugenommen«, sagte er schließlich, »schließt mein Plan zwei Kollisionen ein. Der Zusammenstoß mit Avalon bereitet lediglich den zweiten Aufprall vor.«

»Erzähl mir nicht, du hast *zwei* Asteroiden entdeckt, die du dem Kometen in den Weg werfen kannst!«

»Nein, keine zwei Asteroiden.«

»Was dann?«

»Weißt du noch, wie wir herausgefunden haben, daß Donnerschlag die Erde treffen würde?«

»Eher würde ich meine erste Liebesnacht vergessen«, erwiderte sie. »Ich werde immer noch rot, wenn ich daran denke, welchen Narren ich aus mir gemacht habe. Zuerst erzähle ich dir, daß ein Zusammenstoß so unmöglich ist wie ein Schneeball in der Hölle, und dann rechne ich aus, daß er direkt auf die Erde knallen wird.«

»Zuerst nicht«, erinnerte er sie. »Deine erste Berechnung ergab, daß der Kern nah herankommen, die Erde aber verfehlen würde.«

»Das war, weil ich ein unvollständiges Gravitationsmodell benutzt hatte. In dem, das ich hatte, fehlte ...« Entsetzen trat in Ambers Gesicht, als ihr Verstand ihren Mund überholte. »*Nein, es muß eine andere Möglichkeit geben!*«

»Ich wünschte, es gäbe eine«, sagte Thorpe, die angestaute Erregung in einem Schwall herauslassend. »Avalon wird Donnerschlag nicht genügend verlangsamen, um die Erde aus der Schußbahn zu bringen. Aber es wird Luna ermöglichen, dazwischenzutreten. Wenn Donnerschlag mit Avalon kollidiert, wird er achtzig Tage später auf dem Mond einschlagen. Luna wird ihn abrupt aufhalten ...«

»Und vernichtet werden!«

30. KAPITEL

Der Kopernikuskrater beherrschte die Panoramawand im Konferenzraum des Premierministers. Das Bild, vom niedrigen Orbit aus schiefem Winkel aufgenommen, gab die terrassenförmigen Wände des Kraters und die gewaltigen Bergspitzen in der Mitte in scharfem Relief wieder. Dem Süden zu markierte eine dünne Linie den Verlauf der mondumspannenden Einschienenbahn. Rund um die Bergspitzen herum, am Ende einer der Spurschienen der Einschienenbahn, waren mehrere winzige Kuppeln verstreut. Die Kuppeln gaben die Lage der Eisminen an, die Kopernikus für die Ökonomie der Republik so wichtig gemacht hatten.

Rund um den Konferenztisch saßen ein Dutzend der einflußreichsten Männer und Frauen Lunas. Auch wenn viele von ihnen der Nationalpartei angehörten, handelte es sich doch keineswegs um eine Versammlung der Nationalisten. Pierre Robles, John Hobarts Vorgänger im Amt des Premierministers, war als Vertreter der Konservativen anwesend, ebenso die Führer der beiden kleineren Parteien. Vervollständigt wurde die Versammlung durch Niels Grayson vom Farside Observatorium und Albert Portero von der Universität.

John Hobart stand am Kopf des Tisches und blickte über die eilig zusammengerufene Gruppe. An seinem Gesichtsausdruck war deutlich zu erkennen, daß er alles andere als glücklich war. Er kam augenblicklich zur Sache.

»Wir haben von unserem Agenten an Bord der *Admiral Farragut* einige ausgesprochen beunruhigende Nachrichten bekommen. Professor Grayson, bitte.«

Niels Grayson stand auf und ging zu dem Pult am einen Ende des Konferenzraums. Vierundzwanzig Stunden zuvor war er noch im Farside Observatorium gewesen. Zwölf Stunden hatte er für die Anreise gebraucht — zuerst eine außerplanmäßige Fahrt mit dem Rolligon nach Hadley's Crossroads, dann ein Flug mit dem Mondhüpfer nach Luna City. Er war müde und gereizt und erheblich verstört aufgrund der Neuigkeiten, die ihn am Ende seiner Reise erwartet hatten. Trotzdem hatte er fast acht Stunden Zeit gehabt, die Implikationen von Malvans Katastrophenmeldung zu studieren.

»Diejenigen von Ihnen, die der Bildwand den Rücken zuwenden, sollten sich umdrehen«, sagte er. Grayson berührte einen Schalter, und das Bild des Kopernikuskraters verblaßte, um von der vertrauten schematischen Darstellung des Sonnensystems ersetzt zu werden. Donnerschlags ekliptischer Orbit umrundete darin die Sonne und endete abrupt an dem Kreis, der die Erdumlaufbahn darstellte. Ein winziges Kometensymbol folgte der Ellipse um die Sonne herum und begann sich auf die beiden Kugeln zuzubewegen, die Erde und Mond repräsentierten. Als der Komet das Planetendoppel erreicht hatte, veränderte sich der Maßstab, und man sah Erde und Luna aus der Nähe. Der Komet flog von außen auf die beiden Himmelskörper zu, wobei er sich der Erdumlaufbahn von unten in einem Dreißig-Grad-Winkel näherte. Zeit und Datum wurden in der oberen rechten Bildschirmecke angezeigt.

Während seine Zuhörerschaft das Diagramm betrachtete, faßte Grayson die Kollisionsberechnungen und die Versuche zur Beschleunigung des Kometen zusammen. »Wie Sie alle wissen, sind alle Anstrengungen, den Eisasteroiden zu beschleunigen, bislang gescheitert. Ich möchte auf die Gründe des Scheiterns nicht weiter eingehen, es genügt zu erwähnen, daß es versucht werden mußte. Den vergangenen Monat über haben die Wissenschaftler und Astronomen des Systems nach einer neuen Möglichkeit gesucht, den Kometen abzulenken.

Unsere Leute auf der Erde berichteten kürzlich über Aktivitäten, die darauf hindeuteten, daß ein neuer — und geheimer — Versuch geplant wurde. John Malvan, der Repräsentant Lunas bei der Hastings-Expedition, gelang es, die Einzelheiten dieses Geheimplans herauszufinden, und hat sie uns kürzlich übermittelt. Wie Malvan berichtet, planen sie die Erde dadurch zu retten, daß sie den Kometen mit Luna kollidieren lassen!«

Im Raum erhob sich empörtes Stimmengewirr. Den meisten Anwesenden war mitgeteilt worden, daß sich das Treffen mit einem Gegenstand von vitalem Interesse für die Sicherheit der Republik befassen würde, ohne ihnen jedoch Einzelheiten zu nennen. Einer der Parlamentsabgeordneten der Nationalpartei fragte: »Wie ist das möglich?«

Das aufgebrachte Gemurmel erstarb, als Professor Grayson zu erklären begann. »Man plant, in der einlaufenden Flugbahn des Kometen einen Asteroiden namens Avalon zu positionieren. Donnerschlag wird achtundsechzig Tage vor Erreichen des Erde-Mond-Systems mit Avalon kollidieren.« Grayson betätigte einen Schalter, woraufhin ein roter Zeiger nahe der Stelle erschien, wo sich die Bahn des Kometen mit der der Erde kreuzte. »Wenn sie Erfolg haben, wird die Kollision das Gegenteil dessen bewirken, was wir bisher zu erreichen versuchten. Sie wird die Geschwindigkeit des Kometen geringfügig vermindern. Außerdem wird es zu einer minimalen Veränderung der Flugbahn kommen, die aber zu gering ausfallen wird, um sich bemerkbar zu machen. Was sich jedoch bemerkbar machen wird, das ist der Zeitpunkt, zu dem der Komet ins Erde-Mond-System eintritt. Der Kern wird rund 150 Sekunden später eintreffen als ursprünglich erwartet.«

»Das hört sich nicht besonders bedeutsam an«, sagte Harold Barnes, der Bankier.

»Normalerweise wäre es das auch nicht. Wie auch immer, Erde und Mond bleiben dadurch zusätzliche zweieinhalb Minuten, sich quer durch die Flugbahn des Kometen zu bewegen. In diesen zweieinhalb Minuten wird sich Luna zwischen den Kometen und die Erde schieben. Donnerschlag wird am siebzehnten Juli 2087 um 14 Uhr 27 mitten auf Farside aufschlagen. Ich brauche nicht extra zu betonen, daß eine solche Katastrophe das Ende unserer kleinen Welt bedeuten würde.«

»Sind diese Informationen zuverlässig?« fragte Pierre Robles.

»Das sind sie«, erwiderte Hobart. »Seit dem Eintreffen von John Malvans Nachricht haben unsere Agenten auf der Erde Überstunden gemacht, um weitere Erkundigungen einzuziehen. Alles deutet darauf hin, daß Constance Forbin die Operation Avalon hat anlaufen lassen. Wir stehen nun vor der Frage, was können wir tun?«

»Was *sollten* wir denn tun?« fragte einer der Nationalparlamentarier, der ebenfalls ordentlicher Minister war. »Schließlich hieße es doch, zwischen Luna und seinen Millionen und der Erde mit ihren Milliarden zu wählen.«

»Niemand schlägt vor, die Erde zu opfern, um Lunas Untergang abzuwenden«, erwiderte Hobart schroff. »Wenn wir sterben müssen, um unsere Mutterwelt zu retten, dann soll es sein! Was mir Sorge macht, ist, daß diese neue Option alle anderen ausschließt. Den Kometen abzulenken ist ein schwieriges Unterfangen. Wenn sich den Terrestriern erst einmal ein Ausweg bietet, werden sie aufhören, nach besseren Lösungen zu suchen. Schließlich ist es dann nicht mehr ihre eigene Welt, die vernichtet werden wird.«

»Genauso, wie wir uns während der letzten sechs Monate um unsere eigenen Angelegenheiten gekümmert haben?« fragte der Anführer der Radikalen.

»Das ist eine Unterstellung, Juan Aurrelios, und Sie wissen das auch!« knurrte Barnes. »Wenn der Untergang der Erde droht, müssen wir uns ums eigene Überleben kümmern.«

Hobart hob die Hand. »Nein, der verehrte Kollege von Tycho Terrace hat recht. Wir haben dazu tendiert, diese Krise vom Standpunkt unseres Überlebens aus zu betrachten, nicht von dem der Terrestrier. Jetzt muß es uns darum gehen, zu verhindern, daß sie das gleiche mit uns machen. Wir müssen eine Lösung vorschlagen, die *beiden* Seiten zum Nutzen gereicht. Dieser Plan, Luna als Zielscheibe zu benutzen, ist ein schlechter Plan, und sie müssen weiterhin nach einer Möglichkeit suchen, den Kometen zu beschleunigen, anstatt ihn zu verlangsamen.«

»Und wenn es die nicht gibt?«

»Es muß eine geben. Wir haben bloß noch nicht genügend darüber nachgedacht. Was ist, wenn sie plötzlich eine Methode entdecken, nachdem sie Avalon auf Donnerschlag umgelenkt haben? Wenn der Komet durch diese Kollision erst einmal abgebremst ist, führt an der Katastrophe kein Weg mehr vorbei. Es könnte gut sein, daß Luna sinnlos zerstört wird.«

»Wissen wir überhaupt, ob Luna solch eine Katastrophe überstehen würde?«

»Professor Portero hat sich damit befaßt. Professor?«

Portero, der Astrophysiker von der Universität Luna, beugte sich vor. »Um die Wahrheit zu sagen, Bürger, ich kenne die Antwort auf diese Frage nicht. Mit einem Durchmesser von fünfhundert Kilometern erreicht Donnerschlag fast die maximale Größe eines Asteroiden, dem Luna mit Sicherheit widerstehen kann, ohne auseinanderzubrechen. Zum Glück besteht dieser Asteroid mehr aus Eis denn aus Eisen. Ein metallischer Meteor dieser Größe würde diese kleine Kugel entzweisprengen. In jedem Fall wird es sehr schlimm kommen, und Megatonnen von Trümmern werden in den Orbit hochgeschleudert. Die der Erde und sämtlicher Orbitalanlagen von Meteoren drohende Gefahr wird für Jahrzehnte, vielleicht für Jahrhunderte, sehr groß sein.«

»Das sind beides gute Gründe dafür, daß die Menschheit kooperieren sollte, um *jede* Kollision zu verhindern«, sagte Hobart. »Wenn der Kern die Erde trifft, werden wir hier auf Luna von dem resultierenden Meteoritenhagel pulverisiert. Wenn wir getroffen werden, bricht Luna möglicherweise auseinander. Wie würde es dem Leben auf der Erde ergehen, wenn die Gezeiten weitgehend zum Erliegen kämen? Außerdem, was sollte verhindern, daß nicht ein größeres Bruchstück von Mondmaterie trotzdem auf die Erde fällt und eben die Katastrophe hervorruft, die man hatte vermeiden wollen?«

Rund um den Tisch erhob sich ein zustimmendes Gemurmel. Hobart musterte die Doppelreihe finsterer Gesichter. »Ich nehme an, daß keiner der Anwesenden an dieser Scheußlichkeit mitzuwirken wünscht. Also, was können wir dann tun, um sie aufzuhalten?«

Die Korridore der *Admiral Farragut* waren von dem schwachen blauen Licht erhellt, mit dem Raumschiffe die Nacht simulierten. Thorpe zog sich Hand über Hand durch das blaue Glimmen. Er hielt an, als er die verschlossene Eingangsluke zum Teleskopraum erreicht hatte. Sich an einem der für diesen Zweck vorgesehenen Handgriffe festhaltend, klopfte er leise an die Luke, dann öffnete er sie.

Der Raum dahinter war bis auf den großen leuchtenden Bildschirm dunkel. Amber saß im rechten Beobachtersessel, ihr Kopf und die Schultern hoben sich vor dem Leuchten ab. Das Teleskop war auf Erde und Mond gerichtet, die beide als halberleuchtete Kugeln zu sehen waren. Die Erde war verblüffend weiß, verglichen mit dem dunkleren Grau des Mondes. Die Mutterwelt war mit ihren charakteristischen Wolkenwirbeln und dem Blau des Ozeans geschmückt.

»Darf ich reinkommen?« fragte er leise.

Amber blickte sich über die Schulter nach ihm um. »Natürlich.«

Er schloß die Luke und schwamm zum linken Sessel, auf dem er sich anschnallte, bevor er sich ihr zuwandte.

»Findest du nicht, daß du dich ein bißchen arg anstellst deswegen?«

»Weswegen?« fragte sie mit ausdrucksloser Stimme. Ihr normalerweise tadelloser Overall war zerknittert und ihr Haar ungekämmt. Die Ringe unter ihren Augen legten Zeugnis darüber ab, wieviel sie in den letzten zweiundsiebzig Stunden geschlafen hatte.

»Du kannst nicht ewig auf mich sauer sein. Du solltest allmählich wieder aus deinem Schneckenhaus herauskommen und mit dem Leben weitermachen.«

»Mit welchem Leben, Thomas?«

»Hör mal«, brummte er, »es tut mir leid, daß nicht irgend jemand anders auf die verdammte Idee gekommen ist, Donnerschlag mit dem Mond aufzuhalten. Ich bin derjenige, der darüber gestolpert ist. Was hätte ich denn deiner Meinung nach tun sollen? Es wieder vergessen?«

Ärger blitzte in ihren Augen auf. »Du hättest mir sagen können, was du entdeckt hattest. Du hättest dich mir anvertrauen können, *mein* Schatz!«

»Hätte ich das?« fragte er. »Hättest du es für dich behalten?«

»Warum mußte es denn ein Geheimnis bleiben?«

»Weil sie auf der Erde randalieren, verdammt noch mal! Sie randalieren, weil wir mit unserem letzten Versuch gescheitert sind. Was glaubst du, werden sie machen, wenn wir bei ihnen neue Hoffnungen wecken, nur um sie wieder zu enttäuschen? Mein Gott, sie hätten jede einzelne Stadt auf dem Planeten niedergebrannt. Nein, es war besser, mit der Bekanntgabe des Plans zu warten, bis ich sicher war, daß ich keinen Fehler gemacht hatte.«

»Du meinst, bevor du die Republik in deinen Plan, sie zu zerstören, einweihen würdest, ist es nicht so?«

Er nickte. »Da ist etwas Wahres daran. Ich hatte gehofft, wir könnten die Fakten erhärten, bevor es zu dem unvermeidlichen interplanetarischen Zerwürfnis kommt. Das ist jetzt natürlich nicht mehr möglich.«

»Du willst damit doch wohl nicht sagen, daß Malvan und ich nicht hätten weitergeben sollen, was wir wußten!«

»Nein, das will ich überhaupt nicht sagen. Eure Regierung hat ein Recht darauf, Bescheid zu wissen. Ich hoffe bloß, daß wir nicht grundlos schlafende Hunde geweckt haben. Was ist, wenn sich mein Plan als nicht durchführbar erweist?«

»Das wird er nicht«, erwiderte Amber. »Ich habe die vergangenen drei Tage damit zugebracht, deine Zahlen zu überprüfen. Du hast hundertprozentig recht. Wenn Donnerschlag dazu gebracht werden kann, mit Avalon zu kollidieren, vermindert sich sein Gesamtimpuls um 2,5 Tausendstel Prozent. Dadurch wird das Eintreffen des Kerns um 173 Sekunden hinausgeschoben, mehr als genug Zeit für Luna, sich in die Flugbahn des Kometen zu bewegen. Meine Berechnungen haben ergeben, daß der Aufprall nahe dem Korolewkrater stattfinden wird, etwa sechshundert Kilometer östlich des Farside Observatoriums.«

»Das hast du also die ganze Zeit über gemacht? Meine Rechnerei überprüft?«

»Ja, und außerdem versucht, eine andere Lösung zu finden. Damit bin ich kläglich gescheitert, Thomas. Alles, was ich versuche, erfordert mehr Energie, mehr Zeit oder mehr Mittel, als uns zur Verfügung stehen. Es ist komisch. In Diskussionen mit Kollegen habe ich oft von den unveränderlichen, allgemeingültigen Gesetzen der Physik gesprochen. Ich glaube, ich habe erst jetzt wirklich verstanden, was das bedeutet.«

»Dann stimmst du also darin mit mir überein, daß es notwendig ist, Donnerschlag auf Luna zu lenken, um die Erde zu retten?« Im Halbdunkel konnte Thorpe erkennen, daß Amber die dicken, runden Tränen im Gesicht standen, wie sie sich in der Schwerelosigkeit bildeten.

Sie sah ihn mit traurigen Augen an, die keine weiteren Tränen mehr produzieren konnten. »Ich stimme dir zu, Thomas. Ich stimme dir vom intellektuellen, professionellen, nüchtern analysierenden Standpunkt aus zu. Warum sträubt sich dann alles in mir gegen diesen Gedanken? Warum muß meine Welt sterben, damit deine gerettet wird?«

»Mach dir einmal klar, was du da gesagt hast, mein Liebes.«

Sie seufzte. »Ich weiß. Es läuft auf was anderes hinaus. Die Erde ist die Heimat der Menschheit. Sie muß gerettet werden, was immer es auch kostet. Die Zerstörung einer kleinen Nebenwelt wie Luna ist ein geringer Preis dafür. Das sind die Fakten, Thomas, *nur ändert das nichts an meinen Gefühlen.*«

»Mir ist auch nicht besonders wohl dabei. Ich kann bloß nicht erkennen, daß wir eine Wahl hätten. Zeig mir die Alternative, und ich will verdammt sein, wenn ich sie nicht ergreife!«

Sie beugte sich vor und küßte ihn flüchtig auf die Lippen. »Mein armer Schatz. Du fühlst dich schuldig, nicht wahr?«

»Würde das nicht jeder tun?«

»Ich glaub schon«, sagte sie. »Ich glaube, wir beide brauchen Zeit, um das alles zu verdauen. Wenn es dir nichts ausmacht, werde ich mich eine Weile wieder in meine eigene Kabine zurückziehen.«

»Wenn du das unbedingt willst.«

»Ich will es nicht, aber es wäre besser für uns beide.«

»Und unsere Hochzeit?«

»Das ist im Moment wohl kaum wichtig, oder?«

»Für mich ist es wichtig.«

»Es wäre nicht fair, zu heiraten, solange ich in dieser Stimmung bin. Laß mir Zeit, mein Gleichgewicht wiederzufinden. Bitte?«

»Ich glaube, mir bleibt da gar keine andere Wahl, oder?« Er schnallte sich vom Sitz los und stieß sich nach der Luke ab. Er wandte sich nach ihr um. Trotz ihrer Erschöpfung und dem in der Kabine herrschenden Halbdunkel, war sie immer noch die hübscheste Frau, die er je gesehen hatte. »Ich werde dir Zeit lassen. Die ganze Zeit, bis wir die Erde erreicht haben, wenn es sein muß. Wenn du mich brauchst, bin ich für dich da.«

»Danke«, sagte sie einfach.

Thorpe blickte zu dem blau-weißen Planeten auf, der die Heimat von acht Milliarden unschuldiger Menschen war. Hinter ihr stand die silbergraue Kugel, auf deren Oberfläche weitere zehn Millionen Unschuldiger lebten.

»Ich wünschte, ich hätte nie von diesem gottverdammten Kometen gehört!« brach es aus ihm heraus. Er schlug die Luke hinter sich zu.

Roland Jennings, dem Generalkonsul der Republik Luna in San Francisco, fiel es zu, die Antwort der Republik auf das zu überbringen, was die ›Avalon-Option‹ genannt wurde. Jennings Berater, Austin Branniger, begleitete ihn nach Den Haag zu dem Treffen mit Constance Forbin. Die beiden Männer wurden fünf Tage, nachdem Luna vom Plan erfahren hatte, Donnerschlag auf den Mond umzulenken, gegen Mitternacht in das Büro der Chefkoordinatorin gebeten.

»Konsul Jennings. Bürger Branniger«, sagte die Koordinatorin zur Begrüßung. »Es ist mir eine Ehre, zwei so bemerkenswerte Repräsentanten der Republik bei mir zu empfangen, selbst zu dieser späten Stunde. Bitte nehmen Sie Platz.«

»Wir möchten Ihnen für die Liebenswürdigkeit danken, daß Sie uns empfangen. Sie wissen natürlich, warum wir hier sind.« Trotz seines selbstbewußten Auftretens war Jennings so nervös wie ein Dritter Untersekretär für Protokollfragen bei seinem ersten Staatsempfang. Er war sich des gewaltigen Einsatzes bewußt, der auf dem Spiel stand.

»Ihr Premierminister hat in seiner Botschaft den Stand der Diskussion bereits kurz umrissen.«

»Ist es wahr? Planen Sie wirklich, den Kometen auf Farside zu lenken?«

Constance breitete ihre Hände in einer umfassenden Geste der Hilflosigkeit aus. »Was erwarten Sie denn von mir, Bürger Konsul? Sollte ich lügen und Ihnen erzählen, daß wir nicht jede denkbare Methode in Betracht ziehen, um diese Welt zu retten?«

»Ich möchte, daß Sie mir eine einfache, ehrliche Antwort geben.«

»Also gut. Ja, wir verfolgen die Avalon-Option. Wir haben eine Arbeitsgruppe auf Newton eingerichtet, wo sie sich auf ihre Arbeit konzentrieren kann. Bislang haben sie noch keine Mängel im Plan entdeckt.«

»Haben Sie irgendwelche konkreten Schritte unternommen, um die Option tatsächlich voranzutreiben?« fragte Austin Branniger.

»Bis jetzt noch nicht.«

»Was ist an den Gerüchten daran, daß Sie zwei der Großtransporter nach Avalon geschickt haben?«

»Bislang nichts weiter als Gerüchte, Bürger Jennings. Wir werden keine Schiffe verlegen, solange wir nicht sicher sind, daß diese Option die einzig durchführbare ist. Wir werden Ihre Regierung selbstverständlich informieren, falls wir zu diesem Schluß gelangen sollten.«

»Sollen wir dann zum Wohle der Erde sterben?«

»Für wie barbarisch halten Sie uns eigentlich? Wir werden Luna vor dem Eintreffen des Kometen natürlich evakuieren. Das ist einer der Punkte, mit denen sich die Arbeitsgruppe befaßt.«

»Und wenn wir uns nicht evakuieren lassen wollen?«

»Hat Luna einen besseren Vorschlag, wie wir Donnerschlag aufhalten können?«

»Unsere Wissenschaftler arbeiten daran«, erwiderte Jennings.

»Sie arbeiten bereits seit sechs Monaten daran«, erinnerte ihn Constance. »Wir brauchen *sofort* eine Idee! Mit acht Kilo Antimaterie kommt man nicht besonders weit, wissen Sie.«

»Luna ist bereit, Ihnen weitere vier Kilogramm anzubieten.«

»Oh?« fragte Constance Forbin, während sich ihre Augenbrauen vor Überraschung hoben. »Ich glaube, wir haben Ihre Regierung erst letzten Monat gebeten, für den allgemeinen Pool Antimaterie beizusteuern. Sie hatte keine übrig. Sind Ihre Produktionsanlagen so leistungsfähig, daß sie vier Kilo in nur einem Monat produzieren können?«

»Sie wissen, daß das nicht der Fall ist, Mrs. Forbin. Ihre Anfrage wurde abschlägig beschieden, weil wir der Meinung waren, den Treibstoff für die Zeit nach dem Zusammenstoß zu benötigen.«

»Und jetzt?«

»Jetzt erscheint es uns als klüger, die Antimaterie dazu zu verwenden, daß der Komet abgelenkt und ein Zusammenstoß von vorneherein vermieden wird.«

»Und kennen Sie ein Szenario, bei dem zwölf Kilo Antimaterie ausreichen, um dieses Kunststück zu vollbringen?«

»Ich bin kein Wissenschaftler.«

»Ich auch nicht. Aber eins weiß ich, nämlich daß die Zeit allmählich knapp wird. Wenn nicht bald eine praktikable Alternative gefunden wird, werden wir die Avalon-Option in die Tat umsetzen müssen.«

Roland Jennings betrachtete die Koordinatorin mit einem harten Blick. »Wir können das nicht zulassen, Madame Koordinatorin. Das ist die Botschaft, die ich Ihnen zu überbringen habe.«

»Das klingt wie eine Drohung, Mr. Generalkonsul.«

»Es ist auch als Drohung gemeint, Madame Koordinatorin. Die Republik Luna wird es nicht zulassen, daß sie zur Zielscheibe gemacht wird. Unsere Meinung ist, daß eine gerechtere Lösung gefunden werden muß und daß alles, was nötig ist, sie zu finden, ein angemessener Anreiz ist.«

Constance Forbin lehnte sich in ihrem Sessel zurück. »Und wie gedenken Sie uns aufzuhalten?«

»Wir hoffen, mit Ihnen vernünftig reden zu können. Wenn das nicht ausreicht, bereiten wir uns darauf vor, Gewalt anzuwenden.«

»Gewalt?«

»Während wir hier miteinander sprechen, rüstet die Republik ein Dutzend Schiffe zur Durchführung von Kriegsoperationen aus. Diese Schiffe werden beim ersten Anzeichen, daß Sie die Verlagerung von Avalon eingeleitet haben, in den Raum gebracht. Sie werden Avalon nötigenfalls besetzen und Ihren Leuten den Zutritt verwehren. Natürlich hoffen wir, daß es nicht so weit kommt.«

»Vergessen Sie dabei nicht die Friedenstruppe, Bürger?«

Er schüttelte den Kopf. »Die Truppe hat gegenwärtig nur drei Schiffe im Erdorbit. Eins davon unterzieht sich gerade einer Generalüberholung und kann nicht starten. Unsere soeben flügge gewordene Kriegsflotte wird stark genug sein, jede Gegenwehr, die Sie uns entgegenstellen könnten, zu überwinden. Erinnern Sie sich, Sie müssen einen schweren Asteroiden in Donnerschlags Flugbahn verlegen. Wir müssen nichts weiter tun, als Sie daran zu hindern.«

»Haben Sie bedacht, daß Sie damit die Erde zum Tode verurteilen?«

»Das glauben wir nicht, Madame Koordinatorin. Wie ich bereits sagte, sind wir zuversichtlich, daß den Wissenschaftlern rechtzeitig eine andere Lösung einfallen wird.«

»Und falls nicht?«

»Es *muß* ihnen etwas einfallen. Es gibt keine andere gerechte Alternative.«

»Und das ist Ihr letztes Wort?«

»Ich habe meine Botschaft überbracht, Mrs. Forbin. Lassen Sie mich Ihnen versichern, daß es in dieser Angelegenheit keine Verhandlungen geben wird.«

Die Koordinatorin trommelte mit ihren Fingern auf den Schreibtisch. »Lassen Sie mir die Zeit, mich mit meinen Leuten zu beraten, Bürger Jennings?«

»Selbstverständlich.«

»Dann wird unser Botschafter auf Luna dem Premierminister unsere Antwort bis 12 Uhr übermorgen übergeben.«

31. KAPITEL

Barbara Martinez war frisch frisiert, parfümiert und in ein Abendkleid gehüllt, das mehr gekostet hatte, als sie in einem Jahr verdiente. Ihr Begleiter war ebenfalls formell gekleidet. Er saß neben ihr auf dem Rücksitz eines von einem Chauffeur gesteuerten Wagens und blickte aus dem Fenster auf die Straßen der Altstadt von Manhattan hinaus.

»Ich bin mir nicht sicher, ob ich das alles verstehe, Mr. Smith«, sagte Barbara, die endlich den Mut aufgebracht hatte, den Mann anzusprechen, der sie zehn Minuten zuvor abgeholt hatte.

Er blickte sie kurz an. »Hat man Sie nicht informiert, bevor Sie die Station verlassen haben?«

»Nein, Sir. Man hat mich in eine Orbitalfähre gesetzt und mir gesagt, ich würde bei der Ankunft informiert werden. Während der letzten zwei Stunden hat mein Kopf in einer Frisierhaube gesteckt.«

Smith seufzte und lehnte sich in der vornehmen Polsterung zurück. »Es ist im Grunde ganz einfach. Uns ist aufgetragen worden, Carlos Sandoval die Neuigkeiten bezüglich Avalon zu überbringen.«

»Sandoval?«

»Er ist der Geschäftsführer von System Resources, Südafrika. Ihnen gehört Avalon. Elspeth Edwards gibt heute abend eine Party für ihn. Constance Forbin dachte, es wäre weniger auffällig, wenn ich ihn bei einem gesellschaftlichen Anlaß kontaktieren würde. Sie sind mit dabei, um die technischen Details zu erläutern, und zur zusätzlichen Tarnung. Haben wir uns nicht schon einmal irgendwo gesehen?«

»Ich glaube nicht.«

»Natürlich haben wir!« sagte er, sich plötzlich erinnernd. »Sie kamen in New Mexico aus dem Büro des Direktors, als ich dort zu Besuch war. Sie machten diesen mitgenommenen Eindruck wie jeder, der zum erstenmal über Donnerschlag informiert wurde.«

»Ich erinnere mich«, sagte sie. »Sie waren im Vorzimmer des Direktors.«

»Genau.«

»Warum diese Scharade, Mr. Smith?«

»Da wir nun schon einmal ein Rendezvous miteinander haben, sollten wir da nicht besser zum Du übergehen? Ich heiße Halver. Meine Freunde nennen mich Hal.«

»Warum diese Scharade ... Hal?«

»Aus einer Reihe von Gründen. Erstens wissen die Lunarier über Avalon Bescheid. Es war nicht zu verhindern, aber es wirft einige schwerwiegende politische Probleme auf. Wenn jemand von Constance Forbins Leuten mit Sandoval Kontakt aufnimmt, könnten die Lunarier dahinterkommen und ihre Schlüsse daraus ziehen. In diesem Fall lägen sie damit ganz richtig.

Zweitens habe ich die Aufgabe deshalb übernommen, weil wir Erzrivalen sind. Er ist ein arroganter Bastard, und wenn sich jemand anders an ihn wenden würde, könnte es leicht sein, daß er ihm die kalte Schulter zeigt. Du kannst dich darauf verlassen, mich wird er nicht abblitzen lassen. Du bist meine Rückversicherung. Sandavol hat einen gewissen Ruf als Frauenheld. Er wird gerne bereit sein, sich anzuhören, was auch immer ihm eine hübsche Señorita erzählen mag. Er wird nicht unbedingt einverstanden sein, aber er wird dir zuhören.«

»Nun, jedenfalls danke für das Kompliment, Hal!«

»De nada.«

Es dauerte noch zehn Minuten, bis sie das Sandstein-Reihenhaus erreicht hatten, in dem die Party stattfand. Smith nahm Barbaras Arm und geleitete sie nach innen. Sie betraten einen Lift und wurden zum obersten Stockwerk befördert. Der Partylärm schlug ihnen entgegen, sobald sich die Aufzugtüren geöffnet hatten. Smith zuckte merklich zusammen, als sie in die Vorhalle hinaustraten, wo ihnen eine dichtgedrängte Menge von Nachtschwärmern den Weg versperrte. Sie bahnten sich einen Weg durch das Menschengewirr, wobei sie darauf achteten, niemanden anzurempeln und keine Drinks zu verschütten. Nachdem sie ein paar davon nur knapp verfehlt hatten, erreichten sie die offene Tür des Penthouses hoch über Manhattan.

»Wen seh' ich denn da, Halver! Also, Sie hätte ich ja als Allerletzten auf einer meiner Parties erwartet!«

Er lächelte und streckte eine Hand aus. »Hallo, Elspeth. Danke für die Einladung.«

»Ist mir ein Vergnügen!« säuselte die Gastgeberin. »Und wer ist das?«

»Darf ich Ihnen Miss Barbara Martinez vorstellen? Barbara, Elspeth Edwards, die gesuchteste Gastgeberin auf zwei Kontinenten.«

»Hallo, Barbara«, sagte Elspeth, indem sie sich vorbeugte und ihren Gast auf die Wange küßte. »Wie haben Sie es bloß geschafft, diesen Einsiedler hierherzubringen? Ich lade ihn schon seit Jahren zu meinen Parties ein.«

»Eine Frage der Überredungskunst«, antwortete Barbara.

»Das kann ich mir vorstellen. Halver, haben Sie abgenommen?«

»Ein wenig«, sagte er grinsend. »Mein Arzt hat mich auf eine Spezialdiät gesetzt.«

»Sie sehen auch gut aus. Kennen Sie unseren Ehrengast?«

»Sandoval?« fragte er. »Wir sind uns bisher noch nicht begegnet. Aber natürlich kenne ich ihn.«

»Klar, Sie sind doch beide in derselben Branche, nicht wahr?«

»Kann man so sagen. Seine Gesellschaft ist dabei, einen Asteroiden in eine Erdumlaufbahn zu bringen, um dem *Felsen* Konkurrenz zu machen.«

»Rieche ich da nicht den Braten? Sie sind nicht zufällig hier, um Carlos zu treffen?«

»Warum sollte ich?«

»Spielen Sie doch nicht den Spröden. Ich glaube, jemand, der wüßte, daß Sie beide heute abend hier sind, hätte morgen auf dem Aktienmarkt Chancen. Das heißt, wenn er einen Hinweis bekäme, in welche Richtung es mit den Kursen geht.«

Er zuckte die Achseln. »Wenn ich den Aktienmarkt verstehen würde, brauchte ich nicht so viel Zeit an meinem Schreibtisch zu verbringen.«

»Wie steht es mit Ihnen, Barbara? Haben Sie ein wenig Mitleid mit einer alten Frau?«

»Wenn Sie etwas herausbringen, Elspeth, dann hoffe ich, daß Sie es mir verraten.«

»Ich sehe schon, daß ich hier nicht weiterkomme. Geht los und amüsiert euch, ihr beiden. Rechts findet ihr die Bar, die Toiletten sind geradeaus durch die Diele. Sandoval ist im Salon, wenn es Sie auch kaum interessieren dürfte.«

Smith nahm Barbaras Arm und führte sie zur Bar. Sie bestellten Drinks und beobachteten, wie der Barkeeper ihre Bestellungen tatsächlich von Hand mixte, auf die altmodische Art. Während sie warteten, wandte Smith seine Aufmerksamkeit einer kleinen Gruppe von Leuten zu, die in der Nähe standen. Ein Mann tat sich dadurch hervor, daß er lautstark verkündete, was seiner Meinung nach mit dem Kometen getan werden sollte. Seit Wochen schon gab es auf Cocktailparties kaum ein anderes Gesprächsthema.

»Ich finde«, rief der rotgesichtige Mann, »es ist schon ein starkes Stück, daß die Techniker ein Komma übersehen haben, als sie die Sprengung versucht haben. Das letzte, was wir wollen, ist, diesen verdammten Meteor zu bewegen.«

»Wissen Sie mehr als wir?« fragte ein anderer Mann. »Oder haben Sie etwa noch nichts davon gehört, daß er mit der Erde zusammenstoßen wird?«

Der rotgesichtige Mann antwortete mit einem verächtlichen Schnauben. »Ich habe mit einer Reihe von Wissenschaftlern gesprochen, die mir gesagt haben, daß es physikalisch unmöglich ist. Schließlich hat ja auch der Halleysche Komet nie die Erde getroffen, und bedenken Sie doch, wie oft er schon wiedergekommen ist!«

Barbara wollte etwas dazu sagen, doch Smiths Hand auf ihrem Arm hielt sie zurück. Sie entspannte sich und hörte weiter zu.

»Aber warum sollte man uns belügen?« fragte eine der Frauen in der Nähe des Sprechers.

»Ja, warum wohl? Wer steckt dahinter?«

»Der Systemrat natürlich.«

»Sie sagen es. Wer hat ihn denn zum Erretter der Welt gemacht? Diese Masche ist so alt wie die Politik. Zuerst versetzt man die Leute wegen irgendwas in Panik, dann erscheint in letzter Minute ein weißer Ritter, der die Rettung bringt. Anschließend kann der weiße Ritter tun und lassen, was immer er möchte.«

»Es können nicht alle Wissenschaftler Betrüger sein«, beharrte die Frau.

»Ich bezweifle, daß es mehr als eine Handvoll sind«, erwiderte der Mann. »Mehr sind gar nicht nötig. Gukken Wissenschaftler eigentlich nicht mehr durch ihre Teleskope? Zum Teufel, nein! Sie bekommen ihre Daten vorgekaut aus dem Observatoriumscomputer. Dort liegt die Kontrolle. Genau das haben eine Reihe von Leuten vor meinem Komitee bezeugt.«

Durch diese Bemerkung auf die richtige Spur gebracht, erkannte Barbara endlich den Sprecher. Er war einer der prominenteren nordamerikanischen Abgeordneten, ein Mann mit einem Hang dazu, sein Gesicht vor der Öffentlichkeit zu verbergen. Plötzlich war sie froh, daß Smith sie davor bewahrt hatte, in die Kontroverse hineingezogen zu werden.

»Aber was soll's«, fuhr der Mann fort. »Gehen wir mal davon aus, daß es mit dieser Angelegenheit durchaus seine Richtigkeit hat. Dann wollen wir trotzdem nicht, daß alle Welt an diesem verdammten Kometen herumpfuscht.«

»Warum nicht?«

»Weil der verfluchte Eisbrocken, wenn die Wissenschaftler recht behalten, kommenden Juli in den Indischen Ozean fallen wird. Bis zum Indischen Ozean ist es weit. Sie wollen doch wohl nicht im Ernst behaupten, daß ein Eisklumpen, der auf der anderen Seite der Erde runterplumpst, Nordamerika irgend etwas anhaben kann, oder? Oh, wir werden vielleicht ein paar kalte Winter und eine Zeitlang bedeckten Himmel haben, aber es ist doch nicht so, als ob er aus Eisen wäre.

Aber was ist, wenn die Eierköpfe ihn aus der Umlaufbahn zu schubsen versuchen? Dann wird er irgendwo anders als bei Indien runterkommen. Ich bleibe dabei, daß er uns überhaupt nicht treffen wird, aber falls doch, wäre es dann nicht eher das Problem der Inder als unseres?«

Der Barkeeper stellte ihre Drinks auf die Theke. Smith reichte einen von ihnen Barbara und bugsierte sie in den nächsten Raum. Als sie außer Hörweite von den Debattierenden waren, flüsterte sie: »Das meint er doch bestimmt nicht im Ernst!«

»Ich fürchte doch«, erwiderte Smith bitter. »Es liegt in der Natur des Menschen, eine unangenehme Tatsache, mit der er konfrontiert wird, zu leugnen. Seitdem die Ablenkung von Donnerschlag gescheitert ist, gibt es eine Menge Leute, die sich weigern zu glauben, daß der Komet die Erde überhaupt treffen wird.«

Sie fröstelte. »Wie überzeugen wir sie bloß von der Wahrheit?«

Smith zuckte die Achseln. »Das können wir nicht.

Wir retten sie trotzdem. Wir tun es, weil es die einzige Möglichkeit ist, uns selbst zu retten.«

Smith führte sie zu einer Gruppe von Leuten, die um einen kleinen, korpulenten Mann mit einem herabhängenden schwarzen Schnurrbart versammelt waren. Der Südamerikaner blickte auf, als sie sich durch den Ring seiner Bewunderer drängten. Sein Blick glitt von Barbara zu deren Begleiter. Sie bemerkte sein plötzliches Interesse, als er Smith erkannte.

»Na, wenn das nicht mein hochgeschätzter Konkurrent ist!« sagte Sandoval, eine Hand ausstreckend. »Ihre Fotos werden Ihnen nicht gerecht.«

»Das gleiche könnte ich von Ihnen sagen«, erwiderte Smith. »Nun treffen wir uns einmal doch. Ich fing bereits an zu glauben, Sie wären eine südamerikanische Fata Morgana.«

»Und ich habe mich gefragt, ob Sie nicht ein Produkt einer Werbekampagne der Sierra Corporation wären!« Sandoval gab ein kehliges Lachen von sich. »Was machen Ihre Orbitalunternehmungen?«

»Die Sierra Skies hat sich im letzten Quartal alle Ehre gemacht.«

»Sie wissen, was ich meine«, sagte der Latino. »Verläuft bei der Erschließung des *Felsens* alles nach Plan?«

»Im großen und ganzen. Und bei Ihrem Avalon?«

»Wir werden in Kürze unser erstes Eisen auf den Markt bringen. Das wußten Sie natürlich bereits.«

»Natürlich. Ich werde jede Woche über die Fortschritte Ihrer Erztransporte informiert.«

»Da möchte ich drauf wetten! Dieses Eisgewinnungsunternehmen hat sich nicht ganz so entwickelt, wie von Ihnen geplant, nicht wahr?«

»Das ist wohl etwas untertrieben. Ich wollte ein wenig Asteroideneis mit zurückbringen, jetzt ist es allerdings etwas mehr geworden.«

»Nett gesagt.« Sandoval lachte leise in sich hinein. Er

wandte seine Aufmerksamkeit Barbara zu. »Wer ist diese reizende junge Dame?«

»Entschuldigen Sie. Barbara Martinez, Carlos Sandoval.«

»*Buenos noches, señorita.*«

»Señor Sandoval.«

»Barbara arbeitet bei Sky Watch. Sie war an dem Versuch beteiligt, einen Brocken aus Donnerschlag herauszusprengen.«

»Eine Schande, daß es nicht geklappt hat.«

»Ja, das ist es«, stimmte Barbara zu.

»Besitzen Sie irgendwelche Informationen darüber, wie der nächste Schritt aussehen wird?« fragte sie der Südamerikaner.

»Interessieren Sie sich dafür?« fragte Smith.

»Natürlich. Die Sierra Corporation hat viel zu viele Verträge mit dem Systemrat abgeschlossen. Sie verkaufen ihnen Antimaterie, Sie leihen ihnen Schiffe, Sie stellen ihnen technisches Gerät zur Verfügung. Ich wäre ein armseliger Geschäftsmann, wenn ich nicht versuchen würde, meinem Unternehmen nicht zumindest einen Teil des Geschäfts zu sichern.«

»Vielleicht könnten wir irgendwo hingehen und uns in Ruhe darüber unterhalten.«

»Ist das Ihr Ernst?«

»Ja.«

»Sehr gut. Elspeth hält die Türen zur Bibliothek für gewöhnlich verschlossen. Ich glaube nicht, daß sie etwas dagegen hätte, wenn wir sie benutzen.«

»Ausgezeichnet«, erwiderte Smith.

»Wird uns Señorita Martinez begleiten?«

»Sie wird.«

Sie zogen sich alle drei in die Bibliothek zurück. Smith schloß die Tür ab, damit sie auch unter sich blieben.

Der Südamerikaner holte eine übergroße Zigarre hervor und zündete sie an. »Na schön, erzählen Sie mir, was der Systemrat diesmal vorhat«, sagte er und füllte den Raum mit blauem Rauch.

»Barbara.«

Barbara schilderte Sandoval kurz die Avalon-Option. Sie erzählte ihm von dem Plan, den Asteroiden dazu zu benutzen, Donnerschlag auf Luna abzulenken, und erklärte, daß die beiden Transporter unverzüglich nach Avalon geschickt werden würden. Sandoval hörte kommentarlos zu. Als Barbara geendet hatte, paffte er noch einmal an der Zigarre, dann blickte er Smith finster an.

»Sind Sie derjenige, der sich das ausgedacht hat, Smith?«

»Das war einer meiner Leute.«

»Sehr klug von ihm. Sie entledigen sich Ihrer einzigen echten Konkurrenz und heimsen obendrein die Anerkennung dafür ein, die Erde gerettet zu haben. Was immer Sie ihm zahlen, es ist nicht genug.«

»Glauben Sie wirklich, daß es darum geht? Um ein geschäftliches Manöver?«

»Was soll ich denn sonst glauben? Sie lassen den Systemrat mir mein Eigentum rauben, während Ihres unbehelligt bleibt.«

»Ihre Bilanz, Mr. Sandoval, kann Ihnen doch kaum wichtiger sein als die Sicherheit der Erde!«

Der Südamerikaner wandte sich an Barbara. »Arbeiten Sie wirklich für Sky Watch, Señorita?«

»Ja.«

»Dann erkläre ich Ihnen etwas, das ich für einen von Mr. Smiths Handlangern niemals tun würde. Ich habe mich meinen Investoren gegenüber zu verantworten. Wir haben eine Menge Geld in das Einfangen von Avalon investiert. Es unwiederbringlich zunichte gemacht zu sehen, ist hart. Im Grunde wird von mir verlangt, daß ich für die gesamte Menschheit die Zeche zahlen soll.«

»Sie werden selbstverständlich entschädigt werden!«

»Von wem? Vom Systemrat kaum. Der Rat lebt von den Beiträgen der Staaten. Jetzt versprechen sie alles mögliche, aber was ist hinterher? Man braucht nicht viel Phantasie, um sich vorzustellen, daß die verschiedenen Körperschaften bessere Verwendungen für ihre Mittel finden werden, wenn die Gefahr erst einmal gebannt ist. Ich werde von Glück sagen können, wenn ich für jeden Nuevopeso ein Zehntel wiederbekomme.«

»Welche andere Wahl bleibt Ihnen? Wenn Sie nicht kooperieren, wird man Sie womöglich lynchen. Davon abgesehen, kann man Ihnen den Asteroiden einfach gewaltsam wegnehmen.«

»Da bin ich mir nicht so sicher, Señorita. Zum einen besteht dafür keine gesetzliche Grundlage.« Sandoval paffte erneut an seiner Zigarre und betrachtete durch das Fenster nachdenklich die Skyline von Manhattan. »Jedenfalls sollten wir hier in diesem Raum in der Lage sein, das Problem aus der Welt zu schaffen.«

»Wie?« fragte Barbara.

»Ich schlage einen Handel vor. Ich werde Mr. Smith Avalon zur beliebigen Verwendung überlassen. Er wird mir dafür den *Felsen* geben. Auf diese Weise kann ich meinen Aktionären eine funktionierende Mine präsentieren, während er zum Retter der Menschheit wird.«

»Genial«, erwiderte Smith, »aber nicht praktikabel. Mein Aufsichtsrat würde niemals zustimmen. Ebenso wie Sie hätten sie Bedenken wegen der Auswirkungen auf die Investoren. Jedenfalls teile ich Ihren Pessimismus hinsichtlich der Dankbarkeit der Menschheit, nachdem wir den Kometen aufgehalten haben, nicht.«

»Dann übernehmen Sie das Risiko, mein Freund!«

»Das werde ich. Wenn Sie bei der Verlagerung von Avalon kooperieren, werde ich veranlassen, daß sich Constance Forbin dazu einverstanden erklärt, die bis jetzt entstandenen Kosten zu erstatten, zuzüglich eines beträchtlichen Bonus, um Ihre Aktionäre zufriedenzustellen. Für die Vereinbarung garantiere ich persönlich.«

»Wie?«

»Wenn sich die Staaten weigern sollten, zu zahlen,

werde ich Ihre Klage vor dem Internationalen Gerichtshof unterstützen. Wenn die Gerichte gegen Sie entscheiden, trete ich die Hälfte des *Felsens* an System Resources ab.«

»Sie schlagen eine Fusion zwischen unseren beiden Gesellschaften vor?«

»Keineswegs. Wir konkurrieren wie bisher. Wir beuten lediglich das gleiche Vorkommen aus. Es wird nicht anders sein, als wenn Sie Avalon tatsächlich in einen Parkorbit geschafft hätten.«

»Ist es Ihnen ernst damit?«

»Ja.«

Eine Minute lang herrschte Schweigen. Schließlich streckte Sandoval seine Hand aus. »Ich werde meine Leute die notwendigen Schriftstücke aufsetzen lassen. Sie können Mrs. Forbin sagen, daß sie über einen Asteroiden verfügt, mit dem sie nach Belieben verfahren kann.«

Nach einigen Minuten weiterer Diskussion gingen sie alle drei zur Party zurück. Carlos Sandoval kehrte zum Kreis seiner Bewunderer zurück, während Smith und Barbara umherwanderten. Smith hielt einen vorbeieilenden Ober an, der ein Tablett mit Drinks dabei hatte, und fragte Barbara, ob sie einen wolle.

»Nein, danke.«

»Was ist los? Reicht Ihnen schon einer?«

»Ich trinke nicht gern auf leeren Magen.«

»Wollen Sie damit sagen, daß Sie noch nichts gegessen haben?«

Sie schüttelte den Kopf. »Nur einen Snack auf dem Hinflug.«

»Dann entschuldige ich mich dafür, Sie nicht vorher gefragt zu haben. Was halten Sie davon, wenn wir hier weggehen und irgendwo einen Happen essen?«

»Ich möchte nicht, daß Sie wegen mir die Party verlassen.«

»Ich hasse diese Veranstaltungen. Der einzige Grund,

warum ich heute hier bin, ist das Geschäft, das wir eben abgeschlossen haben.«

»Wenn es so ist, dann würde ich wirklich gern mit Ihnen zusammen essen.«

»Ich suche nur gerade schnell unsere Gastgeberin, damit wir uns entschuldigen können. Ich kenne ein nettes kleines Bistro ganz in der Nähe, wo man eine wirklich gute Bouillabaisse bekommt.«

Wilhelm von Stiller war der Botschafter des Vereinigten Europas bei der Republik Luna und der Doyen des diplomatischen Korps von Luna City. Der Posten war mehr eine Sinekure, da die Aufgaben vorwiegend zeremonieller Natur waren. Die wenigen anstehenden Probleme betrafen Handelsangelegenheiten und die Nutzung europäischer Ökopatente seitens der lunaren Industrie. Stiller hatte nie damit gerechnet, daß er es einmal mit einer echten diplomatischen Krise zu tun haben würde. Es war kaum faßbar, daß er mit dem Oberbefehlshaber der Friedenstruppe an seiner Seite durch die unterirdischen Tunnel schritt, die zum Privatbüro des Premierministers führten. Ein Kreuzer der Friedenstruppe hing über ihnen im Orbit. In von Stillers Kuriertasche befand sich eine Botschaft, die sehr wohl den Beginn des ersten interplanetarischen Kriegs der Menschheit bedeuten konnte.

Während er mit einem für einen Mann von siebzig Jahren beeindruckend raumgreifenden Schritt dahineilte, dachte von Stiller daran, daß er immer von einer bedeutenden diplomatischen Mission geträumt hatte. Jetzt, da es soweit war, sehnte er sich nach den Tagen zurück, da sich alles um Visaprobleme und Empfänge für Würdenträger gedreht hatte. Sich ein wenig Aufregung in seinem Leben wünschend, hatte von Stiller die klassische Definition des Abenteuers vergessen: Eine schlimme Zeit für jemand anderen, der sich weit weg befand!

Von Stiller und der Admiral gelangten zum Eingang, vor dem zwei Polizisten Wache hielten. Sie zeigten ihre Ausweise vor und wurden hineingeleitet. Sie fanden John Hobart und einen engen Beraterkreis um einen Konferenztisch versammelt vor. Zwei Plätze dem Premierminister gegenüber waren frei geblieben.

»Willkommen, Sir«, sagte der Premierminister, indem er sich von seinem Platz hinter dem Tisch erhob. Er sah abgezehrt aus, aber seine Stimme war fest.

»Bürger Premierminister«, grüßte von Stiller mit einer knappen Verbeugung. »Darf ich Ihnen Admiral Sutu Praestowik Suvanavum von der Friedenstruppe vorstellen?«

»Admiral Suvanavum«, sagte der Premierminister. »Wir haben die Ankunft Ihres Schiffes mit besonderem Interesse zur Kenntnis genommen. Ich hoffe, seine Anwesenheit bedeutet keine schlechten Nachrichten.«

»Es ist nicht unsere Absicht, Luna zu provozieren, Premierminister«, erwiderte der Australasier. »Die *Avenger* war lediglich die schnellste Möglichkeit für mich, zu diesem Treffen nach Luna zu kommen.«

Hobart nickte und richtete seine Aufmerksamkeit wieder auf von Stiller. »Was haben Sie für uns, Herr Botschafter?«

»Ich wurde beauftragt, Ihnen dies hier auszuhändigen«, antwortete der Europäer, indem er eine versiegelte diplomatische Note aus seiner Kuriertasche holte. Die Note war ihm eine Stunde zuvor von General Suvanavum persönlich überreicht worden. Von Stiller reichte sie dem Premierminister.

Hobart nahm das dünne Bündel Papier und begann zu lesen. Seine Fortschritte waren an seinem Gesichtsausdruck abzulesen. Gegen Ende der ersten Seite hatten sich seine Ohren zu röten begonnen. Nach der zweiten hatte sein Gesicht eine bedrohliche Färbung angenommen. Nach der dritten begann sich von Stiller zu sorgen, daß Hobart ein Blutgefäß platzen könnte.

»Was soll dieser Quatsch bedeuten?« fragte der Premierminister mit rauher Stimme, als er fertig war.

»Meine Regierung hat mich beauftragt, Ihnen diese Note zu überbringen, Bürger Premierminister. Sie gibt die übereinstimmende Meinung aller größeren Nationen der Erde wieder. Die Nationen glauben, es läge in ihrem vitalen Interesse, daß mit den Maßnahmen zur Verlagerung des Asteroiden Avalon augenblicklich begonnen wird. Allen Interventionsversuchen seitens Lunas wird mit militärischer Gewalt begegnet werden.«

»Dann haben Sie also beschlossen, Luna dem Kometen zu opfern!«

»Nein, Sir. Wir glauben nur, daß es klug ist, uns alle Optionen offen zu halten. Ich bin gebeten worden, Ihnen ausdrücklich zu versichern, daß wir für den Fall, daß sich irgendeine praktikable Alternative ergibt, alle Maßnahmen hinsichtlich Avalon augenblicklich einstellen werden. Ich möche klarstellen, daß Avalon bis eine Woche vor dem Zusammenstoß jederzeit wieder aus der Flugbahn des Kometen herausgebracht werden kann.

Außerdem wurde ich autorisiert, Gespräche hinsichtlich der Evakuierung von Luna einzuleiten. Hierbei handelt es sich ebenfalls um eine Vorsichtsmaßnahme. Die Erde wird weder Kosten noch Mühen scheuen, um sicherzustellen, daß kein Lunarier Schaden erleidet, falls es sich als notwendig erweisen sollte, Donnerschlag auf Farside abzulenken.«

Als von Stiller geendet hatte, herrschte langes Schweigen. Es wurde von Alex Sturdevant gebrochen, Hobarts Chefberater und einer der engsten Freunde von Stillers auf Luna. »Ich glaube, deine Vorgesetzten auf der Erde haben unsere Entschlossenheit nicht begriffen, Willy.«

»Ich versichere dir, Alex, daß sie es tun. Ich flehe Sie an, die tiefe Verantwortung anzuerkennen, aus der heraus wir handeln.«

»Ein Dutzend unserer Schiffe sind bereit, nach Avalon zu starten, Admiral«, sagte Sturdevant und wandte seine Aufmerksamkeit dem Begleiter Sturdevants zu. »Wie viele haben Sie aufzubietgen?«

»Zum gegenwärtigen Zeitpunkt sind zwei unserer Kriegsschiffe im Erde-Mond-System einsatzbereit. Wir haben sechs weitere in Rückrufweite. Sie können innerhalb eines Monats hier eintreffen.«

»Ziemlich verstreut, nicht wahr?« fragte Harold Barnes.

»Ja«, stimmte Admiral Suvanavum zu. »Die Friedenstruppe war nie eine Militärmacht im herkömmlichen Sinn. Wir sind eher eine Polizeitruppe, die auf Abruf bereitsteht.«

»Eines dieser Schiffe ist die *Avenger*, die sich innerhalb der Reichweite unserer Bodenwaffen befindet, Admiral. Wir könnten sie innerhalb von Sekunden herunterschießen. Dann bliebe Ihnen nur noch ein einziges einsatzfähiges Kriegsschiff im Erde-Mond-System.«

»Das ist richtig.«

»Wie, zum Teufel, wollen Sie uns dann mit einem einzigen Schiff auf Avalon schlagen?«

»Wir haben nicht vor, es zu versuchen«, erwiderte Suvanavum geschäftsmäßig. »Wenn Sie beim Asteroiden intervenieren, dann habe ich Anweisung, Luna City zu bombardieren.«

»Das würden Sie nicht tun!«

»Doch«, erwiderte von Stiller grimmig, »das würden wir. Wir sprechen hier über das Überleben der Menschheit, meine Herren. Und eins kann ich Ihnen versichern, Luna wird die Erde nicht überdauern. Wenn Sie uns die einzige Möglichkeit, die Erde zu retten, zunichte machen, dann lassen wir Sie mit uns untergehen.«

»Vielleicht sollten wir die Hälfte unserer Schiffe hierbehalten, um der armseligen Streitmacht des Admirals zu trotzen.«

»Das wird Ihnen nichts helfen, Bürger«, erwiderte Suvanavum. »Der Systemrat hat diejenigen Nationen, die noch über Nuklearwaffen verfügen, darum gebeten, ihre weitreichenden Abschußsysteme auf Luna auszurichten. Es gibt mehr als genug Sprengköpfe, um Ihre Abwehr zu durchdringen. Seien Sie versichert, daß die Erde bei jeder Art von Auseinandersetzung die Vorteile auf ihrer Seite hat. Vergeltung zu üben ist die einfachste aller militärischen Operationen.«

»Würden Sie uns wirklich bombardieren?« fragte Hobart. Während der letzten Minuten, als ihm die Implikationen dessen, womit die Erde drohte, aufgegangen waren, hatte sich seine Gesichtsfarbe von rot zu aschfahl verändert.

»Nur wenn Sie uns dazu zwingen«, erwiderte von Stiller. »Wir haben weder die Absicht, einen Völkermord zu verüben, Premierminister, noch beabsichtigen wir zu sterben. Wenn die einzige Möglichkeit, den Kometen aufzuhalten, darin besteht, daß wir ihm mit Luna den Weg verlegen, dann werden wir das tun. Wir würden es vorziehen, wenn dabei keiner sterben müßte. Unser Angebot steht. Wir werden die Avalon-Option nur als letzte Möglichkeit nutzen und, falls nötig, jeden einzelnen Lunarier evakuieren und zur Erde umsiedeln.«

Von Stiller blickte sich am Tisch um. »Die Entscheidung liegt bei Ihnen, meine Herren. Wir können zusammenarbeiten, oder wir können kämpfen. Wenn Sie mit uns kooperieren, finden wir gemeinsam vielleicht eine bessere Lösung. Falls nicht, wird zumindest die Menschheit gerettet, die zehn Millionen Einwohner Lunas eingeschlossen. Es wird unbequem für Sie sein, aber es braucht niemand zu sterben.

Wenn Sie sich für den Kampf entscheiden, dann stirbt die Erde beim Zusammenstoß mit dem Kometen, und Luna stirbt unter einem Bombenhagel. Ich biete Ihnen das Leben an oder den Tod. Die Entscheidung liegt ganz bei Ihnen.«

Wie John Hobart schlief auch Constance Forbin neuerdings schlecht. Das gleiche galt für die meisten der Verantwortlichen auf der Erde. Die Nationen dazu zu bringen, sich auf eine gemeinsame Antwort auf das Ultimatum Lunas zu einigen, hatte einen sehr großen Kraftaufwand erfordert. Erst nachdem mehrere Länder gedroht hatten, die Dinge selbst in die Hand zu nehmen, war eine Verständigung zustande gekommen.

Es war Constance Forbins Idee gewesen, ihre Forderungen durch einen Kreuzer der Friedenstruppe überbringen zu lassen. Eine Flotte wäre ihr lieber gewesen, aber es gab keine. Kanonenbootpolitik als Mittel der Staatskunst hatte man lange Zeit mißbilligt. Aber manchmal war sie offenbar unumgänglich.

Die Chefkoordinatorin saß an ihrem Schreibtisch und versuchte sich auf die vor ihr liegende Arbeit zu konzentrieren. Sie sah eine Reihe von Berichten durch, während sie auf Nachrichten von Luna wartete. Halver Smith hatte über sein Treffen mit Sandoval berichtet. Wenigstens das war gut verlaufen. Andere Berichte befaßten sich mit den möglichen Folgen des Zusammenstoßes von Donnerschlag und Luna. Die Erde würde durch die Trümmer, die bei der Kollision entstünden, immer noch erheblich gefährdet sein. Einige Wissenschaftler schätzten, daß das in eine Mondumlaufbahn und weiter hinauf geschleuderte Material ein Prozent der Gesamtmasse des Mondes ausmachen würde! Was für ein kosmischer Witz wäre es doch, dachte sie, wenn sie den Kometen überlebten, nur um von einem Hagelschauer von Meteoren getötet zu werden.

Ihre Gedanken wurden durch das plötzliche Summen der Sprechanlage unterbrochen. »Ja?«

»Botschafter von Stiller aus Luna City ist am Apparat«, sagte ihre Sekretärin.

»Stellen Sie ihn durch!«

Auf Constances Bildschirm erschien das finstere Gesicht von Wilhelm von Stiller. Er blickte geradeaus mit dem starren Blick eines Mannes, der auf seine Verbindung wartet. Wenige Sekunden später kam Leben in sein Gesicht.

»Sind Sie es, Constance Forbin?«

»Ja, ich bin es. Wie ist die Lage, Herr Botschafter?«

Es dauerte eine weitere kleine Ewigkeit, bis sich von Stillers Schnurrbart in einem schwachen Lächeln hob. »Sie haben akzeptiert! Der Premierminister hat seine persönliche Zusicherung gegeben, daß Luna nicht intervenieren wird. Er bittet darum, so bald wie möglich ein Treffen anzuberaumen, um die Evakuierung vorzubereiten, falls sie sich als notwendig erweisen sollte.«

Constance gab einen tiefen Seufzer von sich. Ihr war gar nicht aufgefallen, daß sie den Atem angehalten hatte. »Sehr schön, Herr Botschafter. Sagen Sie dem Premierminister, daß wir unverzüglich mit dem Bau einer Evakuierungsflotte beginnen werden. Die von ihm gewünschte Konferenz wird innerhalb von zehn Tagen einberufen werden. Und übermitteln Sie ihm meinen persönlichen Dank. Er hat die richtige Entscheidung getroffen!«

32. KAPITEL

Die Boden-Orbit-Fähre glitt auf ihren Deltaflügeln mit dreißigfacher Schallgeschwindigkeit durch die obere Atmosphäre. Als sie das Beinahevakuum hinter sich gelassen hatte, fluteten Plasmaströme in mehrfachen Schockwellen von Tragflächen und Rumpf. Die entstandenen Schockwellen bildeten Mehrfachprismen, durch die hindurch die schwarze Küstenlinie Kaliforniens zu sehen war, die sich allmählich über den runden Horizont erhob. Nach einer Reise von sechzehn Monaten und zwei Milliarden zurückgelegten Kilometern kam Tom Thorpe endlich wieder nach Hause.

Thorpe saß in seinem Sitz und betrachtete durch das Fenster den blauen Pazifik, während die Fähre aus der tiefen Schwärze des Raums hinunterfiel. In seiner Innentasche befand sich eine Nachricht mit der knappen Bestätigung seiner Ernennung zum stellvertretenden Direktor der kürzlich gebildeten Arbeitsgruppe Avalon. Diese Nachricht symbolisierte, wie so vieles andere, die jüngsten Veränderungen in Thorpes Leben. Er hatte die Erde als Leiter einer unbedeutenden Expedition zur Erforschung eines verirrten Kometen verlassen. Er kehrte zurück als der Retter der Erde.

Thorpe war in den Wochen nach Bekanntgabe der Avalon-Option in den Massenmedien gefeiert worden. An Bord der *Admiral Farragut* hatte er, während der Frachter auf die Erde zustürzte, beinahe täglich Interviews geben müssen. Zuerst waren die Interviews Computersimulationen gewesen, ähnlich jener, in deren Verlauf Amber dem Kometen unabsichtlich seinen populären Namen gegeben hatte. Später dann, als der Frachter in eine für eine wechselseitige Verständigung erforderliche Distanz gekommen war, hatten die Nachrichtenleute darauf bestanden, live mit ihm zu sprechen. Einige ihrer Charakterisierungen waren geeignet gewesen, ihn erröten zu lassen, und Thorpe errötete nicht leicht.

Trotz der Ernennung war Thorpe weit entfernt davon, glücklich zu sein. Denn wenn seine Entdeckung, daß Avalon dazu benutzt werden konnte, Donnerschlag aufzuhalten, ihm auch systemweite Anerkennung eingebracht hatte, so hatte sie ihn doch das eine gekostet, was ihm das wichtigste im Leben war: Amber!

Ihre Beziehung hatte sich von Avalon nicht wieder erholt. Amber versicherte zwar, ihm keine Vorwürfe zu machen, doch es war ihr unmöglich, ihre Gefühle von dem Schmerz zu trennen, den die Zerstörung Lunas in ihr hervorrief. Auch die Enttäuschung darüber, keine akzeptable Alternative finden zu können, hatte dazu beigetragen. Amber und nahezu jeder andere Astronom und Astrophysiker im Sonnensystem hatten zwei Monate lang nach einer solchen Alternative gesucht.

Die fruchtlose Suche hatte ihre Auswirkungen auf die Stimmung an Bord des Frachters gehabt. Amber hatte eine Zeitlang mit niemandem mehr gesprochen. Das gleiche galt für Cragston Barnard und Professor Chen. Während Simulation nach Simulation zu negativen Ergebnissen führte, wurden alle drei immer mürrischer und zogen sich in sich zurück. Gleich welchen Ansatz sie ausprobierten, es lief stets auf zu wenig Ressourcen oder zu wenig Zeit hinaus.

Die *Admiral Farragut* hatte die Erde zwölf Wochen nach ihrem Start vom Kometenkern erreicht. Wenige Stunden vor Erreichen des Parkorbits hatte Thorpe Amber aufgesucht. Er traf sie in ihrer Kabine beim Packen an.

»Hallo, darf ich reinkommen?«

»Natürlich«, sagte sie, ihm matt zulächelnd. Die Enttäuschung der letzten Wochen hatte ihre Spuren bei ihr hinterlassen. Ihr Gesicht war abgespannt, die Augen wirkten eingesunken und waren von Ringen umgeben.

Sie schien eine ganze Serie von neuen Sorgenfalten bekommen zu haben.

»Wie ich höre, gehst du nach Luna zurück.«

Sie nickte. »Ich habe gestern eine Nachricht von Niels Grayson bekommen. Er möchte, daß ich wieder zum Observatorium zurückkomme. Er hat auch Cragston Barnard eine Stellung angeboten.«

»Warum zurückgehen?«

»Sie haben nicht genug qualifizierte Leute. Sie werden den Kometen während seines Zusammenstoßes mit Avalon beobachten und dann noch so lange wie möglich, bis er hinter der Sonne verschwindet.«

»Warum das?«

»Niels will versuchen, das *Große Auge* zu retten. Das Teleskop besitzt vierhundert der präzisesten optischen Spiegel, die jemals hergestellt wurden. Sie stellen ein unersetzliches wissenschaftliches Hilfsmittel dar. Wenn wir es schaffen, sie von Luna wegzubringen, dann können wir das Instrument im Erdorbit wieder zusammensetzen.«

»Ist es das, was du wirklich willst?«

Sie zuckte die Achseln. »Crag und ich haben die letzten Wochen über nichts gefunden, womit wir Luna retten könnten. Vielleicht können wir wenigstens etwas vor dem Fiasko bewahren.«

»Und was ist mit uns?« fragte Thorpe. »Können wir bewahren, was zwischen uns war?«

Die Qual stand ihr deutlich ins Gesicht geschrieben, als sie ihn ansah. »Unsere persönlichen Probleme sind nicht besonders wichtig im Moment, oder?«

»Sie sind wichtig für mich.«

»Und für mich, Thomas. Aber ich kann doch nicht gut das Observatorium aufgeben, oder? Ich fühle mich für all das verantwortlich.«

»Niemand ist verantwortlich. Das wäre auch passiert, wenn du nie geboren worden wärst.«

In diesem Moment brach ihre Selbstbeherrschung zusammen. »Ich weiß das«, schluchzte sie. »Aber ich kann nichts dafür, daß ich so empfinde. Ich muß irgend etwas tun. Niels' Vorhaben, das *Große Auge* zu retten, ist wichtig. Ich möchte daran beteiligt sein.«

»In Ordnung«, sagte er. »Ich werde dich begleiten.«

»Du mußt deine neue Stellung antreten. Ich verabscheue die Avalon-Option. Dennoch sagt mir mein Verstand, daß es die einzige Chance für die Menschheit ist. Wie wäre dir zumute, wenn etwas schiefginge, etwas, das du hättest verhindern können?«

»Nicht viel anders als jetzt, nehme ich an.«

»Schlimmer«, sagte sie. »Mit der Zeit werde ich über alles hinwegkommen. Du würdest es nicht.«

»In Ordnung. Wir sind einer Meinung, daß der Komet zuerst aufgehalten werden muß. Wie geht es dann weiter?«

»Falls wir beide noch am Leben sind, können wir dort weitermachen, wo wir aufgehört haben. Du nennst die Zeit und den Ort, und ich werde da sein.«

»Die Aussichtsplattform vom Hauptsitz der Sierra Corporation. Am Mittag, heute in einem Jahr!«

»Du hast ein Rendezvous.«

»Ein Kuß, um die Vereinbarung zu besiegeln?« fragte er.

Als Antwort hatte sie ihm die Arme um den Hals geworfen. Erst nach einer Minute hatte er wieder Atem schöpfen können.

Nicht einmal Smiths Warnungen hatten Thorpe auf die Menschenmenge vorbereitet, die ihn am Mohave Raumhafen erwartete. Während die Orbitalfähre zur Rampe rollte, füllten sich die großen Fenster des Terminals plötzlich mit einem Meer von Gesichtern. Zwischen die Kameracrews hatten sich normale Bürger gemischt, die das Spektakel miterleben wollten. Es sah aus, als hätte es sämtliche Bewohner im Umkreis von hundert Kilometern zum Raumhafen gezogen.

Thorpe wartete, bis er an der Reihe war, von Bord zu gehen, dann stapfte er über die Landungsbrücke ins Gebäude hinüber. Als er aus der Verbindungsröhre heraustrat, schlug der Lärm über ihm zusammen. Er hatte in alten Filmen ähnliche Szenen gesehen, wo Tausende von Blitzlichtern gezündet wurden, als die Berühmtheit aus dem Flugzeug gestiegen war. Dies zumindest blieb ihm erspart. Moderne Kameraausrüstungen arbeiteten bei Raumbeleuchtung. Dennoch war der Lärm immer noch eindrucksvoll, und einen Moment lang kam er sich wie ein kleiner Junge vor, der sich verlaufen hatte. Dann entdeckte er Halver Smith in dem Meer unbekannter Gesichter.

»Hallo, Mr. Smith«, sagte er und streckte seinem Vorgesetzten die Hand entgegen, nachdem er sich zu ihm hinüberbegeben hatte. Ein Sicherheitszaun hielt die Menge zurück. Smith war einer der wenigen Personen innerhalb der Absperrung. »Sie hätten nicht runterzukommen brauchen, um mich abzuholen.«

»Das hätte ich mir unter keinen Umständen nehmen lassen, Tom. Wie fühlen Sie sich?«

»Die Schwerkraft macht mir ein bißchen zu schaffen, sonst aber gut.«

»Die Presse erwartet ein kurzes Statement. Können Sie das machen?«

»Sicher.«

»Machen Sie's kurz. Das Büro nimmt schon seit drei Tagen Interviewanfragen entgegen. Vor zwei Stunden waren es 112!«

Thorpe blinzelte verwirrt. »So viele?«

»Genießen Sie's, solange es dauert. Morgen sind sie bereits hinter jemand anderem her.«

Thorpe begab sich zu einem Pult, das man auf einem provisorischen Podium aufgestellt hatte. Als das Lärmen der Menge zu einem durchdringenden Gemurmel herabgesunken war, begann er zu sprechen.

»Meine Damen und Herren, vielen Dank für Ihren

warmen Empfang. Ich weiß die Ehre zu schätzen, doch ich muß sagen, daß ein großer Teil der Aufmerksamkeit, die mir während dieses Monats zuteil geworden ist, unverdient war. Als ich vor so vielen Monaten durch diesen Raumhafen kam, hatte ich keine Ahnung, daß ich hinausfliegen würde, um einen Kometen zu treffen, der zur Bedrohung für die Erde werden sollte. Wir alle glaubten, an einem rein kommerziellen und wissenschaftlichen Unternehmen beteiligt zu sein. Und wenn ich auch die Expedition leitete, so beruht ihr Erfolg doch auf den Anstrengungen einer großen Anzahl von Leuten. Ich möchte die Gelegenheit wahrnehmen, ihren Beitrag der Öffentlichkeit ins Bewußtsein zu rufen.

Zuallererst hätte es die Expedition ohne die finanzielle und materielle Unterstützung der Sierra Corporation und der Republik Luna nicht gegeben. Wären wir dem Kometen nicht beim Jupiter begegnet, hätten wir die Gefahr wahrscheinlich erst erkannt, wenn es zu spät gewesen wäre. Nach dem Erreichen des Kerns arbeiteten unsere Wissenschaftler und die Mannschaft der *Admiral Farragut* unermüdlich an der Erforschung der Kometenoberfläche und seines Inneren. Ohne sie wären der Menschheit wertvolle Monate verlorengegangen.

Ich möchte Ihre Aufmerksamkeit ganz besonders auf eine Person lenken. Sie trägt mehr als jeder andere Verantwortung für die Rettung der Erde. Ich spreche natürlich von Amber Hastings. Sie war es, die den Kometen entdeckte, die Expedition ermöglichte und als erste erkannte, daß sich Donnerschlag auf einem Kollisionskurs mit der Erde befand. Sie ist auch die Frau, die ich eines Tages zu heiraten hoffe.

Und nun beantworte ich gerne Ihre Fragen.«

»Mr. Thorpe«, rief eine Frau mit einer besonders lauten Stimme. »Trifft es zu, daß die lunarischen Mitglieder Ihrer Expedition versucht haben, Sie zum Schweigen zu bringen, als Sie die Avalon-Option entwickelten?«

»Das ist lächerlich«, erwiderte Thorpe. »Zu dem Zeitpunkt, als ich Mr. Smith meine Daten übermittelte, wußte kein anderes Expeditionsmitglied etwas davon.«

»Dann haben Sie also die Lunarier *nicht* eingeweiht, aus Angst, sie könnten Sie zum Schweigen bringen?«

»Ich wollte sichergehen, daß ich wirklich etwas in der Hand hatte, bevor ich allgemeine Hoffnungen weckte.«

»Sie wollen doch wohl nicht bestreiten, daß Luna versucht hat, die Ablenkung von Avalon in die Flugbahn von Donnerschlag zu blockieren?«

»Sehen Sie«, sagte er, während sich sein Atem allmählich beschleunigte. »Der Komet ist ein Problem, das die ganze Menschheit betrifft. Zunächst stellt die Avalon-Option nur eine Möglichkeit dar. Viele tausend Wissenschaftler suchen intensiv nach einer besseren Lösung, nach einer, bei der der Komet die Erde *und* Luna verfehlt. Aber selbst wenn eine solche Option nicht gefunden wird, werden wir und die Lunarier auf Jahre eng zusammenarbeiten müssen. Warum uns gegeneinander aufhetzen?«

»Warum Jahre, Mr. Thorpe?« schrie ein anderer Mann. »Der Komet soll nächsten Juli eintreffen.«

»Wenn die Avalon-Option durchgeführt wird, werden wir jeden einzelnen Lunarier auf die Erde evakuieren müssen. Zehn Millionen Menschen über 400 000 Kilometer Vakuum hinweg zu transportieren, wird nicht leicht sein. Und wenn sie erst einmal da sind, werden wir uns darum kümmern müssen, daß diese Menschen in die terrestrische Gemeinschaft integriert werden.

Dann bleibt noch das Problem der Abwehr von Meteoren. Nach dem Zusammenprall wird eine Menge Trümmerschutt im Erde-Mond-System herumfliegen, und ohne einen Schutz vor Meteoren, der die größeren Brocken von der Erde ablenkt, werden all unsere Anstrengungen umsonst gewesen sein. Wir werden eine große, raumerfahrene Einsatztruppe brauchen, um das benötigte System in der kurzen Zeit aufzubauen, die uns noch bleibt. Die Lunarier werden zu dieser Truppe einen großen Beitrag leisten.«

»Sie sind auf dem Kern gelandet, Mr. Thorpe«, sagte ein dritter Reporter. »Ist er tatsächlich so groß, wie man sagt?«

»Der Ground Zero Krater ist so groß, daß man in keiner Richtung den Kraterrand sehen kann, wenn man sich in der Mitte des Kraters befindet. Er ist größer als der Grand Canyon auf der Erde oder der Mons Olympus auf dem Mars. Er ist ein Planet für sich.«

»Was werden Sie jetzt tun, Mr. Thorpe?«

Thorpe beschrieb seine neue Position bei der Arbeitsgruppe Avalon. Anschließend wollte ein Reporter wissen, warum sie den Ground Zero Krater nicht von Donnerschlag hatten absprengen können. Thorpe verwies ihn an die Astrogeologen. Endlich trat Halver Smith auf das Podium und legte nahe, die Konferenz zu beenden. Es gab einen allgemeinen Aufschrei, doch Smith blieb standhaft. Während sich die Menge allmählich zu zerstreuen begann, geleitete eine fliegende Formation von Sicherheitsbeamten Smith und Thorpe zum Parkhaus. Fünf Minuten später befanden sie sich mit zweihundert Stundenkilometern auf dem Weg nach Norden.

»Ich wußte gar nicht, daß es soviel Feindseligkeit gegenüber Luna gibt«, sagte Thorpe, während er die verlassene Gegend vorbeifliegen sah.

Smith berichtete ihm vom Ultimatum der Lunarier und der Reaktion der Erde. »Für den Moment haben sie nachgegeben, aber das hat die Neujustierung der Raketenabschußbasen nicht gestoppt. Außerdem nimmt die Friedenstruppe gerade ein paar weitere Schiffe in Betrieb, vorgeblich, um die Evakuierungsmaßnahmen zu unterstützen. Ihr eigentlicher Zweck ist es, dafür zu sorgen, daß Premierminister Hobart nicht seine Meinung ändert.«

»Was ist mit der Evakuierung? Ist es möglich, in der

Zeit, die uns noch bleibt, so viele Menschen vom Mond herunterzuschaffen?«

»Wissen wir noch nicht«, antwortete Smith. »Die Simulationen, die ich bis jetzt gesehen habe, waren ausgesprochen ermutigend. Wir Menschen können schließlich Berge versetzen, wenn wir dazu gezwungen sind. In diesem Fall handelt es sich einfach um einen Menschenberg.«

Niels und Margaret Grayson erwarteten Amber bereits, als der Lift sie auf der Hauptebene des Farside Observatoriums absetzte. Die Fahrt von Hadley's Crossroads mit dem Rolligon war so gewesen, wie Amber sie in der Erinnerung hatte, abgesehen davon, daß jetzt Vals jüngerer Bruder das große Fahrzeug steuerte. Sein Fahrstil war womöglich noch waghalsiger als der seiner beiden Geschwister.

»Willkommen zu Haus!« sagte Margaret Grayson, als sie vorwärtsstürmte, um Amber zu umarmen.

Niels trat hinter seine Frau und legte eine Hand auf ihren Raumanzug. »Der reuige Sünder kehrt zurück. Was haben Sie zu sagen, junge Dame?«

»Es tut gut, wieder zu Hause zu sein!«

»Es ist schön, daß Sie wieder da sind«, erwiderte der Astronom.

»Wie geht's dem Direktor?«

»So mäkelig wie eh und je. Er murrt wegen der Zeit, die wir für die Beobachtung Ihres Kometen aufgewendet haben. Er sagt, das *Große Auge* hat wichtigere Aufgaben zu erfüllen, bis wir mit der Demontage beginnen.«

»Was denn, zum Beispiel?«

»Professor Dorniers Untersuchung der Cepheiden.«

»Ist er damit *immer noch nicht* fertig?«

»Es sieht allmählich so aus, als würde er nie damit fertig, bei seinem Tempo.«

»Sonst irgendwelche Neuigkeiten, seit ich weg bin?«

Grayson zuckte die Achseln. »Ein paar neue Gesichter. Ihr Ersatzmann ist übrigens nicht annähernd so tüchtig wie Sie bei der Überprüfung der Intrasystem-Sichtungen. Er scheint zu glauben, daß solche Dinge unter der Würde eines frisch graduierten Akademikers sind.«

Amber lachte. »Das Gefühl kenne ich.«

»Was ist mit Barnard? Hat er es sich anders überlegt?«

»Er kommt in ein paar Wochen nach«, sagte Amber. »Er hat noch irgend etwas in Tycho Terrace zu erledigen.«

»Wie geht's dem alten Crag?«

»Hat sich verändert seit dem Studium«, antwortete Amber. »Er wird uns eine große Hilfe sein, wenn es soweit ist, das *Große Auge* in Sicherheit zu bringen. Er hat draußen auf dem Kometen eine Menge Erfahrungen im Raumanzug gesammelt. Wie wir alle.«

»Kommen Sie, Amber. Machen wir, daß wir aus den Anzügen rauskommen«, sagte Margaret. »Im Foyer gibt man für Sie eine Willkommens-Party, von der Sie übrigens eigentlich gar nichts wissen sollten. Es ist eine Überraschung.«

»Ich werde mein Bestes tun, meine Rolle zu spielen.« Amber betrat eine der Umkleidekabinen und entkleidete sich rasch bis auf die Haut. Sie hängte den unförmigen Anzug auf das dafür vorgesehene Gestell. Es war der Anzug, den sie für die Expedition gekauft hatte, aber er sah nicht mehr neu aus. Er hatte immer noch die Dellen und Kratzer, die von der Panne mit dem Eisrutsch herrührten. Sie rieb sich eilig mit einem Schwamm ab, dann schlüpfte sie in den neuen Overall, den sie in Luna City erworben hatte. Sie kämmte sich und band ihr Haar hoch. Dann kehrte sie zu den Graysons zurück, die auf sie gewartet hatten.

»Meine Liebe, Sie werden jedes Jahr hübscher.«

»Danke, Margaret. Machen wir uns auf zur Party?«

Sie verließen den Umkleideraum und gingen den Hauptkorridor des Observatoriums entlang. »Ich habe gehört, es soll auf dem Kern ziemlich schlimm gewesen sein«, sagte Niels.

»Nicht besonders«, erwiderte Amber. »Wir haben hart gearbeitet, und ich wurde unter einer Lawine begraben.«

»Sie haben uns damit einen ganz schönen Schrecken eingejagt, junge Frau.«

»Wie ich höre, haben Sie einen jungen Mann kennengelernt«, sagte Margaret Grayson.

Amber nickte. »Tom Thorpe. Sie haben eine Party für ihn gegeben, erinnern Sie sich?«

»Sicher. Wo ist er jetzt?«

Amber berichtete von den Umständen, die zu ihrer Trennung geführt hatten. Margaret hörte verständnisvoll zu. Als Amber geendet hatte, sagte sie: »Diese Dinge haben es an sich, daß sie sich irgendwann zum Guten wenden.«

»Das meine ich auch«, sagte Grayson. »Diese Evakuierung wird für uns alle hart. Wenn alles vorbei ist, werden wir jede Menge Zeit haben, die Scherben unseres Lebens wieder aufzusammeln.«

»Ist schon irgend etwas darüber verlautet, wie alles abgewickelt werden soll?«

Grayson schüttelte den Kopf. »Nur daß die Regierung mit dem Systemrat verhandelt. Es gibt Berichte darüber, daß zusätzliche Großtransporter umgebaut werden und daß möglicherweise ein oder zwei Raumstationen verlegt werden sollen, um mit dem Andrang fertigzuwerden.«

»Können sie wirklich alle Einwohner von Luna in nur einem Jahr evakuieren, Niels?«

»Eine gute Frage, und eine, auf die sie verdammt schnell eine Antwort finden müssen. Falls sie's nicht können, dann ist hier bald der Teufel los.«

33. KAPITEL

Donald Callas stand auf der öden Oberfläche von Avalon und beobachtete den Vorbeimarsch der Vorräte, die von der *Gargantua* und der *Goliath* mit Fähren heruntergebracht wurden. Die kugelförmigen Frachtschiffe hingen so bewegungslos wie zwei Monde über dem Asteroiden, während sich ein steter Strom von Frachtschlitten aus den höhlenartigen Laderäumen ergoß. Vor zwei Stunden hatten die Schiffe ihren Eilflug von Donnerschlag nach Avalon beendet. Ihre Mannschaften machten sich unverzüglich an die Arbeit.

Fünf Jahre lang hatten Callas und seine Leute damit verbracht, die Umlaufbahn von Avalon allmählich zu weiten und abzurunden. Der Vorgang hatte den monatlichen Einsatz von 200 Gramm Antimaterie erfordert. In einem Jahr hätte der unsymmetrische Asteroid damit die Erde erreicht. Jetzt würde es dazu natürlich nicht mehr kommen.

Es war einen Monat her, daß Callas vom Firmenhauptsitz die Nachricht erhalten hatte, daß Avalon an den Systemrat abgetreten werden sollte. Zunächst hatte er sich über die Entscheidung geärgert. Sein Ärger war jedoch verflogen, als ihm klargeworden war, daß er die Erde ein Jahr früher als geplant wiedersehen würde. Außerdem hatte Sandovals Nachricht klargestellt, daß die Verträge eines jeden voll ausbezahlt würden.

Callas bemerkte, daß von der Stelle aus, wo die Schlitten ihre Fracht entluden, eine Gestalt im Raumanzug auf ihn zukam. Er setzte sich in Bewegung, um den Neuankömmling unterwegs zu treffen.

»Mr. Callas?«

»Ja.«

»Walter Wassilowitsch. Ich bin Mr. Carltons Assistent und verantwortlich für diesen wilden Haufen.«

»Hallo«, sagte Callas, wobei er die Handschuhe des Neuankömmlings berührte. »Wie können ich und meine Männer Ihnen behilflich sein?«

»Zuerst einmal, sind wir an der richtigen Stelle? Würde nicht gerne mit dem Aushöhlen anfangen und dann erst entdecken, daß wir an der falschen Stelle bohren.«

»Wir haben ein großes weißes X dorthin gemalt, wo Sie mit dem Aushöhlen beginnen sollen.«

»Glauben Sie, dieser Felsen hält die Belastung aus, der wir ihn aussetzen werden?«

»Er wird halten. Avalon ist beinahe reines Nickel-Eisen-Erz, ohne größere Defekte oder Verwerfungen.«

Der Plan, Avalon in Donnerschlags Weg zu plazieren, erforderte den Verbrauch von sechs Kilogramm Antimaterie in sechs Monaten. Das war das Fünffache des Normalen. Die vorhandene Brennkammer des Asteroiden war zu klein für die Energiemenge, die dabei freigesetzt werden würde. Jeder Versuch, sie auf diesem Niveau zu betreiben, würde zu einer Explosion führen. Anstatt die vorhandene, hochradioaktive Kammer zu erweitern, sollte eine neue Brennkammer gebaut werden. Genaugenommen sollten sogar drei installiert werden. Zwei von ihnen würden voll funktionsfähige Ersatzkammern sein, die für den Fall, daß die erste Kammer ausfallen sollte, sofort einsatzbereit wären.

Callas und seine Leute hatten den letzten Monat damit verbracht, geeignete Bohrorte zu überprüfen. Nach dem Fehler, der mit dem Ground Zero Krater passiert war, wollte niemand mehr etwas dem Zufall überlassen.

»Wann werden wir mit dem Schub beginnen können?« fragte Wassilowitsch.

Callas zuckte die Achseln. »Nach allem, was ich von Ihrer Ausrüstung gesehen habe, müßte die erste Kammer in einer Woche bis in zehn Tagen ausgehöhlt sein. Dann dauert es noch eine Woche, die Injektionsschächte zu bohren, die Fokussierungsringe zu installieren und die Kontrollgeräte zu kalibrieren. Sie müßten in drei Wochen soweit sein.«

»Wir werden wohl schneller sein müssen«, sagte Wassilowitsch. »Der Boss schmiert mich sonst auf sein Butterbrot.«

»Vielleicht können Ihnen meine Leute helfen.«

»Wie?«

»Wir können die alten Schubtürme überholen und die neuen bauen, die Sie benötigen. Auf diesen Gebieten haben wir mit Sicherheit genug Erfahrung.«

»Hört sich gut an. Ich werde mit dem Boss drüber sprechen.«

Avalons Rotation unter Kontrolle zu bekommen, war die erste Aufgabe gewesen, mit der sich Callas und seine Männer auf dem Asteroiden konfrontiert gesehen hatten. Mit einer Rotationsperiode von acht Stunden war der Asteroid zu umständlich zu handhaben gewesen. Um die Rotation zu stoppen, hatten sie überdimensionale Korrekturtriebwerke auf stabile Türme montiert. Ein Jahr kontinuierlichen Schubs war nötig gewesen, bis die Rotation des Asteroiden zum Erliegen gekommen war. Auch jetzt noch wurden die Manövrierdüsen noch gelegentlich gezündet, damit Avalon seine Ausrichtung beibehielt.

Um Donnerschlag erfolgreich den Weg abzuschneiden, würde jedoch mehr als ein gelegentlicher Schubstoß nötig sein. Avalon würde selbständig gesteuert werden müssen, um ihn innerhalb von sieben Monaten in der Flugbahn des Kometen zu plazieren. Kurskorrekturen würden in Abständen von Stunden und nicht mehr von Wochen vorgenommen werden. Dies wiederum brachte es mit sich, daß die vorhandenen Triebwerkstürme überholt und zahlreiche zusätzliche installiert werden mußten.

Wassilowitsch wandte sich um und beobachtete, wie ein großer Apparat von der Hülle der *Gargantua* losgemacht wurde. Das Entladen klappte hier nicht so zügig wie auf Donnerschlag, aber sie kamen voran.

»Da kommt die Energieversorgung«, sagte er. »Wenn Sie mich nun entschuldigen, ich muß wieder an die Arbeit.«

Callas beobachtete, wie die Gestalt über die Nickel-Eisen-Ebene davoneilte, die sich zusehends in einen Schrottplatz verwandelte. Während er Wassilowitsch sich entfernen sah, überkam ihn Traurigkeit. Vor drei Stunden war er noch der unumschränkte Herrscher über diese winzige Welt gewesen. Damit war es nun vorbei. Wenn das Auftreten des Neuankömmlings auch respektvoll gewesen war, so hatte es Callas doch klargemacht, daß seine Stellung nun die eines interessierten Zuschauers war. Eine Epoche in der Geschichte von Avalon war zu Ende gegangen. Eine neue hatte begonnen.

Tom Thorpe hatte vorgehabt, nach seiner Rückkehr zur Erde einige Wochen Urlaub zu machen, bevor er seine Arbeit an Bord der Newton Station aufnahm. Constance Forbin hatte andere Pläne. Er hatte sich kaum von seinem Flug erholt, als die Koordinatorin anrief, um ihn zu einer Konferenz einzuladen, die an der Sorbonne abgehalten wurde, um die Evakuierung Lunas zu diskutieren. Die Zusammenkunft sollte Teil einer ausgedehnten Public Relations-Kampagne sein, um die Lunarier davon zu überzeugen, daß es die Erde mit ihren Zusagen ernst meinte. Was Thorpe betraf, so hatte er persönliche Gründe, die ihn hoffen ließen, daß der Evakuierung Erfolg beschieden war. Er sagte zu, und drei Tage darauf befand er sich in Paris. Trotz seines Status' als ›Aushängeschild‹, vertiefte er sich rasch in das Problem, die ganze Bevölkerung einer kleinen Welt zu evakuieren.

Die Menschen von Luna fortzuschaffen war nicht das einzige Problem. Schon ihr Transport zu den drei bedeutenderen Raumhäfen Lunas würde den Einsatz aller verfügbaren Bodenfahrzeuge und Orbitalfähren Lunas erfordern. Die meisten Bewohner abgelegener Siedlungen mußten mittels Rolligon oder Mondhüpfer zur nächstgelegenen Haltestelle der Einschienenbahn gebracht werden. Von dort aus würden sie nach Luna City, Tycho Terrace oder zum Mare Crisium transportiert werden. Einmal in den Raumhäfen eingetroffen, würden sie untergebracht, verpflegt und versorgt werden müssen, bis Boden-Orbit-Fähren sie zu den Schiffen bringen konnten, mit denen sie zur Erde fliegen würden.

Das letztere Problem war der Grund, warum die Konferenz einberufen worden war. Erste Simulationen hatten ergeben, daß, wenn jedes vorhandene Raumfahrzeug für die Evakuierung von Luna eingesetzt werden würde, es siebzig Prozent der Bevölkerung nicht rechtzeitig schaffen würden, ihre Welt zu verlassen. Offensichtlich mußte man sich etwas Neues einfallen lassen.

Ein durchschnittliches menschliches Wesen maß 180 mal 60 mal 30 Zentimeter. Wenn man die Menschen also wie Holzscheite stapeln könnte, würde jeder leicht in einen Kasten von zwei Metern Länge und einem Quadratmeter Grundfläche hineinpassen. Zwei Kubikmeter pro Person waren angenähert das bewohnbare Volumen der ersten Raumkapseln gewesen. Und manche der frühen Astronauten hatten, wie ein Experte ausführte, Wochen im Orbit zugebracht, nicht nur die wenigen Tage, die eine Reise vom Mond zur Erde dauerte. Folglich war es theoretisch möglich, die ganze Bevölkerung Lunas in einem Kugelvolumen von 350 Metern Durchmesser unterzubringen!

Mit diesem unerreichbaren Minimum im Hinterkopf, formulierte die Konferenz ihre Pläne. Es blieb keine Zeit, irgendwelche neuen Schiffe zu bauen. Zum Glück waren früher einmal acht riesige Frachtschiffe zwischen dem Mond und den Raumkolonien gependelt. Drei von ihnen waren bereits bei Donnerschlag und Avalon eingesetzt, aber die verbleibenden fünf befanden sich in einem Parkorbit.

Mit einem Durchmesser von 150 Metern war jeder Frachter groß genug, um pro Flug 300 000 Menschen zu transportieren. Bei dieser Packungsdichte konnten die Schiffe weder komfortabel sein noch nennenswerte Versorgungseinrichtungen bieten. Für jeden Passagier würden eine flache Koje und die allernotwendigsten Lebenserhaltungssysteme bereitgestellt werden. Um den Platz für die menschliche Fracht zu erhöhen, mußten die alten chemischen Triebwerke ausgebaut und die Wasserstoff- und Sauerstofftanks in Stauraum umgewandelt werden. Die Frachter würden durch Raumschlepper bewegt werden. Die Evakuierungsschiffe würden nur notdürftig bewohnbar sein, übelriechend und eine Hölle der Klaustrophobie. Davon abgesehen, würde jedes auf einem einzigen Flug bis zu drei Prozent der Bevölkerung Lunas aussiedeln können. Einmal im Erdorbit angelangt, würden sie auf eine Flotte von Shuttles treffen. Diese würden ebenfalls überfüllt sein, doch der Flug zur Erde hinunter würde Gott sei Dank kurz sein.

Während die Arbeitsgruppen der Konferenz unentwegt beratschlagten, nahm der Umbau der Evakuierungsschiffe allmählich Gestalt an. Während die endlosen Sitzungen weitergingen, wurden Werftingenieure über den entwickelten Evakuierungsplan informiert. Man gab ihnen grobe Skizzen, die sie zur Anfertigung detaillierter Computerzeichnungen der notwendigen Modifikationen benutzten. Gegen Ende der zweiten Woche hatten die Arbeiten zum Umbau des ersten Evakuierungsschiffs begonnen.

Als die Konferenz beendet war, stand es Thorpe endlich frei, seinen unterbrochenen Urlaub fortzusetzen. Er war gerade beim Packen, als er einen Anruf von Halver Smith aus Kalifornien bekam.

»Hallo, Thomas. Ich nehme an, Sie sind auf dem Weg zur Newton Station.«

»Soweit ist es noch nicht ganz. Ich soll Ende nächster Woche hochfliegen. Ich dachte mir, ich mache in der Zwischenzeit eine Rundreise durch Europa, um mal abzuschalten.«

»Sind Sie scharf auf diesen Europaurlaub?«

»Ich habe ein paar Pläne gemacht«, sagte Thorpe, plötzlich vorsichtig geworden. Etwas in Smiths Tonfall sagte ihm, daß die Frage keineswegs beiläufig gemeint war. Würde er seinen Boss nicht besser gekannt haben, dann hätte er gedacht, Smith sei wegen irgendeiner Sache beunruhigt.

»Besteht die Aussicht, Sie davon zu überzeugen, hier Urlaub zu machen? Ich könnte Sie auf meinem Landgut unterbringen.«

»Ich möchte Ihnen nicht zur Last fallen, Sir.«

»Das würden Sie nicht, Thomas, das versichere ich Ihnen.«

»Also schön.«

»Ausgezeichnet!« erwiderte Smith. »Wann und wo sollten Sie nach Newton abfliegen?«

»Sahara Spaceport, am sechzehnten.«

»Ich werde Sie von meinen Leuten nach Mohave bringen lassen und alles weitere arrangieren. Jemand wird Sie in der nächsten Stunde anrufen.«

»Danke, Sir.«

»Ich erwarte Sie, Thomas.«

Smith schaltete ab und ließ Thorpe auf einen leeren Bildschirm starrend zurück. Nach einigen Sekunden runzelte er die Stirn. Irgend etwas ging vor, daran bestand kein Zweifel.

Thorpe räkelte sich, halb schlafend, neben dem Swimmingpool in Sierra Hills. Über ihm stand eine helle Sonne im taubenblauen Himmel. Wenn er überhaupt an etwas dachte, dann an den Unterschied zwischen diesem milden Wetter und der Kälte, die an jenem schrecklichen Tag, als Amber unter dem Eisrutsch gefangen gewesen war, durch seine Handschuhe gesickert war. Von diesem Vorfall hatte er eine nervöse Angewohnheit zurückbehalten: Wenn er verwirrt oder beunruhigt war, rieb er seine Fingerspitzen aneinander. Das babyhaft zarte Fleisch der Hautverpflanzungen beruhigte ihn irgendwie. Mit jedem auf der Erde verbrachten Tag sah er den Farbunterschied zwischen neuer und alter Haut geringer werden.

»Thomas, sind Sie wach?«

Er öffnete gegen die blendende Sonne ein Auge und erkannte Halver Smith, der über ihm stand. Smith war, soeben vom Firmenhauptsitz herübergekommen, formell gekleidet. In der Woche, die Thorpe in Sierra Hills verbracht hatte, hatte er den Boss keine zehnmal zu Gesicht bekommen. Er hatte Geschichten über Smiths Arbeitsgewohnheiten gehört, sie aber immer für Übertreibungen gehalten. Das erinnerte ihn daran, daß er auf der faulen Haut lag und endlich wieder in die Gänge kommen mußte.

»Ich bin wach, Sir. Hab mir gedacht, ich sauge ein paar Sonnenstrahlen auf, solange Zeit dazu ist. Keine Ahnung, wann ich wieder auf der Erde sein werde.«

»Hat der Urlaub gehalten, was ich Ihnen versprochen habe?«

»Mehr als das«, antwortete Thorpe. Nach fast einem Jahrzehnt im luftleeren Raum waren der Wind, das Meer und die Brandung mehr als genug, um seinen Urlaub komplett zu machen. Als er angekommen war, hatte er alle Einrichtungen auf Smiths Besitzung zu seiner Verfügung vorgefunden. Das schloß den Zugang zu mehreren Privatclubs in der Umgebung ein, von denen viele einen Überschuß an ungebundenen weiblichen Mitgliedern aufwiesen. Die meisten von ihnen waren mehr als interessiert, wenn sie erst einmal herausgefunden hatten, daß er in Sierra Hills zu Gast war. Trotz seiner reichen Jagdausbeute war Thorpe nicht bei der Sache. Er verglich die Frauen, die er kennenlernte, mit einer gewissen blauäugigen Blondine auf der abgewandten Seite des Monds. Gleich wie gutaussehend oder charmant sie waren, schien seinen neuen Freundinnen im Vergleich mit ihr doch immer etwas zu fehlen.

»Dann verlassen Sie uns also morgen!«

»Ja, Sir. Mein Schiff startet um zwölf Uhr.«

Es entstand eine lange Pause. Als Smith weitersprach, glaubte Thorpe die gleiche Nervosität zu spüren, die ihm während ihres Telefongesprächs in Paris aufgefallen war. »Ich nehme an, daß Sie in den nächsten Tagen die anderen Mitglieder der Arbeitsgruppe Avalon kennenlernen werden.«

»Ja, Sir.«

»Ich möchte Sie fragen, Thomas, ob Sie mir einen Gefallen tun würden.«

»Natürlich«, sagte Thorpe. »Worum handelt es sich?«

»Der Gruppe gehört auch eine junge Frau an. Würden Sie ihr einen Brief von mir übergeben?«

Thorpe hob die Brauen. Seit dem Tod seiner Frau hatte Smith den Ruf eines überzeugten Workaholics. Der Gedanke, daß er auch ein Privatleben haben könnte, war irgendwie überraschend. »Wer ist denn die Dame, Sir?«

»Ihr Name ist Barbara Martinez. Sie ist als Analytikerin dabei, ausgeliehen von Sky Watch.« Während er sprach, hoben sich Smiths Mundwinkel zu einem flüchtigen Lächeln. Thorpe fragte sich, ob Smith sich dessen bewußt war. »Wir haben uns neulich kennengelernt, als sie mir zugeteilt wurde, um mir dabei zu helfen, Carlos Sandoval die Neuigkeiten beizubringen. Hinterher führte ich sie zum Essen aus. Sie ist eine ungewöhnliche Frau.«

»Und Sie haben sie nur dieses eine Mal gesehen?«

»Genaugenommen haben wir es geschafft, uns seitdem dreimal zu treffen. Vergangenen Monat kam sie zur Berichterstattung zur Erde, und ich habe vor ein paar Wochen auf dem Weg nach Sierra Skies in Newton Zwischenstation gemacht.«

»Warum schicken Sie ihr den Brief nicht? Sie wird ihn erhalten, bevor ich bei ihr bin.«

Smith lachte. »Sie verstehen mich nicht, Thomas. Wir korrespondieren zweimal die Woche und telefonieren täglich miteinander. Nein, mit diesem Brief hat es eine besondere Bewandtnis. Ich möchte, daß Sie ihn ihr geben, wenn Sie den geeigneten Zeitpunkt für gekommen halten.«

»Geeignet wofür?«

»Ich bitte sie darum, mich zu heiraten.«

»Sie scherzen!«

»Ich weiß, daß das bei einem Mann in meiner Position seltsam klingen muß. Sie müssen verstehen, daß ich es *wegen* meiner Position tue. Seit dem Tod meiner Frau haben sich einige Frauen um mich bemüht. So ist das nun mal, wenn man reich und alleinstehend ist. Barbara ist anders. Sie weiß, wer ich bin, aber es scheint sie nicht sonderlich zu beeindrucken. Sie lacht über meine Witze, sagt es mir, wenn sie glaubt, daß ich im Unrecht bin, und vor allem behandelt sie mich wie ein menschliches Wesen. Ich habe mich in sie verliebt, und ich glaube, daß sie meine Gefühle erwidert. Nur, ich bin mir dessen nicht sicher.«

»Warum rufen Sie sie dann nicht auf der Stelle an und fragen sie, ob sie Sie heiraten will?«

Smith schüttelte den Kopf. »Ich möchte nicht, daß sie das Gefühl bekommt, sich schnell entscheiden zu müssen. Sie könnte ja sagen und es später bereuen, wenn sie Zeit dazu hätte, darüber nachzudenken. Schlimmer noch, sie könnte nein sagen! Auf diese Weise wird sie soviel Zeit haben, sich die Antwort zu überlegen, wie sie braucht. Werden Sie es tun?«

»Ich mach's. Wo ist der Brief?«

Smith machte ein einfältiges Gesicht. »Eigentlich habe ich ihn noch gar nicht geschrieben. Ich werde die Nacht damit zubringen, ihn aufzusetzen. Sie bekommen ihn, bevor Sie morgen aufbrechen.«

Die drei Habitatringe der Newton Station wurden zusehends größer, als sich die Orbitalfähre der stationären Nabe mit ihren Mehrfachdocks näherte. Thorpe verfolgte die Annäherung mit Interesse. Die riesigen Speichen zogen über ihm vorbei, als die Fähre unter die rotierenden Ringe tauchte. Hinter der Station schwebten Gruppen von Instrumenten, die von Sky Watch und den Meteorologen der Station genutzt wurden. Es war einfach, beide auseinanderzuhalten. Die Instrumente von Sky Watch wiesen in den schwarzen Himel, während die der Meteorologen auf die Erde ausgerichtet waren.

Die Fähre schob ihre Nase in den Andockstutzen, und ein ferngesteuerter Transferschlauch dehnte sich aus, um sich selbsttätig an der Schleusentür zu befestigen. Thorpe passierte die Schleuse, wobei er seine Reisetasche hinter sich herzog.

»Mr. Thorpe!« rief jemand, als er die Nabe der Station betreten hatte. Er wandte sich um und erblickte einen drahtigen Mann. Sie befanden sich in der Schwerelosigkeitszone der Station. Der Mann stieß sich ab und segelte in Thorpes Richtung, der sich an einer Sicherheitsleine festklammerte.

»Hallo, ich bin Terence Zaller, Dr. Fusakas Assistent. Er bat mich, Sie abzuholen. Er ist ziemlich beschäftigt heute morgen.«

»Oh?«

»So Gott es will, werden heute die Triebwerke von Avalon gezündet. Genaugenommen«, fügte Zaller mit einem Blick auf seine Armbanduhr hinzu, »müßten sie in diesem Moment anwerfen.«

»Mir wurde gesagt, sie würden erst in drei Tagen fertig.«

»Sie sind dem Zeitplan etwas voraus. Kommen Sie!

Wir gehen in die Konstruktionsbüros hinunter und sehen uns die Show an.«

Thorpe folgte Zaller zu einem Speichenlift und von dort in stetig zunehmende Schwerkraft. Sie verließen den Lift im Gamma-Deck, Habitatring Nummer Zwei. In diesem Bereich betrug die Schwerkraft ein Drittel des Erdstandards.

Die zwei Dutzend Mitglieder der Arbeitsgruppe Avalon befanden sich in einem Zimmer, das als Konferenzraum hergerichtet war. Als Thorpe dazukam, hatten sie sich um einen großen Bildschirm versammelt, auf dem der Asteroid Avalon zu sehen war. Das Bild war von einem Raumschiff im Orbit aus aufgenommen und zeigte den asymmetrischen Asteroiden aus einer Entfernung von mehreren Dutzend Kilometern. Genau über ihm schwebte einer der großen Transporter.

Die Oberfläche des Asteroiden war mit den Kratereinschlägen von Äonen übersät, die er im Orbit diesseits der Venus zugebracht hatte. Über die Asteroidenoberfläche waren Gruppen von Lichtern verteilt. Einige von ihnen hatten das helle Weiß der Arbeitsleuchten, während andere von einer blendend violetten Farbe waren. Die letzteren strahlten, wie Thorpe sehen konnte, von mehreren stabförmigen Türmen aus, die an den Endpunkten der Hauptachse des Asteroiden errichtet worden waren. Ihm fiel auf, daß die überdimensionalen Korrekturbetriebe des Asteroiden arbeiteten.

»Wie steht's?« fragte Zaller jemanden. Er wurde sofort von mehreren Mitgliedern der Gruppe zum Schweigen gebracht. Jemand flüsterte ihm zu, daß man gerade damit begonnen habe, die Antimaterie-Injektionskanäle des Antriebssystems zu testen.

Thorpe setzte sich in einiger Entfernung vom Bildschirm. Während er wartete, ließ er seinen Blick durch den Raum schweifen. Es waren acht Frauen anwesend, aber nur drei von ihnen hätten dem Alter nach Barbara

Martinez sein können. Die Annahme, daß der Familienname auf spanische Vorfahren hindeutete, schloß alle Kandidatinnen bis auf eine aus. Er musterte ihr Profil, während sie gespannt den Bildschirm beobachtete. Er mußte zugeben, daß der alte Herr einen Blick für Frauen hatte. Sie war nicht so hübsch wie Amber, aber sie kam nahe an sie heran. Thorpe klopfte auf seine Innentasche, um sich zu vergewissern, daß Smiths Brief noch da war, dann wandte er sich wieder dem Monitor zu.

Ein violetter Lichtschein erschien an der Stelle des kartoffelförmigen Asteroiden, wo sein Umfang geringfügig abnahm. Das Leuchten gewann an Helligkeit, bis die Lichtkompensationsschaltung der Kamera reagierte. Im gleichen Augenblick schien in der Nähe des Leuchtens eine strahlende Phantomgestalt aufzusteigen. Langsam, während ionisiertes Nickel und Eisen hochgeschleudert wurden, verwandelte sich das Strahlen in einen voluminösen Lichtkegel.

»Wir haben zehn Prozent Leistung«, gab eine Stimme aus dem Monitorlautsprecher bekannt. »Standby für vollen Schub!«

Das Leuchten explodierte plötzlich auf dem Schirm, während die Kamera den unvermittelten Lichtausbruch gleichzeitig filterte. Doch wo eine Explosion so schnell vorbeigewesen wäre, wie sie begonnen hatte, hielt die Leuchterscheinung minutenlang unvermindert an. Unterdessen wuchs der Strahl ionisierter Materie, bis er die Miniaturausgabe eines Kometenschweifs war. Das ganze Gebilde war ein Hinweis darauf, daß stündlich Hunderte von Tonnen Asteroidenmasse in den Raum hinein verdampften.

»Maximale Leistung erreicht. Alle Anzeigen sind unverändert grün. Wir haben einen meßbaren Schub!«

Weitere Jubelrufe schallten durch den Raum. Ein hochgewachsener Orientale in der ersten Reihe wartete, bis sie aufgehört hatten, bevor er kommandierte: »Der Kessel ist unter Feuer, und wir sind auf dem Weg, Leute! Ich möchte eure ersten Bestätigungszahlen bis zum Ende der Schicht!«

Plötzlich kam Bewegung in die Versammlung. Sie traten nacheinander auf den Korridor hinaus und zerstreuten sich. Die Stimmung war festlich. Thorpe beobachtete die Frau, die er versuchsweise als Barbara Martinez identifiziert hatte. Sie ging in Begleitung einer anderen Frau hinaus. Beide lachten und scherzten.

»Kommen Sie«, sagte Zaller. »Ich möchte Ihnen Dr. Fusaka vorstellen!«

»Thorpe, eh?« sagte Fusaka, nachdem Zaller ihn vorgestellt hatte. »Es ist uns eine Ehre. Wie, zum Teufel, sind Sie bloß auf die Idee gekommen, Avalon als Billardkugel zu benutzen?«

»Um die Wahrheit zu sagen, bin ich beim Herumspielen am Computer darüber gestolpert.«

Fusaka lachte. »Mir ist sowas auch schon öfters passiert. Man kommt sich ein bißchen blöd dabei vor, ist es nicht so?«

»Das stimmt.«

»Hat man Sie darüber informiert, was wir hier tun?«

»Sie entwerfen Avalons Flugbahn und überwachen die Arbeit.«

Fusaka nickte. »Wir sind verantwortlich dafür, daß Avalon an der richtigen Stelle ist, wenn Donnerschlag in zweihundert Tagen durch das Zentrum des Sonnensystems gestürmt kommt. Der Zusammenstoß mit Avalon wird achtzig Tage vor dem Auftreffen auf dem Mond stattfinden. Das bedeutet, daß wir uns keinen Fehler erlauben dürfen. Wenn wir ihn verfehlen, ist es mit der Erde vorbei.«

Thorpe nickte. Was Donnerschlag betraf, waren die Gesetze der Orbitalmechanik ebenso unverrückbar wie unbequem. Wenn Avalon sein Ziel verfehlte, würde es keine zweite Chance mehr geben.

»Übrigens«, sagte Fusaka, »ich habe die Gelegenheit beim Schopf gepackt, als uns Ihre Dienste angeboten wurden. Wir haben hier ein gutes Team, aber wir sind alle Theoretiker. Wir brauchen dringend jemanden mit praktischer Erfahrung. Andernfalls machen wir womöglich einen dummen Fehler und bringen alle um. Wir wollen es nicht so machen wie der Biologe, der so fasziniert von der sozialen Hierarchie der Klapperschlangen war, daß er ihre Giftigkeit vergaß. Wir hoffen, daß Sie uns mit den Erfahrungen, die Sie beim Einfangen des *Felsens* gewonnen haben, aus unseren geistigen Höhenflügen wieder auf den Boden der Tatsachen herunterholen.«

»Ich werd's versuchen, Sir.«

»Schauen Sie sich unsere Planung an und sagen Sie mir, was Sie davon halten.«

»Ja, Sir.«

Fusaka streckte noch einmal seine Hand aus. »Terence wird Sie zu Ihrer Kabine bringen und sich darum kümmern, daß Sie hier zurechtkommen. Wenn Sie heute abend bei mir essen möchten, werde ich Sie mit dem Rest des Teams bekanntmachen. Sie sind herzlich eingeladen.«

Am nächsten Morgen saß Thorpe im Aufenthaltsraum und sah den Gesamtplan des Projekts Avalon durch. Die Liste umfaßte einen Terminplan, in dem alle Aktivitäten zwischen dem Start und dem Zusammenstoß mit Donnerschlag aufgeführt waren. Die Ereignisse waren in zeitlicher Reihenfolge aufgeführt, und jede Abweichung vom Plan wurde augenblicklich berücksichtigt. Thorpe hatte sich schon einige Zeit damit abgemüht, die komplexe Symbolik zu verstehen, als ihm bewußt wurde, daß jemand neben ihm stand.

»Mr. Thorpe?«

»Ja.«

»Mein Name ist Barbara Martinez. Darf ich mich zu Ihnen setzen?«

»Bitte«, sagte er. Seine erste Vermutung war richtig

gewesen. Barbara war tatsächlich die Frau, deren Profil er studiert hatte.

»Tut mir leid, daß wir uns nicht schon gestern abend kennengelernt haben. Ich mußte ein Programm laufen lassen, und der Computer hat gestreikt.«

»Ich verstehe.«

»Sie arbeiten für Halver Smith, nicht wahr?«

Er nickte.

»Das habe ich mir gedacht. Er hat gelegentlich von Ihnen gesprochen.«

»Von Ihnen auch.«

»Oh? Was hat er denn über mich gesagt?«

»Nur, daß Sie die hübscheste, intelligenteste und charmanteste Frau wären, der er je begegnet ist.«

»Hat er das wirklich gesagt?«

Thorpe nickte. »Er hat sich ausführlich darüber ausgelassen.«

»Wann haben Sie ihn zuletzt gesehen?«

»Gestern morgen.«

»Geht es ihm gut?«

»Es ging ihm schon mal schlechter. Warum fragen Sie?«

»Ich weiß nicht. Er kommt mir gezwungener und unruhiger vor als zu der Zeit, wo ich ihn kennenlernte. Ich frage mich, ob mit ihm etwas nicht stimmt.«

»Er ist ein beschäftigter Mann, der sich um eine Menge Dinge kümmern muß.«

Barbara schüttelte den Kopf. »Ich habe den Eindruck, daß es wegen mir ist. Ich habe mich schon gefragt, ob er meine Gesellschaft nicht allmählich leid wird.«

»Und Sie glauben, er sucht nach einer günstigen Gelegenheit, um Sie loszuwerden?«

»Der Gedanke ist mir schon gekommen.«

Thorpe grinste und griff in die Tasche. »Nun, diese Möglichkeit können Sie streichen. Mr. Smith bat mich, Ihnen das hier zu geben, wenn ich die Zeit für gekommen hielte. Und ich glaube, das ist sie.«

Sie berührte das Depolarisationsfeld auf dem Umschlag und zog den Brief heraus. Während sie ihn überflog, begannen sich ihre Augen zu weiten. Schließlich sah sie auf. »Wissen Sie, was das hier ist?«

»Im großen und ganzen.« Er erzählte ihr von Smiths Wunsch, sie nicht unter Druck zu setzen. Sie stand auf, bevor er mit seinen Erklärungen zu Ende gekommen war. »Wo wollen Sie hin?«

»Einen Monitor suchen!« sagte sie atemlos. »Ich muß einen Anruf machen!«

34. KAPITEL

Es war drei Tage nach Sonnenuntergang, als Amber Hastings wieder im Teleskopraum Dienst hatte. Das *Große Auge* war jetzt ununterbrochen bemannt, wann immer der Komet oder Avalon am Himmel standen. Und da das Observatoriumspersonal gegenwärtig nur die halbe Stärke hatte, hatte es selbst Ambers frisch erworbener Ruhm nicht verhindern können, daß ihr Name auf dem Dienstplan erschien.

Vor dem Terminal sitzend, blickte sie auf das lichtverstärkte Bild des großen Teleskops auf dem Hauptbildschirm. Die Spiegelschüssel war zur Seite gekippt, und die Ausleger waren parallel zueinander auf dem Kraterboden ausgestreckt. Jeder der 400 ultraempfindlichen Spiegel wies zum östlichen Himmel, wo Komet und Asteroid langsam den zwischen ihnen liegenden schwarzen Abgrund schlossen. Die Optik des Teleskops war in zwei Elemente aufgeteilt. Der eine Teil der Spiegel verfolgte bei voller Vergrößerung Avalon, während der andere ein Weitwinkelbild des Kometen lieferte. Auf dieses Bild schaltete Amber nach wenigen Sekunden um. Das geisterhafte Bild des Kometen, das auf dem Bildschirm erschien, hatte keinerlei Ähnlichkeit mehr mit ihren Beobachtungen während der langen, am Jupiter begonnenen Verfolgungsjagd. In den sieben Monaten seit ihrer Rückkehr nach Luna hatte sich Donnerschlag bis zur Unkenntlichkeit verändert. Was einmal eine blasse, aus Gas und Staub bestehende Wolke gewesen war, hatte sich in einen ausgewachsenen Kometen verwandelt!

Als Donnerschlag im Januar den Asteroidengürtel erreichte, hatte er bereits die charakteristische fächerförmige Koma entwickelt, die durch den zunehmenden Druck des Sonnenwinds hervorgerufen wurde. Im März hatte sich ein Gasstreifen von fünfzig Millionen Kilometern Länge von der Koma gelöst. Im April hatte Donnerschlag seinen ersten Auftritt am Nachthimmel der Erde. Er war nicht sonderlich spektakulär, lediglich ein schwacher Fleck, sichtbar nur für diejenigen, die besonders gute Augen hatten oder denen optische Hilfsmittel zur Verfügung standen. Doch selbst so überzeugte sein Erscheinen Milliarden von Skeptikern davon, daß die Warnungen der Wissenschaftler berechtigt waren. Und der Lichtfleck am Himmel löste eine neue Welle weltweiter Panik aus.

Nach dem April gab es keine Äußerungen mehr, daß der Systemrat zuviel Geld für die Vorbereitung auf den Kometen ausgäbe. Plötzlich interessierte sich jedermann für die Fortschritte, die mit der Evakuierung oder dem Meteoritenschutzsystem gemacht wurden. Jeder, der am Ernst der Lage zweifelte, brauchte nur in einer klaren Nacht nach draußen zu gehen, um daran erinnert zu werden, was das nächste Jahr bringen würde.

Während Amber den Kometen abtastete, fiel ihre Aufmerksamkeit auf ein im Sekundenrhythmus pulsierendes rotes Licht aus dem Innern der ausgedehnten Gaswolke. Das Lichtsignal stammte von einem starken Laser, der ständig auf Erde und Mond ausgerichtet war. Die Pulsfrequenz wurde von einer Atomuhr kontrolliert. In jedem Signal war auch eine codierte Zeitmarke enthalten. Indem es die Eintreffzeiten der Signale überwachte, war das Observatorium in der Lage, die exakte Entfernung zwischen Kern und Luna zu errechnen. Mit diesen Daten bestimmte man die Flugbahn des Kometen mit einer Genauigkeit von plus/minus einem Meter. Bis jetzt hielt sich Donnerschlag genau an die Flugbahn, die Amber vor mehr als einem Jahr vorhergesagt hatte.

Walter Wassilowitsch stand auf dem schwarzen Eisenboden von Avalon und beobachtete, wie das plumpe

Gebilde einer Baumaschine erbebte und dann auf den Flammen aus vier kleinen Düsen in die Höhe stieg. Die große Maschine warf sich herum und schoß auf die *Gargantua* zu, die am schwarzen Himmel hing. Die Baumaschine war der letzte Ausrüstungsgegenstand, der zum Schiff zurückgebracht werden mußte, und dem vor einer Stunde die letzte Schiffsladung von Arbeitern vorangegangen war. Nach ihrem Abflug waren Wassilowitsch und sein Pilot als Avalons letzte Bewohner zurückgeblieben. In wenigen Minuten würden auch sie den Nickel-Eisen-Asteroiden zum letzten Mal hinter sich lassen.

Als Wassilowitsch sich auf dem Asteroiden umsah, fiel es ihm schwer zu glauben, daß diese kleine Welt in fünf Tagen vom Himmel verschwinden würde. Und doch sagten die Wissenschaftler voraus, daß der Blitz einige Minuten lang der Sonne Konkurrenz machen würde. Es war schwierig, sich die Gewalt einer solchen Kollision vorzustellen, und noch schwieriger, sich ins Bewußtsein zu rufen, daß Donnerschlag davon kaum beeindruckt werden würde.

Vierzig Tage nach der Zerstörung Avalons würde Donnerschlag das Perihel erreichen. Weitere zweiundvierzig Tage später würde er seinen langen Flug zum Geschwisterpaar Erde und Mond beenden. Dank der Arbeit von Walter Wassilowitsch und hunderten anderer Männer wie ihm würde Donnerschlag seinen Rendezvous-Punkt im Erde-Mond-System mit einer Verspätung von knapp drei Minuten erreichen. Von diesen drei Minuten hing das Schicksal von Welten ab. Sie würden es Luna erlauben, sich zwischen dem Kometenkern und die Erde zu schieben. Im Begriff, die Wiege der Menschheit zu zerstören, würde Donnerschlag auf eine Masse treffen, die seine eigene um das Tausendfache übertraf. So wie zuvor Avalon, würde Donnerschlag in einem Kataklysmus von Licht und Hitze vergehen.

Wassilowitsch machte sich nicht die Mühe hochzusehen, als die Baumaschine den schwebenden Transporter erreichte. Er wandte sein Gesicht in die entgegengesetzte Richtung. Dort, in einer Entfernung von nur zwanzig Millionen Kilometern, hob sich der Komet vor dem schwarzen Himmel ab. Von vorne gesehen machte er den Eindruck einer unförmigen Wolke. Der Schweif des Kometen war eine ausgedehnte transparente Fläche, durch die hindurch wie leuchtende Diamanten einzelne Sterne zu sehen waren. Sie erstreckte sich vom Horizont des Asteroiden bis zum Zenit. An der höchsten Stelle des Himmels befand sich eine massiv aussehende, milchig-weiße Wolke.

Die Koma war so groß wie von der Erde aus gesehen ein halbes Dutzend Vollmonde. Irgendwo in diesem Ball lauerte, wie Walter wußte, ein 500 Kilometer durchmessender Asteroid. Donnerschlag würde hinter dem Schleier der Koma bis unmittelbar vor dem Moment des Zusammenstoßes verborgen bleiben. Selbst dann würde er sich noch bedeutend schneller als eine Gewehrkugel nähern, viel zu schnell für das menschliche Auge. Doch die Instrumente würden seine Annäherung aufzeichnen. Sie würden auch die folgende Katastrophe festhalten.

»Fertig zum Start, Mr. Wassilowitsch«, meldete sein Pilot über Helmfunk.

»Danke, Pierce. Warten Sie noch, bis ich mit den letzten Kontrollen fertig bin.«

Wassilowitsch bewegte sich über die Nickel-Eisen-Ebene und betrat die mit Atmosphäre ausgestattete Nissenhütte, die er und seine Männer so gewissenhaft errichtet hatten. Die Hütte war eine von insgesamt drei. Obwohl sie immer noch atembare Luft enthielt, verzichtete er darauf, seinen Helm abzusetzen. Statt dessen sah er ein letztes Mal nach den Geräten, die über die Vernichtung der winzigen Welt berichten würden, auf der er stand.

Überall auf Avalon waren Kameras und Radarantennen in den Himmel gerichtet, um die Annäherung des Kerns zu beobachten. Andere Instrumente wiederum waren tief im Nickel-Eisen-Herzen von Avalon begraben. Solange es sie gab, würden sie die ersten Millisekunden von Avalons Auseinanderbrechen aufzeichnen. Die Instrumente auf Avalon waren jedoch nicht die einzigen, die das Ereignis beobachteten. Die Mannschaft der *Godzilla* hatte die letzten Wochen damit verbracht, Donnerschlag mit Instrumenten auszustatten. Man hoffte, daß zumindest einige der auf der dem Aufschlagpunkt gegenüberliegenden Seite des Kerns angebrachten Trägheitssensoren die Kollison überstehen würden. Falls sie es taten, würde die Menschheit durch sie die erste direkte Bestätigung bekommen, ob sie Donnerschlags Flugbahn erfolgreich geändert hatten oder nicht.

Wassilowitsch machte einen letzten Rundgang durch den Kontrollraum und vergewisserte sich, daß sich alles an seinem Platz befand, eingeschaltet war und funkionierte. Er überprüfte die in dreifacher Ausfertigung vorhandenen Batterien und die Kabelverbindungen. Er überzeugte sich davon, daß alle Anzeigen auf Grün standen und daß das Überwachungssystem keine Ausfälle anzeigte. Schließlich überprüfte er die Verbindung zwischen seinem Kontrollraum und den beiden anderen. Als er alles kontrolliert hatte, wandte er sich zum Gehen. Als er die Luftschleuse betrat, griff er zum Schalter, um die Deckenbeleuchtung abzustellen. Die Tür hatte sich fast schon hinter ihm geschlossen, als er wegen seines Tuns in sich hineinzulachen begann. Sie waren im Begriff, diese Miniaturwelt zu vernichten, und er versuchte immer noch, Energie im Wert von ein paar Pfennigen zu sparen.

Der Mensch ist ein Gewohnheitstier.

Halver Smith streckte sich auf dem Vordeck der *Sierra Seas* aus und legte seinen Kopf in den Schoß seiner frischgebackenen Ehefrau. Er setzte ein elektronisches Weitwinkelfernglas an und suchte den Himmel ab. Es war eine Stunde vor Tagesanbruch, und über ihm waren die Sterne kalte blau-weiße Lichtpunkte. Am östlichen Horizont zeigte sich die erste Andeutung von Farbe als Vorbote des Sonnenaufgangs.

»Dort ist er«, sagte er, mit einer Hand auf einen niedrigstehenden Flecken im Südosten deutend.

Barbara Martinez wandte sich vom Holoschirm ab, an dem sie sich zu schaffen gemacht hatte. Sie folgte dem Finger, bis sie den milchig-weißen Lichtfleck am Himmel gefunden hatte.

»Ich sehe ihn«, sagte sie. »Er ist schrecklich schwach. Wie sollen wir ihn später finden, wenn uns die Orientierungspunkte fehlen?«

»Wir orientieren uns an den Sternen«, antwortete Smith. »Siehst du diese beiden hellen dort rechts? Der Komet liegt auf der imaginären Verbindungslinie zwischen ihnen, zwei Sternentfernungen links von dem helleren rötlichen.«

»Ich hab's«, sagte sie, bevor sie sich wieder dem Einstellen des Fernsehers zuwandte. Sie hatten den Monitor mit aufs Deck genommen, um ihre Aufmerksamkeit zwischen dem Himmel und der Liveübertragung aus dem Weltraum zu teilen. Am Heck der Yacht war eine Antenne auf Commstat Zwei ausgerichtet. Obwohl sie ihn bereits früher in der Woche kontrolliert hatten, hatte der Empfänger periodische Ausfälle gehabt, seit sie San Francisco am Vorabend verlassen hatten. Die Senderjustierung hatte sich verändert, während die Yacht in der schwachen Dünung rollte. Smith hatte es schon so gut wie aufgegeben, ihn reparieren zu wollen, als Barbara den Fernseher zum Laufen brachte. Seit zwanzig Minuten war sie mit ihm beschäftigt. Im Moment hatte sie ihn auf das Programm eingestellt, das live von der Newton Station aus berichten sollte.

»Guck mal!« rief sie. »Da ist Tom Thorpe!«

Smith verlagerte seine Aufmerksamkeit vom Himmel zum Bildschirm. Dort war Thorpe zu sehen, der neben einem bekannten Holo-Reporter saß. »Stell den Ton ein. Hören wir uns an, was er zu sagen hat.«

Thorpes Stimme tönte aus dem Lautsprecher. »... Das ist richtig, Brad. Wir werden fast augenblicklich sagen können, ob es mit der Kollision geklappt hat. Wir haben Trägheitssensoren auf der Rückseite von Donnerschlag. Sie werden uns einen präzisen Wert der Veränderung des Geschwindigkeitsvektors übermitteln. Wenn wir den erst einmal haben, wird es eine relativ leichte Aufgabe sein, den Aufschlagsort auf Luna vorauszuberechnen.«

»Wie ich höre, machen sich die beteiligten Wissenschaftler um das Überleben dieser Sensoren Sorgen.«

Thorpe nickte. »Wenn Avalon auftrifft, wird es eine entsetzliche Erschütterung geben! Sie haben bestimmt den Ground Zero Krater gesehen. Der Aufprall, bei dem dieser Krater entstanden ist, war weniger heftig als der, den herbeizuführen wir im Begriff sind. Es besteht die Möglichkeit, daß die Erschütterung sämtliche unsere Instrumente aus der Verankerung reißt. Aus diesem Grund setzen wir so viele redundante Systeme ein und treffen so zahlreiche Vorkehrungen, um sie zu schützen.«

»Aber wenn diese Vorkehrungen nun nichts nützen? Wenn alle Ihre Sensoren zerstört werden?«

»Dann werden wir gezwungen sein, auf visuelle Beobachtungen und Radarmessungen zurückzugreifen, um die neue Flugbahn von Donnerschlag zu bestimmen. Das würde ein paar Tage länger dauern, würde aber problemlos funktionieren ...«

Barbara streckte die Hand aus und fuhr damit ihrem Mann durch das dünn werdende Haar. »Gott sei Dank ist mir das erspart geblieben!«

»Was?«

»Ich war als Mediensprecher für das Projekt Avalon

vorgesehen«, erklärte sie. »Das war, bevor du mich gerettet hast. Sie haben mir nur deshalb erlaubt, mich zu drücken, weil sich der arme Tom bereit erklärt hat, meinen Platz einzunehmen.«

»Erinnere mich daran, daß ich ihm eine Gehaltserhöhung gebe«, sagte Smith mit einem leisen Lachen. »Ich glaube, das ist nach vier Wochen Verheiratetsein jetzt die erste Woche, die wir ganz für uns haben.«

Die Hochzeit von Halver Smith und Barbara Martinez war in einem Büro der Newton Station vollzogen worden. Die ganze Hochzeitsgesellschaft hatte aus Braut und Bräutigam, Tom Thorpe als Trauzeugen und einer von Barbaras Kolleginnen als Brautjungfer bestanden. Es war nicht unbedingt das, was man sich von der Hochzeit eines der zehn reichsten Männer des Sonnensystems erwartet hätte. Die Flitterwochen hatten zwei Tage gedauert, die sie in der teuersten Suite der Hotelsektion der Station zugebracht hatten. Anschließend war Barbara wieder an ihre Arbeit am Projekt Avalon zurückgekehrt und Smith zu den Pflichten, die ihn auf der Erde erwarteten. Seitdem hatten sie einander nur gelegentlich gesehen.

»Wie lange noch?« fragte sie, nachdem sie Thorpe mehrere weitere Fragen hatte beantworten sehen.

Smith sah auf seine Armbanduhr. »Noch zwölf Minuten.«

Trotz der leichten Jacke, die sie trug, kuschelte sie sich in der morgendlichen Kühle, die hier vor der Küste herrschte, eng an ihn, um sich zu wärmen. Während sie den Bildschirm beobachtete, fragte sie sich, ob es damals beim Warten auf die erste Mondlandung auch so gewesen war.

»Noch fünf Minuten«, sagte Smith nach einer Weile. Das Interview von der Newton Station war durch das vom begleitenden Transporter aus gefilmte Bild des Kometenkerns abgelöst worden. Der Bildschirm teilte sich, und neben Avalon erschien das Bild von Donnerschlag.

Die Kameraschiffe filmten, wie er wußte, aus einer Entfernung von zehntausend Kilometern. Hätten sie sich näher herangewagt, wären sie durch herumfliegende Trümmer gefährdet gewesen. Sie benutzten eine hohe Vergrößerung, was die Bilder ein wenig zittern ließ.

»Ich frage mich, ob wir wohl erfolgreich waren?« überlegte Barbara.

»In wenigen Minuten wissen wir es«, erwiderte Smith.

Weil sich die Kollision in einer Entfernung von 200 Millionen Kilometern von der Erde ereignete, hatte sie bereits stattgefunden. Nur die durch die Lichtgeschwindigkeit bedingte Verzögerung, die bei dieser Entfernung elf Minuten betrug, trennte sie von dem Wissen, wie es Avalon und Donnerschlag ergangen war. Es war ein merkwürdiges Gefühl, zu wissen, daß über das Schicksal der Erde entschieden war, ohne jedoch den Ausgang zu kennen.

»Noch eine Minute«, sagte Smith endlich.

Er und Barbara griffen wieder zu ihren Ferngläsern, fanden ihre Leitsterne und folgten der imaginären Linie am Himmel. Sie hoben die Gläser an die Augen und hatten den Kometen rasch gefunden. In die Ferngläser waren lichtverstärkende Schaltungen eingebaut, die den verschwommenen Flecken heller erscheinen ließen, als er tatsächlich war. Einer der Gründe dafür, daß sie sich mit der *Sierra Seas* hundert Kilometer von der Küste entfernt hatten, war, daß hier am Himmel das Streulicht der Küstenstädte fehlte. Auf dem Meer gewann der Himmel seine ursprüngliche Schwärze zurück.

Der Komet am Himmel war ein Lichtball mit einem langen gefiederten Schweif. Barbara versuchte, die Koma im Zentrum ihres Gesichtsfeldes zu halten. Zunächst hatte sie Schwierigkeiten damit, das Schaukeln des Bootes zu kompensieren, doch bald schon fiel sie in den Rhythmus. Smith blickte abwechselnd auf seine Uhr, den Bildschirm und direkt auf den Kometen.

»Fünfzehn Sekunden«, sagte er.

Barbara hielt, wie ihr schien eine Ewigkeit lang, den Atem an. Dann, gerade als sie sich zu fragen begann, ob sie ihn nicht doch verfehlt hatten, explodierte die Koma des Kometen in einem Lichtblitz. Die Helligkeitskontrollen des Fernglases verdunkelten das Bild. Sie ließ es sinken und starrte voller Ehrfurcht nach oben. Ihr Mann ebenso. Am Himmel stand ein neuer Stern. Er nahm etliche Sekunden lang an Helligkeit zu, bis er mit dem Sirius wetteiferte. Dann begann er zu verblassen.

»Mein Gott!« murmelte Smith. »Mit dieser Gewalt hatte ich nicht gerechnet!«

Tief über dem Horizont im Südosten brannte Avalons Scheiterhaufen fort, ein Fanal der Hoffnung für alle angsterfüllten Menschen auf der Erde.

FÜNFTER TEIL

Katastrophe und Hoffnung

35. KAPITEL

Der Schlag, den die Menschheit gegen ihn geführt hatte, hatte den Eisplanetoiden erschüttert. Erschüttert, aber nicht zerstört. Noch Tage danach spie Donnerschlag aus einer klaffenden Wunde in der Stirn eine Säule überhitzten Dampfs himmelwärts. Robotsonden, die in den Geysir geschickt wurden, übertrugen Bilder eines Infernos, das in rot-oranges Licht getaucht war. Der neue Krater maß mehr als 200 Kilometer im Durchmesser. Er hatte die Kleinen Alpen ausgelöscht und war zum markantesten Merkmal der westlichen Hemisphäre geworden. Der Ground Zero Krater wäre beim Zusammenprall beinahe abgespalten worden. Der Eisbrocken, den die Menschheit nicht hatte entfernen können, war jetzt von einem Wall von zehn Kilometern Höhe umgeben.

Von Avalon war nichts mehr zu sehen. Die Milliarden von Trümmerstücken aus Nickel und Eisen waren tief in Donnerschlags gefrorenem Innern eingelagert. Dort gaben sie ihre glühende Hitze an das umgebende Eis ab und verwandelten Teile von Donnerschlag in einen eingeschlossenen See. Als sich das Eis in flüssiges Wasser verwandelte, kontrahierte es und ließ große vakuumgefüllte Hohlräume zurück. Trotz der äußerst geringen Schwerkraft kollabierte das darüberliegende Eis, wodurch auf der Oberfläche Risse entstanden und die Ebenen aus dampfendem Eis von heftigen Beben überzogen wurden.

Als sich die Wunde in der Stirn des Kometen abkühlte, verlor der Dampfstrahl viel von seiner Heftigkeit. An den Rändern des Aufschlagkraters bildete neues Eis eine dünne Haut über dem unterirdischen Ozean. Schließlich wuchsen die konzentrischen Ringe in der Mitte zusammen, vollendeten die Ausbildung des neuen Kraterbodens und versiegelten den unterirdischen See gegen das Vakuum des Raumes.

Tom Thorpe nahm vom Raumhafen in Mohave ein Privatflugzeug direkt zum Hauptsitz der Sierra Corporation. Seit dem erfolgreichen Abschluß der Operation Avalon war eine Woche vergangen, und die meisten Mitglieder der Arbeitsgruppe werteten noch immer die Daten aus. So heftig die Kollision gewesen war, war Donnerschlag doch nicht auseinandergebrochen, wie eine Minderheit von Wissenschaftlern vorausgesagt hatte. Vielmehr hatte er die Kollision in bemerkenswert guter Verfassung überstanden.

Als stellvertretender Direktor der Arbeitsgruppe Avalon war Thorpe verantwortlich für die Koordination der Arbeit der Wissenschaftler. Damit war er beschäftigt gewesen, als ihn eine dringende Nachricht von Halver Smith erreichte, worin er gebeten wurde, sich schnellstmöglich zur Berichterstattung in den Firmenhauptsitz zu begeben. Weitere Erklärungen fehlten.

Der Pilot verschaffte Thorpe einen umfassenden Überblick über die Golden Gate Bridge, während er sich dem Hauptsitz in einer Höhe von eintausend Metern näherte. Als er ausstieg, erwartete ihn bereits Barbara Smith an der windgepeitschten Landeplattform.

»Willkommen zu Hause, Tom!«

»Danke, es tut gut, wieder daheim zu sein.«

»Ich habe Sie letzte Woche im Fernsehen gesehen.«

»War ich sehr schlecht?«

»Ich finde, Sie haben das sehr professionell gemacht«, antwortete sie. »Was war das für ein Gefühl, zu fünf Milliarden Menschen zu sprechen?«

»Ein seltsames Gefühl, auch ein bißchen erschreckend.«

»Das kann ich mir vorstellen.«

»Wie gefällt Ihnen das Eheleben?«

»Großartig! Ich wünschte nur, ich hätte schon früher damit angefangen, das heißt, gleich nach meiner Heirat.«

»Was ist denn passiert? Warum diese Eile, mich hierherkommen zu lassen?«

»Das lassen Sie sich besser von Hal erklären«, erwiderte Barbara. »Kommen Sie, er erwartet Sie in seinem Büro.«

Sie fuhren mit dem Lift zu Smiths Privatbüro hinunter. Als sie es erreichten, rief Smith hocherfreut: »Treten Sie ein, Thomas!« Trotz seines Auftretens bemerkte Thorpe den Schmerz in seinen Augen, als sie sich die Hände schüttelten. Barbara ging zur Bar und goß jedem einen Drink ein. Sie kehrte mit einem silbernen Tablett zurück, auf dem sie drei Gläser mit einer dunklen Flüssigkeit balancierte.

Thorpe nahm eins der Gläser und dankte ihr. Die Flüssigkeit erwies sich als ein Kentucky Bourbon von exzellenter Qualität.

»Wie geht es Amber?« fragte Smith.

»Gut«, antwortete Thorpe. »Vorgestern bekam ich einen Brief von ihr. Sie hilft bei der Auswertung der Postkollisionsdaten. Sie arbeiten dort rund um die Uhr. Sobald der Kern hinter der Sonne verschwunden ist, werden sie anfangen, das *Große Auge* abzubauen und es zu verpacken. Sie haben vereinbart, daß die Spiegel von einem der Frachter mitgenommen werden, die die Regierung gechartert hat.«

»Wann wird es soweit sein?«

»Ich weiß nicht. Sie haben den Termin schon zweimal verschoben. Ich fange allmählich an, mir Sorgen zu machen, wie lange es noch dauert.«

»Wie ich höre, haben Sie selbst auch bei der Auswertung geholfen.«

»Nur die Arbeit der anderen koordiniert. Offen gesagt, ich war zu beschäftigt, um mich mit den Daten wirklich zu befassen, ich habe lediglich mitbekommen, daß Donnerschlag definitiv am siebzehnten Juli mit Luna kollidieren wird. Direktor Fusaka hat sich um das Gesamtbild gekümmert, während ich nur damit beschäftigt bin, neuen Film in die Kamera einzulegen.«

»Haben Sie in letzter Zeit mit Fusaka gesprochen?«

»Nicht während der letzten drei Tage. Er ist nach Den Haag geflogen, zu irgendeiner großen Konferenz, die vom Systemrat veranstaltet wird. Warum? Ist irgend etwas nicht in Ordnung?«

Smith schnitt eine Grimasse. »Constance Forbin hat gestern angerufen. Offenbar hat Avalon Donnerschlag nicht exakt so getroffen, wie wir uns das erhofft hatten. Verstehen Sie mich nicht falsch! Es war ein verdammt guter Schuß, alles mit eingerechnet. Aber der Komet wird anstatt beim Korolewkrater nahe dem Hertzsprungkrater niedergehen. Der Aufschlagpunkt hat sich ein paar hundert Kilometer nach Osten verschoben.«

»Das tut es doch genauso!«

»Zugestanden«, sagte neben ihm Barbara. »Der Systemrat ist jedoch besorgt darüber, daß ein nicht genau frontales Auftreffen im Vergleich mit dem zentrierten Aufschlag beim Korolewkrater bedeutend mehr Trümmer produzieren könnte, die in Richtung Erde geschleudert würden. Sie haben Halver gebeten, ihnen bei der Korrektur von Donnerschlags Flugbahn zu helfen.«

»Und wie?« fragte Thorpe.

Smith blickte ihn mit einem düsteren Gesichtsausdruck an. »Sie wollen den *Felsen* mit dem Kern zusammenstoßen lassen, so wie wir es mit Avalon getan haben.«

»Das ist Blödsinn! Der *Felsen* ist zu leicht, und wir würden Donnerschlag nicht weit genug vor Luna abfangen können, um etwas zu erreichen. Ich bezweifle, daß wir Donnerschlag mehr als eine Tagesstrecke entfernt würden abfangen können.«

»Anderthalb Tage, vielleicht auch zwei«, verbesserte Smith. »Der Systemrat wird uns die allerletzten Antimateriereserven zur Verfügung stellen, deshalb wäre Energie kein Problem. Wenn wir es schaffen, den *Felsen* unter der Belastung zusammenzuhalten, können wir Donnerschlag von hier aus fünf Millionen Kilometer in Richtung Sonne den Weg verstellen.«

Thorpe verstand plötzlich den Ausdruck in den Augen seines Vorgesetzten. Den *Felsen* in eine Erdumlaufbahn zu bringen, hatte für ihn die Krönung seines Lebens bedeutet. Jetzt verlangte man von ihm, alles zu zerstören, wofür er gearbeitet hatte, bloß um für den Mond ein paar wertvolle Sekunden zu gewinnen, in denen er die Flugbahn des Kometen würde kreuzen können.«

»Und werden Sie es tun?«

»Bleibt mir eine andere Wahl?« erwiderte Smith. »Ich war derjenige, der Carlos Sandoval gesagt hat, er werde Avalon opfern müssen, erinnern Sie sich daran? Sollte ich weniger tun als er?«

»Das ist etwas anderes. Der Komet war im Begriff, die Erde zu zerstören. Jetzt reden wir lediglich von ein paar hundert Kilometern Unterschied, wo er auf Luna landen wird.«

»Wozu ist eine Eisenmine am Himmel gut, wenn alle ihre Kunden tot sind? Und dazu könnte es kommen, wenn das Meteoritenschutzsystem von den Trümmern überfordert wird, die beim Zusammenstoß von Donnerschlag mit Luna hochgeschleudert werden, das wissen Sie.«

»Aber die Sierra Corporation geht bankrott ohne den *Felsen*.«

»Es bleiben immer noch die Kompensationszahlungen der Nationen«, sagte Barbara. »Constance Forbin wird uns das gleiche garantieren, was sie Sandoval garantiert hat.«

»Was, wie wir alle wissen, nicht die Magnetzeichen wert ist, mit denen es festgehalten wurde.«

»Selbst wenn die Nationen ihr Wort brechen sollten«, werden wir das alles wenigstens lebend überstehen«, sagte Smith. »Solange man das noch sagen kann, ist noch nicht alles verloren.«

Thorpe zuckte die Achseln. »Es geht um Ihr Geld. Ich bin froh, daß ich das nicht mitansehen muß.«

»Ich hatte gehofft, Sie würden mehr tun als nur zuzuschauen, Thomas. Ich möchte, daß Sie die Leitung übernehmen. Uns bleiben weniger als fünfundsiebzig Tage, und das Rendenzvous mit dem Kometen muß soweit entfernt von der Erde wie möglich stattfinden.«

Thorpe kaute auf der Unterlippe und rieb seine Fingerspitzen langsam aneinander. »Tut mir leid, aber ich kann nicht.«

»Warum nicht?«

»Ich werde als Ihr persönlicher Repräsentant zum *Felsen* gehen, aber Eric Lundgren wird die Operation leiten müssen. Ich werde abreisen, sobald der Komet das Perihel erreicht hat.«

»Was haben Sie dann vor?«

»Dann möchte ich nach Luna gehen und Amber wegholen. Ich werde sie an Bord eines Evakuierungsschiffes bringen, und wenn ich sie vorher bewußtlos schlagen muß!«

Der Himmel über dem *Felsen* zeigte das ewige Schwarz des Raumes, doch über den rückseitigen Horizont lugte ein schwaches Leuchten. Das Leuchten stammte von ionisierten Partikeln, die aus dem Magnetfeld der Konvertermündung austraten und Eichelnapf überfluteten. Das Leuchten war heller, als Thorpe es früher je beobachtet hatte, ein Hinweis auf die Menge von Antimaterie, die sich in die Konversionskammer ergoß. Der Asteroid hatte einen Moment lang mit einem vollen Zehntausendstel ge beschleunigt und dabei wertvolle Antimaterie und seine eigene weißglühende Substanz rücksichtslos in den Raum verschleudert. Auf dieser Reise zählte rohe Gewalt mehr als Raffinesse.

Nachdem sie die Erde hinter sich gelassen hatten, hatten sie mit der Absicht, Donnerschlag abzufangen, den *Felsen* die Planetenumlaufbahn schneiden lassen. Der Zusammenstoß würde sich in genau neununddreißig Tagen ereignen, ganze einundsiebzig Stunden, bevor Donnerschlag mitten auf Farside herabstürzen würde.

Thorpe blickte über die dem Untergang geweihte Landschaft und schüttelte traurig den Kopf. Er dachte an all die Menschen, die für dieses Stück kosmischen Treibguts ihr Leben geopfert hatten. Der unbekümmerte Perry Allen hatte einen plötzlichen Tod gefunden, und Lars Bolton war nach Tagen der Agonie mit einem eingedrückten Brustkasten gestorben. Da waren jene, die nur wenig mehr Glück gehabt hatten; Walt Sewell war arbeitsunfähig zur Erde zurückgekehrt, mit einer Krankheit, die den Ärzten immer noch Rätsel aufgab. Garrett Timcox war mit einem Herzen, das nie wieder volle Schwerkraft würde aushalten können, ins Weltraumexil geschickt worden. Diese Männer und hunderte wie sie hatten geschuftet, um den *Felsen* in ein Füllhorn zu verwandeln, in eine unerschöpfliche Eisenmine am Himmel. Wie zuvor Avalon, würde der *Felsen* in einer weißglühenden Explosion vergehen und in Vergessenheit geraten.

Thorpe schauderte in seinem Raumanzug und schalt sich selbst dafür, daß er sich in diese Stimmung hineinbegeben hatte. In Wahrheit, erinnerte er sich, hatten all diese Anstrengungen und Opfer der Menschheit ihre einzige Chance eröffnet, die größte Naturkatastrophe in ihrer Geschichte zu überleben. Hätten sich Perry Allen und all die anderen nicht geopfert, dann hätte die Erde keine Zukunft mehr. Aus dieser Perspektive betrachtet, erschien das Einfangen des *Felsens* beinahe wie vorherbestimmt.

»Woran denkst du gerade?« fragte eine Stimme in seinen Ohrhörern.

Thorpe wandte sich zu Nina Pavolev um, die ihn aus ihrem Helm heraus beobachtete. Er lächelte. »Tut mir leid, ich hab nur an alles gedacht, was passiert ist, seitdem ich das erste Mal auf diesen zu groß geratenen Eisenbrocken kam.«

Ihr Nicken hob sich vor der Sonne ab, die im Hintergrund auf die Eisen-Nickel-Ebene herunterbrannte.
»Ich kenne das Gefühl. Ich werde diesen Ort auch vermissen. Er ist länger meine Heimat gewesen als jeder andere Ort, wo ich gelebt habe.«

»Für mich auch. Ich wünschte nur, es würde alles nicht so enden.«

»Guck mal«, sagte Nina, mit ihrer behandschuhten Hand nach Südosten deutend. Er wandte sich um. Ein stetiges stecknadelgroßes Lichtpünktchen war plötzlich tief am Himmel aufgetaucht.

»Absolut pünktlich«, murmelte Thorpe.

Das Schiff war eines von einem halben Dutzend, die zwischen der Erde und dem *Felsen* pendelten. Größtenteils transportierten sie Antimaterie-Ringspulen und andere unentbehrliche Güter. Mit diesem Schiff wollte Thorpe seine Reise nach Luna beginnen. Wenn er alle Anschlüsse rechtzeitig erreichte und sein Glück anhielt, würde er volle dreißig Tage vor dem Ende auf dem Luna City Spaceport landen, was ihm mehr als genug Zeit lassen würde, seine widerspenstige Verlobte zum Verlassen ihrer zum Untergang verurteilten Welt zu überreden.

»Ich werde dich vermissen, wenn du nicht mehr da bist«, sagte Nina neben ihm, während sie zum Feuerschein der Triebwerke hochstarrte.

»Das ist etwas, das ich tun muß.«

»Ich weiß.« Ihr Tonfall ließ Thorpe sich in ihre Richtung wenden. Sie gingen aufeinander zu und umarmten sich, kein leichtes Unterfangen in einem Raumanzug. »Sei vorsichtig, Tom, und komm wohlbehalten zurück.«

»Das werde ich.«

Sie wandten sich um und gingen zur Schleuse zurück, durch die sie zu den unterirdischen Wohnanlagen des *Felsens* gelangen würden. Thorpe mußte noch in letzter Minute packen.

36. KAPITEL

Das Evakuierungsschiff *Preserver* war ein großer, geräumiger Viehstall von Schiff, dessen Geruch am besten als unbeschreiblich zu beschreiben war. Da es sich auf der Erde-Mond-Route befand, waren weniger als 500 Passagiere an Bord. Für die *Preserver* war das eine Rumpfbelegung.

Kapitän Jesus García Gomez war ein großer, freundlicher Mann, der gar nicht erst zu verbergen suchte, was er von Thorpes Wunsch hielt, sich nach Luna befördern zu lassen. Der Kapitän, der bis jetzt fünf Evakuierungsflüge gemacht hatte, hielt jeden, der in die entgegengesetzte Richtung wollte, für verrückt. Er hatte Thorpes Transportgenehmigung sogar so lange zurückgewiesen, bis Halver Smith bei den zuständigen Autoritäten persönlich interveniert hatte. Selbst als alle Genehmigungen vorlagen, hatte Thorpe die Columbus Station erst verlassen dürfen, nachdem man ihn eindringlich gewarnt hatte, daß er Luna nur dann würde wieder verlassen können, wenn ›Transportraum‹ verfügbar wäre.

Kapitän García-Gomez begrüßte seinen Ehrengast an der Luftschleuse und machte mit ihm einen kurzen Rundgang durchs Schiff. Sie begannen mit einem der großen Stauräume, der bis vor kurzem einer der Flüssigsauerstofftanks der *Preserver* gewesen war. Er erinnerte Thorpe an Fotos von Truppentransportern aus dem Ersten und Zweiten Weltkrieg, die er gesehen hatte. Die Kojen waren in langen Reihen vom Boden bis zur Decke zu zehn übereinandergestapelt. Die individuellen Kojen waren durch rote Begrenzungslinien markiert. Bei voller Belegung, erkannte Thorpe, würden die Passagiere mit den Köpfen an die Füße der nächsten Reihe stoßen, und die Ellbogen würden an den Grenzlinien überlappen.

»Es muß ganz schön laut sein hier drin, wenn Sie voll belegt sind«, sagte er zum Kapitän.

»Laut, heiß, stickig und schmutzig«, bestätigte García-Gomez. »Am schlimmsten ist die andauernde Kotzerei. Egal welche Vorkehrungen an Bord getroffen werden, in jedem Stauraum gibt es mindestens einen Idioten, der sein Antibrechmittel nicht eingenommen hat. Kaum daß wir sie festgeschnallt haben, geben sie ihr Essen auch schon wieder von sich und bringen praktisch jeden in dem Fach dazu, es ihnen nachzumachen. Das ist, falls es Ihnen noch nicht aufgefallen ist, der Hauptgrund für den Geruch. Die Schotts sind praktisch mit den Mageninhalten der Passagiere gesättigt.«

Thorpe hatte den Geruch erkannt, hatte jedoch versucht, möglichst wenig an dieses Thema zu denken.

»Falls Sie Geld zuviel haben, haben Sie vielleicht Lust, sich an der Mannschaftswette zu beteiligen.«

»Was für eine Wette?«

»Jedes Crewmitglied versucht zu schätzen, wie viele Kinder während jedes Flugs zur Welt kommen. Falls Sie Interesse haben, die Statistiken unserer früheren Flüge hängen in der Messe.«

»Ich nehme an, es sind eine ganze Menge.«

»Mehr, als man erwartet und wofür man Vorkehrungen getroffen hatte«, bestätigte der Kapitän. »Ich weiß nicht, was die Frauen bei einer Raumreise Wehen bekommen läßt. Aber bei 300 000 Passagieren kann man sich auf zwei Dinge verlassen: ein paar der Alten werden sterben, und eine erkleckliche Anzahl von Babies wird sich gerade diesen Zeitpunkt aussuchen, um geboren zu werden. Bei der Landung haben wir immer mehr Passagiere an Bord als beim Start.«

Das Schiff startete von der Erde, zwei Stunden nachdem Thorpe an Bord gekommen war. Weil es keine eigenen Triebwerke besaß, wurde es von einem Raumschlepper auf Fluchtgeschwindigkeit beschleunigt. Drei Tage später trafen sie sich hinter dem Mond mit einem gleichartigen Schlepper. Er dockte an und verlangsamte ihre Fahrt, bis sich die *Preserver* in einem hohen Parkorbit befand. Wie ein Crewmitglied bemerkte, waren die Schlepper Teilnehmer eines Distanzspiels, bei dem die Evakuierungsschiffe die Rolle von Gummibällen spielten.

Der Schlepper löste sich erst von der verstärkten Druckhülle der *Preserver*, als sie die ersten Boden-Orbit-Fähren umschwärmten. Ein Dutzend von ihnen machten gleichzeitig an den Mehrfachschleusen des Schiffes fest. Unverzüglich begannen sie damit, ihre menschliche Fracht in den umgebauten Schüttgutträger zu ergießen.

»Nun, Mr. Thorpe«, sagte Kapitän Carcía-Gomez, als er vor einer der Schleusen Thorpes Hand schüttelte, »ich glaube immer noch, daß Sie verrückt sind. Sollte ich jedenfalls zufällig im Orbit sein, wenn Sie sich entschließen, zurückzufliegen, dann achten Sie darauf, daß Sie an Bord eines Shuttles der *Preserver* gehen. Ich werde einen Platz für Sie finden, und wenn ich meine eigene Kabine mit Ihnen teilen müßte.«

»Danke, Captain. Ich weiß Ihr Angebot zu schätzen. Wer weiß, vielleicht komme ich noch darauf zurück!«

Damit hob Thorpe seine Reisetasche und seinen Raumanzug auf. Als er sich umwandte und sich in Richtung der Schleuse abstieß, durch die sich eine Menschenmenge in das Schiff ergoß, kam er sich vor wie ein Lachs, der flußaufwärts schwamm, um zu laichen.

Der Luna City Spaceport war im wesentlichen immer noch so, wie er ihn in Erinnerung hatte. Der große Massebeschleuniger erstreckte sich immer noch pfeilgerade über die Mondebene, und die unterirdischen Abfertigungshallen waren immer noch wie die Speichen eines Rades um die Oberflächenkuppel der Haupthalle herum angeordnet. Was anders war, das war die Anzahl der Menschen, die sich im Bereich des Raumhafens drängten.

Wo er auch hinsah, warteten Evakuierte darauf, daß sie an die Reihe kamen, an Bord zu gehen. Zum ersten Mal begann Thorpe die Logistik zu verstehen, die nötig war, um zehn Millionen Menschen von einem Planeten fortzubringen. Schreiende Babies, Kinder, die sich verlaufen hatten, und grimmig dreinschauende Eltern erwiderten seinen Blick, als er sich mit den Ellbogen einen Weg zu den unteren Ebenen und den Beförderungsmitteln bahnten.

Die U-Bahnwagen waren in seiner Richtung fast leer. Da er zwölf Stunden totzuschlagen hatte, bis ihn der gecharterte Mondhüpfer nach Hadley's Crossroads bringen würde, hatte er ein Zimmer im gleichen Hotel wie bei seinem vorigen Aufenthalt gemietet. Erst als er den Großen Verteiler erreicht hatte, wurde ihm klar, wie weit die Evakuierung bereits fortgeschritten war. Was einmal das betriebsame geschäftliche und kulturelle Zentrum Luna Citys gewesen war, lag nun beinahe verlassen. Elegante Geschäfte hatten geschlossen, die Schaufenster noch voller Ware. Die wenigen Cafés, die noch geöffnet hatten, waren Treffpunkte der Alten. Er konnte ihre Augen auf sich gerichtet fühlen, als er die Rampe zu seinem Hotel hinunterging. Beim Einchecken erkundigte er sich beim Empfangschef nach ihnen.

»Sie gehen nicht weg.«

»Sie meinen, sie werden nicht evakuiert?«

»Nö.«

»Warum nicht?«

Der Mann zuckte die Achseln. »Aus verschiedenen Gründen, nehme ich an. Manche weigern sich einfach zu gehen. Andere sind zu alt. Sie verkraften die Erdschwerkraft nicht mehr.«

»Das müssen sie doch auch nicht«, erwiderte Thorpe. »Jeder, der mit der Erdschwerkraft nicht zurechtkommt, wird so lange auf den Raumstationen untergebracht, bis andere Regelungen gefunden werden.«

»Vielleicht mögen sie diese anderen Regelungen nicht«, sagte der Mann. Er reichte Thorpe eine Schlüsselkarte. »Drei Ebenen weiter unten, zweites Zimmer rechts. Sie werden Ihr Gepäck selber tragen müssen, fürchte ich.«

»Kein Problem.«

An diesem Abend aß Thorpe bei Luigi's und bat sogar um denselben Tisch, an dem er und Amber damals gesessen hatten. Die Wandbilder waren immer noch dieselben, aber die Waldlichtung funkelte nicht mehr so wie früher. Die wenigen Ober waren offenbar Aushilfskräfte. Thorpe vermutete, daß sie einfach nur Leute waren, die auf ihre Evakuierung warteten. Und das Essen war, als es endlich gebracht wurde, die fade Hausmannskost einer Autoküche. Der Ober entschuldigte sich halbherzig dafür und erklärte, daß der Koch vor einer Woche evakuiert worden sei.

Später, auf dem Rückweg zu seinem Hotel, entdeckte Thorpe, daß die alten Leute verschwunden waren. Ihre Stelle hatten vereinzelte Banden Jugendlicher eingenommen. Etwas in ihrem Verhalten sagte ihm, daß sie ebenfalls nicht vorhatten abzureisen.

Zum ersten Mal fragte er sich ernsthaft, wie vollständig die Evakuierung sein würde. Die ersten Simulationen an der Sorbonne waren fürchterlich gewesen. Gegen Ende der Konferenz hatten die Computer errechnet, daß es möglich wäre, Luna in der zur Verfügung stehenden Zeit zu evakuieren — wenn auch knapp. Doch Computer wurden von Menschen programmiert, und während er ein jugendliches Trio vorbeistolzieren sah, fragte sich Thorpe, ob die Programmierer wohl alle Eventualitäten berücksichtigt hatten.

Am nächsten Morgen bot er der Menge am Raumhafen erneut die Stirn und kämpfte sich zu einer Umkleidekabine durch, wo er in seinen Raumanzug schlüpfte.

Dann ging er, den Helm unter den Arm geklemmt, zur Abfertigungshalle für lokale Flüge. Sein Pilot wartete bereits auf ihn.

»Sind Sie Thorpe?« fragte der kleine grauhaarige Mann.

»Ja.«

»Ich bin Gianelli. Ausrüstung dabei? Gut, machen wir, daß wir hier wegkommen, bevor es sich jemand in den Kopf setzt, ich hätte einen Flug von hier weg anzubieten. Könnte einen Tumult auslösen.«

»Hat es viele Krawalle gegeben?«

»Hängt davon ab, wie man ›viele‹ definiert«, lautete die knappe Antwort.

Sie gingen an Bord des Hüpfers, der denen glich, die Thorpe während der Forschungsexpedition zu Donnerschlag geflogen hatte. Der Pilot stieg mit vollem Schub aus dem Mare Procellarum auf, sobald sie sich angeschnallt hatten.

»Schaffen Sie es bis zum Orbit?« fragte Thorpe, als er aus der Kabinenkuppel auf die unter ihnen vorbeiziehende Landschaft hinausschaute.

»Wenn ich es schaffen würde, glauben Sie, ich wäre dann noch da?« fragte Gianelli. »Ich bin erst in zwei Wochen dran, weil sie Hüpfer brauchen, um die Bürokraten herumzuchauffieren. Die verdammte Republik zahlt mir kaum etwas dafür. Das war einer der Gründe, warum ich mich auf diesen Charter gestürzt habe. Was für eine Art von Narr sind Sie eigentlich, he?«

»Das habe ich mich die letzten zwölf Stunden über auch schon gefragt«, antwortete Thorpe. »Es sieht so aus, als gerieten die Dinge in Luna City allmählich außer Kontrolle.« Er erzählte Gianelli von den Banden, die er gesehen hatte.

»*Yeah*«, bestätigte der Pilot. »Meistens sind es Kids, die aus dem einen oder anderen Grund ihre Platzreservierung haben verfallen lassen. Manche sind zurückgeblieben, um zu plündern, andere hatten Krach mit ihren

Eltern und haben sich davongemacht. Die Politik der Regierung ist, daß jeder, der seinen Platz verfallen läßt, ans Ende der Liste rückt. Diejenigen, die dann immer noch gehen wollen, werden den letzten Schiffen zugeteilt.«

»Warum erlaubt ihnen die Stadt, so im Großen Verteiler herumzuziehen?«

»Der Stadt bleibt im Grunde gar keine andere Wahl. Die ganze Polizei ist unten im Raumhafen, um dort für Ordnung zu sorgen. Sie machen gelegentlich mal eine Razzia im großen Verteiler, aber bei seiner Spiralstruktur ist es leicht für die Gangs, sie rechtzeitig zu sehen.«

Anschließend sprachen sie nicht mehr viel. Gianelli war mit der Navigation beschäftigt, und Thorpe war tief in Gedanken versunken. Sie landeten in Hadley's Crossroads ohne Zwischenfall. Thorpe erfuhr bald darauf, daß der Rolligon von der Regierung requiriert worden war, um bei der Evakuierung zu helfen.

»Wie soll das Observatoriumspersonal herauskommen?« fragte er den Beamten, den er am Schalter der Einschienenbahn vorfand.

»Ich hab keine Ahnung, Mister! Es heißt, sie haben ihre eigenen Vorkehrungen getroffen. Ich weiß, daß noch 'ne Menge da draußen sind. Sie versuchen, dieses Teleskop mitzunehmen. Eine Verschwendung von Frachtraum, wenn Sie mich fragen.«

»Wie komme ich zum Observatorium hinaus?«

»Sie haben doch den Mondhüpfer«, erklärte der Beamte. »Warum nehmen Sie nicht den?«

»Ich dachte, Flüge zum Observatorium wären untersagt?«

»Sie haben die Einschränkungen gelockert, als der Notstand ausgerufen wurde. Ich weiß genau, daß dort draußen seit einem Monat Schiffe landen und starten.«

»Danke«, sagte Thorpe. Er spürte seinen Piloten auf, der einige Familien, die auf die Evakuierung durch die Einschienenbahn warteten, für einen Rückflugcharter zu gewinnen versuchte. Thorpe bot Gianelli für den 120-Kilometer-Sprung das gleiche, was er ihm für den Flug von Luna City bis hierher gezahlt hatte.

Als sie den Mendelejewkrater erreicht hatten, ließ sich Thorpe vom Piloten einen ganzen Kilometer vom großen Teleskop entfernt absetzen. Er wollte es vermeiden, daß die Arbeit zunichte wurde, die die Astronomen in die Rettung des Teleskops investiert hatten. Er ließ sich an einem der vier Landebeine des Hüpfers hinunter und begann in Richtung des Observatoriums zu wandern. Er war kaum 200 Meter weit gekommen, als ein heftiger Windstoß den Mondstaub um ihn herum aufwirbelte. Als er sich umwandte, sah er, wie der Hüpfer auf einer weißen Flammensäule rasch in den schwarzen Himmel stieg. Er wendete auf der Stelle und verschwand in Richtung Westen.

Als sich Thorpe dem Teleskop näherte, bemerkte er zahlreiche Gestalten, die sich auf den Trägern zu schaffen machten. Eine von ihnen löste sich aus der Arbeitsmannschaft und kam ihm entgegen. Wer es auch sein mochte, er hatte offenbar das Schiff abheben sehen und nur darauf gewartet, bis Thorpe zu ihnen herübergekommen war.

»Wer in aller Welt sind Sie?« fragte die Stimme eines Mannes über den allgemeinen Anrufkanal. Die Stimme gehörte Cragston Barnard.

»Hallo, Crag. Hier ist Tom Thorpe. Ist Amber Hastings hier?«

»Thomas!« rief Amber sofort auf dem gleichen Kanal. Als er sich umwandte, sah er eine Gestalt vom oberen Teil des Teleskoprahmens abspringen und in der niedrigen Mondschwerkraft langsam herunterschweben. Sobald sie am Boden angekommen war, stürmte Amber mit raumgreifenden Schritten auf ihn zu.

Sie erreichte ihn mit so großer Geschwindigkeit, daß sie ihn beinahe umgeworfen hätte. Sie schlang ihre Arme um ihn und preßte ihren Helm gegen seinen. Der

Kuß, durch zwei Lagen unzerbrechliches Plastik getrennt, war der unbefriedigendste, den Thorpe jemals erlebt hatte. Aber er war immer noch besser als gar nichts. Als sie ihn endlich freigab, fragte sie ihn, was er hier täte.

»Du wolltest doch eigentlich dreißig Tage vor Eintreffen des Kometen von hier verschwinden. Warum bist du immer noch hier?«

»Ich kann noch nicht weg, Thomas. Wir sind immer noch dabei, das Teleskop abzubauen.«

»Ich bin gekommen, um dich herauszuholen.«

»*Mich* herausholen?« rief sie mit einem Anflug von Ärger in der Stimme. »Was gedenkst du zu unternehmen, um selber wegzukommen?«

Niels Grayson blickte Thorpe über einen Tisch in der Kantine des Observatoriums hinweg an. Amber saß neben Thorpe, den Kopf auf seine Schulter gelegt.

»Die Ordnung beginnt zusammenzubrechen«, sagte Grayson, während er zusah, wie Thorpe ein Steak verschlang. »Zu viele Beamte haben ihre Posten verlassen und sind mit den Schiffen verschwunden. Nur noch die wichtigsten Dienste sind besetzt, und dann auch nur mit der geringstmöglichen Anzahl von Leuten.«

Thorpe erzählte ihnen von den Ansammlungen alter Menschen und den herumlungernden Banden, die er in Luna City gesehen hatte.

»In Tycho Terrace ist es noch schlimmer«, erwiderte Amber. »Dort haben sie die Kontrolle über die Stadt ganz verloren. Die Polizei und sämtliche für die Evakuierung vorgesehenen Leute haben sich im Raumhafen versammelt. Seitdem sie von Banden außerhalb der Stadt angegriffen wurde, fährt die Bahn nicht mehr.«

»Das glaube ich gern. Transportmittel scheinen sehr gefragt zu sein. Ich dachte schon, ich wäre gestrandet, als ich in Hadley's Crossroads keinen Rolligon bekommen konnte.«

»Die Republik hat alles beschlagnahmt, was sich bewegt«, sagte Grayson. »Sie haben sogar die beiden Raupenfahrzeuge eingezogen, mit denen wir Schwergerät transportieren. Sie kamen einfach hierher, klatschten ein Beschlagnahmungsformular auf den Tisch und nahmen sie beide mit!«

»Das war noch nicht alles«, sagte Amber. »Sie haben die Raumstation von Farside nach Nearside geschafft. Jetzt läuft unsere Fernkommunikation nur noch über einen niedrig stehenden Satelliten. Die meiste Zeit über haben wir überhaupt keine Verbindung.«

Thorpe nickte. »Bevor ich losgeflogen bin, habe ich euch anzurufen versucht. Man sagte mir, die Verbindungen würden erst heute spät am Tag wiederhergestellt werden.« Nach einem kurzen Moment fragte er: »Wie wollt ihr also von hier wegkommen?«

»Wir haben ein Schiff gechartert. Es ist ein kleiner Frachter, der bis vor kurzem Ladung in den Orbit hochgeschafft hat, die den Transport über den Massebeschleuniger nicht überstanden hätte. Er soll zwei Wochen vor dem Kometen eintreffen. Der Frachter wird die Spiegel rausschaffen, und uns auch. Ich hoffe nur, daß wir rechtzeitig fertig werden.«

»Wie viele seid ihr hier noch?«

»Vierzehn«, sagte Amber. »Niels, seine Frau, Crag und Cybil Barnard, Professor Dornier und mehrere Techniker und jüngere Angestellte. Alle andern sind schon weg. Oh, Thomas, das hätte ich beinahe vergessen. Niels ist zum Direktor des Observatoriums ernannt worden!«

»Meinen Glückwunsch.«

»Wofür?« fragte der Astronom. »Ich überwache den Abriß der Anlage.«

»Sie retten das beste Teleskop, das je gebaut wurde«, sagte Amber. »Wenn Sie es schaffen, werden Sie für die Astronomie mehr getan haben, als Meinz je geleistet hat.«

»Außerdem«, spann Thorpe den Faden fort, »wird sich die Position auf Ihrem Lebenslauf gut machen.«

Grayson schnaubte verächtlich. »Was hat ein Astronom in dieser Suppe verloren, die auf der Erde ›Luft‹ genannt wird? Selbst wenn wir die wichtigsten Teile des *Großen Auges* retten sollten, haben Sie eine Vorstellung davon, wie lange es dauern wird, bis wir es wieder zusammensetzen und in Betrieb nehmen können?«

»Es wird ein paar Jahre dauern, nehme ich an.«

»Jahrzehnte.«

»Ich habe den Eindruck, daß ihr hier ganz schön zu tun habt«, sagte Thorpe. »Habt ihr noch Verwendung für ein paar kräftige Hände.«

»Das haben wir.«

»Gibt es noch einen Platz für mich, wenn der Frachter auftaucht?«

»Wir werden Platz schaffen.«

Thorpe grinste und streckte seine Hand aus. »In diesem Fall haben Sie einen weiteren Tagelöhner angeheuert. Ich bin stark wie ein Stier und beinahe ebenso intelligent, und ich esse kaum etwas.«

»Was das letztere betrifft, bin ich mir nicht ganz so sicher«, sagte Grayson mit einem Blick auf Thorpes leeren Teller.

Bevor die Spiegel des *Großen Auges* in Transportcontainer verpackt werden konnten, mußten sie gründlich gereinigt werden. Nach Jahren im Freien hatten sie eine dünne Staubpatina angesetzt. Die Spiegel wurden nicht sauberer gehalten, weil der durch den Staub verursachte Lichtverlust von wenigen Prozent nicht ins Gewicht fiel, verglichen mit der Möglichkeit, einen Spiegel beim Reinigen zu beschädigen. Da jedoch niemand sagen konnte, wie lange die Spiegel gelagert werden würden, mußte man dieses Risiko auf sich nehmen, um die empfindliche Beschichtung zu schützen.

Die Astronomen hatten im Innern des Observatoriumskomplexes ein spezielles Reinigungsgerät aufgebaut. Sobald die Spiegel demontiert waren, wurden sie durch die Luftschleuse transportiert und zu dem Apparat hinuntergebracht. Dort saugten Techniker in den für sterile Räume üblichen Haubenkitteln vorsichtig die Vorder- und Rückseite der Spiegel ab. Dann wiederholten sie den Vorgang mit einem elektrostatischen Gerät, um die Staubpartikel zu entfernen. Zuletzt sprühten sie einen Plastikfilm auf den ganzen Spiegel, an dem übriggebliebene Staubpartikel haften würden. Wenn der Film getrocknet war, wurde er abgezogen, und zurück blieb eine schmutzfreie, makellose Oberfläche. Zum Schluß verstauten sie den gesäuberten Spiegel in einem luftdichten Container, schraubten ihn fest und injizierten eine Heliumatmosphäre.

Es dauerte rund zwei Stunden, einen Spiegel zu reinigen und zu verpacken, und es konnten lediglich zwei gleichzeitig bearbeitet werden. Vor Thorpes Eintreffen hatte das Observatoriumspersonal es geschafft, 200 der fünf Meter durchmessenden Sechsecke zu bearbeiten. Mit seiner Hilfe und indem sie rund um die Uhr arbeiteten, schafften sie den Rest in nur neun Tagen. Einen weiteren Tag verbrachten sie damit, die Spiegel neben dem provisorischen Landeplatz des Frachters aufzustapeln.

Es war eine müde Gruppe von Belegschaftsmitgliedern, die sich am Abend, bevor der Frachter eintreffen sollte, in der Kantine zur Abschiedsparty versammelte. Aus gegebenem Anlaß waren sie formell gekleidet, und es wurden sämtliche übriggebliebenen Delikatessen serviert. Einer der jungen Angestellten schaffte es, den Weinschrank von Direktor Meinz zu öffnen. Sie entdeckten darin mehrere Zweiquartflaschen Champagner von der Erde.

Der Abend begann mit einer Reihe von Trinksprüchen, dann wandte man sich bald dem Galgenhumor zu. Nach dem Essen jedoch machten die Witze einem

Gefühl von Kameradschaft Platz. Es war die Art Gefühl, das einen am Ende einer langen politischen Kampagne oder bei einer Doktorfeier überkommt. Jedermann war erfüllt von dem Gefühl, es geschafft und eine Aufgabe trotz aller Schwierigkeiten gut bewältigt zu haben.

»Wo steckt eigentlich Grayson?« fragte Thorpe, der sich an seinem dritten Glas Champagner festhielt. Bei ihm saß Amber, eng an ihn gekuschelt. Ihre lange Trennung war ihnen beiden eine Lehre gewesen. Keiner hatte sich während der letzten zehn Tage weit vom anderen entfernt.

Professor Barnard hörte die Frage und lachte. »Sie kennen doch Niels. Er muß sich um alles kümmern, sonst glaubt er, daß er seinen Job zu leicht nimmt. Als ich ihn zuletzt sah, war er zum Kommunikationszentrum unterwegs. Der Satellit müßte um diese Zeit wieder über dem Horizont auftauchen. Er erkundigt sich nach der Ankunftszeit des Schiffes.«

»Wie lange, glauben Sie, wird es dauern, die Spiegel einzuladen?«

Barnard zuckte die Achseln. »Hängt davon ab, ob sie irgendwelche motorisierten Hilfsmittel haben. Wir haben unsere kleinen Handwägelchen, aber wenn wir sie von Hand in die Frachträume hieven müssen, werden wir die meiste Zeit des Tages dafür brauchen. Schade, daß die Sonne nicht scheint. Dann könnten wir wenigstens sehen, was wir tun.«

Thorpe nickte. Bei seiner Ankunft war es kurz vor Sonnenuntergang gewesen. Die Sonne würde in drei Tagen wieder aufgehen. Bis dahin würden sie längst nicht mehr da sein.

Er öffnete den Mund, um etwas zu Amber zu sagen, bemerkte aber, daß das Hintergrundsummen der Gespräche verstummt war. In der Kantine herrschte zum ersten Mal an diesem Abend Grabesstille. Er wandte den Kopf, um zu sehen, was los war. Alle Augen waren auf den Eingang gerichtet, in dem Niels Grayson soeben aufgetaucht war. Der Gesichtsausdruck des Direktors sagte jedem, daß etwas nicht stimmte.

»Niels, was ist los?« fragte Margaret Grayson und eilte an die Seite ihres Mannes.

Grayson achtete nicht auf seine Frau. Er ging steifbeinig zum Tisch, wo der Schnaps stand. Er nahm eine der kleineren Flaschen, setzte sie an und nahm drei große Schluck, bevor er sie wieder hinstellte. Nach Sekunden, die wie eine Ewigkeit erschienen, wandte er sich ihnen zu.

»Das Schiff«, krächzte Grayson. »Es kommt nicht.«

Es kam augenblicklich zu einem Tumult, als alle gleichzeitig zu sprechen versuchten. Als die Ruhe wiederhergestellt war, fuhr Grayson fort. »Sie haben am Friedensmonument aufgesetzt, um es zu bergen. Offenbar hatte sich dort eine Menge versammelt, die das Schiff stürmte und es beschädigte. Luna City sagt, es könne nicht wieder flottgemacht werden.«

»Dann müssen sie eben ein anderes schicken«, sagte Allison Nalley, eine der jüngeren Angestellten.

Grayson schüttelte den Kopf. »Keins verfügbar. Luna City rät uns, so schnell wir können über Land nach Hadley's Crossroads zu ziehen. Die Züge fahren noch, wenn auch nur sporadisch. Sie sagen, es würde im günstigsten Fall mindestens drei Tage dauern, von Hadley's zum Raumhafen zu gelangen.«

»Was ist mit den Spiegeln?« fragte ein anderer Angestellter.

»Wir werden sie hierlassen müssen. Vielleicht können wir von Luna City aus arrangieren, daß sie jemand abholt. Fest steht jedenfalls, daß wir nichts für sie tun können, solange wir uns noch in dieser Einöde befinden.«

»Wollen Sie damit sagen, daß unsere ganze Arbeit umsonst war?« fragte Jamie Byrant, eine der Technikerinnen.

»Ich will damit sagen, daß die Ordnung mehr und

mehr zusammenbricht«, antwortete Grayson. »In Luna City wurde das Kriegsrecht ausgerufen. Der Beamte dort weiß nicht, wie lange man den Raumhafen noch offenhalten kann. Sie werden versuchen, für uns ein Schiff bereitzuhalten, aber sie können keinerlei Versprechungen machen, da bereits unentbehrliches Personal seine Posten verläßt.«

37. KAPITEL

Ein 120-Kilometer-Marsch auf der Erde bedeutete kaum mehr als zwei Tage gesunder körperlicher Ertüchtigung. Auf Luna und in Raumanzügen war es eine Expedition. Nach einer kurzen Besprechung in der Kantine zerstreuten sich Thorpe und die anderen in der Anlage, um das bevorstehende Martyrium vorzubereiten. Als erstes sammelten und füllten sie sämtliche Luftflaschen, die sie finden konnten. Anschließend trugen sie Nahrungsmittel, Wasser, Vakuumzelte, Erste-Hilfe-Ausrüstungen und Stromgeneratoren zusammen und luden alles auf zwei Handkarren, mit denen normalerweise empfindliches Gerät im Observatorium herumtransportiert wurde. Als sich die Handkarren als zu klein erwiesen, beauftragte Grayson drei Angestellte damit, aus Rohrstücken drei Travails* im Indianerstil anzufertigen. Die restliche Ausrüstung wurde auf die einzelnen Personen ihren Kräften entsprechend verteilt.

Es war nahe Mitternacht, als sich alle fünfzehn in der Nissenhütte auf der Oberfläche versammelten. Jedermann trug seinen eigenen Raumanzug, hatte den Helm aber noch nicht aufgesetzt. Da Thorpes Anzug über eine Trägheitskarte verfügte, hatte man ihm die Führung übertragen. Seine erste offizielle Handlung war, jedermanns Anzug zu inspizieren.

Thorpes Anzug war ein strapazierfähiges Industriemodell, wie es von Vakuumaffen allgemein bevorzugt wurde. Desgleichen trug Amber den Luxusanzug, den sie sich für die Expedition zum Kometen gekauft hatte. Die meisten ande-

---

* Travail: Eine Art Schleppschlitten aus zusammengebundenen Stangen, wie ihn die Indianer zum Transport ihrer Zelte und Vorräte benutzten. — *Anm. d. Hrsg.*

ren Anzüge jedoch waren Modelle für Stadtbewohner — geeignet für ein paar Stunden im Vakuum, aber mit unterdimensionierten Kühlaggregaten und eingeschränkten Steuerungsmöglichkeiten des Innenklimas. Außerdem fehlten ihnen vergrößerte Wassertanks, Nahrungsschläuche und die raffinierten Abfallbeseitigungssysteme der professionellen Modelle. Schon nach wenigen Stunden mäßiger Anstrengung im Sonnenlicht konnte es in ihnen unerträglich werden.

Als er seine Inspektion beendet hatte, wandte sich Thorpe an Grayson. »Wie, in aller Welt, kommen Ihre Leute eigentlich dazu, sich so einen Mist zu kaufen?« fragte er.

Der Direktor zuckte die Achseln. »Es kommt nicht oft vor, daß wir einen Abendspaziergang auf dem Mond machen.«

»Kann einer Ihrer Anzüge mit dem Satelliten Verbindung aufnehmen?«

»Leider nein. Der Satellit ist ein altes Modell, den sie wieder aus der Mottenkiste geholt haben. Er benutzt die alten Niederfrequenz-Empfangsbereiche. Alle unsere Anzugfunkgeräte sind dafür zu modern.«

»Wie niedrig ist die Frequenz?« fragte Thorpe, plötzlich argwöhnisch geworden.

Grayson sagte es ihm.

»Verdammt! Diese Frequenz hab ich auch nicht drauf. Was ist mit dir, Amber?«

»Sorry.«

»Barnard?«

»Ich auch nicht.«

»Wunderbar!« knurrte Thorpe sarkastisch. »Ein paarmal am Tag fliegt ein Kommunikationssatellit über uns weg, und wir können nicht mit ihm reden! Das bedeutet, daß wir taubstumm sein werden, solange wir da draußen sind.«

»Was ist mit dem Funkgerät des Observatoriums?« fragte Amber.

Grayson schüttelte den Kopf. »Dieses Gerät haben wir uns selbst zusammengeflickt. Das komplette Ding nimmt drei Instrumentenracks ein und hat eine Nachführantenne auf der Oberfläche. Selbst wenn wir es schaffen würden, das Funkgerät zu transportieren, könnten wir doch niemals den Funkstrahl anpeilen.«

»Dann verzichten wir auf die Funkverbindung«, sagte Thorpe. »Es ist sinnlos, weitere Zeit damit zu verschwenden. Rufen wir alle für eine letzte Besprechung zusammen.«

Auf Thorpes Aufforderung hin versammelten sich alle um ihn. Er sah sie mit einem finsteren Gesichtsausdruck an. »Hört mal zu, Leute! Es ist noch drei Tage bis Sonnenaufgang, und es mangelt uns sowohl an Transportmittel wie an Funkgeräten. Das heißt, daß wir den ganzen Weg bis nach Crossroads zu Fuß gehen müssen, bevor die Sonne aufgeht. Diese Anzüge, die die meisten von Ihnen haben, wären bei der ersten Überprüfung auf dem *Felsen* ausgemustert worden. Auf der anderen Seite sind sie das beste, was wir haben, also müssen wir uns damit abfinden.

Das sind die Konstanten des Problems. Es hilft uns nichts, zu wünschen, es wäre anders. Um es bis zum Sonnenaufgang zu schaffen, werden wir vierzig Kilometer pro Tag zurücklegen müssen. Das heißt, daß wir nicht anhalten, bevor ich es sage. Sie werden das Tempo mithalten müssen, das ich vorgebe. Falls nicht, werden die anderen Sie tragen müssen. Offen gesagt, ich glaube nicht, daß unsere Kräfte dafür reichen. Noch irgendwelche Fragen? Falls nicht, dann machen wir uns auf den Weg.«

Alle setzten ihre Helme auf und führten einen Drucktest durch. Thorpe hörte währenddessen auf dem allgemeinen Anrufkanal zu. Diesen Trick hatte er auf dem *Felsen* gelernt. Was er hörte, gab ihm Anlaß zu Hoffnung. Es gab eine Menge schwarzen Humor, aber kein Murren — noch nicht! Als alle signalisiert hatten, daß sie fertig waren, ordnete er an, die Luft der Hütte ins Vakuum entweichen zu lassen.

Sie brachen im Gänsemarsch auf, wobei jeder die ihm zugeteilte Menge an Vorräten schleppte. Die Orientierung erwies sich als kinderleicht. Thorpe folgte lediglich den zahlreichen Spuren, die der Rolligon die Jahre über hinterlassen hatte, wobei er darauf achtete, daß sie sich in der Mitte des breiten, improvisierten Highway hielten. Sie brauchten vier Stunden und zwei kurze Pausen, um die Höhe von Twelve Click Rise zu erreichen. An dieser Stelle rief Thorpe die erste längere Rast aus. Es waren immer noch keine Klagen laut geworden, doch hatte er während der letzten zwanzig Minuten über den freien Kanal ein Konzert zunehmend heftiger Atemgeräusche gehört.

Mehrere Mitglieder der Gruppe legten sich hin, sobald er das Signal gegeben hatte. Thorpe nahm zwei der jüngeren Männer beiseite und ließ sie eines der Zelte aufblasen. Als die halb transparente, halb durchscheinende Kuppel straff war, wies er seine Schutzbefohlenen an, jeweils pärchenweise hineinzugehen. Im Innern war genug Platz, die Helme abzunehmen, volle Abfallbehälter zu entleeren, Wassertanks aufzufüllen und Nahrungsvorräte zu ergänzen. Drei Leute benötigten neue Batterien, was Thorpe Anlaß zur Sorge gab, ob ihre Batterievorräte reichen würden.

Nachdem sie die Höhe erreicht hatten, befanden sie sich auf ziemlich ebenem Grund. Das Marschieren wurde zur Routine. Thorpe wurde von Amber gefolgt, den beiden Graysons, den beiden Barnards und dann von den jüngeren Technikern und Angestellten. Indem er die jüngeren Leute ans Ende der Prozession gesetzt hatte, hoffte er, die anderen davon abzuhalten, daß sie sich zerstreuten und hinterherbummelten. Dieses Ziel erreichte er nur teilweise. Als sie acht Stunden marschiert waren, waren sie nahezu dreihundert Meter auseinandergezogen. Vor ihnen lag die Sohle der Ringwand des

Mendelejewkraters. In einer weiteren Viertelstunde würden sie mit dem Anstieg beginnen.

»Wie weit sind wir gekommen?« fragte Amber über den privaten Kanal, den sie sich mit Thorpe teilte.

Er sah auf seiner Karte nach. »Ungefähr dreißig Kilometer.«

»Wir müssen anhalten. Niels steht kurz vor dem Zusammenbruch.«

»In Ordnung«, sagte er, nicht unglücklich darüber, daß jemand den Vorschlag machte. Durch den plumpen Raumanzug und das Gewicht der Vorräte, die er schleppte, wurde jeder Vorteil, den er durch seine erdtrainierten Muskeln in der geringen Mondschwerkraft hatte, wieder zunichte. Hinzu kam, daß sein Anzug seit mehreren Stunden scheuerte. Wenn der Marsch vorüber war, würde er tagelang komisch gehen, das wußte er.

»Wir schlagen das Lager auf, schlafen ein wenig und nehmen den Anstieg in Angriff, wenn wir uns ausgeruht haben. Wir liegen zehn Kilometer hinter dem Plan zurück, aber wir können die Leute ja nicht vor Erschöpfung umfallen lassen.«

Das Lager bestand aus zwei Vakuumzelten, in die die müden Wanderer hineinkrochen. Einer nach dem andern stieg aus seinem Anzug, öffnete eine kalte Konserve und schlang sie hinunter. Es herrschte ein erhebliches Durcheinander von Anzügen und Leibern, bis jeder für sich einen Platz gefunden hatte. Thorpe stellte seinen Helmwecker auf vier Stunden, schloß die Augen und war sofort eingeschlafen.

Das Summen weckte ihn pünktlich. Nachdem er eine Weile darum gekämpft hatte, wach zu werden, setzte er sich auf und streckte sich. Das erwies sich als ein Fehler, denn sämtliche Muskeln in seinem Körper protestierten dagegen. Amber erwachte neben ihm, und lange Zeit blickten sie einander in die Augen. In ihrer Nähe schliefen Niels Grayson und seine Frau in gegenseitiger Umarmung.

»Vielleicht sollten wir sie schlafen lassen«, flüsterte ihm Amber zu, als Thorpe die ausgestreckten Gestalten betrachtete.

»Ich wünschte, wir könnten es«, antwortete er. »Wir haben nicht die Zeit dazu. Besser, sie verausgaben sich, als daß sie von der Sonne gebraten werden.«

»Aus dir spricht die Stimme der Vernunft, mein Liebster.« Sie hielt ihm ihre Hand hin. »Tut es dir leid, daß du mich holen gekommen bist?«

»Bis jetzt noch nicht. Die letzten Tage über war ich glücklicher, als jemals zur Zeit unserer Trennung. Aber wenn wir diese Schiffe in Luna City verpassen sollten, dann werde ich meine Meinung wohl überdenken müssen.«

»Glaubst du, wir werden? Sie verpassen, meine ich.«

Er zuckte die Achseln. »Unmöglich zu sagen. Falls ja, werden wir uns einfach etwas anderes ausdenken müssen, um von diesem unwirtlichen Dreckklumpen wegzukommen.«

»Vorsicht mit dem, was Sie über meine Heimatwelt sagen, Sir!« sagte sie mit gespieltem Ernst.

»Entschuldige«, kicherte er. »Von diesem *wundervollen* unwirtlichen Dreckklumpen.«

»Schon besser.«

Thorpe kletterte in seinen Anzug, kein leichtes Unterfangen in dem überfüllten Zelt. Dann sendete er den Funkruf aus, der in jedem Zelt den Helmalarm auslösen würde. Alle aufzuwecken dauerte eine Viertelstunde. Das Frühstück bestand aus einem einzigen Nährriegel, der mit ein paar Schlucken lauwarmen Wassers runtergeschluckt wurde. Anschließend dauerte es noch nahezu eine Stunde, das Lager abzubauen und sich auf den zweiten Tagesmarsch vorzubereiten.

Wenn der erste Tag schlimm gewesen war, so war der zweite schlimmer. Wie viel oder wie wenig Erholung ihnen vier Stunden Schlaf auch verschafft hatten, durch den Aufstieg an der Kraterwand war sie rasch aufgebraucht. Schließlich gelangten sie zum Kamm der Erhebung und kletterten an der anderen Seite wieder hinab, wo sie auf die von Kratern zernarbte Ebene trafen, die den größten Teil des Hochlands von Farside ausmachte. Nachdem sie die Ringwand hinter sich gebracht hatten, schlängelte sie sich an Graten zwischen den Kratern entlang. Die Rolligon-Route war für leichtes Reisen ausgewählt worden, und sie kamen gut voran. Doch trotz all ihrer Bemühungen rasteten sie früher und länger als am Tag zuvor. Sechzehn Stunden nach dem Aufbruch taumelten die älteren Mitglieder ihrer Gruppe vor Erschöpfung, und die jüngeren traten immer häufiger fehl.

Amber stellte die rituelle Frage. »Wie weit sind wir?«

Thorpe sah auf die leuchtenden Symbole im Innern seines Helms. Während der vergangenen achtundvierzig Stunden hatte er diese Anzeigen hassen gelernt. Sie veränderten sich noch langsamer, als sich die Stunden dahinschleppten, und fünf Kilometer waren eine Strecke, die man sich besser gar nicht erst vorstellte.

»Wir haben die Hälfte der Strecke vor etwa einer Stunde passiert«, sagte Thorpe. »Wir sind achtundfünfzig Kilometer von Hadley's entfernt.«

»Wir werden's nicht schaffen, oder?«

»Nicht bei diesem Tempo. Nicht vor Sonnenaufgang.«

»Was, meinst du, sollen wir dann tun? Weitergehen?«

»Das können wir nicht«, sagte er. »Wenn wir noch eine Stunde so weitermachen, fangen sie an, im Stehen umzufallen. Es bleibt uns kaum etwas anderes übrig, als das Lager aufzuschlagen und mindestens sechs Stunden lang zu schlafen. Die vier Stunden letztes Mal waren nicht genug.«

»Mein Gott, Thomas, ich könnte eine Woche schlafen!«

»Ich wünschte, wir hätten die Zeit. Aber falls du es noch nicht bemerkt haben solltest, die Atemluft wird uns allmählich knapp. Das kommt von diesem andauernden Aufblasen und Ablassen der Zelte.«

»Vielleicht sollten wir die Zelte aufschlagen und dann eine kleine Gruppe um Hilfe schicken«, schlug sie vor. »Sie kämen schneller voran.«

»In normalen Zeiten hätte ich dir zugestimmt. Aber in normalen Zeiten hätten wir einfach draußen beim Observatorium kampiert und gewartet, bis sie uns einen Rolligon schicken. Was ist, wenn der Voraustrupp nach Hadley's kommt und feststellt, daß sie nicht zurückkommen können, um die Zurückgebliebenen zu holen?«

Während sie über die verschiedenen Optionen diskutiert hatten, waren sie an eine flache Stelle gelangt, die groß genug war, um die Zelte aufzublasen. Es war so, als würden Automaten das Lager aufschlagen. Das Geplapper, das zu Beginn ihres Marsches auf dem Hauptkanal geherrscht hatte, war verstummt. Jeder tat seine Arbeit mit einem Minimum an Konversation.

Als sich die Frauen und Männer aus ihren Anzügen geschält, Proteinriegel hinuntergeschlungen hatten und dann in einen Erschöpfungsschlaf gefallen waren, dachte Thorpe noch über Möglichkeiten nach, wie er das Tempo erhöhen könnte. Ihm fiel keine ein, statt dessen ertappte er sich dabei, daß er in den Himmel hinaufschaute. Über ihm funkelten die Sterne, durch das transparente Plastik der Zeltwand verzerrt. Er betrachtete sie, bis er in einen traumlosen Schlaf fiel.

Gegen Ende des dritten Tages waren sie noch immer zwanzig Kilometer von Hadley's entfernt, und die Luftsituation wurde allmählich kritisch. Sie kampierten auf einer Anhöhe, von der aus sie hinter einer ausgedehnten Senke, die einmal ein Krater gewesen, von darauffolgenden Meteoreinschlägen jedoch eingeebnet worden war, die Lichter der Oberflächeninstallationen sehen konnten. Daß sie Sichtverbindung mit ihrem Ziel hatten, erlaubte es Thorpe, mit dem Repräsentanten der Republik zu sprechen, den er zwei Wochen zuvor bei seinem kurzen Zwischenstopp kennengelernt hatte. Er richtete einen Funkstrahl auf die Siedlung, sobald sie das Vakuumzelt betreten hatten.

»Ich habe hier eine Gruppe von fünfzehn Leuten aus dem Farside Observatorium«, berichtete er, als die Verbindung hergestellt war. »Wir sind total erschöpft. Wir brauchen Hilfe, um reinzukommen. Können Sie uns helfen?«

Mehrere Sekunden lang war in seinem Ohrhörer nur das Zischen der Sterne. Die Antwort lautete so, wie er es erwartet hatte. »Tut mir leid, nein. Wir haben keine Transportmittel hier. Sie müssen aus eigener Kraft hereinkommen.«

Thorpe erklärte, wie es um die Ausstattung der Raumanzüge seiner Leute stand und was geschehen würde, wenn die Sonne in wenigen Stunden aufginge. Der Regierungsvertreter wußte keinen Rat. Noch schlimmer, er teilte Thorpe mit, daß der nächste Zug in weniger als acht Stunden eintreffen sollte und daß er nicht wußte, ob noch ein weiterer käme.

»Verdammt«, murmelte Thorpe, als die Verbindung unterbrochen war. Er hatte einen der Kanäle benutzt, die die anderen nicht empfangen konnten.

»Was ist los?« fragte Amber. Sie war halb aus ihrem Anzug heraus und bereitete sich darauf vor, sich für die Nacht hinzulegen.

Flüsternd sagte ihr jetzt Thorpe, was er erfahren hatte.

»Was sollen wir jetzt machen?« fragte sie.

»Was *können* wir machen?« fragte er. »Wir sind zu erschöpft, um weiterzugehen, aber wir werden es wohl müssen. Wir ruhen uns hier für eine Stunde aus, essen etwas, dann steigen wir in die Anzüge und machen uns auf nach Crossroads. Wir lassen alles zurück außer einem Zelt und dem größten Teil der Vorräte. Entweder wir schaffen es in den nächsten acht Stunden, oder wir können es ebensogut vergessen. Wir nehmen die Karren und Travails mit. Falls jemand vor Erschöpfung oder mit einem Hitzeschlag zusammenbricht, laden wir ihn auf. Also komm, geben wir die schlechten Nachrichten bekannt.«

Er forderte alle, die in den anderen Zelten bereits ihre Anzüge abgelegt hatten, auf, ihre Helme wieder aufzusetzen. Dann erklärte er ihnen, was sie würden tun müssen, um den Zug rechtzeitig zu erreichen. Zu seiner Überraschung gab es keine Einwände. In seinem und Ambers Zelt begannen die Graysons wortlos damit, wieder in ihre Anzüge zu schlüpfen. Auch in den anderen Zelten sah er dunkle Schatten von Gestalten, die sich vor der künstlichen Beleuchtung abhoben, das gleiche tun.

Eine Stunde später machten sie sich über den vor ihnen liegenden Hang auf den Weg hinunter zu der Senke. Als sie zwei Stunden später den ausgedehnten Boden der Mulde erreichten, wurden sie vom Sonnenaufgang überrascht. Thorpe fühlte die plötzliche Hitze und hörte, wie sich sein Kühlsystem innerhalb von Sekunden auf höchste Leistung stellte. Er konnte sich die Auswirkungen auf die anderen, deren Anzüge eine geringere Kühlkapazität hatten, nur vorstellen.

Trotz eines Zustands, der wohl einer Agonie nahekam, schleppten sie sich noch zwei Stunden voran, ehe es zum ersten Ausfall kam. Dr. Dornier, der älteste der Astronomen, murmelte auf Deutsch etwas Unverständliches, bevor er nach vorne fiel und mit seiner Frontplatte im braun-grauen Staub landete. Niemand sagte ein Wort. Zwei der jüngeren Angestellten eilten zu ihm hin und legten ihn auf eines der Travails. Er paßte nicht ganz darauf; seine Stiefel hingen über das Ende hinaus und schleiften durch den Staub. Den Mann, der ihn zog, schien es nicht zu stören.

Sie gingen weiter, nachdem Cybil Barnard rasch durch Dorniers Visier gespäht und Hitzeschlag diagnostiziert hatte. Bis zu dem Zeitpunkt, als sie bis auf zehn Kilometer an die Siedlung herangekommen waren, hatten sie drei weitere Zusammenbrüche zu verzeichnen. Drei weitere Personen meldeten, daß ihre Wasserreservoirs in den Helmen leer seien. Diese Behälter versorgten einen nicht nur mit Trinkwasser, sondern befeuchteten auch die Luft im Anzug. Die Meldungen wurden von kratzenden, heiseren Stimmen gemacht, die in der supertrockenen Luft, die sie einatmeten, bereits gelitten hatten. Die Lage wurde allmählich hoffnungslos.

Nach weiteren fünf Kilometern waren sie in Sichtweite der Türme der Einschienenbahn. Die Gruppe hatte den Punkt erreicht, wo jeder, der sich noch aufrecht hielt, einen Zusammengebrochenen hinter sich herzog. Ein junger Astronom zog zwei. Thorpe bemerkte, daß Amber ebenfalls unsicher auf den Beinen zu werden begann. Selbst ihr leistungsfähigerer Anzug vermochte die Auswirkungen von drei Tagen unaufhörlicher Anstrengung nicht zu mildern.

»Wir müssen anhalten«, sagte er zu ihr.

»Wir können nicht. Wir sind schon fast da.«

Er schüttelte den Kopf. »Bei diesem Tempo schaffen wir es nie. Wir stellen das Zelt auf und blasen es mit unseren letzten Luftreserven auf. Diese Leute müssen in den Schatten, oder sie verschmoren bei lebendigem Leib!«

»Also gut«, sagte Amber. »Wir bauen das Zelt auf und bringen die schlimmsten Fälle in den Schatten. Du gehst vor und siehst, ob du jemanden zu Hilfe holen kannst. Zumindest kannst du ein paar von Verns Leihanzügen mit zurückbringen. Sie sind alt und schmutzig, aber sie haben bessere Klimaaggregate als diese hier.«

Thorpe grinste im Innern seines Helms. »Ich hätte

selbst darauf kommen müssen. Ich werde wohl allmählich müde.«

»Wir sind alle müde«, erwiderte Amber. »Wen willst du mitnehmen?«

»Niemanden. Wenn sie ohnmächtig werden, machen sie mich nur langsamer. Alleine schaffe ich's schneller.«

»Nimm wenigstens einen Wagen und eine der Sauerstoffflaschen mit, für den Fall, daß es bei dir eng wird.«

»Ohne komme ich doppelt so schnell voran. Bis später.«

Er wünschte, er hätte ihr einen Kuß geben können, begnügte sich statt dessen aber mit einer zärtlichen Umarmung. Dann wandte er sich ab und machte sich auf den Weg zum Turm der Einschienenbahn. Er bewegte sich mit raumgreifenden Sprüngen vorwärts, sich der Gefahr des Stürzens bewußt, doch viel zu sehr in Angst, daß es zu spät sein könnte, wenn er sein Tempo verlangsamte.

Einmal, auf der Highschool, hatte er an einem Marathon teilgenommen. Er hatte dabei gemeint zu sterben. Die gegenwärtigen Strapazen riefen ihm dieses frühere Erlebnis ins Gedächtnis zurück. Während er über das lunare Ödland vorwärtssprang, begannen seine Muskeln von Ermüdungsgiften zu schmerzen, und er schnappte keuchend nach Luft. Der Herzschlag pochte donnernd in seinen Schläfen. Die Luft, die der Anzug auf seinen Nacken blies, erschien ihm nicht länger als kühl. Während er weitertrabte, begann die Temperatur in seinem Anzug anzusteigen. Er sehnte sich nach dem tiefen Frost der Eisebenen Donnerschlags zurück.

Noch einen Kilometer vom Ziel entfernt, entdeckte er im Augenwinkel einen schwachen Lichtschimmer. Als er in diese Richtung blickte, sah er die zwölf Kabinen der Einschienenbahn lautlos die gegenüberliegende Böschung der Senke hinunterfahren. Die Kette der Bierdosen verlangsamte und fuhr in die Station ein. Er wartete nicht länger, um mehr zu beobachten. Er verdoppelte seine Anstrengungen und stürmte mit Riesensätzen über die felsige Landschaft. Sein Kopf wurde mit jeder Minute, die verstrich, leichter, und ihm wurde klar, daß seine Kräfte nicht mehr lange reichen würden.

Endlich gelangte Thorpe auf die Kuppe einer kleinen Erhebung und sah hundert Meter vor sich die Bahn auf ihrer einzigen dünnen Schiene liegen. Er konnte das flexible Druckrohr erkennen, das an der vorderen Luftschleuse der Bahn befestigt war, und eine Anzahl von Gestalten in Raumanzügen, die davor umherliefen.

Er rief einmal, dann fühlte er seine Beine unter sich nachgeben. Er spürte nicht den Aufprall, als er zu Boden stürzte. Statt dessen nahm er als nächstes wahr, daß sich jemand über ihn beugte und durch sein Visier spähte.

»Mr. Thorpe, nicht wahr?« fragte Vern Hadley, der Eigentümer der kleinen Siedlung.

Thorpe nickte.

»Wo sind die anderen?«

»Fünf Kilometer weiter draußen. Sie mußten vor der Hitze Zuflucht suchen. Ich bin gekommen, um ihnen bessere Anzüge zu bringen.«

Hadleys Antwort war unerwartet. Er lachte.

Das Dröhnen in Thorpes Kopf wollte nicht aufhören. »Was ist denn so lustig?«

»Tut mir leid«, antwortete der rauhe Unternehmer aus dem Niemandsland. »Ich hätte es Ihnen früher sagen sollen. Die Bahn hat Anweisung von Luna City, auf Ihre Gruppe zu warten. Sie haben auch einen kleinen Traktor mitgebracht. Wir wollten gerade aufbrechen und Sie suchen.«

38. KAPITEL

NACHRICHTENMELDUNG:

UNIVERSAL FAX, LUNA CITY, REPUBLIK LUNA — 7. Juli 2087

(Zur Verbreitung in AUSL, CHN, NORAM, SOAM, VREU, LUNA, XTERR)

DIE EVAKUIERUNG DES MONDES GEHT HEUTE IN IHRE ZWANZIGSTE WOCHE. DAS UNTERNEHMEN, IN DESSEN VERLAUF BISLANG 9,7 MILLIONEN MENSCHEN UMGESIEDELT WURDEN, SOLLTE URSPRÜNGLICH BIS ZUM ERSTEN JULI ABGESCHLOSSEN SEIN. AUS DEM LUNAPARLAMENT VERLAUTET, DIE VERZÖGERUNG SEI AUF EINE ANFÄNGLICHE KNAPPHEIT AN FÄHRSCHIFFEN SOWIE EIN GEWISSES DURCHEINANDER ZU BEGINN DER EVAKUIERUNGSMASSNAHMEN ZURÜCKZUFÜHREN, EHE DIESE VERBESSERT WORDEN SEIEN. BETRIEBSPANNEN UND EINIGE GEWALTTÄTIGE VORFÄLLE WURDEN EBENFALLS ALS VERANTWORTLICHE FAKTOREN GENANNT. TROTZ DER FRÜHEREN PROBLEME SCHÄTZT DIE REGIERUNG, DASS SICH DER LETZTE UMSIEDLER SPÄTESTENS SECHSUNDNEUNZIG STUNDEN VOR DEM EINTREFFEN DES KOMETEN AUF DEM WEG ZUR ERDE BEFINDEN WIRD.

NACH OFFIZIELLEN SCHÄTZUNGEN BEFINDEN SICH NOCH ANGENÄHERT 300 000 PERSONEN AUF LUNA. DARIN EINGESCHLOSSEN SIND PERSONEN, DIE IHRE EVAKUIERUNG BISLANG ABLEHNTEN, VON DENEN JEDOCH ERWARTET WIRD, DASS SIE ES SICH NOCH ANDERS ÜBERLEGEN WERDEN. AUF DIE FRAGE, OB DIE ZAHL DER FÄHRSCHIFFE FÜR DIE BEFÖRDERUNG

VON 60 000 PERSONEN PRO TAG AUSREICHE, VERSICHERTE DER REGIERUNGSSPRECHER UNSEREM REPORTER, ES GÄBE »MEHR ALS GENUG SCHIFFE, SELBST WENN UNSERE AKTUELLEN AUSLASTUNGSBERECHNUNGEN ZU OPTIMISTISCH SEIN SOLLTEN«.

BEI ANDERER GELEGENHEIT WURDE DER VERTRETER DES PREMIERMINISTERS HOBART ZU DER ANHALTEND STRENGEN ZENSUR VON NACHRICHTENMELDUNGEN SOWIE DER ÜBERWACHUNG SÄMTLICHER KOMMUNIKATIONSKANÄLE ZWISCHEN ERDE UND LUNA BEFRAGT. ER ERKLÄRTE, DASS DERLEI MASSNAHMEN NOTWENDIG SEIEN UND DASS »ANDERNFALLS DIE DINGE DURCH WILDE GERÜCHTE AUSSER KONTROLLE GERATEN KÖNNTEN, DIE DIE EVAKUIERUNG WOMÖGLICH BEHINDERN WÜRDEN. DENKEN SIE DARAN«, SAGTE DER SPRECHER DES WEITEREN, »DASS IN LUNA CITY IMMER NOCH MENSCHEN AUS DEM HINTERLAND EINTREFFEN. DA SIE DIE SITUATION NICHT AUS ERSTER HAND KENNEN, MÖCHTEN WIR VERHINDERN, DASS SIE DIE ÜBERZOGENE RHETORIK EINES REPORTERS IN ANGST UND SCHRECKEN VERSETZT.« UM BESTÄTIGUNG GEBETEN, DASS DIES DER GRUND FÜR DIE ZENSURMASSNAHMEN SEI, VERWEIGERTE DER PREMIERMINISTER EINEN KOMMENTAR.

ENDE

Für die Fahrt nach Luna City benötigten sie, in den überfüllten Abteilen der Einschienenbahn zusammengepfercht, drei Tage. Zu dem Zeitpunkt, als sie sich der Hauptstadt näherten, drängten sich mehr als 300 Menschen in zwölf Wagen. Tom Thorpe und Amber Hastings waren auf die untere Etage der dritten Kabine in der Reihe verbannt worden. Die meiste Zeit über saßen sie mit den Rücken gegen die Knie anderer Passagiere gepreßt. Im Wagen war es heiß und beengt, und es roch nach zu vielen ungewaschenen Körpern. Er erinnerte Thorpe an den Sturmbunker der *Admiral Farragut*, als sie die Strahlungsgürtel des Jupiter durchflogen hatten. Trotz aller Unzulänglichkeiten war es im Wagen immer noch unendlich viel bequemer, als im Raumanzug über die Wüsten von Farside zu wandern.

Der Zug fuhr spät nach Mitternacht in den Bahnhof von Luna City ein. Als die erschöpften Passagiere, ihre Anzüge über eine Schulter geworfen, ausstiegen, sahen sie sich einem Polizeikordon gegenüber, der sie begleiten sollte. Jeder Polizist hielt eine Straßenkampfwaffe in der Hand. Die Gewehre überzeugten Thorpe davon, daß die Berichte über öffentliche Unruhen zutreffend gewesen waren. Wie die legendären Londoner Bobbies auch, hatte die Polizei von Luna City noch nie Feuerwaffen gebraucht, um die öffentliche Ordnung aufrechtzuerhalten. Daß sie jetzt welche benötigte, sprach Bände.

Thorpe und Amber gingen die unterirdische Plattform entlang bis dorthin, wo Niels Grayson und die anderen Astronomen beieinanderstanden. Die Gruppe war in Hadley's Crossroads getrennt worden, und ihre Mitglieder hatten sich die drei Tage über nicht gesehen.

»Also, was machen wir jetzt?« fragte Amber ihren Vorgesetzten.

»Ich nehme an, daß wir uns registrieren lassen müssen«, antwortete Grayson. »Am besten legen wir unsere Anzüge hier auf einen Haufen, gehen dann zur nächsten Ebene hoch und erkundigen uns, wo wir was tun müssen.«

Auf der nächsten Ebene war eine Menschenmenge, die eher noch zahlreicher war als diejenige, die Thorpe bei seiner Ankunft beobachtet hatte. Die Menge war auch von einer anderen Zusammensetzung. An Stelle der großen Zahl von Familien, die letztes Mal dominiert hatten, waren es jetzt mehr Einzelpersonen, von denen viele offenbar der lunaren Unterschicht angehörten.

Der Vorgang der Evakuierung, so fand die Observatoriumsgruppe bald heraus, war in zwei Abschnitte unterteilt. Der erste umfaßte die Registrierung bei der Raumhafenbehörde. Zunächst hatte man den Bürgern Prioritäten auf Grundlage einer Reihe von Faktoren zugeteilt. Jetzt galt nur noch: Wer zuerst kommt, mahlt zuerst. Sobald eine Person registriert war, erhielt sie den nächsten verfügbaren Platz auf einer Boden-Orbit-Fähre zugewiesen und bekam einen Bordpaß für den Einschiffungsbahnhof ausgehändigt, an dem die Schiffe beladen wurden. Verlor jemand seinen Paß oder versäumte er das Schiff aus anderen Gründen, mußte er sich wieder hinten anstellen.

Die Spannung in den langen Registrierungsschlangen war greifbar. Da sich jede mit einer anderen Geschwindigkeit voranbewegte, blickten die in den langsameren Schlangen neidisch auf ihre Nachbarn. Es war eine Situation, die einem die Nerven bloßlegen konnte. Es dauerte fast drei Stunden, bis die Gruppe vom Farside Observatorium an die Spitze der Schlange gelangt war. Niels Grayson zeigte seinen Ausweis und den seiner Frau vor und erhielt nach wenigen Sekunden einen weißen Zettel, auf dem Datum, Zeit und Schiffsname aufgedruckt waren. Amber stand hinter den Graysons. Sie erhielt ihren Passierschein ebenfalls ohne Probleme. Dann war Thorpe an der Reihe.

»Ihren Ausweis bitte«, sagte der übermüdete Beamte hinter dem Schreibtisch, indem er ohne aufzusehen seine Hand ausstreckte.

»Ich habe keinen«, sagte Thorpe. »Ich bin Tourist.«

Das brachte ihm einen ärgerlichen Blick ein. »Treten Sie beiseite.«

»Aber ich brauche einen Passierschein.«

»Treten Sie beiseite. Nichtlunarier werden an Schalter B eine Treppe weiter oben bedient.«

»Was ist mit mir?« fragte Amber. »Wir sind verlobt und möchten aufs selbe Schiff.«

»Schalter B, eine Treppe weiter oben«, wiederholte der Beamte.

Sie drängten sich bis zum Ausgang vor. Dort standen die Graysons und warteten, bis sich ihre Leute durch die Schlangen hindurchgearbeitet hatten. Amber berichtete ihnen, was vorgefallen war.

»Wenn wir hier fertig sind, will ich zur Oberflächenkuppel hochgehen und mir die Evakuierung ansehen«, sagte Niels Grayson zu Thorpe. »Wir werden dort auf Sie warten.«

Thorpe schüttelte den Kopf. »Verpassen Sie nicht wegen mir Ihren Flug.«

»Diese Gefahr besteht nicht«, erwiderte Grayson und zeigte ihm seinen Passierschein. Der Abflug war in vier Tagen, nur zweiundsiebzig Stunden bevor der Komet aufschlagen sollte.

»Aber das ist ein ganzer Tag später, als die Evakuierung eigentlich beendet sein soll!« protestierte Thorpe.

»Offenbar hat man das Ende der Evakuierungsmaßnahmen verlegt«, sagte Barnard gedehnt.

»Was ist mit Ihnen, Amber?«

»Gleiches Datum, anderes Schiff.«

»Los, komm, wir sehen, was wir in meiner Angelegenheit machen können«, sagte Thorpe.

Er und Amber drängten sich durch die Menge zu der Rampe, die auf die nächsthöhere Ebene führte. Hier war es weniger überfüllt als unten, aber immer noch ziemlich voll. Von ihrer Erscheinung her hielt Thorpe die meisten Leute in der Menge für Regierungsbeamte. Anscheinend war Schalter B die Abfertigungsstelle für wichtiges Personal und VIPs.

»Hallo«, sagte er zwanzig Minuten später, als er sich zur Spitze der unvermeidlichen Schlange vorgearbeitet hatte. »Ich bin Nichtlunarier. Man sagte mir, daß ich mich an Sie wenden solle.«

»Wann sind Sie angekommen?« fragte eine weitere übermüdete Beamtin. Sie war jung und wäre hübsch gewesen, wären nicht die dunklen Ringe unter ihren Augen gewesen.

Thorpe sagte es ihr. An ihrer Reaktion war deutlich abzulesen, was sie von Leuten hielt, die sich ausgerechnet diesen Zeitpunkt für eine Reise zum Mond ausgesucht hatten. Sie stellte noch ein paar weitere Fragen, dann gab sie seinen Namen in den Computer ein. Ihr Gesichtsausdruck verdüsterte sich noch mehr.

»Hier steht, Sie hätten Priorität Stufe A. Hier...«, sie reichte ihm eine grüne Karte. »Zeigen Sie das bei der Einschiffung vor. Innerhalb einer Stunde müßten Sie auf dem Schiff sein.«

»Diese junge Dame begleitet mich. Was ist mit ihr?«

»Name?«

Amber nannte der Frau ihren Namen.

Nach wenigen Sekunden sah die Frau auf. »Tut mir leid, Sie haben keine Priorität. Sie müssen warten, bis Sie an der Reihe sind.«

Thorpe schüttelte den Kopf. »Ich bin weit gereist, um diese Frau zu finden, und ich will sie nicht wieder verlieren.«

»Es tut mir leid, Sir, aber wir haben keine Zeit für Sonderwünsche. Bitte nehmen Sie Ihren Prioritätsausweis und treten Sie beiseite.«

»Los schon, Tom«, sagte Amber. »Wir treffen uns wie geplant auf der Erde.«

»Nein! Ich weigere mich, ohne dich zu gehen.« Er reichte der Frau den grünen Ausweis. »Könnten Sie mir bitte einen Ausweis für das gleiche Schiff ausstellen, dem Amber zugewiesen ist?«

»Zeigen Sie mir Ihren Passierschein, Bürgerin«, sagte die Frau und streckte die Hand aus. Etwas in ihrer Stimme löste in Thorpe einen Anflug von Unbehagen aus. Für einen Moment glaubte er das verborgene Grinsen eines Bürokraten zu spüren, der im Begriff war, einen lästigen Bittsteller abzuwimmeln. Amber reichte ihr Dokument hinüber. Als die Frau Thorpe seinen grünen

Ausweis zurückgab, trug er die gleiche Kennzeichnung wie Ambers Passierschein. Er konnte den Blick der Frau den ganzen Weg über in seinem Nacken spüren, bis er den Ausgang der Schalterhalle erreicht hatte.

Amber führte ihn zur Durchgangshalle hinauf. Rund um die Kuppel befanden sich eine Reihe riesiger Sichtluken, die den Blick auf verschiedene Teile des Raumhafens freigaben. Als sie Grayson und die anderen Flüchtlinge vom Farside Observatorium entdeckten, standen sie zusammengedrängt vor einer dieser Luken und beobachteten das Starten und Landen der Schiffe. Thorpe starrte zu den Dutzenden von Boden-Orbit-Fähren hinüber, die über die Oberfläche des Oceanus Procellarum verteilt waren. Es war ein beeindruckender Anblick.

Da gegenwärtig weitaus mehr Schiffe landeten, als der Luna City Spaceport von seiner Konstruktion her verkraften konnte, waren die meisten Schiffe gezwungen, auf provisorischen Landefeldern aufzusetzen. Um die Beladung zu beschleunigen, wurde der Treibstoff durch Isolierschläuche, die kreuz und quer auf der Mondebene übereinanderlagen, zu ihnen hinübergepumpt. Die Menschen wurden ebenfalls per Pipeline hinübergeschafft. Von der Abfertigungshalle schlängelten sich Dutzende von transparenten Laderöhren über das flache Mare auf die Schiffe zu. Jede war mit mehreren Reihen von Menschen gefüllt, die geduldig darauf warteten, daß sie an Bord gehen konnten. Es schien unmöglich, daß so viele in ein einziges kleines Schiff passen sollten. Wenn eine Laderöhre leer war, wurde sie zurückgezogen, und das vollbeladene Schiff hob sich auf einem Feuerschweif in den Himmel. Eine Minute später landete ein anderes Schiff und nahm seinen Platz ein, und der Vorgang konnte von neuem beginnen.

»Ein effizientes Verfahren«, sagte Thorpe, während er beobachtete, wie die nächste Fähre abhob.

Niels Grayson wandte sich von der Sichtluke ab und fragte, wie es gelaufen war. Amber sagte es ihm.

»Das war ausgesprochen galant von Ihnen, Thomas«, sagte Grayson, »aber nicht besonders klug.«

Thorpe zuckte die Achseln. »Ob klug oder nicht, jetzt ist es passiert. Was machen wir jetzt?«

»Wir haben uns gedacht, wir könnten in die Stadt gehen. Die Polizei patrouilliert immer noch in den Sektoren in der Nähe des Raumhafens, deshalb ist es dort sicher.«

»Holen wir unsere Anzüge«, sagte Amber, »und suchen wir uns eine Waschgelegenheit. Ich muß den Dreck einer ganzen Woche abwaschen!«

Auf der dritten Ebene, im vierten Wohnring, entdeckten sie ein kleines Hotel. Obwohl es verlassen war, arbeiteten alle Einrichtungen noch. Sie nahmen sich Zimmer in einem Seitenflügel und beschlossen, trotz der Polizeikontrollen weitere Vorsichtsmaßnahmen zu treffen. Wie alle Gebäude auf Luna, hatte das Hotel eine Reihe von Notschleusen, die im Falle eines Druckverlustes luftdicht schließen sollten. Zwei der Observatoriumstechniker verlegten neue Leitungen zu den Türen an beiden Enden des langen Korridors. Eine von ihnen schlossen sie sofort und installierten einen Schalter, der die andere bei Bedarf schließen würde.

Als er gebadet und sich rasiert hatte, fühlte sich Thorpe wie neugeboren. Als er aus dem Bad kam, sah er, daß Amber den Unterhaltungsmonitor auf eine Nachrichtensendung eingestellt hatte. Während der vergangenen sechs Monate hatten die Nachrichtenagenturen Lunas unter Regierungskontrolle gestanden und waren streng zensiert worden. Ihre Hauptaufgabe war es gewesen, der Ausbreitung von Gerüchten entgegenzuwirken und die Evakuierung zu unterstützen, weshalb ihnen ein Großteil der Spannung aus der Zeit vor der Evakuierung fehlte. Aber immer noch waren sie die Hauptinformationsquelle für alle, die auf ihre Evakuierung warteten.

»Gibt es etwas Neues?« fragte er, immer noch damit beschäftigt, sein Haar zu trocknen.

»Ich weiß jetzt, warum sie allen einen Abflugtermin in vier Tagen gegeben haben.«

»Warum?«

»Das ist der letzte Tag der Evakuierung. Alle fünf Schiffe befinden sich im Moment im Orbit. Sie werden dort bis achtundvierzig Stunden vor dem Ende bleiben. Danach befördern die Schlepper sie zur Erde.«

»Wird genug Platz sein, um alle an Bord zu nehmen?«

»Sie sagen, daß es eng werden wird, daß aber jeder evakuiert werden wird, wenn die Anweisungen exakt befolgt werden.«

Thorpe nickte. An der Sorbonne hatte es eine Gruppe gegeben, deren Hauptaufgabe es gewesen war, sich mit einer Simulation der Tage und Stunden der Evakuierung zu befassen. In mehreren Beziehungen glich der Abschluß des gigantischen Unternehmens dem Abzug einer Armee, die unter feindlichem Beschuß stand. Wenn diese Aufgabe nicht bewältigt wurde, wäre eine Katastrophe die Folge.

Als sich alle gesäubert hatten, machte sich eine Gruppe auf die Suche nach Nahrung. Die Rationen im Zug waren knapp bemessen gewesen, wenn auch nicht so winzig wie auf der Wanderung vom Observatorium zur Bahn.

Die Automatikküche des Hotels arbeitete noch, und bald waren alle Mägen zum ersten Mal seit einer Woche gefüllt. Dann entdeckte einer der jüngeren Angestellten in einer kleinen Bar mehrere Flaschen Luna-Wodka, und es wurde ein Schlummertrunk herumgereicht.

Als Thorpe spät am nächsten Nachmittag erwachte, entdeckte er, daß Amber bereits auf war. Sie zeigte ihm eine Nachricht, die Niels Grayson an ihrer Tür befestigt hatte und die besagte, daß er für den Abend eine strategische Lagebesprechung einberufen habe. Wofür er eine Strategie entwerfen wollte, sagte er nicht.

Thorpe und Amber erschienen früh zu der Besprechung. Sie hatten ein weiteres Bad genommen und sich aus den Überbleibseln des Vorabendfestes einen Snack organisiert. Die Hälfte ihrer Gruppe war bereits anwesend.

»Worum geht es denn, Niels?« fragte Amber, nachdem sie auf dem Sofa Platz genommen hatte.

»Uns bleiben noch drei Tage, bis wir evakuiert werden sollen. Wir können diese Tage hier im Hotel verbringen und essen und trinken bis zum Gehtnichtmehr, oder aber wir nutzen die Zeit, um die Spiegel zu retten, die wir am Observatorium zurückgelassen haben.«

»Wie sollen wir unter diesen Umständen die Spiegel retten, Niels?« fragte Dr. Dornier. Der Astronom litt immer noch an den Nachwirkungen des Überlandmarsches. »Sie befinden sich auf der gegenüberliegenden Seite des Monds, und wir haben kein Schiff.«

»Ich weiß nicht, *wie* wir es anstellen sollen, Feliz. Ich weiß nur, daß wir es versuchen sollten. Ich bin für alle Vorschläge offen.«

»Wie wäre es mit einem Hüpfer?« fragte Thorpe. »Vielleicht können wir das Fassungsvermögen der Tanks so vergrößern, daß wir damit bis in einen Orbit kommen.«

»Die Republik hat das bereits getan. Viele der Evakuierungsfähren sind umgebaute Hüpfer. Jeder Mondhüpfer, der nicht umgebaut wurde, ist für unsere Zwecke zu klein. Ich fürchte, wir brauchen ein richtiges Schiff.«

»Vielleicht können wir den Frachter am Friedensdenkmal reparieren?« schlug Cragston Barnard vor.

Amber schüttelte den Kopf. »Es ist zu weit bis dorthin. Die Wahrscheinlichkeit wäre zu groß, daß wir unsere Evakuierungsschiffe verpassen.«

»Dann reparieren wir eben ein anderes Schiff!« sagte

Margaret Grayson. »Es gibt doch bestimmt noch ein paar andere Kästen auf Luna, die fünfzehn qualifizierte Leute notdürftig für den Raum müßten herrichten können.«

»Haben Sie eine Vorstellung davon, was alles notwendig ist, um ein Schiff raumtüchtig zu machen? Wir würden niemals rechtzeitig fertig.«

»Nein«, sagte Grayson und hob die Hand. »Die Idee hat etwas für sich. Wir sollten sie nicht verwerfen, ohne sie einer genaueren Prüfung unterzogen zu haben. Wo könnten wir ein solches Schiff finden?«

»Auf der anderen Seite des Raumhafens gibt es einen Schiffsfriedhof«, sagte Amber. »Ich habe ihn schon ein Dutzendmal beim Ein- und Ausfliegen aus Luna City gesehen.«

»Wie kommt man dorthin?«

»Eine gute Frage. Ich bin mir nicht sicher, ob die Tunnel so weit reichen.«

»Dann schlage ich vor, daß Sie und Thomas Ihre Anzüge anlegen und es herausfinden. In der Zwischenzeit werden meine Frau und ich die zuständige Behörde aufsuchen und versuchen, ihnen ein Schiff abzuschwatzen. Vielleicht gelingt es mir, ein bißchen überzeugender aufzutreten als neulich im Observatorium.«

»Selbst wenn wir ein Schiff finden, wie sollen wir dann die Spiegel in Sicherheit bringen?« fragte Feliz Dornier. »Die Behörden werden es niemals erlauben, sie an Bord eines Evakuierungsschiffes zu bringen.«

»Eins nach dem anderen«, antwortete Grayson.

Mögest du in interessanten Zeiten leben!

Halver Smith starrte die leuchtenden Buchstaben an und dachte über ihre Bedeutung nach. Er hatte sein Terminal so programmiert, daß es nach dem Einschalten als erstes diese alte chinesische Verwünschung anzeigte, als Erinnerung daran, daß die Ereignisse, die eine Zeit für Historiker interessant machten, denjenigen, die in ihr lebten, für gewöhnlich Schrecken einjagten. Die gegenwärtigen Zeiten waren für Smith besonders ›interessant‹.

Die Aufregung, die Vernichtung der Erde nur knapp abgewendet zu haben, sollte eigentlich für ein ganzes Leben reichen. Aber obwohl sich Donnerschlag inzwischen auf einem Kollisionskurs mit Luna befand, waren die mit dem verirrten Planetoiden verknüpften Probleme noch bei weitem nicht gelöst. Größte Anstrengungen wurden unternommen, um die Erde vor den beim Aufprall des Kometen emporgeschleuderten Trümmerstücken zu bewahren. Die Verbesserung der Kometenflugbahn durch den *Felsen* war ein Versuch, die Menge des Auswurfs zu minimieren. Aber keine noch so große Änderung der Flugbahn würde dieses Problem gänzlich eliminieren können. Aus diesem Grunde errichtete die Erde auch eine effektive Abwehr gegen Meteoriten.

Das Meteoriten-Schutzsystem sollte aus zwei Dutzend Radargeräten bestehen, die den Orbit absuchten und von denen jedes eine Million Ziele gleichzeitig verfolgen konnte. Diejenigen Trümmerstücke, die eine Gefahr für die Erde darstellten, würden von antimateriebetriebenen, mit nuklearen Sprengköpfen ausgerüsteten Projektilen anvisiert werden. Die resultierenden Explosionen würden die Trümmerstücke — so hoffte man — in eine sicherere Umlaufbahn schleudern.

Mehrere tausend Industriebetriebe arbeiteten fieberhaft daran, die Orbitalkette der Radaranlagen und Raketenwerfer festzustellen. Aufgrund ihrer Erfahrung bei Orbitalkonstruktionen, war die Sierra Corporation eine der Hauptbeteiligten. Zusätzlich zu der Arbeit am Meteoriten-Schutzsystem produzierten Halver Smiths Leute soviel Antimaterie, wie die Teilchenbeschleuniger der Sierra Skies hergaben. Die Hälfte des Kraftwerksausstoßes an Antimaterie würde für den Antrieb der Abfangraketen eingesetzt. Die andere Hälfte würde dann gebraucht, um den Exodus von Luna zu ermöglichen.

Das Meteoriten-Schutzsystem war jedoch nicht Halver Smiths einzige Sorge. Er mußte sich ebenfalls um die finanzielle Gesundheit seiner Firma kümmern.

Der Aktienmarkt hatte auf die Nachricht, daß die Sierra Corporation den *Felsen* mit Donnerschlag zur Kollision bringen würde, schnell reagiert. Innerhalb weniger Tage war der Kurs der Sierra-Aktien um fünfundsiebzig Prozent abgesackt. Da er sich keine Hoffnung darauf machen konnte, den Kurssturz aufzuhalten, hatte Smith sich entschlossen, seinen Vorteil daraus zu ziehen. Die letzten drei Monate über hatte Smith seine Aktivposten liquidiert, um sich Bargeld zu verschaffen, mit dem er seine eigenen Aktien zurückkaufen konnte. Er setzte darauf, daß die Nationen ihr Versprechen einhalten würden, für den *Felsen* zu zahlen. Wenn sie das dafür notwendige Gesetz rasch genug verabschiedeten, würde sich das Gesellschaftskapital wie auch Smiths Privatvermögen erheblich vergrößern. Falls sie es nicht taten, würden sich er und sein Geisteskind gemeinsam dem Konkursgericht stellen müssen.

Smiths Träumereien wurden von seiner Sprechanlage unterbrochen. »Ihre Frau ist da, Mr. Smith.«

»Schicken Sie sie rein!«

Barbara stürmte fast gleichzeitig mit seinen Worten durch die Tür. Er stand auf, überquerte den dicken Teppich und küßte sie mit einer Leidenschaft, die manch einer bei einem Mann von seinem Alter unschicklich gefunden hätte.

»Guten Morgen«, sagte er, als er sie schließlich freigab.

»Ebenfalls guten Morgen.«

»Ist irgendwas?« fragte er, als er ihre gefurchte Stirn bemerkte.

»Die Evakuierung liegt hinter dem Zeitplan zurück.«

Nachdem Avalon Donnerschlag erfolgreich den Weg

verlegt hatte, war die Arbeitsgruppe an Bord der Newton Station aufgelöst worden. Barbara hatte sich dafür entschieden, sich der Arbeitsgruppe anzuschließen, welche die Evakuierung von Luna beratend begleitete.

»Wie weit zurück?«

»Zu weit. Sie werden es nicht schaffen. Es werden noch Leute auf dem Boden sein, wenn der Komet auftrifft.«

»Bist du dir sicher?«

»Ich habe die Zahlen ein dutzendmal durch den Computer laufen lassen. Das Evakuierungstempo verlangsamt sich immer weiter. Die Flugmannschaften überstrapazieren ihre Kräfte, und ihre Erschöpfung schlägt sich in den täglichen Zahlen nieder. Die Gesamtzahlen sind allein während der letzten zehn Tage um zehn Prozent gesunken.«

»Wie viele werden übrigbleiben?«

»Mindestens fünfzigtausend. Es könnten zwei oder dreimal so viele werden, wenn man die Kontrolle über die Menge verliert.«

Smith nickte. Sobald die auf dem Boden befindlichen Menschen erkannten, daß sie den Mond mit großer Wahrscheinlichkeit nicht würden verlassen können, würde der Aufruhr beginnen. Mit dem Ausbruch ausgedehnter Unruhen würde die Evakuierung definitiv zu Ende sein. Wenn die Einschiffung nicht mehr ruhig vonstatten ginge, würde es keine Besatzung wagen, in Luna City zu landen, aus Angst, von einer Menschenmenge in Panik überrannt zu werden.

»Ich bin froh, daß Tom Thorpe und Amber Hastings rechtzeitig weggekommen sind.«

»Oh?« machte Barbara. »Hast du von ihnen gehört?«

»Nein, aber es dürfte nicht mehr lange dauern. Ihr Sonderschiff müßte zu diesem Zeitpunkt das ganze Observatorium bereits vom Mond weghaben. Ein Wagen und ein Fahrer stehen schon bereit, sie abzuholen, sobald sie am Raumhafen eingetroffen sind.«

»Wir müssen das Tempo beschleunigen«, sagte Barbara, sich wieder dem Thema Evakuierung zuwendend. »Das heißt, wir müssen irgendwo neue Schiffe auftreiben.«

»Wenn wir nur könnten«, sagte ihr Mann. »Leider gibt es kein einziges Schiff mehr, das man einsetzen könnte. Wir brauchen alle andern für den *Felsen* oder das Meteoriten-Schutzsystem. Es klingt vielleicht herzlos, aber wir werden einfach so viele retten müssen, wie wir können. Schließlich haben wir zehn Millionen von ihnen gerettet.«

»Du hast natürlich recht«, sagte Barbara. »Es hätte viel schlimmer kommen können.«

Aus ihren Worten war herauszuhören, daß ihr Verstand vielleicht zustimmte, ihr Herz aber nicht.

39. KAPITEL

»Guck dir mal all diese alten Kisten an!«

Der Schrottplatz erstreckte sich vor Thorpe und Amber über fast einen Viertelkilometer. Von ihrem Blickwinkel aus waren Hunderte von Schiffen zu sehen, von zweisitzigen Mondhüpfern bis zu großen Boden-Orbit-Frachtern. Trotz ihrer unterschiedlichen Größe ähnelten die Kähne einander alle. Ein jeder war ein Durcheinander von geometrischen Formen, die in dem kreuzförmigen Landegestell endeten, das für die zum Einsatz auf der atmosphärelosen Mondoberfläche bestimmten Raketenfahrzeuge typisch war. Anders als bei vergleichbaren Sammlungen auf der Erde, funkelten die Schiffshüllen hell im Licht der späten Nachmittagssonne.

Wie Amber bereits im Hotel bemerkt hatte, erstreckte sich das System luftgefüllter Tunnel von Luna City nicht bis zu dem alten Schrottplatz. Um dorthin zu gelangen, waren sie gezwungen gewesen, sich durch eine Bodenschleuse hinauszubegeben und sich ihrem Ziel über Land zu nähern. Unterwegs waren sie dicht an einem Gebäudekomplex vorbeigekommen, der das äußerste Ende des Massebeschleunigers von Luna City darstellte.

Die riesige elektromagnetische Kanone stand nutzlos herum, von Dutzenden von Frachtbehältern umgeben, die ein unachtsames Kind fallengelassen zu haben schien. Bei Thorpes Ankunft auf Luna war der Massebeschleuniger überlastet gewesen. Da ein Mangel an orbitgängigen Schiffen bestand, hatte die Regierung alles, was der Startbelastung widerstehen konnte, in Container gesteckt und in den Raum hochgeschossen. Die Container waren in eine Umlaufbahn um die Sonne geschickt worden, wo sie bleiben würden, bis sie jemand einsammelte. Es würde Jahre dauern, alles wieder aufzulesen. Aber im Raum ging nichts verloren, und der Massebeschleuniger war die einzige Möglichkeit gewesen, einen Großteil von Lunas unbezahlbaren Schätzen zu retten.

»Vielleicht hätten wir die Spiegel des *Großen Auges* wenigstens in einen Parkorbit schießen sollen«, sagte Amber, zu dem Massebeschleuniger hochsehend, während sie an der verlassenen Anlage vorüberstapften.

»Würden sie die Beschleunigung überstehen, ohne zu zerbrechen?«

»Man müßte die Hohlräume natürlich mit Schaum füllen, aber ich glaube, sie würden es aushalten.«

»Behalt es im Kopf«, sagte Thorpe. »Wenn wir eine Möglichkeit finden, die Spiegel von Farside zu holen, könnten wir es versuchen.«

Sie waren weitermarschiert, bis sie ihr Ziel erreicht hatten.

»Sehen wir uns das große da drüben einmal an«, sagte Amber und deutete auf eine gewaltige plattfüßige Kugel mit vier Düsen an ihrem unteren Ende. Sie schien mehr oder minder intakt zu sein, und es waren auf den ersten Blick keine Löcher in der Hülle und es schienen auch keine wichtigen Teile zu fehlen.

Sie gingen zu dem großen Schiff hinüber und kletterten die an seiner Seite in die Höhe führende Leiter hoch. Eine Viertelstunde kamen sie bitter enttäuscht wieder heraus. Der Frachter war älter, als er aussah. Sein Antrieb arbeitete nach dem Prinzip der Kernspaltung, und der Reaktor war längst ausgebaut und endgelagert worden. Aus dem Schiff hatte man alles ausgebaut, was von irgendeinem Wert gewesen war, und hatte nur die leere Hülle zurückgelassen.

Aus der offenstehenden oberen Schleuse hatten sie einen Panoramablick über den Raumhafen und die Dutzende von Fähren gehabt, die Passagiere aufnahmen. Wenn man weit genug im Schiff und im Schatten stand, konnte man den milchig-weißen Lichtflecken am Himmel sehen, den sich nähernden Kometen. Während sie beieinanderstanden und zum Himmel hochsahen, verwandte Thorpe ein paar Minuten darauf, nach dem Stern zu suchen, der der *Felsen* war. Er wußte, daß er zu klein war, als daß man ihn mit bloßem Auge hätte sehen können, aber das hielt ihn nicht davon ab, danach zu suchen.

Sie versuchten es noch einmal. Das nächste Schiff war weniger gründlich ausgeschlachtet worden als das erste, aber es war ebenfalls nicht mehr reparabel. Während der nächsten sechs Stunden durchsuchten sie insgesamt dreißig Schiffe, wobei sie jedesmal hofften, daß das nächste dasjenige wäre, das sie brauchten. Sie zogen sogar in Erwägung, mehrere Schiffe auszuschlachten, um eines wieder instand zu setzen. Nach sechs enttäuschenden Stunden brach Thorpe die Suche ab.

»Machen wir uns auf den Rückweg«, sagte er über Helmfunk. »Vielleicht hatte Niels heute mehr Glück.«

»Wie ist es gelaufen?« fragte Thorpe Niels Grayson, sobald er und Amber sich wieder in ihrem Hotel in Luna City befanden.

»Nicht gut«, antwortete Grayson. »Wir sind gleich zu dem höchsten Beamten gegangen, der sich noch auf Luna befindet. Falls es Sie interessiert, es ist Ihr alter Freund John Malvan! Er hat höflich zugehört und unsere Bitte dann abgelehnt. Es stehen einfach nicht genügend Schiffe zur Verfügung. Wie war's bei Ihnen und Amber?«

Thorpe berichtete ihm, was sie auf dem Schrottplatz vorgefunden hatten. Grayson hörte ruhig zu, dann nickte er. »Das hatte ich befürchtet. Vor einem halben Jahr hörte ich etwas davon, daß die Republik eine Menge alter Schiffe ausschlachten wolle. Offenbar haben sie reinen Tisch gemacht.«

»Was fangen wir jetzt an?« fragte Amber.

»Ich habe keine Ahnung«, antwortete Grayson.

»Es gibt noch eine andere Möglichkeit«, sagte Thorpe. »Ich kann Halver Smith auf der Erde anrufen und mich erkundigen, ob die Sierra Corporation ein Schiff erübrigen kann.«

»Eine ausgezeichnete Idee, Thomas.«

»Vielleicht nicht gar so ausgezeichnet.«

»Warum denn das?«

»Weil Mr. Smith es sich nicht erlauben kann, philanthropisch zu sein. Es hat nach dem Verlust des *Felsen* einen Einbruch am Aktienmarkt gegeben. Schiffe kosten Geld, und er wird irgendeine Art von Bezahlung verlangen, um seine Kosten zu bestreiten.«

Es entstand ein langes Schweigen, das Margaret Grayson schließlich brach. »Wird die Universität bezahlen, Niels?«

Ihr Mann schüttelte den Kopf. »Was die praktischen Belange betrifft, so existiert die Universität von Luna nicht mehr. Ein Schuldschein von ihr ist ungefähr soviel wert wie ein kommunistischer Rubel.«

»Was ist mit dem Bergegeld?« fragte Cybil Barnard.

»Das ist eine Idee.«

»Was für ein Bergegeld?« fragte Thorpe.

»Die Spiegel des *Großen Auges* sind praktisch unbezahlbar«, erläuterte Amber. »Es sind vierhundert der optisch perfektesten Oberflächen, die je hergestellt wurden. Wenn es gelingt, sie zu retten, wird die Astronomische Vereinigung einen ordentlichen Preis dafür zahlen.«

»Du meinst, die Sierra Corporation könnte sich an ihr schadlos halten?«

»Warum nicht? Es würde Jahrzehnte dauern, sie zu ersetzen. Für ihre Bergung zu bezahlen, wäre vielleicht nicht billiger als neue Spiegel herzustellen, aber es dürfte das *Große Auge* sicherlich früher wieder einsatzfähig machen.«

»Können wir die Astronomische Vereinigung dazu bringen, einen diesbezüglichen Vertrag zu unterzeichnen?«

»Im Moment ist man dort wahrscheinlich zu beschäftigt, um sich darum zu kümmern.«

»Was ist mit Ihnen, Niels? Sie könnten in Ihrer Eigenschaft als Direktor des Farside Observatoriums einen Vertrag unterschreiben.«

»Ich habe Ihnen schon gesagt, daß wir über keine Geldmittel mehr verfügen, Thomas.«

»Ist auch nicht nötig. Die Sierra Corporation würde dadurch Besitzrechte an den Spiegeln erwerben. Das Bergerecht ist eine knifflige Sache. Die Tatsache, daß Luna auf Veranlassung des Systemrats evakuiert wird, kompliziert die Angelegenheit zusätzlich.«

»Wenn uns ein unterzeichneter Vertrag ein Schiff verschafft«, sagte Grayson, »dann werde ich mich mehr als glücklich schätzen, Ihnen einen auszufertigen.«

»Ausgezeichnet«, sagte Thorpe. »Dann werde ich Mr. Smith mal anrufen. Es wäre vielleicht besser, wenn Sie ihm den Vorschlag machen würden, Niels. Wie spät ist es in Kalifornien? Mittag? Ich hoffe, die sind nicht gerade alle beim Mittagessen.«

Wie die meisten anderen Telefonsysteme auch, war das von Luna City darauf ausgelegt, unbeaufsichtigt zu arbeiten. Deshalb konnten Telefongespräche, auch wenn der größte Teil der Mondbevölkerung bereits evakuiert war, immer noch von überall in der Stadt geführt werden. Das gleiche galt für jeden anderen Ort auf Nearside. Der Verlust der Farside Station hatte die Kommunikation mit der anderen Mondhemisphäre eingeschränkt, doch selbst diese war noch erreichbar, wenn der Kommunikationssatellit sich über dem Horizont des Empfängers befand. Was jedoch Telefongespräche vom Mond zur Erde betraf, so ergaben sich spezielle Probleme. Die Zensur erstreckte sich auf alle Kommunikationsformen, das Telefonieren eingeschlossen.

Thorpe tippte die Nummer der Fernvermittlung ein, woraufhin das Bild einer kompetenten jungen Dame auf dem Schirm erschien.

»Fernvermittlung Erde. Womit kann ich Ihnen helfen?«

»Ich hätte gern ein Telefongespräch nach San Francisco.« Er gab ihr die Nummer von Halver Smiths Privatbüro.

»Sie wissen, daß dieser Anruf hinsichtlich seiner Übereinstimmung mit den Notstandsbestimmungen einer Computerüberwachung unterliegt, Bürger?«

»Allerdings.«

»Sehr schön. Warten Sie bitte. Ihr Gesprächspartner wird wegen der Überwachung mit fünfsekündiger Verzögerung sprechen. Bitte bedenken Sie das, wenn Sie auf seine Antworten warten.«

Die Methode, welche die Zensoren zur Überwachung von Bildtelefongesprächen benutzten, war die gleiche, die man vor einem Jahrhundert für Radiotalkshows entwickelt hatte. Um keine Obszönität in den Äther entweichen zu lassen, hatten die Radiostationen ihre Übertragungssignale mit einer Verzögerung von sieben Sekunden ausgestrahlt. Dies versetzte die Programmgestalter in die Lage, jedes beleidigende Wort herauszuschneiden, ehe es über den Sender ging. In der gegenwärtigen Lage lauschten den Gesprächen Computer und unterbrachen die Verbindung, wenn gewisse Tabuthemen angeschnitten wurden. Da die Überwachung den unautorisierten Informationsfluß lediglich in einer Richtung — von der Erde zum Mond — unterbinden sollte, wurden lediglich die von der Erde stammenden Gesprächsanteile verzögert.

Es dauerte lange, bis Halver Smiths Gesichtszüge auf dem Bildschirm erschienen. »Thomas, sind Sie das?«

»Ja, Sir.«

»Wo, zum Teufel, sind Sie?«

»In Luna City. Direktor Grayson vom Farside Observatorium ist hier bei mir«, sagte Thorpe, die lange Verzögerung ausnutzend. »Er möchte Ihnen einen geschäftlichen Vorschlag machen.«

Niels Grayson nahm Thorpes Platz vor der Aufnahmekamera des Telefons ein und erklärte Smith ihre Idee. Er stellte den Wert der Spiegel des *Großen Auges* und den Geldbetrag heraus, den die Astronomische Vereinigung dafür bezahlen würde. Smith hörte ruhig zu, doch sein Gesichtsausdruck sagte Thorpe, daß er mit seinen Gedanken woanders war. Als Grayson sein Anliegen vorgebracht hatte, starrte Smith acht Sekunden lang verständnislos aus dem Schirm. Dann schüttelte er langsam seinen Kopf.

»Es tut mir leid, Direktor Grayson, aber wir können keine Schiffe erübrigen. Wir unterstützen die Arbeiten auf dem *Felsen* ebenso wie die letzten Arbeiten am Meteoritenschutzsystem. Wenn ich auch nur ein Schiff übrig hätte, dann gäbe es bereits ein Dutzend andere Einsatzmöglichkeiten dafür. Ich dachte, Ihre Leute hätten dafür gesorgt, daß die Spiegelkomponenten von einem Schiff abgeholt werden.«

Grayson berichtete, was mit ihrem Frachter geschehen war, und erzählte Smith einen Teil der Abenteuer, die sie seitdem erlebt hatten.

»Und Sie halten sich alle in Luna City auf?« fragte Smith mit sorgenvoll gefurchter Stirn.

»Ja«, antwortete Grayson. »Wir sind berechtigt, uns am vierzehnten auszuschiffen. Wir hoffen, daß wir die Spiegel bis dahin werden retten können.«

»Ist Thomas noch da?« fragte Smith nach der üblichen Verzögerung.

Thorpe setzte sich wieder in das Blickfeld der Kamera. »Hier bin ich, Sir.«

»Barbara hat sich gestern nach Ihnen erkundigt. Sie hat einen neuen Job, wissen Sie. Sie arbeitet für eine der großen Reiseagenturen hier in der Stadt.«

»Für eine Reiseagentur, Mr. Smith?«

»Richtig. Sie befassen sich mit allen möglichen Reisen — Weltreisen, Urlaub im Orbit, solchen Sachen. Sie sagt, der Komet hätte ihre Terminplanung ganz schön durcheinandergebracht. Neulich erzählte sie mir von einer Reisegruppe, deren Reservierungen geplatzt sind. Es war so schlimm, daß sie ihnen vorschlug, ihre eigenen Vorkehrungen zu treffen.«

Thorpe runzelte die Stirn, unsicher darüber, was er sagen sollte. »Und haben sie es geschafft?«

»Ich weiß nicht«, lautete die Antwort. »Ich hoffe es. Ansonsten wäre ihr Urlaub verpfuscht. Tut mir leid, daß ich Ihnen nicht mit einem Schiff aushelfen kann, Tom.«

»War nur so ein Gedanke. Trotzdem danke. Auf Wiedersehen, Mr. Smith.«

»Wiedersehn, Tom. Viel Glück. Rufen Sie mich an, wenn Sie auf der Erde sind.«

»Das werden wir«, sagte Thorpe, als er die Verbindung unterbrach.

»Was sollte das alles?« fragte Grayson. Seine Verwirrung war seinem Tonfall deutlich anzumerken.

Thorpe kaute einen Moment auf seiner Unterlippe herum, bevor er antwortete. »Ich glaube, man hat uns soeben gesagt, daß wir nicht mehr rechtzeitig evakuiert werden.«

»*Was?*«

»Barbara Smith arbeitet nicht für eine Reiseagentur. Seit der Zerstörung von Avalon war sie im Planungsstab für die Evakuierung. Ich glaube, Mr. Smith versuchte uns zu sagen, daß sie nicht alle Leute werden wegschaffen können, bevor der Komet aufschlägt.«

»Dann hätte er das doch gesagt«, sagte Margaret Grayson.

Thorpe schüttelte den Kopf. »Nicht, wenn die Computer zuhören. Über den Zeitplan der Evakuierung zu spekulieren ist verboten, erinnern Sie sich? Das hat die Unruhen in Tycho ausgelöst. Er hat uns so direkt wie er konnte zu verstehen gegeben, daß wir uns selbst darum kümmern müssen, vom Mond wegzukommen. Wenn wir warten, bis wir an der Reihe sind, sind wir nächsten Freitag, wenn der Komet eintrifft, immer noch hier.«

»Aber, Tom, es müssen noch mehrere hunderttausend Menschen in Luna City sein!« sagte Amber.

Er nickte.

»Willst du mir erzählen, daß alle diese Menschen umkommen werden?«

»Jeder, der nicht rechtzeitig evakuiert wird, ja.«

»Wir müssen es jemandem sagen!«

»Weshalb?« fragte er. Sein Verstand arbeitete fieberhaft, seitdem er die Verbindung mit Halver Smith unterbrochen hatte. Der Schluß, zu dem er gekommen war, gefiel ihm nicht, aber das änderte nichts an der Situation. »Wenn wir es weitererzählen, was passiert dann? Es wird Unruhen geben, und die Evakuierung wird jäh unterbrochen. Zehntausende, die sonst gerettet würden, werden dann hier festsitzen.«

»Wir müssen noch einmal die Regierungsbeamten aufsuchen und sie mit dieser Information konfrontieren«, sagte Grayson. »Sie müssen uns auf ein Schiff bringen. Zusammen repräsentieren wir mehr als ein Jahrhundert hart erarbeiteten astronomischen Wissens.«

»Was macht unser Leben wertvoller als das eines beliebigen anderen Menschen?« fragte Thorpe. »Ich kenne John Malvan. Er wird sich nicht darauf einlassen, nicht einmal wo er ein paar von uns persönlich kennt. Er ist nicht parteiisch. Das liegt ihm nicht! Wenn sich etwas herumspräche, würde es ebenso rasch zum Aufruhr führen, als wenn bekanntgegeben würde, daß ein paar Leute nicht in Sicherheit gebracht werden.«

»Was bleibt uns dann noch übrig, Thomas?«

»Genau das, was Mr. Smith vorgeschlagen hat. Uns selbst zu retten.«

»Aber wenn Smith sich irrt?« fragte Margaret Grayson. »Würden wir unsere Plätze an Bord der Evakuierungsschiffe nicht für nichts aufgeben?«

»Es ist gar nicht nötig, daß wir auf unsere Kojen verzichten. Wenn an dem Tag, für den wir vorgemerkt sind, alles gut läuft, dann zeigen wir den Wachen unsere Passierscheine vor und gehen an Bord. Stellen wir fest, daß unsere Abflüge verschoben wurden, dann haben wir eine Alternative, auf die wir zurückgreifen können.«

»All das setzt voraus, daß wir eine alternative Regelung finden«, sagte Barnard.

»Das ist das Problem«, stimmte Thorpe zu. »Hat jemand irgendeine Idee?«

Es herrschte langes Schweigen. Grayson brach es. »Wir greifen die Idee auf, den Frachter am Friedensdenkmal zu reparieren. Er muß in einem besseren Zustand sein als die Schiffe auf dem Schrottplatz.«

Thorpe runzelte die Stirn. Von Luna City bis zum Friedensdenkmal waren es 1300 Kilometer. Sie würden zweifellos einen kleinen Mondhüpfer auftreiben können, der sie dorthin brachte, aber ein kleiner Unfall würde ausreichen, um sie stranden zu lassen. Ohne genauere Informationen über den Umfang der Beschädigungen des Frachters war es schwer, diese Idee fallenzulassen. Jedenfalls würden sie ein erhebliches Risiko eingehen. Auf der anderen Seite, welche Wahl blieb ihnen noch?

»Ich glaube, es ist einen Versuch wert. Wie verschaffen wir uns einen Mondhüpfer?«

40. KAPITEL

Professor Barnard wußte von einem Landeplatz am Südostrand von Luna City, wo Mondhüpfer verschiedener Firmen stationiert waren. Diese Fluggeräte waren bei den Minengesellschaften beliebt, deren Geschäfte sie überallhin führten, wo Eis gefunden wurde. Hüpfer stellten oft die einzige Möglichkeit dar, zu entlegenen Minen zu gelangen.

Der erste Erkundungstrupp sollte aus fünf Leuten bestehen: Barnard, Thorpe, Amber, Jamie Byrant und Allison Nalley. Der Voraustrupp plante, sich einen Mondhüpfer zu verschaffen, mit dem sie zum Denkmal hinausfliegen wollten, um den havarierten Frachter zu inspizieren. Falls er reparabel war, würden sie im Hotel anrufen und eine Liste der benötigten Teile und Materialien durchgeben. Der Rest ihrer Gruppe würde aufzutreiben versuchen, was gebraucht wurde, und sich dann mit dem Voraustrupp am Friedensdenkmal treffen.

Die ganze Woche über hatte es Berichte über Einzelpersonen und Pärchen gegeben, die von umherstreifenden Gangs überfallen worden waren, deshalb erhielt jedes Mitglied des Erkundungstrupps ein langes Messer aus der Hotelküche als Bewaffnung. Thorpe und Jamie Byrant trugen zusätzlich schwere Eisenrohre, die sie als Knüppel einsetzen konnten. Ihre Marschroute würde sie bis weit hinter die Grenzen der sicheren Enklave führen. Thorpe erwartete nicht, daß sie Schwierigkeiten bekommen würden, wollte es aber nicht darauf ankommen lassen. Damit sie die Hände freibehielten, hatte jeder seinen Raumanzug auf dem Rücken befestigt.

Ihr Weg durch die Stadt führte geradewegs durch den nördlichen Radialtunnel, durch den Großen Verteiler und über die südöstliche Speiche nach außen. Als sie das Stadtzentrum erreicht hatten, fanden sie die große Höhle verlassen vor. Die spiralförmige Galerie wurde noch immer von der künstlichen Sonne erhellt, die in nur einhundert Metern Höhe über ihren Köpfen strahlte, als sie vorsichtig eine der filigranen Brücken überquerten. Wenn er hinunterblickte, konnte Thorpe am äußersten Rand der spiralförmigen Terrasse bis zum Boden der Höhle hinabsehen. Aber nirgendwo entdeckte er irgendwelche Anzeichen von Menschen. Es schien, als wären sie die letzten Menschen auf dem Mond.

Der Gedanke faszinierte ihn. Neil Armstrong war der erste Mensch auf dem Mond gewesen. Jemand anderer würde der letzte sein müssen. Thorpe fragte sich, wer das wohl sein würde. Wenn Halver Smiths Vermutung richtig war, würde diese Ehre mehr als 100 000 Menschen zuteil. Würden zwei von ihnen Thomas Thorpe und Amber Hastings sein? Falls ja, würde man sich an ihre Namen so lange erinnern, wie man sich an Neil Armstrong erinnerte?

Er schüttelte den morbiden Gedanken ab und konzentrierte sich auf das Nächstliegende. Während sie sich vom Gleitweg nach Südosten tragen ließen, erhaschten sie zweimal einen Blick auf andere. Beim ersten Mal stießen sie auf drei schmuddelige Männer, die in einem Seitenkorridor herumlungerten. Das Trio beobachtete bewegungslos und stumm, wie sie vorüberglitten. Ein paar Minuten später entdeckte der Erkundungstrupp einen Mann und eine Frau, die vor ihnen davonliefen. Jede Begegnung verstärkte Thorpes Unbehagen. Luna City war zu einem Grab geworden, und nur allzu leicht gewann seine Phantasie über ihn die Oberhand.

Sie erreichten das Landefeld zehn Minuten nachdem sie den Großen Verteiler verlassen hatten. Thorpe ließ Byrant und Allison Nalley Wache stehen, während der Rest die Anzüge anlegte. Dann wartete er mit Barnard zusammen im Korridor, während die beiden Techniker in ihre Anzüge schlüpften. Die ganze Prozedur dauerte eine Viertelstunde, während der es zu keinen Zwischenfällen kam. Sobald sie alle ihre Anzüge angelegt hatten, machten sie die Oberflächenschleuse ausfindig und begaben sich nacheinander ins Vakuum hinaus.

Das Landefeld erinnerte Thorpe an den Schrottplatz, wenn man davon absah, daß die in mehreren Reihen säuberlich geordneten Schiffe neu waren. Es waren allesamt Mondhüpfer — echte Raumfahrzeuge gehörten nicht dazu — von der Größe einsitziger Modelle bis zu achtsitzigen Bussen. Der Mangel an größeren Maschinen war ein weiterer Hinweis auf die Gründlichkeit, mit der die Mondregierung die leistungsfähigeren Hüpfer in Orbitalfähren umgebaut hatte.

Eine rasche Überprüfung der nächsten Hüpfer ergab, daß jeder über volle Brennstofftanks und für mehrere Flüge ausreichende Antimaterieladungen verfügte. Sie wählten eine der größeren Maschinen aus, und Byrant machte sich daran, die Sperrmechanismen des Armaturenbretts zu umgehen. Thorpe beobachtete ihn bei der Arbeit; als das Licht in der Kabine anging, blickte der junge Techniker auf und grinste.

»Das habe ich in meiner vergeudeten Jugend gelernt«, erklärte er.

»Erinnern Sie mich daran, daß ich Ihrem Bewährungshelfer ein Anerkennungsschreiben schicke.«

»Fertig zum Start«, sagte Byrant und schlüpfte auf den Pilotensitz. »Holen wir sie an Bord.«

Thorpe befahl alle in den Hüpfer. Er und Amber nahmen das dritte Paar Sitze und schnallten sich an. Als Thorpe durch die Kugelkabine des Hüpfers zur Schleuse hinübersah, entdeckte er zu seiner Überraschung drei Köpfe, die sich vor dem Licht abhoben, das durch das Schleusenfenster strömte. Wer immer sie waren, sie schienen zufrieden damit, hinauszusehen und ihre Nasen gegen das Panzerglas zu drücken. Ihre Gegenwart sandte Thorpe einen Schauder über den Rücken.

Der Hüpfer hob ab und flog, stark krängend, Richtung Osten davon. Wie bei jedem ballistischen Flug zwischen zwei festen Punkten arbeiteten die Triebwerke nur einige Sekunden, bevor sie wieder verstummten; dann stiegen sie antriebslos weiter auf. Es dauerte zwanzig Minuten, bis sie den Scheitelpunkt ihrer Bahn erreicht hatten, dann begann der Abstieg. Der Hüpfer fiel bis einen halben Kilometer über dem Mare Tranquillitatis, bis seine Triebwerke wieder ansprangen.

Sie setzten einhundert Meter vom beschädigten Frachter entfernt auf, der seinerseits nah der Südkante von dem geodätischen Gerüst des Denkmals lag. Nachdem sie die Sicherheit der Anzüge eilig überprüft hatten, stiegen sie aus und gingen zu dem Schiff hinüber, das ihre Rettung sein sollte.

Der Frachter war die *Neaptide*, stellte Thorpe fest, als er die Außenleiter hochkletterte. Er betrat die Notschleuse auf halber Höhe der voluminösen Kugel und wartete, bis ihn Amber und Barnard erreicht hatten, ehe er den Schalter betätigte. Der Hauptschleusenmechanismus war ausgefallen, deshalb schaltete er auf den Notstromkreis um. Der Schaden an den Schleusenkontrollen kümmerte ihn wenig. Sie würden sich sogar mit größeren Schäden im Innern abfinden, solange die Triebwerke einsatzfähig waren. Thorpe interessierte allein, ob das Schiff abheben konnte und genug Treibstoff enthielt, um es bis in den Orbit zu schaffen. Es wieder zu landen, war nicht das Problem.

Als sich die Schleuse mit Luft gefüllt hatte und die Innentür aufschwang, blickten sie auf ein Schlachtfeld. Es sah aus, als habe eine Massenschlägerei stattgefunden. Als Thorpe seinen Helm abgenommen hatte, nahm er in der abgestandenen Luft den Geruch nach verbrannter Isolation sowie andere, weniger leicht identifizierbare Gerüche wahr. Sie kletterten die Leiter zum Kontrollraum hinauf. Der Schaden dort war erheblich. Jedes Instrument schien zertrümmert zu sein. Glasscherben bedeckten das stählerne Deck und knirschten unter ihren Füßen. An einigen Stellen des Decks und auf den Schotten waren dunkle Flecken zu sehen, von denen Thorpe vermutete, daß es sich dabei um Blut handelte.

»Was für ein Durcheinander«, sagte Amber neben ihm.

»Hier ist nichts mehr zu retten«, sagte er mit einem Blick auf die Verwüstung. »Kein Wunder, daß das Schiff total abgeschrieben wurde. Als die Leute nicht die Kontrolle übernehmen konnten, müssen sie hier ihren Frustrationen Luft gemacht haben.«

»Heißt das, daß wir es nicht brauchen können?«

Er zuckte die Achseln. »Wir könnten es vom Maschinenraum aus fliegen, falls er noch intakt ist. Du weißt ja, daß wir nur den Orbit erreichen müssen.«

»Dann sehen wir uns mal die Triebwerke an.«

Sie lagen vier Decks tiefer und waren über eine lange Leiter zu erreichen, die sich über die ganze Länge des Schiffs erstreckte. Auch hier entdeckten sie Hinweise darauf, daß ein verzweifelter Kampf um die Kontrolle über das Schiff stattgefunden hatte, ein Kampf, bei dem es nur Verlierer gegeben hatte. Wie auch immer, die Schäden in den Durchgängen waren nicht annähernd so groß wie im Kontrollraum.

Der Maschinenraum war unbehelligt gelieben. Seine glänzenden Armaturen sahen so sauber aus, als wären sie eben geputzt worden. Der Schiffsingenieur, erkannte Thorpe, mußte den Tumult gehört und sich vor dem Eintreffen des Mobs eingeschlossen haben.

Thorpe sprang die letzten drei Meter auf das Deck hinunter und untersuchte die Triebwerkskontrollen. Die Instrumente einzuschalten, war die Arbeit weniger Sekunden. Er brauchte jedoch nur eine einzige Sekunde, um herauszufinden, daß all ihre Mühe umsonst gewesen war.

»Scheiße!«

»Was ist los?«

»Die Abschirmung ist abgeschaltet. Wir haben keine Antimaterie mehr an Bord. Nicht mal ein Mikrogramm.«

»Vielleicht können wir irgendwo welche bekommen.«

»Wo?« fragte er. »Außerdem, wenn sie die Ringkernspule abgeschaltet haben, kannst du darauf wetten, daß sie auch die Reaktionsmassetanks entleert haben.«

Er schaltete rasch die Anzeigen ein, die den Treibstoffvorrat des Schiffes anzeigten, und war nicht überrascht, als die Anzeige für die Reaktionsmasse auf Null stehenblieb. Die Tanks waren so trocken wie die Mondebene ringsum. Zweifellos hatte längst irgendein anderes Schiff den Treibstoff und die Reaktionsmasse der *Neaptide* für die Evakuierung gebraucht.

»Das wär's dann. Kehren wir nach Luna City zurück.«

»Vielleicht können wir irgendwo neue Reaktionsmasse bekommen, Thomas.«

»Sicher«, sagte er. »Und falls es uns gelänge, bräuchten wir einen Tanker, um sie hierher zu schaffen. Wenn wir einen Tanker hätten, könnten wir natürlich gleich damit in den Orbit fliegen und diesen Kahn hier vergessen.«

Es war eine niedergeschlagene Gruppe, die in den Mondhüpfer kletterte und sich Richtung Westen auf den Weg nach Luna City machte. Ihr Kurs über Grund war der gleiche wie beim Hinflug, auch wenn sich ihr Ziel geändert hatte. Nachdem er die Gesichter im Schleusenfenster gesehen hatte, hatte Thorpe vorgeschlagen, nicht wieder zu dem Landefeld zurückzukehren. Statt dessen würden sie in der Nähe des Schrottplatzes aufsetzen und über sicheres Gebiet in ihr Hotel zurückkehren.

Während der Hüpfer seiner niedrigen ballistischen Flugbahn Richtung Luna City folgte, blickte Thorpe auf die größten Mare Lunas hinunter. Die Vorstellung fiel ihm schwer, daß diese unveränderliche Landschaft bald so zerschmettert werden würde, daß sie nicht mehr wiederzuerkennen sein würde. Wieder hatte er einen morbiden Einfall. Wenn sie es nicht rechtzeitig schaffen sollten zu fliehen, dann würde es sich wohl lohnen, mit einem Mondhüpfer aufzusteigen, kurz bevor Donnerschlag auf Farside einschlug. Auf diese Weise würden sie ein paar Sekunden lang die Zerstörung des Mondes mitansehen können, ehe sie das Inferno erreichte und verschlang. Er verdrängte den Gedanken gewaltsam. Aus solchen Gedanken entstand Defätismus, und dafür war es noch viel zu früh.

Sie erreichten den Gipfel der Flugbahn und begannen wieder hinabzusinken. Als der Kopernikuskrater in Sicht kam, suchten Thorpes Augen nach der geraden Linie, die den Massebeschleuniger Lunas darstellte. Bei seinem Anblick regte sich etwas tief in seinem Innern. Der Gedanke gewann Konturen. In diesem Augenblick stieß Amber einen Schrei aus, der jedermann in der Kabine zusammenfahren ließ.

»Was ist denn?« fragte Thorpe, der den Schrei fälschlicherweise für den Ausdruck von Angst hielt.

»Das ist es!« sagte Amber und deutete aufgeregt aus der Blase.

»Das ist was?«

»Der Massebeschleuniger! So machen wir es. Wir verpacken uns in einem Frachtcontainer und katapultieren uns in den Raum!«

Thorpe dachte eine Sekunde lang darüber nach. Es wäre riskant und es würde eine Menge Arbeit erfordern, aber es müßte klappen. Frachtcontainer waren nicht zur Beförderung von Menschen gedacht. Sie brauchten mindestens eine Sauerstoffversorgung und ein Funkgerät, außerdem eine Vorrichtung, die die Passagiere vor der brutalen Beschleunigung beim Start schützte. Immerhin blieben ihnen noch achtundvierzig Stunden bis zum Eintreffen Donnerschlags. Mit etwas Glück würde es reichen.

»Der Massebeschleuniger? Unmöglich!«

Feliz Dornier starrte Amber entsetzt an. Sie hatten sich wieder im Hotel in der Suite der Graysons versammelt. Amber hatte ihnen ihre Idee erläutert, und obwohl Dorniers Reaktion die vernehmlichste gewesen war, stand er mit seinem Urteil nicht allein.

»Warum unmöglich, Dr. Dornier?« fragte Amber.

»Der Massebeschleuniger beschleunigt das Frachtgut mit dreißig ge! Kein Mensch kann das überleben!«

»Dreißig ge ist der Spitzenwert, Dr. Dornier«, sagte Thorpe. Er hatte die Arbeitsweise des Massebeschleunigers studiert, als er sich in die ökonomischen Grundlagen des Eisbergbaus eingearbeitet hatte. »Und man kann ihn herunterfahren, wissen Sie.«

»Wie weit, wenn man noch Fluchtgeschwindigkeit erreichen will?«

Thorpe zuckte die Achseln. »Vielleicht bis auf zehn ge.«

»Das würde uns immer noch umbringen.«

»Nein, würde es nicht«, sagte Amber. »Kampfflugzeugpiloten haben routinemäßig neun ge ausgehalten.«

»Vielleicht bin ich selbstsüchtig, aber mit größter Sicherheit würde es *mich* umbringen, junge Dame. Ich bin kein junger Mann mehr.«

»Es wäre ein Risiko dabei«, gab Amber zu. »Aber es gibt Beschleunigungsmedikamente, die wir einnehmen könnten. Wenn Sie genügend weich gebettet sind und unter Drogen stehen, dann besteht eine gute Chance, daß Sie den Start überstehen.«

»Überstehen, wozu? Um im Raum zu treiben, bis uns die Luft ausgeht?«

»Das ist das Problem«, sagte Thorpe. »Wir werden sicherstellen müssen, daß wir genügend Atemluft an Bord haben, um so lange zu überleben, bis wir gerettet werden. Wir werden auch ein Funkgerät brauchen, damit man uns von den Trümmern unterscheiden kann, die durch die Kollision hochgeschleudert werden. Wir wollen schließlich nicht, daß uns das Meteoriten-Schutzsystem abschießt.«

»Immer noch besser, als in Luna City zu sein, wenn der Komet eintrifft, finden Sie nicht?« fragte Amber.

»Eins zu Null für Amber, Feliz«, sagte Niels Grayson. Barnard und mehrere andere nickten.

»Da ist noch ein Problem«, sagte Dornier unbeeindruckt.

»Welches?«

»Der Massebeschleuniger ist eine Sicherheitseinrichtung. Wie wollen Sie sich Zugang dazu verschaffen?«

»Ganz einfach«, sagte Amber. »Wir sagen John Malvan, daß wir sein schmutziges kleines Geheimnis kennen und daß wir uns selbst retten wollen.«

»Nein, das tun wir nicht«, sagte Thorpe. »Wenn bekannt wird, daß wir Frachtcontainer in Rettungskapseln umbauen, fällt der Mob über uns her.«

»Haben wir überhaupt das moralische Recht, das für uns zu behalten?« fragte Margaret Grayson.

»Schauen Sie«, knurrte Thorpe, der sich selbst für das haßte, was er sagte, »nicht jeder wird es schaffen, von Luna wegzukommen. Das steht fest. Wir sind hier noch zu viele, um alle evakuiert zu werden. Das sind die Fakten. Ich wünschte, wir könnten alle mitnehmen, aber das können wir nicht. Deshalb behalten wir unseren Fluchtweg so lange für uns, bis wir in der Lage sind, ihn zu benutzen.«

»Was ist, wenn noch jemand auf die gleiche Idee kommt?«

»Dann heißen wir sie willkommen, zeigen ihnen, wo sie ihre eigenen Frachtbehälter finden können und helfen ihnen, so gut wir können, ohne unsere eigenen Arbeiten zu verzögern.«

»Dem stimme ich zu«, sagte Niels Grayson. »So unangenehm die Tatsachen auch sind, wir müssen uns ihnen stellen. Es bleibt aber immer noch das Problem, was wir den Behörden sagen.«

»Die Spiegel!« sagte Amber und schnippte mit den Fingern. »Wir sagen Malvan, daß wir den Massebeschleuniger brauchen, um die Spiegel hochzuschießen.« Sie berichtete eilig von dem Plan, den sie und Thorpe bei ihrem ersten Besuch auf dem Schrottplatz besprochen hatten.

»Er wird uns nicht glauben«, sagte Barnard. »Die Spiegel befinden sich beim Farside Observatorium. Wir sollen in weniger als zwölf Stunden evakuiert werden.«

»Das gilt nicht mehr«, sagte Grayson zu ihm. »Es wurde bekanntgegeben, daß alle ihr Eintreffen am Raumhafen um vierundzwanzig Stunden verschieben sollen. ›Technisch bedingte Verzögerungen‹ wurden dafür verantwortlich gemacht, und man hat uns versichert, daß noch genug Zeit bliebe, um wegzukommen.«

»Wann war das?«

»Vor ungefähr zwei Stunden. Ich hatte noch keine Gelegenheit, es Ihnen zu sagen.«

»Damit hat sich das Problem erledigt«, fuhr Amber fort. »Wir können ihnen sagen, wir würden die übrige Zeit darauf verwenden, so viele Spiegel wie möglich von Farside zu holen. Denken Sie daran, wenn die Evakuierung hinter dem Zeitplan herhinkt, wird er sich um das, was wir tun, nicht kümmern. Seine einzige Sorge wird sein, so lange wie möglich den Deckel auf dem Topf zu halten. Wenn er sich uns vom Hals halten kann, indem er uns den Schlüssel zum Massebeschleuniger aushändigt, wird er es wahrscheinlich tun.«

Grayson dachte gut eine Minute lang über den Plan nach. Dann nickte er. »Es könnte klappen.«

»Ich weiß, daß es klappen wird«, beharrte Amber, die immer noch unter Adrenalin stand. »Wenn wir erst einmal Zugang zum Massebeschleuniger haben, können wir im Angesicht Gottes und der Welt mit dem Umbau eines Containers beginnen. Man wird lediglich glauben, wir seien verrückt.«

»Zwei Container«, sagte Thorpe. »Wir sind fünfzehn.

Wir werden Luftflaschen, Funkgeräte, Nahrung, Beschleunigungsgurte und Gott weiß was noch alles brauchen. Wir werden nicht alle in einen einzigen Container hineinpassen.«

Amber näherte sich ihm und legte einen Arm um ihn. Jetzt, da es nach so vielen Enttäuschungen wieder Anlaß zu Hoffnung gab, war ihr nach Feiern zumute. »Also gut. Nehmen wir zwei. Solange wir beide mit dem gleichen Container starten, soll es mir egal sein.«

Wie Amber vorausgesagt hatte, hatten sie mit ihrer Masche problemlos Erfolg. Als Niels Grayson an der Spitze seiner Delegation besorgter Astronomen bei ihm eintraf, begrüßte John Malvan seine Schiffskameraden wie alte Freunde. Wenn er beunruhigt darüber war, daß ihn ein grausames Universum zum Tod verurteilt hatte, so zeigte er es nicht. Da er die letzten Stunden damit verbracht hatte, Tausende von aufgebrachten Umsiedlern zu besänftigen, konnte John Malvan sein Bedauern leicht hinter seiner mitgenommenen Erscheinung verstecken. Er war nur allzu glücklich, den Astronomen den Zugangscode zum Kontrollraum des Massebeschleunigers zu überlassen.

Was Thorpe am Raumhafen sah, überzeugte ihn davon, daß Halver Smith recht gehabt hatte. Als sie durch den Raum kamen, wo sie sich für die Evakuierung hatten registrieren lassen, war er verlassen. Zu diesem Zeitpunkt hatte jeder, der sich noch auf Luna befand, seinen Flugschein bereits erhalten. Diejenigen, die keinen Schein hatten, waren solche, die sich entschlossen hatten, mit ihrer Welt zusammen zu sterben. Was Thorpe auffiel, war das Fehlen von Polizei. Abgesehen von einem Streifenkommando am Eingang der Einschiffungshalle, hatte sie sich zurückgezogen. Ihr Verschwinden sagte ihm, daß unentbehrliches Personal zu den Schiffen hinausgeschafft wurde, um die Beendigung der Evakuierungsmaßnahmen vorzubereiten. Wann immer das letzte Schiff das Landefeld verlassen haben mußte, der Zeitpunkt rückte rasch näher.

Sie kehrten zum Hotel zurück und packten ihre Taschen. Der große Korridor, der zum Massebeschleuniger führte, war für die Beförderung von Frachtgut gebaut worden. Er wurde durch eine hohe Drucktür abgeschlossen. Grayson tipppte die Kombination ein, die er von Malvan erhalten hatte. Als die Notschleuse aufschwang, blickten sie in einen dahinterliegenden Hohlraum. Die kleine Gruppe der Flüchtlinge ging hinein.

Der Hohlraum war einen Viertelkilometer lang und einen halben Kilometer breit. Er erinnerte Thorpe an Bilder einer Flugzeugfabrik, die er einmal gesehen hatte. Ein großer freier Raum von hundert Metern Höhe. An der Decke hing ein riesiger beweglicher Kran, mit dem man schwere Lasten transportiert hatte. Sie entdeckten leere Container, die säuberlich in Reihen gestapelt waren. Am gegenüberliegenden Ende des Raumes befand sich ein langes Förderband, das nach oben verschwand. Dort waren die vollen Container in den Massebeschleuniger gehievt worden. Auf der Oberfläche angelangt, wurden die Container in das Startgeschirr eingehängt und von einem starken Magnetfeld in den Raum beschleunigt.

Thorpe, Amber und Barnard gingen zu einem Personenlift an einer der Seiten der Höhle hinüber. Sie fuhren mit dem Lift zum Kontrollraum des Massebeschleunigers hoch, der sich dicht unter der Oberfläche befand. Er erinnerte Amber an den Kontrollraum des *Großen Auges*. Auch hier verschafften Oberflächenkameras der Bedienungsmannschaft einen Überblick über die ganze Länge der gigantischen Anlage, die sie steuerten. Amber schaltete das Bild von einem Beschleunigerturm zum nächsten um. Alles machte einen intakten und funktionsfähigen Eindruck. Als nächstes schaltete sie mit einem von Graysons Codes das Steuerpult ein. Ein großer Bildschirm wurde hell, auf dem das computererzeugte Bild der Flugbahn zu sehen war, die ein gestarteter Container mit den gegebenen Einstellungen verfolgen würde.

»Kannst du das bedienen?« fragte Thorpe.

Sie nickte. »Wenn ich mich ein bißchen eingearbeitet habe. Das Pult dort drüben ist für die Überwachung der Energieversorgung. Sieh mal, es zeigt den Ladezustand der Kondensatorbatterien an. Dieser Schalter ist für die Stärke, die Dauer und die zeitliche Koordinierung der Stromstöße. Wenn ich den Dreh erst einmal raushabe, kann ich die Anlage auf minimale Startbeschleunigung umprogrammieren.«

»Gut. Wir brauchen einen Fluchtorbit, der um die Erde herumführt, damit wir eine möglichst große Chance haben, aufgesammelt zu werden.«

»Ich werde sehen, was ich tun kann«, sagte sie.

Thorpe ließ Amber weiter über den Kontrollen brüten und begab sich wieder in die Höhle hinab. Den Massebeschleuniger so umzuprogrammieren, daß er in rascher Folge zwei Container startete, war die leichtere Aufgabe. Jetzt mußten sie zwei Container herrichten, Kapseln, die sie so lange am Leben erhalten würden, bis sie gerettet wurden.

41. KAPITEL

Die Frachtcontainer waren sieben Meter lang und maßen drei Meter im Durchmesser. Sie bestanden aus Stahl mit geringem Kohlenstoffgehalt an Stelle der Speziallegierungen, die für Raumfahrzeuge entwickelt worden waren. Damit sie vom Massebeschleuniger beschleunigt werden konnten, mußten die Containerhüllen aus magnetischem Material sein. Und obwohl sie wie Tanklastwagen ohne Räder aussahen, stellten die Container auf ihre Weise raffinierte Raumfahrzeuge dar. Jeder war mit einem Antriebssystem ausgestattet, das Kurskorrekturen erlaubte und verhinderte, daß die Zylinder während des Fluges ins Trudeln gerieten.

Es gab drei Grundtypen von Containern. Ein Modell war gut isoliert und besaß ein Kühlsystem, das kryogene Flüssigkeiten über lange Zeit hinweg kühl halten konnte. Ein anderes Modell war druckfest und hielt erdtypische Temperaturen aufrecht, damit Saatgut, Pharmazeutika und andere verderbliche Güter nicht schlecht wurden. Das dritte und gebräuchlichste Modell war lediglich ein gasdichter Zylinder, in den alle möglichen Arten von Schüttgut gepackt wurden. Die Container, die sie in der Ladehalle vorfanden, waren alle vom dritten und einfachsten Typ.

Thorpe kletterte in einen der Zylinder und war überrascht über die Größe des Innenraums. Er überlegte kurz, ob sie sich alle fünfzehn in einem einzigen Container zusammenquetschen konnten. Im Geiste stellte er sich den Platz vor, den sie für Atemluft, Wassertanks, Proviant, Medikamente, Werkzeuge, Abfallbeseitigung und Kommunikationseinrichtung benötigen würden.

Als er sich jedes Gerät an seinem Ort vorstellte, schrumpfte das für die Passagiere verfügbare Volumen erheblich.

Den meisten Platz erforderte der Flüssigsauerstoff, den sie als Atemluft verdampfen würden. Den einfachen Transportbehältern fehlte sowohl die schwere Isolierung wie auch die Kühleinrichtung für die kryogenen Speichermodule. Deshalb konnten sie damit rechnen, den größten Teil ihres Sauerstoffs aufgrund der Erhitzung durch die Sonne und der daraus resultierenden Verdampfung zu verlieren. Er schätzte, daß der Vorrat für zwei Wochen reichen würde, wenn sie die Hälfte des Platzes zur Lagerung von Sauerstoff verwenden würden. Mit allen Personen in einem einzigen Container würden sich die zwei Wochen auf eine verkürzen. Das allein war Grund genug, zwei Container zu nehmen, sagte sich Thorpe.

Zusätzlich zur Lagerung von Sauerstoff würden die Passagiere vor der Startbeschleunigung geschützt werden müssen. Thorpe erwog, vom nahegelegenen Schrottplatz Beschleunigungsliegen zu holen, verwarf die Idee jedoch rasch wieder. Es würde nicht nur zuviel Oberflächenaktivität mit sich bringen — und dadurch unliebsame Aufmerksamkeit auf sie ziehen —, die Liegen würden auch zu viel Platz beanspruchen. Besser wäre es, mehrere Netze durch den Zylinder zu spannen und diese zum Abfedern der Beschleunigung zu verwenden. Einmal im Raum, konnten die Netze verstaut werden, um den nutzbaren Raum zu vergrößern.

Thorpe besprach seine Ideen mit Niels Grayson, der ihm ins Innere des Zylinders gefolgt war. Grayson erinnerte ihn daran, daß sie Bullaugen in die Wände würden schneiden müssen. Angesichts des unmittelbar bevorstehenden Eintreffens des Kometen wollte keiner von ihnen auf das Spektakel dadurch verzichten, daß er sich in eine fensterlose Stahlbüchse einschloß.

Im Anschluß an ihr Gespräch begaben sie sich in eines der Büros an der Peripherie der Halle. Dort entdeckten sie einen CAD-Computer. Während seines Aufenthalts auf dem Felsen hatte Thorpe einige Fertigkeit darin erlangt, von seinen in Planung befindlichen Projekten Skizzen anzufertigen. Innerhalb von zwei Stunden hatte er einen ganzen Satz von Plänen für den Umbau ihrer provisorischen Raumfahrzeuge.

Während er und Grayson planten, erkundeten die übrigen Mitglieder ihrer Gruppe die Höhle. Der Massebeschleuniger erwies sich als eine Schatzkammer von Dingen, die sich für einen Schiffbrüchigen als nützlich erweisen könnten. Außer zwei gewaltigen Eisklötzen, die auf ihren Abtransport warteten, entdeckten sie zwei riesige Gasflaschen mit flüssigem Sauerstoff und Wasserstoff. In einem Lagerraum fanden sich Dutzende großer Rollen mit starkem Elektrokabel, das sie benutzen konnten, um sich daraus Netze zu knüpfen. Aus einem anderen Lagerraum stammte ein Vorrat von Funkgeräten und Geräten zur Stromerzeugung. Diese würden in Funkfeuer verwandelt werden, damit ihre Retter die Container in der Weite des Weltraums fanden.

Nachdem er sich die Bestandsaufnahme angehört hatte, teilte Thorpe die Astronomen in zwei Arbeitsgruppen ein. Vier Stunden später wurde die erste Scheidewand in einem der Container festgeschweißt. Thorpe beobachtete, wie mehrere Männer eine große Stahlplatte in den ersten Container schafften. Er bemerkte erst nach einer Weile, daß Niels Grayson neben ihm stand.

»Hallo, Niels. Ich habe Sie gar nicht kommen gehört.«

»Das wundert mich nicht. Sie sehen aus, als würden Sie jeden Moment umkippen.«

»Ich bin in Ordnung.«

»Wann haben Sie zuletzt geschlafen?«

»Vor dreißig Stunden, schätze ich.«

»Wohl eher vierzig, würde ich sagen. Warum legen Sie sich nicht irgendwo aufs Ohr? Die kommen schon ein paar Stunden ohne Sie zurecht. Und Sie wollen doch wohl bei der großen Show morgen frisch und munter sein.«

Thorpe blinzelte verwirrt. »Was ist denn morgen?«

»Das sollten Sie eigentlich wissen. Sie sind derjenige, der alles ins Rollen gebracht hat.«

»Oh, wirklich? Der *Felsen* stößt mit Donnerschlag zusammen, nicht wahr?«

»Ja.«

»Ich bin wohl müder, als ich dachte. Ich glaube, ich werde auf Ihren Vorschlag eingehen. Was ist mit Amber? Sie ist ebenso lange wach wie ich.«

»Nein, das ist sie nicht. Sie ist eingeschlafen, während sie das Bedienungshandbuch dieser verdammten Anlage zu entziffern versuchte. Ich hab sie ins Vorzimmer des Betriebsleiters bringen lassen.«

»Ich glaube, ich werde ebenfalls ein Loch finden, in dem ich mich verkriechen kann. Wecken Sie mich, wenn es soweit ist oder wenn irgend etwas Unvorhergesehenes passiert.«

»Mach ich.«

Thorpe ging in ein Büro, das ihm schon vorher aufgefallen war. Es hatte einen Tisch, auf dem er sich ausstrecken konnte, und eine Tür, die geschlossen werden konnte. Dieser letztere Punkt war der wichtigste. Seine Mannschaft von Amateur-Schiffsbauern erzeugte mehr Lärm, als er für möglich gehalten hätte.

Thorpe erwachte, als er rauh an der Schulter geschüttelt wurde.

»Aufwachen, Mr. Thorpe. Der Direktor erwartet Sie oben im Kontrollraum. Sie müssen sich beeilen.«

Thorpe öffnete die Augen. Jamie Bryant blickte auf ihn herunter. Er stöhnte und rappelte sich zu einer sitzenden Position auf, wobei seine Beine über die Tischkante hingen.

»Wie lange habe ich geschlafen?«

»Sechs Stunden. Es ist fast zehn.«

»Wie geht es mit den Umbauten voran?«

»Ganz gut. Wir haben das mittlere Schott in beide Container eingeschweißt. Wir sind dabei, ein zweites Schott einen Meter vor dem ersten einzubauen. Wir müßten in etwa einer Stunde soweit sein, daß wir den ersten Drucktest für die Sauerstofftanks machen können.«

»Zwei Schotts?« fragte Thorpe, immer noch darum bemüht, einen klaren Kopf zu bekommen. »Wer hat das angeordnet?«

»Das war Dr. Dorniers Vorschlag. Er meinte, wir würden bis zu den Achseln in flüssigem Sauerstoff stehen, wenn das einzige Schott beim Start nachgeben sollte. Wir wollen den Zwischenraum mit Wasser auffüllen. Das Wasser wird gefrieren, wenn der Sauerstoff erst einmal eingefüllt ist. Die Kombination aus Stahl und Eis müßte eine starke Barriere abgeben.«

»Was ist, wenn sich das Eis beim Gefrieren ausdehnt?«

»Daran haben wir gedacht. Wir haben Styroporblöcke auf die Innenseite des vorderen Schotts geklebt. Das Eis wird sie beim Gefrieren zusammendrücken. Außerdem werden sie den Tank zusätzlich isolieren.«

Thorpe nickte. »Das war ein guter Einfall. Es wäre eine Schande, wenn wir die Reise als Eisblöcke beenden würden.«

Thorpe kam auf die Füße, streckte sich und ging steif zur Tür. Er fühlte sich schlechter, als er sich vor dem Einschlafen gefühlt hatte. Wenn es einen Trost gab, dann war es Lunas niedrige Schwerkraft, die einen harten Tisch zu einer so weichen Unterlage machte wie irgendein Bett auf der Erde.

Als er aus dem Lift trat, fand er Niels Grayson und Amber im Kontrollraum des Massebeschleunigers.

»Morgen, mein Schatz«, sagte er und wollte sie an sich ziehen, um sie zu küssen.

Sie wehrte seinen Annäherungsversuch ab. »Nicht zu nah. Mein Atem heute morgen ist nicht der frischeste.«

»Na und?« sagte er und küßte sie trotzdem.

»Sehen Sie sich das an, Thomas«, sagte Grayson, auf einen Bildschirm deutend, der auf einen Nachrichtensender eingestellt war.

Der Schirm zeigte den vertrauten weißen Nebel der Kometenkoma. Thorpe hatte sich vorzustellen versucht, wie der Komet aussehen würde, wenn er der Erde näherkam. Er hatte Visionen von einem hauchdünnen Bogen gehabt, der sich von Horizont zu Horizont erstreckte. Er hätte sich nicht stärker täuschen können. Der Komet war ein unförmiger Ball diffusen Lichts, der am Himmel einen Platz vom zehnfachen Durchmesser des Vollmonds einnahm. Die Erde hatte den Schweif des Kometen vor drei Wochen erreicht, und es gab kaum eine weniger schmeichelhafte Perspektive, als einen Kometen genau von hinten zu betrachten.

Nach dem Erreichen des Perihels war die Koma deutlich dicker geworden. Donnerschlags Eisebenen mußten während des nahen Vorbeiflugs heftig gekocht haben. Als Folge davon hatte der Kern Millionen Tonnen von Wasserdampf, Gas und Staub an die umgebende Wolke verloren. Thorpe wußte, daß irgendwo in dieser Wolke zwei massive Körper verborgen waren, die sich einander rasch näherten. In wenigen Sekunden würde es nur noch einen geben.

Er hörte schweigend einem geschwätzigen Sprecher zu, der zum zwanzigsten Mal erklärte, was geschehen würde. Dann gab eine amtlich klingende Stimme bekannt, daß es nur noch eine Minute bis zum Zusammenstoß sei. Thorpe wartete atemlos, während die Stimme die letzten Sekunden zählte. Plötzlich wurde der Bildschirm weiß, als blendendes Licht aus dem Zentrum der Koma brach. Das Licht verblaßte langsam, während es sich von einem dimensionslosen Punkt ausgehend ausbreitete. Dann erfüllte die rasch expandierende Lichtflut die ganze Koma und ließ sie erglühen wie eine altmodische Fluoreszenzlampe. Langsam verblaßte das Leuchten mit jeder Minute mehr, bis es endlich so weit nachgelassen hatte, daß es der ursprünglichen Helligkeit nahekam. In seinem Mittelpunkt aber brannte ein winziges Feuer mit unverminderter Heftigkeit fort.

»Nun, ich schätze, das war's«, sagte Thorpe, wobei er hoffte, daß Grayson und Amber nicht das Zittern in seiner Stimme bemerkten. »Wie kommt ihr mit dem Programmieren des Starts voran, Amber?«

»Ich müßte bald soweit sein«, antwortete Amber. »Dem Handbuch nach werden wir mit mindestens zehn ge starten müssen, wenn wir die Fluchtgeschwindigkeit des Mondes erreichen wollen.«

»Dann also zehn ge.«

»Wie sieht es unten aus?«

»Bryant meldet, daß wir im Zeitplan sind. Ich glaube, ich gehe mal besser runter und kümmere mich darum. Sehen wir uns zum Mittagessen?«

»Klar«, sagte sie.

Er blickte zum Bildschirm und deutete auf den immer noch leuchtenden Lichtpunkt im Zentrum der Koma. »Ich schätze, das bedeutet, daß Donnerschlag endgültig auf dem Weg ist. Eins ist mal sicher. Wir wollen nicht hier sein, wenn er kommt.«

Acht Stunden später untersuchten sie die Wohnbereiche der umgebauten Container auf ihre Druckfestigkeit. Der Test sah so aus, daß einer von ihnen im Container eingeschlossen und der Druck allmählich auf drei atü erhöht wurde. Die Eingeschlossenen horchten dann auf Lecks — wobei sie ihre Trommelfelle dazu benutzten, minimale Druckveränderungen mehr zu spüren, als daß sie sie eigentlich hörten.

»Keine Lecks, Mr. Thorpe«, meldete Jamie Byrant nach einer halben Stunde.

»Wirklich keine Lecks?«
»Nein, Sir. Wir haben Seifenlösung rund um die Bullaugen und alle neuen Einbauten gesprüht. Keine Blasen.«
»Sehr schön. Sagen Sie Ihren Kalfaterern, daß sie gute Arbeit geleistet haben. Lassen wir jetzt die Luft ab, dann setzen wir den Deckenkran in Betrieb und schaffen den ersten Container zur Laderampe. Ich möchte, daß der Sauerstofftank eine Stunde lang abgekühlt wird, ehe Flüssigkeit hineinkommt. Wir sind schon zu weit gekommen, um jetzt noch unsere Schweißnähte mit einem Temperaturschock zu ruinieren.«
»Eine Stunde Abkühlen vor dem Auffüllen. Jawohl, Sir!« Der Techniker, der inzwischen de facto Thorpes Assistent geworden war, ging hinaus, um die Anweisungen auszuführen.
»Wie lange noch, bis wir starten können?« fragte Niels Grayson.
»Geben Sie uns noch ein paar Stunden, bis wir die Sauerstofftanks auffüllen«, sagte Thorpe. »Je länger wir sie kühlen, desto größer ist das Gasvolumen, das wir darin unterbringen.«
»Ich werde die Leute schon ihre Sachen zusammensuchen lassen. Beim Start sollte möglichst alles verstaut sein.«
»Verdammt richtig!« sagte Thorpe. »Bei zehn ge wird alles, was lose ist, mit der Wucht einer Kanonenkugel herumfliegen. Wir müssen alles doppelt sichern, bevor wir ...«
Thorpe brachte seinen Satz niemals zu Ende. In diesem Augenblick tauchte Margaret Grayson aus der provisorischen Küche auf, die sie in einem der Büros an der Peripherie der Halle eingerichtet hatten. Die Akustik in der Halle war nicht die beste, und Thorpe brauchte einen Moment, bis er begriff, was Margaret da rief. Als er es endlich begriffen hatte, war es wie ein Schlag in den Magen.

Am Raumhafen war der Aufstand richtig losgebrochen.

Der kleine Raum war nicht groß genug für alle. Trotzdem drängten sich neun Personen hinein. Margaret sah die Nachrichten auf einem kleinen Monitor in der Ecke. Die Lokalstation hatte einen Kommentar über den Zusammenstoß des *Felsen* mit Donnerschlag gesendet. Sie hatten die Sendung unterbrochen, um über Unruhen am Luna City Spaceport zu berichten. Als Thorpe und die anderen dazukamen, schwenkte das Bild auf einen Reporter, der sich hinter eine Säule duckte. Der Reporter hatte seine Stimme zu einem Flüstern gesenkt und berichtete, was vor sich ging.

»Das Feuer wurde vor zwei Minuten eröffnet, Mary Ann. Augenzeugen berichten, mehrere Jugendliche hätten versucht, den Kontrollpunkt der Abfertigungshalle anzugreifen. Wer die ersten Schüsse abgab, ist unbekannt. Wir wissen lediglich, daß weiter oben auf der Rampe und hinter der nächsten Ecke ein Feuergefecht im Gange ist. Von Zeit zu Zeit höre ich leises Knattern, unterbrochen von lautem Knallen. Das Knallen stammt von Polizeigewehren, glaube ich. Unter den Leuten, die darauf warteten, evakuiert zu werden, brach eine Panik aus, die inzwischen aber unter Kontrolle gebracht zu sein scheint. Sie können die Unentschlossenheit in den Gesichtern der Menschen sehen. Viele möchten fliehen, haben aber gleichzeitig Angst, ihre Schiffe zu versäumen. Das Feuer hat jetzt etwas nachgelassen. Vielleicht ist es gleich vorbei. Warten Sie einen Moment! Ich sehe jetzt Leute die Rampe herunterlaufen. Mein Gott, sie haben Gewehre und sie kommen auf uns zu!«

Das Bild und jedes andere Licht in der Halle erloschen. Thorpe blickte sich um, als von Mitgliedern seiner Gruppe Angstschreie ausgestoßen wurden. Doch nach wenigen Sekunden schaltete sich die Notbeleuchtung ein.

»Nur die Ruhe! Der Strom wird gleich wieder eingeschaltet werden.« Während er es sagte, wußte er bereits, daß es nicht stimmte. Auf Luna war elektrischer Strom so lebenswichtig wie Sauerstoff. Das elektrische Versorgungsnetz auf Luna war deshalb in vierfacher Auslegung gebaut worden, um allen denkbaren Ausfällen vorzubeugen. Es erforderte eine schwerwiegendere Störung, als er sich vorzustellen wagte, um den Massebeschleuniger in tiefe Nacht zu tauchen.

Ambers Stimme hallte durch die Dunkelheit. »Tom! Komm mal her, ich brauche dich.«

Thorpe kämpfte sich durch die zusammengedrängten Leiber und entdeckte Amber auf einem Laufsteg, der oben an den Hallenwänden entlanglief. Als sie ihn sah, wandte sie sich um und trat durch die Tür, die zum Hauptkontrollraum führte. Er eilte zu einer Leiter und kletterte zu dem Laufsteg hinauf. Wenige Sekunden später befand er sich bei Amber in dem abgedunkelten Raum.

»In der ganzen Stadt ist der Strom ausgefallen«, sagte sie.

»Bist du sicher?«

»Als die Beleuchtung ausfiel, habe ich sofort mehrere öffentliche Bildschirme angerufen. Überall sieht man Notbeleuchtung.«

»Das Kraftwerk?«

»Das muß es wohl sein.«

»Ich frage mich, was passiert ist.«

Sie zuckte die Achseln. »Entweder die Regierung hat den Strom abgeschaltet, um den Aufruhr zu beenden, oder aber jemand hat das Kraftwerk beschädigt.«

»Wenn es die Regierung gewesen wäre, würde das Licht inzwischen wieder brennen.«

»Glaube ich auch«, sagte sie. »Das bedeutet, daß es wohl die Aufrührer sind. Sehr wahrscheinlich haben sie den Angriff auf den Raumhafen mit einem auf das Kraftwerk abgestimmt. Vielleicht dachten sie, sie könnten die Regierung erpressen, sie auf ein Schiff zu lassen.«

»Schalt die Außenkameras an. Sehen wir uns mal an, was am Raumhafen vor sich geht.«

Amber schaltete den Bildschirm, der jetzt von einem Notstromaggregat versorgt wurde, auf Außensicht um. Zunächst erschien alles normal. Dann brachen Flammen aus dem Heck einer der Fähren auf der gegenüberliegenden Seite des großen Platzes. Das Schiff hob sich langsam in den schwarzen Himmel, neigte sich zur Seite und verschwand aus dem Bild. Einen Moment darauf folgte ein zweites Schiff. Dann hoben mehr und mehr Schiffe ab und verschwanden im schwarzen Himmel, bis kein Zweifel mehr möglich war.

Die Autoritäten verließen ihre Posten. Die Evakuierung war beendet.

»Nicht zu glauben!« knurrte Thorpe, als er begriff, was vor sich ging.

»Ich hätte nie gedacht, daß sie das tun würden«, sagte Amber fassungslos. »Ich glaube, ich wußte, was geschehen würde, aber *ich hätte nie gedacht, daß sie es tun würden!*«

Sie blickten einander lange an. Bis jetzt waren sie im Kontrollraum allein. Nur sie beide wußten, was vor sich ging.

»Wer sagt es ihnen?« fragte Amber und deutete mit einem Kopfnicken zur Halle, wo der Rest ihrer Gruppe wartete.

»Ich. Ich glaube, wir sollten besser starten, sobald wir mit dem Beladen fertig sind.«

Amber legte sich den Handrücken auf den Mund und starrte ihn mit weitaufgerissenen Augen an. »Oh, nein!«

»Was ist?«

»Wir *können nicht* starten! Überall sind Warnschilder, die Kondensatoren nicht über längere Zeit in geladenem Zustand zu belassen. Offenbar können sie dadurch beschädigt werden. Ich hatte vor, sie unmittelbar vor dem Start zu laden.«

»Wir haben keinen Strom? Wir haben überhaupt keinen Strom mehr?«

»Nicht genug, um den Orbit zu erreichen«, sagte Amber. »Wenn wir versuchen würden zu starten, würden wir nur einen Krater in irgendeinen Ringwall bohren!«

Thorpe versammelte in der Ladehalle alle um sich. Die Nachricht, daß man sie aufgegeben hatte, wurde gut aufgenommen. Sei es, weil sie dergleichen erwartet hatten oder weil die Strapazen der letzten Woche sie erschöpft hatten, dessen war er sich nicht sicher. Ebenso unerwartet war für ihn ihre Reaktion auf die Nachricht, daß ihnen der Strom zum Start fehlte. Anstatt Amber Vorwürfe zu machen, daß sie den Kondensator nicht früher aufgeladen hatte, nahmen die meisten diesen Schlag mit Fassung auf.

»Vielleicht kann man das Kraftwerk wieder ans Netz bringen«, sagte Allison Nalley.

»Unwahrscheinlich«, erwiderte Thorpe und erläuterte seine und Ambers Theorie über das, was geschehen war. »Wahrscheinlich war es eine Bombe. Wie auch immer, die Stromgeneratoren liegen auf der anderen Seite der Stadt. Ich möchte nicht, daß jemand herausbekommt, was wir vorhaben.«

»Wir haben Licht«, sagte Jamie Byrant. »Was für ein Notstromsystem hat der Massebeschleuniger?«

Thorpe runzelte die Stirn. Der Gedanke, daß es außer der städtischen Energieversorgung noch eine andere Möglichkeit geben könnte, die Kondensatoren zu laden, war ihm noch nicht gekommen. »Wie steht es damit, Amber?«

»Ich habe einen Verweis auf das Notstromsystem im Handbuch entdeckt«, sagte sie nachdenklich. »Aber ich hab ihn nicht gelesen.«

»Das herauszufinden dürfte eine Leichtigkeit sein«,

antwortete Thorpe. Er wies die jüngeren Männer an, den ersten Container zu der Stelle zu schaffen, wo man ihn mit Flüssigsauerstoff beladen konnte, während er, Amber, Grayson und Dornier sich in den Kontrollraum begaben. Sie kletterten die Leiter zu dem Laufsteg empor und gingen durch düstere Korridore zum Kontrollraum. Amber setzte sich vor den großen Bildschirm und gab die Hilfeaufforderung ein. Auf dem Schirm erschien eine lange Liste von Optionen. Nahe dem unteren Rand war ein Abschnitt über den Notstrombetrieb. Sie forderte ihn an und las die Anweisungen, wie man sich verhalten solle, wenn die städtische Stromversorgung ausgefallen war.

»Hier steht nichts über das Starten während eines Stromausfalls«, sagte sie, als sie die ersten Bildschirmseiten mit Daten überflogen hatte. »Das meiste handelt davon, wie man die Kühltanks und andere notwendige Geräte in Betrieb hält.«

»All diese Geräte verbrauchen eine bestimmte Menge Strom«, sagte Dornier, der Amber über die Schulter sah. »Vielleicht können wir diesen Strom auf die Kondensatoren umlegen und sie so weit laden, daß es zum Starten ausreicht.«

Grayson zeigte ungeduldig auf den Schirm. »Rufen Sie das Energieversorgungsschema auf.«

Amber brauchte ein paar Minuten, bis sie die Leitungsschematas durchsucht und gefunden hatte, was sie suchte. Bald darauf hatte sie jedoch die Stromleitungen des Massebeschleunigers in mehrfarbig leuchtenden Linien auf dem Monitor. Die normalen Leitungen wurden in Grün angezeigt, die Steuerschaltungen des Massebeschleunigers in Gelb und die Notstromkomponenten in Rot.

Wie Thorpe vermutet hatte, wurden die Lampen und alle unbedeutenderen Stromverbraucher aus dem Notstromsystem der Stadt versorgt. Sie besaßen keinerlei Verbindung mit den Maschinen der Anlage. Die wesentlichen Geräte des Massebeschleunigers wurden von einem kleinen Fusionsreaktor mit Energie versorgt, der sich zwei Stockwerke unter dem Kontrollraum befand. Der Generator war nie dafür gedacht gewesen, die Energie für einen Start bereitzustellen. Die Hauptgeräte der Anlage verbrauchten jedoch soviel Energie, daß der Reaktor ziemlich groß sein mußte, um sie mit Strom zu versorgen. Mit der Zeit würde er auch die Kondensatoren aufladen können.

Dr. Dornier machte sich sofort daran auszurechnen, wie lange es dauern würde. Als er fertig war, sah er zu den anderen auf und sagte: »Ich komme auf sechs Stunden für eine volle Ladung und möglicherweise nur vier Stunden, um genug Energie für einen Start anzusammeln. Das ist jedoch wirklich das absolute Minimum, und ich würde mich darauf nicht unbedingt verlassen.«

»Dann sind wir wieder im Geschäft«, sagte Thorpe. »Wir fangen sofort damit an, die Kondensatoren aufzuladen, und während der Wartezeit beladen wir den ersten Container.«

»Sie sind sich doch wohl darüber im klaren, was wir damit bewirken werden«, sagte Grayson. »Der Start wird jeden aufmerksam machen, daß der Massebeschleuniger noch in Betrieb ist. Wie lange, glauben Sie, wird es dauern, bis sie herausfinden, daß das ihre letzte Möglichkeit ist, von Luna wegzukommen?«

»Vielleicht werden sie denken, es sei ein verspäteter Frachttransport.«

»Ja und? Sie werden dennoch ihre letzte Möglichkeit darin sehen. Diese Anlage wird innerhalb von Minuten gestürmt werden. Wie groß sind die Chancen, dann noch den zweiten Container zu starten?«

»Haben Sie einen besseren Vorschlag?«

»Ich habe ihn schon gemacht. Alle sollten in den ersten Container gehen.«

»Verdammt, Niels, das haben wir doch schon durchgekaut. Wir haben nicht genug Sauerstoff dabei. Innerhalb einer Woche wären wir erstickt.«

»Das wissen Sie nicht«, erwiderte Grayson. »Die Verdampfungsrate ist nichts weiter als eine Schätzung. Der Sauerstoff kann ebenso doppelt so lange vorhalten.«

»Oder bloß halb so lange.«

»Vielleicht übersehen wir hier etwas«, sagte Dornier. »Bleibt uns überhaupt noch die Zeit für einen zweiten Start, bevor Donnerschlag kommt?«

Grayson wandte sich ihm zu. »Sie sagten, für eine Ladung würden wir sechs Stunden brauchen, macht zwölf Stunden insgesamt. Das läßt uns noch gute zehn Stunden Zeit, bevor der Komet eintrifft.«

Dornier nickte. »Bevor er *eintrifft*. Aber wie lange vorher müssen wir starten, um nicht mehr von der Explosion erreicht zu werden? Vielleicht bleibt dem zweiten Container nicht mehr genug Zeit, um sich weit genug in Sicherheit zu bringen.«

Grayson wandte sich an Amber. »Es ist Ihre Entdeckung. Können wir eine sichere Entfernung erreichen, wenn wir zehn Stunden vor dem Zusammenstoß starten?«

Sie zuckte die Achseln. »Definieren Sie eine ›sichere Entfernung‹, wenn es um sechzig Billiarden Tonnen Eis geht, die mit mehrfacher Schallgeschwindigkeit gegen eine Felswand donnern. Verdammt, wir könnten in der tiefsten Höhle auf der Erde hocken und wären immer noch nicht sicher. Wenn zehn Stunden alles sind, was wir haben, dann *müssen* sie eben reichen.«

»Hören Sie«, sagte Thorpe, der der zunehmend akademischen Diskussion allmählich müde wurde, »wir verschwenden unsere Zeit. Wir geben uns nicht zum Spaß mit zwei Containern ab, sondern weil es notwendig ist! Es wird eine Weile dauern, bis wir die Leitungen verbunden haben. Ich schlage vor, daß wir unseren ersten Container in spätestens acht Stunden abschießen und den zweiten so rasch wie möglich folgen lassen.«

»Und wie gedenken Sie den Mob davon abzuhalten, die Türen einzuschlagen, während die Kondensatoren wieder aufgeladen werden?« fragte Dornier.

»Uns bleiben noch acht Stunden, uns etwas einfallen zu lassen. Bis dahin lassen Sie uns diese Kondensatoren aufladen, damit wir, verflucht noch mal, endlich hier wegkommen!«

42. KAPITEL

Harold Barnes hatte größere Angst als je zuvor in seinem ganzen Leben. Vor sechs Monaten war es so leicht erschienen, seine Evakuierungspriorität aufzugeben, um bis ganz zuletzt in Luna City zu bleiben. Die Entscheidung war ihm leichtgefallen. Indem er blieb, hoffte Barnes ein reicher Mann zu werden.

Die Idee war ihm das erste Mal gekommen, kurz nachdem Premierminister Hobart vor der Forderung der Terrestrier, die Avalon-Option weiterzuverfolgen, kapituliert hatte. Barnes Position als inoffizieller Berater des Premierministers hatte ihm bald einen Überblick über die Probleme der Evakuierung Lunas verschafft. Den Mond zu evakuieren bedeutete weit mehr, als lediglich seine Bewohner zur Erde zu transportieren. Man mußte sich auch mit dem Bruch in ihrem Leben befassen, den die Umsiedlung mit sich brachte. Die Bewohner Lunas hatten über Generationen daran gearbeitet, ihre atmosphärelose Welt zu einem Heim für ihre Kinder zu machen. Mit der Zeit hatten sie beträchtlichen Reichtum angehäuft. Und wenn Reichtum oft auch in aus Einsen und Nullen bestehenden Zahlenkolonnen in einem Bankcomputer gemessen wird, so bestand doch ein Teil davon aus Gütern, die zu groß waren, um sie auf Schiffe zu laden.

Jeder Flüchtling durfte Gepäck von fünf Kilogramm Gewicht oder einem halben Kubikmeter Volumen mitnehmen. Das reichte für ein paar Kleider und ein paar Erinnerungsstücke. Die meisten Lunarier waren gezwungen gewesen, wertvolle Besitztümer aufzugeben und sollten, entsprechend einer Übereinkunft mit der Erde, für den Verlust entschädigt werden. Nach der öffentlichen Bekanntgabe der Avalon-Option war es eine der ersten Maßnahmen der Regierung gewesen, ein System zur Erstattung der Entschädigungen für verlorenen Besitz einzurichten.

Für jemanden, der sich um Entschädigung bemühte, bestand der erste Schritt darin, daß er bei der örtlichen Filiale der Bank von Luna seine Ansprüche geltend machte. Für bestimmte Gegenstände wurde die Forderung problemlos anerkannt. Für gewisse Besitztümer von hohem Wert, wie Kunstwerke, Gold und andere kostbaren Materialien, war ein Gutachten erforderlich. Der Eigentümer wurde aufgefordert, den fraglichen Gegenstand bei einer zentralen Schiedsstelle abzuliefern, wo Expertenteams seinen Marktwert festlegten.

War ein Gegenstand erst einmal geschätzt, erhielt der Besitzer seinen Wert auf seinem Evakuierungskonto auf der Erde gutgeschrieben. Anschließend übergab er den Gegenstand der Bank, damit darauf keine zweite Forderung erhoben werden konnte. Diese Vorsichtsmaßnahme war in erster Linie deshalb erforderlich, weil Goldbarren und ähnliche Dinge nicht individuell unterscheidbar waren. Obwohl es unnötig war, wurde mit Gemälden, Skulpturen und anderen Kunstwerken gleichermaßen verfahren.

Einen Monat vor dem Eintreffen des Kometen hatte Harold Barnes damit begonnen, seinen Plan in die Tat umzusetzen. Er nutzte seinen Einfluß aus, um eine Starterlaubnis für sechs Frachtcontainer zu bekommen, die er mit den gesammelten Schätzen aus dem Tresor der Bank belud. Nur die wertvollsten Stücke wurden in die Container geladen. Neben Kunstwerken schaffte er mehrere Tonnen Edelmetall in die Container. Anschließend hatte Barnes zugesehen, wie die Container von einem Beschleunigungsturm zum nächsten schossen und im schwarzen Himmel verschwanden.

Und er allein nur kannte die Daten ihrer Flugbahnen!

Dann war es nur noch darum gegangen, darauf zu warten, daß er bei der Evakuierung an die Reihe kam.

Ursprünglich hatte er eine Woche vor dem Eintreffen des Kometen abfliegen sollen, war jedoch benachrichtigt worden, daß es eine Verzögerung von zwei Tagen geben würde. Aus zwei Tagen waren vier geworden. Dann folgte das mehr als einen Tag dauernde nervenaufreibende Schlangestehen, während er darauf wartete, an Bord gehen zu können.

Er hatte die Ausschiffungsschleuse bereits in Sichtweite gehabt, als eine Gruppe bewaffneter Männer versucht hatte, die Polizeiabsperrung zu durchbrechen. So wie tausend andere hatte sich Barnes zitternd auf den Boden gekauert, während ihm die Kugeln um die Ohren flogen. Er hatte erwartet, die Sicherheitskräfte würden kurzen Prozeß mit den Angreifern machen, aber das taten sie nicht. Als das Licht ausgefallen war, hatten die Angreifer die zweite Sicherheitsbarriere gestürmt, bloß um zu entdecken, daß die Verteidiger geflohen waren. Ihr Triumphgeheul hatte sich in ein Geschrei der Enttäuschung verwandelt, als eine Boden-Orbit-Fähre nach der anderen abhob. Und Harold Barnes hatte fünfzig Meter vor seinem Ziel erkennen müssen, daß man ihn aufgegeben hatte.

Barnes war zur Durchgangshalle zurückgegangen. Dort gab es wenigstens Fenster, durch die die Sonne schien. Er war nicht der einzige. Mehr als tausend Menschen, die in Panik ziellos durcheinanderdrängten, füllten die Kuppel von Wand zu Wand. Barnes fand einen freien Flecken nahe einem der Beobachtungsfenster und ließ sich hineinfallen. Allmählich dämmerte ihm, daß seine sechs Container, so wertvoll sie auch sein mochten, weniger wert waren als sein Leben.

»He, Bürger! Wie wär's, wenn Sie Ihre Beine einziehen würden, damit sich noch jemand setzen kann?«

Barnes blickte teilnahmslos zu dem jungen Punk auf, der über ihm stand. Sie schienen zahlreicher denn je zu sein. Noch vor wenigen Monaten hätte kein solcher Abschaum ihn anzusprechen gewagt, zumindest nicht auf so unverschämte Art und Weise. Jetzt stolzierten sie herum, als gehörte ihnen der Mond! Barnes dachte daran, sich zu beschweren, sagte sich aber, daß es sinnlos war. Um sie herum saßen Hunderte von Menschen, umklammerten ihre Knie und schaukelten in stummer Verzweiflung. Einige Leute weinten, andere fluchten, die meisten aber saßen schweigend da. Es war Stunden her, daß sie jede Hoffnung auf Rettung verloren hatten, und jetzt gab es nichts anderes mehr zu tun, als auf das Ende zu warten.

»He!« schrie jemand. »Was ist denn das?«

Barnes blickte zu dem Panoramafenster hoch. Im ersten Moment sah er nichts. Dann entdeckte er einen Zylinder, der sich an den Türmen des Massebeschleunigers entlangbewegte. Er drehte den Kopf, um durch das linke Fenster hindurchzusehen. Er konnte gerade noch den Zylinder die Lücke zwischen zwei Türmen überspringen und in der Ferne verschwinden sehen. Er hatte bis zuletzt beschleunigt. Dessen war Barnes sich ganz sicher!

Plötzlich erhob sich lautes Geschrei in der Beobachtungskuppel, als die, die den Zylinder gesehen hatten, ihren Nachbarn davon erzählten. Das Geschrei schwoll rasch an, als tausend Menschen gleichzeitig denselben Einfall hatten. Wie so viele andere war Barnes aufgesprungen und schrie aus voller Lunge. Ob es ein Schrei der Wut oder der Erleichterung war, hätte er nicht sagen können. Er fletschte die Zähne, nicht wie ein Mensch, sondern wie ein Wolf.

»Weg sind sie!« sagte Amber, während sie den kleiner werdenden Container auf dem Monitor im Kontrollraum des Massebeschleunigers beobachtete. Die Instrumente zeigten einen nahezu perfekten Start an. Als der Container zwischen den letzten Starttürmen hervorgekommen war, hatte seine Geschwindigkeit 3,2 Kilometer pro Sekunde betragen, was die Fluchtgeschwindigkeit ausreichend überstieg. Auf seiner Flugbahn würde er die Erde umfliegen, bevor er sich wieder dem Mond nähern würde. Der Container würde seine Flugbahn niemals vollenden. Wenn sie hinter der Erde vorbeikamen, würden die Insassen des Containers ihren beschränken Treibstoffvorrat zum Abbremsen einsetzen und in einen stark elliptischen Orbit um die Erde gehen. Anschließend würden sie auf ihre Rettung warten — oder darauf, daß ihr Sauerstoffvorrat zu Ende ging.

»Wieviel Strom haben wir verbraucht?« fragte Thorpe neben ihr.

»Fünfundachtzig Prozent der Gesamtladung«, gab sie bekannt. »Das bedeutet, daß wir in fünf Stunden wieder volle Ladung haben.«

»Mach so schnell du kannst. Ich gehe wieder runter, um unsere Schutzmaßnahmen zu überprüfen.«

Bis jetzt hatten sie sich darauf verlassen, daß niemand wußte, was im Innern des Massebeschleunigers vor sich ging. Thorpe war sicher, daß sich dies mit ihrem ersten Start geändert hatte. Hunderte mußten beobachtet haben, wie der Container entlang des Startkomplexes beschleunigte. Bald würden Tausende davon wissen. Und Menschen, deren letzte Hoffnung auf ein Entkommen soeben zunichte geworden war, mußte der Hinweis, daß es doch noch eine Möglichkeit gab, von Luna wegzukommen, wie eine göttliche Offenbarung erscheinen. Thorpe zweifelte nicht daran, daß sie schon bald Besuch bekommen würden. Die Frage war nur, von wem?

Der Zugang, dessen Verteidigung ihnen zunächst am schwierigsten erschienen war, hatte sich als der am leichtesten zu verteidigende herausgestellt. Der Hauptkorridor nach Luna City war eine der Hauptverkehrsadern der Stadt. So breit wie eine zweispurige Straße auf der Erde, war der Korridor die wichtigste Route, über die ständig Eisblöcke, Rohstoffe und andere Großgüter zum Massebeschleuniger transportiert wurden.

Die Korridore auf Luna wurden alle paar hundert Meter von druckfesten Toren unterbrochen, die im Falle eines Druckverlustes den Schaden begrenzen sollten. Wie bereits im Hotel, hatten die Observatoriumstechniker zwei aufeinanderfolgende Schleusentore veranlaßt, sich irrtümlich zu schließen. Von dem Abschnitt aus, den sie abgeriegelt hatten, führte eine Korridorabzweigung zu einer Oberflächenschleuse. Nachdem sie die Tore verschlossen und in ihren Rahmen verschweißt hatten, klemmte ein Techniker die Sicherheitsvorrichtungen ab, welche die Schleusentore davon abhielten, gleichzeitig geöffnet zu werden. Dann öffnete er die innere Tür, klemmte sie mit Eisenrohr fest und betätigte den Schalter, der die Außentür öffnete. Der folgende Orkan von ausströmender Luft zerfetzte die Außentür und riß den Techniker beinahe mit sich hinaus.

Normalerweise hätte die plötzliche Dekompression eines ganzen Abschnitts des Hauptkorridors in der ganzen Stadt die Alarmglocken klingeln lassen. Vielleicht tat sie das auch noch, doch es gab niemanden, der darauf hätte reagieren können. Die doppelte Vakuumbarriere würde alle Eindringlinge aufhalten. Ob sie sie lange genug aufhalten würde, um die Astronomen entkommen zu lassen, war eine Frage, die niemand beantworten konnte.

Bevor die äußeren Drucktore verschlossen waren, hatte Thorpe die Korridorkameras wieder anschließen lassen, um die der Stadt zugewandte Seite der Barriere zu überwachen. Fünfzehn Minuten nach dem Start des ersten Containers informierte ihn Amber über Handfunk darüber, daß sich auf der Außenseite Menschen drängten.

»Was tun sie?« fragte er.
»Nichts. Sie wirken verwirrt.«
»Gut, hoffen wir, daß es so bleibt!«
Während er seine Inspektionsrunde fortsetzte, ver-

suchte er, nicht daran zu denken, was sich auf der anderen Seite der Barriere abspielte. Wenn er gesehen hätte, wie die Massen verzweifelter Menschen mit den Fäusten auf die Barriere einschlugen, hätte er sich nur allzuleicht die Frage gestellt, welches Recht er hatte, ihnen ihre einzige Fluchtmöglichkeit zu verweigern. Was er tat, war notwendig, aber Thorpe mochte sich dafür nicht.

Den nächsten Halt auf seinem Rundgang legte er in einem Wartungskorridor ein, genau unter dem hinteren Ende des Massebeschleunigers. Dort hatten sie ebenfalls die Schleuse manipuliert — sie hatten die offene Innentür festgeschweißt, nachdem sie außen eine Kamera montiert hatten, um auch diesen Anmarschweg zu überwachen. Mit der offenstehenden Innentür konnte die Außentür, einer Kraft von mehreren tausend Kilogramm ausgesetzt, nicht aufgedrückt werden. Einer der Techniker beobachtete den Monitor, der ihm ein Bild von der Oberfläche lieferte. Er trug seinen Raumanzug, und der Helm hing an einem Tragriemen vor seiner Brust.

»Irgendeine Bewegung?«

»Bis jetzt nicht, Mr. Thorpe.«

»Passen Sie gut auf! Es wird nicht mehr lange dauern. Sobald sie entdecken, daß die Innentür offen ist, werden sie möglicherweise versuchen, die Sicherheitsluke aufzubrechen. Achten Sie darauf, daß Sie die Dekompression nicht auf der falschen Seite der Drucktür überrascht. Wir werden keine Zeit haben, um Sie zu retten.«

»Verstanden«, antwortete der Techniker, ein junger Lunarier namens Albert Segovia.

»*Tom!*«

»Ja, Amber.«

»Ich sehe Männer in Raumanzügen vor unserer Außentür. Sie haben etwas dabei. Ich glaube, es ist eine tragbare Schleuse. Sie lassen die Luft aus dem Abschnitt vor unserer Barriere ab und versuchen, ob sie hindurchkommen können.«

»Ganz schön clever«, antwortete er. »Halt mich über ihre Fortschritte auf dem laufenden. Wie geht's mit dem Beladen voran?«

»Nach Plan, vielleicht ein bißchen schneller. Ich hab doch so viel wie möglich abgeschaltet und setze zusätzlich noch das bißchen Stadtstrom ein, das wir bekommen.«

»Gute Idee. Ich bin in der Halle, wenn du mich brauchst.«

Thorpe sah auf seine Armbanduhr. Fünfundzwanzig Minuten waren vergangen, seit sie den ersten Container gestartet hatten — mehr als vier Stunden mußten sie noch aushalten!

Der zweite Container wurde nur von zwei Arbeitslampen beleuchtet, die beide über Batterie liefen. Der ganze restliche Strom wurde zu den Kondensatoren umgelenkt. Den flüssigen Sauerstoff hatten sie bereits vor Stunden eingefüllt, und das hintere Ende des Behälters war mit einer dicken Reifschicht bedeckt, da die Luftfeuchtigkeit kondensiert und auf der kalten Oberfläche festgefroren war. Jamie Byrant schlang in regelmäßigen Zeitabständen ein Drahtseil um die Hülle und kratzte den Reif ab. Thorpe befürchtete, er könnte beim Start an einer der Halteklammern hängenbleiben und den Container ins Taumeln bringen.

»Wie läuft's denn so?« fragte er Byrant.

»Wir sind soweit, ihn in den Flaschenzug einzuhängen. Wann sollen wir einsteigen?«

»Im Moment noch nicht. Mit sieben Leuten können wir nicht viel gegen den Mob ausrichten, wenn er reinkommen sollte, aber wenn wir erst mal in diesem Ding eingeschlossen sind, können wir gar nichts mehr tun. Hören Sie den Funkverkehr ab?«

Bryant nickte.

»Passen Sie auf, wenn ich die Anweisung gebe, die Anzüge anzulegen, machen Sie dann so schnell Sie können. Wo sind Niels und Margaret?«

Bryant winkte mit dem Daumen in Richtung Container. »Sichern drinnen die Ladung. Wir haben nicht ganz so viele Ösen an die Wand geschweißt, wie wir hätten sollen. Sie haben Probleme, alles festzubinden.«

»Ich bin sicher, es gibt hundert Dinge, die wir hätten besser machen können«, erwiderte Thorpe. »Wir haben alles getan, wofür die Zeit gereicht hat.«

»Äh, Thomas ...«

»Ja?«

»Ich habe nachgedacht. Was passiert, wenn der Mob hier reinkommt?«

»Sie werden uns in Stücke reißen und dann darum kämpfen, wer in den Container kommt, und ihn dabei wahrscheinlich zerstören.«

»Und wenn sie begreifen, daß sie nicht hereinkommen können? Was werden sie dann tun?«

»Wenn ich dort draußen wäre und wirklich verzweifelt, dann würde ich, glaube ich, versuchen, den Massebeschleuniger zu beschädigen und den Start zu verhindern. In der Not ist man nicht gern allein, wissen Sie.«

»Was für ein netter Gedanke!«

Thorpe lächelte ihm aufmunternd zu. »Hoffen wir, daß sie nicht darauf kommen.«

Drei Stunden später war es offensichtlich, daß sie sich mit dieser Möglichkeit nicht würden beschäftigen müssen. Die Menschenmenge im Korridor hatte sich zügig darangemacht, ihre tragbare Schleuse aufzustellen, und hatte es geschafft, den Korridorabschnitt vor der Barriere leerzupumpen. Der ganze Vorgang hatte weniger als neunzig Minuten in Anspruch genommen. Während eine Gruppe arbeitete, waren mehr und mehr hinten im Korridor verschwunden. Vermutlich waren sie ihre Anzüge holen gegangen, denn nach mehreren Minuten tauchte eine gleiche Anzahl von Personen in Raumanzügen auf.

Wenn Thorpe versucht hätte, die Barriere zu durchbrechen, dann hätte er vor der Sperre eine weitere Drucktür geschlossen und die Luft im Korridor nach außen abgelassen. Das hätte das Aufstellen der unhandlichen Notschleuse überflüssig gemacht. Natürlich wäre auf diese Weise auch jedermann auf der Stadtseite vor der neugeschlossenen Drucktür ausgesperrt worden, und nur die mit Raumanzügen ausgerüsteten Personen hätten Zugang gehabt, die an dem Durchbruchunternehmen teilnahmen. Die Masse der Leute, vermutete Thorpe, war nicht einverstanden gewesen, es mit der schnellen Methode zu versuchen.

Das Ausbruchsunternehmen stieß auf ein Hindernis, als die Leute bemerkten, daß sich die Drucktür auch nach Entfernen des Differentials nicht öffnen ließ. Dadurch wurden sie weitere fünfzehn Minuten aufgehalten, während derer sie auf der gegenüberliegenden Seite der Notschleuse berieten. Die Schleuse bestand aus einem durchscheinenden Material, durch das hindurch Schatten zu erkennen waren, das die Einzelheiten jedoch vor Thorpes Kameras verbarg. Der düstere Schein der Notbeleuchtung trug ein übriges dazu bei.

Der Grund für die Verzögerung wurde offenbar, als die Korridorkamera plötzlich ausfiel und wenige Sekunden darauf ein entferntes *Wumm!* durch die Hallenwände hindurch zu hören war. Die erste Absperrtür war gesprengt worden.

»Jetzt dauert es nicht mehr lange, Leute. In die Anzüge! Schnell!«

Thorpe hatte seinen vorsichtshalber bereits angelegt. Er schränkte zwar seine Beweglichkeit ein, würde ihm aber das Leben retten, wenn die Menge im Korridor es schaffte, die Anlage in den Raum hinaus zu entlüften. Die Ladehalle war von einer Größe, bei der eine Unterteilung durch Sicherheitsschotts nicht mehr möglich war. Wenn die Drucktüren in den Korridoren aufgebrochen wurden, wäre eine explosive und vollständige Dekompression die Folge.

Er eilte zum Kontrollraum. »Wie lange noch, bis wir genug Ladung haben, um starten zu können?«

»Wir brauchen noch neunzig Minuten bis zur vollen Ladung«, sagte Amber. Sie hatte ebenfalls ihren Raumanzug angelegt und ihren Helm aufgesetzt.

»Wir haben nicht mehr die Zeit, bis zur vollen Ladung zu warten. Wann können wir frühestens starten, vorausgesetzt, daß nichts schiefgeht?«

»In fünfundzwanzig Minuten«, sagte sie. »Damit kommen wir knapp über den Berg.«

Der ›Berg‹ war Lunas Fluchtgeschwindigkeit. Von einem Schiff, das mit wenig mehr als den 2,38 Sekundenkilometern Fluchtgeschwindigkeit startete, sagte man, es sei ›knapp über den Berg‹. Es würde im Raum beinahe zum Stillstand kommen, bevor es in das Gravitationsfeld der Erde überwechseln und dann seinen langen Fall in Richtung des größeren Planeten beginnen würde.

»In Ordnung«, sagte er. »Stell die Kontrollen auf einen Start in dreißig Minuten ein, dann mach, daß du in den Container kommst.«

»Wir sollten eine größere Reserve haben«, warnte sie.

»Wir haben nicht mehr die Zeit. Tu jetzt, was ich dir sage, verdammt noch mal!«

»Ja, Thomas. In fünf Minuten bin ich unterwegs.«

Thorpe suchte als nächstes Segovia auf. »Was Neues?«

»Ich weiß nicht. Ich glaube, ich habe vor ein paar Minuten einen Schatten im Gesichtsfeld gehabt.«

»Wo?« fragte Thorpe.

»Genau da!« sagte er und zeigte auf die Unterkante des Bildschirms. Die Sonne stand hinter der Kamera, und wenn jemand hinter ihr vorbeigegangen war, konnte sein langer Schatten gut in den Blickwinkel der Kamera geraten sein.

Thorpe überlegte, was er tun sollte, wenn das Bild ausfallen sollte.

»Wir sind jetzt soweit!« sagte er. »Gehen Sie in den Container. Ich kümmere mich darum.«

Während Segovia den Korridor entlangrannte, beugte sich Thorpe vor und tat einen Schritt über die hochgezogene Einfassung der Drucktür ins Innere der Schleuse. Vorsichtig spähte er um das Schleusensüll herum, bis er die zehn Zentimeter kleinen Fenster in der Außentür sehen konnte. Dahinter war das helle Sonnenlicht der Mondebene. Plötzlich erschien ein Schatten jenseits des Fensters. Der Schatten verschwand und machte einem ringförmigen Gegenstand Platz, von dem zahlreiche Drähte zur Glasaußenseite führten.

Thorpe machte einen Satz rückwärts und stolperte über die Türeinfassung, als die Glasscheibe auch schon nach innen explodierte und ein Orkan an ihm vorbeibrauste. Der Orkan dauerte nur so lange, bis die Drucktür ihre Explosivladung zündete und aus der Wandvertiefung sprang, um den Korridor abzuschließen. Dabei verfehlte sie Thorpes Stiefel um einen Zentimeter. Er starrte sie ein paar Sekunden lang an und schauderte. Drucktüren waren so konstruiert, daß sie sich schlossen, ungeachtet dessen, was sich ihnen in den Weg stellte. Wäre sein Bein in der Tür gewesen, hätte sie es amputiert.

Er rappelte sich auf und trat vor, um sich die Tür anzusehen. Die Eindringlinge hatten die Wahl zwischen zwei Möglichkeiten. Sie konnten die Innentür aufdrücken, sie wieder schließen und den Zwischenraum belüften, was es ihnen ermöglichen würde, die Sicherheitstür zu öffnen. Oder aber sie konnten sie aufsprengen und die gesamte Luft des Massebeschleunigers ins Vakuum entlassen.

»Helme aufsetzen, Leute!« kommandierte er in sein Funkgerät. »Bestätigung.«

Er wartete, bis er die unheimlich hallenden Antworten aus der Höhle empfangen hatte, dann setzte er seinen eigenen Helm auf.

Fünf Minuten später befand er sich wieder am Container. Alle sechs anderen waren bereits da.

»Gehen wir an Bord. Ich bleibe draußen, um die Winsch zu bedienen.«

Wenn ein Container startfertig war, wurde er von einem automatischen Ladesystem durch eine Schleuse zum Ende der elektromagnetischen Kappe hinaufgehievt. Da der Vorgang automatisch ablief, blieben jedem, der den Mechanismus auslöste, weniger als dreißig Sekunden, um die Halle zu durchqueren, an Bord zu klettern und die Luke hinter sich zu schließen, bevor sie in der Startschleuder plaziert wurden. Ohne seinen Raumanzug wäre es kein Problem gewesen. Mit ihm bestand die Möglichkeit, daß er es nicht schaffen würde.

»Fertig, Tom«, meldete ihm Amber. Sie lehnte aus dem Container und beobachtete ihn. Er ging zum nahen Computerterminal hinüber und drückte den Schalter, der den Vorgang auslöste. Gleich darauf stürmte er zum Container zurück, während der Automatikkran mit langen, biegsamen Armen hinuntergriff, um diesen zu packen.

Er schaffte es fünf Sekunden vor der Zeit und hechtete mit dem Kopf voran durch die Luke des Containers, gerade als er hochkant gestellt und zum Zubringerschacht im Dach gehoben wurde. Im Innern lag er auf dem Beschleunigungsnetz, das sie aus Stromkabeln geflochten hatten. Er half Amber, die behelfsmäßige Luke von innen zu sichern und legte sich dann auf das Netz nieder, um wieder zu Atem zu kommen.

In dem Moment, als der Container die Frachtschleuse erreichte, durch die er an die Oberfläche gelangen würde, hörten sie die Explosion.

Thorpe wandte den Kopf der neben ihm liegenden Amber zu. »Na, eine von beiden Gruppen hat sich endlich durchgeboxt. Wie viele Minuten noch bis zum Start?«

»Sechs«, antwortete sie.

»Wie schwer ist es für sie, unseren Start abzubrechen?«

»Das können sie nicht«, sagte sie und schüttelte im Innern des Helms den Kopf. »Ich habe alles auf höchste Priorität gestellt. Sie müßten das Paßwort haben, um reinzukommen und uns aufzuhalten.«

»Und wie lautet das Paßwort?«

»Hundertfünfzigjährig«, sagte sie lachend.

»Das müßte es tun. Können sie die Geräte im Kontrollraum zertrümmern und uns dadurch aufhalten?«

»Nur, wenn sie den Computer ein Stockwerk weiter unten erwischen. Diese Tür ist gepanzert.«

»Sie haben Sprengstoff.«

»Ich hoffe, sie kommen erst dann darauf, wenn es zu spät ist.«

Einmal durch die Schleuse durch, dauerte der Ladevorgang noch dreißig Sekunden. Sie fanden sich auf einem Hängeschlitten wieder, der den Container mit einer Reihe von Seilrollen verband. Die Konstruktion war jedoch nicht massiv, und Niels Grayson gab bekannt, daß er hinter den Streben des Startbeschleunigers sonnenbeschienenen Boden sehen könne.

Zwei Minuten warteten sie schweigend. Plötzlich meldete Niels, daß er draußen sich bewegende Gestalten sähe.

»O mein Gott, Thomas! Sie klettern an der Anlage hoch. Sie können den Container sehen.«

»Immer mit der Ruhe. Wie lange noch, Amber?«

»Zwei Minuten, zwölf Sekunden«, sagte sie mit zusammengepreßten Zähnen.

»Sagen Sie mir, wann sie da sind«, sagte Thorpe. Seine Gedanken überschlugen sich, während er überlegte, was sie unternehmen könnten. Endlich hatte er einen Einfall. »Alle auf Kanal Sieben umschalten, schnell. Wenn sie nah genug sind, um Sie durch die Luke sehen zu können, geben Sie ihnen Zeichen, daß Ihr Funkgerät ausgefallen ist.«

Es klickte mehrmals, als jeder von ihnen auf einen der

Spezialkanäle umschaltete, die kaum je für Kommunikationszwecke benutzt wurden.

»Sie sind da«, meldete Grayson einen Moment später. Jemand hämmerte auf die Seitenwand des Containers. Dann beugte sich eine der vakuumbekleideten Gestalten vor, um in die abgedunkelte Luke zu schauen. »Sie sehen mich.«

»Signalisieren Sie, daß Ihr Radio ausgefallen ist.«

»Tue ich. Er wirkt erregt. Ich signalisiere, daß ich ihn nicht höre ... Jetzt bedeutet er mir mit Handzeichen, ich solle herauskommen ... Ich signalisiere zurück, daß ich ihn nicht verstehe ... Warten Sie, er ist weg.«

»Wie lange noch?«

»Neunzig Sekunden.«

»Läßt sich draußen erkennen, daß wir im Begriff sind zu starten?«

»Ich glaube nicht.«

»Er ist wieder da«, meldete Grayson. »Er hat soeben etwas an die Luke geheftet. Es sieht aus wie ein Pfannkuchen, mit dicken Drähten, die nach außen abgehen. Er bedeutet mir wieder, ich solle rauskommen, zeigt auf das Ding und gibt Handzeichen. Ich kann mir keinen Reim drauf machen.«

»Ich schon«, sagte Thorpe. »Er sagt, daß wir rauskommen sollen, oder er sprengt uns in die Luft. Schnallen Sie sich los und kriechen Sie auf ein Netz weiter oben. Kann er sonst jemanden sehen?«

»Nein.« Die Luken befanden sich genau vor der Containermitte, nahe dem hinteren Spant. Grayson hatte den Fensterplatz aufgrund des Vorrechts des Alters für sich beansprucht. Thorpe hörte ihn mehr, als daß er ihn sah, als Grayson sich langsam vom Netz herunterbewegte und vorwärtskroch, als wollte er zur Luke. »Wie lange noch?« fragte Thorpe.

»Dreißig Sekunden.«

»Passen Sie auf, daß Sie gesichert sind«, warnte er Grayson. »Jetzt nur noch einen Moment.«

»Was war das?«

»Bleibt ihnen noch Zeit, dieses Ding zu zünden, wenn wir uns anfangen zu bewegen, und wenn nicht, wird das Magnetfeld soviel Strom in den Zünddrähten induzieren, daß es von alleine losgeht?«

Darauf gab es keine Antwort. Amber begann die Sekunden bis zum Start zu zählen. Der Container hallte plötzlich von einem lauten Schlag wider, als die Männer draußen ihrer Forderung, daß sie rauskommen sollten, Nachdruck verliehen. Amber zählte »Fünf«, und Thorpe hielt den Atem an.

Er wollte gerade sagen, daß die Uhr nachging, als sein ganzer Körper von einer Faust gepackt und niedergedrückt wurde. Das war das letzte, woran er sich für lange Zeit erinnerte.

43. KAPITEL

Thorpe erwachte mit dem Gefühl von feuchtem Stoff auf der Stirn. Für einen Moment lag er da und schwelgte in der Empfindung. Als er seine Augen öffnete, sah er, daß sich Amber über ihn gebeugt hatte. Besorgte blaue Augen durchforschten seine Gesichtszüge.

»Wie lange war ich weg?«

»Mehr als zwei Stunden«, sagte sie. »Wir haben uns Sorgen um dich gemacht.«

Er holte tief Luft. Die Bewegung rief in seiner Brust eine unangenehme Empfindung hervor. Ihm fiel ebenfalls auf, daß seine Nackenmuskeln steif waren, ebenso wie sein rechtes Knie. »Wie geht es den anderen?«

»Niels hat zwei Rippen gebrochen. Offenbar war er immer noch dabei, sich anzuschnallen, als sich die Elektromagneten einschalteten. Wir haben ihn aus seinem Anzug geschält und bandagiert. Jamie hat sich die Schulter verstaucht. Margaret hat ein paar Bänder gezerrt. Albert und ich haben Muskelkater und Quetschungen an den Stellen, wo die Netze eingeschnitten haben. Allison ist in Ordnung. Alles in allem kein schlechter Start.«

»Haben wir die Fluchtgeschwindigkeit erreicht?« fragte er. Ihm war plötzlich eingefallen, daß die geringfügigen Verletzungen ein Hinweis darauf sein könnten, daß der Start zu weich gewesen war und sie es nicht geschafft hatten, eine Umlaufbahn zu erreichen.

»Ich glaube, ja«, antwortete Amber, faltete das Tuch und preßte die saubere Seite gegen seine Stirn. »Wir scheinen langsamer zu steigen als zu Beginn, aber wir steigen noch. Ich glaube, wir schaffen es über den Berg. Willst du mal sehen?«

»Aber sicher doch!«

Thorpe setzte sich auf und hakte den primitiven Sicherheitsgurt los, der ihn mit dem Netz verbunden hatte. Dabei machten sich weitere Schmerzen bemerkbar, die aber kaum ins Gewicht fielen, verglichen mit dem plötzlichen Pochen, das in seinem Kopf begann und sich über den Nacken weiter auszubreiten drohte. Er fragte sich, ob der Start sein Gehirn aus seiner Verankerung gelöst haben könnte, so daß es jetzt in seinem Schädel hin- und herschwappte.

Amber bemerkte, daß er plötzlich das Gesicht verzog. »Verletzt?«

Er versuchte zu nicken, überlegte es sich jedoch anders. »Es ist, als wäre in meinem Schädel ein Amboß in Betrieb.«

»Kaum verwunderlich«, sagte sie. Sie reichte ihm zwei weiße Tabletten und eine Trinkblase. »Du hast eine häßliche Schramme auf der rechten Kopfseite. Die Helmpolsterung muß dort dünn sein.«

Er nahm die Tabletten mit einem raschen Schluck schalen Wassers ein. Nach einigen Minuten bewegte er sich behutsam und zog sich zu der Stelle, wo sich das Beschleunigungsnetz aus einem seiner Befestigungshaken gelöst hatte. Die drei anderen Netze waren ebenso ausgehakt worden, wodurch ein Durchgang zum vollgestopften hinteren Schott freigeworden war. Er bemerkte, daß die Luft in der Kabine sehr trocken war. Das hintere Schott war mit einer dünnen Reifschicht bedeckt, ein sichtbares Zeichen, wo die ganze Feuchtigkeit hin verschwunden war.

Margaret Grayson lag neben ihrem Mann auf dem Netz unmittelbar unter dem, das er und Amber sich teilten. Eine Etage weiter unten nickten ihm Jamie Byrant, Albert Sogavia und Allison Nalley zu, als er an ihrem Lager vorüberschwebte. Die Anordnung war anders als beim Start, ein weiterer Hinweis darauf, wie lange er bewußtlos gewesen war.

Die Innenbeleuchtung brannte und verwandelte die

Sichtluke in einen trüben Spiegel. Als er sein Spiegelbild betrachtete, fiel ihm auf, daß sein Haar auf der rechten Seite als dunkle Masse angeklatscht war. Er bewegte seine behandschuhte Hand nach oben, um den Fleck zu berühren, und wurde dafür mit einem stechenden Schmerz belohnt. Er hatte Glück gehabt, daß es ihm nicht den Schädel aufgerissen hatte. Um eine solche Verletzung hervorzurufen, mußte sein Helm irgendwann während des Starts gegen das Schott geschlagen sein.

»Was dagegen, wenn ich das Licht ausmache?« fragte er. Als niemand Einwände erhob, griff er zum Schalter, der als eines der letzten Geräte in der Kabine installiert worden war.

Der Container lag ruhig im Raum, stellte er fest, von gelegentlichen Stößen der Steuerdüsen in seiner Lage fixiert. An seinem Ende konnte er etwas Dampf entweichen sehen. Ob er von den Düsen stammte oder vom Sauerstofftank, konnte er nicht sagen. Der Container befand sich in so großer Höhe, daß der Mond durch zwei der vier Luken sichtbar war. Unmittelbar nach dem Start hatten sie sich mit einer Geschwindigkeit von 9000 Stundenkilometern entgegengesetzt zur Flugbahn des Mondes bewegt. Während der Container stieg, war er von der Gravitation verlangsamt worden — Lunas letzter Versuch, sich für die kommende Katastrophe sechs weitere Opfer zu verschaffen. Als er mehrere Minuten lang auf den Mond gestarrt hatte, glaubte Thorpe, eine kleine Abnahme seines Durchmessers wahrzunehmen. Sie stiegen immer noch, und sie waren weit genug von Luna entfernt, daß es so aussah, als würden sie seinen Einflußbereich tatsächlich hinter sich lassen.

Nachdem er sich vergewissert hatte, daß sie nicht zurückfallen würden, ließ Thorpe das übrige Bild auf sich wirken. Der Anblick, der sich ihm bot, war höchst eigenartig. Der Weltraum hatte seine normale Mitternachtsschwärze verloren. Er hatte einen schwachen, milchig-weißen Glanz angenommen, der Luna als eine matte Perle vor einem Hintergrund aus blassem Elfenbein erscheinen ließ. Er rätselte einen Moment lang über diesen Effekt, bis er erkannte, daß sie von innen auf Donnerschlags Koma blickten. Mit einem Durchmesser von mehr als einer Million Kilometern war die Koma dem Kometenkern um mehrere Stunden voraus. Offenbar hatte sie ihre Vorderkante überholt, während Thorpe bewußtlos gewesen war.

Thorpe wandte den Kopf und blickte in Richtung Sonne, die neunzig Grad über Luna am Himmel stand. Es überraschte ihn zu sehen, daß sie von einem schwachen Ring umgeben war. Normalerweise hatte sie im luftleeren Raum das Aussehen einer brennenden Glühbirne. Nun, da sich der größte Teil der Koma zwischen ihr und Luna befand, hatte sie das Aussehen wie an einem dunstigen Tag auf der Erde. In die Sonne zu starren, machte seine Kopfschmerzen nicht besser. Er blickte rasch weg und versuchte die Erde ausfindig zu machen. Sie mußte sich über ihnen befinden, sagte er sich. Dann wandte er sich wieder Luna zu. Der Mond war eindeutig kleiner als beim ersten Hinsehen. Da sie sich entlang der Umlaufbahn Lunas zurückbewegten, verbesserte sich mit jeder Stunde ihres Aufstiegs ihr Überblick über diese kleine, zum Untergang verurteilte Welt. Aus ihrer Perspektive sahen sie ein ganzes Viertel von Farside, wobei das Mare Crisium und das Mare Smythii direkt unter ihnen lagen. Der Kopernikuskrater und Luna City waren beinahe ganz hinter der Westseite des Mondes verborgen.

Thorpe wandte sich in dem überfüllten Quartier herum und ließ seinen Blick rasch über die drei anderen Sichtluken schweifen. Dann zog er sich zu derjenigen hinüber, durch die Grayson zu dem armen Kerl hinausgestikuliert hatte, der das Unglück gehabt hatte, sich innerhalb des Transportschlittens des Massebeschleunigers zu befinden, als sie gestartet waren. Thorpe wußte nicht, welche Auswirkung das sich abrupt aufbauende Magnetfeld auf den Eindringling gehabt hatte, vermutete jedoch, daß es verheerend gewesen sein mußte.

Die kleine gelbe Sprengladung von der Art, wie sie Bergleute für seismische Tests benutzten, war immer noch an der Luke befestigt. Von den Zünddrähten war jedoch nichts mehr zu sehen. Anscheinend waren sie an etwas hängengeblieben, als der Container aus dem Startgeschirr geschossen war. Thorpe wurde bewußt, wie nahe sie alle dem Tod gewesen waren, und nahm die Gelegenheit wahr, etwas zu tun, wozu er vorher nicht die Zeit gehabt hatte. Er übergab sich in aller Stille, als die Nachwirkung einsetzte.

Die nächsten zehn Stunden in der überfüllten Kabine gingen ruhig vorbei. Niels Grayson hatte zunehmend Atembeschwerden, worauf ihm seine Frau ein Beruhigungsmittel gab, damit er schlafen konnte. Sie blieb an seiner Seite und streichelte seine faltige Stirn.

»Es wäre eine Schande, wenn er Donnerschlags Ankunft verpassen würde«, sagte Amber zu ihr.

Die Frau des Astronomen sah auf und lächelte. »Das würde er mir nie verzeihen. Außerdem müssen wir ihn sowieso aufwecken, um ihn vor dem großen Ereignis wieder in den Anzug zu stecken.«

In regelmäßigen Abständen begaben sich entweder Amber oder Thorpe zu der Sichtluke und bewerteten den Fortschritt, den sie gemacht hatten. Der Container stieg jetzt sehr langsam, da sein Impuls durch den langen Aufstieg im Schwerefeld des Mondes fast aufgebraucht war. Aber sie schienen dennoch in Sicherheit zu sein. Der Mond war nicht mehr länger ein naher Himmelskörper, der sich nur ausschnittweise überblicken ließ. Er war zu einer Kugel geschrumpft, die sich mit einem Blick erfassen ließ. Der Nebel, der das Universum verhüllte, war dichter geworden. Amber machte sich über ihre Beobachtungen Notizen für einen Artikel, den sie zu schreiben beabsichtigte.

Zwischen den Beobachtungen schmiegten sich die beiden Liebenden auf dem vorderen Beschleunigungsnetz aneinander und flüsterten miteinander. Die meiste Zeit über sprachen sie darüber, was sie nach ihrer Rettung tun würden. Keiner erwähnte, daß ihre fortwährenden Funksprüche noch nicht beantwortet worden waren. Ihr später Aufbruch in Verbindung mit ihrer relativ langsamen Geschwindigkeit ließ es als beinahe sicher erscheinen, daß sie im Raum die nächsten Beobachter der bevorstehenden Kollision sein würden. Alle früheren Mutmaßungen über die Zerstörungen, die Donnerschlag anrichten würde, erschienen als kläglich unangemessen. Thorpe dachte daran, daß es immer noch Wissenschaftler gab, die behaupteten, die Gewalt des Zusammenstoßes würde den Mond vernichten und ihn in Millionen von Einzelstücken zerbrechen lassen. Falls sie recht hatten, würde die Erde eine Ringwelt werden wie der Saturn. Wie groß die Zerstörung auch sein würde, es wäre nicht viel dazu nötig, die sieben Leben in ihrem winzigen Rettungsboot auszulöschen. Ein hochgeschleuderter Trümmerbrocken würde keine Spur von ihnen übriglassen.

Als der Zeitpunkt näherrückte, bereiteten sie sich darauf vor, die Ankunft des Kerns zu beobachten. Wie versprochen, weckte Margaret Grayson ihren Mann und half ihm in seinen Anzug. Niels versuchte, dabei mit keiner Wimper zu zucken, und die anderen taten so, als bemerkten sie nicht, daß es ihm nicht gelang. Als sie alle in Raumanzügen steckten und an die interne Luftversorgung angeschlossen waren, verstauten sie die beiden unteren Netze, um mehr Bewegungsfreiheit zu haben. Sie teilten sich in eine Dreier- und eine Vierergruppe auf und versammelten sich vor den beiden Luken, hinter denen Luna zu sehen war. Amber, Thorpe, Jamie Byrant und Allison Nalley drängten sich um die eine Luke, während ein angeschlagener Niels Grayson, seine Frau und Albert Segovia die andere übernahmen.

Thorpe blickte in einem Winkel von ungefähr dreißig Grad zur Verbindungslinie Luna-Sol in den Raum. Da es erst drei Tage her war, daß der Kern den *Felsen* verschlungen hatte, hoffte er irgendein Anzeichen seiner Annäherung zu sehen. Der Kern war von einer viel dichteren Gaswolke umgeben, und die Stelle, an der der *Felsen* eingeschlagen war, war mit hoher Wahrscheinlichkeit immer noch weißglühend. Doch er sah nichts. Er wandte sich wieder Amber zu.

»Wie lange noch bis zur Kollision?«

Sie sah auf ihr Helmchronometer. »Noch drei Minuten.«

»Überprüfen Sie Ihre Helmpolarisatoren«, ordnete er an.

Jeder von ihnen betätigte mit dem Kinn den Schalter, der ihre Visiere verdunkelte. Aus dem Innern der dunklen Kugel heraus konnte Thorpe kaum die Umrisse des Mondes ausmachen. Er schaltete erneut mit dem Kinn, um die Abdunkelung zu beenden, dann sah er zu, wie ein Helm nach dem andern wieder hell wurde.

»Amber, bitte klär uns über das richtige Verhalten auf.«

Sie nickte im Innern ihres Helms. »Wir verdunkeln eine Minute vor der Kollision. Kneifen Sie fünfzehn Sekunden vorher die Augen so weit zusammen, daß Sie Ihre Helmanzeigen gerade noch erkennen können. Blicken Sie auf keinen Fall direkt auf den Mond. Und falls Ihre Augen anfangen sollten zu schmerzen, schließen Sie sie um Himmels willen so lange, bis der Blitz vorbei ist. Durch den Schmerz übermittelt Ihnen der Körper eine Nachricht.«

»Hat das jeder verstanden?«

Alle bestätigten über den allgemeinen Funkkanal. Ehe er sich's versah, gab Amber bekannt, daß es bis zum Zusammenstoß nur noch eine Minute war. Thorpe wartete so lange, bis die Helme glänzend schwarz geworden waren, bevor er mit dem Kinn seinen Polarisator einschaltete. Als die fünfzehn Sekunden erreicht waren, kniff er die Augen zusammen, wie Amber empfohlen hatte.

Ambers Stimme fuhr mit dem Countdown fort. Als sie bei Null angelangt war, färbte sich das Helminnere trotz des Polarisators violett. Er hatte vorgehabt, alles mit anzusehen, aber die Dolche, die tief in seine Netzhaut stießen, ließen ihn zusammenzucken. Es war schlimmer als damals, als er in der Einschienenbahn vom Sonnenaufgang überrascht worden war. Er wandte sich ab und hielt seine Augenlider fest geschlossen. Ein wenig half es. Nach einem Dutzend Sekunden begann das Leuchten zu verblassen. Nach einer Minute konnte er die Augen öffnen und seinen Blick wieder dem Mond zuwenden. Das Leuchten war immer noch unangenehm hell, aber erträglich. Das erste Mal sah er Luna.

Er schnappte nach Luft.

Ein Feuerball versuchte, zum Herzen Lunas durchzustoßen. Der äußere Rand der sich ausbreitenden Zone der Verwüstung wurde durch eine kreisförmige Schockwelle definiert. Die Schockwelle war eine transparente Blase, die bereits den mehrfachen Durchmesser Lunas hatte. Unterhalb davon leuchtete strahlend eine weitere Schale der Vernichtung, die von Violett ins Bläulichweiße übergegangen war — sie bestand, wie Thorpe von seiner Lektüre der wissenschaftlichen Projektionen der Kollision her wußte, aus Millionen Tonnen von Mondkruste, Kometeneis und Eisen, die beim Aufprall verdampft waren. Das glühende Gas schoß von Bodennull in den Raum. Bald würde es sich abkühlen und als geschmolzenes Gestein und Eisen zu kondensieren beginnen. Aus dieser Schale würden Milliarden von Mikrometeoriten entstehen. Sie würden der Erde mehrere Jahrhunderte lang spektakuläre Meteoritenschauer bescheren.

Hinter der glühenden Gaswolke befand sich eine Schicht von massivem Material aus der Peripherie des Aufschlagkraters. Es war mit dem kronenförmigen Gebilde emporgeschleudert worden, das für Aufschlagkrater charakteristisch war. Einige seiner Trümmerstücke hatten die Größe von Bergen, und alle entfernten sich schneller als mit lunarer Fluchtgeschwindigkeit. Im Zentrum der expandierenden Trümmerwolke schließlich herrschte ein ausgedehntes Inferno violettweißer Hitze, das immer noch zu hell war, als daß man direkt hätte hineinschauen können.

Als Thorpe den Polarisationsgrad seines Visiers allmählich reduzierte, wurden weitere Details sichtbar. Eine wandernde Staubfront arbeitete sich über das Hochland von Farside nahe der Ostseite des Mondes voran. Während er weiter beobachtete, erschienen an beiden Polen weitere Staublinien und bewegten sich auf den Äquator zu. Auch wenn er sie nicht sehen konnte, wußte er doch, daß sich eine ebensolche Front westwärts bewegte und daß sie sich alle an einem Punkt treffen würden, der der Aufschlagstelle des Kometen diametral entgegengesetzt war.

Die Staubfront wurde durch eine wandernde Schockwelle im Boden verursacht. Indem sie sich mit Schallgeschwindigkeit durch das Mondinnere bewegte, verursachte die Welle ein wanderndes Mondbeben. Wo das Beben vorbeikam, schleuderte es Staubkörnchen und selbst kleine Gesteinsbrocken in den Himmel. Hinter dem Staub erschienen riesige rote Spalten, da die alte Oberfläche unter der Belastung aufriß. Zum ersten Mal seit vier Milliarden Jahren floß auf Luna wieder geschmolzene Lava.

Die wandernden Wellenfronten vereinigten sich nach zehn Minuten und ließen auf der Mondoberfläche eine frische rote Narbe zurück. Auf ganz Nearside waren die Mare wieder Seen aus flüssigem Gestein. Thorpes Blick wurde von der Stelle angezogen, wo sich das Friedensdenkmal befunden hatte. Sie glühte einheitlich rotorange. Die Fußabdrücke zweier unerschrockener Astronauten waren nicht länger und für alle Zeit in dem weichen grauen Boden eingebettet. In nur wenigen Minuten hatte Donnerschlag jeden Hinweis darauf, daß die Menschheit jemals ihren nächsten Nachbarn im Raum besucht hatte, ausgelöscht.

Lunas normalerweise scharfe Konturen begannen plötzlich zu verschwimmen, als betrachtete er sie durch ein Stück Gaze. Thorpe blinzelte, da er glaubte, seine eigenen Tränen trübten ihm die Sicht. Es dauerte eine Weile, ehe er begriff, daß der Effekt nichts mit seinen Augen zu tun hatte. Er war äußerst real und vollkommen von außen bedingt.

»Was ist da los?« schrie er in sein Funkgerät. Bis jetzt hatte niemand ein Wort gesagt. Alle hatten sie der Katastrophe zugesehen, eingesponnen in den Kokon ihrer eigenen Gedanken.

»Das ist der Wasserdampf von Donnerschlag«, antwortete Amber mit ebenso erregter Stimme wie er. »Der Mond wird von einer riesigen Wolke Wasserdampf verschluckt. Es müßte dort jeden Moment anfangen zu regnen!«

Wie um ihre Worte zu untermauern, wurde der Container wie von einem Höhenwind durchgeschüttelt. Die Sichtluke wurde plötzlich trüb, als sie sich mit einer dünnen Eisschicht überzog. Einen Augenblick später entstand im Innern ein polterndes Geräusch, als die Hülle ihres Raumfahrzeugs von unsichtbaren Partikeln getroffen wurde. Mehrere winzige Dellen erschienen in der transparenten Oberfläche der Sichtluke.

Amber deutete in den Nebel vor der Luke hinaus. »Eis! Wir sind von der Trümmerwolke eingeholt worden! Es dauert nicht mehr lange bis zur nächsten Phase.«

»Nächste Phase?« fragte Jamie Byrant und wandte sich von dem Fenster ab, um Amber anzusehen. Thorpe tat das gleiche. Zum ersten Mal bemerkte er, daß sie hinter ihrem Visier sehr bleich war. Das Schauspiel der Zerstörung Lunas hatte sie erregt. Noch vor wenigen Sekunden war das offensichtlich gewesen. Doch die Erregung hatte sich in Furcht verwandelt.

»Was ist denn los?«

»Wir wurden soeben von der äußersten Trümmerschicht überholt«, erläuterte sie. »Größtenteils besteht sie aus mikroskopisch kleinen Eispartikeln, deshalb gibt es nichts zu befürchten. Aber schon bald werden wir uns mitten unter den größeren Brocken befinden. Dieser kleine Schneesturm wird sich in einen Blizzard von Felsbrocken verwandeln. Wenn wir den überleben, dürften wir das hier heil überstehen.«

Thorpe runzelte die Stirn. »Wann werden wir das wissen?«

»In acht Stunden.«

»Wenn wir also in acht Stunden noch leben, können wir damit rechnen, daß es auch dabei bleibt?«

»Richtig.«

»Dann warten wir am besten ab und vertrauen auf unser Glück«, sagte Thorpe. Er ergriff ihre Hand. »Hast du Angst?«

»Das kannst du wohl annehmen!«

»Ich auch. Was auch geschehen wird, wir bieten ihm gemeinsam die Stirn.«

44. KAPITEL

Thorpe betrachtete Luna und schüttelte den Kopf, verwundert darüber, welchen Unterschied nur hundert Stunden ausmachen konnten. Der Mond war nicht mehr der graubraune Himmelskörper, der den Erdhimmel seit Urzeiten geschmückt hatte. Der Mann im Mond war verschwunden, und sein unveränderlicher Blick würde nie mehr gesehen werden. Die vertrauten Orientierungspunkte existierten nicht mehr. Die berühmten Krater waren mit Magma gefüllt und von Nebel umhüllt. Denn Donnerschlag hatte Luna weniger zerstört, als vielmehr umgewandelt. Die Veränderungen hatten nur wenige Stunden nach dem Einschlag des Kometenkerns begonnen. An Bord des provisorischen Rettungsbootes hatte jedoch niemand gesehen, wie die Veränderungen einsetzten. Sie waren zu sehr damit beschäftigt gewesen, Ambers Felsen-Blizzard zu überstehen.

Der Lärm, der auf die Wände ihrer Rettungskapsel auftreffenden Partikel, ein Geräusch, das Thorpe an Hagelkörner erinnerte, die auf ein Metalldach fielen, hatte das Eintreffen der Trümmerwolke angekündigt. Die mikroskopisch kleinen Trümmerstücke waren während vier langer Stunden von ihrer Hülle abgeprallt. Manchmal wurde das Geräusch zu einem maschinengewehrähnlichen Stakkato, dann wieder ließ es bis auf wenige Töne pro Minute nach. Die beiden Luna zugewandten Sichtluken waren beinahe augenblicklich bis zur Nutzlosigkeit erblindet; ihre Oberflächen waren dermaßen zerschrammt, daß es unmöglich war, hinauszusehen.

Der Sturm bestand jedoch nicht nur aus Mikrometeoriten. Drei Stunden nach dem ersten Trommelgeräusch wurden die Flüchtlinge von einem Krachen überrascht, das ihre Zähne im Innern ihrer Anzüge aufeinanderschlagen ließ. Als Thorpe erschreckt aufsah, entdeckte er nicht einmal einen Meter vor seiner Nase ein zentimetergroßes Loch. In der gegenüberliegenden Wand gab ein beinahe gleichaussehendes Loch an, wo etwas das Schiff verlassen hatte. Durch beide Löcher hindurch konnte man die Schwärze des Weltraums sehen, und ein heftiger Windstrom blies in ihre Richtung. Thorpe hatte das Eintrittsloch mit zitternden Händen geflickt, während Jamie Byrant sich um das Loch kümmerte, wo der Meteorit ausgetreten war. Anschließend hatten sich alle auf die Beschleunigungsnetze gelegt, um den Sturm auszureiten. Bei jedem neuen Geräusch sehnte Thorpe sich unwillkürlich einen tiefen Fuchsbau herbei, in den er hineinkriechen könnte.

Schließlich ließ das Trommelgeräusch nach, und Amber gab bekannt, daß sie das Schlimmste hinter sich hätten. Es dauerte jedoch noch weitere drei Stunden, bis die langsame Rotation des Containers die beiden unbeschädigten Sichtluken auf den Mond hin ausgerichtet hatte. Ihr erster Blick auf den Mond seit mehr als zwölf Stunden machte ihnen vollends das Ausmaß dessen klar, was geschehen war.

»Was, zum Teufel, ist denn das?« fragte Thorpe, als er auf die von schneeweißen Wolken umhüllte Welt hinunterblickte, die sich an der Stelle befand, wo früher Luna gewesen war.

Die Wolken ähnelten einer Kometenkoma, waren jedoch dichter. Luna hatte sich in eine Miniaturvenus verwandelt und war dabei merklich gewachsen. Thorpe schätzte, daß die Wolkenschicht mehr als tausend Kilometer dick war. Das war die zehnfache Dicke der Erdatmosphäre.

»Mein Gott!« rief Amber aus. »Ich hatte keine Ahnung, daß es so viel Dampf geben würde.«

»Du meinst, das ist Wasserdampf?«

»Was denn sonst? Donnerschlag hatte eine Masse

von sechzig Billiarden Tonnen, und das meiste davon war Eis. Dieses Eis ist beim Aufschlag verdampft.«

»Vollständig verdampft?«

»Jedes einzelne Gramm. Der meiste Dampf muß ins Innere abgeleitet worden sein, sonst würden wir eine viel dichtere Atmosphäre sehen.«

»Könnte es flüssiges Wasser unter der Wolkendecke geben?« fragte Margaret Grayson.

Amber schüttelte den Kopf. »Noch nicht. Der Mond ist noch zu heiß. Geben Sie ihm ein paar Monate. Dann fängt der Regen erst richtig an. Wenn er erst einmal angefangen hat, wird es Jahrzehnte weiterregnen.«

Thorpe runzelte die Stirn. »Willst du damit sagen, daß auf Luna wahrscheinlich Meere entstehen werden?«

»Ziemlich große sogar, würde ich sagen. Donnerschlag enthielt ein Zwanzigstel des Wassers sämtlicher Erdozeane. Er hat seine Last auf einer Welt mit nur einem Dreizehntel der Erdoberfläche abgeworfen.«

Daran, daß Luna aus alledem mit einem Meer hervorgehen würde, hatte Thorpe noch nicht gedacht. Es war eine allzu exotische Vorstellung.

Sie hatten sich drei Tage lang mit diesem Gedanken beschäftigt. Sie hatten geruht, gegessen, sich unterhalten, Luna beobachtet und sich dabei abgewechselt, um Hilfe zu funken. Sie waren schon lange ›über den Berg‹ und fielen nun auf die Erde zu. Trotz der abnehmenden Entfernung schien der blauweiße Planet kein Ohr für ihr Rufen zu haben.

»Die Antenne muß abgebrochen sein«, sagte Thorpe zu Bryant, nachdem er das Funkgerät zum zwölften Mal untersucht hatte. Ein Rückkopplungstest ergab, daß der Sender ein Signal abgab. Entweder wurde es auf der Erde ignoriert, oder das Signal wurde nicht in den Raum ausgestrahlt.

»Wie können wir das überprüfen?«

»Ich werd es mir von außen ansehen müssen. Ziehen wir die Anzüge an, damit wir entlüften können.«

Sobald der Sauerstoff aus der Kabine in den Raum entwichen war, öffnete Thorpe die Luke und kletterte auf die flache Vorderfront des Containers. Der Staub hatte alles gründlich abgescheuert und die Zeichen, die sie beim Umbau gemalt hatten, getilgt. Langsam arbeitete er sich nach hinten vor, indem er sich von Handgriff zu Handgriff hangelte, wie ein Bergsteiger, der einen steilen Felsen emporkletterte. Er erreichte das Leitungsbündel und war so vorsichtig, um die Austrittsöffnungen der Korrekturdüsen einen weiten Bogen zu machen.

»Ich hab's«, meldete er durch das Kabel, das sie montiert hatten, um in Kontakt zu bleiben. »Die Antenne muß beim Start abgegangen sein. Kein Wunder, daß es die ganze Zeit über ruhig war.«

»Was können wir tun, um das wieder hinzukriegen?« fragte Ambers Stimme in seinen Ohrhörern.

»Drösel eins von den Netzen auf. Wir werden die Kabel als Antenne benutzen.«

Nach einigen Minuten erschien Ambers Helm an der Vorderseite des Containers. Sie reichte ihm das steife Kabel, und er befestigte es am übriggebliebenen Antennenstummel. Er zog vorsichtig daran, um sich zu vergewissern, daß es halten würde.

»Funkt mal etwas«, befahl er. Gleich darauf hörte er Albert Segovias Stimme, die sämtliche Schiffe in ihrer Reichweite auf dem Notrufkanal anrief. Das Signal war laut und deutlich.

Zehn Minuten später half ihm Amber wieder hinein. Sie hatten kaum wieder belüftet und ihre Helme abgesetzt, als Segovia rief, er habe Funkkontakt. Thorpe begab sich augenblicklich zurück zum Schott, wo das Funkgerät war. In der kalten Luft folgte ihm ein Nebel von Atemdampf.

»Wir sind sieben Überlebende von Luna und stürzen in einem Frachtcontainer auf die Erde zu«, sagte er auf die Aufforderung hin, sich zu identifizieren. »Wer spricht da?«

»Hier spricht die Meteoriten-Schutzstation Sechzehn«, antwortete eine Stimme mit britischem Akzent. »Sind Sie in Schwierigkeiten?«

»Das können Sie wohl annehmen. Wir brauchen Hilfe!«

»Verstanden«, erwiderte die Stimme. »Geben Sie mir Ihre Position und Ihre Flugdaten.«

Amber gab mehrere Zahlen durch. Es waren Schätzwerte ihrer Flugbahn. Sie warnte den Funker, daß die Zahlen sehr ungenau waren und empfahl ihm, ihre Position über Peilung ihres Funksignals zu bestimmen.

»Zählen Sie kontinuierlich durch.«

Sie begann langsam zu zählen. Nach wenigen Minuten sagte er ihr, sie könne aufhören. »In Ordnung, wir haben Sie von drei Schutzstationen aus angepeilt. Wir sind in einer Stunde und jede folgende halbe Stunde für Sie empfangsbereit. Sobald wir Ihre Flugbahn bestimmt haben, werden wir sehen, ob wir ein Schiff zu Ihnen schicken können. Ich muß Sie aber warnen, daß es eine Weile dauern kann. Wir sind ziemlich beschäftigt im Moment.«

Sie waren sich völlig darüber im klaren, wie beschäftigt das Meteoritenschutzsystem im Moment gerade war. Während der vergangenen vier Tage waren mehrmals sich überschlagende große Objekte in ihrer Nähe aufgetaucht und hatten sich wieder entfernt, bis sie in der Schwärze verschwunden waren. Im Raum war es nicht möglich, die Entfernung zu schätzen. Allein die Tatsache, daß sie die Trümmerstücke sehen konnten, machte jedem klar, daß sie groß genug waren, um gefährlich zu sein.

Während der nächsten achtundvierzig Stunden wurde der Weltraum von einer Reihe von Blitzen erhellt, als nukleare Sprengköpfe von den Meteoritenschutzstationen abgefeuert wurden und auf gefährlichen Stücken von Weltraummüll explodierten. Den Anstrengungen der Stationen zum Trotz hatten sie ihre Ziele nicht jedesmal ablenken können.

Mit ihrem reparierten Funkgerät hörten sie Nachrichtenmeldungen ab. Bald erfuhren sie, daß die Zahl der Opfer auf Luna enorm gewesen war. Von offizieller Seite wurden die Verluste an Zurückgebliebenen mit 26 000 angegeben. Vielleicht noch grausamer hatte es das Evakuierungsschiff getroffen, das im Erdorbit durchlöchert worden war. Zum Zeitpunkt der Katastrophe war es am Entladen gewesen, und bislang gab es noch keine offizielle Schätzung der Zahl der Opfer. Dann waren da noch die Meteore, die nahe Brisbane, Kansas City und Le Havre niedergegangen waren. Die Zerstörungen waren in Le Havre besonders schlimm. Die Rettungsmannschaften gruben in der Stadt immer noch nach Überlebenden.

»So viele!« sagte Amber, als sie zwei Tage nach Herstellung des Kontakts mit der Meteoriten-Schutzstation der wachsenden Liste der Opfer zuhörten. Sie saßen beide im Schneidersitz auf dem Beschleunigungsnetz in Höhe der Sichtluken. Zum erstenmal seit Tagen hatten sie ihre Raumanzüge abgelegt. Zwei Stunden zuvor hatte der Stationsfunker gemeldet, daß ein Schiff unterwegs sei. Amber legte den Kopf auf Thorpes Schulter. Zum erstenmal, seit sie das Farside Observatorium verlassen hatte, fühlte sie sich in Sicherheit.

»Es wäre noch viel schlimmer, wenn die Erde das Ziel gewesen wäre«, erinnerte er sie. »Wir hatten noch Glück.«

»Ich stimme dir zu, aber nicht aus dem Grund, wie du glaubst.«

»Oh?« machte er und streichelte ihr Haar. Es war matt geworden, zerzaust und sehr schmutzig. Es machte ihm überhaupt nichts aus. »Würdest du mich bitte aufklären, mein Liebes?«

»Wenn du magst«, sagte sie und drehte sich zu ihm herum. »Niels und ich haben ein paar Rechnungen angestellt. Wir glauben, daß Luna eine richtige Atmosphäre bekommen wird.«

»Der Mond ist zu klein. Die Gasmoleküle entweichen in den Raum. Deshalb hat sich die ursprüngliche Atmosphäre vor Milliarden von Jahren verflüchtigt.«

»Das stimmt«, sagte sie. »Auch diese Atmosphäre wird sich irgendwann verflüchtigen. Die Frage ist, wie lange dieser Prozeß dauern wird. Wir schätzen, daß Luna mit all dem Wasser, das in die Tiefe eingedrungen ist, seine neue Lufthülle einhunderttausend bis eine Million Jahre behalten wird.«

Er stieß einen Pfiff aus. »Nur schade, daß es alles überhitzter Dampf ist.«

»Das wird nicht lange so bleiben. Sobald sich die Wolken abkühlen, wird der größte Teil davon als Regen kondensieren. Die ultraviolette Strahlung wird die Wassermoleküle spalten und Sauerstoff und Wasserstoff freisetzen. Der Wasserstoff wird nach oben steigen und vom Sonnenwind davongetragen werden. Wahrscheinlich wird der Mond ein Klima ähnlich dem der Tropen auf der Erde entwickeln — zumindest, was die Temperatur betrifft. Der atmosphärische Druck wird wahrscheinlich höher als auf der Erde sein.«

»Willst du mir erzählen, daß Luna im Begriff ist, eine *Sauerstoffatmosphäre* zu entwickeln?« fragte Thorpe zweifelnd.

»Eine rudimentäre«, antwortete sie. »Die Photodissoziation ist tendenziell selbstinhibierend, weißt du. Sie läuft ab, bis sich eine Ozonschicht gebildet hat. Und dann müssen da natürlich alle diese jungfräulichen Felsen oxidiert werden. Sie werden einen Großteil des freien Sauerstoffs binden, sobald er sich bildet. Nein, wenn der Mond eine richtige Atmosphäre entwickeln soll, werden wir ihm dabei helfen müssen.«

»*Wir?*«

»Natürlich. Ich werde zurückgehen. Ich hoffe, du begleitest mich.«

»Darüber habe ich mir noch keine Gedanken gemacht.«

»Das solltest du aber. Die nächste Dekade über wird es die meiste Zeit regnen. Wenn diese Phase vorüber ist, müßte sich das Wetter so weit beruhigt haben, daß die ersten Kolonien errichtet werden können. Sie werden sich von den alten stark unterscheiden. Wir werden das Leben auf dem Mond von Grund auf neu erlernen müssen.«

»Du meinst es ernst! Du willst zurückgehen?«

Sie nickte.

»Warum?«

»Es ist meine Heimat«, sagte sie einfach und blickte ihn an.

»Aber wir haben gerade erst alles riskiert, um diesen Ort zu verlassen!«

»Die Rückkehr wird noch schwieriger sein. Es wird die Arbeit von Generationen erfordern, eine atembare Atmosphäre herzustellen. Eines Tages werden unsere Kinder oder Enkelkinder auf grünen Wiesen unter einem blauen Himmel spielen, der voller flaumiger weißer Wolken ist. Nur werden sie nicht mit der Schwerkraft der Erde zu kämpfen haben, und sie werden aus eigener Kraft fliegen können. Die Kombination von dichterer Atmosphäre und niedrigerer Schwerkraft macht Luna ideal zum Fliegen.«

»Das wäre schon eine feine Sache«, gab er zu. Der Gedanke hatte ihn schockiert, aber je länger er darüber nachdachte, desto mehr faszinierte er ihn. Vielleicht würde er selbst eines Tages über dem Meer der Stille segeln oder die hohen, langsamen Wellen auf dem Ozean der Stürme meistern. Er grinste. »Genaugenommen ...«

Amber hob ihr Gesicht zu seinem empor und brachte ihn mit einem Kuß zum Schweigen. »Genug nachgedacht für heute, mein Lieber. Uns bleibt noch viel Zeit. Bitte halt mich fest.«

Er legte einen Arm um ihre Hüfte und hob sie mühelos auf seinen Schoß. Sie saßen und schauten aus der Sichtluke zu der wolkenumhüllten Welt hinunter, die eines Tages so gastfreundlich sein würde wie Mutter Erde. An diesem Tag, das wußte Thorpe, würde die Menschheit endlich sicher sein. Niemals wieder würde ein einziger verirrter Asteroid, Komet oder Meteor die Menschheit mit der Auslöschung bedrohen. Während er auf die winzige Welt hinunterblickte, die im Begriff war, sich aus der Asche ihrer Zerstörung zu erheben, wußte er, daß dies die zweite dauerhafte Heimat des Homo Sapiens im Universum war.

Die zweite, aber noch lange nicht die letzte!

HEYNE
SCIENCE FICTION
UND FANTASY

Erleben Sie ihn mit, den Einsatz der
KAMPFKOLOSSE DES 4. JAHRTAUSENDS

Die ersten Romane aus dem
BATTLETECH®-Universum:

Die große GRAY DEATH-TRILOGIE

**William H. Keith jr.:
Entscheidung am
Thunder Rift**
Deutsche Erstausgabe
06/4628

**William H. Keith jr.:
Der Söldnerstern**
Deutsche Erstausgabe
06/4629

**Weitere Bände
in Vorbereitung**

**William H. Keith jr.:
Der Preis des Ruhms**
Deutsche Erstausgabe
06/4630

Wilhelm Heyne Verlag
München

Die großen Werke des
Science Fiction-Bestsellerautors

Arthur C. Clarke

»Aufregend und lebendig, beobachtet mit dem scharfen Auge eines Experten, geschrieben mit der Hand eines Meisters.« (Kingsley Amis)

01/6680

01/6813

01/7709

01/7887

06/3259

Wilhelm Heyne Verlag München

CYBERPUNK

**Die postmoderne Science Fiction
der achtziger Jahre**

HEYNE SCIENCE FICTION

06/4480	Greg Bear, **Blutmusik**
06/4400	William Gibson, **Neuromancer**
06/4468	William Gibson, **Cyberspace**
06/4529	William Gibson, **Biochips**
06/4681	William Gibson, **Mona Lisa Overdrive**
06/4758	Richard Kadrey, **Metrophage**
06/4704	Michael Nagula (Hrsg.), **Atomic Avenue**
06/4498	Rudy Rucker, **Software**
06/4802	Rudy Rucker, **Wetware**
06/4555	Lucius Shepard, **Das Leben im Krieg**
06/4768	Lewis Shiner, **Verlassene Städte des Herzens**
06/4684	John Shirley, **Ein herrliches Chaos**
06/4721	John Shirley, **Eclipse**
06/4722	John Shirley, **Eclipse Penumbra**
06/4723	John Shirley, **Eclipse Corona**
06/4544	Bruce Sterling, (Hrsg.), **Spiegelschatten**
06/4556	Bruce Sterling **Schismatrix**
06/4702	Bruce Sterling, **Inseln im Netz**
06/4709	Bruce Sterling, **Zikadenkönigin**
06/4636	Michael Swanwick, **Vakuumblumen**
06/4524	Walter Jon Williams, **Hardware**
06/4578	Walter Jon Williams, **Stimme des Wirbelwinds**
06/4668	Jack Womack, **Ambient**
06/4790	Jack Womack, **Terraplane**

**Wilhelm Heyne Verlag
München**

HEYNE SCIENCE FICTION

SFCD-Literaturpreis 1990

als bester deutscher
SF-Roman des Jahres

**Wilhelm Heyne Verlag
München**